George Gordon Byron (Londres, 1788-Mesolongi, 1824), más conocido como **lord Byron** por la baronía que heredó en 1798, está considerado el poeta romántico por excelencia. Educado en el Trinity College de Cambridge, a los dieciocho años publicó su primer libro de poemas, *Horas de ocio*. Los extensos viajes que emprendió por el continente nada más alcanzar la mayoría de edad inspiraron su primer gran poema narrativo, *Los peregrinajes de Childe Harold*, en el que se perfila ya la figura del héroe rebelde, irónico y de sentimientos exaltados que preside su obra maestra, *Don Juan*. En 1815, Byron se casó con Anna Isabella Milbanke, con quien tuvo una hija, Augusta Ada, pero el matrimonio se separó un año después. Perseguido en el Reino Unido por el escándalo de unas supuestas relaciones incestuosas con su hermanastra, en 1816 Byron abandonó la isla para convertirse en un poeta itinerante por Europa. De profundas simpatías liberales, en 1823 se unió a la rebelión de los griegos contra el Imperio otomano en pro de la independencia; murió de fiebre en el territorio de la actual Grecia mientras su ejército preparaba una expedición de ataque a la fortaleza de Lepanto.

Andreu Jaume (Palma, 1977) es editor-at-large de Penguin Random House Grupo Editorial y crítico literario.

LORD BYRON

Don Juan

Edición y traducción de
ANDREU JAUME

PENGUIN CLÁSICOS

Papel certificado por el Forest Stewardship Council®

MIXTO
Papel
FSC® C117695

Penguin
Random House
Grupo Editorial

Título original: *Don Juan*

Primera edición: marzo de 2024
Segunda reimpresión: marzo de 2026

Printed in Spain – Impreso en España

ISBN: 978-84-9105-622-5
Depósito legal: B-709-2024

Compuesto en Comptex&Ass., S. L.
Impreso en Liberdúplex
Sant Llorenç d'Hortons (Barcelona)

PG 5 6 2 2 5

Índice

Introducción 9
Nota de edición 45
Nota de traducción 46
Cronología de la vida de lord Byron 49
Don Juan 55
Notas 589
Índice de contenidos 635

Introducción

> Aunque se sentía igual a Satán, Byron nunca quiso ponerse en el lugar de Dios. Ese siguiente paso de soberbia lo daría Nietzsche, cuyo gran hombre se parece a Dios. Para Byron, en cambio, el hombre es un Titán en guerra consigo mismo.*
>
> BERTRAND RUSSELL

Cuando empezó a componer el primer canto de *Don Juan*, en julio de 1818, Byron vivía expatriado en Venecia, convertido en la mayor celebridad literaria de su época y dedicado a cultivar la aureola maldita de promiscuo seductor que le acompañaba desde su escandalosa separación de Annabella Milbanke, durante mucho tiempo una de las comidillas en la pequeña jungla de la sociedad inglesa.** Acorralado por los rumores acerca de su moral depravada –su bisexualidad era un secreto a voces, pero no fue reconocida explícitamente hasta la publicación de la gran

* Bertrand Russell, «Byron», *Byron: A Collection of Critical Essays*, ed. de Paul West, Englewood Cliffs, Prentice Hall, 1963, pp. 153-154.

** Para esta y otras cuestiones biográficas, véase la Cronología en la p. 49 de este volumen.

biografía de Fiona MacCarthy en el año 2002–, el poeta y par del Reino Unido había huido de su país natal en 1816 para no volver jamás.* Su fuga supuso una inmersión en el continente que también implicó un proceso de extrañamiento con respecto a su propia cultura, incluso lingüístico, ya que el italiano terminó por imponerse como su lengua principal. A lo largo de su exilio, Byron se dedicó con ahínco a mejorar su mala reputación y a escapar de la fama, negándose a tener relación alguna con su público –al que llamaba *the Bulgarians*, los búlgaros, obviamente por su vulgaridad– y comunicándose con su patria solo a través de las cartas a su editor y a su círculo de amigos, esenciales para entender la evolución estilística del poeta.

Había sido la publicación en 1812 de los dos primeros cantos de *Childe Harold* lo que le había convertido en la nueva estrella del panorama literario de entonces. Europa probablemente no haya vuelto a conocer un caso similar, verdadero precedente de lo que acabaría siendo la cultura de masas. Lord Byron llegó a ejercer en el imaginario popular de la época una fascinación y un morbo solo comparables a los que en el siglo XX despertarían las figuras del cine, los cantantes de rock o los miembros de la jet set. Desde Goethe, que lo admiraba mucho, hasta las jovencitas de familia, todos en la sociedad europea adoraron el mito del *milordo inglese* excéntrico y extraviado, identificándolo con el héroe byroniano que se había ido vulgarizando en sus obras de imaginación más acartonada, como *El infiel* (1813), *El corsario* (1814), *Lara* (1814) o *Manfredo* (1817).

Lo mejor de su talento seguía estando en *Childe Harold*, poetización apenas disimulada de sus propias experiencias durante su primer *grand tour* por el continente y el Mediterráneo entre 1809 y 1811. En su alter ego, Byron empezó a moldear una máscara poética, todavía grave y sentimental, un punto arcai-

* Fiona MacCarthy, *Byron. Life and Legend*, Londres, Murray, 2002. [Hay trad. cast.: Fiona MacCarthy, *Byron*, trad. de Pablo Hermida Lazcano, Teófilo de Lozoya y Juan Rabasseda Gascón, Barcelona, Debate, 2024].

zante, que le sirvió para dar expresión al desencanto de su generación tras la Revolución francesa y las guerras napoleónicas. La elección de la estrofa spenseriana –una gran equivocación, a juicio de W. H. Auden– puso a prueba su virtuosismo poético, que siempre sería uno de sus principales méritos. Byron tuvo desde el principio una facilidad mozartiana para el verso que, si bien a veces lo llevó a cometer excesos, en sus mejores momentos le procuró una gracia y una levedad inigualables.

Childe Harold fue, de hecho, un poema que creció con él, puesto que no lo abandonó hasta 1818, justo cuando empezó a trabajar en *Don Juan*. Se podría decir que uno y otro se dan la mano. En los últimos cantos del primero se percibe un sintomático cambio de tono. Del estilo más narrativo y candoroso del principio, se pasa a un timbre más especular y meditativo. El peregrinaje de Harold por la Europa convulsionada de principios del XIX fue una primera oportunidad para formular la filosofía a la vez descreída y vitalista de Byron, una especie de amor misántropo por la humanidad, solo redimida por aquello que queda fuera de las constricciones del poder y de la historia, de cuyos dictados el joven héroe trata una y otra vez de zafarse. Ello afecta para empezar a la propia expresión poética, que parece ir en busca de un nuevo lenguaje. En medio de una tormenta en las montañas, el joven peregrino se dice:

Si encarnar pudiera, y desahogar,
todo eso que está más adentro de mí, si pudiese
expresar mis ideas y arrojar así
alma, corazón, mente, pasiones, sentimientos,
fuertes o débiles, todo lo que he buscado y busco,
soporto, sé, siento y aun respiro, en una palabra
y esa palabra fuera relámpago, hablaría;
en cambio vivo y muero desapercibido,
*con pensamiento sin voz, envainado cual espada.**

* *Childe Harold*, III, XCVII. La traducción de todos los fragmentos citados del poema es mía.

Como demostró de forma ostensible en *Don Juan*, Byron tuvo una visión existencial mucho más escéptica y material tanto con respecto a la tradición inmediatamente anterior como a la que fuera estrictamente la suya. Aunque sus poetas predilectos siempre fueron, además de Shakespeare, John Milton, Alexander Pope y John Dryden, el autor de *Childe Harold* ya no pudo heredar la seguridad en la emancipación del hombre y la confianza en la autonomía de la razón que animó la obra de esa generación. Y al mismo tiempo Byron se distanció muy pronto de la religión de lo sublime que, en la estela de Edmund Burke e Immanuel Kant, había infestado Europa, origen de lo que acabaría siendo su enfrentamiento total con la estética de Wordsworth y de los poetas lakistas, cuya metafísica acabó condenando de la forma más desabrida. Algo de eso se oye ya en los últimos cantos de *Childe Harold*:

Aquel que ascienda a cumbres montañosas,
hallará altos picos en nubes y nieve envueltos;
quien a la humanidad supere o sojuzgue
desdeñar deberá el odio de los de abajo.
Aunque muy alto el sol de la gloria brille
y la tierra y el océano allá se derramen,
a su alrededor hay piedras heladas, y fuerte
soplan tormentas guerreras en su testa desnuda,
*y así se premian las fatigas que a la cumbre llevan.**

Esa soledad del hombre arrojado a la naturaleza, consciente de la inutilidad de sus esfuerzos por ascender y librado a la contemplación resignada del odio característico de su especie, se acabará convirtiendo en el único credo byroniano, del que sin embargo extraerá una fuerza y una persuasión hasta entonces inéditas.

La imaginación de Byron, como la de todos los grandes poetas,

* *Childe Harold*, III, XLV.

está al final de una era. Por una parte, había en su complexión literaria un componente anacrónico, resultado de su pasión por las novelas y los poemas de Walter Scott, a quien consideraba uno de los grandes genios de su época. La hipertrofia imaginativa que se detecta a menudo en su obra procede de ese *revival* medievalista y gótico que encandiló a toda una generación. Por la otra, Byron fue siempre un entusiasta del teatro, género en el que probó fortuna, pero en el que nunca llegó a descollar. Según contaban sus amigos, el poeta era sin embargo un gran actor, dueño de una memoria preternatural, capaz de imitar a cualquiera y de meterse en los grandes papeles shakespearianos con suma facilidad. Edmund Kean, el destacado intérprete de las tablas londinenses de entonces, fue uno de sus ídolos.

Byron vivió además un momento de grandes transformaciones políticas, técnicas y literarias. La poesía empezaba a replegarse en un resto cada vez más aislado, enfrentada al rápido desarrollo de la prosa como principal vehículo de la expresión literaria, pero él se negó a participar en ese exilio y exigió estar presente en la democratización del gusto. A partir de *Don Juan*, para hablar de poesía utilizó con sarcasmo el término arcaico «poesy», rescatado por John Keats para distanciarse de Pope y referirse a un estilo más elevado y superior. Keats, como también Wordsworth y Coleridge, querían singularizarse con respecto a la eclosión de la novela, denunciando también el prosaísmo de la generación anterior, que fue justamente aquella a la que Byron se agarró para construir su oposición. Pero con ello no solo reivindicó a Pope y a Dryden, sino que se dejó seducir igualmente por la revolución novelística que en el siglo XVIII habían llevado a cabo Henry Fielding con *Tom Jones* (1749) y Laurence Sterne con *Tristram Shandy* (1759), introductores ambos del modelo cervantino en Inglaterra. No por casualidad, Cervantes fue otro de los autores predilectos de Byron.

Esa peculiar sensibilidad para un género tan bastardo e híbrido como la novela, en especial en su variante cervantina, llena de excursos y digresiones, ya decía mucho acerca de la particular constitución de la imaginación de Byron, que desde los últimos cantos de *Childe Harold* parecía estar incómoda en los límites de la lírica. Sabemos también por su amigo John Hobhouse que el poeta leyó con entusiasmo los *Ensayos* de Montaigne –en la traducción en 1685 de Charles Cotton– y que señaló sobre todo dos pasajes del libro segundo, uno en que se habla de una experiencia de cercanía a la muerte tras un accidente a caballo y otro que constituye una justificación del análisis de uno mismo. Cuando la composición de *Don Juan* estaba ya muy avanzada, en 1823, Byron le escribiría a su amigo Douglas Kinnaird: «Que no te molesten las ocasionales divagaciones, pues quiero que *Don Juan* sea un *Tristram Shandy* –o los *Ensayos* de Montaigne– poético, con una historia como bisagra».*

Para llegar ahí, Byron tuvo antes que hacer un primer ejercicio de lo que sería su nuevo estilo en *Beppo*, su mascarada veneciana de 1817. Para empezar, la transformación supuso un reto técnico. Aquel mismo año, el hispanista y helenista inglés John Hookham Frere publicó un poema titulado *Whistlecraft* en el que adoptaba la *ottava rima*, una estrofa habitual en la poesía medieval italiana, en Boccaccio y sobre todo en Luigi Pulci, cuyo *Morgante Maggiore* (1487) acabó siendo el ejemplo más virtuoso de la utilización de la estrofa en su vertiente más cómica y burlesca. Impresionado por los resultados obtenidos por Frere, Byron, para entrenarse la mano, empezó a leer y a traducir privadamente a Pulci. En inglés, la *ottava rima*, compuesta por ocho pentámetros yámbicos con rimas alternas y un pareado final, recuerda curiosamente al soneto shakesperiano, gracias a lo cual Byron pudo aprovechar la tradición del verso blanco inglés pero con una sujeción clásica de la que nunca quiso librarse y que le permitió mantener una distancia irónica con respecto al verso suelto empleado por los lakistas. La estrofa acabaría siendo el mejor escenario para el talento dramático del poeta.

Los dos poemas satélites de *Don Juan* fueron, por una parte,

* Carta de lord Byron a Douglas Kinnaird, 14 de abril de 1823.

Beppo y, por otra, *La visión del juicio* (1822), la farsa en la que Byron se burló de *Una visión del juicio* (1821), la obra encomiástica de Robert Southey –el poeta laureado y una de sus grandes bestias negras– en la que el alma del recién fallecido Jorge III llega triunfante a los cielos.* En su caricatura, Byron escenificó un proceso en el cielo sobre el alma del monarca, con un san Pedro desempleado por la masiva condena de pecadores tras la carnicería de las guerras napoleónicas. El rey llega acompañado de Lucifer, que lo reclama para el infierno, mientras Southey es convocado para que lea partes de su poema ditirámbico, cuyo recitado termina por ahuyentar a los ángeles. Ahí Byron entrenó su voz más mordaz, aprovechándose de lo que venía haciendo en *Don Juan* desde 1818, y a su vez afinó el instrumento para seguir adelante con el poema mayor. En *Beppo*, por otra parte, había conseguido recrear el ambiente libertino del que había disfrutado en sus años venecianos y que él mismo expuso con crudeza en su espléndida y vivaz correspondencia de la época. La historia de una esposa con un marido desaparecido en el mar que adopta como amante un *cavaliere servente* le sirvió para empezar a desarrollar lo que acabarían siendo algunos de los grandes asuntos de *Don Juan*, sobre todo el deseo de las mujeres y la crítica al puritanismo de su país.

También es verdad que Byron había demostrado desde el principio una profunda incomodidad en el seno de la cultura inglesa. La publicación de *Horas de ocio* (1807), su primer libro de poesía, había merecido una reseña muy adversa, publicada anónimamente –era de Henry Brougham– en la *Edinburgh Review*. Byron se vengó de la censura con una sátira también anónima titulada *Bardos ingleses y críticos escoceses* en la que, imitando los pareados heroicos de Pope en *The Dunciad* (1745), empezó su cruzada contra Wordsworth y Coleridge y su defensa a ultranza de los poetas del siglo XVIII. Eso hizo que Byron

* Hay trad. cast.: Lord Byron, *La visión del juicio*, trad. de José C. Vales, Barcelona, Alba, 2018.

conservara siempre una especie de bicefalia, con el oído puesto, por una parte, en la dicción clásica y con la mente vuelta, por la otra, a una insumisión en todos los órdenes que en realidad constituía la postura más moderna de su generación entera. Al afirmar la primacía del metro convencional, la rima y la estrofa cerrada, Byron estaba en el fondo llevando a cabo un gesto de vanguardia. Con ello intentaba impedir la abstracción gratuita de las grandes preocupaciones humanas que a su juicio los lakistas estaban banalizando con su filosofía, sucedáneo para él de la religión. Y, al mismo tiempo, el artificio le permitió reproducir el tono coloquial, inventar un habla, honrando la cita de Horacio que antepuso al poema: «Difficile est proprie communia dicere» («Es difícil escribir bien de las cosas comunes»).

En septiembre de 1818, Byron le escribe a su amigo Thomas Moore para decirle que ha terminado ya el primer canto de *Don Juan*:

He terminado el primer canto (largo, de unas 180 octavas) de un poema al estilo y manera de *Beppo*, alentado por el éxito de este. Se llama *Don Juan* y quiere hacer burla de todo de un modo sosegado. Pero me pregunto si no es, al menos hasta donde llega ahora, demasiado atrevido para estos tiempos tan modosos. Con todo, haré el experimento, anónimamente, y si no funciona, lo interrumpiré. Está dedicado a Southey en versos buenos, simples y salvajes, sobre la política del laureado y la manera en que la consiguió.*

En el original, Byron dice que el poema «is meant to be a little quietly facetious upon every thing». Y «facetious», que significa a la vez burlón, ocurrente, ingenioso y brillante, es el adjetivo perfecto para definir el tono de *Don Juan*, un poema proteico, inacabado e inacabable en el que su autor quiso dar cuenta de

* Lord Byron, *Débil es la carne. Correspondencia veneciana (1816-1819)*, selección de Jaime Gil de Biedma, edición, traducción y prólogo de Eduardo Mendoza, Barcelona, Tusquets, 1999, p. 219.

todo sin pretender resolver nada. La elección del mito de don Juan no es por supuesto inocente ni casual. El personaje español era entonces una especie de figura pop, protagonista de numerosas adaptaciones teatrales de diverso gusto y calidad, con el *Don Giovanni* de Mozart como expresión suprema. Pero Byron fue el primero en sacar al seductor de las tablas y hacerlo protagonista de un poema narrativo, que a su vez es también un ensayo, precedente de su transformación novelesca y cinematográfica.

De entre todos los mitos que conforman la modernidad –los demás serían don Quijote, Fausto y Hamlet–, don Juan es el que menos asociado está a un solo autor. Desde que fuera creado en el siglo XVII por Tirso de Molina, el burlador se independizó rápidamente hasta constituir una figura mudable, fugitiva y vacía, a la que cada autor llenó con su propio contenido. Ese «héroe sin finalidad», como lo llamó Ortega y Gasset, se convirtió muy pronto en la encarnación perfecta del nihilismo moderno, de la inconclusión y la insatisfacción del conocimiento así como del individualismo alienado.* Como ha dicho Edgardo Dobry en su imprescindible estudio sobre el mito:

> ¿Qué se puede agregar, entonces, a esa continua producción de versiones y de abordajes, de invenciones y razonamientos? La propuesta de que Don Juan no consiste, en efecto, sino en ese irrefrenable magnetismo, dirigido hacia el objeto amoroso, por un lado; y hacia lo que podemos llamar, en un sentido amplio, la invención poética, por el otro. Como carece de una forma definitiva, necesita, para seguir existiendo, no dejar nunca de estar en escena. Su reaparición en los ámbitos y tiempos que parecían menos propicios a su existencia forman parte de su arrogancia (ya no solo «española»). Como es una silueta vacía –esencialmente, *solo es* la perduración de esa vaciedad– exige (y fagocita) siempre nuevo contenido.**

* Véase la reflexión de José Ortega y Gasset sobre don Juan en su obra *El tema de nuestro tiempo* (1923).

** Edgardo Dobry, *Historia universal de Don Juan*, Barcelona, Arpa, 2017, p. 14.

Don Juan es, por tanto, el representante, por así decirlo, de un mundo que ha perdido el hilo –eso significa el nihilismo– y que anda en busca de un objeto siempre alcanzado y siempre perdido y que por ello nunca se estabiliza. Byron empieza su poema con una ansiedad típicamente donjuanesca:

Un héroe quisiera, insólito deseo,
pues cada temporada uno envía
hasta edulcorar tanto las gacetas
que la época descubre su mentira;
de ninguno de esos quisiera presumir,
voy a elegir por ello al viejo don Juan.
Todos le hemos visto en la pantomima
*bajar al fuego un poco antes de tiempo.**

En el primer verso, Byron constata un vacío –*an uncommon want*, una carencia poco habitual– y va en busca de un héroe que pueda elevarse además por encima de los figurones que crea la prensa de la época. Estamos, por tanto, en una época antiheroica, demótica y publicitaria. El poeta que sale a la caza de un protagonista para su poema sabe que debe batirse en un mundo literariamente fatigado y vulgarizado. Don Juan es un nombre que el gran público va a reconocer enseguida y que probablemente aceptará con curiosidad e intriga, pero Byron les va a ofrecer una versión peculiar e iconoclasta que muy poco tiene que ver con la tradición.

Cuando empezó a escribir *Don Juan*, Byron era un poeta de solo treinta años, pero bastante golpeado por los excesos y los escándalos. Además de Ada, la hija que había tenido con lady Byron, tenía otra ilegítima llamada Allegra, fruto de su relación con Claire Clairmont. También se rumoreaba que Medora, una de las hijas de Augusta Leigh, su hermanastra, con la que había tenido una intensa relación sentimental, era en realidad su hija, aunque la paternidad nunca se ha probado. Y hay evidencia de

* Canto I, 1. Véase la p. 69 de este volumen.

que el poeta dejó embarazadas al menos a dos doncellas del servicio de la abadía de Newstead, la casa solariega de los Byron. Su voracidad sexual, con chicos jóvenes lo mismo que con doncellas o con mujeres casadas, le había convertido, a ojos de la sociedad, en un verdadero don Juan. En 1819 empezaría su explosivo romance con Teresa Guiccioli, esposa de un siniestro conde. En Venecia había vivido un clima de constante juerga, seducción, disfraz y desacato que describió en sus cartas con un tono libre y desinhibido, bastante inusual en la época. *Don Juan* iba a ser el poema en que todo ese magma encontraría su expresión más afinada y auténtica. Tras el feliz experimento de *Beppo*, Byron necesitaba una máscara que diera cuenta de su tránsito a la madurez, de la misma manera que *Childe Harold* le había servido para dar forma a sus impresiones juveniles.

El personaje que presenta Byron se parece muy poco al burlador de Sevilla. Más allá de su origen andaluz, prácticamente no hay nada que pueda asociarse a las recreaciones más canónicas del mito. En su Juan, Byron puso muchos rasgos de sí mismo como joven excepcionalmente guapo, perseguido siempre por mujeres ávidas y manipuladoras. Y ese es el primer rasgo distintivo del protagonista del poema. Aquí don Juan no es un seductor sino un seducido. El primer gesto revolucionario del poeta consistió en girar las tornas y evidenciar el deseo de las mujeres, algo que resultó escandaloso para la época. Los dos primeros cantos, además de publicarse anónimamente, fueron prohibidos a las jóvenes lectoras de buena familia. El editor John Murray rogaba una y otra vez al poeta que suprimiera o alterara las alusiones a la sexualidad femenina, para así preservar la comercialidad del poema. Pero Byron se mostró inflexible:

Estimado señor, ha recibido usted el segundo canto de *Don Juan*, que publicará con el primero, si le place. Pero no habrá *mutilaciones*, en ninguno, ni *omisiones*, salvo las que ya he indicado en cartas de las que no he recibido contestación. No me importa nada lo que se pueda decir, o pensar, o escribir sobre el Asunto. Si el poema es insulso, o lo parece, fracasará; si no, tendrá éxito. Ya he expuesto mi opinión en cartas anteriores, y no veo razón alguna para repetirla. Hay algunas palabras en la dedicatoria al canalla de Southey que pedí al señor Hobhouse que omitiera, y algunas estrofas sobre Castlereagh que no pueden aparecer honradamente porque yo estoy demasiado lejos para responder personalmente a este último, si él lo desea; el primero es tan cobarde como renegado, y la distancia no supone diferencia alguna a la hora de hablar de él, porque no se atreve a hacer nada más que a garabatear, incluso al vecino de al lado; pero el otro granuja al menos es valiente y no me aprovecharé de la ventaja de los Alpes ni del océano para atacarle cuando él no podría vengarse. En cuanto al resto, nunca halagaré la *Hipocresía*, pero, si usted prefiere, publicaré un prólogo diciendo que todos ustedes son contrarios a la publicación. Puede usted publicarlo anónimo, o no, como mejor le parezca, por los motivos que usted elija. De mí no se preocupe.*

Como dijo Ortega: «Don Juan se resuelve contra la moral porque antes la moral se había sublevado contra la vida».** En ese sentido, Byron fue un feroz crítico del puritanismo británico mucho antes de que empezara la era victoriana, extrema en ese sentido. La inversión de los papeles clásicos entre depredador y víctima le permitió, por un lado, dar rienda suelta a su resentimiento contra las mujeres pero, por el otro, propició que la condición femenina tuviera un protagonismo y una libertad inéditos en la literatura reciente. A lo largo del poema, Byron no deja de denunciar hasta qué punto la imaginación poética se ha atrofiado, reivindicando para sí la desinhibición y el impudor que habían tenido tantos autores de otras épocas.

Sorprende, pues, para empezar, la modernidad de Byron al reclamar para la vida su propio y desnudo valor, sin atributos ideológicos ni históricos. Tengamos en cuenta que *Don Juan* se escribió al principio de un siglo que iba a hacer del trabajo y de los sistemas filosóficos y políticos –distintas formas de imperialismo– su principal seña de identidad. Habría que esperar a Nietzsche para

* Lord Byron, *Débil es la carne*, *op. cit*, p. 254.

** De nuevo en *El tema de nuestro tiempo.*

encontrar la salida al agobio metafísico y poder recobrar una conciencia existencial que parecía enquistada para siempre en dogmas y estereotipos morales. En ese sentido, Byron fue un pionero en la insurrección contra toda forma de sujeción nacional o religiosa. En el potente aliento shakesperiano que le acompaña a lo largo de todo el poema –la tradición es en él algo vivo en el habla, en constante ebullición, transformando el lenguaje y adueñándose del presente–, destaca la voz de Falstaff, en las dos partes de *Enrique IV*, como eterno joven que se niega a envejecer, pero también como todo aquello que queda fuera de las constricciones del poder, a salvo de la razón de Estado que terminará por apartar al príncipe Hal, el futuro Enrique IV de Inglaterra, de su pernicioso influjo, librándolo cruelmente a morir como un niño.

Pero en el gesto de insurrección de Byron también se recoge el *Non serviam* de Satán en *El paraíso perdido* (1667), de Milton, el ejemplo épico que parece acompañarle como inversión especular. Si Milton había presentado a un diablo sufriente, dubitativo y mucho más interesante desde el punto de vista dramático que su Dios –un general Patton de los cielos, al decir de Harold Bloom–, Byron asumió la existencia del mal para un hombre abandonado a su propia crueldad, pero también consciente de sus posibilidades éticas dentro del radio de su solitaria capacidad de elección. En más de una ocasión, Byron insiste en la intención moral que subyace a su supuesta inmoralidad:

Pero ahora voy a ser inmoral, me refiero
a mostrar las cosas tal y como son
y no como ser debieran, pues yo declaro
que hasta que no veamos lo que hay, lejos
de mejorar estaremos con el arado virtuoso
que roza la superficie, dejando apenas señal
en esa negra marga abonada por el vicio,
*solo para tener su maíz al precio antiguo.**

* Canto XII, 40. Véase la p. 457 de este volumen.

Para ello, Byron construyó su poema también con una bicefalia histórica e imaginativa que le sirvió para sondear todo lo humano –sin lo divino– con una enorme libertad. Por una parte, *Don Juan* presenta a un personaje joven, guapo e ingenuo que, después de haber sufrido una exigente educación en todos los órdenes como hijo único de una madre muy culta, huye de España por un escándalo de adulterio. Desde el principio, son las mujeres las protagonistas y las rectoras del relato y la transgresión. Juan es en todo momento un sujeto paciente que se limita a ir descubriendo su sexualidad y la atracción que despierta, pero sin que se oiga su voz. El chico vive además entre 1790 y 1791, es decir, en plena efervescencia de la Revolución francesa, la época que había despertado esperanzas de redención política en toda la generación romántica. Pero, por otro lado, Byron habla, divaga y discurre con la máscara de su nuevo yo poético, una voz superpuesta a la excusa épica que afinó con la insolencia y el desparpajo privados de sus cartas, así como con la pública actitud, hostil y panfletaria, contra los figurones literarios y políticos de su tiempo. Este otro personaje del poeta vive, reflexiona y despotrica entre 1818 y 1823 –años de la composición del poema– en la Europa inmediatamente posterior al Congreso de Viena, el final del sueño napoleónico.

Byron se identificó de un modo obsesivo con Napoleón e incluso llegó a construirse un carruaje a imitación del que había tenido Bonaparte –el que se capturó en Genappe–, pero en una versión más lujosa, con litera, biblioteca y mesa para escribir, tirado por cuatro o seis caballos. Hay que imaginar la decepción que supuso para el poeta y para muchos de sus contemporáneos la derrota del francés a manos de una coalición que restableció el *status quo* en Europa, una regresión que volvió a entronizar a reyes absolutistas y físicamente monstruosos, además, como Luis XVIII de Francia, cuya gordura parecía replicar la del recién coronado Jorge IV en Inglaterra. Para Byron, la restauración monárquica que se había producido en Europa constituía un triunfo de la brutalidad y la estupidez que él quiso concentrar, a lo largo de *Don Juan*, en la figura de lord Castlereagh, responsable a su juicio de todos los males de su país y de buena parte de los de Occidente.

La búsqueda de héroe se saldó, por tanto, en una doble actuación: la peripecia de Juan por toda Europa tras el estallido de la Revolución francesa y la construcción de la voz pública del propio Byron después de Napoleón. Uno y otro personaje se van moldeando mutuamente en un forcejeo constante entre la acción y la especulación, entre el destino y el carácter. Juan se deja arrastrar por los acontecimientos, cae en manos de mujeres de todo tipo, desde jovencitas griegas hasta sultanas e incluso en las de la mismísima emperatriz Catalina de Rusia. Su experiencia, sin embargo, es casi siempre pasiva. Por su parte, Byron utiliza el relato como pretexto para hilvanar una infinita especulación y constituirse en un verdadero don Juan del conocimiento –la figura que imaginó Nietzsche–, dispuesto a sondear el estado de la condición humana en su propia época, reacio a las determinaciones de cualquier tipo y abierto a todas las transformaciones imaginables. Con el ejemplo de Montaigne y Sterne, Byron se atrevió a sacudir casi todas las ramas del conocimiento y a exhibir de paso su portentosa memoria, en la que hervía no solo toda la poesía anglosajona desde Chaucer y Spenser en adelante sino también la clásica griega y latina. Su juego malabar con las citas es en ese sentido asombroso.

La acción del poema se concentra primero en Sevilla, con el romance de Julia y Juan, luego en alta mar, con el episodio de naufragio y canibalismo, más tarde en una isla griega, donde Juan y Haidée se enamoran. Cuando el padre de Haidée, el pirata Lambro, aborta la relación de su hija, Juan termina siendo vendido como esclavo en un harén en el que se le obliga a travestirse por capricho de una sultana. De ahí, el joven acabará en el ejército ruso, y participará en el sitio de Izmail. Después de que se líe con la emperatriz Catalina, el Gobierno ruso lo enviará en misión secreta a Inglaterra, donde Juan será codiciado por las aristócratas inglesas en una *stately home* inspirada en la abadía de

Newstead. Aunque muchas veces dijo –y así lo explicita en el propio poema– que no había preconcebido ningún plan, sabemos por su correspondencia que el poeta tenía la intención de que su personaje acabara muriendo en la Revolución francesa, exactamente «como Anacarsis Cloots», el jacobino prusiano nacionalizado francés, enemigo de Robespierre, que fue guillotinado en 1794.*

En 1806, Hegel, tras la batalla de Jena, vio pasar a Napoleón triunfante por delante de su casa y describió la imagen como «el espíritu del mundo a caballo». Para el filósofo, el momento representó el final de la historia y el principio de una concepción homogénea del hombre, el derecho y la política que acabarían por imponerse en todo el orbe. A partir de entonces, seguirían pasando cosas pero el orden mundial tendería a unificarse. En ese sentido, Juan es en el poema de Byron el último habitante de la historia, el sujeto paciente, la víctima de los últimos acontecimientos históricos, cuyo cumplimiento haría posible el discurso digresivo y especular del propio poeta en la Europa posnapoleónica, una voz que a su vez intenta con su mera existencia destruir la lógica de la historia, escarnecerla, reducirla a una dimensión cómica, ridícula. El propio lord Byron querrá todavía ayudar al advenimiento del ideal revolucionario, tanto en su participación en el incipiente Risorgimento italiano como en su postrera experiencia en la guerra de Independencia griega, al cabo frustrada. Pero en *Don Juan* su personaje se sitúa en un ámbito poshistórico, al principio de una nueva era que probablemente nivelará a la humanidad en un mismo magma democrático, ya sin milenarismos que valgan:

Y cuando oigáis hablar a historiadores
de tronos y sus dueños, dejad que sea
como cuando hoy miramos huesos de mamut
y las cosas del viejo mundo consideramos,

* Véase la carta de lord Byron a John Murray del 16 de febrero de 1821.

o los jeroglíficos en piedras egipcias,
los hermosos enigmas del futurismo,
viendo lo que feliz se puede esconder
*como el propósito real de una pirámide.**

Si hay mucho que excita, hay poco que exaltar,
nada que a todos los hombres y épocas hable,
como una especie de barniz en la culpa,
una suerte de tópico aun en sus crímenes,
artificiosas pasiones, ingenio sin sal,
una falta de ese auténtico estado que sublima
con la verdad lo que muestra, monotonía
*de carácter, al menos para quien lo tiene.***

En el poema, Byron se hace eco incluso de las teorías de Georges Cuvier sobre paleontología. La idea de que ya había habido mundos extintos antes de que apareciera el hombre le fascinó y le ayudó a sostener su escepticismo con respecto a cualquier grandilocuencia humana, ni siquiera la laica e ilustrada. Es otra de las sorprendentes precocidades del poema:

Pero dejémoslo. Se hallará un día
entre otras reliquias de un mundo pasado,
cuando este mundo sea viejo, clandestino,
puesto patas arriba, retorcido, crocante, ondulante,
cocido, frito o quemado, vuelto del revés o ahogado,
como todos los mundos antes, que primero
arrojados han sido y vuelto al caos de nuevo,
el superestrato que a todos nos cubrirá.

Eso dice Cuvier. Y a esa nueva creación
volverá así, alzándose de nuestra vieja caída,

* Canto VIII, 137. Véase la p. 377 de este volumen.
** Canto XIV, 16. Véase la p. 503 de este volumen.

alguna antigua, mística fuerza de cosas
destruidas y dejadas en la duda leve,
como la que vuelve a nuestras nociones
de titanes, gigantes y esos tipos
de unos cien pies, por no decir millas,
*y mamuts y esos alados cocodrilos.**

Gracias a su emancipación de cualquier sistema establecido, Byron hace del *Don Juan* un poema, antes que nada, sobre la existencia física, una épica del cuerpo mortal como no se había concebido nunca hasta entonces. No es de extrañar que en el siglo xx, los poetas que buscaban fundamentar su propia visión antiplatónica, devolviendo el centro de su imaginación a la fruición fisiológica –es el caso de W. H. Auden, Gabriel Ferrater o Jaime Gil de Biedma–, reivindicaran *Don Juan* como antecedente. Su blanco está claro desde el primer canto:

Oh Platón, Platón, tú has abierto el camino
con tus confusas fantasías a conductas
más inmorales por mor del influjo irreal
que tu sistema imposta en el centro sin brida
del corazón humano que toda la panoplia
de poetas y cuentistas. Eres un coñazo,
un charlatán, un bufón, y a lo sumo
*un simple mamporrero y nada más.***

La ruptura con la concepción platónica del alma le permite a Byron investigar el reino de los sentidos y mostrar una dimensión de la existencia que había quedado oculta durante demasiado tiempo, anticipando otra vez a Nietzsche. En el segundo canto, cuando Haidée y Juan han consumado su amor, ella lo observa y percibe algo que es la verdadera materia del poema:

* Canto IX, 37-38. Véase la p. 388 de este volumen.
** Canto I, 116. Véase la p. 98 de este volumen.

Qué placer daba contemplarlo, ese
crecer de la existencia para compartir
naturaleza con él, excitar bajo su tacto,
mirar cómo dormía o verlo despertar.
Vivir con él para siempre sería demasiado
pero luego la idea de partir le hacía temblar.
Él era para ella su tesoro de mar, arrojado
*cual rico pecio, su último amor y el primero.**

«Ese / crecer de la existencia para compartir / naturaleza con él» («Such enlargement of existence to partake / Nature with him») es justamente lo que canta con seriedad el poema bajo su disfraz de parodia. Son constantes en su desarrollo las referencias a cuestiones fisiológicas, no solo relativas al sexo, sino también a la comida, la bebida, la pura percepción sensorial. En su cruzada contra Southey y Wordsworth, Byron se encontró solo defendiendo el núcleo material, biológico, tanto de las relaciones humanas como de su visión del universo:

Cuando el obispo Berkeley dijo que no había
materia y lo probó, no importa lo que dijera.
Dicen que inútil es rebatir su sistema,
demasiado sutil para cabeza liviana;
¡y aun quién podrá creerlo! Gustoso rompería
toda materia hasta reducirla a piedra o plomo
o inflexible hallaría para el mundo un espíritu
y mi cabeza llevaría negando que la llevo.

¡Qué hallazgo sublime fue hacer
del universo egoísmo universal!
El ideal de todos nosotros. Me apuesto
el mundo (sea lo que sea) a que no hay división.

* Canto II, 173. Véase la p. 168 de este volumen.

Oh duda (si lo eres, algunos así lo creen,
aunque yo lo dudo mucho), tu solo prisma
de la verdad con sus rayos no arruina mi ráfaga
de espíritu, el brandi del cielo, impotable para el seso.

Para siempre y ya llega la indigestión
(no es el más «fino Ariel») y confunde
nuestras elevaciones con otro tipo de cosa.
Y eso que después de todo a mi espíritu veja
es que no hallo sitio donde se pueda mirar
sin la perplejidad de razas y sexos,
del ser, los astros y ese enigma maravilloso,
*el mundo, un error glorioso, en el peor de los casos, [...].**

El reconocimiento de la dimensión material del universo le permite a Byron, curiosamente, sondear otra forma de espiritualidad que se basa en la imaginación de todo aquello que queda fuera de la apropiación humana. El «egoísmo universal» queda así cuestionado, y el funcionamiento de nuestras mentes y cuerpos se inserta en un conjunto que los hace más humildes y a la vez más enigmáticos. La animalidad se convierte en una forma de acceso a la verdad de nuestra condición.

Incluso la inflexibilidad formal del poema es sintomática a ese respecto. Al preservar la estrofa cerrada de la *ottava rima*, Byron recuerda la distancia que hay entre el lenguaje y el mundo. Tanto el desarrollo del verso suelto como el de la prosa crean un espejismo de identificación con la naturaleza que puede acabar resultando catastrófico. El ritmo y la rima son, en cambio, formas de sobrevivir a la desesperación, ardides para no olvidar los límites de la inteligencia y recordar que hay cosas que solo se pueden decir cantando. Y entre esas cosas se cuenta sobre todo el amor, en todas sus variantes. Como hemos visto, por una parte Juan está a merced de todo tipo de mujeres, y, por la otra, el pro-

* Canto XI, 1-3. Véase la p. 423 de este volumen.

pio Byron da cuenta en sus digresiones de su poder de seducción y de su conocimiento detallado del mundo femenino:

¡Qué rara cosa es el hombre y más rara aún
la mujer! ¡Qué torbellino en su cabeza
y qué vorágine llena de peligro y hondura
todo el resto en ella! Ya casada o viuda,
madre o doncella, puede cambiar de parecer
como el viento. Sea lo que sea lo que diga
o haga no es nada con respecto a lo que hará.
*El más viejo registro y aun gran novedad.**

Este último verso («the oldest thing on record and yet new») prueba hasta qué punto la aparente misoginia de *Don Juan* es también una filoginia. Al expulsar a la mujer de la idealización mariana de la que venía siendo objeto desde la Edad Media –como hizo también Shakespeare–, Byron se atrevió a escenificar la explosiva convulsión de la feminidad en toda su complejidad real. Hay un momento incluso en que se arriesga a componer una oda a los genitales de la mujer, el origen del mundo:

Oh tú, taeterrima causa *de toda las* belli,
tú, puerta de la vida y la muerte, inefable.
De ahí nuestra salida y entrada. Bien puedo
pararme a meditar cómo todas las almas
se hunden en tu eterna fuente. No sé cómo
cayó el hombre, pues vio el saber sus ramas
sin su fruto primero, mas cómo se cae él
*y se levanta, tú lo has dispuesto para siempre.***

Además, Byron habla abiertamente de una «ginecocracia» que él se dispone a desenmascarar:

* Canto IX, 64. Véase la p. 395 de este volumen.
** Canto IX, 55. Véase la p. 392 de este volumen.

Pero los que así yerran son principiantes.
Un poquito de afable hipocresía
ha salvado la fama de mil espléndidas
pecadoras, simpáticas oligarcas de nuestra
ginecocracia. Podéis verlas en bailes y cenas
entre las más altivas de nuestra aristocracia,
tan gentiles, divinas, benévolas, castas
*y todas teniendo tacto además de gusto.**

Y hablando de la mala impresión que le había causado a su amante Teresa Guiccioli la lectura de los dos primeros cantos de *Don Juan*, Byron comentó en una carta a su editor:

Teresa leyó los dos primeros cantos en la traducción francesa y no dejó de suplicarme que no escribiera más. La razón de ello no es a primera vista evidente para un observador de las maneras foráneas, pero surge del deseo de todas las mujeres de exaltar el sentimiento de las pasiones, de mantener la ilusión que constituye su imperio. Bien, *Don Juan* destruye esa ilusión y se ríe de ella y de muchas otras cosas. Nunca he conocido a una mujer que no protegiera a Rousseau ni a ninguna que no detestara a Grammont, Gil Blas o cualquier comedia de las pasiones explicitadas de forma natural.**

No debería sorprendernos, pues, que a partir del canto VI, John Murray renunciara a seguir publicando *Don Juan*, del que desde entonces tuvo que ocuparse John Hunt, un editor radical y marginal. Ya en el canto V, Byron había tensado la cuestión amorosa impugnando sin contemplaciones toda la tradición al respecto:

La escritura amorosa, por tanto, yo impugno,
salvo en la forma en que no seduce,
llana, simple, sucinta y en absoluto tentadora,

* Canto XII, 66. Véase la p. 463 de este volumen.
** Carta de lord Byron a John Murray, 16 de julio de 1821.

mas con una moral en cada error clavada,
hecha más para instruir que deleitar
y con toda pasión a su vez atacada.
Si mi Pegaso no se herrara tan mal
*este poema acabaría siendo un ejemplo moral.**

En ese mismo canto, Juan, después de ser vendido como esclavo, intenta ser raptado por una sultana, que para ello lo obliga a travestirse, algo que termina por provocar escenas de histeria entre las jovencitas del harén. Byron somete así a su personaje a una metamorfosis que suspende la seguridad de las identidades sexuales clásicas:

Y estando así como mujer ataviado,
con cierta ayuda de tijeras, tinte y pincitas
se lo veía por completo cual doncella,
y exclamó Baba sonriendo, «Ya veis, señores,
una perfecta transformación se ha obrado.
Veníos, pues, ahora conmigo, caballeros,
la dama, me refiero». Dando dos palmadas,
*en un tris cuatro negros en su codo aparecieron.***

Don Juan, epítome del macho, se ha transformado en una damisela por el capricho de una sultana que intenta burlar el control del sultán. Y, cuando Juan se resiste a los avances de la mujer, Byron no duda en describir la furia de la despechada en estos términos:

Una tigresa privada de crías, una leona,
o cualquier buena bestia predadora
son símiles a mano para el disgusto
de damas que no pueden salirse con la suya;

* Canto V, 2. Véase la p. 243 de este volumen.
** Canto V, 80. Véase la p. 263 de este volumen.

pero aunque yo no quisiera ser menos,
estos no expresan lo que querría decir.
¿Pues qué es robar crías, pocas o muchas,
*al lado de saber que no vas a tener ninguna?**

El reverso de este estallido de vitalidad y transgresión es la guerra, que en el poema ya no se reviste de tintes heroicos o redentores. Byron describe las aventuras bélicas de su personaje en el sitio de Izmail con la conciencia de todo lo que estaba ocurriendo en su propio tiempo. En el episodio del naufragio del canto segundo ya nos había ofrecido un vislumbre de una humanidad caníbal, librada a una destrucción sin esperanza. Pero, del canto VI al VIII, Byron mostrará la carnicería de la guerra moderna en toda su crudeza. Y la idea del hombre que de ella se deriva:

Perros u hombres (pues os halago
diciendo que sois perros, son mejores),
podéis leer o no lo que ensayo ahora
para mostraros lo que sois de verdad.
Si no se aquieta la luna para el aullido
de lobos, no hurtará de sus cielos ni un rayo
la genial musa. ¡Aullad pues esa vana ira,
*mientras riela ella en vuestro turbio camino!***

En la sangrienta ciénaga así nadaron,
llena de muertos y agónicos, ganando a veces
una yarda o dos de tierra que les acercaba
a algún extraño ángulo por todos codiciado;
repelidos otras veces por fuego cercano,
que se vertía cual si lloviera el infierno,
en vez del cielo, topaban hacia atrás
*con un colega herido, tendido en sus tripas.****

* Canto V, 132. Véase la p. 276 de este volumen.
** Canto VII, 7. Véase la p. 322 de este volumen.
*** Canto VIII, 20. Véase la p. 348 de este volumen.

Ríe la muerte. Ve a pensar sobre los huesos
con los que se figuran los hombres el enigma
que oculta el más allá, como un sol puesto
que aún por doquier puede dar bello abril.
Se ríe la muerte de todo lo que lloras. Mira
este constante terror de todo, cuya punzada
amenazante hace miedo de la vida, aun en la vaina.
*¡Mira cómo su boca sin labios sonríe sin aliento!**

Alexandre Kojève, el gran especialista en Hegel y principal teórico en el siglo XX del final de la historia, recordó que, además del filósofo alemán, el dandi George Brummell, amigo de Byron, fue uno de los pocos en darse cuenta de que después de Napoleón ya no se podía ser soldado.** El proceso de homogeneización poshistórico así como la emancipación del hombre del orden teocéntrico estaban alumbrando una nueva forma de muerte: la aniquilación moderna. Es la misma que por aquellos años, a principios del siglo XIX, había registrado Goya por primera vez en sus dibujos y grabados; también Beethoven en la marcha fúnebre del segundo movimiento de su sinfonía *Heroica*, un réquiem laico y horizontal. El mismo Hegel describió el fenómeno en su *Fenomenología del espíritu* (1807):

La muerte –si queremos llamar así a esta irrealidad– es lo más terrible que hay y retener lo muerto exige una fuerza suprema. La impotente belleza odia al entendimiento porque este le exige lo que ella es incapaz de hacer.***

* Canto IX, 11. Véase la p. 381 de este volumen.

** Véase Alexandre Kojève, *Introduction à la lecture de Hegel*, París, Gallimard, 1947. [Hay trad. cast.: Alexandre Kojève, *Introducción a la lectura de Hegel*, trad. de Andrés Alonso Martos, Madrid, Trotta, 2013].

*** *Ibidem*, p. 598.

De una forma intuitiva y en absoluto teórica, poética en un sentido profundo, Byron captó exactamente lo mismo. El final de la gloria encarnada en la derrota de Napoleón –y que él mismo protagonizaría en su muerte antiheroica en Mesolongi, donde probablemente fue víctima de una enfermedad transmitida por una garrapata– transformó la guerra en un negocio al servicio de la muerte mecánica.* Byron hace varias veces alusiones a los avances técnicos fruto de la revolución industrial, por ejemplo a la generalización del motor de vapor y al desguace de la navegación a vela, tal y como puede observarse en *El último viaje del Temerario*, el óleo de 1839 de Turner. Él era consciente de hasta qué punto la tecnificación del mundo estaba alterando todas las relaciones y las empresas humanas, incluida la literatura. Hay también en el poema constantes referencias a las teorías de Malthus sobre el aumento de la población y sus consecuencias con respecto a los límites de la procreación. En ese sentido, *Don Juan* es también un poema sobre la esterilidad, como lo es el mito del que surge. Pero justo por ello, de nuevo, la vida cobra por sí misma una trascendencia inédita, concentrada en este caso en la pequeña Leila, a la que Juan salva de la muerte en Izmail:

¡Oh vosotros, nosotros, él o ella! Pensad
que una vida salvada, sobre todo joven
y bella, es para el recuerdo algo mucho
más dulce que los verdes laureles surgidos
del estiércol humano, aunque cubiertos
con todos los elogios jamás dichos o cantados.
Aunque con harpa celebrada, a menos
*que dentro os unáis al coro, es jaleo la fama.***

* La principal conclusión a la que llegó Fiona MacCarthy en su biografía, citando fuentes autorizadas, es que Byron contrajo unas fiebres después de que le infectara una garrapata de uno de sus inseparables perros.

** Canto IX, 34. Véase la p. 387 de este volumen.

Al mismo tiempo, eso hace que la poesía descubra un nuevo cometido. Ya no se trata de cantar las gestas colectivas ni de adular a dioses, reyes y emperadores sino de alabar, simplemente, el carácter efímero de la existencia solitaria y desatada:

Ya sabes, o quizá no, que el gran Bacon dijo:
«Tira una paja y te diré el sentido del viento».
Y esa paja, surgida del humano aliento,
es poesía, según refulge el espíritu,
un azor de papel, volando entre vida y muerte,
una sombra que el alma delantera arroja.
Y no se sopla mi pompa para el halago
*sino para jugar solo, como lo hace un niño.**

Al principio del canto XII, Byron resume todas esas transformaciones en una serie de estrofas que evidencian una alteración de los valores mediante una superposición de imágenes extraordinariamente sutil y elocuente. En la primera octava, el poeta se presenta como alguien de mediana edad, en un insípido interregno entre la juventud y la vejez, el páramo de la falta de sustancia:

De entre todas las bárbaras Edades Medias,
es la más bárbara la edad media del hombre.
Se trata no sabría muy bien decir de qué;
pero cuando oscilamos entre el bufón y el sabio
y no sabemos en verdad qué nos espera,
un periodo algo parecido a página impresa,
letra gótica en folio, mientras el cabello
*se nos vuelve canoso y no somos ya lo que éramos, [...]***

La constatación de haber ingresado en un periodo incierto e insulso se resuelve en la metáfora de la escritura convertida en

* Canto XIV, 8. Véase la p. 501 de este volumen.
** Canto XII, 1. Véase la p. 447 de este volumen.

imprenta, pero en los primeros años del invento –la letra gótica–, cuando todavía estaba fresco el recuerdo de una literatura oral y de un mundo libresco muy restringido. Así, el incipiente envejecimiento del poeta se identifica con la propia decadencia de la poesía, que está a punto de traducir su valor en otro que ya no es el de las musas y la gloria sino el de la imprenta y el comercio, como queda claro en la segunda estrofa:

para la juventud muy viejos, demasiado jóvenes
aún a los treinta y cinco para andar con chicos
o reservarse ya con sesentones. No sé si la gente
debería seguir viviendo, pero como lo hace,
esa época es un aburrimiento. El amor
perdura aún, mas ya es tarde para casarse,
en cuanto al otro amor, se fue el hechizo;
y el dinero, la más pura imaginación,
*reluce solo a través del alba de su creación.**

La conciencia del paso del tiempo se asocia con la pérdida de valor del propio dinero, la «más pura imaginación», porque solo reluce con el recuerdo del oro que le dio origen, del mismo modo que el amor ya solo vive del fantasma de la pasión extinta. Así como la juventud muere y pervive en el hombre maduro, la palabra viva en la página impresa, también el dinero sufre una metamorfosis que va del metal precioso a la acuñación de la moneda, metáfora todo ello de ese final histórico que anuncia una era igualitaria y horizontal. Por ello, de pronto Byron decide proclamarse el «único poeta» del oro:

¡Oro! ¿Por qué llamar avaros a los miserables?
Suyo es el placer que nunca caduca.
Suya es la mejor ancla de leva, la cadena
que fuerte ata otros placeres grandes y chicos.

* Canto XIV, 2. Véase la p. 447 de este volumen.

Aquellos que en la mesa veis al ahorrador
y os burláis de su consejo moderado cual ninguno
y os admiráis de cómo el rico puede guardar
no sabéis qué visiones de tacaños surgirán.

Amor o lujuria enferman y el vino aún más.
La ambición desgarra y el juego da pérdidas.
Pero hacer dinero, lento y luego rápido,
y sumando un poquito con cada cruz
(que vendrá con las cosas) tumba el amor
o el licor, la ficha del jugador, la escoria política.
¡Oro! Aún te prefiero más que al papel,
que hace del crédito bancario barco de vapor.

¿Quién equilibra el mundo? ¿Quién reina
en el Congreso, ya sea monárquico o liberal?
¿Quién sublevó a los españoles descamisados
que hacen a los diarios europeos gemir y farfullar?
¿Quién mantiene el mundo, viejo y nuevo,
con dolor o placer? ¿Quién hace frívola la política?
¿Audaz la sombra del noble Bonaparte?
El judío Rothschild y su colega Christian Baring.

Esos y el verdadero liberal Lafitte
son los auténticos amos de Europa.
Los préstamos no son solo especulación
sino que fijan naciones o molestan tronos.
También las repúblicas se implican:
tenían en Colombia las acciones titulares
conocidos al cambio y aun tu tierra de plata,
Perú, debe obtener descuento de un judío.

¿Por qué llamar al avaro miserable?
Como dije antes, suya es la vida frugal
que en un santo o cínico siempre fue

motivo de halago. No dejaría un ermitaño
de ser canonizado por la misma causa,
¿por qué culpar pues las entecas austeridades
de la Riqueza? Porque, diréis, nadie lo pedía;
pues más mérito tiene aún el sacrificio.

Aquí está tu único poeta. La pasión, pura
y destellante de cúmulo en cúmulo, despliega
el metal poseído del que meras ilusiones
atraen a naciones a lo hondo. Rayos dorados
refulgen en lingotes desde la mina oscura.
En él vierte el diamante su brillante llama,
mientras el aura suave de la esmeralda eclipsa
*los tonos de otras piedras para aliviar al avaro.**

Byron también intuyó que, tras el Congreso de Viena, un nuevo mundo burgués –que él no conocería en estos términos– se iba a extender en Occidente y que los banqueros serían los nuevos emperadores. Su furia contra Castlereagh, Wellington, Southey o Wordsworth en realidad apunta a lo mismo. El estado de conformidad que empezaba a instituirse iba a desplegarse de forma irrevocable en la vieja Europa. Byron todavía albergaba ciertas esperanzas con lo que estaba ocurriendo en América –bautizó a su velero con el nombre provocador de Bolívar–, pero en realidad su intuición, así como su huida en falso a Grecia, apuntaban al hundimiento de toda esperanza revolucionaria. Así las cosas, al poeta ya no le quedaba más remedio que asumir su condición de vendedor y de nombrar comprador al lector, al que describe, al final del canto primero, como «gentle reader and / still gentle purchaser» («gentil lector, y / comprador aún más gentil»).**

En los últimos cantos, Byron lleva a su personaje a Inglaterra y aprovecha el viaje para ajustar cuentas con su país natal, siem-

* Canto XII, 3-8. Véanse las pp. 447-449 de este volumen.
** Canto I, 221. Véase la p. 124 de este volumen.

pre con una contradictoria mezcla de rencor, sorna y nostalgia. A pesar de los pesares, el poeta seguía sintiéndose par del reino, perteneciente a una estirpe en vías de extinción. Cuando se enteró de la muerte de Jorge III, el viejo rey loco, símbolo de una época desaparecida, se mostró muy apesadumbrado. Al mismo tiempo, sentía bastante desprecio por su torpe heredero, Jorge IV, y en general por la política de Inglaterra en todos los órdenes:

No tengo yo gran causa para amar esa tierra,
sostén de algo que podría haber sido
la más noble nación, mas aunque poco le debo
salvo mi nacimiento, siento una mezcla
de pena y gusto por su fama declinante
y su antiguo favor. Siete años (plazo de transporte)
de ausencia el viejo rencor de uno nivelan
cuando el propio país al infierno se condena.

Ay si pudiera ella bien saber cómo
su gran nombre es hoy del todo aborrecido,
qué ansiosa está la tierra por el golpe
que ante la espada desnuda la dejará,
cómo las otras naciones la ven su peor rival,
peor que la peor, el falso amigo un día
querido que ofreció libertad a los humanos
y hasta la mente hoy les encadenaría,

¿estaría orgullosa o a los libres alabaría
quien es primera de los esclavos? Están
en prisión las naciones, pero ¿y el carcelero?
No es menos víctima del cerrojo.
¿Es libertad el dudoso privilegio
de girar la llave del cautivo? Tan lejos
de disfrutar del aire y la tierra está aquel
*que vigila la cadena como el que la lleva.**

* Canto X, 66-68. Véanse las pp. 417-418 de este volumen.

Byron le descubre Londres a Juan y deja una descripción memorable tanto de la ciudad como de su relación con ella:

Una compacta masa de ladrillo, humo y barcos,
sucia y oscura, pero tan amplia como el ojo
llegaba a ver, aquí y allá una vela pasando
para luego perderse en el bosque de mástiles,
una extensión de torres espiando de puntillas
a través del dosel de negra marina de carbón,
una gran cúpula parda, como una caperuza
coronando a un bufón y en Londres ya estamos.

Mas Juan no vio esto. Cada espiral de humo
le parecía como el mágico vapor
de una caldera alquímica de la que brotara
riqueza de los mundos (papel e impuestos).
Nubes plomizas, que ahí como un yugo
se inclinaban y el sol apagaban cual pábilo,
no eran nada salvo la atmósfera natural,
de todo saludable, pero raras veces clara.

Se paró, también yo lo haré, cual tropa
antes de disparar su andanada. Poco a poco,
mis gentiles paisanos, renovaremos
nuestra relación vieja y al menos trataré
de contaros verdades que no os creeréis
porque lo son. Masculina Sra. Fry,
con una suave escoba barro vuestras salas
*y limpio de los muros una o dos telarañas.**

Juan entra así en la alta sociedad inglesa y acaba siendo invitado a pasar unos días en una mansión de campo. Para su descripción, como hemos dicho, Byron se basó en la abadía de

* Canto X, 82-84. Véanse las pp. 421-422 de este volumen.

Newstead, la casa solariega de su familia que él mismo había vendido en 1818, justo cuando empezó a escribir *Don Juan*. Las estrofas que le dedica recuperan por un momento el tono arcaizante del *Childe Harold*, como si quisiera unir el principio con el final:

A Norman Abbey fue el noble dúo,
antes un monasterio muy antiguo y hoy
una mansión aún más vieja de rico y raro
gótico híbrido, del que artistas han dejado
pocos ejemplos que podamos comparar,
con todo, queda quizá un poco bajo,
pues preferían los monjes una colina atrás,
para cuidar su devoción del vendaval.

Estaba hundida en un feliz valle,
coronado por bosques donde el roble druida
se erguía cual Carataco en acto de animar
a su hueste con grandes brazos contra el trueno.
Y por debajo de sus ramas salir se veía
a los pintos silvanos; al romper el alba
se deslizaba el ciervo con su manada
a beber de un arroyo, murmurante cual ave.

Ante esa mansión había un lago luminoso,
amplio y translúcido, hondo y bien nutrido
por fresco río, cuyo curso suave se adentraba
en corrientes por agua más calma extendida
alrededor. El ave salvaje anidaba en la espesura
y la juncia, empollando en su lecho líquido.
Los bosques descendían hasta su linde y ahí
*el caudal contemplaban con sus rostros verdes.**

* Canto XIII, 55-57. Véanse las pp. 484-485 de este volumen.

Por supuesto, Byron no dejó pasar la oportunidad de vengarse de la hipocresía de la sociedad a la que pertenecía –y que nunca, en realidad, le ha perdonado– y permitió que Juan cayera en manos de las aristócratas como un juguete. El último episodio es de hecho una última forma de burla y transgresión. Una noche, Juan cree ver al fantasma del fraile negro, una leyenda de la casa, basada en una experiencia sobrenatural que tuvo el propio Byron en vísperas de su boda, anuncio, según él, del desastre conyugal. Al principio la escena se presenta con todo el sabor gótico propio de la literatura romántica. El escenario, esa vieja mansión que había sido una abadía, es ideal para crear una atmósfera de misterio y terror. Pero Byron resuelve el enigma con otra farsa de travestismo. El fantasma resulta ser una duquesa disfrazada que quiere seducir a Juan. En la última estrofa que el poeta escribió, vemos al protagonista y a su amante con resaca después de una noche sin pegar ojo:

Si es mejor encontrarse fantasma o nada
es difícil de decir, mas Juan parecía
como si hubiera combatido con más de uno,
estando pálido y cansado, con ojos que apenas
toleraban la luz de las góticas ventanas.
Su Excelencia también tenía aire obtuso,
parecía muy pálida y temblaba, como
*si hubiera velado o soñado más que dormido.**

De algún modo, era inevitable que *Don Juan* quedara inconcluso. Su propia naturaleza proteica y omnívora así lo requería, al dictado del mito. En el canto XI, Byron ya había intuido que el poema terminaría por derrotarle: «Mas fue Juan mi Moscú», identificándose una vez más con Napoleón.** Una de las características, además, del mito de don Juan, como hemos visto, es la

* Canto XVII, 14. Véase la p. 588 de este volumen.

** Canto XI, 56. Véase la p. 437 de este volumen.

ausencia de finalidad, contra cuyos imperativos el burlador se rebela una y otra vez para habitar en la eterna repetición. En ese sentido, la muerte de Byron salvó a Juan de morir como víctima del terror revolucionario y dejó al personaje como merecía, exhausto tras una noche de amor, a la espera de ser asaltado por otra mujer. Al mismo tiempo, la voz del propio Byron, en realidad el héroe que había salido a buscar en la primera estrofa del canto I, se quedó suspendida y a la espera, negándose a concluir su infinito monólogo, transformado para siempre en un don Juan del conocimiento. Lord Byron consiguió así que su último poema se reafirmara en la fe de vida que primero había formulado en *Childe Harold*: «Built me a little bark of hope» («Construidme una pequeña barca de esperanza»).*

Para nuestro siglo, *Don Juan* se cuenta entre las grandes obras que el romanticismo nos legó para entender las distintas manifestaciones y metamorfosis de la modernidad. Cuando Byron murió en Mesolongi, el 19 de abril de 1824, ya hacía años que Friedrich Hölderlin vivía enajenado en la torre de Tubinga con el ebanista Zimmer. En *El archipiélago* (1800) y en sus grandes himnos y elegías –muchos de ellos fragmentarios e inconclusos–, el poeta alemán había llevado a cabo el último intento de sostener el espíritu sobre la tierra, dando sentido aún a la relación entre mortales y celestiales. También Hölderlin creyó en la Revolución francesa como forma de actualizar en Europa la añorada democracia ateniense. Pero tanto el sueño político como el religioso le llevaron a la locura y al desahucio. Por su parte, Wordsworth, en *El Preludio* (1850), un poema que Byron no conoció pero que hubiera detestado, compuso la primera gran épica de la mente, por supuesto inacabada, prefacio de hecho a otro poema, *El recluso*, que también quedaría sin terminar. El propio Byron, al llegar al canto XII del *Don Juan*, anuncia que su poema aún no ha empezado:

* *Childe Harold*, IV, CV.

Pero ahora empiezo mi poema. Quizá
sea un poco raro, si no bastante nuevo,
que desde los primeros cantos hasta este
no haya empezado aún lo que debe pasar.
Estos primeros doce libros son florituras,
preludios, *para ir probando una cuerda o dos*
de mi lira o ajustar las clavijas;
*y cuando esté, ya tenéis la obertura.**

De alguna manera, todos estos grandes poetas, cada uno a su muy distinta manera, nos revelan que la modernidad está condenada a no encontrar nunca su objeto y que debe resignarse a ser para siempre un preludio que a la vez termina por convertirse en un *late style*, en un estilo tardío que se enfrenta a la muerte y a la aniquilación sin más defensa que la propia efusión de su voz. Como dice el propio Byron: « [...] una anodina y siempre cambiante rima, / una versificada aurora borealis / que en un baldío clima glacial destella».**

Andreu Jaume

* Canto XII, 54. Véase la p. 460 de este volumen.
** Canto VII, 2. Véase la p. 321 de este volumen.

Nota de edición

La presente edición se basa en el texto fijado en Lord Byron, *Don Juan*, editado por T. G. Steffan, E. Steffan y W. W. Pratt, Londres, Penguin Classics, 1993. Para la anotación y la traducción también se ha utilizado la minuciosa edición del poema preparada por Peter Cochran, gran especialista en Byron, disponible en la red: <https://petercochran.files.wordpress.com/2009/03/don-juan-000dedication.pdf>. También se ha utilizado la edición española de la correspondencia veneciana, *Lord Byron, Débil es la carne. Correspondencia veneciana (1816-1819)*, selección de Jaime Gil de Biedma, edición y traducción de Eduardo Mendoza, Barcelona, Tusquets, 1999. Así como una antología de sus cartas y diarios, *Byron's Letters and Journals*, editada por Richard Lansdown, Oxford, Oxford University Press, 2017.

Las notas se han dispuesto al final y sin llamada en los versos. Se han referenciado las citas, los personajes literarios e históricos, así como algunas pocas cuestiones relativas a la traducción. No se han explicitado todas las alusiones a la biografía de Byron por la imposibilidad de dar cuenta cabal de todas ellas y respetar en la medida de lo posible el placer de la lectura.

A. J.

Nota de traducción

Como se explica en la introducción, Byron eligió para *Don Juan* la *ottava rima*, que ya había utilizado en *Beppo*, su poema anterior. La estrofa, de origen italiano, está compuesta por ocho versos yámbicos –endecasílabos– con una patrón de rimas en *abababcc*. Es lo que en español se conoce como «octava real». En mi versión he mantenido el ritmo endecasilábico –con versos que oscilan entre 7, 9, 11, 13 y 14 sílabas–, pero he renunciado a reproducir la rima. Y no solo por una cuestión práctica, ya que la estricta observancia de la misma suele imponer al traductor soluciones a menudo estrafalarias, además de torturar al lector con un sonsonete que termina por resultar cacofónico y enervante. Más allá de eso, sin embargo, sostengo que traducir rimando hubiera constituido una traición mayor. El inglés y el español son dos lenguas prosódicamente muy distintas, por mucho que hayan sido educadas poéticamente en una misma tradición. El inglés tiene bastantes menos posibilidades de trabar rimas que el castellano, de ahí que en numerosas ocasiones Byron se vea obligado a forzar los sonidos con asociaciones fonéticas que en nuestra lengua serían obligatorias y martilleantes. En el original, la *ottava rima* se convierte en un feliz reflejo del modelo italiano, pero solo es eso: un reflejo aproximado e irónico que confiere al inglés una gracia especial y aérea. Obligar al español a cumplir con el mismo esquema arruinaría esa levedad y convertiría la traducción en un ejercicio en falso.

La única manera, por tanto, de traducir el estilo de Byron, su virtuosa cantinela irónica lo mismo que su feliz fraseo, es mediante la escansión del ritmo y un libre juego de sonidos que efectivamente den al oído español testimonio de la voz original. No he renunciado a mantener, en ocasiones, algún pareado final para abundar en lo mismo.

A. J.

Cronología de la vida de lord Byron

1788. El 22 de enero nace George Gordon Byron con un pie deforme. La cojera le atormentará toda la vida. Era hijo de John Byron («Jack el Loco»), un noble arruinado que ya tenía una hija, Augusta Byron, de un primer matrimonio. El padre se casó en segundas nupcias con Catherine Gordon of Gight, madre del poeta.

1789. El pequeño Byron se va con su madre a vivir a Aberdeen, en Escocia, donde asistirá a la escuela.

1791. Muere su padre y Byron se convierte en heredero del título de barón.

1797. Una de sus niñeras, May Gray, devota y alcohólica, abusa de él sexualmente.

1798. A la muerte de su tío abuelo, lord William Byron, «el Lord Malvado», Byron hereda el título familiar y la abadía de Newstead, llena de deudas, donde se muda con su madre y May Gray.

1799. Se le somete a duros e infructuosos tratamientos para intentar curarse la deformidad del pie.

1800. Se enamora de su prima Margaret Parker y descubre su vocación poética.

1801. Hasta 1805 asiste a la Harrow School. Se enamora de Mary Ann Chaworth.

1804. Empieza a escribir poesía.

1805. Mary Ann Chaworth lo rechaza para casarse con otro. En octubre ingresa en el Trinity College de Cambridge.

1806. Publica privadamente *Piezas fugitivas*, su primer libro de poemas, que pronto destruye.

1807. Publica *Poemas sobre ocasiones diversas* y *Horas de ocio.*

1808. Se publica en la *Edinburgh Review* una crítica muy adversa de *Horas de ocio.* Vive en Newstead. Recibe el título de Master of Arts en Cambridge.

1809. Alcanza la mayoría de edad e ingresa en la Cámara de los Lores. Publica anónimamente *Bardos ingleses y críticos escoceses.* Navega con John Hobhouse a Lisboa. Viaja a Sevilla, Cádiz y Gibraltar. Navega a Malta, Albania, Mesolongi y Atenas. Termina el primer canto de *Childe Harold.*

1810. Va de Atenas a Esmirna. Termina el segundo canto de *Childe Harold.* Viaja a Constantinopla. Regresa a Atenas, donde permanece diez meses.

1811. Vuelve navegando a Inglaterra. Muere su madre. Vive en Newstead.

1812. Primeros discursos en la Cámara de los Lores. Se publican los dos primeros cantos de *Childe Harold* en la editorial de John Murray, y Byron se hace súbitamente famoso. Empieza su amistad con Thomas Moore, Samuel Rogers y lady Melbourne. Mantiene relaciones sentimentales con Caroline Lamb y con lady Oxford. Conoce a Annabella Milbanke, a la que propone matrimonio, pero es rechazado.

1813. Se relaciona con la sociedad londinense. Relación sentimental con su hermanastra Augusta. Publica *La novia de Abidos* y *El infiel*.

1814. Se publican *El corsario* y *Lara*. Se compromete con Annabella Milbanke.

1815. Se casa en Seaham y se instala con lady Byron en una casa en Londres, en Piccadilly Terrace. Publica *Melodías hebraicas*. Nace su hija Ada. Se distancia de su esposa.

1816. Lady Byron deja Londres y se va a vivir con su padre. Publica *El sitio de Corintio* y *Parisina*. Firma el acuerdo de separación con su mujer. La sociedad londinense desaira a Byron, que empieza una relación con Claire Clairmont. Se prepara para exiliarse en el continente. Subasta su biblioteca. Acompañado por su criado John Fletcher y el médico Polidori, Byron deja Inglaterra para siempre el 25 de abril. Viaja por Bélgica, visita el campo de Waterloo y llega a Génova. Alquila Villa Diodati; Shelley, Mary Godwin y Claire Clairmont viven cerca. Escribe el tercer canto de *Childe Harold* y *El prisionero de Chillon*. Se traslada a Milán y luego a Venecia. Se relaciona con la alta sociedad veneciana y tiene relaciones sentimentales con mujeres de clase alta y baja.

1817. Nace Allegra, la hija que tiene con Claire Clairmont. Termina *Manfredo*. Viaja a Roma, Padua, Ferrara, Bolonia y Florencia. Escribe *La lamentación de Tasso*. Deja Roma y vuelve a Venecia y se muda a la cercana La Mira. Mantiene una relación turbulenta con Margarita Cogni. Publica *La lamentación de Tasso* y escribe *Beppo*. Vende la abadía de Newstead y salda numerosas deudas acumuladas.

1818. Se publica *Beppo.* Sufre gonorrea. Publica el canto IV de *Childe Harold.* Lleva una vida disoluta y promiscua en Venecia. Se muda al Palazzo Mocenigo. Empieza a escribir *Don Juan.*

1819. Sufre más enfermedades. Comienza su intensa relación con la condesa Teresa Guiccioli. Escribe por petición suya *La profecía de Dante.* Publica *Mazeppa*, y también los dos primeros cantos de *Don Juan.* Le entrega a Thomas Moore el manuscrito de sus memorias. Tiene problemas con el marido y el padre de Teresa Guiccioli. Termina el canto III de *Don Juan*, que divide en dos partes.

1820. Vive en Ravena, en el Palazzo Guiccioli con Teresa y su marido. Se interesa en la política italiana. Empieza a escribir *Marino Faliero.* Se produce un nuevo enfrentamiento con el conde Guiccioli. El padre de Teresa, el conde Gamba, pide al papa que le conceda la separación a su hija. Lo consigue y se lleva a esta a vivir a su casa de campo en Filetto. Byron se hace amigo del hermano de Teresa, Pietro Gamba, y se involucra en la sociedad revolucionaria. Escribe el canto V de *Don Juan* y sigue redactando sus memorias, que envía a Thomas Moore.

1821. Empieza un diario. Comienza a escribir *La muerte de Sardanápalo.* Deja a su hija Allegra en el convento de Bagnacavallo. Escribe *Los dos Foscari.* Se publican los cantos III, IV y V de *Don Juan.* Escribe *La visión del juicio.* Deja Ravena, se encuentra con Samuel Rogers en Bolonia y viaja con él a Florencia y luego solo a Pisa, donde se relaciona con el matrimonio Shelley y su círculo.

1822. Termina *Werner* y declara que romperá relaciones profesionales con John Murray. Muere su suegra y hereda una importante fortuna. También fallece su hija Allegra. Se muda a

Villa Dupuy, Montenero, cerca de Livorno. Shelley muere ahogado durante un viaje en velero. Byron asiste a la cremación de sus restos. Termina los cantos VI, VII y VIII y IX de *Don Juan*. Se instala en Casa Saluzzo, en un suburbio de Génova. Finaliza el canto X de *Don Juan* y empieza el XI, que termina rápido. Mary Shelley ayuda a Byron pasando a limpio el poema. Se publica el primer número del *Liberal* de John Hunt con *La visión del juicio*. Byron rompe definitivamente con Murray y ofrece seis cantos de *Don Juan*, con otras obras suyas, a John Hunt, que es procesado por la publicación de *La visión del juicio*. Termina el canto XII de *Don Juan*. Su salud empeora.

1823. Publica *Cielo y Tierra, un misterio*, termina *La edad de bronce* y empieza *La isla*. Escribe los cantos XIII, XIV, XV de *Don Juan*. Contacta con el Comité Filohelénico de Londres, que vuelve a despertar su interés por la guerra de independencia griega. Publica *Los azules* en el *Liberal*. Termina el canto XVI de *Don Juan* y empieza el XVII. Es nombrado miembro del Comité Filohelénico de Londres. Viaja en la goleta Hércules hacia Grecia con Pietro Gamba. Los otros tripulantes eran Edward Trelawny, el escritor y luego cronista de su amistad, el doctor Francesco Bruno –que había sustituido a John Polidori, muerto dos años antes, como su médico personal–, su gondolero Tita Falcieri, una especie de gigante que le servía como guardaespaldas, y su fiel criado Fletcher. Como siempre, llevaba un séquito de animales, aunque ya no tan nutrido y estrafalario como años atrás. Ahora se componía tan solo de cinco caballos y dos perros, el bulldog Moretto y el terranova Lyon. En Cefalonia, entonces controlada por los ingleses, Byron se encuentra con el coronel Charles James Napier, gobernador de la isla y ya legendario estratega militar. Estricto contemporáneo del poeta, comparte con él una misma visión romántica de aquella guerra. En Cefalonia, Byron también hace amistad con James Kennedy, cirujano del ejército británico y evangelista. Se publican los cantos VI-XIV de *Don Juan* en tres volúmenes. Visita Ítaca, donde sufre convulsiones. En cuanto a la guerra, Byron se siente decepcionado por el enfrentamiento entre las distintas facciones griegas. Se entrevista con cabecillas como Alexandros Mavrokordatos, con quien planea un ataque a la fortaleza de Lepanto. Se ve también con los bandidos suliotas. Y recibe informes desfavorables sobre la incompetencia militar griega y sobre su falta de patriotismo.

1824. En Mesolongi, en febrero, el poeta enferma antes de que zarpe la expedición para atacar Lepanto. Aquejado de fiebres y ataques epilépticos, le practican, contra su voluntad, unas sangrías que le dejan extenuado. Muere el 19 de abril. Estudios posteriores sugieren que el origen de su enfermedad podría ser una fiebre provocada por una garrapata de uno de sus perros. El 17 de mayo, John Murray y otros amigos y familiares de Byron deciden quemar sus memorias por considerarlas excesivamente escandalosas. El manuscrito ardió en la chimenea de la editorial Murray, en el número 50 de Albemarle Street.

Don Juan

Difficile est proprie communia dicere.

Horacio, *Epistola ad Pisones*

PREFACIO A LOS CANTOS I Y II

En una nota o prefacio (he olvidado qué era) del señor William Wordsworth a un poema, el asunto del cual, si es que se entiende, es el remordimiento de una madre no natural por la destrucción de un hijo natural, al lector cortés se le exige extender su habitual cortesía y suponer que la historia está narrada por el «capitán de un buque mercante o un pequeño bajel comercial, hace poco retirado con una pequeña renta a alguna ciudad interior, etc. etc.». Cito de memoria, pero creo que ese era el sentido, si es que lo hay en la nota o prefacio al susodicho poema, en caso de que lo sea. El poema o el producto al que aludo es aquel que empieza con «Hay una espina, es tan vieja», y entonces el poeta informa a todos aquellos que quieran informarse de que su edad era tal que hacía muy difícil pensar que hubiera sido alguna vez joven, que es tanto como decir que o bien era coetáneo del creador de todas las cosas o que había nacido viejo, y era entonces la ideal antítesis consagrada a la conmemoración de un niño que murió joven.

El estanque cercano se describe con sus medidas: «Lo medí de lado a lado, tiene tres pies de largo y dos de ancho». Ya me excusarán por dar tantos detalles de estas cosas, pero esta es la clase de escritura que ha desplazado y degradado a Pope a ojos de la juiciosa opinión pública británica, y este hombre es el tipo de poeta que, de la misma manera que Joanna Southcott convenció a miles de que su hidropesía era Dios todopoderoso vuelto a concebir, ha encontrado a cientos de personas para engañarles con sus locuras y tener su arte por una suerte de poético Emanuel

Swedenborg o Richard Brothers o Parson Tozer, medio entusiastas y medio impostores. Este Góngora rústico y vulgar Marini del gusto de su país hace tiempo que abandonó una mente capaz de mejores cosas que la producción de la basura basada en esas ensoñaciones, que él luego reduce a un sistema de delirios prosaicos para suplantar todo aquello que hasta ahora se había considerado poesía a juicio de nuestros mejores y más sabios padres.

Y su éxito –y qué charlatán no encontrará prosélitos (desde el conde Cagliostro hasta madame de Krüdener)– se lo debe en parte a su ridiculez y en parte al hecho de haber prestado su más perfecta e inconmensurable prosa a la ayuda de un partido político, algo que evidencia su verdadera debilidad, aunque esté protegida por toda la coraza del poder artificial y defendida por todo el ingenio del talento comprado, al recompensar generosamente con aplauso y dinero al más ruin de sus abogados. Entre estos últimos autodegradados, este Thraso de la poesía ha sido desde hace tiempo un Gnatho de la política y puede encontrárselo impreso con algunos libreros y artesanos de maletas y en persona cenando en casa de lord Lonsdale.

Al lector, que ha consentido en el supuesto del señor Wordsworth de que su «Miseria, oh miseria» lo dice el «capitán de una pequeña etc.», se le exige suponer, con un parecido esfuerzo de imaginación, que el siguiente relato épico es narrado por un caballero español en un pueblo de Sierra Morena entre Monasterio y Sevilla, sentado en la puerta de una posada, con el cura del lugar a su derecha, un puro en la boca, una jarra de Málaga o quizá de «buen jerez» ante él en una pequeña mesa con los restos de una olla podrida. La hora, el crepúsculo. A cierta distancia, un grupo de campesinos de ojos negros bailan al son de la flauta de un sirviente portugués que pertenece a dos viajeros extranjeros, que hace una hora han bajado de sus caballos para pasar la noche de camino a la capital de Andalucía. Uno de ellos atiende la historia, y el otro, habiéndose adelantado, está mirando los bellos movimientos de una alta campesina, cuya alma entera está en sus ojos y su corazón en la danza, en la que ella es el imán de diez mil sentimientos que vibran con el propio. No muy lejos, un grupo de prisioneros franceses luchan entre ellos para ver el festival del crepúsculo a través de la celosía de su confinamiento temporal. Los dos principales son una pareja de húsares, uno de los cuales tiene una venda en la frente, aún manchada con la sangre de un sablazo sufrido en una reciente refriega que le privó de su ilegítima libertad. Sus ojos destellan al unísono y sus dedos siguen el ritmo contra las barras de su prisión al son del fandango que se desvanece ante él.

Nuestro amigo el narrador, a cierta distancia con un pequeño público envejecido, cuenta supuestamente su historia sin conmoverse demasiado por la hilaridad musical al otro lado de la plaza. Al lector se le vuelve a exigir que imagine que se trata (por su conocimiento del inglés) o bien de un británico establecido en España o de un español que ha viajado a Inglaterra, quizá uno de los liberales que posteriormente han sido con tanta generosidad recompensados por Fernando, de grata memoria, por su restauración.

Habiendo supuesto tanto de esto como la absoluta imposibilidad de esa suposición admitirá, al lector se le pide que extienda su supuesto poder de suposición hasta concebir que la dedicatoria al señor Southey y varias estrofas del propio poema han sido intercaladas por el editor inglés. También puede imaginar varias causas por el tenor de la dedicatoria. Puede intuirse que se trata del producto de un actual whig, que, después de haber sido criado como transustancial tory, apostató en un momento de debilidad y se enfureció por no haber obtenido nada del cambio y que, muy envidioso por el mayor éxito del autor de *Walter Tyler*, ventiló su rencor de renegado en esa persona inmaculada, de cuya futura inmortalidad y presente pureza tenemos la mejor prueba en sus repetidas declaraciones. O quizá pueda tratarse de la obra de un poeta rival, ensombrecido, si no por la presente y viva popularidad del señor Southey, al menos por los obituarios que ha asegurado a la posteridad y los abusivos aplausos dedicados a sí mismo, en los que ha anticipado con cierta profusión tal vez la opinión de las futuras generaciones, que son siempre más ilustradas que las contemporáneas, especialmente a ojos de aquellos cuya figura en su propia época ha sido engrandecida más de lo que merecen. Los méritos del señor Southey no los conoce nadie mejor que el propio señor Southey. Todas sus últimas obras han mostrado la consunción de una débil criatura humana consciente de deber su elevación mundana a su propia deyección (como el hombre que se ha enriquecido con el comercio de esclavos o el retirado dueño de una casa de juego o de un burdel), luchando denodadamente para engañar a los otros sin tener el valor de mentirse a sí mismo.

En resumen. La dedicatoria puede suponerse además obra de alguien que puede tener cierta aversión por el susodicho Southey, por alguna razón personal, quizá una grosera calumnia inventada o divulgada por este pantisocrático apóstol de la apostasía, que a veces es tan incauto en sus afirmaciones como atroz en sus conjeturas, y nutre así los anhelos de su maldita vanidad; decepcionado en sus más nobles esperanzas y relegado a cazar pedazos de fama como esas contribuciones al *Quarterly Review*, y el consecuente elogio con el que un poderoso periódico recompensa a sus asistentes, por abuso de quien quiera que sea más consistente o más exitoso que él mismo; y la banda provinciana de escribanos reunidos en torno a él.

DEDICATORIA

1 ¡Bob Southey! Eres poeta, poeta laureado
y representante de toda la estirpe.
Aunque es cierto que al fin te volviste tory,
el tuyo ha sido caso común estos años.
Y bien, mi renegado épico, ¿qué haces
con todos los lakistas, dentro y fuera de lugar?
Nido de melodiosos, a mi juicio
como «veinticuatro mirlos en un *pye*».

2 «Abierto dicho *pye* empezaron a cantar»
(esta vieja canción y nuevo símil van bien)
«un fino plato que ponerle al rey»
o regente, que admira ese tipo de comida.
Y Coleridge también ha cogido altura,
pero cual halcón agobiado por su capucha,
explicando metafísica a la nación.
Ojalá pueda explicar su explicación.

3 Tú, Bob, eres bastante insolente, sabes,
por esa decepción tuya en el anhelo
de desplazar a los canoros aquí abajo
y ser el único mirlo en el plato.
Y luego te estresas demasiado, o así,
y te derrumbas cual pez volador
boqueando en cubierta, demasiado subes, Bob,
y te caes, por falta de humedad, seco, Bob.

4 Y Wordsworth en muy larga *Excursión*
(creo que tiene el cuarto quinientas páginas)
ha ofrecido una muestra de la vasta versión
de su nuevo sistema para turbar a los sabios.
Es poesía, al menos eso sostiene él,
y puede parecerlo cuando Sirio rabia
y aquel que lo entiende sería capaz
de añadir una historia a la torre de Babel.

5 Caballeros, a fuerza de largo retiro
de mejor compañía, habéis mantenido
la vuestra en Keswick y a través de constante
fusión de mentes al final habéis convenido,
como la conclusión más lógica,
que poesía tiene corona solo para vosotros.
Hay una estrechez en una noción así
que me hace desear cambiéis lagos por mar.

6 No imitaría yo la mezquina idea
ni acuñaría mi amor propio con tal vicio,
por la gloria que vuestra conversión trajo,
pues el oro en sí no hubiera sido su pago.
Tenéis vuestro salario; ¿para eso trabajáis?
Y Wordsworth tiene puesto en el Excise.
Sois tipos ruines, sí, pero poetas igual
y muy bien asentados en la colina inmortal.

7 Vuestros laureles ocultan la calvicie de frente,
quizá algún rubor virtuoso; dejémoslo estar.
No os envidio ni el fruto ni las ramas
y por la fama os pirraríais abajo,
universal es el campo y permite alcance
para sentir el fulgor inherente a todos.
Scott, Rogers, Campbell, Moore y Crabbe
la competencia os harán en la posteridad.

8 En cuanto a mí, vagando con musas pedestres,
no rivalizo con vosotros en corcel alado,
deseo que el destino os dé, cuando quiera,
la fama que envidiáis y el talento que os falta.
Y recordad que un poeta nada pierde
al darle a sus hermanos su recompensa,
y que el lamento de los días presentes
no garantiza el camino a la futura alabanza.

9 Quien sus laureles guarda para la posteridad
(¿quién no clamó por bella restitución?)
no tiene mucha cosecha de sobra, siendo
el único herido por su propio aserto.
Y aunque aquí y allá alguna gloriosa rareza
surge como Titán de la inmersión del mar,
la mayor parte de esos demandantes van
Dios sabe dónde pues nadie más lo sabrá.

10 Si caído en días aciagos con lenguas malditas,
Milton apeló al Tiempo vengador,
si el Tiempo, vengador, execra sus faltas
y hace que *miltoniano* suponga *sublime*,
él no quiso ocultar su alma en cantos
ni convertir su talento en un crimen.
No detestó al padre para elogiar al hijo
sino que acabó el odio al tirano que inició.

11 ¿Creéis que podría, el ciego anciano,
levantarse cual Samuel para enfriar de nuevo
la sangre de los reyes con sus profecías,
o de nuevo con vida –escarchado otra vez
de tiempo y juicios y esos ojos deshechos
y las hijas crueles– débil, pálido y pobre,
y adorar a un sultán? ¿Obedecer él
a un eunuco mental como Castlereagh?

12 ¡Bribón de sangre fría, plácido lampiño!,
metes las suaves manos en la sangre de Erin
y así para mayor masacre sabes jadear,
traspasado a la ira en costa hermana,
el útil más vulgar que precisa tiranía,
con el talento justo y nada más
para extender cadenas puestas por otros
y ofrecer veneno mezclado hace tiempo.

13 Orador de fraseo tan pobre y bajo,
vil de un modo inefable y legítimo,
que ni aun los más groseros aduladores alaban
ni le sonríen las naciones rivales.
Ni siquiera una chispa de trasiego vivaz
puede arder en la constante muela de Ixión
que gira y gira para darle al mundo noción
de infinitos tormentos y flujo perpetuo.

14 Chapucero incluso en su oficio asqueroso,
trasteando, con parches, dejando atrás
cosas que aun a sus amos dan miedo,
estados que frenar y mentes que encerrar,
conspiración o congresos que hacer,
moldeando grilletes para la humanidad,
hojalatero esclavista, remendón de cadenas,
con Dios y el odio del hombre como ganancia.

15 Si podemos juzgar la cuestión por la mente,
castrada hasta la médula, tiene
tan solo dos objetos, cómo servir y atar,
creyendo su cadena propia de los hombres,
Eutropio de sus muchos amos, al mérito ciego
como a la libertad, a la sabiduría y al ingenio,
valiente porque el hielo no siente nada,
su coraje estancado en un vicio.

16 Dónde me pondré yo para no ver sus lazos,
pues no los sentiré nunca. Italia,
tu rediviva alma romana se rebela
bajo la estatal mentira que sopla sobre ti.
Tu rechinante cadena y las heridas abiertas
de Erin tienen voces, lenguas que gritan para mí.
Europa tiene esclavos, aliados, reyes, soldados,
y vive este Southey para cantarlos fatal.

17 Entretanto, señor laureado, procedo yo
a dedicarle en simple verso este canción a vos.
Y si en compases lisonjeros yo no predico
es porque aún retengo mi beis y azul;
mis ideas políticas aún tienen que educarse.
La apostasía está también muy de moda,
mantener el propio credo se ha vuelto tarea
hercúlea, ¿verdad, mi tory ultrajuliano?

CANTO I

1 Un héroe quisiera, insólito deseo,
pues cada temporada uno envía
hasta edulcorar tanto las gacetas
que la época descubre su mentira;
de ninguno de esos quisiera presumir,
voy a elegir por ello al viejo don Juan.
Todos le hemos visto en la pantomima
bajar al fuego un poco antes de tiempo.

2 Vernon, Cumberland el carnicero, Wolfe, Hawke,
Ferdinand el príncipe, Granby, Burgoyne, Keppel, Howe,
el bien y el mal han sido la comidilla
para llenar luego las placas, como Wellesley hoy.
A su vez todos pasan cual los reyes de Banquo,
súbditos de la fama, nueve cochinos de esa marrana.
Francia tuvo también a Bonaparte y a Dumourier
estampados en el *Moniteur* y el *Courier*.

3 Barnave, Brissot, Condorcet, Mirabeau,
Pétion, Clootz, Danton, Marat, La Fayette
eran franceses, además de gente famosa;
y otros hubo, hoy aún apenas olvidados,
Joubert, Hoche, Marceau, Lannes, Desaix, Moreau,
con muchos otros de esa estirpe militar,
a menudo notables en exceso,
pero no del todo aptos para mis versos.

4 Nelson fue un día el dios bélico de Britannia
y aun debería, mas el viento ha virado.
Nada más se podría decir de Trafalgar;
en la urna está con nuestro héroe,
pues se ha vuelto el ejército más popular
en lo que atañe al menos al gremio naval.
Prefiere el príncipe además la tierra
y olvida a Duncan, Nelson, Howe y Jervis.

5 Valientes hombres hubo antes de Agamenón,
y luego, otros de gran coraje y sapiencia,
bastantes como él, aunque no eran lo mismo,
pero el poeta brillo no les dio en su página
y de ahí el olvido. A nadie condeno,
pero a ninguno hallo en la actualidad
digno de mi poema (al nuevo, me refiero);
así que, como ya dije, con don Juan me quedo.

6 Muchos bardos empiezan *in media res*
(Horacio hace de ello el peaje heroico)
y luego el héroe cuando uno quiere
cuenta lo de antes en un solo episodio
mientras se sienta cómodo tras la cena
junto a su amante en dulce estancia,
jardín o palacio, paraíso o caverna,
que sirve al feliz par como taberna.

7 Es ese el método habitual, no el mío;
yo prefiero empezar por el principio,
pues la uniformidad de mi proyecto
impide digresiones, nefando pecado,
así que empezaré con un verso
(aunque me cueste media hora hilarlo),
contando algo del padre de don Juan,
lo mismo de la madre, con vuestro permiso.

8 En Sevilla nació, espléndida ciudad,
por las naranjas célebres, y por sus mujeres.
Pena da quien en vida no la viera,
según reza el dicho, y yo concuerdo.
De entre las españolas es la más bella,
también Cádiz, quizá, ya pronto se verá.
Junto al río los padres de don Juan vivían,
aquel noble raudal que llaman Guadalquivir.

9 Del padre José era el nombre; don, claro.
Hidalgo de pura cepa, sin gota alguna
de sangre judía o mora, su estirpe
llegaba hasta los más góticos españoles.
Nunca mejor caballero se subió a montura
o de su altura ninguno llegó a bajarse
como José, que engendró a nuestro héroe,
quien a su vez... ya veréis. Bien, sigamos.

10 Su madre era una culta dama, famosa
por sus saberes en todas las ciencias,
sabía todas las lenguas cristianas,
solo igualada en virtud por su ingenio.
A los más listos sonrojaba
e incluso los mejores por dentro rabiaban
al verse superados tantas veces
en sus cosas por todo cuanto ella hacía.

11 Una mina era su memoria; recitaba
Calderón todo entero y de Lope bastante;
si el papel el actor hubiera olvidado,
ella habría sido el texto del apuntador.
De nada le servía el arte de Feinaigle,
su parada hubiera tenido que cerrar,
ya que no hubiera nunca alumbrado
memoria igual a la de doña Inés.

12 Su ciencia favorita, la matemática,
su más alta virtud, la generosidad,
su ingenio (a menudo entrenado) era ático,
sus frases serias oscuras de sublimidad.
Era en suma todo lo que se diría
un prodigio. De mañana fustán vestía,
seda de noche, muselina los veranos,
y no quiero cansar con otros paños.

13 Sabía la palabra de Dios, el latín,
y el alfabeto griego, casi seguro.
Leía a veces romances en francés
aunque su acento no era del todo puro.
El español materno no le importaba,
su conversación era al menos confusa.
Teoremas su mente, su verbo un problema,
como si con su misterio los enalteciera.

14 Gustaba del inglés tanto como del hebreo
y decía que entre ellos había analogías;
lo cual evidenciaba en la canción sagrada.
Debo empero dejar las pruebas a quien las tenga.
Mas yo esto le oí decir, y no yerro,
que juzgue cada cual con su propios medios,
«Qué raro, el sustantivo hebreo para "yo soy",
es el que los ingleses usan contra el Gobierno».

15 Hay mujeres que hablan, lo suyo era lección,
un sermón cada ojo, su ceño homilía,
en todo autónoma y soberana,
como el difunto y llorado sir Samuel Romilly,
de la ley expositor y editor del Estado,
cuyo suicidio fue apenas anomalía,
un triste ejemplo más de «vanidad de vanidades».
(El jurado basó el veredicto en «desvaríos»).

16 Ella era en suma un cálculo con patas,
las novelas de miss Edgeworth sin cubierta,
o los libros de miss Trimmer sobre educación
o *La esposa de Coeleb* en busca de amantes,
la remilgada encarnación de la moral,
en la que ni siquiera la envidia halla mancha,
a otras dejad la porción de «cosas de mujeres»,
porque ella no tenía ni una sola; la peor de todas.

17 Oh, era más allá de todo parangón perfecta,
sin comparación hoy con cualquier santa,
tan por encima de astucias infernales
que su ángel ya no estaba de guardia,
aun sus más mínimos pasos iban tan bien
como el de los mejores relojes Harrison.
Nada terrenal podía superarla en virtud,
salvo vuestro «aceite sin igual», Macassar.

18 Era perfecta, mas como la perfección
insípida resulta en este mundo nuestro
donde los padres primeros no se besaron
hasta que los echaron del emparrado aquel
en el que solo había paz, inocencia y gloria
(no sé cómo aguantaban doce horas),
don José, cual directo hijo de Eva,
se dedicó a arrancar frutos sin su venia.

19 Él era un mortal de especie incauta,
sin mucho amor por los sabios o el saber,
que siempre iba donde le daba la gana
sin importarle el sentir de su esposa.
El mundo, ya se sabe, se inclina perverso
a ver un reino o un hogar convulso, por ello
murmuraba que él tenía una o dos amantes,
mas para la pelea doméstica una basta.

20 Doña Inés, sin embargo, con todo sus méritos,
tenía una alta opinión de sí misma.
El despecho lo aguanta solo el santo
y eso era ella en su moral. Mas también
tenía un fuerte carácter endemoniado
y muchas veces mezclaba realidad y ficción
y no perdía nunca la oportunidad
de infligir algún daño a su señor marido.

21 No era eso difícil con un tipo
a menudo extraviado y nunca alerta.
E incluso los más listos hacen lo que pueden,
tienen momentos, horas y días tan distraídos
que podríamos «darles con el abanico
de sus mujeres», que a veces atizan tanto
que el abanico se vuelve bracamarte,
por qué y para qué nadie lo sabe.

22 Lástima que doncellas cultas se casen
con gente sin ninguna educación
o, a pesar de su alcurnia, con señores
que se aburren en charlas científicas.
No puedo decir mucho de esas mentes,
pues soy hombre sencillo y soltero,
pero, oh esposos de sabias esposas,
¿no sois, decidnos, sus pobres calzonazos?

23 Don José y su mujer reñían. Por qué,
nadie entre tantos lo intuía,
aunque miles en ello se afanaban.
No era de su incumbencia ni la mía.
Detesto el bajo vicio del curioso,
mas si destaco en algo no es sino
en arreglar problemas a los amigos,
no teniendo cuidados domésticos propios.

24 Con las mejores intenciones decidí pues
interceder, mas el trato no fue el correcto.
Creo que los tarados estaban poseídos,
ya que a ninguno pude nunca encontrar,
aunque más tarde su portera confesara…
pero qué importa, lo peor está ahí detrás,
pues Juan el niño me lanzó en las escaleras
un balde de agua de criada por la espalda.

25 Una rizada cabecita inútil,
un travieso macaco de nacimiento.
En nada se avinieron tanto sus padres
como en mimar al más pillo del mundo.
Si en lugar de reñir, hubieran estado
en sus cabales, habrían enviado al señorito
a la escuela o en casa lo habrían azotado
para enseñarle buenas maneras hasta hoy.

26 Llevaron don José y doña Inés
por un tiempo una especie de vida infeliz,
deseándose, más que el divorcio, la muerte.
Fingieron con respeto ser marido y mujer,
era su conducta de sobra bien educada
y no daba señal externa de íntima reyerta
hasta que al fin el fuego sofocado estalló
y el meollo pasado se puso en duda.

27 Llamó Inés así a médicos y boticarios
para proclamar loco a su señor querido,
pero como él mostrara lúcidos intervalos,
concluyó que era malo, sin más. Y
cuando le preguntaron por lo dicho,
ninguna explicación pudo darse,
salvo que su deber para con Dios y el hombre
exigía esa conducta, algo bastante raro.

28 En un diario anotó las faltas del señor
y abrió algunos arcones de libros y cartas
que podrían llegar a citarse, si se tercia.
Sevilla entera era además su cómplice,
aparte de su abuela chocha y querida.
Correveidiles se volvieron los testigos,
luego abogados, jueces e inquisidores,
por diversión los unos, por rencor los otros.

29 Y así esta buena mujer abnegada aguantó
con gran serenidad los males del marido,
tal y como las damas espartanas de antaño,
que a sus maridos vieron matar y ya nunca
dijeron una sola palabra más sobre ellos.
Con calma encajó cada infundio nuevo
y vio sus agonías con tal sublimidad
que todo el mundo gritó: ¡qué magnánima!

30 Sin duda esta paciencia, si el mundo ataca,
es filosófica en nuestros viejos amigos.
También agrada ser visto magnánimo,
más aún si nuestros propósitos se cumplen,
y eso que los juristas llaman *malus animus*
una conducta así sin duda lo amerita.
No es la venganza una virtud en nadie,
pero si otros ofenden, no es culpa mía.

31 Y si nuestras peleas sacan viejas historias
y las sazonan con una o dos mentiras más,
qué culpa tengo yo, bien lo sabéis, y cuál
los demás; forman parte de la tradición.
El renacer ayuda incluso a nuestras glorias
por contraste, que es lo que buscábamos.
Y de ese renacer la ciencia se beneficia;
muertos escándalos, carne de disección.

32 Trataron los amigos de reconciliarles,
más tarde los parientes, lo que fue peor.
Era difícil decir en esa circunstancia
a quién hubiera sido mejor recurrir.
Los abogados se afanaron en el divorcio,
pero apenas habían dado los dos la entrada
cuando murió don José, por desgracia.

33 Murió, y fue gran infortunio, porque
según tantos indicios que recabé
de letrados expertos en esas leyes
(a pesar de su jerga oscura y severa),
su muerte echó a perder una causa noble.
Mil lamentos también con respecto
al sentir popular, que en esta ocasión
se manifestó con un enorme pesar.

34 Pero, ah, se murió y con él yacen
el sentir popular, los legales honorarios.
Su casa fue vendida, despedidos los criados.
Una de las amantes fue para un judío,
para un cura la otra, o eso me han dicho.
Por su mal pregunté a los médicos;
murió de una lenta fiebre terciana
y dejó a su viuda a solas con su náusea.

35 Pero fue José un hombre honorable;
debo dejarlo claro, lo conocí muy bien.
No voy a hurgar más en sus defectos;
de hecho no hay mucho más que rascar.
Y si aquí y allá reclaman sus pasiones
discreción y no eran tan pacíficas
cual las de Numa (también Pompilio)
es que fue tan mal criado como mal parido.

36 Fueran sus faltas o virtudes las que fuesen,
el pobre diablo causas tuvo para el dolor,
digámoslo, ya nada bueno puede pasar.
Fue un momento duro el que le encontró
solo ahí junto a su hogar desolado,
en derredor sus dioses lares ateridos
sin otra alternativa a su orgullo o sentir
que la muerte o el divorcio; y se murió.

37 Al morir sin testar, Juan fue el único
en heredar un pleito, fincas y tierras,
que tras larga custodia y feliz gestión
prometía rendir lo suyo en buenas manos.
Fue Inés la única tutora, buena cosa,
y solo a la justicia natural respondió.
Hijo único criado por madre sola
acaba siendo más sabio que el de otras.

38 Sabia entre las mujeres, aun entre viudas,
resolvió que Juan fuera un ejemplo,
digno del pedigrí más noble
(era el padre de Castilla, de Aragón la madre)
y acatando las leyes de la caballería,
en caso de que nuestro rey fuera a la guerra,
aprendió el arte de montar, esgrima y tiro
y a subirse al adarve; y al convento lo mismo.

39 Pero aquello que doña Inés más deseaba
y para sí soñaba todos los días frente
a los sabios tutores que para él escogió
era que fuera su crianza de moral estricta.
Preguntaba a menudo por sus estudios
y se le remitían por ello antes a ella,
todas las artes y ciencias, ninguna rama
oculta a ojos de Juan, salvo historia natural.

40 Las lenguas, sobre todo muertas,
las ciencias, aun las más abstrusas,
las artes, por lo menos aquellas
muy alejadas del uso más común,
en todo ello fue a fondo instruido
pero ni una sola página libertina
o que insinuara la prole de las especies
fue jamás consentida, no conociera el vicio.

41 Causaban sus estudios clásicos estupor
por los amores sucios de diosas y dioses,
que armaban en tiempos remotos barullo
sin llevar nunca pantalón o corpiño.
Sus reverendos tutores reñían a veces
y por esas *Eneidas, Ilíadas* y *Odiseas*
se veían un tanto obligados a disculparse,
pues detestaba doña Inés los mitos.

42 Vaya pendón Ovidio, media obra suya lo muestra,
la moral de Anacreonte es aun ejemplo peor,
apenas tiene Catulo un poema decente,
tampoco la oda de Safo es nada modélica,
aunque Longino diga que no hay himno
donde se alce lo sublime en alas más amplias,
pero son puros los cantos de Virgilio, salvo
aquel horror que empieza *Formosum pastor Corydon.*

43 La irreligión de Lucrecio es muy fuerte
como para nutrir a tiernos estómagos.
No dejo de pensar que Juvenal erró,
aunque no dudo de su ánimo correcto
al expresarse tan llano en su canto
como para mostrarse del todo ordinario.
¿Y quién en sus cabales podrá asentir
a esos repugnantes epigramas de Marcial?

44 Juan aprendió de las mejores ediciones,
expurgadas por sabios, que sacaron
con buen criterio de la vista del escolar
las partes más rudas, mas temiendo dañar
demasiado sus pobres bardos con los cortes
y doliéndose tanto de su caso mutilado,
los recogieron todos en apéndice,
y el problema del índice queda solventado.

45 Pues ahí los tenemos todos de un tirón,
en vez de estar dispersos en las páginas.
Marchan en formación cual bella tropa
para llegar al cándido joven del futuro,
hasta que un editor menos estricto
los haga regresar a sus jaulas separadas
en lugar de estar ahí mirando fijo,
como dioses botánicos, y no muy finos.

46 El misal también (era el misal de familia)
estaba ornamentado de esa manera
en que suelen los viejos salterios, este
iluminado con muchas figuras grotescas;
cómo podían los que a esos tipos veían
besándose en los márgenes volver la vista
al texto y orar, no lo sé, pero la madre
se guardó el ejemplar y le dio otro al hijo.

47 Leyó sermones y lecciones sufrió,
homilías y vidas de todos los santos
a Jerónimo y el Crisóstomo lo avezaron.
No se tomó esos estudios a represión.
Cómo se adquiere fe y luego se afianza
ninguno de los citados lo describe
como san Agustín en sus bellas *Confesiones*,
que al lector hace envidiar sus transgresiones.

48 También fue este un libro sellado para Juan.
Cuánta razón tenía mamá, debo decir,
si una educación así era la de verdad.
Apenas consentía tenerlo fuera de su vista.
Sus criadas eran viejas, y si venía una nueva
ya podías contar con que sería muy fea;
como hacía ya en vida de su marido,
algo que recomiendo a cualquier esposa.

49 El joven Juan creció en gracia y bondad;
a los seis, un encanto de niño, a los once
ya se le aventuraba una cara tan espléndida
como nunca al más adulto le fue concedida.
Estudió a buen ritmo y creció rápido
y parecía estar en el buen camino al cielo,
pasaba la mitad del los días en la iglesia,
el resto entre tutores, el confesor, la madre.

50 A los seis, os decía, era un encanto,
a los doce, ya un chico tranquilo y bueno.
Aunque en la infancia un tanto bruto,
consiguieron domarlo y adaptarlo;
en destruir su alma natural se afanaron,
al menos eso parecía. Y su madre
contaba alegre cuán sabio, fino y serio
su filósofo joven de pronto había crecido.

51 Tenía dudas, quizá las tengo aún,
pero lo que yo diga no cuenta.
Conocí mucho a su padre y tengo ojo
para formas de ser, pero no es honesto
hacer tales augurios de padre a hijo.
Él y su mujer eran una pareja loca,
pero odio el escándalo y me revuelvo
contra el maldecir, aunque sea en broma.

52 Por mi parte no digo nada, nada, diré
tan solo (mis razones para ello albergo)
que, si yo hubiera tenido un único hijo
en edad escolar (a Dios gracias no lo tengo),
no lo hubiera encerrado con doña Inés
a aprender a solas su catecismo.
Nada de eso, lo hubiera enviado al colegio,
pues fue allí donde adquirí mis conocimientos.

53 Pues allí sí se aprende –no quiero fardar,
aunque bien me ilustré–, lo paso por alto,
sin embargo, igual que el griego olvidado.
Digo que ese es el lugar; mas *verbum sat.*
Creo que yo adquirí, como tantos otros,
mis lecciones de cosas; pero qué importa.
Nunca me casé, mas creo saber
que uno no educa a sus hijos así.

54 El joven Juan tenía ya dieciséis años,
alto, guapo, delgado y compacto, se diría
vivaz aunque no tan brioso como un paje,
y todo el mundo salvo su madre le veía
casi como un hombre, pero ella rabiaba
y se mordía los labios (para no gritar),
si alguien lo decía, pues ser precoz
era a sus ojos algo por completo atroz.

55 Entre su muchas amistades, todas
selectas, devotas y discretas,
estaba doña Julia, a quien llamar
bella sería dar una débil noción
de sus muchos encantos tan puros
cual la miel en la flor o la sal del mar,
el monte de Venus o el arco de Cupido
(aunque este símil sea trivial y estúpido).

56 La oscuridad de su mirada oriental
honraba sus orígenes árabes.
Su sangre no era del todo española, ay,
ya sabéis que eso es en España pecado.
Cuando la altiva Granada cayó y huyó,
lloró Boabdil, de la estirpe de doña Julia
algunos fueron a África, otros se quedaron,
la tataratatara abuela de Julia aquí se quedó.

57 Se casó (olvidemos el pedigrí)
con un hidalgo que su sangre transmitió
no con tanta nobleza como debiera.
Sus padres ante ello torcían el gesto,
tan exigentes en el punto hasta el detalle
que solo, ya se verá, se liaban entre ellos,
casándose con primas, no, con tías y sobrinas,
lo que arruina siempre la raza, aunque cunda.

58 El injerto plebeyo restauró la casta,
si la sangre arruinó, mejoró la carne.
De las peores raíces en España
brotó una rama tan bella como fresca.
Los hijos ya no eran bajos ni ellas planas.
Hay un rumor que bien me callaría;
se dice que la abuela de doña Julia
le dio a su don más naturales que legales.

59 Sea como fuere, siguió adelante la raza
mejorando aún con cada generación,
hasta que se detuvo en un solo hijo,
que dejó una hija sola. Mi relato
puede haber sugerido que esta única
no podía ser sino Julia (sobre quien
mucho habrá que decir) y ella
se casó, un encanto, casta, con veintitrés.

60 Su mirada (me encantan los ojos bellos)
era amplia y bruna, parte del fuego escondía
hasta que hablaba y en su disfraz suave
fulgía un gesto de orgullo, más que de ira,
y aún más de amor. Y así aparecía
algo en ellos que no era deseo,
pero lo habría sido, quizá, para el alma
que allí se afanaba y todo lo sometía.

61 Su lustroso cabello lucía en una frente
llena de inteligencia, clara y suave.
La forma de su ceño era el arco aéreo,
su tez toda ella púrpura del rayo juvenil,
subida a veces hasta el brillo translúcido,
cual si fluyeran en sus venas relámpagos.
Poseía en verdad un aire y gracia insólitas;
era de estatura alta; detesto las rechonchas.

62 Casada estuvo unos años y con un tipo
de cincuenta, y de esos hay muchos;
mas creo que mejor que tener a ese
hubiera sido darle dos de veinticinco,
sobre todo en países tan cerca del sol.
Y ahora que lo pienso, *mi vien in mente*,
que damas de virtud aún más compleja
prefieren maridos que no lleguen a los treinta.

63 Qué triste cosa, no puedo sino decir,
y todo es culpa de ese sol indecente,
que no deja en paz nuestra triste arcilla
mas la sigue cociendo, asando, quemando,
por mucho que se ayune y rece,
la carne es débil y el alma así se pierde.
Nuestra galantería, adulterio a los dioses,
es mucho más frecuente en climas tórridos.

64 Felices las naciones del norte moral
donde todo es virtud y el invierno
envía los pecados sin trapo contra el frío
(la nieve hizo a san Antonio entrar en razón),
donde jurados dictan el valor de la mujer
imponiendo cualquier suma como multa
al amante, que debe pagar una buena cifra
porque de un vicio mercantil se trata.

65 Alfonso se llamaba el señor de Julia,
un tipo de buen ver para su edad,
ni muy querido pero tampoco odiado.
Vivían juntos como tantos otros,
se soportaban las rarezas por acuerdo,
y no eran ni una ni dos, por cierto.
Mas él era celoso, aunque no lo parecía,
pues a los celos no les gusta exhibirse.

66 Fue Julia (aunque nunca he sabido por qué)
con doña Inés una amiga muy cercana;
había poca afinidad entre sus gustos,
pues ni una sola línea había escrito Julia.
Algunos murmuran (mienten sin duda,
pues la malicia espurios fines alberga)
que Inés había, antes de casarse don Alfonso,
olvidado con él su muy prudente conducta,

67 y que manteniendo aun la vieja amistad
que con el tiempo se había vuelto más casta,
le tomó afecto también a su esposa,
que era lo mejor que podía pasar.
Honraba a Julia con su protección sabia
y celebraba el gusto de don Alfonso;
y si no podía (¿quién podría?) acallar
el escándalo, lo dejaba al menos aseado.

68 No sabría decir si Julia vio el afer
con la mirada de otros, o si llegó
a averiguar algo, pero nadie pudo
saberlo o no hubo pruebas de ello.
Quizá no lo supo o no le importó,
indiferente siempre o hizo callo.
La verdad es que no sé qué pensar,
ya que ella siempre fue muy introvertida.

69 Juan la vio y siendo un niño precioso
la acariciaba a menudo. Tal cosa
podría ser bastante inocente e inocua
cuando tenía ella veinte años y trece él;
pero no estoy seguro de haber sonreído
caso de tener él dieciséis y ella veintitrés.
Estos años escasos obran milagros,
sobre todo en países por el sol quemados.

70 Sea como fuere, lo cierto es que ambos
cambiaron, tímido él, la dama distante,
la expresión abatida, el saludo casi mudo,
y llena de vergüenza la mirada.
Tienen algunos pocas dudas
de que sabía doña Julia las razones,
en cuanto a Juan, no tenía más idea
que aquel que nunca haya visto la mar.

71 Mas era la frialdad de Julia dulce,
y su pequeña mano suave y trémula
al apartarse de la suya dejaba atrás
una leve presión, excitante, tan parca
y tan tan liviana que para la mente
no era sino duda; ninguna varita mágica
hizo jamás con todo el arte de Armida
tanto como ese roce en el alma de Juan.

72 Y cuando se veían, aunque no sonreía,
más dulce que su tristeza era su sonrisa,
como si hubiera en ella pensamientos más hondos
que no debía tener, aunque más los deseara
cuanto mayor era la presión en su centro ardiente.
Incluso la inocencia conoce artimañas
y no osará confiarse a la verdad
y el amor es de joven educado hipócrita.

73 Pero traiciona la pasión si se oculta,
aun por su oscuridad, así el cielo negro
predice la lluvia más fuerte, despliega
su efecto a través del ojo en vano cauto,
y adquiere así cualquier atavío,
se trata aún de la misma hipocresía.
Frialdad o ira, aun desdén u odio
son habituales máscaras, pero tardías.

74 Hubo suspiros, ahogados los más hondos,
y miradas robadas, más dulces al ladrón,
y encendidos rubores pero sin transgresiones,
temblores al cruzarse y desesperos al irse.
Todo ello breves preludios a la posesión,
de la que la pasión joven no puede privarse
y mostrar solo cuán grande es el amor
corrido por haber empezado con novato.

75 El corazón de Julia estaba maltrecho;
sentía que se le iba y decidió hacer
los más nobles esfuerzos para sí y para él,
en nombre de Dios, la virtud, el honor, la ley.
Eran sus decisiones todas admirables
y podrían haber causado un temblor tarquinio.
Suplicaba a la Virgen María por su gracia,
siendo la mejor juez para mal de dama.

76 Juró que nunca más vería a Juan
y a su madre fue a ver al otro día,
miró sin respirar la puerta que se abría,
y por la gracia de la Virgen, no era él.
Agradecida y a la vez algo irritada.
De nuevo se abre, otro no puede ser,
seguro que es Juan ahora. Me temo
que aquella noche ya no rezó a María.

77 Decidió así que una mujer virtuosa
debería afrontar y evitar la tentación,
que la huida era ruin y cruel y que nadie
debería infundirle el más mínimo furor,
un pensamiento, esto es, más allá
de la normal preferencia que a veces
sentimos por personas más agradables,
pero que solo son buenos hermanos.

78 Y si al final resulta (y quién sabe,
muy astuto es el diablo) que adentro
no todo está tan bien como ella creía
y si, aun libre, pudiera complacer
a tal o cual amante, toda mujer virtuosa
será en el fondo mejor si evita hacerlo.
Y si el hombre pregunta, negadlo.
Recomiendo a las jóvenes plantar cara.

79 Y luego está eso que llaman amor divino,
brillante y sin mácula, puro y sin mezclar,
tal y como los ángeles lo quieren,
y las matronas no menos seguras,
platónicas, perfectas, «amor igual al mío».
Así Julia decía y pensaba, sin duda.
Y así me gustaría que pensara fuera yo
el hombre hacia quien sus deseos volaran.

80 Un amor así es inocente y quizá exista
entre personas jóvenes sin ningún peligro;
una mano primero, luego un labio besado.
Por mi parte, soy extraño a esos usos.
Pero dicen que esas libertades conforman
el inventario de todo lo que ese amor rige.
Si alguien se propasa, no dejará de pecar,
pero no es culpa mía, yo ya os lo decía.

81 El amor pues, mas dentro de sus límites,
fue el inocente propósito de Julia
en provecho del joven don Juan y a él
su esfuerzo pudo serle útil a veces,
y alumbró un santuario demasiado puro
para atenuar su etéreo lustre. Con qué
persuasión dulce, amor y ella le enseñaron
yo en realidad no lo sé, ni tampoco Julia.

82 Llena de buenas intenciones y protegida
por mallas de fuerza, la pureza de su alma,
segura del futuro de su fortaleza
y de que era su honor una roca o un dique,
superaba con sabiduría la prueba
sin esfuerzo especial alguno.
Pero si ella estaba a la altura de la tarea,
es algo que deberá decirse en la secuela.

83 Su plan le parecía inocente y viable
y sin duda con un chico de dieciséis
no hay donde hincar el diente al escándalo,
y si lo hubiere, no sería nada más
que algo bueno. Su pecho estaba en calma,
la conciencia tranquila da serenidad.
Los cristianos se han quemado entre sí,
creen que los apóstoles harían igual.

84 Y si entretanto su marido muriera,
mas quiera Dios que tal idea jamás
cruce su mente, ni en sueños, y suspiró.
Nunca se repondría de una tal pérdida.
Mas supongamos que eso ocurrió,
supongamos digo *inter nos*.
(Debería ser *entre nous*, pues Julia pensaba
en francés, pero no rimaría entonces).

85 Tan solo digo supongamos el supuesto:
Juan crecido hasta alcanzar el grado varonil
sería ideal para una viuda en condiciones.
Aun dentro de siete años no sería tarde
y en el ínterin (por seguir con la visión),
la travesura ya no sería tan grande
pues él aprendería las artes de amar
(las seráficas, digo, de los de arriba).

86 Hasta aquí Julia; vayamos ahora a Juan.
Pobre diablillo, no tenía ni idea
de lo que le pasaba y no daba pie con bola.
Rápido en el sentir cual la Medea de Ovidio,
se sorprendió del hallazgo, algo nuevo,
pero distinto a eso que imaginaba
podría ser algo normal y sin alarma
que con paciencia cautivante es al fin.

87 Callado y pensativo, ocioso, inquieto, lento,
huía de su casa hacia el bosque solitario,
atormentado por herida para él ignota,
sumido su dolor como todos en soledad.
Yo soy también partidario de ella,
mas espero que no se me malentienda,
la soledad del sultán, a esa me refiero,
no la del ermitaño, con un harén por gruta.

88 «¡Oh amor! En un desierto como este
donde trance y quietud se entreveran,
aquí está el imperio de tu éxtasis perfecto
y aquí eres un dios de verdad divino».
El bardo del que cito no yerra cantando,
con la excepción del verso segundo
pues ese par mismo «trance y quietud»
se retuerce en esa frase un tanto oscura.

89 Sugería sin duda el poeta, apelando
así al sentido común de los hombres,
eso que todo el mundo experimenta,
bien lo hemos vivido o lo viviremos,
que nadie quiere, al comer, ser molestado,
o al amar. No diré más de «entreveran»
o de «trance», pues eso ya lo sabíamos,
pero pedir «quietud» cerrará la puerta.

90 El joven Juan vagaba por diáfanos arroyos
pensando impronunciables cosas. De lleno
se adentró en rincones frondosos, donde
del alcornocal la silvestre rama crece,
ahí hallan materia para libros los poetas
e incluso hay a veces quien los lee,
mientras tengan dicción y plan plausibles
y no sean como Wordsworth ininteligibles.

91 Él, Juan (y no Wordsworth), buscó así
la comunión consigo en su alta alma
hasta que, fuerte corazón con gran ánimo,
logró mitigar buena parte, si no toda,
de esa enfermedad. Hizo cuanto supo
con cosas no muy prestas a control,
y se volvió, sin notar su propia condición,
cual Coleridge un metafísico de profesión.

92 Pensó acerca de sí y de la tierra entera,
en el hombre asombroso, en las estrellas,
y en cómo diantre pudieron generarse
y pensó luego en temblores y guerras,
en las millas del radio de la luna,
en los globos aéreos y en tantas cuentas
para llegar a conocer los cielos sin fin
y luego pensó en esos ojos de doña Julia.

93 Pensando así, el sabio de verdad distingue
entre sublimes deseos y altas aspiraciones,
con las que algunos nacen, aunque los más,
sin saber cómo, se acaban infectando.
Era raro que un joven se preocupara
por entender la mecánica del cielo.
Si a la filosofía creéis culpable,
pienso que pubertad tuvo su parte.

94 Las hojas y las flores escrutó
y una voz entre los vientos oyó, pensó
luego en ninfas del bosque y en las eternas parras
y en cómo descendían las diosas a los hombres.
Extravió el camino y olvidó las horas
Y cuando volvió a mirar el reloj,
descubrió cómo el viejo Tiempo había vencido.
También vio que la cena se había perdido.

95 Daba a veces ojeadas a su libro,
Boscán o Garcilaso. Así como al mirar
hace el viento temblar la página,
por la poesía de su propia mente
su alma se estremecía con la hoja mística,
como si en ella los magos hubieran
obrado sus encantos con un vendaval,
de acuerdo con el cuento de alguna vieja.

96 Así pasaba el rato sus horas solitarias,
insatisfecho, sin saber qué quería.
Ni ensoñación dorada ni balada de poeta
rendirían su espíritu por lo que ansiaba,
un pecho sobre el que podía tumbar la cabeza
y oír el latido cordial con su amor en él,
además de otras cosas, que ahora omito
o que quizá más adelante mencionaré.

97 Esos paseos solitarios y largos sueños
huir no podían de los ojos tiernos de Julia;
ya veía ella que Juan no estaba bien.
Pero lo que quizá pueda y deba sorprender
es que doña Inés no atosigara
a su único hijo con preguntas y dudas;
tal vez ella no lo viera, o no pudiera,
o como toda la gente lista, no podía.

98 Esto podría parecer extraño, pero pasa;
señores por ejemplo cuyas damas
vulneran las dictadas reglas de las mujeres
y rompen el… ¿cuál era el mandamiento?
Ya no recuerdo el número y creo que nadie
osaría citar rápido por miedo a errar.
Digo que cuando ellos tienen celos
suelen meter la pata, cuentan sus damas.

99 Un buen marido siempre sospecha,
pero también se equivoca de blanco,
celoso de alguien que tal no desea
o consintiendo a ciegas para su desgracia
al cobijar a algún amigo muy vicioso.
Esto último suele ser a menudo el caso.
Y cuando esposa y amigo han huido,
él advierte su vicio, pero es él el cretino.

100 Así también son los padres cortos de vista.
Atentos como el lince, nunca descubren
el rato que el malvado mundo mira encantado,
la amante del joven Cándido o el de miss Fanny,
hasta que alguna frustrada correría arruina
el plan de veinte años y todo ha acabado,
entonces llora la madre y perjura el padre
y preguntan cómo el diablo hijos les ha dado.

101 Pero estaba Inés tan nerviosa y tan clara
de vista que me inclino a pensar que ella
tenía en esta ocasión otros buenos motivos
para librar a Juan a esta nueva tentación.
Cuál fue el motivo no lo diré aquí;
acaso completar la educación de Juan,
tal vez abrir los ojos de don Alfonso
si a su esposa juzgaba un tesoro.

102 Fue un día, un buen día de verano;
es el verano en verdad peligroso,
cual primavera a finales de mayo.
No hay duda, es el sol la razón primera,
mas sea como sea, uno debe decir,
y ser convicto de más verdad que traición,
que hay meses en los que Natura crece alegre.
Si marzo sus liebres, mayo su heroína tiene.

103 Fue un día de verano, el seis de junio;
me gusta ser preciso con las fechas,
no solo en año y edad, en lunas incluso.
Son una especie de establo, allí los Destinos
cambian de caballo, mudan el tono histórico
y arrean al galope por imperios y Estados,
dejando al fin cronologías y nada más,
salvo los póstumos recargos de la teología.

104 El seis de junio fue y hacia las seis
y media, quizá más cerca de las siete,
cuando se sentó Julia en tan bella alcoba
como jamás vio hurí en ese bárbaro cielo
descrito por Mahoma y Moore Anacreonte,
a quien lira y laureles han sido dados
con todos los trofeos de la triunfal canción.
¡Bien se los ganó, largo los disfrute!

105 Sentada, mas no a solas. No sé bien
cómo tuvo lugar esta entrevista,
y aun si lo supiera, no lo diría.
Debería la gente morderse la lengua,
fuera esto o aquello lo que ocurriera.
Pero ahí estaban ella y Juan cara a cara.
Cuando hay dos rostros así, sería mejor,
aunque fuera difícil, cerrarles los ojos.

106 ¡Qué bella estaba! Su consciente corazón
en las mejillas ardía, sin sentirse en falta.
Oh amor, qué perfecto es tu arte místico,
pues se hace fuerte con lo débil y humillante.
Qué engañosa es la parte más sabia
de los mortales guiados por tu encanto.
Inmenso era el precipicio al que se asomaba,
lo mismo que la fe en su inocencia casta.

107 En su vigor pensaba y en la juventud de Juan
y en el absurdo de los miedos pudibundos,
la virtud victoriosa y la verdad doméstica
y luego en los cincuenta de don Alfonso.
Ojalá esto último no hubiera ocurrido,
pues ese número no suele agradar mucho
y en cualquier clima, ya gélido o trópical,
suena feo en amor, quizá no tanto en dinero.

108 Cuando dicen, «cincuenta veces te lo he dicho»,
la gente intenta regañar y a menudo lo hace.
Cuando dicen, «cincuenta versos he escrito»,
los poetas nos hacen temer que los reciten.
En bandas de cincuenta, delinquen los cacos.
El amor puro es raro a los cincuenta, cierto.
Pero no es menos cierto, se podría decir,
que cincuenta luises dan para mucho.

109 Tenía Julia honor, virtud, verdad y amor
por don Alfonso, y por dentro juraba
con los votos terrenos a las fuerzas del cielo
que no deshonraría el anillo que llevaba
ni daría deseo que la sensatez reprobara.
Y mientras esto y mucho más se decía,
su mano en la de Juan sin querer dejaba,
por descuido sin duda; parecía la suya.

110 Se apoyaba inconsciente en la otra,
que por dentro jugaba con nudos de su pelo.
Y para combatir ideas irrefrenables,
aparentaba distracción de su cabello.
Fue sin duda error de la madre de Juan
dejar a solas a esta imprudente pareja,
ella que tanto había vigilado a su hijo.
Seguro que eso al mío no le habría ocurrido.

111 La mano que aún sostenía la de Juan, suave
y gradual mas ostensible, confirmó el roce,
como si le dijera, «Detenme, te lo ruego».
Pero no hay duda de que ella solo quería
agarrarle los dedos con platónico apretón.
Hubiera ella saltado como de sapo o áspid
si hubiese imaginado que eso levantaría
sentires peligrosos en esposa con razón.

112 No sabría decir qué pensó Juan de ello,
pero lo que hizo es lo que harías tú.
Su joven labio dio gracias con beso grato
y se avergonzó luego del gozo, quitándose
con hondo desespero, por si hubiere errado.
Es el amor tan tímido cuando es nuevo…
Sin rubores ni malos gestos, ella quiso hablar
y se mordió la lengua, pues no tenía voz.

113 El sol se puso y salió amarilla la luna.
Está en ella el diablo para travesuras.
Quienes osaron llamarla casta, le dieron
nomenclatura muy rápido. No hay día,
aun el más largo, ni el veintiuno de junio,
que no vea travieso la mitad del asunto
en el que ríen tres horas de luz de luna,
para luego volver a verse ella como siempre.

114 Hay en esa hora un silencio peligroso,
una quietud, que deja espacio al alma plena
para abrirse a sí misma, sin el poder
de retomar de nuevo el propio dominio.
La plateada luz que hechiza árbol y torre
inunda el mundo de belleza y suavidad honda,
alienta igual en el alma y sobre ella arroja
una amorosa languidez, que no reposa.

115 Y estaba Julia con Juan medio abrazada
y medio yéndose del brazo ardiente,
trémulo como el pecho donde se posaba.
Y aun así ella debió creer todo inocente,
pues si no la cintura hubiera retirado.
Pero de pronto la cosa tenía su encanto
y luego –sabe Dios qué pasó– no puedo;
casi me arrepiento de haber empezado.

116 Oh Platón, Platón, tú has abierto el camino
con tus confusas fantasías a conductas
más inmorales por mor del influjo irreal
que tu sistema ìmposta en el centro sin brida
del corazón humano que toda la panoplia
de poetas y cuentistas. Eres un coñazo,
un charlatán, un bufón, y a lo sumo
un simple mamporrero y nada más.

117 Sin voz estaba Julia salvo por suspiros,
hasta que fue tarde para charla útil.
Lágrimas borbotaban de sus dulces ojos;
quisiera que no hubieran tenido motivo,
pero ¿quién puede, ay, amar y acertar?
No es que el pesar tentación no negara;
un poco aún se afanó y mucho se lamentó,
y murmurando, «nunca cederé», cedió.

118 Se dice que ofreció Jerjes recompensa
a quien pudiera inventarle nuevo placer.
Me parece una petición bastante dura
y debió de costarle al rey una fortuna.
Soy por mi parte bardo de mente moderada,
feliz con un amor chico (ocio lo llamo yo);
no me gustan los nuevos placeres, me bastan
y me sobran los viejos, mientras aguanten.

119 Oh placer, eres en verdad placentero,
aunque uno por ti sin duda se condena.
En primavera siempre hago propósito
de reforma, antes de que se acabe el año,
pero de algún modo este mi vestal voto vuela,
aun así creo que puede cumplirse del todo.
Lo siento mucho, mucho me avergüenzo
y espero ser amonestado el invierno próximo.

120 Aquí pide licencia mi casta musa.
No te asustes, aún más casto lector, de aquí
en adelante será ella buena, no hay temor.
Esta libertad es poética licencia
que podría causar cierta irregularidad
en la estructura, y puesto que alto sentido
pretendo de Aristóteles y sus reglas, justo es
si me equivoco, pedirle perdón.

121 Esta licencia espera que el lector
suponga que de aquel seis de junio (fatal
día sin cuyo hito mi arte poético
se iría al traste por falta de hechos),
pero manteniendo aún a Julia y a don Juan
a la vista, pasaron varios meses. Era,
diremos, en noviembre, pero segura
no es la fecha; la época es más oscura.

122 Hablaremos de eso pronto. Dulce es oír
a medianoche en el azul profundo de luna
del gondolero de Adria la canción y el remo,
por la distancia suavizados, barriendo el agua.
Dulce es ver aparecer el astro vespertino;
dulce es escuchar cómo los vientos nocturnos
reptan de hoja en hoja. Dulce es ver en lo alto
al arcoíris, firme en el océano, abrazar el cielo.

123 Dulce es oír el ladrido fiel del cancerbero
aullar saludos a boca llena cerca de casa;
dulce es saber que un ojo anunciará
nuestra llegada y se verá al llegar más vivo.
Dulce es amanecer con la alondra
o el arrullar de cascadas; dulce el zumbido
de las abejas, la voz de chica, el canto de ave,
los niños y el cecear en sus primeras sílabas.

124 Dulce es vendimiar, cuando uvas chorreantes
en bacanal profusión voltean a tierra,
moradas y llenas. Dulces son las escapadas
de la parranda cívica a la alegría rural.
Dulce es a todo avaro su pila de oro.
Dulce es al padre el primogénito.
Dulce es vengarse, para ellas sobre todo,
robar a los soldados, a los marinos el trofeo.

125 Dulce es una herencia, y dulzura efímera
la muerte inesperada de cierta vieja dama
o caballero de setenta años cumplidos
que a «nosotros los jóvenes» nos hizo esperar
para una propiedad, metálico o hacienda,
quebrados, mas con vigor tan firme
que los judíos asaltarán al próximo
dueño con dobles y malditos póstumos débitos.

126 Dulce es ganarse, sea como sea, laureles
con sangre o tinta. Dulce es acabar
una disputa; es dulce a veces discutir,
con un amigo pesado si es el caso.
Dulce es el vino añejo en botella, *ale* en barrica.
Tierna es la indefensa criatura defendida
contra el mundo y tierno el rincón escolar
que nunca olvidaremos y nos olvida.

127 Pero más dulce que esto, aquello y todo eso
es el primer y apasionado amor. Ahí solo,
como de Adán la memoria de su caída.
El árbol de la ciencia muerde, todo se sabe
y la vida no ofrece nada más al recuerdo
digno de este pecado celestial, tan visto
sin duda en fábula como el fuego
sacrílego que aquel Prometeo birló del cielo.

128 Rara criatura, el hombre hace raro uso
de su condición propia y de las artes
y le gusta inventar sobre todo
algún experimento nuevo para sus pares.
Esta es la era de las múltiples rarezas
donde talentos varios hallan varios mercados.
Por la verdad empieza y cuando labor
ya no tengas, irás al mercado impostor.

129 ¡Qué diversos ingenios hemos visto,
signos de grandes luces y vacíos bolsillos!
Uno nuevas narices hace, guillotinas el otro,
uno te rompe los huesos, otro los repone.
Pero sin duda la vacuna ha sido
una especie de antítesis a los cohetes de Congreve,
con la que amortizó el Doctor vieja plaga
tomando del buey nueva prestada.

130 Se ha hecho el pan (indistinto) de la patata;
y el galvanismo ha hecho sonreír a fiambres
mas no ha respondido como el aparato
de la Humana Sociedad en sus inicios
por el que hombres son desahogados gratis.
¡Qué asombrosas máquinas se han lanzado!
Dije que la viruela ya casi se esfumó,
aunque quizá la sustituya la sífilis.

131 Dicen que vino esta de América;
quizá pueda arreglarse su regreso.
La población aumenta ahí tanto
que es hora ya de reducirla un poco
con guerras, plagas o hambrunas, algo
con que civilizarse mientras escarmientan.
¿Y cuál es de las dos la más maligna,
su *lues* real o nuestra pseudo-sífilis?

132 Esta es la patente era de inventos nuevos
para asesinar cuerpos y salvar almas,
todos bien difundidos de buena fe.
La linterna de sir Humphry Davy, con la que
los carbones se extraen seguros como dice,
viajes a Tombuctú, excursiones a los polos
son formas de cuidar a los hombres, tanto
quizá como matarlos en Waterloo.

133 Es el hombre un fenómeno, no se sabe cuál,
y asombra más allá de prodigiosa medida.
Lástima sin embargo que en este orbe sublime
el placer sea falta y a veces la falta placer.
Pocos mortales saben cuál es su fin,
pero ya sea gloria, amor, lucro o poder,
el camino es siempre por vías extrañas,
y al llegar, ya sabéis, morimos, y luego qué.

134 ¿Qué será? No lo sé ni lo sabéis,
así que buenas noches y a nuestra historia.
Era en noviembre, mes de poco sol,
cuando suelen peinar canas las montañas,
luciendo capa blanca en su manto azul
y deslumbra el mar en torno al arrecife
y el sonoro oleaje hierve contra la roca
y soles sobrios deben caerse a las cinco.

135 Era noche cerrada, al decir del vigía,
sin estrellas ni luna; el viento suave o fuerte
a rachas. Y los muchos hogares encendidos
con la leña guardada y la familia en torno.
Hay algo excitante en ese tipo de luz,
como en un cielo de verano sin nubes.
Me encanta el fuego, los grillos y todo eso,
langosta en ensalada, champán y charla.

136 Estaba a medianoche doña Julia en cama,
durmiendo, casi seguro, cuando en su puerta
se oyó un ruido para despertar a los muertos,
si nunca antes hubieran sido despertados,
como lo han sido y hemos leído
y volverán a serlo, una vez más al menos.
Cerrada estaba la puerta, pero con puño y voz
se oyeron los golpes y luego «señora, oiga.

137 »Por Dios, señora, señora, aquí el señor
con más de la mitad de la ciudad con él.
¡Nunca se vio tan espantoso desastre!
¡No es culpa mía, bien vigilé, ay, Dios!
Por favor, abra la puerta más rápido.
Ya están en la escalera y en un tris estarán
todos aquí. Incluso podría él volar.
Tan alta la ventana no será».

138 Para entonces llegó don Alfonso
con antorchas, amigos y siervos muchos.
La mayoría llevaban tiempo casados
y no quisieron así romper la duermevela
de una mala mujer, que intrigaba con sigilo
para quemarle la cabeza al marido.
Ejemplos de esa clase son tan contagiosos
que si no se penara uno, qué indignos todos.

139 No sabría decir cómo, por qué ni qué mosca
llegó a entrar en la cabeza de don Alfonso,
mas para un caballero de su linaje
era sin duda de muy mala educación,
sin previo aviso de advertencia,
reunir a un batallón en la cama de su mujer
y convocar lacayos con armas y espadas
para probar aquello que más detestaba.

140 La pobre doña Julia, saltando cual del sueño
(cuidado, no insinúo que no había dormido),
a la vez empezó a gritar, bostezar y llorar,
Antonia, su doncella, que era una experta,
decidió arrojar las sábanas en un montón,
como si hubiera acabado de salir de ellas.
No entiendo cómo se tomó tanto trabajo
para probar que su ama dormía por dos.

141 Pero Julia señora y Antonia doncella
se vieron como dos inocentes mujeres
que temerosas de duendes, y más de hombres,
creyeron que uno podría ser por dos detenido
y por ello una junto a otra se acostaron,
hasta que horas de ausencia corrieran
y el marido haragán regresara y dijera,
«Querida, fui yo el primero en irme».

142 Por fin recuperó Julia voz y gritó,
«Por el amor de Dios, don Alfonso, ¿qué es esto?
¿Te has vuelto loco? ¡Quisiera estar muerta
antes de ser la víctima de un monstruo así!
¿Qué puede ser esta violencia de medianoche,
un repentino ataque de embriaguez o esplín?
¿A sospechar te atreves si la idea me mata?
¡Registra el cuarto!». «Así lo haré», dijo él.

143 Buscó y buscaron y hurgaron por todo,
armario y guardarropas, baúl y alféizar,
y hallaron mucho lino, encaje y varios pares
de medias, zapatillas, cepillos, peines, más
otros artículos de damas bellas
para tenerlas guapas o dejarlas limpias.
Tapices y cortinas pincharon con espadas
y algunas tablas partieron y muchas persianas.

144 Bajo la cama buscaron y ahí encontraron…
no importa qué; no era lo que buscaban.
Abrieron las ventanas, mirando si el suelo
tenía señal de huellas, mas la tierra dijo no;
y entonces se miraron las caras de hito en hito.
Es muy raro, ninguno de ellos pensó,
y me parece que fue un error craso,
en mirar en la cama y por debajo.

145 Durante esta inquisición, la lengua de Julia
no dormía. «¡Sí, busca, busca!», gritaba,
«¡Insulto tras insulto y error tras error!
¡Para esto me hice novia!
Para esto he sufrido tanto en silencio
a mi lado a un marido como Alfonso,
pero más ya no aguanto y de aquí me voy
si es que en España hay leyes y abogados.

146 »Sí, don Alfonso, marido ya no,
si es que alguna vez mereciste el nombre,
¿es digno de tu edad? Sexagenario,
tienes cincuenta o sesenta, qué más da.
¿Es normal o sensato indagar sin motivo
pruebas contra mujer de virtud famosa?
Perjuro ingrato, bárbaro don Alfonso,
¿cómo osas pensar que tu mujer lo haría?

147 »¿Es esto por lo que yo he prescindido
de los usuales privilegios de mi sexo?
Me busqué un confesor tan viejo
y sordo que a ninguna otra vejaría
y ni una sola vez me ha regañado
mas ha creído mi candidez imposible,
tanto que siempre dudó de que soy esposa.
¡Cómo hubieras lamentado mi deshonra!

148 »¿Para esto renuncié a buscar *cortejo*
entre las juventudes de Sevilla?
¿Para esto casi nunca he salido,
salvo a los toros, misa, teatro, paseo y fiesta?
¿Para esto ignoré a mis pretendientes,
sin premiar a ninguno, algo casi incívico?
¿Para esto el general conde O'Reilly,
que tomó Argelia, dice que fui vil con él?

149 »¿No cantó el *Musico* italiano Cazzani
en vano seis meses junto a mi corazón?
¿No me llamó su paisano, el conde Corniani,
la mujer más virtuosa de toda España?
¿No hubo también rusos, ingleses, muchos?
En aprietos puse al conde Strongstroganov,
y a lord Mount Coffeehouse, el par irlandés,
que se mató (con vino) el año pasado por amor.

150 »¿No he tenido a dos obispos a mis pies?
Al duque de Ichar y a don Fernán Núñez,
¿y así tratas a una mujer tan fiel?
¿En qué cuarto estará hoy la luna?
Celebro tu grandiosa paciencia por no
golpearme a mí, bien oportuno sería.
Desenvainada espada y gatillazo, dime,
oh valiente, ¿no ofreces una bella figura?

151 »¿Por esto te marchaste de pronto de viaje,
con el pretexto de negocios inexcusables,
con el más puro de los diablos, tu abogado,
a quien veo ahí de pie con esa cara
de haber hecho el idiota? Malditos los dos,
pero él merece lo peor, no tiene excusa,
pues sin duda lo hizo por su sucia paga
y no por el amor que a ti o a mí profesara.

152 »Si ha venido a tomar declaración,
por favor permitid al señor hacer.
Habéis dejado el piso en condiciones.
Hay pluma y tinta, señor, si necesitáis.
Que todo se anote con precisión.
No quisiera que se os pagara por nada.
No está mi doncella vestida, afuera los espías».
«Oh», sollozó Antonia, «les sacaría los ojos».

153 «Ahí está el armario, ahí el baño, ahí
la antesala, buscad encima, abajo.
Ahí está el sofá, ahí la gran butaca,
el hogar, que amantes bien puede ocultar.
Quisiera dormir y os ruego cuidado,
no hagáis más ruido hasta que descubráis
la secreta cueva de este latente tesoro,
y cuando lo halléis, dadme el gusto también.

154 »Y ahora que has arrojado, hidalgo,
dudas acerca de mí, confusión en todo,
os suplico tengáis la cortesía de decir
¿quién es el hombre que buscáis? ¿se llama?
¿cuál será su linaje? Dejad que salga.
Espero sea joven y guapo. ¿Es alto?
Decid, si así mancháis mi honor,
esperemos al menos no sea en vano.

155 »Quizá al menos no tenga los sesenta;
a esa edad sería muy viejo para muertes,
o para los miedos de marido tan joven.
Antonia, dame un vaso de agua.
Me da vergüenza haber vertido lágrimas;
indignas son de la hija de mi padre.
Mi madre no soñó en mi hora natal
que acabaría en las garras de esa bestia.

156 »Quizá es de Antonia de quien estás celoso;
viste que ella dormía a mi lado
cuando entraste de golpe con tus esbirros.
Mirad donde queráis, nada hay que esconder.
Solo espero en otra ocasión nos lo digáis
o por amor a la decencia aguardéis
un momento en la puerta a que podamos
vestirnos para honrar tan buena compañía.

157 »Y ahora, señor, ya está y nada más digo.
Lo poco que he dicho baste para mostrar
cómo el ingenuo corazón puede en silencio
llorar los males a los que lento se ha expuesto.
Os dejo a vuestra conciencia como antes.
¿Te dirás algún día por qué me trataste así?
¡Que Dios no sea cruel entonces contigo!
¿Dónde está, Antonia, mi pañuelo de bolsillo?».

158 Calló y se volvió sobre la almohada. Blanca
yacía, entre lágrimas el brillo de ojos negros,
como cielos de lluvia y rayos. Cual velo,
ondulado y eclipsando su pálida mejilla, se ve
el arroyo del pelo. Los oscuros rizos se afanan
mas no ocultan la luz del hombro, que todo
lo cubre con su nieve. Se abren casi sus labios
y late más fuerte el corazón que su resuello.

159 El señor don Alfonso se quedó perplejo.
Antonia dio vueltas por la estancia saqueada
y retorciendo el gesto, miró muy mal
al amo y sus esbirros, que a nadie,
salvo al abogado, hacían gracia.
Él, como Acates fiel hasta la tumba,
si hubiere disputa, no temía la causa,
pues sabía que las leyes para eso están.

160 Con gesto altivo y fisgón y ojillos,
seguía el movimiento de Antonia
aquí y allá, con suspicaz actitud.
No le importaban las reputaciones,
pues pleitos o denuncias las mejoran.
Poca piedad tenía por las jóvenes y bellas
y nunca creía en los agravios, hasta
que eran probados por testigos falsos.

161 Mas don Alfonso estaba con ojos caídos,
y para decir verdad un bobo se antojaba.
Cuando acabó de buscar en mil sitios
y de tratar a joven esposa con tanta saña,
no obtuvo nada salvo reproches propios,
unidos a los que ella con tanto ímpetu
contra él había vertido en esa media hora,
rápidos, duros y severos cual chorro de truenos.

162 Trató al principio de dar una excusa,
que encontró solo lágrimas e hipidos
y síntomas de histeria, cuyo prólogo
son siempre ciertos ahogos y pálpitos,
mudos gritos y todo lo que ellas quieran.
Alfonso vio a su mujer y pensó en la de Job.
Su relación vio también en perspectiva
y trató luego de reunir su paciencia.

163 Se dispuso a hablar quizá tartamudo,
pero la lista Antonia lo cortó poco antes
de que el yunque del habla recibiera martillo,
con «Os lo ruego, señor, salid y callad,
o la señora muere». «Maldita», dijo Alfonso,
y nada más. Ya no era tiempo de palabras.
Dio uno o dos vistazos amargos e hizo,
sin saber la razón, aquello que se le pidió.

164 Con él se fue también su *posse comitatus*,
el abogado el último, demorado en la puerta,
reluctante, quedándose tanto como Antonia
le dejó, para nada una pequeña herida
en este tan extraño e inexplicable hiato
en los hechos de don Alfonso, ahora
de embarazosa facha. Rumiando el caso,
la puerta se cerró en su cara legal.

165 Tan pronto como estuvo cerrada, ¡ay, oprobio,
ay, pecado, ay, pesar y, ay, feminidad!
¿Cómo puedes hacer eso y mantener la fama,
a menos que este y el otro mundo ciegos sean?
Nada tan caro como un buen nombre intacto.
Pero sigamos, pues hay más detrás.
Con muy sentida reluctancia hay que decir,
el joven Juan salió, casi asfixiado, de la cama.

166 Había estado escondido; no pretendo decir
cómo ni puedo en verdad describir dónde.
Joven, esbelto y de fácil pliegue, yacía
sin duda en radio escaso, oval o cuadrado.
Pero de él no me apiado en absoluto,
ahí asfixiado por tan bello par.
Mejor fuera morir así que ser encerrado
con el llorón Clarence en su barrica de malmsey.

167 Y en segundo lugar de él no me apiado
porque motivo no tenía para el pecado,
vetado por los cielos, multado por leyes.
Era al menos un poco pronto para empezar;
a los dieciséis no roe la conciencia tanto
como cuando miramos nuestras deudas
a los sesenta y sacamos cuentas con el mal
y el santo es negativo con el diablo.

168 De su postura no puedo dar noción.
Según se lee en la crónica hebrea,
los galenos, dejándose de potingues,
contra el ardor recetaron una joven bella
cuando la sangre del viejo rey David
se espesó y el remedio fue efectivo.
Aunque quizá se aplicó de forma distinta,
pues David vivió y Juan casi muere.

169 ¿Qué había que hacer? Alfonso volvería
tan pronto aquellos burros se hubieran ido.
El ingenio de Antonia se intentó agudizar
mas ningún ardid pudo ponerse en juego.
¿Y cómo pararían aquel ataque nuevo?
Además, poco faltaba para el alba.
Perpleja Antonia; Julia no hablaba,
los labios lívidos contra la tez de Juan.

170 Volvió él los labios a los suyos y con la mano
deshizo la maraña de su cabello suelto.
Aun así no podían ellos su amor domeñar
y casi se olvidaron de su miseria y riesgo.
La paciencia de Antonia estaba al límite:
«Vamos, vamos, no hay tiempo que perder»,
susurró airada. «Hay que depositar ya
a este hermoso caballero en el armario.

171 »Guardad vuestra locura para mejor noche.
¿Quién puede haber puesto al señor así?
¿Qué va a pasar? Estoy tan asustada,
el diablo anda travieso y eso no es bueno.
¿Es hora de risitas? ¿En este aprieto?
¿No sabéis que podría haber muertos?
Tú perderás la vida y yo mi puesto,
y todo mi señora por esa cara medio niña.

172 »Si hubiera sido un caballero fornido
de treinta o veinticinco (rápido, vamos),
mas por un niño, ¡vaya faena esta!
De verdad que no entiendo vuestro gusto
(vamos, adentro). Mi señor se acerca.
Por el momento es al menos rápido,
y si pudiéramos guardar hasta el alba
nuestro secreto (Juan, no te duermas)».

173 Y don Alfonso entrando, mas a solas,
clausuró la oración de la doncella fiable.
Merodeaba ella y él le dijo que se fuera,
orden con cierta mala gana obedecida.
De todos modos, no había ya remedio
y mucho bien no haría si se quedaba.
Dándoles a los dos lenta mirada de reojo
sopló la vela, inclinose y se retiró.

174 Alfonso se paró un segundo, luego dio
raras excusas por su nueva conducta.
No iba a justificar lo que había hecho;
por decirlo suave, había sido zafio,
pero buenas razones había para ello,
ninguna explicada en su argumento.
Era en conjunto su discurso buen ejemplo
de esa retórica que llaman los sabios rollo.

175 Julia no dijo nada, aunque siempre tenía
una respuesta a punto, que de golpe faculta
a mujer sabedora de flaquezas del marido,
darle la vuelta con pocas palabras oportunas,
que si no hacen callar al menos dan el pego,
aun si implica contar unas cuantas fábulas.
Se replica muy firme y cuando sospeche él
de una, contraatacas a tu vez con otras tres.

176 Julia tenía en verdad sólidas razones;
los amores de Alfonso con Inés se sabían.
Aunque quizá la propia culpa confunda,
mas eso no puede ser; como se ha visto,
señoras con disculpas abundan.
Podría ser que su silencio fuera solo
por delicadeza al oído de Juan,
la fama de la madre era cara al hijo.

177 Podría haber otro motivo, dos en verdad;
Alfonso no aludió nunca a Juan,
habló sí de sus celos, pero nunca de quien
habría sido el feliz amante, creyó
estaría oculto en sus premisas. Cierto
que su conciencia bien rumiaba el misterio.
Hablar de Inés ahora hubiera sido, digamos,
como lanzar a Juan a la cara del marido.

178 Una pista en casos delicados basta.
Mejor es el silencio; hay además un tacto
(me parece la frase moderna algo triste,
pero al menos mantiene mi verso compacto)
que a una dama, bajo presión de cosas feas,
siempre la acaba alejando de los hechos.
Las bellas criaturas mienten con tanta gracia
que no hay nada tan bueno para su cara.

179 Se ruborizan y nos las creemos; al menos
yo siempre lo he hecho. No sirve de nada
en cualquier caso intentar una réplica,
pues su elocuencia se vuelve profusa,
y cuando al fin se quedan sin aliento, ahí
suspiran, bajan lánguidos los ojos y dejan
caer una o dos lágrimas y ya nos ganan,
y luego, luego, pues a sentarnos y cenar.

180 Alfonso acabó pidiéndole un perdón
que Julia medio rechazó y medio aceptó
poniendo condiciones, pensó él, muy duras,
denegando minucias que él pedía.
Merodeaba como Adán cerca del jardín,
con penitencia inútil, perpleja y turbada,
suplicando que no lo rechazara más
cuando, ay, con un par de zapatos tropezó.

181 Con un par de zapatos. ¿Y qué? Pues nada
si hubieran sido de pies de dama, pero estos
(nadie sabe qué mal me sabe decirlo)
eran de hombre. Verlos y medirlos
era todo una. Ay, Dios mío de mi vida,
me rechinan los dientes, se me hiela la sangre.
Primero examinó Alfonso su estilo
y luego a otra pasión se vio impelido.

182 Salió del cuarto en busca de la espada
abandonada y Julia voló al armario.
«¡Corre, Juan, corre! Por el amor de Dios,
calla. Abierta está la puerta, puedes ir
a través del pasaje que ya conoces.
Aquí la llave del jardín. ¡Corre, corre, adiós!
Rápido, rápido, ya oigo los pasos de Alfonso.
No ha salido aún el sol, nadie anda en la calle».

183 Nadie podía decir que no era buen consejo;
el único pesar es que llegó muy tarde.
En todas las vivencias es el precio habitual,
una suerte de impuesto de renta fatídico.
Juan había llegado a la puerta en un tris
y habría hecho lo mismo con la del jardín
si con Alfonso no se hubiera topado en bata;
como amenazó muerte, Juan le tuvo que dar.

184 Tremenda la refriega, se fue la luz.
«¡Violación!», gritó Antonia; «¡Fuego!», Julia,
mas ningún siervo acudió en ayuda.
Alfonso, humillado en lo hondo de su alma,
juró con saña que a la noche se vengaría;
y Juan blasfemó igual una octava más alta.
Encendida la sangre, era, aunque joven, tártaro
y no estaba dispuesto a ser martirizado.

185 La espada de Alfonso cayó y no se usó,
así que lucharon mano contra mano;
por suerte Juan no la llegó a ver.
Pues estando su ánimo fuera de control,
si entonces la hubiera llegado a coger,
los días de Alfonso habrían sido pocos.
Considerad las vidas de esposos y amantes,
y en cómo en viudas esposas pueden doblarse.

186 Alfonso peleó para detener al rival
y Juan le quiso ahogar para huir,
de la nariz la sangre empezó a manar.
Al fin más débiles siguieron lidiando,
Juan intentó dar un golpe extraño
y casi pierde su única vestimenta.
Se fue, como José, dejándola, mas ahí
finaliza, me temo, el símil entre los dos.

187 Llegaron muchas luces, doncellas y hombres
que ante sí vieron espectáculo bochornoso.
Antonia histérica, Julia desmayada,
Alfonso sin aliento apoyado en la puerta,
ropa medio rasgada por los suelos,
una poca de sangre y varias pisadas, no más.
Juan se llegó a la entrada y giró la llave,
y sin gustarle el dentro, cerró el afuera.

188 Aquí acaba este canto. ¿Cantaré o diré
cómo desnudo, Juan, cuidado por la noche,
que cuida lo que no debería, logró huir
y llegó a casa en impúdico aprieto?
El dulce escándalo que hubo al día siguiente,
el asombro de nueve días que salió a la luz
y cómo Alfonso pidió el divorcio,
todo saltó a los diarios ingleses, claro.

189 Si queréis ver todo el proceso,
declaraciones, la entera causa,
los nombres de los testigos, los ruegos
de sobreseimiento o nulidad,
hay varias ediciones y las lecturas
son variadas, ninguna pesada.
La mejor es la taquigráfica de Gurney,
que para ello a Madrid hizo el trayecto.

190 Mas doña Inés, para desviar la atención
de uno de los escándalos más circulados
que por siglos se habían visto en España,
al menos desde la huida de los vándalos,
prometió (cosa que nunca hizo en vano)
varias libras de cirios a la Virgen María.
Y luego por consejo de varias ancianas,
envió a su hijo a embarcarse a Cádiz.

191 Decidió que debía viajar a lo largo
de toda Europa por mar y tierra,
para enmendar su moral y rehacerse,
sobre todo en Italia y Francia
(eso es al menos lo que todos hacen).
Julia fue enviada a un convento,
y ahí sus sentimientos quizá se vean
mejor en la siguiente copia de su carta:

192 «Según me dicen, ya es seguro, partes.
Sabia decisión, bien, mas no deja de doler.
No tengo más quejas para tu joven corazón;
el mío fue la víctima y lo sería otra vez.
Amar tanto fue el único arte que yo
utilicé. Escribo deprisa y si en esta hoja
hay manchas, no es lo que parece; los ojos
me escuecen y me laten, pero sin lágrimas.

193 »Te amé, te amo, por ese amor he perdido
bienes, posición, cielo, tierra, estima,
y aun así no me duelo de lo que ha costado,
tan cara es aún la memoria del sueño.
Mas si de mi pesar hablo no es por presumir.
Nadie me juzga con dureza mayor que yo.
Si escribo estas líneas es porque no puedo más.
Nada reprocharé ni nada reclamo.

194 »Amor es de hombre en su vida cosa aparte,
en la mujer, su existencia pura. Tiene el hombre
la corte, armas, templo, bajel, mercado;
espada, toga, metal, gloria que dar a cambio,
orgullo, fama, ambición para llenar su alma
y pocos hay a quien esto no pueda colmar.
El hombre tiene esos recursos, nosotras
uno solo, solas llorar el amor arruinado.

195 »Avanzarás en belleza y orgullo,
amado y a muchas amando. Para mí
todo aquí ha acabado, ocultaré unos años
en lo más hondo mi vergüenza y mi dolor.
Podré aguantarlos, pero no sabré evitar
la pasión que los nutre como antaño.
Así que adiós, perdóname, ámame, no,
es ociosa la palabra hoy, déjalo estar.

196 »Mi pecho solo flaqueza fue, aún lo es;
lo intento, mas mi mente no logro calmar.
Mi sangre aún arrecia donde mi alma va,
como rompen las olas contra el viento.
Mi seso es femenino y no puede olvidar;
a todo, salvo a tu imagen, ciega soy.
Cual la trémula aguja indica el polo
que nunca alcanza, así a ti mi alma.

197 »Nada más tengo que decir, pero sigo
sin atreverme a poner sello a esta hoja,
y aun así puede que esta tarea cumpla,
más absoluta ya no puede ser mi miseria.
No he vivido hasta hoy, mataría el dolor;
La muerte huye del pobre que la amaría,
y yo sobrevivir debo a este último adiós,
y soportar la vida, amar y rezar por vos».

198 Esta nota fue escrita en el mejor papel,
con buena pluma de cuervo, dura mas nueva.
A la candela no llegaban sus deditos blancos,
temblaban cual agujas magnéticas.
Y aun así no soltó ni una sola lágrima.
El sello un girasol; *Elle vous suit partout*,
la leyenda, tallada en blanca coralina;
extrafina la cera, de matiz bermellón.

199 Aquí la más temprana muesca de don Juan;
si con sus aventuras seguir debo, es algo
que por entero del público depende.
Ya veremos, de todos modos, qué dicen de ello.
Su favor es pluma en sombrero de autor
y mucho daño no ha hecho su capricho,
y si su aprobación llegamos a obtener,
quizá algo más tengan dentro de un año.

200 Mi poema es épico y pretende tener
al menos doce libros, cada uno lleno
de amor y guerra, temporales de mar,
una lista de barcos, capitanes y reyes,
más personajes, tres serán los capítulos.
Una vista aérea del infierno en formación,
al estilo de Homero y de Virgilio,
y así mi nombre la épica no desmerezca.

201 Se especificará con tiempo todo esto,
en observancia estricta de Aristóteles,
de lo sublime son sus reglas el *vade mecum*
que hace a tantos poetas y a algunos tontos.
Verso blanco, poetas prosaicos, yo rimo,
los buenos artesanos no rompen sus útiles.
Ya tengo nueva maquinaria mitológica
y sobrenaturales decorados divinos.

202 Hay solo una ligera diferencia entre
mi fraterna épica pasada y la mía,
y la ventaja es aquí para mí, barrunto
(no es que no tenga muchos más méritos,
pero este será en especial evidente)
que adornan tanto todo eso tan pesado
para ensartar su laberinto de fábulas,
mientras que esta historia es real.

203 Si alguien lo duda, apelo
a la historia, el recuerdo y los hechos,
a los diarios de verdad sabida y sentida,
a las obras en cinco y óperas en tres actos.
Todo esto bien confirma mi opinión.
Pero lo que da verdadera fe de ello
es que yo mismo y varios hoy en Sevilla
vieron la última fuga de Juan con el diablo.

204 Si a la prosa llegara a rebajarme,
escribiría poéticos mandamientos,
que a todos los demás superarían,
siendo los míos mucho mejores.
Rico sería el texto en cosas ignotas
y elevaría el precepto al pico más alto.
Titularé la obra «Longinus del frasco,
o es cada poeta su propio Aristóteles».

205 Amarás a Milton, Dryden y Pope,
rechazarás a Wordsworth, Coleridge, Southey;
el primero porque está loco de atar,
el segundo, ebrio, y el tercero es raro y locuaz.
Con Crabbe puede ser difícil tratar
y la Hipocrene de Campbell seca estará.
No robarás a Samuel Rogers ni
con la musa de Moore flirteos cometerás.

206 A la musa de Sotheby no desearás,
ni a su Pegaso ni nada que suyo sea.
No levantarás falso testimonio cual las Blues
(hay una al menos que suele hacerlo).
No escribirás, en fin, sino lo que yo quiera.
Esta es la buena crítica y ya puedes besar,
justo cuando tú veas, o no, el bastón,
pero si no lo haces, pues lo dejo, por Dios.

207 Si alguien a afirmar se atreve
que no es moral esta historia, primero
pido que no griten antes de ser heridos,
luego que la lean otra vez y digan
(pero sin duda nadie hay tan indigno)
que no es este un relato moral, mas jovial.
Además, en el canto doceavo mostrar
quiero el lugar a donde van los malos.

208 Si después de ello queda alguien tan ciego
a su propio sentido común y el aviso omite,
llevado por alguna perversión mental
a descreer de mis versos y de sus ojos
y claman que ellos «la moral no hallan»,
le diré, si es un clérigo, que miente.
Y si son capitanes los que critican,
mienten también, y se equivocan.

209 La aprobación pública espero
y pido me tomen la palabra en lo moral,
que con su diversión quiero conectar
(como a los niños para los dientes el coral);
entretanto, sin duda recogerán ellos
complacidos mis épicos sueños laureados.
Por miedo a que se asusten los puritanos,
tengo ya en el *British* reseña de mi abuela.

210 La envié en carta al director,
que a vuelta de correo gracias bien me dio.
Soy por un bello artículo su deudor;
pero si a mi gentil musa quiere asar
y la promesa hecha rompiera al fin,
devolviendo el recibo de los costes
para imprimir más con hiel que con miel,
todo lo que diré es que yo pagué.

211 Con esta nueva alianza sacra creo
me aseguro el público y desafío
todas las otras revistas de arte y ciencia,
diarias, mensuales o trimestrales. No
he intentado sus clientes multiplicar,
porque me dicen sería vano el intento,
y que la *Edinburgh Review* y la *Quarterly*
al autor disidente intentan martirizar.

212 «*Non ego ferrem calida juventa*
Consule Planco», dijo Horacio y eso
digo yo; una cita que pretende sugerir
que hará unos seis o siete años
(antes de que yo soñara ser del Brenta)
estaba más dispuesto a devolver un golpe
y para nada aguantaría todo esto
en mi juventud cálida bajo Jorge tercero.

213 Mas a los treinta tengo el pelo gris
(¿Cómo será, me digo, a los cuarenta?
Pensé en un bisoñé el otro día);
mi corazón no es más tierno y en fin
he malgastado mi verano aún en mayo
y siento que no responde ya el espíritu.
He gastado mi vida, capital e interés,
y ya no estimo mi alma invencible.

214 Ya no, ya no, ay nunca más sentiré
cual rocío la frescura del corazón
que de las cosas bellas que vemos
saca emociones hermosas y nuevas,
en el pecho ocultas, colmena de la abeja.
¿Creías que salía la miel de esos objetos?
Hélas, no estaba en ellos sino en tu poder
para duplicar aun la dulzura de una flor.

215 ¡Ya no, ya no, ay nunca más, corazón,
podrás mi solo mundo ser, mi cosmos!
El todo absoluto un día, algo suelto hoy,
ya no serás mi dicha ni mi maldición.
Marchita la ilusión, te has vuelto ya
insensible y espero que nada peor,
y en tu lugar tengo un acuerdo judicial
aunque Dios sabe cómo tuvo lugar.

216 Se acabaron mis días de amor, ya no
pueden las vírgenes, esposas ni las viudas
con su encanto volverme loco como ayer;
no puedo, en fin, llevar la vida de antes.
Se acabó la fe crédula de mentes iguales,
vetado está el abuso del vino clarete,
así que para un buen viejo vicio caballeroso
tendré que dedicarme a ser avaricioso.

217 La ambición fue mi ídolo, quebrado
ante los altares del Pesar y del Placer;
y estos dos me han dejado muchas señales
sobre las que durante el ocio meditar.
Ya he dicho, cual la testa de latón de fray Bacon,
«El tiempo es, fue, pasa». Un químico tesoro
es la radiante juventud, que he gastado ya,
mi corazón en pasión y mi mente en rimas.

218 ¿Cuál es el fin de la fama? Pues llenar
una cierta cantidad de papel incierto.
Es para algunos como trepar una cuesta,
cuya cima, como en todas, se evapora.
Escriben, hablan, predican y los héroes matan
y consumen los bardos su vela de la noche
para tener, cuando sea polvo el original,
un nombre, un retrato feo y un busto peor.

219 ¿A qué aspira el hombre? El viejo rey egipcio
Keops erigió la primera pirámide,
y la más grande, creyendo que era lo mejor
para guardar su memoria y su momia ahí,
pero unos u otros excavaron hondo
y cual ladrones rompieron la tapa del sepulcro.
Que ningún monumento nos dé esperanzas
pues ni una sola pizca de polvo de Keops hay.

220 Pero como me gusta la filosofía buena
a menudo me digo a mí mismo, *hélas*,
todo lo que ha nacido morir debe,
y la carne (cual heno la siega muerte) yerba es.
Tu juventud has vivido no tan mal,
y si de nuevo la tuvieras, sería igual.
Gracias dé pues al cielo que no haya sido peor,
lea su Biblia y cuide el bolsillo, señor.

221 Mas por el momento, gentil lector,
y comprador aún más gentil, el bardo
(ese soy yo) os da con permiso la mano
y así vuestro humilde servidor y adiós.
Ya nos veremos, si es que de verdad
nos entendemos, y si no, ya no pienso
cansarte más allá de esta breve muestra.
Ojalá otros siguieran bien mi ejemplo.

222 «¡Pequeño libro, ve lejos de mi soledad!
¡En las aguas te dejo rumbo a tu destino!
Y si, según creo, feliz es tu suerte,
el mundo te hallará tras muchos días».
Si Southey es leído y Wordsworth entendido,
bien puedo yo exigir elogios también.
De Southey son las cuatro primeras rimas,
por Dios bendito, lector, no las juzgues mías.

CANTO II

1 Oh aquellos que educáis a los jóvenes
en Holanda, Francia, Inglaterra, Alemania
o España, os suplico les deis sin parar;
su moral se corrige, no importa si duele.
La mejor de las madres y de las doctrinas
fueron usadas en vano en el caso de Juan,
y como se trataba de un caso muy raro,
se le despojó así de su modestia nativa.

2 Si hubiera ido a un colegio privado,
al llegar a tercero o incluso a cuarto,
la tarea del día su mente habría enfriado;
o si al menos se hubiera criado en el norte.
España podría ser una excepción a la regla,
pero la excepción siempre la confirma.
Un chaval de dieciséis causa de divorcio
a sus tutores sorprendió, claro está.

3 No es que a mí me sorprenda, qué va,
considerado el conjunto: primero estaba
su muy señora madre, matemática,
una… da igual; su tutor, un pobre idiota;
una mujer bella (eso es bastante normal,
ya que de lo contrario nada hubiera pasado);
un marido algo viejo, no muy unido
a su joven esposa y la ocasión calva.

4 Bien, bien, el mundo debe girar sobre su eje,
y la humanidad toda con él, cabeza o pies,
y vivir y morir, hacer el amor y tributar,
y trasluchamos con un fuerte golpe de viento.
Nos manda el soberano y el doctor nos mata,
el cura nos ilustra y así exhala nuestra vida
un poco de aire, amor, vino, poder, fama,
agonía, fervor, polvo, quizá un nombre.

5 Dije que Juan se había ido a Cádiz,
bella ciudad, bien lo recuerdo yo.
Ahí está el centro del comercio colonial
(o estaba, antes de la rebelión peruana),
y qué chicas tan dulces, virtuosas damas, digo,
ya sus solos andares el aliento quitan;
no puedo describirlos, por mucho que duelan,
tampoco compararlos, nada igual he visto.

6 Un corcel árabe, un real venado, un caballo
bereber recién domado, jirafas, gacelas,
no, nada de esto sirve. ¡Y luego ese garbo,
sus velos, sus enaguas! Ay, recrearse
en esas cosas absorbiera casi todo
un canto. Luego sus pies, los tobillos, bueno,
no tengo, gracias a Dios, metáforas a punto
(Así que, sobria musa, va, seamos fuertes,

7 mi casta musa, bueno, si debes, hazlo), el velo
echado un instante de refilón con la mano,
mientras el penetrante ojo que te empalidece
deslumbra el corazón. Soleada tierra toda
de amor, cuando te olvido, puedo fallarte,
mis plegarias repiten, mas nunca se previó
una tela a cuyo través los ojos tanto ardieran,
salvo aquellos *fazzioli*, pañuelos de Venecia.

8 Pero a lo nuestro. Doña Inés envió
a su hijo a Cádiz solo a embarcarse;
quedarse ahí no respondía a su interés.
¿Por qué? Dejemos al lector a oscuras.
Se pensó en ello para que el joven viajara,
como si un barco español fuera el arca de Noé,
para limpiarle de maldades de la tierra
y enviarlo más allá cual paloma de paz.

9 Don Juan pidió a su criado el equipaje,
según la directriz, recibió luego
un sermón y algún dinero. Cuatro abriles
debía viajar, y aunque Inés lloró
(partir es siempre morir un poco),
esperaba, creía quizá, que mejorara.
Le dio también una carta (que nunca leyó)
de buenos consejos y dos o tres de crédito.

10 Para pasar el rato, entretanto,
la brava Inés fundó una escuela dominical
para chicos muy traviesos que solían jugar
(cual mantas pícaros) al loco o al diablo.
Se educaba ese día a niños de tres años,
se azotaba a zoquetes o se iban al banquillo.
La educación de Juan fue tan exitosa
que la animó a elevar a los de otra edad.

11 Se embarcó Juan, el barco zarpó
con buen viento y potente marejada.
Son tremendas las olas en esa bahía,
bien lo sé yo que a menudo la crucé.
Estando ahí en cubierta, la rociada
de golpe explota en la cara con mal tiempo.
Y ahí estaba él para dar una y otra vez
su primero, quizá el último, adiós a España.

12 No puedo sino decir que es muy raro
contemplar cómo la tierra natal se aleja
en las aguas crecientes; se deshumaniza uno,
sobre todo si es la vida aún bastante nueva.
Recuerdo blanca la costa de Gran Bretaña,
pero es azul la de muchos otros países,
cuando las observamos, ebrios de distancia,
y nos sumimos en nuestra existencia náutica.

13 Perplejo estaba Juan en cubierta.
Canta el viento, obenques tensos, gritan voces,
el barco cruje y se vuelve la ciudad un punto
del que tan bien y tan rápido se alejan.
Es el bistec el mejor remedio que hay
contra el mareo; pruébelo, señor, no
haga ascos, os aseguro que es verdad,
ha sido para mí eficaz, para vos lo será.

14 Estaba Juan mirando desde popa
cómo su España natal retrocedía.
Partir por vez primera es siempre duro,
aun para las naciones en guerra.
Hay una especie de afecto mudo,
un golpe que al alma deja sin quicio.
Aun al abandonar a la gente más horrible
y sus lugares, se mira el campanario fijo.

15 Tenía Juan muchas cosas que dejar,
su madre, una amante, mas esposa no.
Así que mucho más tenía que llorar
que otras personas en edad madura.
Y si de vez en cuando suspiramos
al dejar a aquellos con los que reñimos,
cuánto no lloraremos si hay cariño,
hasta que hielo sean por dolor las lágrimas.

16 Lloraba Juan como en las aguas de Babel
los cautivos judíos, en memoria de Sion.
Lloraría yo, mas no es llorona mi musa,
y esas leves penas no son para morirse.
Los jóvenes viajar deben, aunque solo sea
por diversión; y la próxima vez que les aten
los criados tras los carruajes nueva valija
quizá pueda atarse con ello mi canto.

17 Y Juan lloró y suspiró mucho y pensó,
sus lágrimas de sal a la mar salada fueron.
«Dulces para la dulce» (me gustan las citas,
disculpad el extracto; es ahí donde ella,
reina de Dinamarca, a Ofelia lleva
flores para la tumba). Y sollozando,
sobre su situación presente reflexionó,
e hizo serio propósito de enmienda.

18 «¡Adiós, España mía, largo adiós!», gritó,
«quizá ya no te vea nunca más y muera
como muchos han muerto, exiliado corazón
sediento de volver a pisar tus costas.
¡Adiós, allí donde fluyes, Guadalquivir,
adiós, madre, adiós, y como todo acabó,
adiós también, querida Julia!». Aquí sacó
su carta del bolsillo y la volvió a leer.

19 «¡Y, oh, si olvido un día, juro;
pero eso es imposible y no podrá ser.
Antes se fundirá en el aire este mar azul,
antes se volverá océano la tierra
que a tu imagen yo renuncie, oh amada!
O que en algo distinto a ti piense.
No hay remedio físico para mente enferma.
(Aquí se zarandeó el barco y él se mareó).

20 »Antes besará el cielo la tierra (más mareos);
oh Julia, ¿qué son los otros males?
(Dadme por Dios una copa de algún licor,
Pedro, Battista, ayudadme a bajar).
Julia, amor mío (Pedro, rápido, bribón),
Oh Julia (cómo se mueve el bajel maldito),
amada Julia, mira cómo aún te suplico!».
(Las arcadas aquí disolvieron el habla).

21 Sintió el escalofrío celestial del corazón,
o del estómago quizá, que, ay, sigue,
más allá del experto arte farmacéutico,
al final del amor, la traición de amigos
o la muerte de íntimos, cuando una parte
de nosotros con la última ilusión fenece.
Se podría haber mostrado más patético,
pero actuó el mar como un fuerte emético.

22 Es el amor un poderoso capricho.
Perdura con la fiebre de su propio calor,
cuando más duelen la tos y el frío
y las anginas son más difíciles de curar.
Bravo es contra toda noble enfermedad,
mas las vulgares afecciones mal se llevan,
no mate el estornudo al suspiro
ni rojo vuelva al ojo ciego la infección.

23 Mas lo peor es la náusea o el dolor
en la parte más baja de las entrañas.
El amor, que heroico sangra una vena,
se contrae al contacto de paños calientes,
y los purgantes dañan sus dominios,
el mareo es muerte. Era su amor puro; ¿cómo
si no podría la pasión de Juan entre olas
su estómago aguantar, nunca antes en mar?

24 El barco, bautizado la Santa Trinidad,
navegaba veloz hacia el puerto de Livorno,
pues ahí la familia Moncada, española,
vivía desde antes de que el padre de Juan
naciera; eran parientes y para ellos tenía
carta de presentación, que la mañana
de su partida le había sido enviada
por españoles amigos para los de Italia.

25 Consistía su séquito en tres sirvientes
y un tutor, el licenciado Pedrillo,
que muchas lenguas entendía,
mas ahora sin habla y enfermo yacía
y mecido en su hamaca, sentía nostalgia,
creciendo con las olas su dolor de cabeza.
Salpicaban las aguas por el ojo de buey
y a su litera y a su miedo mojaban.

26 Tenía ello su por qué, pues de noche
soplaba el viento hasta rugir vendaval.
Y aunque no era propio de mente naval,
algunos campesinos se hubieran asustado,
pues de distinta pasta son los marineros.
A recoger velas empezaron al caer el sol,
pues el cielo señales daba de que soplaría
hasta llevarse por delante un mástil o dos.

27 A la una el viento con un golpe brusco
lanzó directo el barco al abismo del mar,
que golpeó la popa y abrió fea vía,
el codaste sacudió y destrozó también
la armadura de popa y antes de poder
salirse del peligro que ya corría,
se partió el timón. Fue el momento
para achicar cuatro pies de agua.

28 De inmediato se puso un grupo de gente
en las bombas y al resto de tripulación
a ver qué parte de la carga y cuál no.
Y aun así no pudieron detectar la vía.
Lo hicieron al final, mas era aún
su salvación una apuesta a medias.
Corría el agua de alarmante forma
y volaban chaquetas, mantas, blusas, fardos

29 de muselina al vacío, pero todo eso
hubiera sido en vano y se hubieran hundido,
muy a pesar de sus esfuerzos y recursos,
de no haber sido por las bombas. Me alegra
darlas a conocer a los hermanos del mar
en apuros un día, pues cincuenta toneladas
de agua se sacaron por hora y todo gracias
al artífice, uno de Londres, el señor Mann.

30 Pasaba el día y el tiempo amainaba
y al fin la vía reducir pudieron
y mantener a flote el barco; cuatro pies
sin embargo dos bombas de mano y una
hidráulica aún pidieron; volvió el viento
y a la tarde cayó una que perdió cañones
y mandó una ráfaga más allá de toda idea
que de un golpe escoró al máximo el barco.

31 Inmóvil se lo veía ahí, como angustiado.
El agua rompió el tapón y las cubiertas inundó
y creó una escena que no es fácil de olvidar,
pues se recuerdan batallas, fuegos y naufragios
o cualquier otra cosa que causa rencor
o que rompe ansias, almas, frentes, cuellos.
Por eso se comentan los naufragios entre buzos
y nadadores que puedan sobrevivir al suceso.

32 De inmediato cortaron los mástiles,
el mayor como luego la mesana, el primero
en caer antes del otro, mas aún yacía
el barco como un leño frustrando el intento.
El bauprés y el trinquete se cortaron y eso
aligeró la nave al fin (aunque no pensamos
en irnos hasta haber agotado toda esperanza),
y así con violencia el viejo barco se enderezó.

33 Es fácil suponer que mientras todo esto
pasaba se mostraban algunos inquietos,
para los pasajeros tan malo sería
perder sus vidas como no sentir apetito
y aun el marino viejo, viendo cerca
el final de sus días, sería capaz de motín,
y en ocasiones así lobos de mar piden
grog y a veces de la cuba beben ron.

34 Sin duda nada calma tanto el ánimo
como el ron y la religión auténtica; así
se saqueó, se bebió y salmos se cantaron.
El agudo viento hizo de soprano y cual bajo
el fragor de las olas marcó el tempo. El pánico
curó las náuseas a esos pobres de tierra adentro.
Se oían lamentos, blasfemias, plegarias,
clamores haciendo coro al rugiente océano.

35 Quizá más daño se infligieran de no ser
por nuestro Juan que, más sensato que su edad,
a la bodega bajó y en su entrada se quedó
con un par de pistolas. Y sus miedos,
como si fuera peor la Muerte en su puerta
de fuego que la mar, aun con ruegos y llantos,
frío dejaron al pasaje, que antes de hundirse,
consideraron conveniente morir borrachos.

36 «Danos más grog», gritaron, «pues dará
igual en una hora». Juan dijo «¡No!,
cierto que nos aguarda la muerte a todos,
pero muramos como hombres y no cual brutos
nos hundamos». Y así mantuvo su puesto
peligroso y ninguno quiso probar el golpe
y aun su más reverendo tutor, Pedrillo,
se quedó con las ganas de probar el ron.

37 El viejo caballero estaba horrorizado
y entonó un alto y pío lamento,
se arrepintió de sus pecados e hizo
un último y resuelto voto de cambio:
nada le tentaría otra vez (pasado el trance)
a dejar sus trabajos académicos
en los clásicos claustros de Salamanca
para velar por Juan cual Sancho Panza.

38 Mas un rayo de luz otra vez se abrió;
despuntó el día y el viento se calmó. Sin palos,
la vía se amplió, cerca bajíos, sin costa;
nadó el bajel, pero aún se sostenía.
Volvieron a las bombas, y si antes
fueron desesperados esfuerzos inútiles,
un brillo de ilusión puso manos al achique;
los fuertes bombearon, los débiles, con la vela.

39 Bajo la quilla del bajel se pasó la vela,
y por un rato surtió cierto efecto;
pero con vía y ni una astilla de mástil
ni un pedazo de lona, ¿qué se podía esperar?
Pero siempre es mejor luchar hasta el fin,
nunca es muy tarde para bien naufragar.
Y aunque es verdad que solo se muere una vez,
no es tan bonito si en el golfo de León es.

40 Vientos y olas los tiraron y por ello
sin su gran voluntad les hubieran arrastrado,
ya que fueron forzados a organizarse
en el mando y ni un día de calma tuvieron
en el que descansar o incluso armar
un mástil o timón de repuesto o en el que
el barco navegar pudiera un rato, aunque
navegaba aún, mas no exactamente como un pato.

41 El viento quizá fue de hecho a menos
pero el barco sufría tanto que apenas podían
esperar aguantar mucho más. La angustia
era también grande pues debían enfrentarse
a la escasez de agua y lo sólido en cantina
era también magro. En vano se utilizó
el telescopio, mas ni vela ni costa se vieron,
nada salvo la mar gruesa y la noche joven.

42 De nuevo el tiempo atacó, sopló otra vez
el vendaval y en proa y en popa agua en fuga
apareció; mas aunque la gente lo sabía,
la mayoría se mostró paciente y aun audaz,
hasta que las cadenas y cueros se gastaron
de todas nuestras bombas. Un naufragio total
a merced de las olas estaba, cuya piedad es tanta
cual la de los humanos en la guerra civil.

43 El carpintero apareció llorando al fin
con mirada hosca y al capitán le dijo
que ya no podía más. Era hombre entrado
en años y ya había cruzado muchos mares
turbios y si lloraba tanto no era el miedo
que hacía de sus párpados unos de mujer
sino que él, pobre tipo, tenía esposa e hijo,
dos cosas angustiosas para los moribundos.

44 El barco se inclinaba ahora rápido
por delante; y ya sin distingos,
unos rezaron de nuevo y encendieron
velas para sus santos, pero nada había
con que pagarles; se asomaron unos a proa,
los botes levantaron otros y uno hubo
que rogó absolución a Pedrillo,
que al carajo lo envió confuso.

45 Se fustigaban unos en sus hamacas; otros
se ponían sus galas mejores, como de fiesta;
unos el día maldijeron en que vieron el sol,
rechinaban los dientes y al grito se arrancaban
el pelo mientras otros seguían a lo suyo,
sacando fuera los botes y siendo conscientes
de que una tersa barca en el duro mar aguanta,
a menos que olas grandes le den al socaire.

46 Lo peor de todo era que en su caso,
habiendo estado tantos días tan mal,
era difícil obtener provisiones tales
como para aliviar un poco su dolor.
No gusta ni al morir la inanición.
Por el mal tiempo dañados los víveres,
dos cubas de galletas y un barril de manteca
era lo que a la barca podían llevarse.

47 Mas en la lancha aún guardar lograron
algunas onzas de pan, pero humedecidas;
agua, una barrica de veinte galones o así;
seis botellas de vino. Y también pudieron
sacar de abajo un pedazo de ternera
que se sumó a un trozo de cerdo también,
apenas suficiente para un almuerzo;
había luego ron, ocho galones en un tonel.

48 Las otras barcas, yola y pinaza, se habían
hundido cuando empezó el vendaval;
y la lancha no estaba sino en mal estado,
pues dos mantas había para hacer una vela
y por mástil un remo, que un chico joven
por suerte había echado por la baranda.
Y no podían dos barcas tenerse ni llenarse
para salvar a la mitad de aquel pasaje.

49 Llegó el ocaso y el día sin sol se hundió
en el desierto de agua. Como un velo,
que descorrido mostraría el ceño de alguien
cuyo odio se enmascara solo para el ataque,
así a sus ojos sin amparo la noche se mostró
y con tristeza oscureció sus pálidos rostros
y el desolado abismo tenue. Doce días
siendo Miedo familia y Muerte ya llegó.

50 Se hicieron pruebas con una balsa
con esperanza escasa en esa mar gruesa,
ese tipo de cosas que hubieran dado risa
si la risa se hubiera concebido ahí,
con gentes que hubieran estado trompas,
llenas de esa alegría salvaje y hórrida,
medio epiléptica y medio histérica.
Su salvación hubiera sido un milagro.

51 Hacia las ocho y media se lanzaron
botavaras y jaulas y vergas por si acaso
aún los duros marinos mantenerse a flote
podían, pues mucho luchaban mas en vano.
No había más luz arriba que unos pocos astros,
los botes botados de tripulantes llenos.
Escorada la nave se sacudió a babor
y se inclinó por delante; vamos, que se hundió.

52 Luego se alzó del mar al cielo el duro adiós
y gritaron los tímidos, rígidos los valientes,
saltaron después otros bramando por la borda,
como si anticipar su tumba quisieran.
Y el mar en torno abría las fauces infernales
y abajo se llevó a la nave el torbellino,
como aquel que luchando con el enemigo
intenta estrangularlo antes de morir.

53 Y al principio un aullido cósmico se oyó,
más alto que el bronco océano, cual el golpe
de un trueno resonante y luego silencio,
salvo el viento salvaje y el cruel lametazo
de grandes olas; mas a ratos brotaba ahí,
acompañado por convulsa espuma,
un alarido solitario, el grito burbujeante
de algún nadador fuerte y agonizante.

54 Los botes, ya se ha dicho, se sacaron
y en ellos se embutió a bastante pasaje.
Pero su esperanza era apenas mayor
que la de antes, pues tan fuerte soplaba
que era casi imposible llegar a tierra.
Y luego eran demasiados siendo pocos,
nueve en la lancha, treinta en el bote
se contaron ahí cuando salieron a flote.

55 El resto pereció; casi doscientas almas
abandonaron sus cuerpos. Y lo que es peor, ay,
cuando el mar se abalanza en católicos,
deben aguardar varias semanas a esa misa
que arranca un poco de brasa purgativa
porque, hasta que no se sabe lo que pasó,
la gente no le pone dinero al muerto.
Se dice que son tres francos por misa.

56 Juan se metió en la lancha y ahí
ayudó a Pedrillo a buscar sitio.
Distintos parecían sus puestos ahora,
pues Juan llevaba la cara magisterial
que concede el valor, pero esos ojos
de Pedrillo lloraban la suerte de su amo.
Battista, sin embargo (Tita será pronto),
estaba perdido dándole al *aqua vita.*

57 También a Pedro, su valet, intentó salvar,
pero la misma causa, conducente a su fin,
le dejó tan borracho que cayó a las olas
cuando trató de saltar la borda de la lancha,
así que una tumba de vino aguado halló.
No consiguieron rescatarle aun estando cerca,
pues se hacía la mar cada vez más gruesa,
mientras la gente la barca seguía llenando.

58 Un pequeño cocker, antes de don José,
su padre, al que amaba como imagináis
(pues en asuntos así reposa la memoria
con ternura), estaba aullando en el filo,
sabiendo (tienen ellos nariz intelectiva)
que sin duda el bajel se hundiría.
Así que Juan lo cogió y antes de saltar
adentro lo lanzó y tras él que fue.

59 Juan también se embutió su dinero
donde pudo en su cuerpo; y el de Pedrillo,
que le dejó hacer todo lo que quisiera,
ya que no sabía él ni qué hacer o decir,
mientras cada ola revivía su pavor.
Mas Juan, creyendo que sí lo conseguían,
y sabiendo que todo mal remedios tiene,
reembarcó así a su cocker y a su tutor.

60 Era la noche dura y soplaba muy fuerte
pero se calmó entre mares la navegación,
aunque en lo más alto de la ola era difícil
y no osaban tomarla con todo el viento.
Rompía cada ola en popa y les mojaba
y a achicar les obligaba sin descanso,
así que húmedos iban ellos y sus deseos,
hasta que se inundó el pequeño bote.

61 Nueve almas iban con él. La lancha
aún se mantuvo a flote, un remo por mástil.
Dos frazadas cosidas, plantando cara
en lugar de la vela, hacían veloz al remo.
Aunque cada ola subía y quería llenar
y el presente peligro superaba el pasado,
lloraban a aquellos que se habían hundido,
aunque también a las galletas y la manteca.

62 El sol salió rojo y fiero, segura señal
de la continuidad del ventarrón. Seguir
corriendo tras el mar hasta la calma
era todo lo que ahora se podía hacer.
Una o dos cucharillas de ron y vino
se dieron a la gente, que empezó
a desmayarse, y pan mojado de las bolsas.
Y muchos de ellos traían trapos por ropas.

63 Treinta contaron, amasados en un hueco
que apenas permitía moverse o faenar.
Trataron de aliviar al menos su suerte;
una mitad sentada, cegada por la inmersión,
en su espacio tumbada la otra mitad,
de vigilia en vigilia. Así, temblando cual
tiritera malaria, llenaban aquel bote
con nada más que el cielo por gabán.

64 Es muy verdad que el deseo de vida
la prolonga; obvio es para los médicos
cuando pacientes no apestados por amigos
o esposa sobreviven en duras condiciones,
pues aún confían y no brilla ni restalla
la guadaña de Atropos ante sus visiones.
Desesperar de curación mata la longevidad
y hace de miserias humanas breve alarma.

65 Los que viven de rentas, se dice,
mueren más tarde, Dios sabe por qué,
quizá para suplicio de prestamistas, cierto
que algunos, según creo, nunca mueren.
De entre los acreedores el peor es el judío
y esa es su manera de seguir proveyendo.
Así dinero me prestaban en mi juventud
y mucho me costaba devolverlo.

66 Lo mismo ocurre con gente en un bote;
viven de amor a la vida y soportan más
de lo que puede creerse o aun pensar
y aguantan cual rocas contra la tormenta.
Y la dificultad ha sido la suerte del marino,
desde que el arca de Noé por ahí circulaba.
Curiosos tripulantes y pasajeros tenía,
como el primer corsario griego, el Argo.

67 Mas es el hombre un producto carnívoro
y sus comidas necesita, al menos una al día.
No puede de succión vivir como las becadas
y como el tiburón y el tigre su presa necesita.
Por su constitución anatómica,
tolera ingerir verde aunque gruña,
mas los trabajadores creen sin excepción
que ternera, cordero y vaca se digieren mejor.

68 Y así fue con este grupo malhadado nuestro,
ya que al tercer día llegó la calma,
y aunque pareció darles fuerza al principio
y sobre su fatiga acostados cual bálsamo,
les acunaba como tórtolas en el azul
del océano, al despertar sintieron náuseas
y se tiraron voraces a sus provisiones
en lugar de guardarlas con precaución.

69 La consecuencia fue bien previsible:
se lo comieron todo y el vino se acabaron,
a pesar de las quejas, y luego
¿qué iban a cenar al día siguiente?
Esperaban que el viento soplaría, ilusos,
para llevarles a tierra. Buenas esperanzas,
mas al tener solo un remo y frágil además,
hubiera sido mejor guardar vituallas.

70 Llegó el cuarto día sin un soplo de aire
y dormía el océano como un lactante.
El quinto y el bote seguía ahí flotando,
el mar y el cielo azules, claros y suaves.
Con su único remo (ojalá tuvieran dos)
¿qué podían hacer? Y el hambre era salvaje,
así el cocker de Juan, contra sus ruegos,
fue muerto y troceado para el almuerzo.

71 Al sexto día se comieron el pellejo
y Juan, que aún se había negado, pues
la criatura era el perro paterno muerto,
ya sintiendo a los buitres en sus fauces,
con pesar aceptó (aunque antes rechazó)
como gran dádiva una pata delantera
que se partió con Pedrillo, que
la devoró, deseando las otras dos.

72 Sin viento el séptimo día. El sol ardiente
abrasaba y quemaba y estancados en el mar
yacían cual cadáveres, sin esperanza,
salvo en la brisa que no venía. Brutales
se fijaban los unos en otros. Todo acabado,
agua, vino y comida, se podían apreciar
los apetitos del caníbal en ascenso
(pero no hablaban) en sus ojos de lobo.

73 Al fin susurró uno a su compañero, quien
susurró al otro y así se dio la vuelta
y creció luego un bronco murmullo,
un ominoso y salvaje y desesperado son
y cuando cada paciente tuvo la idea del otro
resultó que era la suya, reprimida, supo.
Y así hablaron de rifas para carne y sangre
y el que muriera comida del colega sería.

74 Pero antes de llegar a eso, ese día se partieron
algunos gorros de cuero y los pocos zapatos;
y luego alrededor miraron desesperados
y para el sacrificio a nadie querían elegir.
Al fin se echaron y partieron las suertes,
pero con materiales muy extraños a la musa.
Al no tener ningún papel, en su defecto
por fuerza la carta de Julia requisaron.

75 Hechas las suertes, se marcaron, se mezclaron
y se dieron en hórrido silencio, y el reparto
acunaba aun el hambre salvaje que pedía,
cual buitre prometeico, esta deyección.
Nadie lo había buscado o planeado,
fue el natural zarpazo que les movió
y que a ninguno permitió ser neutral,
y la suerte cayó en el pobre tutor de Juan.

76 Él tan solo pidió ser sangrado hasta morir.
El cirujano tenía sus útiles y sangró
a Pedrillo y tan suave fluía su aliento
que casi no se pudo apreciar su muerte.
Murió como nació, de fe católica.
Y como tantos en su credo natal,
un crucifijo primero besó
y ofreció luego muñeca y yugular.

77 El cirujano, al no tener más honorarios,
pudo elegir dar un primer bocado,
pero teniendo más sed entonces,
prefirió de las venas manantes un trago.
Se trinchó una parte y otra al mar se echó
y cosas como entrañas y sesos
excitaron a dos tiburones en las olas.
Los marinos el resto de Pedrillo devoraron.

78 Se lo comieron ellos, salvo tres o cuatro
mucho menos amigos del animal sustento.
A ellos se unió Juan, que, si antes rechazó
su propio cocker, apenas podía sentir
ahora mucho más apetito que entonces.
De él no se esperaba que pudiera,
aun en lo más profundo de su desastre,
cenar con ellos de su maestro y de su pastor.

79 Y suerte que al final no lo hizo, pues de hecho
la consecuencia fue en extremo espantosa.
Y es que aquellos que más voraces se mostraron
se volvieron rabiosos. ¡Dios! Cómo blasfemaban,
echando espuma y dando vueltas, presos de raras
convulsiones, bebiendo agua salada a borbotones,
llorando y riendo, aullando, chillando, jurando
y con risa de hiena murieron desesperados.

80 Se adelgazó mucho su número con este mal
y el resto estaba muy delgado, vive Dios,
y algunos de ellos habían perdido el recuerdo,
más felices que aquellos que sentían su dolor,
mas otros ponderaron una nueva disección,
indiferentes al aviso que les habían hecho
los que ya habían perecido, sufriendo tanto
por haberse librado a su apetito sin freno.

81 Y al otro día vieron en el colega del maestro
al más gordo, salvose, sin embargo, porque
además de tener mucha aversión a esa suerte,
había otras razones, siendo la primera
que había estado últimamente indispuesto
y eso que terminó por ser su salvación
era el regalo que en Cádiz le hicieron
por general suscripción de las damas.

82 Del pobre Pedrillo algo quedaba aún,
pero se usó con mesura. Unos tenían miedo
y otros aún su apetito refrenaban
o solo a veces una cenita hacían;
todos excepto Juan, que siempre se abstuvo,
mascando un trozo de bambú o plomo.
Al fin dos alcatraces y una tiñosa cazaron,
y así dejaron de comerse el cadáver.

83 Y si es tremendo el destino de Pedrillo
recordad que Ugolino acepta
comerse la cabeza de su archienemigo,
justo después de acabar cortés su relato.
Si en el infierno son alimento los rivales,
bien estará, en mar, cenarse a los amigos
cuando se acaba la vitualla del naufragio,
sin llegar a ser más horrible que Dante.

84 La misma noche cayó una tromba de agua
y las bocas abrieron cual fallas de tierra
secas en el verano árido. Si no es por sed,
no sabemos los hombres del agua el valor.
Si en Turquía o en España habéis estado
o con pasaje famélico en una litera
o en el desierto habéis oído el bramido
del camello, sabréis que es un pozo la verdad.

85 A cántaros llovía, pero más ricos no fueron
hasta que hallaron un retal de sábana
que les sirvió de esponjoso pichel,
y al ver que estaba ya muy mojado
lo escurrieron y si a un obrero sediento
no le hubiera sabido tan dulce el chorrito
como una jarra de cerveza, para ellos
era su primera vez en la gloria del beber.

86 Y sus labios quemados, con sangre y heridas,
sorbían la humedad, que cual néctar fluía.
Hornos eran sus golas, negras y duras sus lenguas,
cual las del rico en el infierno, que en vano
grita para rogar al mendigo, que no puede
arrancar ni una gota de rocío a la lluvia, cuando
a gloria le hubiera sabido. Si esto es verdad,
tienen algunos cristianos un cómodo credo.

87 Había dos padres en este horrible grupo
y con ellos sus dos hijos, de los cuales era
uno más fuerte y duro a la vista,
pero murió pronto y cuando se hubo ido,
su más cercano comensal se lo dijo al señor,
que lo miró y dijo, «¡Cielos, se lo comerán!,
nada puedo hacer», y vio cómo se lanzaba
a lo hondo sin soltar ni lágrimas ni gemidos.

88 Tenía el otro padre un hijo más débil,
de tez suave y aspecto delicado,
mas resistió el chico y con sobrio
y calmo espíritu a raya mantuvo el destino.
Poco dijo y de vez en cuando sonrió,
como para quitarle una parte del peso
que iba creciendo en el alma de su padre
con la mortal idea tremenda de deber partir.

89 Y sobre él se inclinó su sire y nunca separó
los ojos de su rostro, mas limpió la espuma
de sus pálidos labios, y no dejó de mirarle
y cuando al fin cayó el ansiado aguacero
y los ojos del chico, velados por la densa capa,
brillaron y vagar parecieron un instante,
exprimió de un harapo unas gotas de lluvia
en la agónica boca de su niño, mas en vano.

90 Expiró el chico. El padre tocó el cuerpo
y largo rato lo miró y cuando al fin
la muerte dudas despejó y el fardo exangüe
frío en su corazón yacía, sin pulso ni esperanza,
lo miró con tristeza, hasta que se lo llevó
lejos la ruda ola a la que fue arrojado.
Luego también él se hundió mudo y trémulo
y no dio señales de vida, salvo por el temblor.

91 Ya un arcoíris en lo alto, surgiendo a través
de las nubes deshechas, brilló y abrazó el mar negro,
apoyando su base brillante en el azul movido
y todo bajo su arco parecía ser
más claro que sin eso y su amplio tono
enceraba a lo ancho y en ondas, cual pendón suelto,
luego mudó como un arco tensado
hasta que huyó de los ojos tenues de esos náufragos.

92 Por supuesto cambió, camaleón celestial,
aérea criatura del vapor y del sol,
creada en púrpura, mecida en bermellón,
bautizada en oro fundido y envuelta en marrón,
brillando cual media luna en pabellón turco
y todos los colores mezclando en uno,
como un ojo morado en una refriega
(pues hay que pelear a veces sin protección).

93 Creyeron ver nuestros náufragos buen presagio
en ello, bien está creerlo de vez en cuando.
Era antigua costumbre de griegos y romanos
y puede resultar una gran ventaja
cuando está triste la gente y a buen seguro
pocos necesitaban tanto animarse de nuevo
como estos, y así ese arcoíris esperanza dio,
una especie de celestial caleidoscopio.

94 Y entonces una bella ave blanca,
palmípeda, igual a la paloma en tamaño
y plumaje (debió de extraviarse
en su ruta), pasó a menudo frente a ellos
y aun intentó posarse, a pesar de ver y oír
a los hombres allá en el bote, y de esa guisa
vino y se fue y en torno a ellos revoloteó
hasta la noche. Mejor presagio parecía aún.

95 Pero debo decir que en este caso
mejor no se posara el ave augur,
pues el cordaje de nuestra barca rota
no era tan seguro como una iglesia
y si hubiera sido del arca de Noé la paloma
volviendo ahí de su búsqueda fructuosa
para caer en su camino de casualidad,
se la hubieran comido con su rama de olivo.

96 Al llegar el ocaso el viento volvió
mas sin violencia. Brillaron los astros,
avanzó el bote pero iban tan despacio
que no sabían ni el dónde ni el porqué.
Creían algunos ver tierra y otros decían «¡No!».
Constantes bancos de niebla duda traían.
Juraban unos olas oír, cañones otros
y sobre lo último una vez erraron todos.

97 Amainó el viento ligero al romper el alba
cuando el vigía de turno bramó y juró
que si tierra no era eso que surgía con el sol
nunca más tierra volver a ver quisiera.
Y los demás los ojos se frotaron y vieron,
o así lo creyeron, una bahía y rumbo a costa
pusieron, pues costa era y así crecía
nítida, elevada y palpable a la vista.

98 Y algunos a llorar rompieron entonces
y otros, observando con expresión tonta,
separar no podían aún del miedo la esperanza
y pareciera que más cuidados no tuvieran,
mientras rezaban otros (por primera vez en años).
Y en el fondo del bote había tres dormidos,
de la cabeza y de la mano los tiraron
para que despertaran, mas muertos estaban.

99 El día anterior, bien dormida en el agua,
una tortuga de especie carey vieron
y deslizándose suaves por suerte la cazaron,
lo que concedió un día de vida y en su mente
supuso algo aún más nutritivo
puesto que atrás dejó la motivación.
Creyeron que en ese trance no solo el azar
aquello les había enviado para salvarse.

100 Se veía en esa tierra una costa alta y rocosa
y más altas crecían las montañas al llegar,
por corriente impulsados. Se debatían
entre distintas conjeturas, pues nadie sabía
a qué pedazo de tierra habían sido arrojados,
tan cambiantes habían sido los vientos.
Decían algunos que era el Etna, las montañas
de Candia otros, Chipre, Rodas u otras islas.

101 La corriente entretanto, con súbito vendaval,
seguía aproximándoles a la costa,
como la espectral barca de Caronte, lívida.
Su cargo de vivientes a cuatro se reducía,
y tres difuntos, mas sus fuerzas no bastaban
para tirarlos con los demás al abismo,
aunque los dos tiburones aún los seguían,
la cara salpicándoles con sus aletazos.

102 Hambruna, desespero, frío, sed y calor habían
hecho mella en ellos por turnos, reduciéndoles
a algo que ni una madre hubiera conocido
entre los esqueletos de esa demacrada tropa.
Congelados de noche, quemados de día, así
murieron uno tras otro hasta quedar esos pocos,
gracias a una especie de automasacre
en la que baldearon a Pedrillo con agua salada.

103 Al acercarse a tierra, que ahora se veía
desigual en su forma aquí y allá,
sintieron la frescura de su verde creciente
que ondulaba sus crestas de bosque, con aire
suave, caer en sus ojos vítreos cual panel
contra el brillo del mar y del cielo rojo y nudo.
Precioso parecía cualquier objeto que atrás
dejara el vasto, salado, horrible y eterno abismo.

104 Salvaje se veía la costa sin humana huella
y rodeada de olas tremendas; mas estaban
ellos ansiosos de tierra y así su curso siguieron,
a pesar de que enfrente rompía el oleaje.
Un escollo entre ellos empezó también
a mostrar punta hirviente y salpicones,
mas al no hallar mejor lugar para el arribo
pusieron proa a la costa y volcaron.

105 Pero en su río natal, el Guadalquivir,
Juan sus jóvenes miembros solía bañar
y nadando a menudo en ese caudal dulce
había conseguido dominar el arte
y mejor nadador no se podía encontrar,
salvo quizá aquel que cruzara el Helesponto,
como una vez (en nuestro orgullo un hito)
Leander, el Sr. Ekenhead y yo hicimos.

106 Así que débil, demacrado y exhausto,
fletó sus tiernos miembros y se afanó
para ganar con rápida ola, antes de la noche,
la playa que ante sí se abría, seca y alta.
El gran peligro era aquí un tiburón
que a su vecino agarró por el muslo.
Y los otros dos no sabían nadar
así que solo él consiguió llegar.

107 Y no se salvara él sino por el remo
que le alcanzó la misma providencia
justo cuando sus débiles brazos decaían
y la dura ola le vencía y con su estallido
le rodeaba. A él se agarró y dolido
romper veía las aguas que le azotaban.
Al fin, nadando, vadeando, trepando,
llegó a la playa, medio muerto, del mar.

108 Sin resuello y cavando con las uñas
veloz ganó la arena, antes que la resaca,
de cuyo fragor remiso su vida exprimía,
de nuevo lo absorbiera a su insaciable tumba.
Y ahí yacía cuan largo era, arrojado,
ante la entrada de una cueva acantilada,
con vida suficiente para sentir su dolor
y creer que se había salvado, en vano quizá.

109 Con lento y tembloroso esfuerzo se alzó,
pero se hincó de nuevo en su rodilla herida
y mano trémula; buscó luego a aquellos
sus veteranos compañeros en el mar
mas nadie parecía compartir sus pesares
salvo uno, cadáver entre los tres hambrientos,
que había muerto dos días antes y ahí tuvo
una playa desierta e ignota por sepulcro.

110 Y mirando, su mente mareada giraba
y abajo que se fue y al caerse la arena
daba vueltas y vueltas y el sentido perdió.
Se cayó de costado y su mano agarrada
se soltó goteando del remo (su bandola)
y cual lila marchita, sobre la tierra
su delgada figura y blanca tez yacieron,
como lo más bello jamás de arcilla hecho.

111 Cuánto en su trance muerto yació Juan
nunca lo supo, pues la tierra se había ido
y en el tiempo ya no había noche y día
para su sangre espesa y tenues sentidos.
Y no sintió irse la dura flojera hasta
notar cada latido y miembro doloroso,
el cosquilleo del pulso, palpitar de vida.
La muerte aún luchaba, aunque vencida.

112 Abrió los ojos, los cerró, de nuevo abiertos,
pues todo era duda y mareo. Pensó
que estaba aún en el bote y dormitaba
y otra vez por la angustia se consumía
y quería que fuera la muerte su reposo
y una vez más volvió su sensibilidad
y lenta en sus ojos nadadores apareció
una preciosa cara femenina adolescente.

113 Se acercaba a la suya y la boquita
parecía querer buscar ahí aliento.
Y el joven tacto suave y cálido, rozándole
despertó de la muerte a sus sumisos ánimos
y humedeciéndose las sienes heladas
quiso aliviarse el pulso renacido hasta
oír tras el roce gentil y la caricia trémula
un suspiro cual respuesta al cariño dado.

114 Se vertió luego el cordial y el manto se echó
sobre sus miembros casi nudos y el bello brazo
levantó la cabeza caída que sobre él pendía.
Y su translúcida mejilla, pura y cálida,
acolchaba su frente mortecina. Se escurrió
luego sus rizos perlados, húmedos de tormentas,
y con ansias miró cada pálpito que echaba
suspiros de su pecho jadeante; y del suyo.

115 Y alzándole con mimo hasta la cueva,
la gentil chica y su sirvienta –una
joven, aunque mayor, de ceño menos grave
y más robusta figura– empezaron
a encender fuego y al dar las llamas nuevas
luz a las rocas albergues que el sol
nunca habían visto, la doncella o lo que ella
fuera distinta apareció, alta y bella.

116 Su frente estaba ornada con monedas de oro
que destellaban sobre su cabello caoba,
su pelo arracimado, cuyos mechones largos
se hacían trenzas atrás y aunque su estatura
era la más alta en la escala femenina,
por poco le llegaban al talón. Y en su aire
había algo que daba autoridad
como quien fuera señora de la heredad.

117 Su cabello, decía, era caoba, mas sus ojos
negros como la muerte, sus pestañas igual,
de largura abatida, en cuya sombra sedosa
yace honda atracción, pues cuando a la vista
salta de su flequillo azabache la mirada en vuelo,
nunca con tanto brío voló la flecha más veloz.
Era cual la sierpe al final, que se estira
y a la vez suelta su veneno y su fuerza.

118 De frente blanca y suave, su tez era puro tinte
cual rosa ocaso aún con el sol puesto.
Labio superior fino, ¡dulces labios! Suspiramos
tan solo por haberlos visto; pues ella
podría haber sido modelo para estatuas
(una caterva de impostoras, a fin de cuentas;
he visto damas mejores, maduras y reales,
que el sinsentido de su ideal de piedra).

119 Os diré por qué, pues es verdad
que uno no debería maldecir sin causa.
Hubo una dama irlandesa, a cuyo busto
nunca vi hacer justicia, pero a menudo
servía como modelo; y puesto que habrá
de padecer el tiempo y las naturales arrugas,
se destruirá una cara que la mente mortal
nunca ideó y aún menos forjó el mortal cincel.

120 Y así era ella, la dama de la cueva.
Su vestido era distinto a los españoles,
más sencillo y de colores menos graves,
pues ya sabéis, las españolas prohíben
en exterior los tonos chillones, mas cuando
a su alrededor vuelan (ojalá nunca decaiga)
la basquiña y la mantilla parecen
al mismo tiempo místicas y joviales.

121 Mas no era el caso de nuestra damisela;
era el suyo policromo, finamente tejido.
Al azar se rizaban sus bucles en torno a la cara,
mas a su través oro y gemas en profusión brillaban.
Su faja destellaba y el encaje más precioso
en su velo fluía y muchas piedras preciosas
en su manita se veían, pero más sorprendentes
eran sus pies y zapatillas de nieve, sin medias.

122 El vestido de la otra no era muy distinto,
pero de peor paño. No llevaba ella
tanto ornamento resonante,
su cabello tan solo plata, quizá destinada
a ser su dote, y el velo, de forma parecida,
era más áspero, y su aire, firme, mas menos libre.
El cabello era más grueso, pero menos largo,
igual de negros los ojos, más vivaces y pequeños.

123 Y las dos lo acostaron y lo animaron
con comida y atuendo y esos cuidados
que son (debo reconocer) propios de ellas
y tienen unos diez mil ingenios delicados.
Hicieron un magnífico caldo variado,
algo que apenas se menciona en poesía,
mas fue el mejor plato desde que en Homero
Aquiles preparó la cena para los recién llegados.

124 Os diré quién era, este par femenino,
antes de que parezcan princesas disfrazadas.
Odio además el misterio y ese aire
estúpido que tanto gusta a los nuevos poetas.
Así que en breve lo que eran las chicas
aparecerá frente a vuestros ojos curiosos,
señora y criada; la primera hija única
de un viejo hombre que vivía en el agua.

125 Un pescador había sido en su juventud,
y una especie de tal era aún.
Mas en realidad otras especulaciones
su conexión con el mar engrosaron,
quizá no tan respetables, en verdad.
Algo de contrabando y de piratería
le hicieron el único de muchos amos
de un millón de muy ilícitas piastras.

126 Un pescador era, por tanto, mas de hombres,
como Pedro el apóstol, y pescaba
para mercantes errantes de vez en cuando
y cogía a veces cuantos deseaba.
Confiscaba los cargos y ganancia
buscaba también en el mercado de esclavos
y muchas piezas servía para el gremio turco,
con el que buen negocio puede hacerse.

127 Era griego, y en su isla había construido
(una de las salvajes y pequeñas Cícladas),
una muy bella casa de su mala conciencia
y ahí con excesiva comodidad vivía.
Dios sabe cuánto metálico tuvo o sangre vertió;
un viejo y triste tipo era, encima.
Pero sé que era una espaciosa casa,
llena de bárbaras tallas, pinturas y dorados.

128 Una única hija tenía, llamada Haidée,
la más grande heredera de las islas orientales;
además, tan bella se veía que su dote
nada era comparada con sus sonrisas.
Adolescente aún, cual bello árbol
mujer se hacía y entretanto
ya rechazaba pretendientes y aprendía
cómo aceptar a uno mejor en cambio.

129 Y caminando por la playa bajo
el acantilado, durante el ocaso, ese día
desmayado halló, no muerto, pero casi,
a don Juan, casi desnutrido y medio ahogado.
Mas estando desnudo, se turbó, sabéis,
pero armarse quiso de toda la piedad
que en sí encontró, «para acogerlo,
moribundo extranjero», de piel tan blanca.

130 Pero llevárselo a casa de su padre
no era la mejor manera de salvarlo,
sino más bien conducir al gato el ratón
o a gente en trance hasta su tumba
pues el viejo tenía mucho *νοῦς*.
No era como el honesto ladrón árabe
sino que habría curado noble al foráneo
para venderlo en cuanto se hubiera repuesto.

131 Y por tanto, eligió a la doncella
(de su doncella una virgen se fía)
para colocarlo en la cueva a descansar.
Y cuando al fin abrió él sus ojos negros,
su caridad por el huésped creció
y su compasión fue tan grande
que medio abrió los peajes del cielo
(dice san Pablo que es cuota necesaria).

132 Hicieron fuego, pero uno tal como
consiguieron ahí en ese momento
con las cosas halladas en la bahía,
rotas tablas y remos, que al tacto
yesca casi parecían, tanto habían rodado,
un mástil reducido casi a una muleta,
pero por Dios, los naufragios eran tantos
que había combustible para veinte.

133 Tenía un lecho de pieles y pellizas,
ya que Haidée rasgó sus martas para
su diván y que estuviera así más cómodo
y cálido si fuera a despertarse por azar,
cada una le dio una enagua, ella
y la doncella, y prometieron al alba
venir a visitarle trayéndole un desayuno
con huevos, café, pan y pescado.

134 Y así a solas le dejaron descansando.
Juan durmió como un tronco o un muerto
que al fin duerme quizá (solo Dios sabrá)
solo por el momento. Y en su cabeza mecida
ni una sola visión de sus dolores viejos
latía en sueños convulsos, que esparcen
a veces tan ingratas imágenes de años pasados
que el ojo, engañado, se abre con lágrimas.

135 El joven Juan durmió en paz, mas la doncella,
que antes de irse le colocó bien el cojín,
miró atrás hacia él y se quedó un instante
y se volvió, creyendo que él llamaba otra vez.
Dormitaba, pero ella pensó, o al menos lo dijo
(yerra el corazón tanto cual pluma o lengua)
que había dicho su nombre, mal olvidó
que por entonces Juan aún no lo sabía.

136 Y pensativa a casa de su padre se fue,
compartiendo silencio estricto con Zoe, quien
mejor que ella sabía lo que ella suponía,
siendo más sabia por un año o dos.
Un año o dos es una edad si se aprovecha
y Zoe pasó los suyos, como tantas mujeres,
procurándose el tipo de útil sabiduría
que se adquiere en la vieja facultad natural.

137 La mañana rompió y a Juan halló dormitando
quieto en su cueva, y nada perturbaba
su sueño. El fragor del vecino riachuelo
y los jóvenes rayos del sol excluido
no le importaban y podía dormir a fondo.
Y gran necesidad tenía de hacerlo, pues nadie
había padecido tanto; sus penurias eran como
las que se detallaban en el relato de mi abuelo.

138 No así Haidée; ella triste daba vueltas
y se sobresaltaba en el sueño y girándose
soñaba mil naufragios contra los que topaba
y se esparcían bellos cadáveres en la costa
y despertó a su doncella tan pronto que gruñó,
y aun llamó a los viejos esclavos de su padre,
que maldijeron en armenio, turco, griego,
sin saber qué pensar de ese raro engendro.

139 Mas se levantó y los hizo levantar,
con cierta pretensión del sol, que hace
más hermosos los cielos cuando sale o cae.
Y es sin duda digno de ver cuando surge
el brillante Febo en los montes aún húmedos
de niebla y las aves con él se levantan
y está la noche tirada cual traje de mañana
usado por algún marido u otro animal.

140 Digo que el sol es la más gloriosa visión.
Lo he visto salir pleno a menudo; de hecho
hace poco esperé adrede toda la noche;
y ello dicen los médicos el destino apura.
Así que todo aquel que bien quiera estar
en salud y cartera empiece el día desde
el alba, y en la caja a los ochenta, grabaos
en la placa que en pie estabais a la cuatro.

141 Y cara a cara se vio Haidée con la mañana.
La suya propia más fresca, aunque un golpe febril
la tiñó con la súbita sangre, cuyo curso
de corazón a mejilla se obstruye con un rubor,
como un torrente que la base de una montaña,
dominando la fuerza de algún río alpino,
detiene en esa laguna cuyas olas en círculos crecen;
o en el mar Rojo; pero no es de ese color el mar.

142 Y bajo el acantilado llegó la virgen isleña
con rápidos y leves pasos a la cueva
mientras en ella sonreía el sol con su nueva
llama y la Aurora joven con rocío la besaba,
creyéndola su hermana. El mismo error
habríais cometido al verlas juntas a las dos,
aunque la mortal, igual de fresca y bella,
tenía la ventaja también de no ser aérea.

143 Y cuando entró Haidée en la caverna
con timidez pero rápida, vio
que Juan dormía dulce como un niño.
Y luego se detuvo y se quedó como asustada
(pues es horrible el sueño) y de puntillas
se acercó y lo cubrió mejor, no fuera
que el aire frío sobre él cual la muerte cayera
y con labios callados la poca fuerza le quitara.

144 Y así como un ángel sobre el moribundo
que muere virtuoso se inclinó; y ahí
lleno de paz yacía el chico náufrago
y sobre él el aire quieto e inmóvil.
Y Zoe mientras huevos freía,
ya que, después de todo, el joven par
debía desayunar y, adelantándose a ello,
sacó las provisiones del cesto.

145 Ella sabía que el mejor sentir debía avituallar
y que un náufrago joven debía estar hambriento.
Estando además menos enamorada, bostezaba
y sentía las venas relajadas por el mar vecino.
Y así el desayuno preparó hasta el detalle;
no sabría decir en verdad si les sirvió té,
pero había huevos, fruta, café, pan, pescado y miel
con vino de Chios, y todo por amor, no por dinero.

146 Y Zoe, cuando los huevos estaban a punto
y hecho el café, hubiera despertado a Juan,
mas Haidée la detuvo con su rápida manita
y sin mediar palabra, un signo con el dedo
en el labio, que Zoe debió seguro entender,
y pasado el desayuno primero, otro preparó,
pues su señora interrumpir no le dejaba
aquel sueño que nunca parecía terminar.

147 Pues aún yacía él y en su fina tez cansada
una agitada púrpura jugaba al ocaso
en las cumbres de nieve de lejanos montes.
El golpe del dolor aún se veía en su frente
donde las venas azules eran tenues, tensas y débiles
y sus mechones negros mojados de rocío
que aún en ellos pesaba, todo humedad y sal,
mezclado con los pétreos vapores de la bóveda.

148 Y ella sobre él se inclinó y él ahí yacía
tranquilo cual bebé en el pecho de su madre,
colgante como el sauce cuando no hay viento,
mecido cual lo hondo del mar en calma,
bello como la rosa puntal de toda la corona,
suave como la cría de cisne en su nido,
era en resumen un tipo muy guapo
aunque sus males le habían vuelto algo pálido.

149 Se despertó y miró y se hubiera dormido
pero la bella cara que sus ojos vieron vetó
el cierre de los mismos, aunque dolor y fatiga
hubieran hecho de más sueño placer nuevo;
pues rostro de mujer nunca se hizo en vano
para Juan, ya que incluso cuando rezaba
iba de los santos siniestros y peludos mártires
a la Virgen María y sus dulces retratos.

150 Y así sobre su codo se enderezó
y a la dama miró, en cuya mejilla
la palidez competía con el rosa púrpura
y como haciendo un esfuerzo ella habló.
Elocuentes sus ojos, traducían sus palabras,
pero ella le decía en buen griego moderno
con suave y dulce acento jónico,
que estaba débil y más que hablar comer debía.

151 Juan no entendía por supuesto una palabra,
pues no era griego, pero tenía oído
y era su voz el trino de un pájaro,
tan suave y dulce, tan clara y delicada
que nunca se oyó música más bella,
ese sonido que evocamos con lágrimas
sin saber el porqué, un tono omnipotente,
como si descendiera de un trono la melodía.

152 Y Juan miraba como alguien despierto
por órgano distante, dudando si no está
soñando aún, hasta diluirse el hechizo
por el vigía u otra realidad similar
o por el golpe temprano y maldito del criado.
Al menos es un sonido hosco para mí,
pues dormitar prefiero de mañana; la noche
da mejor luz a mujeres y astros.

153 Y a Juan también le ayudó salir de su ensueño
o dormición o lo que fuere sentir
un enorme apetito. Los vapores
de la cocina de Zoe sin duda operaban
en sus sentidos, y la llama ardiente
del nuevo fuego, que Zoe mantuvo, hincada
para remover sus viandas, lo despertaron
hambriento, de un bistec sobre todo.

154 Pero es rara la ternera en estas islas sin buey;
carne de cabra hay, sin duda, y cabrito y cordero.
Y cuando les sonríe un día de fiesta,
un corte en sus bárbaros espetones asan.
Mas esto ocurre rara vez, de tanto en tanto,
pues algunas son solo rocas con apenas choza;
otras son bellas y fértiles, entre las cuales
esta que, aunque no grande, era de las más ricas.

155 Digo que es rara la ternera y me parece
que aquella vieja fábula del Minotauro
–de la que nuestra moral moderna, con razón
retraída, condena el gusto de la real dama
por adoptar forma de vaca como máscara–
era solo (arruinando la alegoría) una manera
de decir que Pasifae promovía criar ganado,
para hacer en la guerra más cruentos a los de Creta.

156 Pues todos bien sabemos que los ingleses
se nutren de ternera. Nada diré de la cerveza,
porque es un líquido solo y, quedando lejos
de este mi asunto aquí, no tiene nada que hacer.
También sabemos que les gusta mucho la guerra,
un placer, como todos los demás, encantador;
así eran los cretenses, de lo que infiero
que ternera y batallas se deben a Pasifae.

157 Pero a lo nuestro. El laso Juan levantó
la cabeza apoyada en el codo y vio
una vista que hacía tiempo no gozaba,
siendo crudas todas sus últimas comidas,
eran tres, cuatro cosas, por las que a Dios rogó,
y sintiendo aún el roer del halcón hambriento,
se lanzó a todo lo ofrecido, como
un cura, tiburón, edil o pica.

158 Comió y fue bien proveído y ella,
que lo miraba cual madre, le hubiera
alimentado sin fin, porque sonreía al ver
tanto apetito en aquel casi muerto.
Mas Zoe, siendo mayor que Haidée,
sabía (tradición oral, pues nunca leyó)
que los hambrientos deben comer lento
y a cucharadas, porque si no estallan.

159 Y se tomó así la licencia para declarar,
por hechos más que palabras, pues era
urgente el caso, que el señor cuyo destino
de la cama había sacado a su señora para
seguir la costa a esta hora el plato dejaría,
a menos que quisiera morir en el acto.
Ella se lo quitó y negó otro bocado,
pues ya había comido para matar a un caballo.

160 Luego ellas –estando él desnudo, salvo por
un harapiento par de calzones– a faenar fueron
y echaron al fuego sus recientes trapos
y lo vistieron, por ahora, como un turco
o un griego; es decir, aunque no importaba,
omitiendo turbante, zapatillas, pistolas, daga,
lo equiparon, excepto algunos puntos,
con camisa limpia y muy cómodos bombachos.

161 Y entonces la bella Haidée intentó hablar
pero Juan no entendió ni una sola palabra
aunque tanto escuchaba que la joven griega
en su seriedad nunca hubiera terminado
y como él no la interrumpía, extendió
su discurso a su amigo y protegido
hasta que al parar al fin para respirar
vio que de romaico nada entendía.

162 Y luego recurrió a gestos y signos
y sonrisas y chispas del ojo parlante
y leyó (único libro que sabía) las líneas
de su hermosa cara y halló, por simpatía,
la respuesta elocuente, donde el alma brilla
y con rápida ojeada lanza larga respuesta;
y así en cada mirada vio ella expreso
un mundo de palabras y cosas imaginadas.

163 Y a fuerza en fin de dedos y ojos
y palabras con ella dichas, recibió él
una lección de su lengua, por supuesto
y sin duda más de su gesto que del idioma.
Como aquel que ferviente estudia los cielos
y se vuelve más a los astros que al libro,
así Juan aprendió mejor su alpha beta
de la mirada de Haidée que de letra muerta.

164 Es agradable aprender una lengua extranjera
gracias a ojos y labios femeninos, sobre todo
cuando maestra y alumno jóvenes son,
cual era el caso en el que me he encontrado.
Sonríen tanto cuando uno acierta y cuando no
sonríen todavía más, y ahí intervienen luego
presión de manos e incluso un beso casto.
Lo poco que sé así lo aprendí yo.

165 Esto es, algo de español, turco, griego,
mas no italiano, ya que no tuve profesores.
No puedo pretender hablar mucho inglés,
puesto que lo aprendí en parte de sus pastores,
Barrow, South, Tillotson, a quienes estudio
cada semana, Blair también, las más altas
cimas de elocuencia en piedad y prosa.
Odio a vuestros poetas y por ello no los leo.

166 En cuanto a las damas, nada puedo decir,
un exiliado del mundo británico de moda,
donde yo, como otros «perros, tuve mi hora»,
como otros hombres también, mi pasión puedo
haber tenido, mas eso como todo se esfumó,
y todos los idiotas que por ella azotaría,
enemigos, amigos, hombres, damas, nada son
sino sueños de eso que fue y ya no será.

167 Volvamos a don Juan. Empezó
a oír nuevas palabras y a decirlas; mas
algunos sentimientos, como el sol universales,
no podía encerrarlos en su pecho
más que en el seno de una monja.
Estaba enamorado, como ya sabréis,
de una benefactora joven, y ella también,
de la manera que tantas veces se ve.

168 Y cada día al alba, algo temprano
para Juan, que gustaba descansar,
ella iba a la cueva, mas tan solo era
para ver a su polluelo en su nido posado.
Y tocaría suave sus bucles tan rizados,
sin perturbar a su huésped aún durmiente,
respirando gentil en su mejilla y boca,
cual sobre un lecho de rosas el dulce sur.

169 Y cada mañana era su color más fresco
y ayudaba cada día a su convalecencia.
Bien, pues salud en la humana complexión
es agradable, además de esencia del amor puro,
y salud y ocio son a la llama de la pasión
como aceite y pólvora; y ciertas lecciones
pueden también aprenderse de Ceres y de Baco,
sin los cuales por Venus no seríamos atacados.

170 Mientras el corazón Venus llena (sin él,
amor, aunque siempre bueno, no lo es tanto)
Ceres presenta un plato de vermicelli
(pues amor debe nutrirse cual carne y hueso),
mientras el vino lo sirve Baco, como la jalea.
Huevos, ostras también, son alimento amoroso
pero quién los provee desde arriba
solo el cielo lo sabe; quizá Neptuno, Pan o Jove.

171 Al levantarse, Juan vio varias cosas listas,
un baño, desayuno y los más bellos ojos
que nunca a un joven hicieron menos firme,
también los de la criada; igual pero pequeños,
pero eso ya lo he dicho antes
y es la repetición fatigosa e ignara.
Bien, Juan, después de bañarse en el mar,
volvía siempre para café y Haidée.

172 Eran los dos tan jóvenes y uno tan inocente
que sin más transcurría el baño. A ella Juan
le parecía, dijéramos, una especie de enviado,
con el que estos dos años había soñado a diario,
un algo para amar, una criatura pensada
para felicidad suya y a la que quería
hacer feliz. Quienes obtienen alegría
compartirla deben; nació felicidad melliza.

173 Qué placer daba contemplarlo, ese
crecer de la existencia para compartir
naturaleza con él, excitar bajo su tacto,
mirar cómo dormía o verlo despertar.
Vivir con él para siempre sería demasiado
pero luego la idea de partir le hacía temblar.
Él era para ella su tesoro de mar, arrojado
cual rico pecio, su último amor y el primero.

174 Y así una luna pasó y la bella Haidée
visitó cada día a su chico y tomó
tantas estrictas precauciones que él
siguió siendo un extraño en su rincón abrupto.
Al fin su padre puso proa a los mares,
tras ciertos mercaderes a la vista,
no como antaño para llevar a Io,
sino tres bajeles ragusanos rumbo a Chios.

175 Y así llegó su libertad, pues no tenía madre
y por ello, estando en mar su padre, ella era
libre como mujer casada u otra hembra
parecida que va a donde le da la gana,
sin siquiera la carga de un hermano,
la más libre que ella había visto en espejo.
Hablo de tierras cristianas en este símil,
aquí las desposadas rara vez son encerradas.

176 Prolongó así ella sus visitas y su charla
(pues debían hablar) y él había aprendido
tanto como para proponerle pasear,
pues poco había él caminado desde el día
en que, como flor fresca segada del tallo,
goteante y rociado yació en la playa,
y así a andar salieron en la tarde
y vieron ponerse el sol contra la luna.

177 Era una costa agreste y por las olas batida,
con altos riscos y grandes playas de arena,
custodiadas por rocas y bajíos anfitriones,
con un arroyo aquí y ahí, cuya forma daba
una mejor acogida al golpe de la tormenta.
Y rara vez cesaba el fragor altivo de la marea,
salvo en los largos días muertos del verano,
que hacen brillar al vasto océano como un lago.

178 Y la pequeña onda echada en la playa
era casi la espuma de vuestro champán,
cuando la rebosante burbuja al borde llega,
¡la gota de rocío del espíritu, la lluvia del alma!
Pocas cosas mejores que el vino añejo, ya pueden
predicar lo que quieran que en vano lo harán.
Vengan el vino y las mujeres, la risa y la alegría,
los sermones y el agua con gas, al otro día.

179 Debe el hombre sensato emborracharse;
es la intoxicación lo mejor de la vida.
En la gloria, la uva, el amor, el oro, ahí
se hunden los anhelos de hombres y naciones;
sin esa savia, qué desramado estaría el tronco
del raro árbol de la vida, tan fructífero a veces.
Pero a lo nuestro. Embriagaos, y cuando
os despertéis con resaca, ya veréis qué.

180 Llamad a vuestro criado, pedidle que traiga
rápido soda y vino blanco. Probaréis así
un placer digno de Jerjes, el gran rey;
ni aún el bendito sorbete, de nieve sublime,
ni el primer sorbo en la fuente del oasis,
ni Borgoña con todo su fulgor crepuscular
tras viaje largo, *ennui*, amor o masacre
superan ese trago de soda y vino blanco.

181 La costa –creo que era la costa eso
que estaba describiendo, sí, era la costa–
se veía en esta época quieta como el cielo,
las arenas incólumes, las azules olas íntegras
y era todo quietud, excepto el grito del ave
marina y el salto del delfín y la oleada
hendida por bajío o escollo que la separaba
del límite terreno que apenas mojaba.

182 Y adelante que fueron, su señor de viaje
en una expedición, como ya he dicho.
Y madre, hermano, guardia, ella no tenía,
excepto Zoe, que aunque con debida precisión
con el sol aguardaba a su señora,
sentía que el servicio diurno era su única misión,
trayendo agua caliente y arreglándole las trenzas
y pidiendo de vez en cuando ropa usada.

183 Era la hora refrescante, justo cuando el disco
rojo del sol se hunde tras la colina celeste,
que parece entonces rodear la tierra entera,
lo natural cercando, tenue, quieto y en silencio,
con la lejana medialuna de la montaña
en un costado y el hondo mar en calma
al otro y el cielo rosado con una estrella
a su través destellando como un ojo.

184 Y así anduvieron dándose la mano
sobre brillantes cantos rodados y conchas,
en la arena endurecida y suave deslizados
y en los gastados y salvajes cubículos
tallados por tormentas, pero como adrede,
en vacías estancias con techos de lámina
y celdas donde descansaban brazo con brazo
librados al profundo hechizo del rojo ocaso.

185 La vista alzaron al cielo, cuyo fulgor flotante
se derramaba cual océano rosa, vasto y vivo.
Contemplaron el mar resplandeciente abajo
del que la luna grande salía curva a la vista.
Oyeron la ola romper y el viento tan suave
y se vieron los ojos negros de cada uno
dándose luz y así, contemplando esto,
los labios acercaron y los cerraron en un beso.

186 Un beso largo muy largo de amor, juventud
y de belleza, concentrado todo cual rayos
en un foco encendido desde arriba;
besos así pertenecen a los días tiernos,
cuando alma, corazón y sentidos juntos van
y la sangre es pura lava y fuego el pulso
y cada beso un temblor de tierra, pues debe
su fuerza medirse, creo, por su largura.

187 Me refiero a cuánto dura y los suyos duraban
Dios sabe cuánto; nunca lo calcularon
y si lo hubieran hecho, no podrían haber fijado
en un segundo la suma de sus furores.
No habían hablado, mas se sentían atraídos,
como si sus espíritus y labios se reconocieran
y estando juntos, cual enjambre se fundieran,
sus corazones como flor de la que miel saliera.

188 Estaban solos, pero no del modo en que
se sienten los que en cuartos se encierran.
El silencioso océano y la bahía estrellada,
el matiz del ocaso, de pronto oscurecido,
las arenas sin voz y las cuevas goteantes
a su alrededor prietos les mantenía,
como si más vida no hubiera bajo el cielo
que la suya, y esa no pudiera morir nunca.

189 No temían ni oídos ni ojos en esa playa sola,
no sentían terrores nocturnos, en todo
estaban el uno con el otro. Aunque su habla
tenía palabras rotas, veían un lenguaje ahí
y todas las lenguas ardientes que pasión enseña
en un suspiro hallaron el mejor intérprete
del oráculo natural, primer amor, que todo
lo que Eva dejó a sus hijas desde la caída.

190 Haidée no habló de escrúpulos ni pidió
ni ofreció votos; nunca había oído hablar
de juramentos y promesas de esposa
o sobre los peligros de amada doncella.
Era eso que la pura ignorancia consiente
y hacia su joven voló como un pajarillo
y sin haber soñado nunca falsedad, tampoco
había oído hablar jamás de constancia.

191 Ella amaba y era amada, veneraba
y era adorada de forma natural.
Encendidas sus almas, una en la otra vertida,
si pudieran morir hubieran perecido ahí,
pero graduales sus sentidos se restauraban
para ser de nuevo vencidos y estallar.
Y el corazón de Haidée, latiendo
contra su pecho, creyó dejar de latir.

192 Ay, eran ellos tan jóvenes y bellos,
tan solitarios, amorosos, indefensos
y en esa hora de corazón siempre pleno,
sin tener sobre sí ningún otro poder,
se creaban hazañas imbatibles a la eternidad
mas se saldaban momentos en una ducha
sin fin de fuego infernal, todo dispuesto
para gente que da placer o dolor a otro ser.

193 ¡*Hélas* por Juan y Haidée! Eran los dos
tan cariñosos y dulces; nunca hasta entonces,
excepto nuestros primeros padres, una pareja
se había arriesgado a condenarse para siempre.
Y Haidée, siendo devota además de bella,
sin duda había oído hablar del río Estix
y del infierno y del purgatorio, mas lo olvidó
justo en la única crisis que no debiera.

194 El uno a la otra se miran, y sus ojos
brillan bajo la luna y su blanco brazo acoge
la cabeza de Juan, que abraza a su vez
la de ella entre las trenzas que acaricia.
Sentada en sus rodillas, ella bebe como él
sus suspiros hasta acabar en ahogos;
y así forman un grupo bastante antiguo
medio desnudo, dulce, natural, griego.

195 Y cuando esos hondos y ardientes momentos
ya pasaban y Juan dormía en sus brazos,
no dormía ella, mas con ternura, aunque presta,
le sostenía la cabeza en el calor del pecho.
Y los ojos de vez en cuando al cielo iban
y así la pálida mejilla su busto calienta,
duerme en su corazón rebosante, que jadea
con todo aquello que ofrecía y ofrece.

196 Un niño cuando una luz mira,
un lactante al vaciar el pecho,
un devoto al ver cómo la hostia se eleva,
un árabe que invita a un foráneo,
un marinero que el botín ha ganado,
un avaro llenando su arca rebosante
se sienten en un rapto, mas no conocen
la gloria del que ve a su amor durmiendo.

197 Pues ahí yace tan sereno, tan amado;
todo lo que de vida tiene vive en nosotros,
tan dulce, calmo, desvalido e inmutable,
del todo inconsciente de la dicha que da.
Su entero vivir, dañar, sufrir y ofrecer
se sume en insondable abismo para el vigía,
ahí yace lo amado con todos sus errores
y sus hechizos, cual muerte libre de terrores.

198 Contemplaba la dama a su amante; y esa hora
de soledad amorosa, nocturna y marina
desbordaba su alma con su poder unido.
Entre la arena desierta y las rocas abruptas
ella y su amor de las olas se habían acostado,
donde nadie esa pasión suya podía turbar,
y todos los astros que cubrían el espacio azul
no vieron nada más feliz que su cara radiante.

199 ¡Ay, el amor de mujer! Bien se sabe
que se trata de algo precioso y tremendo.
Ya que todo lo suyo se echa en ese dado
y si se pierde, la vida no tiene nada más
para ofrecerles que burlas sobre el pasado
y su venganza es como el salto del tigre,
mortal y rápido y aplastante; mas cual real
tortura es la suya, infligen lo que reciben.

200 Y con razón, pues el hombre, a menudo injusto
con el hombre, lo es siempre con la mujer.
Un lazo les aguarda, la traición es su sola fe.
A callar enseñadas, sus corazones se rompen
amargos en sus ídolos, hasta que una lujuria
más rica las desposa; ¿y qué queda luego?
Un marido ingrato junto a un amante infiel,
y después a atender, cuidar, rezar y se acabó.

201 Unas se echan amante, otras al frasco o al rezo,
otras se ocupan de la casa, muchas se disipan,
algunas huyen e intercambian cuidados
y los privilegios pierden de un virtuoso estado.
No hay cambios que mejoren sus asuntos,
siendo la suya una situación antinatural,
del palacio apagado al cuchitril sucio.
Jugando al diablo, algunas escriben novelas.

202 Haidée era la novia natural y nada sabía;
era hija Haidée de la Pasión, nacida donde el sol
derrama triple luz y abrasa incluso el beso
de esas hijas suyas con ojos de gacela.
Estaba hecha para amar y sentirse propia
de aquel que había elegido. Lo que se hacía o decía
más allá nada suponía. Nada tenía que temer,
esperar, cuidar o amar de más, su latir aquí estaba.

203 ¡Y oh ese pulso tan acelerado!
¡Cuánto nos cuesta! Mas cada pálpito
ascendente es en sí mismo tan dulce
que la Sabiduría, siempre a punto de robar
gozo a su alquimia y reiterar grandes
verdades –cual la Conciencia–, se afana
en explicarnos cada antigua máxima,
tan bien que Castlereagh quizá las grave.

204 Y ya estaba hecho; en la costa vacía se unieron
sus corazones. Los astros, antorchas nupciales,
daban belleza sobre lo bello que alumbraban.
Era el mar su testigo y la cueva su lecho,
unidos y benditos por sus sentimientos;
Soledad ofició y así se desposaron.
Y estaban muy felices, para sus jóvenes ojos
cada cual era un ángel y la tierra, un paraíso.

205 Oh Amor, de quien el gran César fue el galán,
Titus, el amo, Antonio, el esclavo,
Horacio y Catulo, los expertos, el tutor, Ovidio,
Safo, la docta literata, en cuya tumba
pueden saltar todos aquellos que son neutros
(aún la roca Leucadia mira a las olas);
Oh Amor, eres tú el mismo Dios del mal,
pues, en fin, diablo no te podemos llamar.

206 Tú haces precario el casto estado conyugal
y de los aires de los más poderosos te burlas.
César y Pompeyo, Mahoma, Belisario
han sido objeto de la musa de pluma histórica.
Sus vidas y fortunas fueron muy variadas;
dignidades así el Tiempo no las verá de nuevo.
Mas a estos cuatro en tres cosas la suerte unió;
eran todos héroes, campeones y cornudos.

207 Tú creaste filósofos; están Epicuro
y Aristipo, una tropa material,
que nos atraerían a causas inmorales
con teorías asaz practicables.
Si tan solo del diablo nos libraran,
qué agradable sería la máxima (no es nueva)
«Come, bebe y ama, ¿qué importa el resto?»,
eso dijo el sabio real Sardanápalo.

208 Pero ¿había olvidado Juan a Julia?
¿Y tendría que haberla olvidado tan pronto?
No puedo sino decir que es para mí algo
en verdad turbador, pues sin duda la luna
nos hace estas cosas y cuando de nuevo
el pulso se acelera es por su influjo,
si no ¿por qué demonios las facciones frescas
ejercen ese hechizo en los pobres humanos?

209 Odio la inconstancia; aborrezco, detesto,
abomino, condeno y reniego del mortal
de arcilla tan voluble en cuyo pecho
no podría albergarse fundamento perenne.
Amor, amor constante, ha sido mi huésped
y aun así anoche, en un baile de máscaras,
vi a la criatura más bella, pura de Milán,
que me infiltró sensaciones de villano.

210 Mas Filosofía llegó pronto en mi ayuda
y susurró, «¡Piensa en el lazo sagrado!»,
«Así lo haré, mi querida Filosofía!», dije,
«Pero ¡esa boca y, ay cielos, esos ojos!
Preguntaré tan solo si es esposa o núbil
o ni lo uno ni lo otro, por curiosidad».
«¡Basta!», gritó Filosofía con aire heleno
(aunque llevaba máscara de bella veneciana).

211 «¡Basta!». Así que paré. A lo nuestro. Eso
llamado por los hombres inconstancia
no es sino el debido fervor ahí donde Natura
con fértil plenitud cubre de joven belleza
algún objeto favorito; y así como en la tumba
una preciosa estatua casi veneramos,
esta manera nuestra de adorar lo real
no hace sino realzar lo bello ideal.

212 La percepción de la belleza es solo
una extensión grata de nuestras facultades,
platónica, universal, maravillosa.
Venida de los astros y filtrada en los cielos,
sin ella la existencia sería muy aburrida.
No es más que el uso de nuestros ojos
y el añadido de uno o dos sentidos, justo
para intuir que la carne viene del ardiente polvo.

213 Y aun así es dolorosa y reticente,
pues si siempre pudiéramos percibir
en ese objeto gracia y a la vez destrucción,
como cuando ella se alzó cual Eva en nosotros,
nos ahorráramos entonces infartos y peniques
(pues siempre hay que darlos o bien llorar),
mas si una sola dama gustara por siempre,
¡qué beneficio para el corazón y el hígado!

214 Como el cielo, es el corazón parte del edén,
mas cambia noche y día, igual que aquel.
Nubes y rayos sobre él se abalanzan
y oscuridad y ruina como en lo alto,
pero cuando ha sido quemado, molido y rajado,
expiran sus tormentas en gotas de agua. Echa
al fin el ojo la sangre cordial en lágrimas,
que ha sido el clima inglés de nuestros días.

215 El hígado es el lazareto de la bilis,
mas pocas veces hace de verdad su función,
pues la primera pasión ahí se queda un tiempo
mientras penetra el resto y forma un colapso,
como nudos de víboras en un muladar;
rabia, miedo, odio, celos, venganza, escrúpulo,
y todas las desgracias surgen de esa entraña
cual terremotos del oculto fuego central.

216 Entretanto, sin seguir insistiendo
en esa anatomía, he acabado ya
doscientas y raras estrofas como antes,
siendo esa la cifra que me permitiré
en cada canto de doce o veinticuatro;
y aparcando mi pluma, aquí me inclino
para dejar a don Juan y a Haidée rogando
por ellos y los suyos y los que nos han leído.

CANTO III

1 ¡Salve, musa!, etcétera. Estaba Juan durmiendo,
tumbado sobre un pecho bello y feliz
y observado por ojos que ignoraban el llanto,
por joven corazón amado, demasiado bendito
para sentir el veneno reptar en su espíritu
o saber quién moraba ahí. Un enemigo de paso
había enfangado el caudal de sus años cándidos
y convertido en lágrimas la pureza de su sangre.

2 Oh amor, ¿qué hace en este mundo nuestro
tan fatídico el hecho de ser amado? ¿Y por qué
has coronado con ramas de ciprés tus alcobas
y es un suspiro tu mejor intérprete? Como
esos que se deleitan en olores arrancan flores
y se las ponen en el pecho, pero las secan,
así los frágiles seres que de verdad amamos
se tumban en nuestro seno y perecen.

3 En su pasión primera ama la mujer al amante,
mas en el resto tan solo ama el amor,
algo que se convierte en hábito vicioso
y que a ella se ajusta cual guante suave,
como podréis descubrir siempre que gustéis.
Un solo hombre puede al principio seducirla,
los preferirá luego en número plural,
sin sentir que mucho molestan las adiciones.

4 No sé si es culpa de ellos o de ellas
pero una cosa sé: una mujer plantada
(a menos que a rezar para siempre se vaya)
tras un tiempo prudente deber ser cortejada,
aunque sin duda el primero de sus amores
es al que para siempre su corazón se consagra.
Aunque hay algunas, dicen, que ninguno tienen,
mas aquellas que sí con uno solo nunca acaban.

5 Es un temible y melancólico signo
de la frágil locura humana, y una vergüenza,
que amor y matrimonio pocas veces casen,
aunque ambos se conciban en el mismo clima.
El matrimonio del amor, como el vinagre del vino,
un triste, pobre, amargo brebaje; con el tiempo
su alto y celestial sabor se degrada
en un regusto demasiado propio y casero.

6 Hay cierta antipatía, digamos,
entre su presente estado y su futuro.
Una especie de apenas honesta lisonja
se usa hasta que llega tarde la verdad.
¿Mas qué se puede hacer salvo desesperar?
Lo idéntico cambia de nombre a ese nivel;
por ejemplo, la pasión en amante es gloria,
mas en el marido es señal de sumisión devota.

7 Se avergüenzan los hombres de su pasión;
incluso a veces se cansan un poquito
(pero eso es algo raro) y se amargan luego.
No puede siempre admirarse lo mismo,
mas está tan «designado en el vínculo»
que ambos están unidos hasta que uno expire.
¡Triste idea! Perder al esposo que ornaba
nuestras jornadas y poner a los criados de luto.

8 Hay sin duda algo en la faena doméstica
que conforma de hecho la antítesis del amor.
Los romances reflejan con detalle los galanteos,
mas solo hablan del fracaso matrimonial,
pues a nadie le importan los arrullos maritales;
no hay nada malo en un beso conyugal.
Si hubiera sido Laura la mujer de Petrarca,
¿hubiera escrito él sonetos toda su vida?

9 Toda tragedia termina con una muerte
y acaba toda comedia en boda.
El estado futuro de ambos se deja a la fe.
Pues temen los autores que el relato denigre
el porvenir de ambos, o quede por debajo,
y entonces ambos mundos castiguen su fallo.
Así que dejan listos al cura y el libro de rezos
y nada más nos dicen de la señora o del deceso.

10 Solo hay dos que en mi recuerdo
hayan cantado el cielo y el infierno,
o matrimonio, Dante y Milton, y en ambos
fue fatal el afecto en sus nupcias, pues algún
veto o falta o humor arruinó la conexión
(no hay que pedir mucho para estropearla);
pero la Beatriz de Dante y la Eva de Milton
no se basaron, ya sabéis, en sus esposas.

11 Dicen algunos que Dante hace teología
con Beatriz, que no sería amante. Yo,
aunque mi opinión requiera disculpas,
creo que eso es fantasía del crítico,
a menos que fuera por su propio saber
que él lo decidiera y tuviera razón para ello.
Diría que los más abstrusos éxtasis de Dante
pretenden encarnar las matemáticas.

12 Haidée y Juan no estaban casados, mas
suya era la culpa, no mía. No es justo,
casto lector, echármelo a mí en cara,
a menos que quisierais que lo estuvieran.
Si los quisierais casados, entonces cerrad
el libro que habla de esta pareja errada,
antes de que sean horribles los efectos.
Es peligroso leer sobre amores ilegítimos.

13 Y aun así eran felices, felices en la ilícita
condescendencia de sus deseos inocentes;
pero cada vez más imprudente en sus visitas,
Haidée olvidó que la isla era de su padre.
Es muy difícil renunciar a lo que nos gusta,
sobre todo al principio, antes de cansarnos;
así vino ella a menudo, sin perder un momento,
mientras su padre pirático estaba de crucero.

14 No nos extrañe su forma de ganar dinero,
aunque esquiló las banderas de cada nación,
pues si a un primer ministro le cambiamos
el título, nada queda salvo impuestos.
Pero él, más modesto, eligió una forma
más humilde de vida y con honesta vocación
prosiguió en alta mar su viaje acuático
y más que nada hizo de abogado marino.

15 El venerable caballero se había demorado
por vendavales y olas y grandes capturas
y esperando aún más en el mar se quedó,
aunque un par de borrascas habían mojado
su presa anegando uno de los trofeos. Había
atado a sus cautivos, dispuestos cual capítulos
en lotes numerados, todos con puños y collares,
con una media de diez a cien dólares cada uno.

16 Se deshizo de unos en el cabo Matapán
entre aquellos amigos suyos, los mainots.
Otros a sus colegas turcos vendió, salvo uno
tirado a bordo e invendible (por viejo).
El resto, salvo aquí y allá alguno más rico
para futuro rescate, se ató en la bodega
también, pues, en cuanto a trabajadores,
tenía un buen pedido del dey de Trípoli.

17 Las mercancías se sirvieron de igual forma,
para distintos mercados levantinos divididas,
excepto ciertas porciones de la presa,
ligeros artículos clásicos de uso femenino,
cosas francesas, pinzas, palillos, teteras, bandejas,
castañuelas y guitarras de Alicante,
todo seleccionado del tesoro adquirido,
robado para su hija por el mejor de los padres.

18 Un mono, un doguillo, un guacamayo,
dos loros, con un gato persa y sus mininos
escogió entre los muchos animales que vio,
también un terrier antes de un británico,
que agonizando el pobre en la costa de Ítaca
los payeses le habían vendido por una miseria.
A resguardo del fuerte tiempo ventoso,
los enjauló en un enorme cesto todos juntos.

19 Y habiendo arreglado sus asuntos marinos,
despachando pequeñas barcas aquí y allá
y precisando su bajel de reparación,
puso rumbo ahí donde su bella hija
con sus hospitalarios cuidados proseguía;
mas como esa parte era baja y desnuda
y llena de arrecifes que llegaban a una milla,
su puerto estaba al otro lado de la isla.

20 Y hacia la orilla se fue sin más demora
y sin tener aduana ni cuarentena
a las que de camino contestar cuestiones
raras acerca de cuándo o dónde fue.
El barco lo dejó para que se escorase
al otro día con órdenes de carenarlo,
de modos que todos estuvieron ocupados
sacando lastre, productos, cañones y tesoros.

21 Arribando a la cumbre de la colina
asomada a los blancos muros de su casa,
se detuvo. ¡Qué intensas emociones llenan
el pecho a quien ha tenido que vagar!
Con oscilantes dudas vaya todo bien o mal,
con amor para muchos y miedo a algunos,
sentimientos que saltan sobre años perdidos
y el corazón devuelven al punto de partida.

22 Para maridos y padres, la cercanía del hogar,
después de un largo viaje por tierra o mar,
es muy normal que inspire dudas.
Una familia femenina es asunto serio
(nadie confía ni admira más al sexo,
pero la adulación odian, así que nunca adulo).
Esposas sin maridos se vuelven hábiles
y las hijas a veces con el criado huyen.

23 Un caballero honesto a su regreso
quizá no tenga la suerte de Ulises;
no todas las esposas solas les lloran
o desdén muestran por novios y besos.
Suele ocurrir que una bella urna vean
en su memoria y una o dos zagalas
nacidas de uno que sostiene a su mujer
y que su Argos le muerda en las nalgas.

24 Si es soltera, quizá su bella apurada
se ha casado en su ausencia con un rico avaro;
pero mejor todavía, pues la feliz pareja
puede reñir y si la dama se vuelve sabia
él podrá reanudar su amoroso cuidado
como *cavalier servente*, o despreciarla,
y para que no se vuelva idiota su dolor
escribir odas sobre la mujer y su inconstancia.

25 Oh caballeros que ya tenéis alguna
casta aventura de ese tipo; digo
una amistad honesta con mujer casada,
lo único de esa suerte que de verdad
puede durar; es el lazo más fuerte
y el verdadero Hymen (el otro es una trampa).
Mas solo para aquellos que no andan lejos;
vejar he visto al ausente cuatro veces diarias.

26 Lambro, nuestro abogado marino, menos
experto en tierra firme que en océano,
al ver cómo humeaba su chimenea, se alegró,
pero, desconociendo la metafísica, nada
sabía de por qué en verdad no estaba triste
ni de razón alguna de cualquier otra emoción.
Amaba a su hija y hubiera llorado su pérdida
pero no sabía la causa más que un filósofo.

27 Vio las blancas paredes bajo la luz del sol,
los árboles verdes y umbrosos de su jardín,
oyó el fluir resonante del riachuelo,
el ladrido distante del perro, y en la sombra
fría y parda del bosque pudo percibir
las figuras movientes y el lustre destellante
de brazos (se codean, en Oriente) y varios tintes
de prendas coloridas, brillantes cual mariposas.

28 Y al llegar al lugar en que aparecen,
extrañado por estos insólitos signos de ocio,
no oye, ay, ninguna música de las esferas
sino un profano, terrenal sonido de ajetreo,
melodía que hizo dudar a sus oídos,
sin ser capaz de intuir o adivinar la causa,
una flauta también y un tambor, y poco después,
un estallido de risa muy poco oriental.

29 Y acercándose aún más al lugar,
bajando rápido la declinación, a través
de la marea de ramas, sobre la yerba oteando,
entre otros varios síntomas de festejo,
viendo a sus criados en grupo bailando
cual derviches que giran en torno a un eje,
supo que era la danza pírrica tan marcial
de la que son los levantinos partidarios.

30 Y más allá un grupo de chicas griegas,
la primera y más alta su pañuelo ondeando,
estaban ensartadas cual hilera de perlas,
cogidas de la mano y bailando, cada una
con unos rizos caoba flotando en la nuca
(hubiera hecho delirar la peor a diez poetas).
Cantaba la primera; unida a su canción
con voz y paso coral la virginal comparsa.

31 Y reunidas en torno a bandejas con piernas
cruzadas camarillas sociales a cenar empezaban.
Arroz y carnes de todo tipo a la vista saltaban
y botellas de vino de Chios y de Samos
y el sorbete enfriándose en la vasija porosa.
Sobre ellos crecía su postre en su parra,
el naranja y el granate meciéndose,
y en sus regazos dulce fruto casi suelto daba.

32 Unos chicos en torno a un carnero blanco
nieve sus venerables cuernos de flores cubren,
tan pacífico cual si fuera aún lactante,
patriarca del rebaño gentil inclina
su majestuosa y seria testa mansa,
o come de la palma de los lúdicos niños,
su ceño como si a cornear fuera, y luego
cediendo a sus manitas se retira de nuevo.

33 Sus clásicos perfiles y vestidos brillantes,
sus grandes ojos negros y suave tez seráfica,
carmesí cual granada abierta, largas trenzas,
ese gesto que hechiza, el ojo que habla,
la inocencia que infancia feliz bendice
componían tan buen cuadro de estas griegas,
que suspiraba el filosófico espectador
por que nunca mayores se volvieran.

34 Más lejos, un bufón enano contaba historias
a un gris y calmo círculo de viejos fumadores
de secretos tesoros hallados en valles ocultos,
de prodigiosas réplicas de cómicos árabes,
de encantos para hacer el bien y el mal y curar,
de rocas hechizadas que se abren al toque,
de mágicas señoras que de un solo acto
transformaron en bestias a su don (y es real).

35 Diversión inocente sobraba aquí
para la mente o los sentidos,
canto, danza, bebida, música, cuentos persas,
pasatiempo agradable sin ofensa.
Mas Lambro lo vio todo con aversión,
contando en su ausencia tantos gastos,
detestando ese clímax de humano vicio,
la inflamación de sus semanales cuentas.

36 Ah, ¿qué es el hombre? ¡Qué peligros rodean
al más feliz de los mortales aun tras la cena!
Un día de oro sacado de una edad de hierro
es todo lo que da la vida al pecador con suerte.
El placer (donde quiera que cante) es una sirena
que atrae y desuella al joven principiante.
La recepción de Lambro al banquete de su gente
fue como la del fuego con manta húmeda.

37 Siendo él un hombre que rara vez decía
una palabra de más y buscando sorprender
(en general lo hacía con la espada)
con alegría a su hija, no había enviado aviso
de su llegada para que nadie se inquietase.
Y largo rato se detuvo a calmar sus ojos,
bastante más atónito, de hecho, que feliz
al hallar tan buena compañía invitada.

38 Él no sabía (ay, cómo mienten los hombres)
que un informe (de griegos, sobre todo)
aseguró su muerte (gente así nunca muere)
y su casa enlutó durante varias semanas
pero sus ojos y sus labios secos ya estaban.
Aun a la tez de Haidée había vuelto el color.
Regresadas las lágrimas a su fuente,
ella llevaba ahora la casa por sí sola.

39 De ahí todo ese arroz, carne, baile, vino y juego
que la isla transformó en lugar de placer.
Se emborrachaban los criados o vagaban,
una vida que feliz les hacía lo indecible.
La hospitalidad del padre parecía magra
al lado de Haidée la espléndida.
Era maravilloso ver cómo todo mejoraba
mientras ella de amar no dejaba ni una hora.

40 Quizá creáis que al irrumpir en esa fiesta
le invadió un arrebato, y de hecho
no había razón poderosa para estar feliz.
Tal vez imaginéis un acto repentino,
azote y ardor, o el calabozo al menos,
para enseñar a su gente a ser más justos
y que, actuando a un nivel muy alto,
mostró las aficiones reales de un pirata.

41 Os equivocáis. Él era el más moderado
entre los que hundían barcos o degollaban.
Con esa vera educación de caballero
nunca adivinaríais su forma de pensar.
No hay cortesano ni apenas mujer capaz
de ceñir más engaño dentro de enagua.
Es lástima que amara la vida aventurera,
la buena sociedad sufrió una gran pérdida.

42 Llegándose a la más cercana bandeja
y tocando el hombro del primer comensal,
con una sonrisa curiosa, que por cierto
nada bueno auguraba, mas de sentido ignoto,
preguntó el porqué de esa celebración.
Y el vinoso griego al que había dirigido
la cuestión, demasiado alegre para saber
quién preguntaba, llenó una copa de vino,

43 y sin volver su graciosa cabeza
sobre el hombro, con aire báquico,
alzó la rebosante copa y dijo:
«Hablar es seco trabajo, no tengo tiempo».
Un segundo hipó, «Nuestro señor ha muerto,
a la señora preguntad por su heredero».
«¡Nuestra señora!», dijo otro, «qué dices,
te refieres a nuestro señor, el nuevo».

44 Estos pillastres novatos no sabían a quién
se estaban dirigiendo, y la expresión de Lambro
se derrumbó y en su mirada pasó un fugaz
nublado, mas se esforzó cortés en calmar
el gesto, y empeñándose en reanudar
la sonrisa, instó a uno de ellos a decir
el nombre y el rango de su nuevo patrón,
que parecía haber vuelto a Haidée matrona.

45 «No sé», repuso el tipo, «quién o qué es
o de dónde vendrá y además no me importa,
pero bien sé qué gordo es este capón rustido
y que el buen vino nunca bajó mejor manduca,
y si contento con esto no estáis,
dirigid vuestras demandas a mi vecino ahí.
Lo contestará todo para bien o para mal,
pues a nadie le gusta oírse tanto conversar».

46 Dije que Lambro era un hombre paciente,
y sin duda mostró la mejor de las crianzas
que ni siquiera Francia, el modelo de naciones,
vio exhibir jamás al mejor de sus hijos.
Aguantó estas burlas contra sus parientes,
su propia ansiedad, su corazón sangrante,
los insultos también de cada glotón servil
que no dejaba su cordero de zamparse.

47 En alguien avezado a mandar mucho,
a pedir a sus hombres ir y venir y volver
y ver sus órdenes cumplidas aun sin control,
ya sea su sentencia de muerte o cárcel,
pueden parecer raras esas maneras suaves;
y sin embargo ocurre, no puedo explicarlo,
aunque sin duda aquel que se controla
bueno es para gobernar, aun a un güelfo.

48 No es que no fuera a veces temerario
mas nunca en su real y serio ánimo;
sereno pues, centrado, quieto y lento,
recogido estaba cual boa en el bosque.
Él nunca disparaba después de hablar,
acallada su ira, no hacía sangre,
pero había en su silencio mucho lamento
y su único tiro no dejaba sitio al segundo.

49 No hizo más preguntas y procedió a irse
hacia la casa por privado camino,
así los pocos que vio no le hicieron caso,
tan poco esperaban encontrárselo.
Si el amor paternal en su pecho ardía
por mor de Haidée es más de lo que decir
puedo, mas para un muerto que regresa
parecía el jolgorio rara forma de luto.

50 Si regresaran todos los muertos a la vida
(¡Dios no lo quiera!) o algunos o muchos;
si un marido o su esposa, por ejemplo
(valen tanto los casos nupciales como otros)
sin importar siquiera su vieja querella,
el tiempo actual sería mucho más lluvioso.
Lágrimas derramadas en la tumba del enlace
servirían lo mismo si resucitasen.

51 Entró en la casa que ya no era su hogar,
lo más difícil para el sentir humano
y para el corazón más duro de superar
tal vez que los mentales golpes del morir.
Encontrar nuestro nido hecho tumba
y alrededor de los antaño cálidos límites
las pálidas cenizas de nuestra vieja fe
duele más de lo que un señor puede creer.

52 Entró en su casa –que su hogar ya no era,
pues sin corazones no hay tal– y sintió
la soledad de traspasar su propio umbral
sin una bienvenida. Largo ahí había morado,
ahí sus escasos días pacíficos habían volado,
ahí su cansado pecho y ávido ojo se fundieran
en la inocencia de aquella dulce criatura,
su único santuario de puros sentimientos.

53 Era un hombre de raro temperamento,
de suave conducta aunque de ánimo salvaje,
moderado en sus hábitos y dispuesto
a atemperar el placer, así en la comida,
muy rápido en captar y duro de pelar, capaz
de algo mucho mejor, sino bueno del todo.
Los males de su país y su deseo de salvarla
lo habían convertido de esclavo en esclavista.

54 La avidez de poder y del oro rápido,
la adquirida dureza en hábito largo,
la peligrosa vida que le había hecho viejo,
la piedad que atacado había concedido,
las vistas que contemplar solía,
los mares y hombres salvajes de sus viajes
a sus rivales contrición habían causado,
y ahora era buen amigo pero mal conocido.

55 Mas algo del espíritu de la vieja Grecia
despidió en su alma unos rayos heroicos,
cual los que al Vellocino de oro iluminaron
en la era de la Cólquida sus ancestros.
Es cierto que él no ardía en deseos de paz;
su país no mostraba, ay, signos para ello.
Odio al mundo y guerra contras las naciones
emprendía en venganza de su deterioro.

56 Aun así en su mente el influjo del clima
su jónica elegancia vertió, que mostraba
inconsciente su fuerza de muchas maneras,
un ostensible gusto en la elección de morada,
un amor por la música y la escena sublime,
un placer en la dulce corriente que fluía
cristalina a su paso, y un deleite en las flores,
su espíritu rociaban en las horas calmas.

57 Pero todo lo que de amor pudiera tener
reposaba en esa hija amada; ella había sido
lo único que a su alma había mantenido fresca
durante los terribles hechos vividos,
un solitario y puro afecto sin resistencia.
Bastaba que eso fallara para destetar
sus sentimientos del pecho de la humana bondad
y volverlo cual Cíclope loco de ceguera.

58 El rugido en la jungla de la tigresa
sin crías al pastor y su grey asusta;
cuando fiero guerrea, el océano
terrible es para el bajel en la costa;
mas lo violento antes se aplaca,
desgastada su furia en su impulso,
que la severa, única, honda y muda ira
de un fuerte y paternal corazón humano.

59 Es un duro aunque habitual caso
ver inquietos a nuestros hijos, aquellos
en los que nuestros bellos días recordamos,
rehechos nuestros egos en mejor arcilla.
Justo cuando se acerca la vejez veloz
y se ciernen las nubes sobre nuestro ocaso,
amables nos dejan, aunque no del todo solos,
sino en la buena compañía de gota o tumba.

60 Aun así una buena familia es una suerte
(siempre y cuando no vengan tras la cena).
Qué hermoso es ver a una matrona criar
bien a sus hijos (si no la consume el cuidado).
Cual querubines en torno a un retablo
se aferran al hogar (aun el canalla se ablanda).
Una señora con sus hijas o sus sobrinas
cual guinea y siete piezas de chelín brilla.

61 Pasó el viejo Lambro inadvertido un portal
privado y ahí se quedó al anochecer.
Mientras la dama y su amante saciados
se veían del ponche de su belleza y orgullo.
Una mesa incrustada de marfil se extendía
ceremoniosa ante ellos, esclavos a cada lado;
gemas, oro y plata conformaban el servicio,
siendo el nácar y el coral lo menos caro.

62 Se componía la cena de unos cien platos:
cordero con pistachos, carnes varias, en fin,
y sopas de azafrán y mollejas; y los pescados,
nunca en las redes mejores saltaron,
aderezados al gusto del buen sibarita.
Para beber había varios sorbetes
de uvas pasas, naranja y zumo de granada,
con la piel exprimida, así mejor utilizada.

63 Estaban repartidos, cada cual en su pichel,
y frutas y pastel de dátiles el ágape cerraban,
y bayas de Moca de Arabia puras
al final en tacitas de porcelana llegaron,
cuencos de oro en filigrana prevenían
por debajo a la mano que se quemara.
Clavo, canela y cilantro se hirvieron
también con el café, que arruinaron, creo.

64 Colgaban en la sala tapices, hechos
de piezas de terciopelo, cada una de tono
distinto, con flores de damasco de seda
y alrededor también un filo amarillo.
La cabecera, muy trabajada, mostraba,
con qué delicadeza bordada sobre azul,
dulces sentencias persas en letras lilas,
obra de poetas o de sus mejores moralistas.

65 Estos escritos orientales en la pared,
habituales en esos países, son una especie
de avisos adaptados para recordar,
cual calaveras en banquetes de Menfis,
las frases que a Belsasar en su sala turbaron
y el reino le quitaron. Ya descubriréis,
aunque los sabios viertan su oro sapiencial,
que no hay moralista más serio que el placer.

66 Una belleza febril durante la veda,
un genio aniquilado por el alcohol,
un calavera metódico o ecléctico
(el nombre que en el fondo adoran),
pero sobre todo un concejal furioso
son cosas que el aliento de verdad cortan
y muestran que la noche, el vino y el amor
no hacen mucho menos daño que la mesa.

67 Haidée y Juan se calzaban los pies
en satén carmesí, de celeste bordeado.
Su sofá ocupaba tres partes enteras
de su estancia y nuevo se veía.
El terciopelo (más de trono) de los cojines
era escarlata, de cuyo centro fulgurante
surgía un sol repujado en oro, cuyos rayos
de tisú, meridianos, emitían pura luz.

68 Cristal y mármol, cubiertos y porcelana
habían contribuido al esplendor. Esteras
indias y alfombras persas de morirse
en los suelos se abrían. Gacelas y gatos
y enanos y negros y cosas así, que el pan
se ganan cual ministros y favoritos (es decir,
degradándose), ahí se mezclaban
con tanta profusión como en corte o feria.

69 Necesidad no había de espejos nobles,
y eran muchas mesas de ébano incrustado
en nácar o marfil, muy a mano,
o de caparazón de tortuga o de raras
maderas y con grecas de oro o plata. Orden
se había dado de que la mayor parte
se llenaran con viandas y sorbetes helados,
y vino para todos los que a cenar llegaran.

70 De todos los vestidos elijo el de Haidée.
Llevaba dos yeleks, uno amarillo pálido;
celeste, rosa y blanca era su camisola,
abajo se tensaba su pecho cual ola débil.
Con botones de perlas como guisantes,
todo oro y carmesí brillaba su yelek par
y el chal de gasa blanca a rayas flotaba
a su alrededor cual nubes de lana en la luna.

71 Un largo brazalete de oro en cada brazo,
sin cierre, tan maleable el precioso metal
que se estiraba y feliz lo cerraba la mano;
su único molde siendo el miembro ornado,
tan bello que ya su sola forma hechizara.
Y aferrándose como si a caer se negase,
la mena más pura rodeaba la piel más blanca
que jamás hubiera sostenido joya alguna.

72 Y como princesa de la tierra de su padre
también llevaba en el empeine un aro dorado,
signo de su estatus. Doce anillos en la mano,
el cabello estrellado de gemas. Bajo el pecho
estaba el dobladillo de su velo abrochado
con una franja de perlas de valor increíble.
Sus pantalones turcos de seda naranja
en el más bello tobillo del mundo morían.

73 Las largas olas caoba de su cabello fluían
hasta el talón cual torrente alpino que el sol
tiñera con su luz matinal y toda su persona
ocultaría si pudiera correr con libertad
y aun parecían sentir resentidas
el bordillo de seda del encaje y trataban
de rehuir sus lazos cuando algún céfiro
soplaba para darle abanico con su joven ala.

74 A su alrededor creaba ella atmósfera de vida;
incluso el aire parecía más leve por sus ojos,
eran ellos tan bellos y suaves y llenos
de todo aquello que del cielo imaginamos
y tan pura cual Psique antes de su boda,
demasiado pura aun para los más puros lazos.
Su penetrante presencia le hacía sentir a uno
que idolatría no fuera hincarse de rodillas.

75 Según costumbre local, se teñía las pestañas
como la noche negra, mas en vano;
pues esos grandes ojos oscuros tan dibujados
se rebelaban lustrosos contra la mancha bruna
y en su nativa belleza seguían vengados.
Un toque de alheña tenía sus uñas, mas
el hechizo del arte nada fue otra vez, pues
más rosas que antes no podían verse.

76 La alheña debería ser muy fuerte
para que la piel suave más bella fuera.
Falta no le hacía; ningún alba romperá
en cúspide alguna más blanca que la suya.
Podría dudar el ojo de su vigilia,
como una visión era. Quizá yerro,
mas Shakespeare también dice «qué tonto
dorar el oro fino o pintar el lirio».

77 Juan llevaba un chal en negro y oro
mas una blusa blanca tan transparente
que se podían ver las brillantes gemas
cual estrellitas lucientes en la vía láctea.
Su turbante caía en graciosos pliegues;
un penacho esmeralda con pelo de Haidée
subía como cierre, fulgurante curva
cuyos rayos brillaban trémulos e incesantes.

78 Y ahora se divertían con su tropa,
enanos, bailarinas, negros eunucos y un poeta
que su nueva fundación completaban.
Era este último famoso y se exhibía.
Sus versos rara vez fallaban el exacto pie;
en cuanto al tema, a él su canto se atenía,
para la burla o el elogio le pagaban,
como en el salmo, «rebosando palabra buena».

79 El presente cantaba y agredía el pasado,
alterando los buenos usos de antaño.
Un antijacobino oriental al fin se volvió,
prefiriendo el pudín a ningún parabién.
Su obra se eclipsó durante unos años
por parecer independiente en sus rimas,
mas ahora cantaba al sultán y al pachá
con verdad de Southey y versos a lo Crashaw.

80 Era él un hombre que había visto cambios
y cual una veleta siempre iba mudando,
su estrella polar era más bien oscilante
y quieta no estaba. Sabía cómo adular;
tan vil que escapó del mal vengador.
Y teniendo labia (salvo cuando enfermaba)
mentía con tanto fervor intencional
que merecía sin duda su pensión laureada.

81 Tenía, sin embargo, genio; si un chaquetero
lo tiene, el *vates irritabilis* se preocupa
de que se vaya sin aviso en pocas lunas llenas.
La pública mirada aun a los mejores gusta.
Pero a lo mío, veamos, ¿de qué se trataba?
Ah, el tercer canto y la bella pareja,
sus amores y fiestas, la casa, la ropa y la forma
de vivir en su insular morada.

82 Su poeta, un pobre veleta, mas también
un tipo estupendo en compañía
había sido el favorito de tantos calaveras
y les había hecho discursos medio tranquilo.
Y aunque el sentido apenas captaban
aún se dignaban a hipar o berrear
la recompensa gloriosa del aplauso popular,
del que el primero no sabe la segunda causa.

83 Pero estando ahora en alta sociedad
y habiendo recogido muchos cacharros
de pensamiento libre en sus viajes, creía,
para variar, que estando con amigos en isla
desierta, sin peligro de tumulto podría,
después de haber mentido tanto, corregirse
y, cantando con el calor de su juventud,
firmar breve armisticio con la verdad.

84 Entre los árabes, turcos y francos viajó
y supo del amor propio de las naciones
y habiendo vivido entre tantas gentes
tenía algo siempre a punto en cada ocasión,
y así se procuró gracias y regalos.
Iba variando sus cobas con pericia
para «hacer en Roma como los romanos»,
un tipo de conducta observó en Grecia.

85 Así, en general, si cantar se le pedía,
daba a las naciones algo nacional;
a él tanto le daba, «Dios salve al rey»
o el «*Ça ira*», de la moda dependía.
Todo lo engrandecía su musa,
desde la alta lírica a la razón baja.
Si Píndaro cantaba carreras de caballos
¿por qué no iba a ser él tan versátil?

86 En Francia hubiera escrito una *chanson*;
en Inglaterra, un cuento de seis cantos,
en España, una balada o un romance
sobre la última guerra, en Portugal lo mismo,
en Alemania, el Pegaso en que brincar
habría sido el viejo Goethe (a De Staël leed);
en Italia, habría imitado a los *Trecentisti*;
en Grecia habría cantado algún himno así:

1 *¡Islas griegas, islas griegas!*
donde la ardiente Safo amó y cantó
y nació el arte de la paz y la guerra,
donde Delos salió y Febo surgió,
eterno verano las dora aún,
mas todo, salvo el sol, acabó.

2 *Musa de Chios y de Teos,*
el harpa del héroe, del amante el laúd,
fama por vuestras costas negada.
Su lugar natal mudo está
y suenan sus ecos más al oeste
que las paternas «islas afortunadas».

3 *Miran las montañas a Maratón*
y Maratón mira al mar.
Y rumiando ahí un rato a solas,
soñé que Grecia libre podría ser,
pues estando en la tumba persa
esclavo nunca me imaginé.

4 *Se sentó un rey en la cima rocosa*
que da a Salamina hija del mar;
y un millar de barcos abajo yacían
y naciones de hombres, ¡su propiedad!
Los contó al romper el alba
y cuando el sol cayó ¿dónde estaban?

5 *¿Y dónde están? ¿Dónde estás,*
país mío? En tu costa sin voz
ya no suena el heroico lay,
¡el heroico pecho no retumba!
¿Y debe tu lira, siempre divina,
degradarse en manos mías?

6 *Ya es algo en la carencia de la fama,*
aunque unida a una raza encadenada,
sentir al menos vergüenza de patria,
aun cuando canto el rostro me cubro.
¿Queda algo del poeta aquí?
Rubor a los griegos, a Grecia lágrimas.

7 *¿Debemos llorar por tiempos pasados?*
¿O ruborizarnos? Los padres sangraron.
¡Tierra! ¡Saca de tu vientre
un resto de muertos espartanos!
¡Solo tres de aquellos trescientos
para unas Termópilas nuevas!

8 *¿Qué, silencio aún? ¿Todos?*
¡Ah, no! Las voces de los muertos
suenan cual lejana cascada
y dicen, «que una cabeza viva,
una se alce, ¡ya vamos, ya vamos!»,
son los vivos los callados.

9 *En vano, en vano, otros acordes dan.*
¡Llenad la copa con vino de Samos!
¡Dejad la guerra a las hordas turcas
y fluya la sangre del vino de Chios!
Oye, siguiendo la innoble llamada,
¡cómo replica cada audaz bacanal!

10 *Tenéis aún la danza pírrica*
¿a dónde fue la pírrica falange?
De tales lecciones, ¿a qué olvidar
la más noble y varonil?
Tenéis las letras de Cadmo
¿las hizo para un esclavo?

11 *¡Llenad la copa con vino de Samos!*
Ya no pensaremos en estos temas.
De Anacreonte hizo el canto divino;
sirvió, mas sirvió a Polícrates,
un tirano; pero los amos entonces
eran al menos nuestros paisanos.

12 *El tirano del Quersoneso*
era el mejor amigo de la libertad.
Ese tirano era Milcíades.
¡Ojalá nuestra hora diera
otro déspota igual!
Cadenas así atan de verdad.

13 *¡Llenad la copa con vino de Samos!*
En lo alto de Suli y en el mar de Parga
vive el resto de una raza
como la de madres dorias.
Y quizá alguna semilla caiga
que lleve sangre de Heracles.

14 *Nadie se fíe de los francos libres;*
tienen un rey que compra y vende.
En sus espadas y tropas nativas
yace su ilusión única de coraje,
mas la fuerza turca y el latino fraude
romperán vuestro ancho escudo.

15 *¡Llenad la copa con vino de Samos!*
Las vírgenes danzan bajo la sombra.
Veo brillar sus grandes ojos negros,
mas mirando la luz de cada doncella
mi propia lágrima ardiente mana,
pues esos pechos nutren esclavos.

16 *Dejadme en el alto mármol de Sounion,*
donde nada, salvo las olas y yo,
oigamos nuestros murmullos barrer;
ahí, cual cisne, dejadme cantar y morir.
Una tierra de esclavos nunca será mía.
¡Tirad la copa de vino de Samos!

87 Así cantó o debería o podría haber cantado
el moderno griego en aceptable verso.
Si no como Orfeo, cuando joven era Grecia,
podría haberlo hecho peor en estos tiempos.
Mostraba su presión sentir, bueno o malo;
y el sentimiento es en el poeta la fuente
del sentir general, mas mienten ellos
y colores adquieren, sus manos de teñidores.

88 Son las palabras cosas y una gota de tinta,
al caer cual rocío en la idea, produce
eso que hace pensar a miles, quizá millones.
Qué raro, la más breve carta que uno usa
en vez del habla puede crear un vínculo
entre las eras. A qué apuros el viejo Tiempo
somete al débil si el papel, aun este retal,
lo sobrevive junto a su tumba y su heredad.

89 Y cuando polvo sean sus huesos en la tumba,
su posición, generación, aun su nación
se vuelva algo, o nada, salvo para contar
en conmemoración cronológica,
algún triste MS, hundido ya el olvido,
o lápida hallada en puesto de barraca
al excavar los fundamentos de un retrete
quizá muestre su nombre cual raro depósito.

90 La gloria siempre hizo sonreír a los sabios;
es algo, nada, palabras, ilusión, viento,
depende más del estilo del historiador
que del nombre que alguien deje atrás.
Debe Troya a Homero lo que el whist a Hoyle.
El actual siglo avanzaba ciego al talento
del gran Malborough para golpear
hasta su nueva *Vida* por el archidiácono Coxe.

91 Milton, decimos, es príncipe de poetas,
un poquito pesado mas no menos divino,
un ser independiente en su época,
culto, piadoso, en amor y vino moderado;
pero al caer su vida en manos de Johnson
supimos que este sumo preste de las Nueve
fue en clase azotado, padre severo, raro esposo,
pues la primera Sra. Milton se dio el piro.

92 Son estos hechos todos divertidos, también
Shakespeare y el ciervo robado, lord Bacon
y sus mordidas, el joven Tito y las acciones
primeras de César, Burns (por Currie bien descrito),
y las travesuras de Cromwell; mas aunque la verdad
precise estas amables descripciones del escriba
como esenciales para el héroe y su historia,
mucho no contribuyen a su gloria.

93 No todos son moralistas, como Southey, cuando
al mundo daba la lata sobre la Pantisocracia;
o Wordsworth desgravado, desempleado, quien
con democracia sazonaba sus poemas ambulantes;
o Coleridge, mucho antes de que su pluma volátil
al *Morning Post* confiriera su aristocracia,
cuando él y Southey, siguiendo la misma vía,
desposaron dos colegas (de Bath sombrereras).

94 Componen tales nombres figura patibularia,
una Bahía de Botany de la geografía moral.
Su leal felonía, el renegado rigor
son buen estiércol para su vacua biografía.
El último libro de Wordsworth, por cierto,
es el más gordo desde que los tipos nacieron,
un espeso, confuso poema llamado «La excursión»,
escrito de esa manera que me causa aversión.

95 Ahí abre él una zanja formidable
entre su propio intelecto y el de los demás.
Mas el poema de Wordsworth y sus seguidores,
cual el Shiloh de Joanna Southcott y su secta,
son cosas que en este siglo no golpean
la mentalidad pública, pues hay pocos elegidos.
Y los neonatos de ambas vírgenes rancias
se han probado hidropesías y no divinidades.

96 Sigamos con mi historia. Asumo,
si tengo alguna culpa, esta digresión,
dejando hacer sola a mi gente,
mientras yo monologo lo indecible.
Son estos mis discursos desde el trono,
que el negocio posponen para otra sesión,
olvidando cómo cada omisión es una pérdida
para el mundo, no tan grande como Ariosto.

97 Sé que eso que llaman nuestros vecinos
longueurs (palabra no tenemos pero sí
la cosa en esa forma perfecta que asegura
una épica de Bob Southey cada primavera)
no hace la auténtica ansia que atrae
al lector, pero no sería difícil traer
algunos buenos ejemplos de la *épopée*,
para probar que es su condimento el *ennui*.

98 Sabemos por Horacio cómo duerme Homero;
sentimos sin él cómo Wordsworth despierta
para mostrar a veces con qué gusto boga
con sus queridos *waggoners* en sus lagos.
Él sueña con «un bote» para surcar lo hondo.
¿Del océano? No, del aire. Y luego hace aún
otro reclamo y pide «un pequeño bote»
para disparatar a mares y mantenerlo a flote.

99 Si tiene que vagar por la eterna llanura
y Pegaso corre inquieto en su *waggon*,
¿no podría tener crédito de la Osa Mayor?
¿O pedir a Medea un solo dragón?
O si fuera muy clásico para su mente vulgar
y temiera jugarse el cuello en la aventura
y necesitara ascender más cerca de la luna,
¿no podría pedir un globo el tarugón?

100 ¡«Viajantes», «botes» y *waggons*! ¡Oh sombras
de Pope y Dryden!, ¿a esto hemos llegado?
La basura de ese tipo no tan solo evita
el desdén, mas desde lo hondo del *bathos*
flota cual escoria en lo alto y estos Jack Cades
del juicio y la canción gruñen en vuestras tumbas.
¡El «pequeño barquero» y su «Peter Bell» osan
desdeñar a aquel que creó «Ajitófel»!

101 A nuestro cuento. El festín acabó, se fueron
los esclavos, enanos y bailarinas se marcharon.
Los mitos árabes y el canto lírico hechos,
y todos los sones de juerga extintos.
La dama y su amante, ya a solas,
la rosada corriente del ocaso admirada.
¡Ave María! ¡Sobre la tierra y el mar,
la más divina hora del cielo es de ti digna!

102 ¡Ave María! ¡Bendita sea la hora!
El tiempo, el clima, el lugar donde yo
he sentido a menudo la fuerza del instante
hundiéndose en la tierra tan bella y suave
mientras la campanada se mecía allá en la torre
o el débil himno diurno moría en lo alto,
y ni un solo soplo corría en el aire malva
y aun la fronda del bosque se revolvía de plegaria.

103 ¡Ave María! ¡Es la hora de rezar!
¡Ave María! ¡Es la hora del amor!
¡Ave María! ¡Osen nuestros espíritus
alzar la vista a ti y tu hijo en lo alto!
¡Ave María! ¡Oh esa cara tan bella!
Esos ojos caídos tras la paloma suprema
–no es sino imagen pintada– golpean.
No es esa pintura un ídolo, sino verdad.

104 Ciertos simpáticos sofistas gustan decir
en tinta anónima que yo no soy devoto;
pero traed conmigo a esos a rezar
y veréis quién tiene la noción más propia
de ganarse los cielos por la vía más corta.
Son mis altares las montañas y el océano,
tierra, aire, estrellas, lo que surge del gran Todo,
que ha producido y abrazará el alma.

105 ¡Dulce hora del ocaso! En la soledad
de los pinares y la costa silenciosa
que el bosque inmemorial de Ravena rodea,
enraizada ahí donde un día la ola de Adrián
rompió contra la última cesárea fortaleza.
Bosque perenne, que los cuentos de Boccaccio
y el canto de Dryden hicieron sagrado para mí,
¡cómo os he amado al crepúsculo y a ti!

106 Las estridentes cigarras, pueblo de los pinos,
haciendo de su vida estival un canto sin fin,
eran el solo eco, salvo el mío con mi corcel
y la campana vespertina alzando las ramas.
El cazador espectro de la estirpe de Onesti,
sus cancerberos, su búsqueda y su amable gentío,
que de este ejemplo aprendió a no huir
de una amante honesta, nublaban mi vista mental.

107 Oh Héspero, nos diste siempre cosas buenas:
hogar al fatigado, al hambriento dicha,
al polluelo las alas de padres incubantes,
el establo amable al cabestro explotado.
Cuanto de paz resuena en nuestra morada,
todo lo amado que protegen los dioses lares
se reúne alrededor por tu mirar en calma;
también al crío el pecho materno traes.

108 Hora dulce, animas el deseo y el corazón fundes
de aquellos que los mares surcan el primer día
cuando de sus amigos queridos se separan
o de amor llenas al peregrino en su viaje
mientras la vespertina campana lo espolea
y parece llorar la ruina agónica del día.
¿Es ello una ilusión de la que la razón se burla?
Ah, sin duda nada muere mas algo pena.

109 Al perecer Nerón por la más justa fatalidad
que jamás liberó a las naciones
de aquel que las destruye destruyéndolo,
en el fragor de Roma liberada, eufórico el mundo,
pusieron manos invisibles flores en su tumba;
la debilidad tal vez de un corazón no exento
de gratitud por algún favor hecho cuando el poder
le había dado al infeliz una hora incorrupta.

110 Pero me pierdo. ¿Qué tendrá que ver Nerón
o cualquier otro bufón soberano
con esas transacciones de mi héroe,
más que la amiga de los locos, la luna?
Sin duda mi invención se rebaja al cero
y me gano una de tantas «cucharas de madera»
en verso (es el nombre con que los de Cambridge
gustan llamar al peor de los honores).

111 Creo que esta pesadez nunca funcionará;
es demasiado épica y debo cortar
(al copiarlo) este largo canto en dos.
Nunca se enterarán, a menos que reconozca
el hecho, salvo unos pocos expertos,
y entonces cual mejora se juzgará.
Probaré que esa es la opinión del crítico
en Aristóteles *passim*. Ved Ποιητικῆς.

CANTO IV

1 No hay nada tan difícil en poesía
como un inicio, salvo quizá un final;
cuando parece ganar la carrera, Pegaso
a menudo se tuerce un ala y abajo que va,
cual Lucifer arrojado del cielo por pecar.
Tampoco es fácil sanar nuestro pecado,
este orgullo, que alto a la mente eleva,
y la flaqueza nuestra casta así nos muestra.

2 Pero el tiempo, que a todo ser nivela,
y la dura desgracia enseñarán al fin
al hombre y ojalá también al diablo
que ni uno ni otro tienen intelecto vasto.
Mientras deseo fresco en las venas goza,
no lo sabemos, pues fluye la sangre rápido,
mas cuando se abre el torrente al océano
meditamos a fondo en cada emoción pasada.

3 De niño me creía un tipo listo
y quería que otros opinaran igual;
en mis días más suaves lo aceptaron
y vieron otras mentes mi dominio.
Ahora cae mi seco ingenio «en hoja
amarilla» e imaginación pliega el ala;
y la triste verdad que en mi mesa planea
vuelve burlesco lo que fue romántico.

4 Y si me río de cualquier cosa mortal
es para no tener que llorar; y si lloro
es porque nuestro ser no puede siempre
volverse apático y primero debemos hundir
los corazones en la fuente del Leteo, antes
de que duerma lo último que ver quisiéramos.
Bautizó Tetis a su hijo mortal en el Estix,
madre mortal al Leteo hubiera ido.

5 Algunos me acusan de raras intenciones
contra la fe y la moral de la tierra,
evidentes en cada verso de este poema.
No es que yo pretenda entender del todo
el sentido del propio estilo elevado;
pero lo cierto es que no tengo ningún plan,
a menos que sea estar feliz un rato,
una palabra nueva en mi vocabulario.

6 Al amable lector de nuestro sobrio clima,
se le antojará exótica esta forma de escribir.
Fue Pulci el padre del poema semicómico,
cuando más quijotesca era la caballería
y se regodeaba en los sueños de la época;
grandes señores, castas damas, gigantes, reyes déspotas.
Mas siendo estos, salvo los últimos, obsoletos,
me parece más apto un asunto moderno.

7 Cómo lo he abordado, no lo sé;
quizá no mucho mejor de lo que ellos
me han tratado al imputarme intenciones
no en lo que vieron sino en lo que querían ver.
Pero si eso les complace, sea.
Libre es el pensamiento en esta época liberal.
Entretanto Apolo me agarra de la oreja
y me pide retomar aquí mi historia.

8 Se libraron el joven Juan y su damisela
a la más dulce sociedad de sus corazones.
Incluso el Tiempo cruel en el dolor hendió
con su ruda guadaña esos dulces pechos.
Suspiraba al saberlos libres de sus horas,
aun siendo del amor rival. Pero no podían
los dos envejecer, sino morir en plena flor,
antes de que el encanto o la ilusión volaran.

9 No podían sus caras arrugarse, ni su pura
sangre estancarse o fallar sus grandes corazones.
Nunca marchitaría la grisalla su cabello,
pues como el clima donde no nieva ni graniza,
eran ellos eterno verano. Podía el rayo darles
y reducirlos a cenizas, mas arrastrar
una larga y sinuosa vida de dura decadencia
no era para ellos; tenían muy poca arcilla.

10 Solos estaban una vez más; estarlo
era para ellos otro Edén. Nunca se les veía
cansarse, salvo alejados. El árbol cortado
de su añeja raíz del bosque, el río
presado de su fuente, el niño del regazo
y el pecho maternal quitado de golpe
menos se agostarían que estos dos separados;
no hay, *hélas*, mejor instinto que el cordial.

11 El corazón que puede romperse. Felices
y tres veces dichosos esos cuyo frágil molde,
la preciosa porcelana de arcilla humana,
se rompe a la primera caída. Nunca verán
el largo año unido con días y más días duros
y todo lo que hay que aguantar y no decir,
mientras el raro principio de la vida yace
más hondo en aquellos que desean morir.

12 «Los amados por dioses mueren jóvenes»,
se decía, y muchas muertes huyen así:
la muerte de amigos y eso que mata aún más,
la muerte de amistad, amor, juventud, todo
excepto el respirar. Y pues la callada costa
aguarda incluso a los más añorados
por los rayos del viejo arquero, quizá
la joven tumba llorada acabe por salvar.

13 Haidée y Juan no pensaban en muertos.
Los cielos y la tierra y el aire parecían suyos.
Nada malo veían en el Tiempo, salvo que se iba.
Nada en sí mismos tampoco condenaban;
cada uno era el espejo del otro y no leían
sino gozo ardiente cual gema en sus ojos negros
y sabían que ese brillo no era sino el reflejo
de sus recíprocas miradas de afecto.

14 La presión dulce y el tacto excitante,
la más nimia mirada superior a la palabra
que todo lo decía sin decir demasiado,
un lenguaje también, cual el de las aves,
solo para ellos, al menos así lo parecía
a unos amantes con sentido para eso,
bonitas frases lúdicas, que absurdas serían
para los que ya no las oyen o nunca las oyeron.

15 Todo eso eran ellos, pues eran niños aún
y niños para siempre hubieran sido.
No estaban hechos para ser en el mundo real
gente ocupada en la dura escena,
mas cual dos entes nacidos en un riacho,
una ninfa y su amado, invisibles ambos
al pasarse la vida entre fuentes y flores,
sin conocer nunca el peso del tiempo humano.

16 Lunas mutantes pasaron e inmutables vieron
ellos que su brillante surgir había alumbrado
gozos rara vez vistos durante sus ciclos.
Y no eran estos del tipo vacuo que harta,
pues joviales espíritus eran los suyos, nunca
regidos solo por sentidos. Y la posesión,
eso que al amor más mata, era en ellos
algo que cada cariño más encariñaba.

17 ¡Oh bello y tan raro como bello!
Mas era el suyo amor en el que gusta
a la mente perderse, cuando el viejo mundo
es gris y nos hartamos de hachazos y escenas,
intrigas, aventuras de las más vulgares,
sus mezquinas pasiones, bodas y huidas,
y la llama de Hymen marca a esa pelandusca
cuyo marido es el único que no la sabe puta.

18 Duras palabras, cruda verdad universal.
Basta. La fiel y bella pareja que nunca
una sola hora lenta llegó a conocer,
¿qué los exoneraba de todo cuidado?
Jóvenes sentimientos innatos para todos
decaen, mas si en los demás perecen,
eran en ellos inherentes; eso es lo romántico,
y siempre nos da envidia, aunque loco parezca.

19 Sería en otros un estado artificioso,
un sueño opiáceo de tanta lectura y juventud,
mas era en ellos su ser y su destino.
Ningún romance había herido sus corazones,
pues el saber de Haidée no era muy amplio
y Juan era un muchacho de crianza pura,
así que más razón no había para sus amores
que para los de palomas o ruiseñores.

20 Miraban el ocaso, hora amada
por todos pero más aún a sus ojos,
pues les había hecho lo que eran. Primero,
el poder del amor les había superado,
cuando felicidad fue su única dote
y les unió el crepúsculo en lazos pasionales.
El mutuo hechizo encantaba todas las cosas
aún bienvenidas cual presente del pasado.

21 No sé por qué, mas en esa hora nocturna,
aun cuando contemplaban, un súbito temblor
llegó y atravesó la dicha de sus corazones,
como el viento en el harpa o en el fuego,
estremecida una al oído y el otro a la vista;
y así un cierto augurio brilló en sus figuras
y del pecho de Juan arrancó un débil suspiro,
y de los ojos de Haidée nueva lágrima.

22 Ese ojo grande y negro de profeta parecía
abrirse y seguir lejos el sol moribundo,
como si su último día de feliz memoria
con su gran y brillante esfera caída se esfumara.
Juan la miró como pidiendo por su destino,
dolor sentía pero sin causa aparente,
su mirada inquiría por razones en la suya
de emociones sin causa, o quizá abstrusas.

23 Se volvió a él y sonrió, pero de esa forma
que a los demás no hace sonreír, y se apartó.
Fuera eso lo que fuese, parecía breve el sentir
y dominado por su orgullo y su saber.
Cuando Juan habló también, por deporte tal vez,
de este su mutuo amor, ella contestó,
«Si así debe ser, mas –no puede ser–
o al menos para verlo no viviré».

24 Juan iba a preguntar más, mas ella apretó
sus labios en los de él y así lo calló
y disipó luego el presagio de su pecho,
desafiando el augurio con ese beso intenso.
Y sin duda de todos es el mejor método;
preferirán algunos el vino y no es mala opción,
yo lo he probado todo, así que los interesados
deberán elegir entre dolor de cabeza o de corazón.

25 Uno de los dos, según vuestra elección,
vino o mujeres, tendréis que padecer.
Son los dos males impuestos a la dicha;
pero cuál escoger apenas lo sé yo
y si tuviera que dar un voto de calidad,
tendría buenas razones para cada opción
y así decidiría, sin dañar mucho a ninguna,
que sería mejor tener ambas que nada.

26 Juan y Haidée se miraron entre sí
con miradas flotantes de ternura callada
en las que eran amigos, hijos, hermanos, amantes,
todo eso que mezcla y expresa lo mejor
cuando dos puras almas se confunden
y demasiado aman porque menos no podrían,
mas casi el dulce exceso santifican
por el deseo inmortal y el poder de bendición.

27 Fundidos en abrazo y corazón,
¿por qué no murieron ahí? Ya habían vivido
si se les ofreciera la hora de expirar.
Podrían traerles los años bienes o desgracias;
no era el mundo para ellos ni el arte mundano
para amorosos seres cual el canto de Safo.
Nació el amor *con* ellos, *en* ellos, tan intenso
que era su verdadera alma, no un sentimiento.

28 Juntos tendrían que haber vivido en el bosque,
ocultos cual el ruiseñor cantando. No servían
para mezclarse en estas soledades groseras,
sociales las llamamos, pasto de odio, vicio y ansia.
¡Qué sola duerme cada criatura nacida libre!
Los más dulces cantores anidan en parejas;
planea el águila a solas; la gaviota y el cuervo
en la carroña se agolpan, cual los hombres abajo.

29 Acostados mejilla con mejilla en dulce sueño,
Haidée y Juan se echaban la siesta,
un duermevela muy poco profundo,
ya que de vez en cuando algo sacudía
a Juan y entero le turbaba por encima;
y murmuraban los bellos labios de Haidée
cual un arroyo, música sin palabras, y su rostro
pulcro temblaba cual pétalos de rosa en el aire.

30 O cual la conmoción de una corriente
clara en un hoyo alpino cuando el viento
sobrevuela, así la afectaba el sueño,
el usurpador místico de la mente,
facultándonos ser cualquier cosa buena
para el alma que reprimir ya no podemos.
¡Raro estado del ser (pues aún somos ahí),
inconscientes sentir y con ojos sellador ver!

31 Soñaba estar sola en la costa, a una roca
encadenada. No sabía cómo, mas moverse
no podía de ahí y crecía el fuerte fragor
y cada ola subía violenta, amenazándola,
y parecían verterse sobre su labio superior,
hasta que tomaba aire gimiendo y pronto
espumaban sobre su cabeza, tan altas y fieras
que al romper la ahogaban, mas morir no podía.

32 Enseguida se liberó y se alejó luego
sobre afilados guijarros con pies sangrantes,
y tropezó con cada paso que daba.
Y algo daba vueltas ante sí en una sábana,
que perseguir debía aunque la asustara.
Era blanco e indistinto y no se paraba
para poder verlo o tocarlo, pues ella miraba
y agarraba y corría pero al cogerlo se iba.

33 Mudaba el sueño. Estaba en una cueva
con estalactitas colgantes de mármol, obra
de siglos en sus cámaras hendidas por el agua,
donde lavan las olas y las focas crían y acechan.
Su cabello goteaba y las órbitas de sus ojos
oscuros parecían ser lágrimas y sombrías
y punzantes las rocas veían llegar cada gota,
congeladas en mármol al caer, pensaba.

34 Y húmedo y frío y yerto a sus pies,
blanco como la espuma hirviendo en su frente
muerta que ella intentaba limpiar (qué dulces
fueron un día sus caricias y qué vanas ahora),
yacía Juan, sin que pudiera reanimar el pulso
de su corazón muerto. Y el réquiem del mar
sonaba en sus oídos tristes cual canto de sirena,
y ese breve sueño parecía una vida entera.

35 Y contemplando al muerto, creyó ver su rostro
esfumarse o cambiarse en algo nuevo,
cual las facciones de su padre, y cada rasgo
más y más se acercaba al aspecto de Lambro,
con su añejo y afín parecido de gracia helena.
Y sobresaltada, despertó y ¿qué vio?
¡Oh santo cielo! ¿Qué mirada oscura halló?
¡Es… es la de su padre, fija en la pareja!

36 Gritando luego se alzó y con gritos se cayó,
con alegría y dolor, esperanza y temor,
para ver a quien creía habitante donde moran
los sepultos en mar, resucitado, de vuelta
quizá el muerto a quien tanto había amado.
Querido como había sido su padre a Haidée,
fue un instante de esa espantosa clase;
muchos he visto, mas no debo recordarlos.

37 Saltó Juan al amargo grito de Haidée
y la sostuvo cayendo, y de la pared
veloz cogió su sable para infligir
venganza en aquel que era causa de todo.
Luego Lambro, hasta entonces callado,
sonrió con sorna y dijo, «Atentos a mi voz,
mil cimitarras esperan la señal.
Sácala, jovencito, saca tu ridícula espada».

38 Y Haidée se ciñó en torno a él. «Juan,
es Lambro, ¡es mi padre! Arrodillémonos,
nos perdonará, sí, tiene que hacerlo, sí.
Oh queridísimo padre, en esta agonía
de placer y dolor, aun cuando beso
el doblado de vuestra prenda con arrobo,
¿será posible mezclar duda y gozo filial?
Tratadme como queráis, mas al chico salvad».

39 Alto e inescrutable seguía ahí el viejo,
suave tanto en la voz como en la mirada,
sin ofrecer siempre signos de ánimo dulce.
La miró mas no dio ninguna respuesta
y se volvió luego a Juan, en cuya tez iba
y venía la sangre, como resuelta a morir.
De brazos parecía al menos a punto de saltar
contra el primero al que Lambro pudiera llamar.

40 «Joven, tu espada», dijo Lambro otra vez.
Contestó Juan, «No mientras tenga libre el brazo».
Palideció la mejilla del viejo, mas no de temor,
y sacando del cinto una pistola, respondió:
«Que la sangre se vea entonces en tu cabeza».
Examinó luego la piedra, para comprobar
que estaba fresca, pues la había usado antes,
y se dispuso a amartillarla con calma.

41 Hace al oído un extraño chirrido,
ese martillo de pistola, cuando sabes
que un instante después será el blanco
tu persona propia, a diez yardas o así,
caballerosa distancia, no muy cerca,
si a un viejo amigo tienes por rival,
mas tras ser disparado a la de una o de dos,
el oído más irlandés se vuelve, y menos fino.

42 Lambro presentó el arma y un segundo más
hubiera detenido este canto y el aliento de don Juan,
pero Haidée se interpuso ante su chico,
seria como su padre. «A mí», clamó, «descienda
a mí la muerte, la culpa es mía. Esta costa
fatal él halló, mas no la buscó. Me comprometí.
Le amo y con él quiero morir. Conozco
la firmeza de tu ser, sabe la de tu hija también».

43 Un minuto después, ya no era ella llanto
ni ternura e infancia, sino que aparecía
determinada contra los humanos temores.
Blanca, escultural y dura, atraía el peligro;
y, alta más allá de su sexo y sus iguales,
se estiró cuan larga era, como para mostrar
una señal superior y con mirada fija escrutó
el rostro de su padre, mas no paró su mano.

44 Él la miró y ella a él. Era bastante raro
cómo miraban. El gesto era el mismo,
calmo y brutal, con un leve matiz en esa
mutua llama hiriente de oscura mirada,
pues podía ser ella también vengadora,
si causa había; aunque mansa, era leona.
Ante la cara de su padre, la sangre paterna
hervía y digna la hacía así de su raza.

45 Dije que se parecían, en sexo y edad
solo sus rasgos y estatura diferían;
en la delicadeza incluso de sus manos
había semejanza, según la sangre manda.
Y verles ahora así enfrentados, ahí
con ferocidad terca, cuando lágrimas felices
y sensaciones dulces deberían reunirlos,
demuestra qué son las pasiones en plenitud.

46 El padre se detuvo un instante y retiró
luego el arma y la envainó, pero siguió
quieto mirándola, como a su través.
«No fui yo», dijo él, «quien buscó este mal
extraño ni tampoco esta desolación. Pocos
habrían aguantado el ultraje sin matar,
pero mi deber cumplir debo. Como tú
el tuyo has cumplido, el presente al pasado va.

47 »Que deponga las armas o por la testa
de mi padre la suya rodará cual bola».
A la boca se llevó los dedos, su señal,
y silbó. Otro contestó a su llamada
y en estampida anárquica pero guiada,
armados de turbante a bota, todos,
una veintena de su séquito en filas llegó.
Dio así la orden, «Arrestad o matad al franco».

48 Luego con brusco gesto, apartó a su hija
y al tiempo la oprimió en su abrazo.
Entre ella y Juan interpuso a la tropa.
En vano trató ella de zafarse del padre;
eran sus brazos cual sierpe enrollada.
Sobre su presa, así dardos de áspid furiosa,
se abalanzó la fila de piratas, salvo el primero,
caído con su hombro derecho medio rajado.

49 Tenía el segundo la mejilla abierta, mas
el tercero, un cauto, bravo y viejo espadachín,
encajó con su alfanje los golpes y dio luego
los suyos bien adentro y sin tiempo a mirar
tenía ya a su hombre en el suelo y a sus pies
indefenso con sangre corriendo cual arroyo
de dos cuchilladas de sable, hondas y rojas;
en el brazo la una y en la cabeza la otra.

50 Y luego lo ataron donde cayó y se llevaron
a Juan del apartamento aquel. Con una señal
el viejo Lambro ordenó conducirlo a la costa,
donde había bajeles que zarparían a las nueve.
En un bote dispuesto, le dieron a los remos
hasta alcanzar unos galeotes puestos en fila.
A bordo de uno de estos y bajo escotillas
lo dejaron con estrictas órdenes a los vigías.

51 Está el mundo plagado de raras vicisitudes,
y he aquí una en exceso desagradable:
un caballero rico en los bienes del mundo,
guapo y joven, disfrutando del presente,
justo en ese momento en que menos piensa
en cosas así, es de pronto enviado al mar,
herido y esposado, sin poder moverse,
y todo porque una dama se ha enamorado.

52 Aquí debo dejarlo, pues me vuelvo patético,
conmovido por esa ninfa china de las lágrimas,
el té verde, no más profética que Casandra;
pues si mis libaciones puras pasan de tres,
el corazón se me vuelve tan simpático
que recurrir debo al té negro de Bohea.
Es una pena que sea el vino tan deletéreo,
pues el té y el café mucho más serios nos dejan.

53 A menos que te aceptemos a ti, coñac,
¡tú, dulce náyade del río Flegetonte!
Ah, ¿por qué el hígado atacas así
y enfermas, cual otras ninfas, a tus amores?
Acudiría al débil ponche, pero el rack
(en su doble sentido), siempre que lleno
mis suaves y nocturnas copas hasta el borde
me despierta al día siguiente con su nombre.

54 Dejo a don Juan por el momento, a salvo
pero no sano, pobre tipo, sino bien herido.
¡Y aún sus pinchazos físicos eran la mitad
de los que había en el pecho de su Haidée!
No era de las que lloran y gritan y rabian
y luego ceden, reprimidas por la derrota.
Era su madre una doncella mora de Fez,
donde todo es Edén, o páramo también.

55 Ahí las gruesas olivas vierten su líquido ámbar
en tinajas de mármol, ahí grano, flor y fruta
brotan del suelo hasta que la tierra se agota;
mas hay ahí también muchos árboles tóxicos
y a medianoche se escucha el rugido del león,
y vastos desiertos queman las uñas del camello
o las náuseas anegan a la indefensa caravana.
Y tal como es el suelo, es el alma humana.

56 África es toda del sol y como su tierra,
la arcilla humana es fuego. Poderosa
para bien o para mal, ardiente ya al nacer,
la sangre mora va con la hora del planeta
y cual el suelo abajo fructificará.
Belleza y amor eran de Haidée dote materna,
mas sus ojazos negros pasión mostraban,
aunque dormían cual león cerca de fuente.

57 Templada con más suave rayo, su hija,
cual nubes estivales de plata, leves y dulces,
hasta que lentas se cargan con truenos
y dan terror a la tierra y tempestad al aire,
seguía hasta hora por su suave vía láctea,
mas desbordada de pasión y angustia,
el fuego explotó en su venas númidas,
incluso si el simún soplaba en el yermo.

58 Lo último que vio fue la paliza de Juan
y a él mismo subyugado y rajado.
Corría su sangre por el mismo suelo
que acababa de hollar, su bello, suyo solo.
Así vio mucho ella un segundo y no más;
acabaron sus bregas con gemido convulso.
En el brazo paterno, que apenas la sujetaba
retorciéndose, ella cayó cual cedro talado.

59 Reventó una vena y el tinte de sus labios
tan dulces se manchó con la sangre manante,
y se venció su cabeza cual lirio inclinado
por el peso de la lluvia. Las doncellas solícitas
a su dama llevaron al sofá con ojos llorosos.
Sacaron de su armario yerbas y cordiales,
mas ella rechazó cualquier remedio ofrecido,
cual una vida imposible de contener o destruir.

60 Días yació en estado idéntico, aunque fríos
sin nada lívido, aún eran sus labios rojos.
No tenía pulso, mas ausente parecía la muerte.
Ningún horrible signo la proclamaba muerta;
corrupción no venía a la mente de cada uno
para segar esperanzas. Mirar su dulce cara
daba nuevas ideas de vida, tan llena de alma;
tanto tenía que la tierra no podía reclamar todo.

61 La pasión dominante, tal la piedra muestra
cuando sublime se esculpe, ahí estaba aún,
mas quieta cual el aire fijo que el mármol
echa en la bella Venus, para siempre bella,
sobre los eternos tormentos del Lacoonte
o en la agonía perpetua del gladiador.
Su energía cual la vida su fama conforma,
mas no parece vida, pues no se transforma.

62 Se despertó al final, mas no cual durmiente,
como muerta más bien, tan nueva era la vida,
extraña sensación que debía compartir
por fuerza, puesto que fuera lo que eso fuese
no había de ello memoria, aunque tuviera
dolor de corazón, cuyo primer latido de verdad
recuperó el padecimiento sin la causa,
pues, por un rato, hicieron las Furias pausa.

63 Miró a las muchas caras con ojos ausentes,
a tantas señales sin saber qué eran;
los vio mirarla sin preguntar por qué
y le daba igual quién estuviera en su cama.
No estaba muda aunque no hablara; ningún
suspiro su pensar alivió. Duro silencio y charla
animada intentó el servicio en vano; no daba ella
signos, salvo el aliento, de haber dejado el sepulcro.

64 Atendían sus doncellas, mas ella no cumplía;
la miraba su padre y ella los ojos apartaba.
Ningún ser o lugar reconocía, por mucho
que lo hubiera amado o apreciado en su día.
Iban de cuarto en cuarto, pero todo en vano;
Amable, mas sin memoria yacía.
Al final esos ojos, que parecían regresar
a ideas antiguas, de sentido con miedo se llenaron.

65 Y entonces un esclavo pensó en un harpa;
llegó el arpista y afinó su instrumento.
A las primera notas, irregulares y agudas,
sus ojos deslumbrantes en él se posaron,
mas luego a la pared se volvió ella, como
si doblegar quisiera el dolor en su alma resentida,
y empezó a cantar él una larga y vulgar canción
isleña de antaño, anterior a las grandes tiranías.

66 Pronto sus pálidos y finos dedos siguieron
en la pared el ritmo. Cambió él de tema
y cantó sobre amor. El feroz nombre golpeó
sus recuerdos, luciendo en ella el sueño
de lo que era y es, si ser podía llamarse
a estar de esa manera. En un torrente,
las lágrimas corrieron desde su mente nublada,
cual nieblas montañosas al fin disueltas en lluvia.

67 ¡Breve solaz, vano alivio! Llegó la idea veloz
y sumió su cabeza en el delirio. Se levantó
como aquella que nunca hubiera estado enferma
y contra todo se lanzó como contra sus rivales.
Mas nadie la oyó hablar o gemir, aunque
su paroxismo se acercaba a su final;
era la suya una histeria sin alharacas,
aun cuando la atacaban para salvarla.

68 Mas descuidaba a veces un brillo de razón.
Nada podía obligarla a arrostrar a su padre,
aunque al resto que intenso parecía
sí lo miraba, pero nada podía desandar.
Alimento y atuendo rechazaba; no había
excusa para ninguno. Ni cambiar de sitio
ni tiempo ni talento ni remedio le daban
capacidad de sueño, el don parecía disuelto.

69 Doce días y noches así se apagó. Al fin
sin gemir ni un suspiro o mirada que fuera
señal del tajo entre el espíritu y su pasado.
Y todos los que de cerca la velaban
no vieron el instante hasta que el cambio
su cara dulce volvió lenta y dura sombra,
glaseando sus ojos, los bellos y oscuros.
¡Ah poseer ese lustre y luego nada!

70 Ella murió mas no sola, se llevó consigo
un segundo precepto de vida, que podría
haber dado una santa y bella niña pecadora,
mas recluyó su pequeño ser sin luz
y a la tumba se fue nonata, allí donde
yace muerta la rama florida con plaga.
En vano los rocíos del cielo descienden
sobre flor sangrante o fruto de amor podrido.

71 Así vivió y así murió. Ya nunca más
será tocada por dolor o vergüenza. No servía
ella para sufrir el pesar interno de años y lunas,
que almas más frías soportan hasta que la edad
las tumba. Sus placeres y días pocos fueron,
mas espléndidos, y así no hubieran durado
en su destino mucho tiempo. Pero duerme
a gusto ahí en la costa, donde le encantaba estar.

72 Esa isla está hoy desolada y desnuda,
derruidas sus casas, sus habitantes idos;
solo quedan su tumba y la de su padre
y nada más recuerda la arcilla humana.
Nadie sabría decir dónde yace algo tan bello,
no hay piedra que lo muestre ni lengua capaz
de contarlo. No hay canto, salvo el vacío del mar,
que llore a aquella belleza de las Cícladas.

73 Pero vírgenes griegas en canción de amor
suspiran con su nombre; y muchos isleños
con el mito del padre la noche acortan.
Si fue suyo el coraje, ella tuvo belleza.
Y si amó con locura, la muerte fue el peaje;
un alto precio deben pagar los que así yerran,
de algún modo. Que nadie crea que puede huir,
pues más pronto que tarde Amor se venga.

74 Pero cambiemos de tema, esto es muy triste,
y dejemos esta hoja de pesares en el estante.
Describir a los locos no es de mi agrado,
pues temo parecer yo mismo tocado.
No tengo además mucho que añadir a ello;
como es mi musa un caprichoso elfo
viraremos y otro hilo estiraremos con Juan,
abandonado y medio muerto unas estrofas atrás.

75 Encadenado y herido, «confinado, cautivo, cazado»,
algunos días corrieron antes de que él
pudiera del todo recordar el pasado;
y cuando lo hizo se encontró en mar,
navegando a seis nudos por hora ante el viento.
Las costas de Ilión quedaban a sotavento;
en otra ocasión le hubiera gustado verlas,
mas no le divertía mucho ahora el cabo Sigeo.

76 Arriba en la colina verde y llena de pueblos
(ceñido por el mar y el Helesponto)
está enterrado el más valiente, Aquiles;
eso dicen (aunque Bryant dice lo contrario).
Y más abajo, alto e imponente aún, está
el túmulo ¿de quién? Dios sabrá; podría ser
Patroclo, Áyax o Protesilao,
héroes todos que en vida nos desollarían.

77 Altas tumbas sin mármol o nombre,
una vasta, agreste llanura a pie de montaña,
el Ida en la distancia, igual que siempre,
y el viejo Escamandro (si es él) quedan.
La situación aún parece apta para la fama.
Cien mil hombres podrían volver a luchar
sin problemas; mas donde busqué restos de Ilión,
pasta la oveja tranquila y la tortuga repta,

78 caballadas sin dueño, aquí y ahí algunas
aldeíllas con nuevos nombres zafios,
ciertos pastores (no cual Paris) se acercan
a contemplar un instante la juventud europea,
que en el lugar su sentir escolar soporta,
un turco con cuentas en mano y pipa en boca,
muy apasionado con su propia religión,
es todo lo que ahí vi; ni un maldito frigio.

79 Don Juan, autorizado aquí a salir
de su cabina inhóspita, se vio esclavo,
desdichado y mirando el hondo azul,
eclipsado por muchos héroes sepultos.
Débil aún por la pérdida de sangre, apenas
podía preguntar algo; y las respuestas
no le dieron muy buena información
acerca de su antigua o presente situación.

80 Vio a algunos cautivos como él,
parecían de Italia, y de hecho lo eran.
De ellos al menos conoció su destino,
que era bastante raro. Una comparsa
de cantantes camino de actuar en Sicilia,
muy bien formados, no habían sido atacados
en ruta desde Livorno por el pirata,
sino vendidos por su agente no muy caros.

81 Por uno de estos, el *buffo* del grupo,
conoció Juan su muy curiosa historia.
Aunque enviado al mercado turco, aún
mantenía alto el ánimo, el gesto al menos;
el hombrecillo parecía bastante cordial
y lo animó con cierta alegría y gracia,
mostrándose él mucho más resignado
que por ejemplo la *prima donna* y el tenor.

82 En breve contó él su malhadada historia,
diciendo, «Nuestro maquiavélico empresario,
haciendo una señal frente a un promontorio,
saludó a un raro bergantín. *Corpo di Caio Mario!*
Fuimos deprisa transferidos a bordo
sin un solo *scudo* de *salario*,
mas si al sultán le gusta la canción,
reviviremos nuestra suerte pronto.

83 «La *prima donna*, aunque viejecita
y golpeada por la vida disoluta
y sujeta, si es la casa leve, al frío,
tiene aún buenas notas; y luego la mujer
del tenor, sin un gran voz, gusta de mirar.
En este carnaval último la armó bien gorda
raptando al conde Cesare Cicogna
de una vieja princesa romana de Boloña.

84 »Y luego están las bailarinas: ahí está Nini,
gana por todos con más de una profesión.
Luego está esa tronchante golfa, la Pelegrini;
también tuvo ella suerte el último carnaval
y ganó al menos quinientos buenos *zecchini*,
pero gasta tan rápido que ya no tiene un *paolo*.
Y ahí está la Grotesca, ¡menuda bailarina!
Si hay almas o cuerpos humanos ella pregunta.

85 »En cuanto a las *figuranti*, son todas cual
el resto de esa tropa y aquí y allá
alguien interesante que quizá impresione;
el resto apenas sirve para una feria.
Hay una, aunque alta y seria cual merluza,
con una especie de aire sentimental,
que podría llegar lejos, mas no baila con fuerza,
lo cual es una gran pena, con esa cara y figura.

86 »En cuanto a los hombres, hay de todo.
El *Musico* no es sino una pieza arruinada,
pero al estar de algún modo cualificado
bien podría ingresar en el *seraglio*
y ser ahí ascendido como sirviente.
Su forma de cantar ya no es confiable.
De lo que hace el papa cada año, raro sería
encontrar tres perfectas flautas del *tercer sexo*.

87 »La afectación arruinó la voz del tenor,
en cuanto al bajo, la bestia solo berrea;
de hecho no sabía nada de canto, un tipo
desafinado, sin ritmo ni notas, ignaro,
pero al ser de la *prima donna* pariente,
la cual juraba que era su voz rica y dulce,
lo contrataron, aunque al escucharle
creeríais oír a un burro practicando.

88 »No debiera recrearme en mis propios méritos,
aunque joven, ya veo que usted, señor, tiene
un aire de viajado y para alguien así
no será la ópera algo para nada nuevo.
¿Habéis oído hablar de Raucocanti? Para serviros;
llegará el día en que quizá me escuchéis.
¿No fuisteis el año pasado a la feria de Lugo?
Pues a la próxima os ruego a oírme vengáis.

89 »Casi había olvidado a nuestro barítono,
un buen tipo, mas henchido de soberbia.
Con graciosa actuación, técnica ni un ápice,
voz de débil alcance y no muy dulce,
siempre se está quejando de su suerte,
para baladas callejeras mucho no sirve.
En el papel de amante su pasión arrecia,
como no tiene corazón, los dientes muestra».

90 Aquí el locuaz recital de Raucocanti
fue interrumpido por la tropa pirata,
que apareció puntual para invitar a todos
los prisioneros a volver a sus camastros.
Echaron todos una triste mirada a las olas
(que brillantes del cielo bajaban doble azul,
bailando libres y felices al sol)
y escotilla abajo fueron uno a uno.

91 Oyeron al siguiente día que en los Dardanelos,
aguardando el *firman* de Su Excelencia,
el más imperativo de los soberanos sortilegios,
que todos cumplen, quién si no,
más para asegurarlos en sus celdas navales,
dama con dama y hombre con hombre,
iban a ser encadenados y dispuestos en pares
para el mercado de esclavos de Constantinopla.

92 Parece que cuando este reparto se hizo,
quedaron sin pareja un varón y una hembra
que (tras alguna discusión y alguna duda
sobre si se podía juzgar macho al soprano,
cual espía lo pusieron entre las mujeres)
juntos quedaron y he aquí que el varón
era Juan, quien, cosa incómoda a su edad,
emparejado quedó con una bacante en flor.

93 Con Raucocanti, por desgracia, encadenado
quedó el tenor. Estos dos se odiaban con odio
solo visto en las tablas, y cada uno sufría más
por su colega lírico que por su destino.
Se montó una triste riña, pues eran tan tercos
que, en lugar de aguantar sin rechistar,
cada uno tiraba por un lado insultando,
Arcades ambo, id est tunantes los dos.

94 La compañera de Juan era romañola,
aunque criada en La Marcha de la vieja Ancona,
con ojos que miraban dentro del alma
(y otros puntos fuertes de una *bella donna*),
brillantes y oscuros y ardientes cual carbón.
Y a través de su clara complexión morena
se veía deseo de complacer, atractiva dote,
especialmente si va unida al poder.

95 Mas todo ese poder se gastó en él,
ya que les constreñía el dolor los sentidos.
Su ojo cegaba el suyo, mas tenue lo veía.
Y aunque esposados, con la mano de ella
rozando cerca, no había miembro hermoso
(y los tenía la chica irresistibles)
capaz de alterarle el pulso o quebrar su fe.
Ayudarían quizá un poco sus frescas heridas.

96 Da igual. No debemos inquirir demasiado,
los hechos ahí están, caballero más honesto
no hubo ni querida quiso fe más firme.
Omitiremos las pruebas (salvo una o dos).
Se dice que en la mano nadie «sostiene fuego
pensando en el glacial Cáucaso», salvo pocos,
creo yo; aun así fue la ordalía de Juan
más triunfante y no mucho menos real.

97 Aquí podría entrar en casta descripción,
habiendo resistido tentaciones en mi juventud,
pero se dice que mucha gente reprocha
a los dos libros primeros su verdad cruda.
Así que dejaré a don Juan salir del barco pronto,
ya que declara el editor que en efecto
más fácil es al camello pasar por ojo de aguja
que entrar esos dos cantos en familias.

98 A mí me da igual; me encanta ceder
y, por tanto, les dejo la página más pura
de Smollett, Prior, Ariosto, Fielding, que dicen
las cosas más raras para esta época tan correcta.
Llegué a disfrutar mucho de blandir
mi pluma y me gustaba la guerra poética
y recuerdo aquel tiempo en que esta cháchara
habría provocado reproches, pero ya no.

99 Cosa de niños, mi niñez buscaba pelea,
mas a esta hora quiero partir en paz,
dejándole esas cosas a la chusma literaria,
aunque la fama de mis versos desaparezca
mientras su autora, mi mano derecha, aún
funciona o se arrienda por unos siglos.
Crecerá en mi tumba la yerba muy alto
y suspirará al viento nocturno, mas no al canto.

100 De los poetas que atraviesan la distancia
de tiempo y lenguas, adoptados bebés de Fama,
la vida es la menor porción de la existencia.
Donde veinte eras se reúnen en un nombre,
es como bola de nieve que saca partido
de cada copo sin dejar por ello de rodar,
aun cuando llegue a formar un iceberg,
pero no será más que frío hielo al final.

101 Y así los grandes nombres son solo algo
Nominal, y el amor por la gloria, sed aérea,
a menudo su furia sobrepasa a todos aquellos
que quisieran, dijéramos, reconocer su polvo
libre de destrucción, que sepultándolo todo
nada deja hasta «la venida del Justo»,
salvo el cambio. Estuve en la tumba de Aquiles
y oí dudar de Troya; el tiempo dudará de Roma.

102 Generaciones sucesivas de muertos
son borradas y tumba hereda tumba
hasta que la memoria de una era huye
y bajo tierra se hunde con la ruina de su prole.
Los epitafios de nuestros padres, ¿quién los lee?
Pocos escapan de la lobreguez sepulcral
bajo la que miríadas de viejos nombres anónimos
yacen y pierden el suyo en muerte universal.

103 Voy a medio galope cada tarde por el sitio
donde en su fama pereció el chico-héroe,
que vivió demasiado para los hombres, mas pronto
murió para la humana vanidad, el joven De Foix.
Un pilar roto, no muy mal tallado,
pero al que la incuria amenaza destruir,
recuerda la matanza de Ravena en su cara,
mientras detritos y yerbas deshonran la base.

104 Todos los días voy donde los huesos de Dante.
Una pequeña cúpula, más pulcra que solemne,
su polvo bien custodia, mas aquí el tributo se rinde
a la tumba del bardo y no al triunfo del campeón.
El día llegará en que decaigan ambos,
el trofeo del jefe y el libro del poeta
se irán donde yacen cantos y guerras de la tierra
antes de que muriera el Pelida y Homero naciera.

105 Con sangre humana se cimentó esa columna,
con suciedad humana esa columna se mancha,
como si el rudo desprecio del payés se soltara
para mostrar su odio por el lugar que ensució.
Así el trofeo se utiliza y así deberían ser
llorados esos sabuesos, por cuyo salvaje
instinto de carnaza y gloria la tierra conoció
esos tormentos que Dante solo vio en el infierno.

106 Aun así habrá bardos todavía. Humo la fama,
sus gases son incienso para la mente humana.
Y las inquietas emociones que primero trajeron
la canción a este mundo buscarán lo que antaño.
Así como en la playa las olas rompen,
trajeron las pasiones en su extremo confín
el estallido poético, que no es sino pasión,
o al menos lo era hasta que se puso de moda.

107 Si en el curso de una vida tal que fue
contemplativa y viajera a la vez,
los hombres que al pasar comparten pasiones
adquieren el hondo y amargo poder
de reflejar sus imágenes como en espejo,
y con esos colores que los reviven,
acertar podríais al prohibirles mostrarlas,
pero qué buen poema (creo) se perdería.

108 ¡Oh las benefactoras de todos los libros,
las benignas cerúleas del segundo sexo
que publicitáis nuevos poemas con la cara!,
¿no daréis vuestro imprimátur anexo?
¿Tendré que ir a los cocineros despistados,
saqueadores de Cornwall de naufragios parnasianos?
Ah, ¿seré yo el único trovador
excluido de probar vuestro té castalio?

109 ¿Qué pasa, ya no puedo ser «un león»?
¿Un bardo de salón, un folio, una ardiente prensa?
Soportar los elogios de tantos pelmazos
y suspirar, «No puedo salir», como el estornino de Yorick.
Para qué pues jurar, como hizo el poeta Wordy
(es porque nadie lo lee, gruñe siempre),
que ya no hay gusto, que es la fama una lotería,
debida a esas azules damiselas de la camarilla.

110 Oh «negro, hondo, bello azul»,
como canta alguien en algún lugar del cielo
y yo, oh cultas damas, de vosotras digo.
Dicen que vuestras medias son tan (Dios sabe por qué,
he examinado unas cuantas de ese tipo)
azules cual las ligas que serenas agarran
las piernas zurdas del patricio, que ornan
la medianoche festiva y el comité matutino.

111 Mas sois algunas las criaturas más seráficas,
los tiempos cambian si, amante con rima,
leéis vosotras mis estrofas y yo vuestra cara;
y... pero ya no importa, todo eso ya pasó.
No me disgustan aún los espíritus cultos,
pues a veces un mundo virtuoso cubren.
A una mujer conozco de esa escuela púrpura,
la más dulce, casta, suprema, pero... idiota.

112 Humbolt, «primer viajero», pero no
el último, si nos fiamos de los recuentos,
inventó, con un nombre que olvidé,
igual que el día del sublime hallazgo,
un instrumento aéreo, con el que quiso
verificar el estado atmosférico
mediante medición del grado de azul.
¡Oh lady Daphne, dejadme mediros a vos!

113 Pero a la narración. El bajel lleno
de esclavos para vender en la capital,
tras el proceso habitual, pudo verse
anclado bajo el muro del serrallo.
El cargamento, limpio de toda plaga,
se trasladó al mercado, al completo,
y ahí con rusos, georgianos y circasianos,
para pasiones y fines diversos se compró.

114 Algunos fueron caros; mil quinientos dólares
por una circasiana, dulce niña, se pagaron,
virgen garantizada. Los más vivos colores
de la belleza la ornaban con los tonos del cielo.
Su venta mandó a casa a unos gritones rabiosos,
pujantes hasta llegar al once de los cientos,
pero cuando creció la oferta, supieron
que era para el sultán y enseguida se fueron.

115 Doce negras de Nubia traían un precio
que el mercado de India occidental no tendría,
aunque al fin Wilberforce ha doblado
la cifra previa a la abolición; y la cosa
no tiene por qué ser maravillosa, pues el vicio
es siempre mucho más espléndido que un rey.
Exaltadas virtudes como la caridad
ahorran; el vicio rarezas no escatima.

116 En cuanto al destino de esta joven tropa,
cómo fueron comprados unos por pachás, otros
por judíos, aquellos con peso doblados,
y acabaron esos por mandar a tripulantes
como traidores, mientras en triste comparsa,
esperando no caer en manos de un viejo visir,
las mujeres seguían siendo elegidas una a una
como amantes o cuarta esposa o víctima…

117 Todo eso quedará para otra canción,
también la suerte de nuestro héroe, aunque infeliz
(pues este canto se ha hecho muy largo),
debe discreta de momento posponerse.
Sé muy bien que es mala la redundancia,
pero no podría por mi musa poner menos aquí
y demoro ahora el progreso de don Juan
hasta lo que Ossian llama el quinto *duan*.

CANTO V

1 Cuando poetas eróticos cantan sus amores
en versos líquidos de meliflua sosería
y emparejan rimas cual Venus enyuga palomas,
poco meditan sobre el daño que causan.
Cuanto mayor es su éxito peor resulta,
como la lírica de Ovidio suele probar.
Petrarca mismo, si se juzga como merece,
es el chulo platónico de toda posteridad.

2 La escritura amorosa, por tanto, yo impugno,
salvo en la forma en que no seduce,
llana, simple, sucinta y en absoluto tentadora,
mas con una moral en cada error clavada,
hecha más para instruir que deleitar
y con toda pasión a su vez atacada.
Si mi Pegaso no se herrara tan mal
este poema acabaría siendo un ejemplo moral.

3 La costa europea con la asiática
espolvoreada de palacios, el flujo oceánico
aquí y ahí tachonado con un setenta y cuatro,
la cúpula de Santa Sofía brillante de oro,
los cipresales, el Olimpo alto y blanco,
las doce islas y eso más allá de mis sueños,
poco describen, presentan la vista
que a la encantadora María Montagu encantaba.

4 Siento pasión por el nombre de María,
pues fue un día un son mágico para mí
y medio despierta aún los reinos de hadas,
ahí donde pude ver lo que nunca sería;
todo sentir cambió, mas este tardó en mudar,
nunca me he librado del todo del hechizo.
Mas me pongo triste y se enfría el relato,
que no debiera ser patéticamente narrado.

5 Barría el viento el Euxino y las olas
rompían espumantes sobre las azules Simplégades.
En frente de la Tumba del Gigante, es un placer
contemplar el progreso de esos mares ondulantes
entre el Bósforo, tal como azotan y bañan
Europa y Asia, estando uno relajado.
En ningún mar ha potado jamás el pasajero
con olas más peligrosas que las del Euxino.

6 Era un mal día de un inicio lúgubre
de otoño, con iguales noches, mas no los días.
Acortaron las parcas los hilos sobrantes
de los destinos de marinos y las fuertes tormentas
levantaron las aguas y la contrición por el pecar
pasado en esos que vivieron en el gran abismo.
Juraron enmendar sus vidas, pero no lo harán,
pues si se ahogan, no podrán, y si viven, tampoco.

7 Una masa de esclavos temblorosos de toda
nación, edad y sexo estaba tasada en el mercado,
cada rebaño con su mercante en el puesto.
¡Pobres criaturas! Su buen aspecto había empeorado.
Todos salvo los negros parecían humillados,
de amigos y hogar y libertad alienados;
los negros desplegaban mayor filosofía,
acostumbrados a ello, cual anguilas al desuello.

8 Juan era juvenil y estaba así lleno,
como muchos de su edad, de esperanza y salud;
aun así debo conceder que parecía triste
y a veces derramaba una furtiva lágrima.
Quizá su pérdida reciente de sangre pudiera
tumbar su ánimo y luego la falta de riqueza,
amante y también de estancias confortables,
sacadas en subasta para los tártaros,

9 eran cosas que aun al estoico superaran,
sin embargo, su estar era en general sereno.
Tanto su porte como el lustre de su ropa,
de la que algunos dorados aún se veían,
atraía todas las miradas, haciéndoles imaginar
que estaba él sobre el común por sus maneras,
y luego, aunque pálido, era tan guapo...
Y luego, pues su rescate calculaban.

10 Cual tablero de backgammon, estaba el lugar
punteado de blancos y negros para la venta,
aunque de forma más irregular dispuestos;
algunos el bruno se quedaban, otros el pálido.
Ocurrió que entre el otro lote de gente
había un tipo de treinta, robusto y sano,
muy resuelto en su oscura mirada,
ahí al lado de Juan, esperando ser comprado.

11 Tenía aspecto de inglés; es decir, cuadrado
y de complexión blanca y rubicunda,
dentadura muy sana y pelo rizado y moreno
y, quizá por pensar, trabajo o estudio,
una frente amplia un poco preocupada.
Llevaba un brazo con vendas ensangrentadas;
y ahí estaba con tanta sangre fría que mayor
no podía mostrarse aun en simple espectador.

12 Pero viendo en su codo a un chaval,
de evidente buen ánimo, aunque lastrado
ahora por la mala suerte que había incluso
a hombres doblegado, empezó a mostrar
una especie de franca compasión
por la desdicha de tan joven colega
de infortunio, para él no mucho peor
que cualquier arañazo, por supuesto.

13 «Chico», dijo él, «entre esta varia tropa
de georgianos, rusos, nubios, y tantos más,
galopines que solo difieren en tono,
con los que es una suerte formar lote,
parece que los únicos señores somos tú y yo,
así que presentémonos como es debido.
Si pudiera serviros de consuelo
mío sería el placer. Decid, ¿de dónde sois?».

14 Cuando Juan respondió, «Español», él dijo,
«Ya pensaba que no podríais ser griego;
esos perros serviles no son tan orgullosos.
Fortuna te ha puesto aquí como bicho raro,
mas así se las gasta cuando a todos prueba;
pero descuidad, ella volverá, tal vez, la semana
próxima. Me ha servido a mí como a vos,
salvo que para mí no ha sido novedad».

15 «Perdón, señor», dijo Juan, «si me permitís,
¿*qué* os trajo hasta aquí?», «Oh, nada extraño.
Seis tártaros y una cadena de arrastre». «Qué
me ha deparado esto, si es lícito preguntar,
es lo que voy a saber». «Serví unos meses
en el ejército ruso aquí y allí
y al tomar hace poco, por orden de Suvórov,
una ciudad, me tomaron en lugar de Vidin».

16 «¿No tenéis amigos?». «Los tuve, gracias a Dios,
no me molestan hace tiempo. Ya
os he contestado a vos sin apremio,
y esa misma cortesía deberéis mostrar».
«Ay», dijo Juan, «sería un cuento triste,
y muy largo además». «Oh, pues si es así,
tenéis buenas razones para cerrar el pico;
lo triste, si largo, dos veces triste.

17 »Mas no desfallezcáis; Fortuna, a vuestra edad,
aunque mujer de veleidad moderada,
no creo que os deje (vuestra esposa no es)
por mucho tiempo más en ese brete.
Pelear contra nuestro sino sería
como si espiga contra hoz se alzara.
Diversión son los hombres de sus circunstancias,
cuando estas lo parecen de los hombres».

18 «No es», dijo Juan, «por mi actual suerte
mi luto mas por la pasada; a doncella amé».
Calló y se nublaron sus ojos oscuros;
se vio en sus pestañas una lágrima
que luego ya corrió. «Volviendo a ello,
no deploro, según he dicho, mi situación
actual, pues bien he soportado desgracias
que han hundido a los más valientes

19 »en el ingrato abismo. Mas este último golpe»,
y aquí se paró de nuevo y apartó la cara.
«Ay», repuso su amigo, «ya me parecía
que habría una señora en esta historia;
y estas cosas piden siempre una lagrimita,
la misma que echaría yo en vuestro lugar.
Lloré el día de la muerte de mi primera mujer
y también cuando la segunda de casa se fue».

20 «La tercera… ¡La tercera!», dijo Juan volviéndose,
«¿No os pongo más de treinta y ya tres?».
«No, solo dos ahora sobre tierra.
No me parece nada extraordinario
ver a alguien tres veces desposado».
«Bien, la tercera entonces», dijo Juan, «¿qué hizo?,
no se iría esa también, ¿verdad?».
«No, qué va». «¿Entonces?». «Me fui yo de ella».

21 «Bien os tomáis las cosas», dijo Juan. «Bueno»,
replicó el otro, «¿qué puede hacer un hombre?
En vuestro cielo hay aún muchos arcoíris,
mas en el mío se fueron. Todo, al alba de la vida,
con emociones cálidas y altas expectativas
se inicia, mas el tiempo destiñe luego las ilusiones
y una tras otra poco a poco un gran error,
cual ofidio, la piel brillante cada año les quita.

22 »Es verdad, sale otra limpia y fresca,
o más fresca y limpia aún, pero, tras el año,
sigue la piel el camino de toda carne
o a veces solo dura una semana o dos.
Amor es lo primero que despliega mortal red;
ambición, avaricia, venganza o gloria
son la lima que encola las ramas de antaño
donde aún por dinero o elogios aleteamos».

23 «Todo eso está muy bien y será verdad»,
dijo Juan, «pero no veo cómo mejora
estos tiempos actuales en mí o en vos».
«¿No?», repuso el otro, «pues permitid
que pongamos las cosas en su sitio; así
sale ganando el saber; por ejemplo, hoy
sabemos qué es la esclavitud y nuestros
excesos pueden mostrarnos cómo ser amos».

24 «Ojalá fuéramos amos ahora, aunque fuera
para probar sus presentes lecciones en estos paganos»,
comentó Juan, tragándose un suspiro encendido.
«¡Dios ampare al sabio que la fortuna ha enviado!».
«Quizá lo seamos un día, dentro de poco»,
replicó el otro, «si nuestra mala suerte acaba aquí.
Entretanto (el viejo eunuco negro nos mira)
pido a Dios que alguien nos acabe comprando.

25 »Después de todo, ¿cuál es nuestra situación?
Es mala y puede ir a mejor; la suerte del común.
Muchos ya son esclavos, nadie más que los grandes,
a sus propios deseos y pasiones y cuanto más.
La sociedad misma, que crear debería
amabilidad, destruye lo poco que tenemos.
Nada sentir por nadie es el gran arte social
de los estoicos del mundo, los desalmados».

26 Justo ahí un viejo y negro personaje
neutral del tercer sexo salió, y mirando
a los cautivos, parecía sopesar su gesto y edad
y sus capacidades, como para descubrir
si eran aptos para la jaula propuesta.
Ninguna dama es jamás tasada por amante,
ningún caballo por tahúr, paño por sastre,
factura por letrado, deudor por fiscal,

27 cual un esclavo por su posible postor.
Es divertido comprar a nuestros semejantes,
y todos bien se van a vender, si juzgáis
sus pasiones y hábiles son. Se compran
algunos por sus rasgos, otros por líder belicoso,
esos por un puesto, según edad o físico,
la mayoría por metálico; tienen todos precio,
desde coronas a peniques ajustados a sus vicios.

28 El eunuco, habiéndolos mirado bien,
se volvió al mercader y empezó a pujar,
por uno solo primero y luego por los dos.
Regatearon, discutieron y aun blasfemaron.
Como si en una mera feria cristiana estuvieran,
barateando un buey, un burro, un cordero o un chico
de tal manera que su trato sonaba cual batalla
por este yugo superior de ganado humano.

29 Al final acabaron entre refunfuños
y sacando reluctantes monederos y
volviendo cada pieza de plata y tirando
algunas y pesando otras con la mano
y por error mezclando sequines con *paras*,
hasta que fue la suma con lupa examinada
y luego el mercader devolvió el cambio
y firmando recibos empezó a pensar en cenar.

30 Me pregunto si buen apetito tenía
o, caso de tenerlo, si bien digería.
Creo que al comer raras ideas molestan
y la conciencia pregunta cosas curiosas
acerca de los límites del derecho divino
a vender carne y hueso. Si la cena nos oprime,
creo que es quizá la hora más lúgubre
de esas que conforman las tristes veinticuatro.

31 Voltaire dice «No»; él cuenta que Candide
veía más aceptable la vida después de comer.
Se equivoca; a menos que fuera cerdo, al hombre
el hartazgo incrementa lo que siente,
salvo si está borracho y entonces sin duda
se librará de sus pesares mientras se tambalea.
Acerca del comer pienso con el hijo de Filipo, o quizá
de Amón (indispuesto con un mundo y un padre);

32 creo con Alejandro que el acto
de alimentarse, con alguno que otro,
nos permite sentir nuestra mortalidad
redoblada. Si ese rustido o un ragú
y la sopa y el pescado, con otros platos,
pueden darnos gusto o hacernos daño, ¿quién
se iba a meter en cosas intelectuales, cuyo uso
tanto depende del jugo gástrico?

33 La otra noche (fue el último viernes)
–es un hecho y no poética fábula–
justo cuando mi abrigo se me puso,
mi sombrero y mis guantes aún en la mesa,
oí un disparo, eran las ocho apenas tocadas,
y corriendo tan rápido como pude
me encontré al comandante militar
estirado en la calle y casi sin aliento.

34 ¡Pobre tipo! Por alguna razón, mala sin duda,
le habían dado cinco tiros, dejándole ahí
perecer en la acera; así que pedí lo subieran
a la casa escaleras arriba para desnudarlo
y examinarlo. Mas ¿a qué añadir
más detalles? En vano fue todo cuidado;
el hombre se había ido; en italiana reyerta
asesinado por cinco balas de viejo cañón.

35 Lo observé pues lo conocía bien;
he visto muchos cadáveres, mas nunca
vi a uno, tras un accidente de ese jaez,
tan sereno. Herido en vientre, corazón e hígado,
parecía dormir, pues apenas podía decirse
(pues sangraba adentro y ningún río horrible
de víscera decía la causa) que hubiera muerto,
así que lo miré y pensé o me dije:

36 «¿Es esto la muerte? ¿Qué es pues vida o muerte?
¡Hablad!», mas no habló. «¡Arriba!», mas aún durmió.
«¿Quién tenía ayer aliento más poderoso?
Un millar de guerreros a sus órdenes sentían
miedo. Cuando decía, como el centurión,
"Id", aquel iba, decía "Venid" y ese venía.
Mudos estaban trompeta y clarín a su espera
y ahora nada le queda salvo el redoble de tambor».

37 Y aquellos que aguardaban y adoraban, esos
con sus caras brutales apiñadas en la cama
para ver una vez más la arcilla comandante,
que por última mas no primera vez sangraba.
¡Y qué final! Que él, que tantas veces
luchara contra los rivales de Napoleón
hasta su huida, el mejor en cargar o salir,
tuviera que acabar matado en un callejón.

38 Sus viejas cicatrices cerca de las nuevas,
esas gloriosas señales que le trajeron fama;
y horrible era el contraste a la vista.
Pero cambiemos de tema; pues esas cosas
precisan aun de una atención mayor
que la mía. Miré (igual que otras veces)
para ver si podía sacar algo de la muerte
que confirmara o turbara o diera fe.

39 Mas era todo un enigma. Aquí estamos
y allá que nos vamos, ¿adónde? ¡Cinco
trozos de plomo o dos o tres o uno lejos!
¿Y está hecha esta sangre para derramarse?
¿Puede cada elemento dañar los nuestros?
¿Y aire, tierra, agua, fuego vivo y ya muertos?
¿Nosotros, cuya mente todo lo abarca? Ya no;
pero volvamos a la historia como antes.

40 El comprador de Juan y su conocido
cargó sus gangas en un barco dorado,
se embarcó él con ellos y allá que fueron
tan veloces al ritmo de remos sobre el agua.
Parecían personas cumpliendo sentencia,
barruntando qué vendría, hasta que se acercó
el caique a un pequeño arroyo bajo un muro
coronado por altos cipreses verde oscuro.

41 Aquí su guía tocando con la aldaba
en una puertita de hierro fue admitido
y les condujo adentro, primero por un seto bajo
por arboledas flaqueado, altas a los lados.
Casi se pierden y fueron a tientas,
pues caía la noche antes de llegar a tierra.
Hizo el eunuco una señal a los de abordo,
que empezaron a remar, dejándoles mudos.

42 Mientras andaban lentos por la sinuosa senda
con emparrados naranjos y jazmines y demás
(de lo que mucho habría que decir,
al no haber profusión tal en el norte
de plantas orientales y etcétera,
pero últimamente a vuestros plumillas
les ha dado por criar viveros en sus obras
y todo porque un poeta viajó a Turquía).

43 Según seguían su camino, le vino
a la mente a don Juan una idea
que le confió a su colega. Era la misma
que se nos podría haber ocurrido a cualquiera.
«Creo», dijo él, «que no sería ninguna vergüenza
que diéramos un golpe para liberarnos.
Aticémosle a este viejo negro en la cabeza
y larguémonos. Tan fácil como decirlo».

44 «Sí», dijo el otro, «y luego, ¿qué hacemos?
¿Cómo salimos? ¿Cómo diablos entramos?
Y cuando por fin estemos fuera y hayamos
por san Bartolomé salvado el pellejo,
mañana nos veríamos en otra mazmorra
y peor aún que en la que ya hemos estado.
Además, estoy hambriento y ahora daría
mi primogenitura por un bistec, como Esaú.

45 »Debemos estar cerca de alguna morada,
pues la seguridad del viejo negro al ir
con sus dos presos por senda tan extraña
denota su confianza en que sus amigos velan.
Un simple grito les traería a todos fuera.
Es, por tanto, mejor observar antes de saltar
y ahí, ya ves, nos ha llevado esta curva.
Por Júpiter, un noble palacio iluminado».

46 Era en efecto un edificio grande y amplio
que se abría a su vista y moteado parecía
por delante con mucho dorado
y otros tonos, según costumbre turca,
un gusto chabacano, pues ya no hay talento
para las artes nativas de estas tierras.
Cada villa del Bósforo parece un panel
recién pintado o un bello decorado de ópera.

47 Y cuanto más cerca estaban, un excitante
sabor de guisos y carnes y arroces,
cosas que a los hambrientos entusiasman,
obligó a Juan a parar sus malas intenciones
y regresar al buen comportamiento.
Y su amigo, en nueva cláusula de reserva,
también dijo, «Por Dios, cenemos algo
y luego estoy contigo, si quieres pelea».

48 Hablan algunos de querencias pasionales,
otros de sentimientos y otros de la razón.
Esta última nunca estuvo muy de moda
pues piensa la razón el razonar a destiempo.
Ciertos hablantes gimen, otros atacan,
pero siguen aún más o menos molestando,
con argumentos de acuerdo con su fuerte,
mas nadie sueña nunca quedarse corto.

49 Pero divago; de todos los reclamos
–aunque sé el poder del pathos y del oro,
de la belleza, del halago, los riesgos, un chelín–
no hay método más seguro para obtener
los buenos sentimientos humanos, cada día
más tiernos cuanto más los contemplamos,
que ese calmante y poderoso redoble,
la sirena del alma, el tañido de cena.

50 No hay campanas en Turquía, mas allí se come.
Y Juan y su colega, aunque no oyeron
toque cristiano a la mesa ni vieron filas
de lacayos salir al festín preparado,
olieron los asados, vieron un gran fuego
y cocineros moviéndose con brazos desnudos
y miraron en torno ellos a diestro y siniestro
con el profético ojo del apetito.

51 Y renunciando a cualquier resistencia,
avanzaron muy cerca de su sable guía,
que no sabía que su propia vida rota
estaba a punto de ser apartada.
Los llevó hasta pararlos a cierta distancia
y llamando a la puerta, se abrió entera
y una magnífica y amplia sala mostró
la pompa asiática de un desfile otomano.

52 No voy a describir; se me da bien,
pero cualquier idiota describe hoy en día
sus prodigiosos viajes a cortes extranjeras,
perpetra su volumen y pide aplausos.
Muerte para su editor, para él diversión,
mientras Natura, torturada de mil formas,
con ejemplar paciencia se confina
en guías, rimas, tours, dibujos, estampas.

53 A lo largo y ancho de la sala, algunos,
sentados de cuclillas, jugaban al ajedrez,
unos con monosílabos conversaban
y otros parecían encantados con su ropa
y algunos fumaban soberbias pipas ornadas
con cazuelas de ámbar de distintos precios
y muchos se lucían, dormían otros y aquellos
se disponían a cenar con un vaso de ron.

54 En cuanto el negro eunuco entró con su par
de comprados infieles, algunos levantaron
la mirada un instante sin aflojar el ritmo,
mas los que estaban sentados ni se inmutaron.
Uno o dos miraron a los presos a la cara
como quien examina un caballo a la venta;
saludaron algunos al negro desde su sitio
pero ninguno se molestó en hablarle.

55 Les conduce a través de la sala y sin pararse
en la gran variedad de estancias imponentes,
espléndidas mas calmas, salvo una, donde
una fuente de mármol hacía eco en la tenue
oscuridad, que viste la cámara, o donde pasa
una cabeza femenina que curiosa se atreve
a lanzar su mirada oscura por puerta o celosía,
como si preguntara qué diantre es ese ruido.

56 Débiles lámparas ardiendo en los altos muros
daban bastante luz para indicar el camino,
mas no la suficiente para mostrar los salones
imperiales en toda la gloria de su estar.
Quizá no haya nada, no diré que espante
mas sí que apene tanto de noche y de día
como una enorme sala sin una sola alma
que rompa el esplendor inerte del conjunto.

57 Dos o tres pocos parecen, uno nada.
En desiertos, boscajes, masas o en la costa,
ahí la soledad, ya se sabe, se extiende
en espacios que han sido sus reinos eternos;
mas en una gran estancia o galería, ya sea
en construcción moderna o en las antiguas,
una especie de muerte nos cubre enteros,
al ver para uno lo que se hizo para muchos.

58 Un pulcro y cálido estudio en noche invernal,
un libro, un amigo, dama soltera, o una copa
de clarete, un sándwich y un buen apetito
son cosas que hacen pasar la tarde inglesa,
aunque sin duda no es tan bello panorama
cual un teatro por gas iluminado.
Paso mis atardeceres solo en largas galerías
y soy por eso tan dado a la melancolía.

59 Ay, hace el hombre grande lo que le disminuye.
Considero que eso está bien en una iglesia;
la expresión de los cielos no debe ser pobre,
mas fuerte y perdurable, hasta que nadie sepa
los nombres creadores, pero las mansiones
–y peor aún las tumbas– no son desde la caída
de Adán para los hombres. El mito de la torre
de Babel quizá ilustre esto mejor que yo.

60 Babel fue el pabellón de caza de Nemrod,
luego ciudad de jardines y riquezas magníficas,
donde Nabucodonosor, rey de los hombres,
reinaba hasta que un día estival se fue a pastar
y Daniel a los leones domó en su guarida,
ante la admiración y el estupor de la gente.
Fue famosa también por Píramo y Tisbe
y la calumniada reina Semíramis.

61 Esa injuriada reina, según las crónicas tan mala,
ha sido acusada (no dudo que por complot)
de amistad impropia con su caballo
(como la religión, el amor es a veces herético).
Este cuento monstruoso tiene quizá su origen
(pues exageraciones tales aquí y allá veo)
en escribir «corcel» en lugar de «cochero».
Ojalá el caso fuera visto por un jurado aquí.

62 Pero volvamos. ¿Debería haber (qué no habrá
hoy en día) algunos infieles, que no hallan,
porque no pueden, el exacto lugar
de aquella misma Babel, o porque no creerán
(aunque el señor Claudius Rich ha hallado
algunas piedras y dos estudios ha publicado)
a los judíos, esos descreídos, a los que uno
debe creer aunque ellos no crean en nosotros.

63 Dejémosles creer que Horacio ha expresado
con dulce brevedad la locura masónica
de aquellos que, olvidando el sitial de reposo,
se entregan por completo a la arquitectura.
Sabemos dónde cosas y hombres mejor acaban,
una moral (como todas) melancólica,
y *et sepulcri immemor struis domos* muestra
que en vez de edificar deberíamos sepultarnos.

64 Llegaron al final a un cuarto muy apartado,
donde se levantó el eco como del sueño.
Aunque lleno de cosas apetecibles,
uno se preguntaba qué hacer con esa
gran cantidad de artículos que nadie precisaba.
Aquí la riqueza había hecho lo posible
para abrumar con muebles un bello espacio,
que confundía a Natura sobre el qué del arte.

65 Parecía, de todas formas, abrirse
a una escala o hilera de salas, tal vez
conducentes a Dios sabe dónde, mas en esta
el mobiliario era rico y pródigo:
sofás que era pecado sentarse en ellos,
tan caros se veían; alfombras de tejido
artesanal tan raro que uno quería
en ellas deslizarse cual pez dorado.

66 El negro, sin embargo, sin dignarse
apenas a mirar aquello que les maravillaba,
pisaba lo que ellos temían manchar al pasar,
como si la vía láctea bajo sus pies estuviera,
con todos sus astros; y de un estirón alcanzó
cierta plancha o armario empotrado ahí
en ese vano remoto, que podréis ver,
y si no, pues yo no tengo la culpa…

67 Quiero ser meridiano. Y el negro,
decía, abriendo el vano, sacó un montón
de ropa ideal para percha de cualquier
musulmán, fuera cual fuese su valor,
y variedad no faltaba ninguna,
y aunque ya dije que no había carestía,
decidió señalar lo que creía mejor
para esos cristianos que había comprado.

68 El traje que creyó más adecuado para ellos
era, para el mayor y más grande, primero
un poncho de Candía hasta la rodilla,
y pantalones no tan ceñidos como para estallar,
sino ideales para asiático trasero,
un chal con pliegues cuidados de cashmere,
pantuflas de azafrán, daga buena y útil;
en resumen, todo lo que hace a un turco dandi.

69 Cuando él se vestía, Baba, su negro amigo,
intuyó las enormes ventajas que ambos
podrían al final obtener si se limitaban
a seguir el camino adecuado y sencillo
que les estaba Fortuna recomendando;
y añadió luego algo para él importante
y es que mejoraría sin duda su condición
si ambos condescendieran a la circuncisión.

70 Él estaría, por su parte, encantado
de verlos convertidos, mas dejaba
esta propuesta solo a su discreción.
El otro, dándole las gracias por ese
exceso de bondad al dejarle opinar
sobre tal nimiedad, apenas si podía
expresar bien, según dijo, su asenso
ante los hábitos de esta pulcra nación.

71 Mas a su juicio, había solo una pequeña
objeción ante tan respetable viejo rito;
y tras tragarse una ligera refección,
por la que admitió un presente apetito,
dudó de que unas horas de reflexión
reconciliarle lograran con el asunto.
«¿Verdad?», dijo Juan, rotundo, «¡que muera,
pero antes me van a circuncidar la cabeza!».

72 «Cortad mil cabezas, antes de...». «Por favor»,
replicó el otro, «no interrumpáis.
No me dejasteis acabar lo que os decía.
Como dije, señor, en cuanto haya cenado,
ponderaremos si vuestra propuesta
es apta para ser aceptada como se debe,
siempre que vuestra gran bondad
aún remita el caso a nuestro libre juicio».

73 Baba miró a Juan y dijo, «Sed bueno
y vestíos» y luego señaló una vestimenta
con la que una princesa con gran gusto
se hubiera ataviado; mas Juan en silencio,
como no estaba con humor para disfraces,
le dio a eso una coz con su pie cristiano
y cuando el viejo negro le dijo «Anda»
replicó, «Caballero, no soy una dama».

74 «No sé ni tampoco me importa lo que sois»,
dijo Baba, «mas os ruego haced como digo;
no tengo más tiempo ni palabras que perder».
«Al menos», dijo Juan, «podré preguntar
la causa de este raro travestismo». «Absteneos»,
dijo Baba, «de ser curioso. Ya se verá
sin duda a su debido tiempo, lugar y ocasión;
autoridad no tengo para revelar la razón».

75 «Entonces, si lo hago», dijo Juan, «seré...». «¡Parad!»,
advirtió el negro, «no seáis provocador,
ese buen ánimo puede ser demasiado audaz
y ya descubriréis que no nos gusta bromear».
«Bueno, señor», dijo Juan, «¿se sabrá un día
que cambié el sexo de mi ropa?». Mas Baba,
zanjando la cuestión, dijo, «Enfurecedme
y os dejaremos sin ningún sexo».

76 «Os ofrezco un bello conjunto de ropas,
de mujer, sí, pero razones hay
por las que deberéis llevarlas». «¿Aunque deteste
mi alma la afeminada prenda?». Tras una breve
pausa, suspiró Juan, maldiciendo entre dientes,
«¿Qué diantre voy a hacer con estas gasas?».
Así se refirió el profano al mejor encaje
que ornara jamás matutino rostro conyugal.

77 Y maldiciendo y suspirando, se puso
unos pantalones de seda color carne;
se le dio luego una faja de doncella
que ceñía ligera camisa blanco *milk*.
Pero tirando de su enagua tropezó,
lo cual, ese *which* que en Escocia es *whilk*
(me obliga a esto la rima; son a veces
los reyes menos tiránicos que las rimas),

78 lo cual, o *whilk* (o lo que queráis), se debía
a que era nueva prenda y a su embarazo;
pero al final logró componérselas
para acicalarse, mas con cierto retraso.
El negro Baba ayudó un poco también
cuando algún delicado atuendo se atascaba;
y embutiendo los brazos en una túnica,
se detuvo y echó una mirada arriba y abajo.

79 Una dificultad quedaba; su cabello
no era aún muy largo, pero Baba halló
tantas trenzas postizas y de sobra
que pronto su cabeza estuvo coronada
a la manera entonces ahí de moda.
Y el añadido con unas gemas se fijó,
según el conjunto de su atuendo pedía,
y ya Baba a peinarse con aceite le obligó.

80 Y estando así como mujer ataviado,
con cierta ayuda de tijeras, tinte y pincitas
se lo veía por completo cual doncella,
y exclamó Baba sonriendo, «Ya veis, señores,
una perfecta transformación se ha obrado.
Veníos, pues, ahora conmigo, caballeros,
la dama, me refiero». Dando dos palmadas,
en un tris cuatro negros en su codo aparecieron.

81 «Vos», dijo Baba, aludiendo a uno,
«acompañáis por favor a esos señores
a cenar; mas vos, digna monja cristiana,
me seguiréis. Cuidado, señor, pues
si digo algo debe hacerse de inmediato.
¿Qué teméis? ¿A la guarida del león?
Vamos, es un palacio, donde los muy sabios
el paraíso del profeta anticipan.

82 »¡Qué tonto! Nadie quiere haceros daño».
«Mejor así para ellos», dijo Juan, «si no,
sentirán todo el peso de mi brazo,
que no es tan blando como podáis creer.
Cedo hasta aquí, mas pronto cesará la ilusión
si alguien me toma por quien aparento,
así que espero por el bien de todos
que este disfraz no lleve a error».

83 «Venid, Tarugo, y veréis», dijo Baba,
mientras don Juan se volvió a su colega, quien,
aunque algo afligido, sonrió sin remedio
ante tamaña metamorfosis a la vista.
«¡Adiós!», gritaron los dos. «Esta tierra
parece fértil en raras y nuevas aventuras;
uno se ha vuelto medio moro, y otro chica,
con insólita ayuda de este viejo negro hechicero».

84 «Vaya con Dios», dijo Juan, «si no le veo más,
tenga usted buen apetito». «Adiós»,
replicó el otro, «aunque me duele en el alma.
Si nos volvemos a ver, tendremos algo que contar.
Sigamos al destino si nos aleja de la costa.
Vuestra reputación cuidad, aunque Eva llegó a caer».
«No», dijo la doncella, «el sultán no se me llevará,
al menos que Su Alteza prometa desposarme».

85 Y así partieron, cada uno por una puerta.
Baba condujo a Juan por las estancias
a través de pasillos rutilantes sobre mármol,
hasta que en el fulgor un gigante portal,
altivo y vasto, descendía en la distancia;
y a lo lejos flotaba un rico perfume.
A un altar parecía que se acercaran,
pues todo era grande, quieto, fragante, divino.

86 Era amplia, brillante y alta la puerta gigante,
de bronce con dorado y talla curiosa.
Batallaban ahí guerreros con furia;
desfila aquí el invicto, yace ahí el vencido;
los cautivos llevados en trofeo penan;
y en perspectiva vuelan escuadrones.
Parecía que la obra de los tiempos antes
de Roma trasladada con Constantino cayera.

87 El enorme portal en el amplio extremo
de una gran sala se abría, y a cada costado,
dos enanitos, lo último que se esperaba,
como feos diablillos se sentaban, aliados,
se diría, en burlarse de la puerta gigante
que ahí se alzaba con orgullo piramidal.
La puerta era tan bella en todos sus detalles
que uno no reparaba en esas criaturillas,

88 hasta que uno se topaba con ellas, y luego
retrocedía para ver con horror
la prodigiosa fealdad de esos hombrecillos,
cuyo color no era negro ni blanco ni gris,
sino una extraña mezcla que no hay pluma
capaz de dibujar, aunque tal vez sí lápiz.
Eran pigmeos deformes, monstruos
sordomudos que cuestan monstruosa suma.

89 Su deber consistía –pues eran fuertes
y a pesar de su aspecto hacían cosas duras–
en abrir esa puerta, cosa que podían hacer
(eran los goznes tan leves cual las rimas de Rogers),
y de vez en cuando con las ásperas cuerdas
del arco, costumbre de esos climas,
le hacían a algún pachá rebelde la corbata,
pues los mudos para eso se utilizan.

90 Mediante signos hablaban, es decir,
no hablaban y como íncubos brillaban
mientras Baba con los dedos les hacía
lanzarse para tirar de las hojas. Dio
a Juan un poco de miedo ver a ese par
diminuto mirarlo con reptiles ojos retraídos,
sus miraditas parecían envenenar
o hechizar a aquellos en los que se fijaban.

91 Antes de entrar, Baba se detuvo para dar
a Juan algunas instrucciones como guía.
«Si pudierais por favor», dijo él, «evitar
esa especie de paso majestuoso,
estaría mejor y (aunque no es mucho)
también oscilar un poco menos al andar,
algo que a veces produce un extraño efecto;
y también podríais parecer humilde,

92 »sería conveniente, pues estos mudos tienen
ojos de aguja capaces de horadar esas enaguas;
y si descubren vuestro disfraz
ya sabéis qué cerca de aquí fluye el hondo Bósforo
y antes del alba ambos podríamos vernos
de camino hacia el Mármara sin botes,
embutidos en sacos, una forma de navegar
practicada por aquí de vez en cuando».

93 Tras alentarle así, siguió el camino
hasta una estancia aún más noble.
Una rica amalgama formaba un caos
de tal especie que el ojo ahí arrojado
apenas sí podía llevarse nada;
los objetos mezclados brillaban sin pausa,
deslumbrante amasijo de joyas, oro y fulgor,
con qué esplendor entreverados cual camada.

94 Había la riqueza obrado milagros, no así el gusto.
Suele pasar en los palacios orientales y aun
en las cúpulas más austeras de reyes occidentales
(de las que seis o siete he visto también),
donde no puedo decir que oro o diamante
den mucho lustre. Hay mucho que perdonar:
grupos de malas estatuas, mesas, sillas y cuadros,
que ahora no puedo detenerme a censurar.

95 En esta sala imperial yacía a distancia
bajo un dosel y ahí reclinada
a la manera reservada de las reinas,
una señora. Baba se detuvo y arrodillándose
señaló a Juan, quien, poco dado a rezar,
se arrodilló sin embargo, preguntándose
qué significaba todo esto, mientras Baba
hacía reverencias hasta acabar la ceremonia.

96 La dama, levantándose con el aire
de Venus al surgir de las olas, en ellos
puso como un antílope un par de ojos
de Pafos que eclipsaron todas las joyas,
y alzando un brazo, como luz de luna,
apuntó a Baba, que primero besó la bastilla
de su túnica púrpura oscuro, y susurrando,
señaló a Juan, que siguió ahí abajo.

97 Su presencia era tan noble como su estado;
su belleza de esa especie todopoderosa
que su forzosa descripción atenuaría.
Mejor dejarlo a vuestra imaginación
que terminar rebajándola con mi relato
de formas y facciones. Os cegaría
si les hiciera justicia con detalle;
así que, por fortuna, fallan mis frases.

98 Esto de todos modos añadiré: era
de edad madura, quizá de veintiséis abriles,
pero hay formas que el Tiempo prohíbe
tocar, desviando su hoz a cosas vulgares,
como en María, la reina escocesa. Cierto,
llanto y amor destruyen y el dolor lacerante
estruja encantos del mago, mas algunos nunca
se vuelven feos, por ejemplo, Ninon de l'Enclos.

99 Dirigió algunas palabras a sus sirvientas,
un coro de muchachas, diez o una docena,
todas vestidas igual, como Juan también,
que su uniforme llevaba, elegido por Baba.
Formaban una especie de troupe de ninfas,
que podrían haber llamado «primo» al coro
de Diana, a juzgar al menos por lo externo,
en lo demás no me arriesgo a comparar.

100 Hicieron reverencias y se retiraron,
mas por puerta distinta a la utilizada antes
por Baba y Juan, que ahí estaban admirando
a escasa distancia todo lo que veían
en ese extraño salón, hecho para inspirar
maravilla y elogio, pues ambos o nada
las cosas ganan. Y debo decir que nunca
vi la grandeza del *nil admirari*.

101 «No admirar es todo el arte que sé
(la verdad pura, dulce Murray, no quiere flor retórica)
para hacernos felices o mantenernos así»
(eso dicen las justas palabras de Creech).
Esto escribió Horacio tanto tiempo atrás
y así el precepto cita Pope para enseñarlo
de nuevo en su versión, mas sin admiración,
¿hubiera Pope cantado, se inspirara Horacio?

102 Baba, cuando se fueron las damiselas,
se acercó a Juan y entonces por segunda
vez le pidió se arrodillara para besar
el pie de la señora, máxima que al oírla
repitió y se alzó Juan cuan largo era
con el ceño fruncido, en pie de nuevo,
y dijo que lo sentía, pero que no podía
rebajarse a un zapato si no era del papa.

103 Baba, rabioso con ese orgullo inoportuno,
protestó con fiereza y luego susurró
una amenaza (aunque esta aparte)
de asfixia, mas en vano. Ni siquiera
se inclinaría Juan ante la novia de Mahoma.
Nada hay en el mundo cual la etiqueta
en cámaras reales o salas imperiales,
en las carreras igual y en los bailes aristocráticos.

104 Ahí estaba cual Atlas, con un mundo verbal
en sus oídos, pero no iba a postrarse.
La sangre de su gran estirpe castellana
le hervía en las venas, y antes que rebajarse
a mancillar su nombre, un millar de espadas
mil veces harían de él un final.
Dándose cuenta de que el pie no servía,
Baba propuso que la mano le besaría.

105 Se trataba de un pacto honorable,
una morada a medio camino de descanso
diplomático donde en paz podían reunirse;
y Juan ahora expresó su voluntad
de observar las justas cortesías,
añadiendo que esa era habitual y mejor,
pues en el sur es aún costumbre
del caballero a la dama besarle la mano.

106 Y adelante que fue, mas con poca gracia,
aunque en dedos más bellos pura sangre
ningunos labios dejaron nunca su fugaz rastro.
Se demora en ellos el labio con fruición
y por un beso sellaría con gusto abrazadera,
como veréis si esa que amáis llega a acercar
los suyos. Y aun a veces los de una extraña
la constancia de casi un año amenazan.

107 La dama lo miró de hito en hito y pidió
a Baba que se fuera, cosa que hizo con estilo,
como si bien avezado a ello estuviera;
y sobreentendiendo algo todo el tiempo,
le susurró a Juan que nada temiera,
lo miró con una suerte de sonrisa,
y se fue con ese gesto de satisfacción
que ponen los que algo virtuoso han hecho.

108 Cuando se hubo ido, un súbito cambio ocurrió.
No sé qué le pasó a la dama por la cabeza,
pero en su ceño brillante estalló un raro tumulto
y en su tez clara la sangre se agolpó,
roja cual nubes estivales que alcanzan
el límite del cielo; y en sus grandes ojos
una aleación de emociones podía notarse,
a medias de dominio y voluptuosidad.

109 Tenía su forma la suavidad de su sexo,
sus rasgos, la dulzura toda del diablo
cuando dispone al angelito para engañar
a Eva y abre (Dios sabe cómo) la vía al mal.
El sol mismo apenas estaba más libre de chispas
que ella de todo lo que el ojo podía criticar;
y aun así había algo ahí deficiente
como si ordenara más que concediera.

110 Algo imperial o imperioso echaba
una cadena en todo lo que hacía; esto es,
una cadena echaba en el cuello de uno.
Y el rapto mismo dolor parecería
con ese despotismo a la vista.
Nuestras almas al menos son libres
y en vano a la carne las enfrentamos;
el espíritu al final se abre camino.

111 Era su misma sonrisa altiva, mas tan dulce;
y ese saludo suyo no era inclinación.
Había obstinación aun en sus piececillos,
como si fueran conscientes de su rango;
andaban como sobre espaldas. Y para acabar
su estado (es costumbre de su nación),
un puñal decoraba su faja, señal
de que era novia del sultán (y no mía, a Dios gracias).

112 «Oír y obedecer» había sido de nacimiento
la ley a su alrededor; satisfacer
todas las fantasías que daban júbilo o risa
había sido el placer de sus esclavos, y su afán.
Alta era su sangre y su belleza apenas terrenal;
cómo no iban a ser sus antojos inquietos.
De haber sido ella cristiana, creo
que habríamos hallado el móvil perpetuo.

113 Cualquier cosa que viera y deseara se traía;
cualquier cosa que no veía y se suponía
que ver debía se buscaba enseguida,
y cuando se hallaba ahí la ganga se acababa.
No había fin en las cosas que compraba,
tampoco a los problemas de sus fantasías.
Mas incluso esa tiranía tenía gracia,
lo perdonaban todo las mujeres salvo su cara.

114 Juan, su último capricho, había atraído
su ojo al pasar de camino a la venta.
Dio orden de comprarlo de inmediato
y Baba, que nunca había fallado
en el buen cumplimiento de diabluras,
en subastas así sabía cómo ganar.
No tenía ella prudencia, mas él sí. Y eso
explica por qué Juan vistió de esa guisa.

115 Su juventud y sus rasgos favorecían el disfraz,
y si preguntáis cómo podía ella, la novia
de un sultán, arriesgar o idear esas fantasías,
eso lo dejo a discreción de las sultanas.
Emperadores son maridos solo a ojos de esposas
y reyes y consortes a menudo se extrañan,
según verificamos con justa precisión,
por experiencia algunos, otros por tradición.

116 Mas para ir al meollo, a donde íbamos.
Consideraba ahora todas las dificultades
pasadas y en extremo dadivosa se creía
cuando, siendo por fin de su propiedad,
sin mayor dilación, fundiéndose en el azul
de sus ojos pasión y poder, lo miró
y diciendo tan solo, «Cristiano, ¿sabes amar?»,
creyó que esa frase bastaba para emocionar.

117 Y así fue, a su debido tiempo y lugar;
mas Juan, que aún tenía la mente llena
de la isla de Haidée y de su suave faz jónica,
sintió la sangre caliente, hirviendo en su cara,
volverle al corazón, inundándolo rápido,
y le dejó la tez blanca cual copos de nieve.
Su alma hendieron las palabras como árabes
lanzas y sin poder hablar estalló en lágrimas.

118 Ella se sorprendió mucho; no por el llanto,
pues las mujeres lo usan y vierten a su gusto.
Mas hay algo aún más agrio y llamativo
si se humedecen los ojos masculinos.
Lágrima de mujer se funde, abrasa la de hombre
cual plomo líquido, como si una pica
se le clavara en el alma para sacarla, pues
para ellas es alivio, para nosotros suplicio.

119 Ella lo hubiera consolado si hubiera sabido;
al no tener iguales, nada de lo que
hasta ahora le había causado simpatía,
y sin haber soñado nunca con soportar
algún pesar doloroso, aunque algún
leve berrinche pudiera cruzar su frente
de vez en cuando, se preguntó cómo podían
llorar sus ojos tan de cerca con otros.

120 Enseña más naturaleza de lo que el poder
estropea y cuando una fuerte aunque rara
sensación emociona, el alma femenina
es un suelo tan fértil para la gentileza,
no importa su nación, que «vino y aceite»
de natural vierte, siempre samaritanas ellas.
Y así Gulbeyaz, aunque sin saber por qué,
sintió un raro resplandor húmedo en sus ojos.

121 Mas las lágrimas deben cesar como todo,
y pronto Juan, que tanto se había emocionado
por el tono invasivo de alguien
que había osado preguntar si él *había* amado,
lo estoico devolvió a sus ojos, que lucieron
vivos con esa misma flaqueza que reprobaba.
Y aunque sensible a la belleza,
se indignó por no ser libre aún.

122 Gulbeyaz, por vez primera en su vida,
se sintió incómoda, pues nada había conocido
antes salvo plegarias y reverencias;
y puesto que ella también se jugaba el cuello
por tenerlo e iniciarlo en usos amatorios,
en confortable *tête à tête*,
perder la hora la haría una mártir
y ya habían gastado casi un cuarto.

123 Sugeriría también el tiempo adecuado
para señores en situaciones tales,
es decir, en un clima meridiano
(entre nosotros hay más reglas para la caza),
mas aquí una demora sería gran pecado.
Así que recordad que la gracia más alta
dos minutos serán para declararos;
un solo instante más y adiós reputación.

124 Buena era la de Juan y podría haber sido
aun mejor, mas tenía a Haidée en mente.
No conseguía olvidarla, por raro que fuera,
lo que le hacía parecer muy maleducado.
Gulbeyaz, que lo miraba como a su deudor
por haberlo llevado hasta su palacio,
empezó a sonrojarse hasta las cejas y luego
se volvió cual la muerte blanca y roja otra vez.

125 Al fin, al modo imperial, puso ella
su mano en la suya y acercándole los ojos,
que no necesitaban imperios para seducir,
miró ahí en busca de amor, que no contestó.
Se oscureció su ceño, mas no iba a reprobar,
siendo eso lo último que hacen las soberbias.
Se alzó y parándose un instante casto,
se abalanzó sobre él y ahí se creció.

126 Fue una prueba difícil, según vio Juan,
mas a él dolor, ira y orgullo le habían preparado.
Con fuerza gentil desenredó sus brazos
blancos y la sentó lánguida a su lado.
Levantándose luego altivo oteó en derredor
Y mirándola fríamente a la cara, gritó,
«¡El águila cautiva no se empareja, ni yo
serviré las sensuales fantasías de sultana!

127 »Preguntáis si sé amar; sea esta la prueba
de cuánto he amado yo ¡y no os amo a vos!
Con este vil atuendo, la rueca, el punto, la labor
serían ideales para mí. ¡El amor es para ser libre!
No me deslumbra este espléndido cobijo.
Sea cual sea tu poder, por grande que parezca,
se inclinan testas y rodillas, ojos escrutan un trono,
y obedecen las manos, nuestro es aún el corazón».

128 Era esta verdad para nosotros trivial;
no así para ella, que nunca oyó nada tal.
Creía que su más nimia orden placer daría,
estando la tierra hecha solo para reyes y reinas.
Si está el corazón a izquierda o derecha
ella no lo sabía; a esa perfección conduce
la legitimidad a sus devotos nativos
conscientes de su regio poder sobre los demás.

129 Además, como ya se dijo, era ella tan bella
que aun con un sino más modesto hubiera
hecho un reino o un caos allá a donde fuera,
y también, como podrá suponerse, ponía
presión en los encantos, que rara vez son,
si es que ocurre, eclipsados por sus dueños.
Los suyos daban doble «derecho divino», creía,
y la mitad de esa opinión es también mía.

130 Recordad, o (si no podéis), imaginad,
los que habéis sido castos de jóvenes,
cuando alguna afligida viuda estuvo
cortejándoos y se sintió en la canícula
zaherida por vuestro rechazo, recordad
su ira o todo eso que se dijo o se cantó
sobre el asunto; luego figuraos la cara
de una joven de plena belleza en este caso.

131 Figuraos, mas ya lo habéis hecho,
la esposa de Potifar, a lady Booby,
Fedra, y todos los buenos ejemplos
que reveló la historia. Es lástima
saber tan pocos de poetas y tutores,
para educaros bien, ¡oh jóvenes de Europa!
Pero cuando os hayáis figurado esos pocos,
no os podréis figurar el hosco ceño de Gulbeyaz.

132 Una tigresa privada de crías, una leona,
o cualquier buena bestia predadora
son símiles a mano para el disgusto
de damas que no pueden salirse con la suya;
pero aunque yo no quisiera ser menos,
estos no expresan lo que querría decir.
¿Pues qué es robar crías, pocas o muchas,
al lado de saber que no vas a tener ninguna?

133 El amor de la ley general de las crías naturales,
desde tigresas hasta lobeznos, patos y patitos.
No hay nada que afile tanto el pico o la garra
como una invasión de cachorros y lactantes.
Y todos los que han visto un cuarto infantil
saben cómo aman las madres llantos y risas.
Y este efecto extremo (para no agotar
vuestra paciencia) muestra cuán potente es la causa.

134 Si dije que saltaba el fuego de los ojos
de Gulbeyaz, no es nada, pues era fuego su mirada;
si dije que su tez cogió los más fuertes tintes,
deshonraré sin más al teñidor,
tan sobrenatural fue el ahogo de su pasión,
pues nunca había reprimido un deseo.
Aun los que ya conozcáis a mujer rechazada
(¡bastante, por Dios!) os quedaríais cortos.

135 Su ira duró solo un minuto, y bien estuvo;
un rato más la hubiera matado; pero el lapso
de su duración fue cual vislumbre del infierno.
Nada es tan sublime como la bilis energética,
aunque horrible de ver, es grata de contar,
como el mar enfrentado a una isla rocosa;
y las hondas pasiones destellando en su forma
hacían de ella una bella tormenta encarnada.

136 Una vulgar tempestad a un tifón
sería comparar la furia con su ira,
y aun no quería ella alcanzar la luna,
cual el modesto Hotspur en la página eterna.
Su cólera sonaba una nota más baja,
por culpa quizá de su sexo débil y edad.
Su deseo era el de Lear «matar, matar, matar»,
y luego su sed de sangre se ahogó en lágrimas.

137 Un ciclón fue y como tal acabó por pasar,
sin palabras pasó; de hecho no pudo hablar.
Y así el pudor de su sexo estalló al fin,
un sentir pobre en ella hasta entonces,
mas ahora fluía veloz y natural,
como agua a través de fuga inesperada,
pues humillada se sentía; y la humillación
es a veces buena para gente de su condición.

138 Les enseña que son de carne y hueso;
les sugiere también que los otros,
aunque de arcilla, del todo no son de barro,
que vasijas y cazos son frágiles hermanos
y obra de la misma cerámica, buena o mala,
aunque no hayan nacido de los mismos padres.
Enseña... solo Dios sabe lo que enseña,
mas cura a veces y lo logra a menudo.

139 Su primera idea fue cortarle la cabeza;
su segunda, privarle solo de su confianza;
su tercera, saber dónde se había criado;
la cuarta, obligarlo a arrepentirse;
la quinta, irse a la cama con sus doncellas,
la sexta, apuñalarse, la séptima ordenar
azotes para Baba; mas su gran recurso
fue sentarse de nuevo y llorar por supuesto.

140 Pensó en apuñalarse y tenía la daga
muy a mano, pero se le hacía extraño,
pues los corsés orientales poco se rellenan
y un puñal hiere si se clava fuerte.
Pensó en matar a Juan, mas, pobre tipo,
bien se lo merecía por ser tan mojigato,
mas cortarle la cabeza no era la mejor
forma de alcanzar la meta... su corazón.

141 Juan se emocionó; ya estaba decidido
a dejarse empalar o a ser descuartizado
para los perros o asesinado con gran dolor,
o echado a los leones o a ser cebo de pesca,
y así heroicamente se fue resignando,
antes que pecar, salvo por propia voluntad.
Mas todos sus preparativos para morir
se fundieron cual nieve ante lágrimas de dama.

142 Si le exudaban a Bob Acres las palmas de valor,
así a Juan la virtud le menguaba, no sé cómo.
Se preguntó primero por qué había declinado
y luego si la cosa podía aún arreglarse
y después acusó a su virtud salvaje,
igual que un fraile a su voto acusaría
o como se desdice una dama de su promesa,
que suele acabar en pequeña fractura de la pareja.

143 Así que farfulló algunas disculpas,
mas las palabras no bastan para eso,
aunque uno use todo el canto de las musas
o la cháchara incluso del más dandi
o todas la figuras gastadas de Castlereagh.
Justo una lánguida sonrisa ya halagaba
y las paces hacía él, pero antes de ir
un poco más allá, de golpe entró el viejo Baba.

144 «¡Novia del sol y hermana de la luna
(así hablaba él) y emperatriz de la tierra!
cuya mueca haría desafinar a las esferas,
cuya sonrisa hace danzar de júbilo a los planetas,
trae vuestro esclavo consuelos, oportunos,
creemos, para vuestra atención sublime.
El sol mismo me ha enviado cual rayo
para decir que ya está él en camino».

145 «¿Es tal como decís?», exclamó Gulbeyaz,
«¡ojalá ya no brillara más hasta mañana!
Que mis doncellas hagan la vía láctea.
Dad así, viejo cometa, aviso a las estrellas.
Y vos, cristiano, mezclaos con ellas a gusto
y como me haréis perdonar vuestro desdén…».
Les interrumpió aquí un murmullo
de fondo y luego un grito, «¡Que viene el sultán!».

146 Aparecieron las doncellas primero, en decorosa
procesión, luego los eunucos de Su Alteza,
blancos y negros, cortejo de un cuarto de milla.
Su Majestad tenía siempre la educación
de anunciar sus visitas mucho antes
de que llegara, sobre todo de noche,
pues siendo la última mujer del emperador
era por supuesto la favorita de las cuatro.

147 Su Alteza era hombre de porte solemne,
cubierto hasta la nariz y barbado hasta los ojos,
sacado de prisión para presidir la corte.
Su recién ahorcado hermano así lo propició.
Era tan buen soberano como cualquiera
de los que se mencionan en los anales
de Cantemir o Knolles, donde pocos brillan
salvo Solimán, de su estirpe la gloria.

148 Iba a rezar a la mezquita del país,
con más que «oriental escrúpulo».
Dejaba a su visir todos los asuntos
de Estado con poca curiosidad regia.
No sé si tenía problemas domésticos;
nada hacía pensar en hostilidad conyugal.
Cuatro esposas y mil doncellas invisibles
con tanta calma vivían como cristiana reina.

149 Si a veces ocurría un leve desliz,
poco se oía del pecado o pecador.
La historia apenas daba que hablar;
el saco y el mar todo lo arreglaban,
y de ahí nadie sonsacaba el secreto.
Nada sabía el público más que esta rima.
Ningún escándalo hacía a la prensa maldita.
La moral era mejor y no menos el pescado.

150 Vio con sus propios ojos redonda la luna,
también sabía que era cuadrada la tierra,
porque había viajado cincuenta millas
sin hallar signo alguno de que fuera circular.
Tampoco había en su imperio límites;
cierto, había problemas aquí y allá
con rebeldes pachás y *giaours* invasores,
pero nunca llegaron a «las Siete Torres»,

151 salvo en forma de enviados, que fueron
para hospedarse ahí al estallar la guerra,
según la buena ley de las naciones, que nunca
previó a esos canallas, que no han tenido
jamás espada en sus sucias manos, soltando
su esplín con sus peleas y redactando a salvo
mentiras, susodichos despachos, sin riesgo
y sin chamuscarse un solo pelo entintado.

152 Tenía cincuenta hijas y cuatro docenas de hijos,
en reserva al llegar a la edad adulta,
ellas en un palacio, donde cual monjas
vivían hasta que un pachá afuera se iba
y ella, a su vez, era desposada enseguida,
a veces a los seis años. Aunque parece raro,
es verdad; la razón es que el pachá
debe hacer un regalo a su suegro.

153 Los hijos estaban en prisión hasta poder
ocupar una horca o un trono,
o lo uno o lo otro, cuál de los dos,
solo llegaría a saberlo el destino.
Mientras, la educación que recibían
era bien principesca, según los indicios,
de modo que al heredero se lo juzgaba
tan digno de corona como de soga.

154 Su Majestad saludó a su esposa
con el ceremonial propio de su rango.
Se aclaró ella los ojos brillantes y destensó
la frente, cual matrona después de una broma.
Debe ello redoblar la conciencia de sus votos,
para salvar así el crédito de su ruina.
A ningún hombre se le da tan cordial bienvenida
como a aquellos cuyas mujeres el cielo les ganan.

155 Su Alteza miró en torno con sus negros ojos
y fijándose, como siempre, detectó
a Juan disfrazado entre las damas,
por lo que no pareció sorprendido ni molesto,
observó solo con aire sereno y sabio,
mientras aún Gulbeyaz hondo suspiraba,
«Veo que habéis traído otra chica; lástima
que una simple cristiana sea la mitad de bella».

156 Este elogio, que atrajo todas las miradas
a la recién comprada virgen, la ruborizó y turbó.
También sus camaradas se vieron arruinadas.
¡Que Su Majestad, oh Mahoma, prestara
esa atención a un *giaour*, cuando apenas
sus imperiales labios a ninguno hablaron!
Hubo murmullo general, fragor y contoneo,
mas la etiqueta les prohibía a todas reírse.

157 Hacen muy bien los turcos en encerrar
a las mujeres, pues la triste realidad
es que su castidad en esos climas infelices
no tiene esa cualidad astringente
que previene en el norte pecados precoces,
siendo la nieve menos pura que nuestra moral.
El sol, que funde cada año el hielo polar,
produce el efecto contrario en el vicio.

158 Así son en Oriente en extremo estrictos,
y enlace y candado significan lo mismo.
Excepto cuando aquel primero se escoge,
no puede reemplazarse con la misma forma,
arruinado, cual cuba de clarete podrida.
Mas de su poligamia es entonces la culpa;
¿por qué no unen eternas dos almas virtuosas
en marido y esposa, ese centauro moral?

159 Hasta aquí nuestra crónica, paremos ahora,
no es que falte de materia; pero es hora,
según las viejas leyes de la épica,
de plegar velas y anclar en nuestra rima.
Que este canto obtenga su justo aplauso,
tendrá el sexto su toque sublime.
Mientras, puesto que Homero a veces duerme,
quizá le perdonéis a mi musa una breve siesta.

«¿Pensáis que por ser vos virtuoso no habrá ya pasteles y cerveza?».
«Así es, por santa Ana; y, además, el jengibre nos quemará la boca».

SHAKESPEARE, *Noche de Reyes o Lo que queráis*

PREFACIO A LOS CANTOS VI, VII Y VIII

Los detalles del asedio de Izmail en dos de los cantos subsiguientes (*i. e.*, el séptimo y el octavo) se han tomado de una obra francesa titulada *Histoire de la Nouvelle Russie.* Algunos de los incidentes atribuidos a don Juan ocurrieron de verdad, en particular la circunstancia de la salvación del niño, que fue el caso real del difunto duque de Richelieu, entonces un joven voluntario en el ejército ruso, y luego fundador y benefactor de Odesa, donde su nombre y su memoria nunca dejarán de recordarse con reverencia.

En el curso de estos cantos, una o dos estrofas podrán relacionarse con el fallecido marqués de Londonderry, pero fueron escritas antes de su muerte. Si la oligarquía de esa persona hubiera muerto con él, se habrían suprimido; por ello, no sé de nada en la forma de su deceso o de su vida que pueda prevenir la libre expresión de las opiniones de todos a los que su entera existencia se empeñó en esclavizar. Que él fuera una buena persona en su vida privada puede ser cierto o no, mas con eso el público no tiene nada que ver; en cuanto a lamentar su muerte, habrá tiempo suficiente cuando Irlanda haya dejado de llorar su nacimiento. Como ministro, yo, como tantos otros millones, le tuve por el más déspota en sus intenciones y el de más pobre intelecto de cuantos tiranizaron un país. Es la primera vez desde los normandos que Inglaterra ha sido insultada por un ministro (como mínimo) que no sabía hablar inglés, y que el Parlamento mismo se ha dejado controlar en la lengua de la señora Malaprop.

Sobre las circunstancias de su muerte poco puede decirse,

salvo que si un pobre radical, como Waddington o Watson, se hubiera cortado el pescuezo, hubiera sido enterrado en una encrucijada, con los habituales utensilios de estaca y mazo. Pero el ministro era un elegante lunático, un suicida sentimental; él simplemente se cortó la «arteria carótida» (bendito sea su conocimiento), y he ahí la marcha y la abadía y «las sílabas del dolor vociferaron» en los periódicos, y la arenga del forense en un encomio sobre el cadáver sangrante del finado (un Antonio digno de tal César), y la atroz y nauseabunda cháchara de una degradada tropa de conspiradores contra todo lo que es sincero u honorable. A su muerte, él era inevitablemente una o dos cosas por ley –un felón o un majadero– y en ninguno de los casos idóneo para el panegírico. En vida fue todo lo que el mundo sabe y la mitad del mismo sentirá en los próximos años, a menos que su muerte se demuestre una «lección moral» para todos los sejanos de Europa. Puede al menos servir como consuelo a las naciones que sus opresores no sean felices y que en algunas ocasiones juzguen tan justamente sus propias acciones como para anticipar la sentencia de la humanidad. No hablemos más de este hombre; y que Irlanda saque las cenizas de su Grattan del santuario de Westminster. ¡Que el patriota de la humanidad repose como el Werther de la política!

Con respecto a las objeciones que se han hecho en otro golpe a los ya publicados cantos de este poema, me conformo con dos citas de Voltaire: «La pudeur s'est enfuite des coeurs, et s'est réfugiée sur les lèvres». «Plus les moeurs sont dépravées, plus les expressions deviennent mesurées; on croit regagner en langage ce qu'on a perdu en vertu».

Este es el hecho incontrovertible, tal y como puede aplicarse a la masa degradada e hipócrita que hace fermentar a la presente generación inglesa, y esa es la única respuesta que se merecen. El manido y generoso título de blasfemo –que, con radical, liberal, jacobino, reformista, etc., conforman los cambios que los mercenarios hacen sonar cada día en los oídos de los que quieren oír– debe ser aceptado por todos aquellos que recuerdan a quien fue por primera vez concedido. Sócrates y Jesucristo fueron condenados a muerte públicamente por blasfemos, y también lo han sido y lo serán los muchos que se atrevan a resistir los más infames abusos en nombre de Dios o del espíritu del hombre. Mas la persecución no es refutación, ni siquiera triunfo; el «condenado infiel», como se le llama, probablemente sea más feliz en su cárcel que el más soberbio de sus agresores. No tengo nada que ver con sus opiniones –pueden ser acertadas o equivocadas–, pero aquel ha padecido por ellas y ese sufrimiento, por mor de la conciencia, hará más prosélitos del deísmo que el ejemplo de prelados heterodoxos podría hacerlos de la cristiandad, estadistas suicidas de la opresión y homicidas con sobresueldo de la alianza impía que insulta al mundo con el nombre de ¡«Sagrado»! No albergo ningún deseo de pisotear a los desgraciados o a los muertos; pero estaría bien que los adherentes a las clases de las que esas personas surgieron rebajen un poco la cháchara que constituye el vicio gritón de esta época desleal y mendaz de saqueadores egoístas, y... pero ya basta por el momento.

CANTO VI

1 «Hay en los asuntos masculinos una marea
que tomada en pleamar...», ya sabéis el resto,
y muchos lo hemos vivido alguna vez;
al menos así lo creemos, aunque pocos capten
la ocasión salvo cuando ya es muy tarde.
Pero sin duda todo pasa por algo,
de lo que la señal más clara está al final;
cuando las cosas están peor a veces se arreglan.

2 «Hay en los asuntos femeninos una marea
que tomada en pleamar lleva...» Dios sabe dónde.
Deben ser esos navegantes hábiles marinos
cuyas cartas describen las corrientes con detalle.
Ni aun las ensoñaciones de Jacob Behmen
con sus reflujos y remolinos podrán compararse.
Con su cabeza los hombres piensan así o asá,
¡con sus corazones las mujeres o Dios sabe con qué!

3 Y aun una decidida, cabezota, absoluta ella,
joven, hermosa y osada arriesgaría
una corona, el mundo, el universo
por ser amada a su manera, y antes sacaría
las estrellas del cielo que dejar de ser
libre como las olas cuando sopla el viento.
Aunque esa fuera el diablo (si existiera),
muchos por ella se harían maniqueos.

4 Tronos, mundos, etcétera, son tan a menudo
turbados por la más común ambición que al ver
cómo la pasión hace lo mismo, pronto olvidamos
o al menos perdonamos la racha amorosa.
Si Antonio es aún recordado, su nombre
no se oye por sus grandes conquistas,
pues Accio se perdió; los ojos de Cleopatra
superan las victorias del César.

5 Él murió a los cincuenta por reina de cuarenta;
ojalá sus edades hubieran sido quince y veinte,
pues entonces riquezas, reinos y mundos no son
sino deportes. Cuando yo aún no contaba
con mundos que perder, recuerdo haber dado
por mi cortejo eso que tenía: un corazón. Y a medida
que el mundo iba, di lo que este valía; y los mundos
nunca me devolvieron lo sentimientos quemados.

6 Era el «mito» del niño y como el de la «viuda»,
si no ahora, quizá pueda ser ponderado luego;
pero si esas cosas pesan o no pesan,
quienes hayan amado o aman concederán
que la vida no tiene nada igual. Dios es amor,
dicen, y el amor es un Dios, o lo fue antes
de que la frente terrena se arrugara con vicios
y llantos de… mas la cronología sabe mejor los años.

7 A nuestro héroe y tercera heroína los dejamos
en un estado más incómodo que insólito,
pues los señores deben a veces jugarse
la piel por esa triste tentación, la vetada mujer.
Los sultanes detestan ese tipo de pecado
y no están de acuerdo con el sabio romano,
el heroico, estoico Catón, el sentencioso,
que a su amigo Hortensio su señora prestó.

8 Ya sé que Gulbeyaz estuvo muy mal;
lo reconozco, lo deploro y lo condeno,
pero detesto la ficción incluso cantando
así que se debe decir la verdad, aunque duela.
Siendo su razón débil y fuertes sus pasiones,
creía que el corazón de su amo (por suyo lo tenía)
apenas le bastaba, pues él tenía cincuenta y nueve
años y concubinas, mil quinientas.

9 Yo no soy, como Casio, «un aritmético»,
mas por la «teoría libresca» parece,
si es que con precisión femenina se cuenta,
que al añadir a la suma la edad de Su Alteza,
la bella sultana pecó de inanición;
si el sultán era justo con todas sus queridas,
ella tan solo podía reclamar una parte
entre mil y quinientas de su monopolio: el corazón.

10 Se conoce que son litigantes las damas
sobre toda cuestión legal de posesión
y no lo son menos cuando salen religiosas,
ello duplica su idea de transgresión.
Con pleitos y demandas nos acosan,
los tribunales lo muestran en tantas sesiones,
cuando sospechan que alguien se lleva algo
de aquello que por ley herederas se reconocen.

11 Si esto funciona en tierra cristiana,
las paganas también, aunque a menor
latitud, son capaces de llevarlo con mano
altiva y adoptar eso que los reyes llaman
«actitud imponente» por sus derechos conyugales,
cuando esos feudales maridos las tratan mal.
Y si cuatro esposas dan cuádruples quejas,
el Tigris tiene sus celos, como el Támesis.

12 Gulbeyaz era la cuarta y (como ya dije)
la favorita, mas ¿qué favor hay entre cuatro?
Bien puede verse la poligamia con horror,
como pecado pero igual como latazo.
Muchos sabios casados con una moderada
apenas hallarían filosofía para más;
y todos (salvo los mahometanos) se abstienen
de convertir el diván nupcial una «cama de Ware».

13 Su Alteza, la más sublime de la humanidad,
tan elegante según los patrones usuales
de los monarcas, hasta que son enviados
a esos tristes gusanos hambrientos los jacobinos,
que se han zampado a los reyes más soberbios,
Su Alteza contempló el encanto de Gulbeyaz,
y esperaba la usual bienvenida de amante
(«Recepción de las Highland» por todo lo alto).

14 Mas aquí deberíamos distinguir, pues aunque
besos, dulces palabras, abrazos y todo eso
puedan parecer lo que es, ni aquí ni allá
se ponen así de fácil como un sombrero,
o mejor un tocado, propio del bello sexo,
arreglados cabeza o corazón para decorar,
formando un ornamento, pero sin ser
más de la testa que las caricias del corazón.

15 Un ligero rubor, un temblor dulce,
un calmo y gentil gozo femenino,
más vivo aún en los párpados que en los ojos,
resignado a ocultar aquello que ignoto
da placer, son las mejores pruebas (para mente
modesta) del amor, sentado en su trono
más bonito, el pecho sincero de mujer,
pues sobre el calor o el frío la magia se disipa.

16 Mucho calor, si falso, es peor que la verdad.
Si verdadero, no es gran arriendo de su fuego,
pues nadie, salvo en su temprana juventud,
querría (me parece) librarlo todo al deseo,
que no es sino vínculo precario en realidad
y presto a ser transferido al primer postor
a cualquier precio; mientras que esas otras
damas frígidas, por otro lado, parecen tontas.

17 Y es que su mal gusto no les perdonamos,
pues eso les parece a amantes raudos o lentos,
que mutua llama se darían sin pensarlo
para ver el fulgor de su amorosa pasión,
aun si a la amante de san Francisco invitaran,
aquella concubina monástica de nieve.
En fin, la máxima para la amorosa tribu
es horaciana: *medio tu tutissimus ibis*.

18 El *tu* es un exceso, mas dejémoslo, el verso
así lo exige, es decir, la poesía inglesa
y no el ejemplo de los viejos hexámetros.
No hay después de todo música ni tempo
en el último verso, que no puede ser peor,
y se calzó para cerrar el repique de la octava.
Ya sé que no hay prosodia que lo acepte
como regla, mas sí la verdad, si la traduces.

19 Si por su parte la bella Gulbeyaz se pasó,
yo no lo sé; el caso es que funcionó,
y es importante el éxito, en el corazón
igual que en otras prendas femeninas.
El amor propio del hombre bate el arte
de ellas. Mienten, mentimos mas también
amamos y ninguna virtud salvo el hambre
acabaría con el vicio nefando de la propagación.

20 Dejemos a esta regia pareja descansar;
un lecho no es un trono, que duerman,
sean cuales sean sus sueños, tristes o felices.
Pero desengañados gozos son pesares tan hondos
como cualquiera que sufra mezcla humana.
Lloramos nuestras más nimias desdichas;
pero es el vil goteo diario que desgasta
el alma (cual la piedra) con insignificancias.

21 Una mujer gruñona, un hijo hosco, una cuenta
por pagar, impagada, protestada o rebajada
un tanto por cien, un niño cruzado, un perro
enfermo o un caballo cojo al ser montado,
una mala anciana haciendo un testamento peor
que te deja en rojo el metálico que dabas
por seguro; son todo menudencias y sin embargo
nunca he visto a nadie no preocuparse por ellas.

22 Soy un filósofo; ¡malditos sean todos!
Facturas, bestias, hombres y no, ¡*no* la feminidad!
Con un insulto bien cordial aireo mi bilis
y así mi estoicismo nada deja atrás
que pueda llamar malo o dañino,
y puedo toda mi alma a la mente dar;
aunque lo que sea alma o mente, su origen
y desarrollo, yo no lo sé; al diablo con las dos.

23 Después de repudiarlo todo, qué alivio,
como al leer la maldición de Atanasio,
que tanto placer da al creyente verdadero.
Dudo que nadie pueda hacerlo peor
con su más duro enemigo en las rodillas;
es demasiado sentencioso, seguro y terso
y decora *The Book of Common Prayer*,
igual que un arcoíris el aire tan claro.

24 Gulbeyaz y su amo estaban durmiendo, o
al menos uno de ellos. ¡Ah la densa noche!
Cuando arteras esposas que aman a soltero
yacen airadas y suspiran por la luz
de la mañana gris y en vano espían
su centelleo a través de la trama en penumbra,
y se revuelven, se caen, dormitan, reviven y tiemblan,
por si su demasiada lícita mitad se despierta.

25 Bajo el dosel del cielo están estos,
aunque también bajo el de lechos
con cuatro postes y cortinas de seda,
hechos para que ricos con sus novias se acuesten
en sábanas tan blancas cual eso que los bardos
llaman «montón de nieve». Todo es azar al casarse.
Era emperatriz Gulbeyaz, mas habría sido
mísera igual como furcia de campesino.

26 Don Juan con ese disfraz femenino
y la gran variedad de damiselas
se habían inclinado ante los ojos imperiales
y tras la orden usual se habían retirado
a sus estancias, esas largas galerías
del serrallo ahí donde las damas reposan
sus delicados miembros, mil pechos
latiendo por amor, aves en jaulas sin aire.

27 Amo ese sexo y a veces quisiera revertir
el sueño del tirano de que «la humanidad
tuviera un solo cuello para cortarle la cabeza».
Mi deseo es también ambicioso, mas no tan
malo y más tierno en general que fiero,
siendo (no ahora, solo de chaval)
que la feminidad tuviera una sola boca
rosada y besarlas de norte a sur a todas.

28 ¡Oh envidiable Briareo con tus manos
y cabezas, si todo lo tuvieras multiplicado
en esa proporción! Mas mi musa resiste
la gigante idea de ser la novia de un Titán
o de viajar por tierras patagónicas.
Así que volvamos a Lilliput y guiemos
a nuestro héroe por ese laberinto del amor
en el que lo dejamos unos versos atrás.

29 Con las hermosas odaliscas se fue,
a la señal convenida se unió a su comitiva.
Y aunque sin duda corrió muchos riesgos,
a veces no conseguía evitar, por cierto
(aunque las consecuencias de esos cacheos
son aún peores que los daños que sufren
hombres en la moral Inglaterra, donde se grava),
con los ojos comérselas del pecho a la espalda.

30 Mas su disfraz no olvidaba. A lo largo
de las galerías y las estancias iban,
en virginal y edificante comparsa,
con eunucos a cada lado y a la cabeza
la escolta de una dama, que mantenía
el orden en las filas, no se movieran o hablaran
sin su sanción en su desfile de niñas.
Su título era «Madre de las Doncellas».

31 Si ella era madre, yo no lo sé, ni si ellas
eran doncellas llamando a su madre,
mas ese era su título del serrallo, obtenido
no sé cómo, mas válido como cualquiera.
Cantemir lo sabrá, o si no De Tott.
Su misión consistía en mantener a raya
o sofocar las malas tendencias en mil quinientas
jóvenes castigándolas si erraban.

32 Una notable sinecura, sin duda, pero
más fácil por la ausencia de hombres,
salvo Su Majestad, quien con su ayuda,
guardias, cerrojos, muros y de vez en cuando
un simple ejemplo, solo para proyectar
sombra en el resto, ayudaron a mantener
esa guarida de bellezas cual convento italiano,
donde toda pasión solo tiene, *hélas*, un respiradero.

33 ¿Y qué es eso? Devoción, sin duda. ¿Cómo
osas preguntar eso? Mas debemos seguir.
Como decía, esa estupenda hilera
de señoras de todos los países a merced
de un solo buen hombre, a paso señorial y lento,
cual nenúfares flotando en un riachuelo
(o más bien lago, los ríos no van lentos),
a ritmo iban de doncellas melancólicas.

34 Pero cuando llegaron a sus apartamentos, ahí
cual pájaros o niños o lunáticos rompieron filas,
las olas en marea viva o mujeres por doquier
cuando se libran de lazos (bastante inútiles
después de todo), o cual irlandés en una feria,
sin sus guardias, como si fuera una tregua
pactada entre ellas y el cautiverio, empezaron
a cantar, bailotear, charlar, sonreír y jugar.

35 Por supuesto hablaban mucho de la nueva,
su tipo, su cabello, su aire, su todo.
Unas creían que el vestido no le sentaba bien,
o se extrañaban de que no llevara pendientes;
otras decían que su edad al verano se acercaba,
las demás sostenían que a la primavera;
algunas la veían masculina de estatura,
mientras deseaban otras que en verdad lo fuera.

36 Mas ninguna dudaba en general de que fuera
eso que su vestido decía, una damisela bella
y fresca y «en extremo hermosa»
que con las dulces georgianas se comparaba.
Se preguntaban cómo Gulbeyaz podía ser
tan tonta y comprar esclavas que pudieran
(si se cansaba Su Alteza de su novia)
compartir trono, poder y todo lo demás.

37 Pero lo más raro en esa virginal pandilla,
aunque bastaba su belleza para irritar,
tras el primer vistazo inquiridor,
todas hallaron pocas, o menos, manchas
en la bella forma de su nueva compañera
de lo que es usual en el dulce sexo
cuando tasan con ojos cristianos o paganos
en un nuevo rostro a «la más fea de las criaturas».

38 Y así tenían ellas sus pequeños celos
cual todas las demás; pero en estas ocasión,
si hay cosas tales como las simpatías
sin nuestra aprobación o conocimiento,
aunque ver no pudieran a través de su disfraz,
todas sintieron una dulce conexión,
un magnetismo o malditismo,
como queráis llamarlo, no lo discutiré.

39 Pero sin duda todas sintieron por su nueva
compañera algo aún más nuevo, cual si fuera
una amistad sentimental de pleno,
pura en extremo, que coincidir las hacía
en el deseo de que fuera su hermana, salvo
unas pocas que la querían como hermano,
al que, si fueran de la dulce Circasia,
preferirían en lugar del padishá o pachá.

40 Entre las que tenían más genio para esta
especie de amistad sentimental, había tres,
Lolah, Kantika y Dudù. En breve
(para evitar descripciones), bellas eran
cual bella es la belleza, según fieles testigos,
aunque distintas de estatura y grado,
de clima, tiempo, país y complexión.
Por igual admiraban todas su nueva conexión.

41 Oscura era Lolah como la India y tan cálida;
Kantika era georgiana, blanca y colorada,
con grandes ojos azules, lindos brazos y manos
y unos pies tan pequeños que no parecían hollar
sino solo rozar la tierra; mientras la forma de Dudù
más adecuada parecía para estar en la cama,
siendo algo así como alta, lánguida y lenta,
aunque de una belleza que te volvía majara.

42 Parecía Dudù una Venus soñolienta,
mas presta a «asesinar el sueño» en quienes
contemplaran el tono sublime de su tez,
su frente ática y esa nariz de Fidias.
Había pocos ángulos en su forma, cierto;
podría haber sido más delgada sin perder,
pero sería sorprendente constatar cuántos
encantos llegaría a arruinar la delgadez.

43 No era bruscamente vivaz, pero
te robaba el espíritu como alba de mayo.
No eran sus ojos muy brillantes, mas
medio cerrados fundían a los mirones.
Parecía (es símil muy original) cortada
en mármol, como la estatua del Pigmalión
andando, lo mortal y lo humano aún en pugna
y hacia la vida expandiéndose con timidez.

44 Preguntó Lolah por el nombre de la nueva.
«Juana». Bien, un bonito nombre.
Katinka preguntó también de dónde venía.
«De España». «¿Dónde está España?». «¡Calla
y tu ignorancia georgiana no exhibas, vergüenza!»,
le dijo Lolah con un acento bastante áspero
a la pobre Katinka. «España es una isla cerca
de Marruecos entre Egipto y Tánger».

45 Dudù no dijo nada, pero se sentó al lado
de Juana, jugueteando con su velo y cabello;
y suspiraba mirándola fijamente,
como si por estar ahí la compadeciera,
una bella extranjera sin guía ni amigo
y avergonzadas todas por la mirada general
que a desdichados extraños recibe por doquier
con amables palabras sobre su cara y porte.

46 Pero llegó la Madre de las Doncellas
con, «Damas, es hora de ir a descansar.
No sé muy bien qué hacer contigo, querida»,
le dijo a Juana, su nueva huésped.
«Tu llegada ha sido algo inesperada
y están todos los divanes ocupados. Mejor
compartirás el mío, mañana temprano
lo dispondremos todo para ti como toca».

47 Aquí Lolah intervino, «Mamá, ya sabes
que tú no duermes bien, y no aguanto
que nadie te moleste así. Ya me ocupo
yo de Juana, las dos somos delgadas
y la mitad de vos hacemos. No digáis no
y yo de vuestro cuidado me encargo».
Mas aquí interfirió Katinka y dijo
que ella también tenía cama y compasión.

48 «Además, odio dormir a solas», dijo ella.
Se extrañó la matrona. «¿Por qué?». «Fantasmas»,
le contestó Katinka. «Siempre creo ver
un fantasma en cada uno de los postes;
y luego tengo los peores sueños posibles
de guebres, *giaours* y *ginns* y hordas de *gouls*».
La dama replicó, «Entre tus sueños y tú,
me temo que sean pocos los sueños de Juana.

49 »Tú, Lolah, puedes seguir yaciendo a solas,
por razones que no importan. Tú lo mismo,
Katinka, hasta dentro de un tiempo;
así que pondré a Juana con Dudù,
inofensiva, serena, callada y tímida,
ella no hablará y se moverá toda la noche.
¿Qué dices, niña?». Dudù no dijo nada, pues
de clase silenciosa eran sus talentos.

50 Pero se levantó y besó a la matrona
entre los ojos y a Lolah en las mejillas,
y a Katinka igual; y con suave saludo
(no hacen reverencias los griegos ni los turcos)
agarró a Juana de la mano para enseñarle
su lugar de descanso, dejando a las dos
contrariadas, con mal gesto por la elección
de la matrona, mas por deferencia callaron.

51 Era una espaciosa estancia (*oda* es
el nombre turco) y dispuestos en la pared
había divanes, aseos y mucho más podría
yo describir, puesto que todo lo he visto;
pero es suficiente, poco estaba mal.
Era en general una sala bien equipada
con todo lo que quieren las damas, salvo
una o dos cosas, más cerca de lo que pensaban.

52 Dudù, como se ha dicho, era dulce criatura,
no muy elegante mas favorecida en extremo
por los encantos faciales más simétricos,
que los pintores no pueden captar cual caras
contra la proporción; los brutos rasgos naturales
que enseguida describen al principio,
llenos de expresión, bien o mal, impactan,
y gusten o no gusten aún son un parecido.

53 Mas era ella un suave paisaje de tierra leve,
donde era todo armonía y calma y quietud,
exuberante, incipiente, animada sin júbilo,
algo que si no es felicidad se le acerca más
que todas las tremendas pasiones y eso
que algunos llaman «lo sublime». Pruébenlo.
He visto tempestades de mujer y de mar
y más me apiado de amantes que de marinos.

54 Pero más reflexiva era ella que melancólica
y más que reflexiva, seria, y serena
podía ser más que nada. No eran profanas
sus ideas, al menos hasta ahora, parecía.
Siendo bella, lo raro era su inconciencia,
aunque tuviera ya los diecisiete,
de ser linda u hosca o baja o alta;
nunca pensaba en ella para nada.

55 Y por tanto, era ella amable y gentil cual
la edad de oro (cuando el oro era aún ignoto,
se generalizó por ello su nomenclatura;
mostrándose de forma más apropiada
Lucus a non lucendo, no lo que fue,
sino lo que no fue, un tipo de estilo
muy habitual en esta época, cuyo metal
el diablo descompone sin saber arreglarlo.

56 Yo diría que es de latón corintio,
una mezcla de todos los metales, pero
de latón sobre todo). Amable lector,
sáltate este largo paréntesis (no podría
cerrarlo antes por mi alma) y cuenta
mis faltas aun con las tuyas, es decir, pon,
en ellas y en mí, una suerte de constructo,
mas no lo harás. No lo hagas. Menos libre no soy yo.

57 Es hora de volver a la simple narración,
y así mi historia continúa. Dudù
con amabilidades sin ostentación alguna
mostró a Juan o a Juana de principio a fin
el laberinto de las hembras, y cada estación
describió –cosa rara– con pocas palabras.
No tengo sino un símil, pero es tonto,
para mujer callada, que es trueno silencioso.

58 Y luego le dio a ella (digo *ella*, porque
el género era aún epiceno, al menos
en el exterior, que es cláusula de reserva)
resumen de los hábitos de Oriente,
con su integridad casta de leyes,
por las que un harén más se incrementa,
las más estrictas sin dudan fomentan
los deberes vestales de bellezas supremas.

59 Y entonces le dio a Juana un casto beso.
A Dudù le gustaba besar, algo que nadie,
estoy seguro, puede tomarse a mal,
porque si es puro resulta agradable,
y entre hembras no supone más que eso:
que nada tienen cerca mejor o más nuevo.
Con «embeleso» rima «beso» y también verso;
ojalá no llevara a nada más feo.

60 Con perfecta inocencia ella entonces
se desvistió, algo fácil, pues era
una criatura natural, ataviada sin cuidado.
Si quisiera admirarse furtiva en el espejo,
sería cual cervata presumida que en el lago
contempla cómo pasa su imagen tímida,
umbría, cuando se asusta y se vuelve a espiar,
admirando en lo hondo a esta nueva nativa.

61 Y una a una sus prendas de ropa
se fueron apartando, no sin antes ofrecer
su ayuda a la bella Juana, cuyo exceso
de humildad declinó la asistencia propuesta,
que encajó bien, ya que otra no tenía,
aunque sufrió bastante por esta cortesía,
pinchándose los dedos con esos broches
malditos hechos para nuestros vicios,

62 y que de la mujer hacen un puercoespín,
de manoseo imposible. Pero aún sufre más,
oh sí, aquel cuyo destino, cual fue el mío
en mi temprana juventud, consiste en convertir
a dama en doncella. Hice lo mejor que supe
para sobresalir disfrazándola para el baile.
Había broches suficientes, pero no todos
estaban bien fijados en el lugar adecuado.

63 Pero son estas cosas tontas para el sabio
y yo amo la sapiencia mas que ella a mí.
Tiendo a filosofar sobre muchas cosas
variadas, desde un árbol a un tirano,
pero Sabiduría, virgen soltera, siempre vuela.
Qué somos y de dónde venimos, qué será
nuestra existencia postrera, qué es el presente,
cuestiones son sin respuesta mas sin fin.

64 Se hizo hondo silencio en la estancia. Tenues
y separadas entre sí ardían las luces
y el sueño planeaba sobre los dulces miembros
de las hermosas ocupantes. Si hubiera duendes,
habrían irrumpido en su briosa esbeltez,
mudándose de esos lugares sepulcrales
y mostrándose cual espectros de mejor gusto
que al hechizar viejas ruinas o piedras salvajes.

65 Muchas y bellas yacían alrededor,
cual flores de distinto tono, clima y raíz
en un jardín exótico a veces hallado,
con costo, mimo y calor inducían al disparo.
Una con sus ligeras trenzas caoba
y bella frente menguante, cual fruta
pendiente de la rama, dormía con resuello
leve y labios abiertos, visibles las perlas adentro.

66 Otra con su mejilla ardiente en su blanco
brazo y ricitos azabache en negra mata
sobre su ceño soñaba leve y cálida
y sonreía en sus sueños, cual la luna
a través de una nube, medio desvelado
el embrujo siguiente, trémulo de nieve,
sus bellezas cazaban la hora inconsciente
de la noche, luchando tímidas por la luz.

67 No hay amaño, aunque lo parezca, pues
era de noche, mas había lámparas, ya se dijo.
Una tercera de pálido aspecto ofrecía más
los rasgos de durmiente dolor, y delataba
con pecho jadeante el sueño de costa lejana,
amada y odiada, mientras lentas caían
(cual rocío nocturno en ciprés tiñe brillando
la oscura rama) lágrimas del negro borde de sus ojos.

68 Una cuarta cual mármol, estatuaria y quieta,
yacía en sueño sin resuello, hondo y pétreo,
blanca, fría y pura, cual helado arroyo
o minarete nevado en cumbre alpina,
o la mujer de Lot hecha sal; o lo que queráis.
Mis símiles se apilan en montón,
elegid y escoged, quizá os baste
una dama esculpida en monumento.

69 Y ¡oh!, se ve una quinta, ¿y quién es?
una dama de «cierta edad», que significa
de edad muy cierta; qué años tendría
no lo sé, nunca cuento más de veinte.
Mas ahí dormía, no tan bella de ver
como antes del terrible periodo efectivo
que a hombres y mujeres deja en el estante
para reflexionar sobre sus faltas y personaje.

70 ¿Y cómo entretanto durmió o soñó Dudù?
Con estricta pesquisa nunca lo sabría
y desdeño añadir una sílaba mendaz. Pero
finalizaba casi la guardia de medianoche,
justo cuando las luces decaían tenues y azules
y se cernían los fantasmas, o lo parecían,
sobre aquellos que gustan de su compañía,
cuando en el cuarto de pronto ella gritó,

71 y tan fuerte que sobresaltó a toda
la *oda* en general conmoción.
Matronas y doncellas y aquellas que nunca
llamaríais así vinieron cual olas en tropel,
unas sobre las otras a través de la sala,
trémulas todas, preguntándose, sin tener
ni idea como yo, qué habría causado
el turbulento despertar de la dulce Dudù.

72 Mas bien despierta estaba, y en torno
a su cama, con ropas flotantes y pelo suelto,
con ojos ávidos y leve pero veloz paso,
y pechos, brazos y tobillos luciendo desnudos
y rutilantes cual meteoro salido
del Polo Norte, inquirían ellas el porqué,
pues parecía agitada, con rubor y asustada,
dilatados los ojos y el color subido.

73 Pero lo raro –y prueba fehaciente de cuán
bendito es el buen sueño– es que yacía Juana
fija como jamás marido con su pareja
en santo matrimonio ha roncado.
Ni todo ese clamor rompió su feliz estado
de sueño, antes de ser sacudida; lo hicieron
al fin y entonces abrió ella también los ojos
y bostezó bastante con discreta sorpresa.

74 Y ahí empezó una pesquisa severa,
que como hablaban todas a la vez y más,
conjeturando, indagando, exigiendo relato,
tanto podía azorar a listo como a burro
contestar con muy clara oración.
Dudù nunca había pasado por tonta
pero no siendo «orador como Bruto»,
no pudo al principio decir qué pasó.

75 Al final dijo que durmiendo profundo
soñó que caminaba por un bosque,
una «selva oscura» cual esa en la que Dante
se halló a sí mismo en la edad de bienes,
casa del medio de la vía vital, donde damas
virtuosas corren menos riesgo que rudos amantes,
y que ese bosque lleno estaba de frutos sabrosos
y árboles de gran fertilidad y largas raíces.

76 Y en medio de un dorado manzano crecía
el fruto más prodigioso, pero colgaba
tan distante y alto que ella no dejaba
de mirarlo y ansiosa luego lanzó piedras
y todo lo que encontrar pudo para
hacer caer el fruto, que aún colgaba
perverso de su rama y a la vista pendía,
mas siempre a una altura enervante.

77 Y cuando menos lo esperaba de pronto
cayó por su propio peso ante
sus pies; y su primer impulso fue parar
y recogerlo y morderlo hasta el hueso;
que justo cuando su joven labio empezó
a abrirse al fruto dorado que la visión trajo,
una abeja salió volando y le pinchó el corazón,
y que se despertó así con gritos y sobresaltos.

78 Y esto contó con cierta confusión y desmayo,
habitual consecuencia de sueños
desagradables, sin nadie a mano
para explicar sus vanos y visionarios brillos.
Sé de algunos que parecen haberse planeado
cual profecías, o que uno juzga
«una extraña coincidencia», por usar una frase
con la que estas cosas se arreglan hoy en día.

79 Las damiselas, que mal habían pensado
y como suele ocurrir tras el miedo, empezaron
a protestar un poco por la falsa alarma
que había roto por nada su sueño en calma.
La matrona estaba también furiosa por dejar
el calor de su lecho y tener que oír ese sueño
y regañó a Dudù, que solo suspiró
y dijo que sentía mucho haber gritado.

80 «He oído muchas patrañas como excusas,
pero visiones de manzana y abeja
que nos saquen de nuestro descanso
y expulsen a la *oda* de sus camas a las tres
y media nos haría creer que la luna está llena.
¡No te encuentras bien, niña! Debemos ver
mañana qué dice el médico de Su Alteza
acerca de esta visión histérica.

81 »¡Y también pobre Juana! ¡La primera noche
de la chica entre estos muros turbada
por este ruido! Creí hacer lo correcto
al no dejar que esta foránea durmiera sola,
y por ser la más mansa, podría contigo,
Dudù, un buen descanso haber conocido.
Pero ahora debo transferirla al cuidado
de Lolah, aunque no sea su diván tan grande».

82 Los ojos le brillaron a Lolah con la idea,
mas la pobre Dudù con lagrimones
fruto de la visión o reprimenda
imploró que el perdón se le diera
por esta inicial falta y que de ningún modo
(añadió con tono débil y lastimero)
Juana debía ser apartada de ella,
pues sus sueños futuros se dominarían.

83 Prometió no tener nunca más un sueño,
al menos no soñar tan alto como ahora.
Se preguntó cómo podía gritar tanto;
era idiota, nervioso, debía admitirlo,
una alucinación tonta y motivo
de burla. Pero se sintió baja de ánimos
y les pidió disculpas; superaría
esta debilidad en unas horas y se repondría.

84 Y aquí Juana intervino con amabilidad
y dijo que ella se sentía la mar de bien
ahí donde ya estaba, como su sueño hondo
delató al irrumpir todas cual alarma.
No estaba para nada dispuesta
a abandonar a su gentil compañera
y morar lejos de quien no había pecado
más que de haber soñado una vez *mal à propos.*

85 Y así Juana habló, Dudù se volvió
y la cara escondió en el pecho de Juana.
Solo se le vio el cuello, mas pareció
del color de la punta de un capullo de rosa.
No sé decir por qué se ruborizó
ni explicar el misterio del fin del descanso;
todo lo que sé es que los hechos narrados
son tan veraces como lo es la verdad hoy.

86 Así que buenas noches, o buenos días,
si queréis, pues el gallo había cantado, y la luz
empezó a vestir cada colina asiática
y la mezquita en medialuna quería salir
a vista de la larga caravana, que en el frío
del rocío del alba hería lenta cada altura
desplegada en la faja pétrea que ciñe
Asia, ahí donde Kaff a los kurdos abajo mira.

87 Con el primer rayo o gris de la mañana,
se levantó Gulbeyaz sin descanso, y blanca
cual la pasión se alza con el seno herido,
con manto, gema y velo ataviada.
El ruiseñor que canta con la honda espina,
que sitúa la fábula en su pecho gimiente,
es de largo más leve de voz y corazón
que aquellos cuyas pasiones hacen sus dolores.

88 Y esta es la moral de esta composición,
si la gente captara su rumbo verdadero.
Mas *eso* no lo harán sin suspicacia,
porque todo gentil lector tiene el don
de cerrar contra la luz sus globos de visión,
mientras amables escritores gustan de alzar
la voz entre sí, cosa bastante natural;
son demasiados en número para halagarlos.

89 De un lecho de esplendor salió la sultana,
más suave que el más fino de los sibaritas,
que gritaban por ser su sentir demasiado
tierno y no tolerar a su lado diente de hoja;
tan hermosa que apenas el arte podía tocarla,
aunque pálida entre el amor y el orgullo.
Tan agitada estaba ella por su error
que ni siquiera miraba en el espejo.

90 Sobre la misma hora también se levantó,
quizá un poco más tarde, su gran señor,
amo de treinta reinos tan sublimes
y de una esposa por la que era odiado,
algo de mucha menor relevancia en ese clima
–al menos para aquellos cuyos ingresos
pueden llenar el total de su carga conyugal–
que dos mujeres bajo un embargo.

91 Él no pensaba mucho en la cuestión
ni tampoco en ninguna otra. Como hombre
quería tener una bella amante
a mano, cual si fuera un abanico,
y, por lo tanto, buena provisión
de circasianas tenía para después del diván,
aunque un insólito rapto de amor o deber
le hacía ahora gozar de la belleza de su novia.

92 Se levantó entonces, y tras las abluciones
que las costumbres orientales exigen,
y plegarias y otros píos menesteres,
se bebió seis tazas de café como mínimo
y se retiró luego a saber sobre los rusos,
cuyas victorias recién habían aumentado
con Catalina reina, a quien aún se encumbra
como la más grande entre las soberanas putas.

93 ¡Mas oh, tú gran Alejandro legítimo!,
el hijo de su hijo, que esta última frase
no ofenda tus oídos, si te llega, y ahora vagan
las rimas casi tan lejos como Petersburgo
y dan tremendo impulso a cada fuerte meandro
del murmullo de esas grandes olas de la Libertad,
mezclándose su fragor aun con el del Báltico.
Si eres el hijo de tu padre, ya me vale.

94 Llamar criaturas del amor a los hombres
o proclamar a sus madres antípodas de Timón,
el látigo humano, sería una vergüenza,
una calumnia, o lo que os plazca seguir rimando.
Mas los ancestros son el juego de la historia
Y si el desliz de una dama deja un crimen
en las generaciones, me gustaría saber
qué mejor pedigrí habría que mostrar.

95 Si Catalina y el sultán hubieran entendido
sus verdaderos intereses, cosa que los reyes
rara vez saben hasta que lo aprenden
con lecciones brutales, había una forma,
aunque precaria, de hacer las paces, si hubieran
sabido pensar bien sin príncipes ni embajadores:
despidiendo ella a sus guardas y él a su harén
y para los demás asuntos verse y compartirlos.

96 Así las cosas, Su Alteza debía celebrar
su consejo cotidiano sobre formas y medios
de cómo discutir con esta marcial gruñona,
esta moderna amazona y reina de zorras;
y la perplejidad no podía derivarse
de todos los pilares del Estado, que se inclina
a veces un poco pesado en las espaldas
de los que confiar no pueden en más impuestos.

97 Entretanto Gulbeyaz, cuando se fue su rey,
se retiró a su alcoba, dulce espacio
para desayunar o amar, privado, gustoso,
solitario y repleto de todas las amenidades
que honran esos alegres recesos. Piedras
preciosas destellaban en el techo y jarrones
de porcelana contenían flores en hatillo,
esos chupones cautivos de horas de cautiverio.

98 El nácar, con el pórfido y el mármol
competían entre sí en este caro sitio
y aves cantoras afuera se oían trinar
y la vidriera que daba luz a la bella gruta
los rayos transformaba. Mas toda descripción
anula el efecto, así que mejor no ser
demasiado precisos. Un resumen basta,
la imaginación viva del lector hace el resto.

99 Y aquí convocó ella a Baba y requirió
a don Juan en sus manos e información
de lo ocurrido desde el retiro de los esclavos,
y si él había ocupado su puesto,
si las cosas se habían llevado bien
y si se había mantenido su disfraz
con consideración debida y dónde y cómo
había pasado él la noche era lo que más quería saber.

100 Baba algo azorado contestó
a este largo catecismo de preguntas, más
fáciles de hacer que de contestar, que él
trataba siempre de obedecer las órdenes.
Mas parecía que intentaba esconder algo,
que la vacilación, más que ocultar, delataba,
se rascaba la oreja, el infalible recurso
al que la gente en aprietos recurrir suele.

101 Gulbeyaz no era ningún modelo de paciencia,
ni soportaba esperar de hecho o de palabra.
Le gustaban las réplicas rápidas en las charlas
y cuando le vio dando tumbos cual corcel
en sus respuestas le exhortó a ser más claro.
Y como su discurso se hacía aún más confuso,
su tez se le empezó a teñir, los ojos a brillar
y las altivas venas azules de la frente se apagaron.

102 Cuando vio Baba estos síntomas, supo
que no le traerían nada bueno, despreció
su ira y suplicó que le escuchara bien.
Él no podía evitar lo que iba a relatar.
Entonces al final se reveló que a Dudù
Juan se le había confiado, como se sabe,
mas no por culpa de Baba, dijo él, jurando
en la sacra joroba del camello, junto al Corán.

103 La dama principal de la *oda*, en quien
la disciplina de todo el harén recaía,
al regresar a su propia habitación,
pues la función de Baba acabó en la puerta,
todo lo había dispuesto; tampoco podía él
(el susodicho Baba) intentar hacer más
sin levantar sospechas susceptibles
de empeorar las cosas aún más.

104 Esperaba, de hecho estaba seguro
de que Juan no se había traicionado;
y era cierto que pura había sido su conducta,
pues un acto imprudente o estúpido
no tan solo le habría puesto en peligro,
sino que lo habría delatado y expulsado,
siendo arrojado al mar. Habló Baba de todo
salvo del sueño de Dudù, nada cómico.

105 Con discreción esto oculto lo mantuvo
y habló sin pausa y podría haberlo hecho
hasta ahora, pues cualquier respuesta dada
honda angustia en la frente de Gulbeyaz retorcía.
Ceniza se volvió su tez, los oídos le pitaban,
la cabeza le daba vueltas, como tras un golpe,
y el rocío del alma dolida brotaba rápido y frío
sobre su bella frente, cual el del alba sobre el lirio.

106 Aunque no era de las que se desmayaban,
Baba creyó que lo haría, pero ahí erraba;
una convulsión fue tan solo; aunque breve
no puede describirse. Todos hemos oído
y algunos aun sentido qué es estar «despechados»,
cuando las cosas se salen de lo común.
Gulbeyaz demostró en esa fugaz agonía
lo que nunca sabría expresar, ¿cómo podría yo?

107 Se quedó un momento cual pitonisa
en su trípode, agónica y llena
de inspiración obtenida de la angustia
cuando las fibras sensibles cual caballos
salvajes hacen trizas el corazón. Luego
al desacelerar o disminuir su fuerza,
se hundió en su asiento por fases lentas
y humilló su cabeza latente entre las piernas.

108 Su rostro declinaba y no se veía; su pelo
caía en largas trenzas cual sauce llorón,
barriendo el mármol bajo el sitial,
o mejor sofá (pues era todo almohada,
una otomana baja y suave). Y la negra
desesperanza el pecho le recorría cual ola
rompiendo contra la costa, cuyos guijarros
miden su radio lejano pero sufren su naufragio.

109 Caída la cabeza, sus largas trenzas echadas
ocultaban sus rasgos mejor que un velo;
y en la otomana una mano yacía derrotada,
blanca, de cera y pálida cual alabastro.
¡Ojalá fuera yo un pintor para agrupar
todo lo que un poeta arrastra al detalle!
¡Que mis palabras fueran colores! Mas
sus tintes servirán como resúmenes o pistas.

110 Baba, que bien sabía por experiencia
cuándo hablar y cuándo callar, ahora
se mordió la lengua hasta que se calmara
la pasión y tampoco se opuso a su ánimo
taciturno. Al fin ella se levantó y caminó
con lentitud por la sala, mas callada aún,
y su frente se aclaró, no así su triste mirada.
El viento amainó, pero el mar aún rugía.

111 Se paró y levantó la cabeza para hablar,
mas se detuvo y luego se movió rápido
y aminoró, que es la marcha habitual
de la honda emoción. Se puede rastrear
un sentimiento en cada paso, como cuenta
Salustio sobre Catilina, que perseguido
por los demonios de todas las pasiones,
mostraba su efecto incluso en sus andares.

112 Gulbeyaz se paró e hizo un gesto a Baba.
«Trae, esclavo, a los dos», dijo en voz baja,
un tono que a él no le gustaba desafiar,
pero se estremeció y se mostró dispuesto
a parecer reacio y rogó que se aclarara
(aunque bien conocía la respuesta) cuáles
esclavos deseaba Su Alteza indicar,
por temor a cualquier error, como el de antes.

113 «La georgiana y su amante», replicó
la novia imperial y añadió, «preparad
el bote por el lado del secreto portal.
Ya sabéis lo demás». Esto se le atoró
en la garganta a pesar del amor herido
y del fiero orgullo. Y Baba tomó de ello
buena nota y rogó por cada pelo de la barba
de Mahoma que ella revocara la orden dada.

114 «Vuestros deseos son órdenes», dijo él,
«mas, sultana, pensad en las secuelas.
No es que no vaya a cumplir vuestra
voluntad aun en su forma más severa,
pero esas prisas pueden acabar mal
incluso a vuestro cargo imperativo.
No es la destrucción y la denuncia
caso de prematura revelación,

115 »sino el propio sentir. Aun si estuvieran
todos ocultos por las olas, que ya esconden
a más de un pecho roto por amor
profundo en las cavernas de mortal corriente,
vos amáis a este nuevo y aniñado huésped
del serrallo y si este remedio violento
elegís, perdonad mi osadía, os aseguro
que matarlo no es la forma de curaros».

116 «¿Qué sabes tú de amor o sentir? ¡Canalla,
fuera!», gritó ella con ojos ardientes, «y haced
lo que os digo». Baba se esfumó, pues forzar
más todavía su protesta bien sabía él
podía hacer que fuese él su propio Jack Ketch;
y aunque mucho deseaba superar
este extraño percance sin daño a terceros,
prefería aún su propio cuello al de los demás.

117 Y allá que fue a cumplir su encargo,
quejándose y gruñendo en buen turco
contra toda mujer de cualquier condición,
de las sultanas y sus formas, sobre todo,
de su obstinación, orgullo e indecisión,
de su cambio de opinión en dos días,
los problemas que dan, su inmoralidad,
que a diario le hacía bendecir su neutralidad.

118 Y luego pidió ayuda a sus colegas
y envió a uno a buscar a la pareja,
diciendo que debían vestirse bien ya
y sobre todo peinarse hasta el último pelo
y ante la emperatriz ser conducidos,
pues ella amable había inquirido sobre ellos,
ante lo cual Dudù se mostró rara y tonto Juan,
pero enseguida debían ir, quisieran o no.

119 Y aquí los dejo en su preparación
para su audiencia imperial, en la que
si Gulbeyaz mostró piedad con ambos
o se deshizo de golpe de las partes,
cual otras damas furiosas de la nación,
son cosas que por un pelo o una pluma
se deciden, mas lejos de mí anticipar
cómo acaba un capricho femenino.

Por el momento los dejo con buenos deseos,
pero con dudas de su buen hacer, y preparo
otro episodio de la historia, pues los platos
de este nuestro banquete debemos a veces
cambiar y confiando en que Juan, a pesar
de su situación rara e insegura, a los peces
escape. Como esas digresiones son honestas,
la musa dará un pequeño toque de guerra.

CANTO VII

1 ¡Oh amor! ¡Oh gloria!, ¿qué sois volando
a nuestro alrededor siempre, casi sin posaros?
No hay un meteoro en el cielo polar
de mayor vuelo sublime y fugaz.
Helados y a la fría tierra atados, alzamos
la vista en busca de cualquier luz cálida.
Miles y más millares de colores asume ella
para dejarnos luego en nuestra gélida vía.

2 Y tal como son ellos, es esta fábula mía,
una anodina y siempre cambiante rima,
una versificada *aurora borealis*,
que en un baldío clima glacial destella.
Cuando sabemos lo que somos llorarnos
debemos, mas espero que no sea delito
reírse bien de todo, pues quisiera yo saber
¿qué es en fin todo sino un circo?

3 Ellos me acusan –a mí– el presente autor
del presente poema... no sé de qué.
Una tendencia a burlar y subestimar
todo poder humano, la virtud y eso;
y para ello utilizan un lenguaje soez.
¡Dios mío! Me pregunto en qué andarán.
No digo más de lo que se ha dicho
en Dante, en Salomón y en Cervantes,

4 en Swift, Maquiavelo y La Rochefoucault,
en Fénelon, Lutero y Platón,
en Tillotson y Wesley y Rousseau,
que sabía que esta vida no vale un pimiento.
No es culpa suya ni mía si así es.
Por mi parte, no quiero ser Catón
ni aun Diógenes. Vivimos y morimos,
pero qué es mejor, no lo sabéis más que yo.

5 Sócrates dijo que nuestro conocer era
«saber que nada puede saberse», una ciencia
asaz simpática, que a nivel de un burro
pone a cualquier sabio futuro, pasado o actual.
Newton (proverbial mente) declaró, ay,
con todos sus hallazgos recientes,
que él mismo se sentía solo «cual zagal
buscando conchas en el gran océano, la verdad».

6 El Eclesiastés dijo todo es vanidad;
muchos predicadores modernos lo dicen
o bien lo muestran con sus hitos de cristiandad.
Todos en fin lo saben o pronto lo sabrán;
y en esta escena de confesa inanidad general,
de santos, sabios, pastores y poetas,
¿debo librarme por miedo a problemas
de soportar la vacuidad de la vida?

7 Perros u hombres (pues os halago
diciendo que sois perros, son mejores),
podéis leer o no lo que ensayo ahora
para mostraros lo que sois de verdad.
Si no se aquieta la luna para el aullido
de lobos, no hurtará de sus cielos ni un rayo
la genial musa. ¡Aullad pues esa vana ira,
mientras riela ella en vuestro turbio camino!

8 «Amores fieros y guerras desleales», no sé
si es la lectura correcta, pero da igual.
La cuestión es la misma, no hay duda.
Los canto a ambos y a punto estoy de atacar
una ciudad que hizo durar un famoso sitio
y que fue acosada por tierra y mar
por Suvórov o *anglice* Suwarrow,
tan adicto a la sangre cual edil al tuétano.

9 Se llama Izmail la fortaleza y está
en el afluente izquierdo del Danubio,
en la orilla de ese lado, con casas orientales,
pero es igual fortaleza de alto rango,
o lo era al menos, si no ha sido destruida,
algo habitual entre vuestros conquistadores.
Está a unas ochenta verstas sobre el mar
y mide unas trescientas toesas en total.

10 Dentro de la extensión de la fortaleza
hay un distrito dispuesto en la altura
izquierda, que en su punto más elevado
domina la ciudad y ahí encima
un griego había levantado en torno
una cierta cantidad de empalizadas,
puestas para impedir el fuego
de los lugartenientes y asistir el del rival.

11 La circunstancia puede dar noción
de los grandes talentos de este nuevo Vauban.
Mas la zanja abajo era honda como el mar,
la muralla más alta de lo que querríais colgar.
Pero luego había gran falta de precaución
(ruego excuséis esta jerga ingeniera),
obra sin acabar, y ningún paso cubierto
que al menos indicara «vía pública no hay».

12 Sino un bastión de piedra de estrecho cañón
y muros gruesos como cráneos,
dos baterías, cual san Jorge de pies a cabeza,
en casamata una, *à barbette* la otra,
formidables regían la orilla del Danubio,
y veintidós cañones bien puestos
en erizada grada se alzaban a la derecha
de la ciudad, a cuarenta pies de un jinete.

13 Mas desde el río la ciudad está muy abierta,
porque los turcos nunca creyeron
que un bajel ruso pudiera tirar a la vista.
Y tal fue su creencia, hasta que los invadieron,
cuando ya fue tarde para arreglarlo.
Pero como el Danubio no podía vadearse,
miraron la flotilla de Moscú
y tan solo gritaron «¡Alá!» y «¡Bismillah!».

14 Ahora estaban los rusos listos para atacar.
Pero ¡oh diosas de la guerra y la gloria!
¿Cómo escribir el nombre de esos cosacos,
que inmortales serían, si su historia se contara?
Hélas, ¿qué puede faltar a su memoria?
El propio Aquiles no fue más serio y cruel
que miles de esta nueva y pulida nación,
a cuyos nombres solo les falta... pronunciación.

15 Aun así diré algunos, para aumentar
solo nuestra eufonía. Stróganov y Strókonov,
Meknop, Serge Lwow, Arséniev de la moderna
Grecia y Tschitsshakov y Roguenov y Chokenov
y otros cada uno de doce consonantes.
Y más podrían hallarse, si pudiera fisgar
en las gacetas; mas Fama (caprichosa meretriz),
parece oído tener y también trompeta

16 y no puede afinar esos desacordes del relato,
que quizá sean nombres en Moscú, en rimas.
Pero muchos había dignos de conmemoración,
pues siembre hubo virgen del toque nupcial,
palabras dulces ideales para la perorata
de Londonderry, vocalizando contra tiempo,
terminando en *ischskin*, *ousckin*, *iffskchy*, *ouski*,
de los que podemos incluir solo a Rousamouski,

17 Scherematov y Chrematov, Koklophti
Koclobski, Kourakin y Mouskin Pouskin,
todos buenos soldados, siempre burlaban
bien al enemigo y despellejaban con sables.
Poco les importaban Mahoma o los muftíes,
como no fuera para hacer timbales
con sus pellejos, si era caro el pergamino
y ningún sustituto a mano encontraban.

18 Luego extranjeros había de renombre,
de nación varia y todos voluntarios,
sin pelear por su país o su corona,
mas deseando ser brigadieres algún día,
también para poder saquear una ciudad,
pasatiempo agradable para jóvenes.
Entre ellos muchos ingleses blancos,
dieciséis Thomson y diecinueve Smith.

19 Jack Thomson y Bill Thomson, el resto
habían sido llamados Jemmy, por el gran bardo.
Ignoro si tenían armas o escudo,
pero tal padrino era como una tarjeta.
Tres de los Smith eran Peters, mas el mejor
entre ellos, duros golpes daba o repelía,
era él, tan famoso «en áreas campestres
en Halifax», mas ahora servía a los tártaros.

20 El resto eran Jacks y Gills y Willis y Bills;
pero cuando añado que Jack Smith el mayor
nació en Cumberland entre colinas
y que su padre fue un honesto herrero,
ya he dicho todo lo que sé sobre un nombre
que tres líneas llena del despacho para tomar
Schmacksmith, un pueblo del desierto moldavo,
donde cayó, inmortal en un boletín.

21 Me pregunto (aunque es Marte sin duda
un dios que admiro) si el nombre de un hombre
en *boletín* sugiere en su cuerpo una *bala*.
Espero que no sea pecado esta pregunta,
pues, aunque no soy más que un bobo,
creo que un tal Shakespeare pone la misma
idea en boca de alguien en sus obras
con tanto amor que muchos la citan.

22 Había luego franceses, galantes, jóvenes
y alegres, mas soy demasiado patriótico
para honrar sus galos nombres en día glorioso.
Antes diría diez mentiras que una palabra
de verdad. Esas verdades son traición;
a su país traicionan y cual traidores se odian
los que en francés nombran a ingleses, salvo
para mostrar cómo hace la paz John Bull, rival del francés.

23 Los rusos, tras construir dos baterías
en una isla cerca de Izmail, tenían dos salidas.
La primera era bombardearla y derribar
los edificios públicos y aun los privados,
no importa cuántas almas se fueran.
Lo sugirió la forma de la ciudad, cierto;
como en anfiteatro, cada vivienda
presentaba una buena marca para las bombas.

24 El segundo objetivo era aprovechar
el momento de general consternación
para atacar la flotilla turca, que estaba
cerca y tranquila, anclada en su puesto.
Pero un tercer motivo era quizá
amedrentarlos y obligarlos a capitular,
fantasía que a veces cautiva a guerreros,
si no son solo presas como bulldogs y fox terriers.

25 Un hábito bastante censurable, ese
de despreciar a nuestros adversarios,
común en muchos casos, fue en este
la causa de la muerte de Tchitchitzkov y Smith,
uno de los valientes Smith que añoraremos
de entre esos diecinueve que antes rimaban con «pith»;
Mas es un nombre tan extendido en señor
o señora que Adán parece el primer poseedor.

26 Las baterías rusas estaban incompletas,
porque se construyeron deprisa.
Es la misma razón por la que adolece
de pie el verso y nubes se ciernen sobre
Longman y John Murray cuando la venta
de nuevos libros no es tan veloz como quien
los imprime desea, así ello posterga eso
llamado a veces asesinato y otras gloria.

27 Fuera por la idiotez del ingeniero,
sus apuros o pérdidas, no lo sé ni me importa,
o tal vez la codicia de algún contratista
que quería salvar su alma estafando
el bien del homicidio, pero no había solidez
en esas nuevas baterías ahí erigidas.
O bien fallaban o nunca se fallaba en contra
y mucho engrosaban la lista de bajas.

28 Un triste error de cálculo en la distancia
desbarataba todos sus asuntos navales.
Tres brulotes perdieron su feliz existencia
antes de llegar ahí donde podían surtir efecto.
La mecha se encendió muy pronto y nada
pudo remediar este palurdo defecto.
Estalló en medio del río mientras los turcos,
aunque ya amanecía, dormían profundo.

29 Se levantaron a las siete e inspeccionaron
la flota rusa yendo por debajo.
A la nueve, avanzando aún sin fatiga,
a distancia de un cabo los barcos estaban
frente a Izmail y empezó el cañoneo,
contestado con ganas, debo decir,
y por fuego de mosquetería y metralla
y bombas y disparos de toda forma y tamaño.

30 Seis horas aguantaron sin descanso
el fuego turco y ayudados por sus propias
baterías de tierra manejaron bien sus cañones.
Al final vieron que solo el cañoneo
de ningún modo rendiría la ciudad
e hicieron señal de rápida retirada.
Estalló una barca y una segunda cerca
del varadero fue tomada por los turcos.

31 Los musulmanes también habían perdido
flota y hombres, mas cuando vieron la retirada,
sacaron sus *delhis* unos botes y navegaron
y molestaron a los rusos con un fuego duro
y trataron de arribar por el lado principal;
pero aquí el efecto fue menor que su deseo.
El conde Damas les llevó de nuevo al agua
confusamente y con toda una gaceta de matanza.

32 «Si (dice aquí el cronista) pudiera informar
de todo lo que hicieron los rusos ese día,
creo que varios volúmenes se quedarían cortos,
y aún tendría muchas cosas que decir»;
y así no dice nada más, pero rinde homenaje
a algunos extranjeros distinguidos en la refriega:
el príncipe de Ligne y Langeron y Damas,
tan grandes cual los de la rueda de la fama.

33 Siendo este el caso se ve qué es la fama.
Pues de estos tres *preux* caballeros,
¿cuántos lectores comunes tienen idea
de que jamás existieron? Y podrían vivir
aún, nada sabemos. Inestable es el renombre.
Hay incluso fortuna en la fama, admitamos.
Cierto, al príncipe de Ligne sus memorias
el velo del olvido a medias le han quitado.

34 Mas he aquí hombres que lucharon en valientes
acciones con tanto coraje como los héroes,
pero enterrados en ese montón de operaciones
sus nombres pocas veces se hallan ni se buscan.
Así incluso la buena fama sufre contracturas
y puede acabarse antes de lo que debería.
De todas nuestras modernas batallas, apuesto
que ya ni nueve nombres se saben de cada gaceta.

35 En breve, este último ataque, aunque rico
en gloria, demostró que algo fallaba;
y el almirante Ribas (famoso en Rusia)
recomendó vivamente un asalto,
contra el criterio de jóvenes y canosos,
algo que provocó largo debate. Pero callo,
pues si doy los discursos de cada guerrero,
pocos lectores serán capaces de cerrar la brecha.

36 Hubo un hombre, si en realidad lo fue,
no es que su hombría se pusiera en cuestión,
pues si no hubiera sido Hércules, su tiempo
habría sido tan breve en juventud cual fue
la indigestión su último mal, cuando deshecho
y demacrado murió tras un árbol, infeliz
en el suelo de la verde provincia que arruinó
como langosta en la tierra que infecta.

37 Ese era Potemkin, gran cosa en los días
en que el homicidio y el puterío honraban.
Si astros y títulos implicaran gran elogio,
la mitad de su herencia su gloria sería.
Este tipo, de seis pies de altura, podía
despertar fantasías de la misma proporción
en la entonces monarca del pueblo ruso,
que medía hombres cual vosotros torres.

38 Estando todo en suspenso, Ribas envió
un mensajero al príncipe, y consiguió
ordenar los asuntos según su propio deseo.
No puedo contar el modo en que suplicaba,
tenía, en resumen, razones para la alegría.
Las baterías proseguían entretanto
y en el confín del Danubio ochenta cañones
se dispararon fuerte y rápido se contestaron.

39 El día trece, cuando ya parte de las tropas
estaban embarcadas para levantar el sitio,
de sopetón un mensajero dio ánimos nuevos
a todos esos que anhelaban salir en prensa,
como a los diletantes en el arte marcial,
con sus despachos redactados en frase corta
anunciando la unción de ese amante
de comandar batallas, el mariscal de campo Suvórov.

40 La carta de ese príncipe al mismo mariscal
era de un espartano digna, si la causa
hubiera sido propia de buenas personas,
defensa de la ley, la libertad, el país;
mas como era solo hambre de poder para
tenerlo todo bajo control, amerita poco
aplauso salvo por el estilo, que en un tris
decía: «Tomarás Izmail al precio que sea».

41 «Haya luz», dijo Dios, ¡y hubo luz!
«Haya sangre», se dice el hombre, ¡y la hay a mares!
El hágase de esta criatura mimada de la noche
(pues el día nunca vio sus méritos) podría
decretar más mal en una hora de lo que treinta
bellos veranos podrían renovar, aunque fueran
dulces como esos que doraron la fruta del edén,
pues la guerra no solo corta rama sino raíz también.

42 Nuestros amigos los turcos, que empezaron
a señalar la retirada rusa con fuertes «Alá»,
se equivocaron terriblemente. Son pocos
los lentos en creer que su enemigo se bate
(o se ha batido si se insiste en la gramática,
aunque no pienso en ella en caliente),
pero aquí digo que los turcos se equivocaron,
odiando a los cerdos, querían salvar el tocino.

43 Puesto que el día dieciséis al galope
aparecieron dos jinetes, que cosacos
se creyeron un tiempo, hasta verlos cerca.
Llevaban poco equipaje a sus espaldas,
pues no había sino tres camisas entre los dos;
mas cabalgaban sobre jamelgos ucranianos
hasta que al acercarse se reconocieron
como este simple par, Suvórov y su guía.

44 «¡Gran dicha para Londres hoy!», dice un gran bobo
en la iluminación fastuosa de Londres,
algo que para John Bull, vendedor
de crecepelo, es la primera alucinación
de entre todos los sueños. Para que se llenen
de colores las calles, ese sabio (dijo John) rinde
su cartera; su alma, su sentir y aun su insensatez
para gratificar cual gigante polilla este solo sentido.

45 Es raro que luego él «maldiga sus ojos»,
pues están malditos. Ese antaño famoso
perjurio ya no tiene valor para el diablo,
al perder John el uso de ambos. Llama
riqueza a las deudas, paraíso al impuesto;
y a la hambruna con su escuálido tipo
mirándolo a la cara no la examinará,
o jura que Ceres ha engendrado el hambre.

46 Al relato. ¡Gran dicha al campamento!
A los tártaros, rusos, ingleses, franceses, cosacos,
sobre los que brillaba Suvórov cual lámpara
de gas, profetizando luminoso ataque;
o como un fuego fatuo en el pantano húmedo
que al espectador lleva a través del barro,
su luz danzante revoloteaba, siguiéndola
todos los que la veían, bien o mal.

47 Mas las cosas tomaron otro aspecto.
Hubo entusiasmo y mucho aplauso;
saludaron con gracia la tropa y los soldados
y todo presagió fortuna a su causa.
Sacaron un cañón del tamaño del lugar,
montaron escaleras, repararon cosas
en obras anteriores renovadas y pusieron
sacos y todo tipo de buenas máquinas.

48 Así es como el espíritu de una sola mente
hace el de multitudes en un solo sentido,
tal y como se mueven las olas con el viento
o vaga la manada bajo el mando del toro
o cual perrillo que al ciego guía
o como un cabestro que une al rebaño
con tintineos mientras van a pastar;
así es el ímpetu de grandes sobre pequeños.

49 El campamento entero era alegría; diríase
que iban a un convite de boda.
(Esta metáfora, creo, es buena cual ninguna,
puesto que hay discordia tras ambos).
No había ningún chico de las maletas, mas
buscaban peligro y ruina con gran ardor.
¿Y por qué? Porque un raro viejecillo
en mangas de camisa iba a la vanguardia.

50 Pero así era, y todos los preparativos
se hicieron bien rápido. El primer
destacamento de tres columnas tomó
posición y esperó la señal para lanzarse
contra el enemigo. La segunda guarnición
era también de tres columnas con una
sed de gloria ávida de un mar de sangre.
La tercera en dos columnas atacó por la costa.

51 Se dispusieron nuevas baterías, y se convocó
un general consejo, donde unanimidad,
esa extraña en el foro, prevaleció aquí,
como suele pasar en casos muy extremos.
Y una vez disipadas todas las dificultades,
la gloria empezó a despuntar con sublimidad,
mientras Suvórov, decidido a obtenerla,
a sus reclutas enseñaba a usar la bayoneta.

52 Es un hecho real que él, comandante
en jefe, se dignaba en persona a entrenar
al estrafalario escuadrón y podía permitirse
perder el tiempo, tarea más propia de cabo.
Así como una salamandra lactante se echaría
al fuego para tragarlo y nunca se dañaría,
él les enseñaba cómo subir una escalera
(no era la de Jacob) y cruzar una zanja.

53 También vistió, provisional, sacos
como hombres con turbante, cimitarra y daga
y los obligó a cargar con bayoneta
contra los artificios como si fueran turcos.
Y cuando ya estaban bien preparados
en la mímica ya los juzgaba aptos para atacar,
cosa que algunos sabios desdeñaban con sorna;
no contestaba él, mas tomó la ciudad.

54 Muchas cosas estaban así en la vigilia
del asalto, y todo el campo estaba
en severo reposo, algo apenas concebible.
Mas hombres decididos a luchar a las buenas
y a las malas suelen callar cuando creen
que todo está dispuesto. Había poco barullo,
pues algunos pensaban en hogar y amigos
y otros en sí mismos y en el final de la vida.

55 Estaba Suvórov sobre todo en alerta,
sondeando, entrenando, ordenando, bromeando,
pensando, pues el hombre era, convengamos,
algo asombroso más allá de lo que asombra,
héroe, bufón, medio demonio y medio bruto,
rogando, instruyendo, asolando, saqueando,
Marte ahora, luego Momo, y cuando se lanzaba
contra una fortaleza, Arlequín de uniforme.

56 El día antes del asalto, mientras entrenaban
(pues este gran conquistador hacía de cabo),
algunos cosacos rondando cual halcones
un grupo se toparon en una colina al ocaso
y uno de ellos hablaba su lengua bien que mal
(ya era mucho que algo se le entendiera),
mas ya fuera por su voz, habla o maneras,
adivinaron que había luchado bajo su enseña.

57 Por lo que de inmediato y a instancia suya
lo llevaron a él y a sus camaradas al cuartel.
Sus ropas eran musulmanas, pero ya se veía
que se trataba solo de tártaros disfrazados
y que detrás de cada chaleco a la turca
la cristiandad acechaba, algo que regatea
a veces su gracia interna por externo circo
y complica evitar ciertos extraños errores.

58 Suvórov ahí estaba con su camisa
frente a una partida de calmucos, ensayando,
gritando, parodiando, vejando a los muermos
y aleccionando en el noble arte de matar,
pues al juzgar lo humano mera suciedad
el gran filósofo estaba así instilando
sus máximas, que en lógica marcial
hacía de la muerte a una pensión igual.

59 Suvórov, cuando vio a esta compañía
de cosacos y su presa, se giró y les clavó
su adusta frente y mirada hiriente.
«¿De dónde venís?». «De Constantinopla,
cautivos recién huidos», fue la respuesta.
«¿Qué sois?». «Eso que veis». Rápido pasó
este diálogo, pues el que contestó sabía
a quién se dirigía y sus palabras midió.

60 «¿Vuestros nombres?». «El mío Johnson y Juan
el de este mi colega, hay luego dos mujeres
y el tercero no es ni una cosa ni la otra». El jefe
lanzó al grupo una leve mirada y luego dijo
«He oído hablar de ti, es nuevo el segundo.
Traer a esos otros tres aquí era absurdo,
pero que pasen. Creo que oí tu nombre
en el de Nikolaiev». «El mismo».

61 «¿Serviste en Vidin?». «Sí». «¿Dirigiste el ataque?».
«Sí». «¿Y qué más?». «No sé muy bien».
«¿Fuiste el primero en la brecha?». «Al menos
no me quedé atrás de aquellos que lo fueron».
«¿Qué ocurrió?». «Un tiro en la espalda
y acabé prisionero del enemigo».
«Tu venganza tendrás, pues la ciudad rendida
es el doble de fuerte que aquella de tu herida».

62 «¿Dónde quieres servir?». «Donde quieras».
«Sé que te gusta ser de la vana esperanza,
y sería sin duda crucial contra el enemigo,
sabiendo los tormentos que ya has sufrido.
Y este jovenzuelo, decid qué puede hacer,
ahí con ese mentón imberbe y ropas rotas».
«Pues, general, si fuera tan bueno en guerra
como lo es en amor, el asalto liderara».

63 «Lo hará si se atreve». Aquí Juan se inclinó
levemente, según merecía el cumplido. Siguió
Suvórov, «Vuestro viejo regimiento ha sido
por providencia especial autorizado
a liderar mañana, o quizá esta noche, el asalto.
He hecho a santos voto para que en breve
rastra o arado pasen por lo que fue Izmail
y no detenga su diente ni la más alta mezquita.

64 »¡Así que, chicos, a por la gloria!». Aquí se volvió
y peroró en el ruso más clásico,
hasta que cada alto, heroico pecho ardió
por conquista y dinero, como si desde un púlpito
un cura arengara (desdeñando con nobleza
los bienes terrenales salvo los diezmos), animándolos
a asesinar paganos, que resistían, apaleando
tropas de Catalina, emperatriz cristiana.

65 Johnson, que se sabía por el largo coloquio
favorito él mismo, se atrevió a dirigirse
a Suvórov, transido de fuertes énfasis
en esa diversión retomada: «Admito
mi deuda por dejarme morir así
entre los principales, pero si indicáis
con claridad nuestros puestos, mi amigo
y yo sabríamos qué deber cumplir».

66 «Bien. Estaba ocupado y lo olvidé.
Vos iréis con vuestro antiguo cuerpo,
que ya debe velar armas. ¡Eh! Katskov, llévalo».
(Aquí llamó a un polaco sumiso).
«A su puesto te digo, el de Nikolaiev.
El joven mozo puede quedarse aquí;
Es un buen chico. Las mujeres pueden ir
a la otra impedimenta o a la enfermería».

67 Mas aquí se produjo una buena escenita.
Ellas, que no habían sido criadas
para ser ofrecidas de aquel modo nuevo,
aunque su educación en el harén sin duda
implicaba la más veraz de las doctrinas,
la obediencia pasiva, alzaron la cabeza
con ojos chispeantes y lágrimas, estirando
los brazos cual gallinas las alas en sus crías

68 hacia el promocionado par de valientes
que así eran honrados por el más grande jefe
que poblara jamás el infierno con héroes muertos.
O sumergiera una provincia o un reino en dolor.
¡Oh mortales ridículos! ¡Siempre en vano instruidos!
¡Oh glorioso laurel! Por una sola hoja
de tu imaginario árbol inmortal
de sangre y llanto se llena el mar inagotable.

69 Suvórov, que sentía poco aprecio
por el llanto y no mucho amor por la sangre,
inspeccionó a las mujeres con el pelo
recogido, su obvios pesares, con una leve
sombra de afecto; pues aunque el hábito
el corazón de hombres sella contra millones
cuando son carniceros, a veces una simple
pena a los héroes emociona, y eso era Suvórov.

70 Dijo él, y en el tono calmuco más amable,
«¿Cómo diablos, Johnson, has traído mujeres
aquí? Recibirán toda la atención
debida y a resguardo estarán
en los vagones, su único refugio.
Deberías haber sabido
que nunca aumenta este tipo de escuadrón.
Salvo boda anual, odio alistar esposas».

71 «Con la venia de Vuestra Excelencia», replicó
nuestro amigo británico, «son las mujeres
de otros y no las nuestras. Estoy muy capacitado
para servir con mis hermanos soldados
como para romper las reglas y traerme
a la novia aquí. Sé que nada molesta
tanto los corazones de los héroes a la carga
como dejar pequeña familia a distancia.

72 »Mas estas no son sino damas turcas
que nos ayudaron con su sirviente a huir
y nos acompañaron luego a través
de mil peligros de esta dudosa guisa.
Para mí este tipo de vida no es nuevo;
para ellas, pobres, es un extraño apuro.
Si queréis, por tanto, que luche libre
ruego sean las dos tratadas con gentileza».

73 Entretanto esas dos chicas con ojos anegados
parecían dudar de si podían confiar
en sus propios guardianes; ni fue su sorpresa
menor que su pesar (y no menos justa)
al ver a un viejo, más bruto que sabio
en su aspecto, mal vestido, polvoriento,
a pecho descubierto y no muy limpio,
más temible que todos los sultanes vistos.

74 Pues todo parecía depender de su gesto,
como podían leer en toda mirada. Para ellas,
que estaban avezadas, cual Dios,
a ver ornado al sultán con tantas gemas
como imperial pavo real acechando lejos
(esa ave majestuosa, con diadema en la cola)
con esa pompa del poder, era dudoso
cómo podía él mismo arreglárselas sin ello.

75 John Johnson, viendo su extremo disgusto,
aunque poco versado en cuestiones orientales,
sugirió algún leve consuelo a su manera.
Don Juan, que era mucho más sentimental,
juró que le verían cuando amaneciera
o que el ejército ruso lo pagaría;
y por extraño que parezca, hallaron paz
en ello, pues les gusta a las mujeres exagerar.

76 Y así con lágrimas y suspiros y besitos
partieron de momento, esperando aquellos,
previendo cuán inestable es la artillería,
eso que llaman los sabios, azar, Dios o destino
(es la incerteza una de tantas dichas,
una hipoteca en la hacienda humana),
mientras sus buenos amigos se armaron
para quemar una ciudad que nunca los dañó.

77 Suvórov, que lo veía todo en bruto,
siendo él muy basto para verlo en detalle,
que juzgaba la vida como escoria
y cual el viento el llanto de una nación viuda
y que temía tan poco por las bajas de su tropa
(para que sus esfuerzos al fin cundieran)
como mujer y amigos por las furias de Job,
¿qué era para él oír a dos mujeres llorar?

78 Nada. La obra de la gloria proseguía
esos preparativos para un cañoneo
tan espantoso cual el de Ilión,
si Homero hubiera encontrado morteros
recién hechos; en vez de matar al hijo
de Príamo, sin embargo, hubo escalada,
bombas, tambores, cañones, bastiones, baterías, balas,
bayonetas, un léxico duro para suave gola de musa.

79 ¡Oh eterno Homero!, capaz de encantar
a todo oído, aunque largo; a toda edad,
aunque tan breve, ejerciendo solo armas
poéticas, que ya nadie pronto usará,
a menos que la pólvora deje de hacer
tanto mal como esperan todas las cortes,
unidas hoy para acosar a la joven libertad;
mas no hallarán para ella Troya alguna.

80 ¡Oh eterno Homero! Debo ahora pintar
un sitio en el que más hombres murieron
con ingenios más mortíferos y más rápidos
golpes que en tu gaceta griega de esa campaña.
Y en fin como todos debo yo conceder
que competir contigo sería tan en vano
como para un riachuelo lidiar con el océano,
mas los modernos aún en sangre te igualamos.

81 Si no en poesía, en hechos al menos,
y el hecho es la verdad, la gran aspiración,
de la que, aunque describa la musa cada acto,
debería haber siempre un leve sustrato.
Mas la ciudad va a ser ahora atacada;
grandes hazañas se hacen. ¿Cómo las relato?
¡Almas de generales inmortales! Febo mira
cómo se tiñen sus rayos con vuestros despachos.

82 ¡Oh grandes boletines de Bonaparte!
¡Oh menos grandes listas de muertos y heridos!
¡Espectro de Leónidas, que luchó con ardor
cuando mi pobre Grecia fue, como ahora, vencida!
¡Oh *Comentarios* de César! Divulgad,
sombras de gloria (que no me confunda),
una parte de vuestros pálidos tonos del ocaso,
tan bellos, tan fugaces para la musa.

83 Cuando yo llamo «pálida» a la fama marcial,
quiero decir que en cada época y cada año
y casi cada día en triste realidad
algún héroe lactante es obligado a encabritarse,
y cuando conseguimos sumar el total
de hechos de la humana felicidad querida
resulta ser un carnicero con mucha faena,
afligiendo a los jóvenes con una suerte de mareo.

84 Medallas, rangos, galones, lazos, bordados,
cruces son cosas eternas para inmortales,
como la púrpura para la puta de Babilonia.
El uniforme para chicos es como el abanico
para mujeres. No hay lacayo carmesí
que no se vea cual vanguardia de la gloria.
Mas la gloria es la gloria y si queréis saber
qué es eso preguntad al cerdo que ve el viento.

85 Lo siente al menos, y lo ve, según algunos,
pues ante él corre como un cerdo;
o, si esta simple frase no acaba de gustar,
decid que se desliza cual un velero,
una goleta o… mas es hora de aligerar
este canto, no sea que mi musa se canse.
Repicará el próximo para azuzar a la gente
como toque de fuego desde torre campestre.

86 Escuchad, a través del silencio de la fría,
densa noche, rumor de ejércitos preparándose.
Ved cómo negras masas pasan confusas
a lo largo del muro sitiado y la orilla erizada
del río en armas, mientras con luz rezagada
las estrellas espían a través de vahos tenues
y húmedos, en curioso remolino. Pronto el humo
del inframundo con velo más oscuro los cubrirá.

87 Aquí paramos de momento, como aun entonces
esa horrible pausa que divide vida y muerte
pegó un instante en las almas de los hombres,
que a miles exhalaban su último aliento.
Un segundo y todo sería vida de nuevo.
La marcha y la carga, los gritos de cada fe,
¡hurra! y ¡Alá! y un momento más, el grito
de la muerte ahogándose en el fragor de la batalla.

CANTO VIII

1 ¡Oh sangre y truenos! ¡Y oh sangre y heridas!
No son sino vulgares votos, bien lo sabréis,
muy amable lector, y sonidos estruendosos.
Y lo son, pero así es el sueño de la gloria
desvelado, y pues mi musa auténtica ofrece
ahora estas cosas, ya que son su tema,
que sus inspiradores sean. Llamadlos Marte,
Belona, lo que queráis, solo serán guerra.

2 Todo se preparó, fuego, espada, hombres
para blandirlos en terrible variedad.
El ejército cual león de su guarida
avanzaba con nervios y ganas de matar,
una Hidra humana saliendo de su ciénaga
para inhalar destrucción en sinuosa forma
cuyas cabezas eran héroes, cortadas en vano,
pues de inmediato crecían otras.

3 La historia solo puede tomar las cosas
en general, si supiéramos el detalle, quizá
al calcular ganancia y pérdida, el mérito
de la guerra no iba de ningún modo a crecer,
gastar tanto oro por tan poca basura,
como se ha hecho, y avanzar en conquista.
Si se seca una lágrima, ello tiene más
de honesta fama que verter mares de tripas.

4 ¿Y por qué? Porque procura autosatisfacción;
mientras lo otro, tras todo su fulgor,
gritos, puentes, arcadas, pensiones de nación
que (tal vez) ya no tiene mucho que rascar,
un título mejor o un puesto más elevado,
aunque puedan hacer mirar a la Corrupción,
al final salvo en las batallas de la libertad
no son sino unos niños con sonajeros asesinos.

5 Y eso es lo que son y así se verán.
No tanto Leónidas y Washington,
cuyos campos de batalla son sagrados,
pues respiran naciones salvadas, no mundos
destruidos. Qué dulce el eco de sus sonidos.
En cambio, el del mero vencedor puede
pasmar al vano y al servil, esos nombres
serán consignas hasta que el futuro sea libre.

6 Era oscura la noche y la densa niebla
no dejaba ver nada salvo fuego de armas,
que el horizonte arqueaba cual fiera nube
y brillaba en las aguas del Danubio igual,
¡infierno reflejado! El fragor de la descarga
y el largo estruendo de cada tiro seguido
dañaban el oído más que el trueno; los rayos
del cielo rara vez dan, los nuestros calcinan.

7 La columna dispuesta al asalto apenas
pasó las baterías rusas unas pocas toesas,
cuando el barbado musulmán al fin se alzó,
contestando los truenos cristianos con voces.
Luego un gran fuego, aire, tierra y corriente
estallaron meciéndose como si debajo hubiera
divino ruido y cual Etna ardió el terraplén
cuando el inquieto Titán se cae en su guarida.

8 Y un descomunal grito de «Alá» se oyó
en el mismo momento, alto como el fragor
de los ingenios bélicos más mortíferos,
a los rivales desafiando. Ciudad, flujo y costa
resonaron «¡Alá!». Y las nubes, que cubrían
con dosel espesante aquel conflicto,
vibraban con el nombre eterno. Oíd, a través
de los sonidos hería, «¡Alá, Alá, U!».

9 Las columnas de pronto una sola fueron,
pero de la parte que atacaba por el agua
más espesas que hojas las vidas cayeron,
aunque por Arséniev guiadas, nieto de Matanza,
bravo cual el que más frente a bomba y bala.
«La carnicería (eso dice Wordsworth) "es hija de Dios"»;
si dice la verdad, es hermana de Cristo,
y, por tanto, se porta igual que en Tierra Santa.

10 El príncipe de Ligne fue herido en la rodilla.
El conde Chapeau-Bras también recibió una bala
entre gorra y cabeza, lo que prueba que esta
es aristocrática como nunca se ha visto,
pues no sufrió ningún daño mayor
que la gorra; de hecho la bala no implicaba
ningún perjuicio en cabeza legítima.
«Polvo al polvo»; ¿por qué no plomo al plomo?

11 También el general Markov, brigadier,
al insistir en llevarse al príncipe
entre los miles de gimientes agonizando
–todos tipos normales, que podían retorcerse
y clamar agua a un oído sordo–;
el general Markov, que probaba así
su simpatía por el rango, con la misma señal,
para mayor lección, la pierna se rompió.

12 Trescientos cañones echaron su emético
y treinta mil mosquetes tiraron sus bolitas
como granizo para hacer sangriento diurético.
Mortalidad, tienes tus cuentas mensuales.
Tus plagas, tus hambrunas, tus médicos miden
como el reloj mortal en los oídos los males
idos, presentes y por venir, mas todos ceden
ante el retrato fiel de un campo de batalla.

13 Los cambiantes dolores ahí se multiplican
hasta que endurece su cifra a los hombres
por las infinidades de la agonía
que sufre la mirada, sea lo sea lo que lleva
–el gemido, la humildad, el ojo todo blanco
vuelto negro en su cuenca–, eso recompensa
su rango y puesto a miles, mientras el resto
puede ganarse un lazo en el pecho.

14 Mas yo amo la gloria, pues es gran cosa.
Pensad en lo que es vivir en la vejez
mantenidos a expensas de vuestro rey.
Una pensión mediana a más de un sabio
seduce y son los héroes para el canto
de bardos, aún mejor. Y guerrear así
en verso para siempre da media paga
vitalicia y dignos nos hace de la destrucción.

15 Desembarcadas, las tropas presionaron
para tomar a la derecha una batería; los otros,
que llegaron a tierra más abajo, una vez llegados,
se pusieron a faenar duro como sus hermanos.
Iban subiendo de uno en uno, siendo granaderos,
felices como niños hacia el pecho materno,
por sobre las trincheras y las empalizadas,
bastante ordenados como en desfile.

16 Y eso era admirable, pues era tan intenso
el fuego que si el rojo Vesubio hubiera cargado
no solo lava sino todo tipo de disparos
y bombas o infiernos, no habría asustado tanto.
De entre los oficiales un tercero cayó ahí,
algo que no auguraba para nada la victoria
a esos caballeros entregados al asalto.
Los perros, si se cae el montero, se pierden.

17 Mas dejo aquí el problema general
para seguir la pista al héroe en su fama.
Debe ganarse los laureles aparte.
Pues cincuenta mil héroes, nombre tras
nombre, aunque muy dignos todos
de pareado, o de elegía, formarían
un lexicón extenso de gloria
y, lo que es peor aún, una más larga historia.

18 Y por tanto, debemos dar el mayor número
a la *Gazette*, que sin duda se portó bien
con los difuntos, que duermen el sueño
de los justos en zanjas, campos o aquello
que sus carnes sintieron pesar en sus almas
por última vez. Tres veces feliz aquel cuyo nombre
ha sido bien escrito en el despacho. Sé de uno
impreso como Grove, aunque se llamaba Grose.

19 Juan y Johnson se unieron a un cuerpo
y lucharon con fuerza y tino, sin saber
el camino, que nunca antes habían hollado,
y aún menos hacia dónde estaban yendo,
pero allá se lanzaron, pisando cadáveres,
disparando, tirando, cortando, sudando,
brillando mas luchando duro y ganándose
para sus dos egos un solo y bello boletín.

20 En la sangrienta ciénaga así nadaron,
llena de muertos y agónicos, ganando a veces
una yarda o dos de tierra, que les acercaba
a algún extraño ángulo por todos codiciado;
repelidos otras veces por fuego cercano,
que se vertía cual si lloviera el infierno,
en vez del cielo, topaban hacia atrás
con un colega herido, tendido en sus tripas.

21 Aunque era esa la primera campal de don Juan
y aunque el rodeo nocturno y la marcha callada
en la noche tan fría, cuando el coraje no brilla
tanto como debajo de un arco de triunfo,
podrían haberle hecho temblar, gritar o lanzar
una mirada a las negras nubes (gruesas cual fécula,
tensando el cielo) como anhelando el día;
aun así, no pensó en escapar.

22 De hecho no podía. ¿Y si hubiera podido?
Ha habido y hay héroes que empezaron
con algo no mucho mejor o tan malo.
Federico el Grande de *Mollwitz* se dignó
a correr por primera y última vez, pues
cual ladrón o halcón o novia muchos mortales
tras agria pelea se pierden en sus engaños
y luchan como fieras por política o dinero.

23 Él era lo que Erin en su sublime
viejo erse o irlandés o quizá púnico
(los anticuarios, que establecen el tiempo,
que todo lo establece, romano, griego o rúnico,
nos juran que la lengua de Patrick surgió
del mismo clima con Aníbal y lleva la túnica
tiria del alfabeto de Dido; y eso es racional,
como cualquier noción, y no nacional).

24 Pero Juan era un «chico como toca»,
impulsivo y criatura de canción,
nadando ahora en la pura alegría,
o era en la sensación (si lo otro no funciona)
y si necesitara más tarde destrucción,
en esa grata compañía que se halla siempre
en batallas, sitios y este tipo de placeres,
estaría igualmente feliz con esa diversión.

25 Mas siempre sin malicia; si guerreaba
o amaba era con eso que llamamos «la mejor
intención», que conforma la humana mejor carta,
que se enseñará cuando se pone a prueba.
El estadista, héroe, zorra, abogado se defienden
de los ataques, cuando la gente persigue
sus designios, diciendo que iban de buena fe.
Lástima que eso acabe por empedrar el infierno.

26 En los últimos tiempos he empezado a dudar
si el pavimento del infierno, tan empedrado,
no estará últimamente muy gastado,
no por la cantidad que han salvado las buenas
intenciones, sino por la masa que desciende
sin esos viejos buenos deseos que un día
los azufres suavizaron de esa calle infernal
que tanto se parece a Pall Mall.

27 Juan, por algún raro azar, que divide
a menudo a guerreros en su turbia carrera,
como castas esposas de maridos constantes
justo al final del primer año de casados,
por una de esas raras vueltas de la Fortuna,
se sintió de pronto bastante perplejo,
cuando, tras un buen rato de disparar,
se vio a solas y retirándose a los amigos.

28 No sé cómo ocurrió la cosa. Tal vez
la mayor parte fue abatida o herida
o quizá es que el resto había girado
a la derecha, circunstancia que confundió
al propio César, quien a la vista de su propia
tropa, que tanto abundaba en valor,
se vio obligado a coger un escudo
y azuzar a sus romanos a la batalla.

29 Juan, sin tener escudo a mano
y sin ser César, sino un buen zagal
que sin saber por qué luchaba, al llegar
a este trance, se paró un minuto, y mucho
más debería haber parado; luego cual burro
(no te asustes, amable lector, pues el gran Homero
creyó este símil bueno para Áyax, Juan
podría encontrarlo mejor que uno nuevo);

30 luego cual burro siguió su camino
y lo que es más extraño, nunca miró atrás;
mas al ver, destellando adelante cual día
sobre los montes, un fuego capaz de cegar
a aquellos que no aguantan mirar una refriega,
tropezó al intentar ver si podía hallar
un camino para unir su pobre brazo
y sus fuerzas al cuerpo, muchos ya muertos.

31 Sin percibir ya más al comandante
de su cuerpo ni a este, desaparecido
(los dioses sabrán cómo. No puedo dar
cuenta de todo lo malo aparente
en la historia; pero al menos nosotros
sabemos que no estaba bien que un joven
en busca de su gloria estuviera mirando
y no diera un pimiento por su cuerpo);

32 sin ver a comandante ni comandados
y abandonado cual joven heredero
a hacer su camino –sin adónde– a solas,
cual viajeros que siguen en pantano o mata
un *ignis fatuus*, o cual marinos varados
que a cercano refugio se dirigen,
así fue Juan, siguiendo honor y olfato,
a donde espeso fuego enemigos delataba.

33 No sabía dónde estaba ni le importaba,
estaba mareado, ocupado y sus venas
llenas como de rayos, pues su espíritu
compartía la hora, como las buenas cabezas;
y donde el fuego más duro se oía y veía
y los cañones daban sus broncos trallazos,
allí corría, mientras tierra y aire se sacudían
con tu descubrimiento humano, fray Bacon.

34 Y mientras iba corriendo, ocurrió que se topó
con lo que era la segunda columna trasera,
bajo las órdenes del general Lacy,
mas ya reducida, cual volumen grueso,
a un extracto elegante (menos masivo)
de heroísmo, y ahí ocupó su sitio solemne
entre aquellos que aún sostenían la cara
valientes y alzaban armas contra el glacis.

35 Justo ahí en esa crisis apareció Johnson,
que ya se había retirado, como dice la frase
cuando corren los hombres para no atravesar
los dientes destructivos en la guarida del diablo;
mas Johnson era un tipo listo, que sabía
cuándo y cómo «cortar y volver a por más»
y nunca escapar, salvo cuando correr
fuese una valerosa forma de ingenio.

36 Así que cuando todos sus colegas estaban
muertos o agonizantes, salvo don Juan,
mero novicio cuyo más virginal valor nunca
soñó volar de la ignorancia al peligro,
que a sus devotos dota, cual inocencia
segura de su fuerza, con nervios y músculos incautos,
Johnson se retiró para alcanzar a esos
que cogen frío en «sombras del valle de la muerte».

37 Y ahí, un tanto protegido por el fuego,
que les llovía desde bastión, batería, parapeto,
terraplén, muro, ventana, casa, pues no había
en esta extensa ciudad, llaga asolada
por soldadesca cristiana, un solo lugar
que aún no luchara como el diablo,
se encontró a unos cazadores, dispersos
por esa resistencia a la caza que golpeaban.

38 Y a estos llamó, y lo raro es que acudieron
a la llamada, a diferencia de «los espíritus
de la hondura vasta», a los que se puede gritar,
dice Hotspur, mucho antes de dejar el hogar.
Incerteza o estupor sentían
por encogerse ante bala o bomba,
y ese raro impulso, que en credos o guerras
hace cual ganado seguir a quien lidera.

39 Por Júpiter, era un noble tipo, Johnson,
aunque su nombre, menos armónico
que el de Áyax o Aquiles, bajo el sol
pronto ya no tendrá rostro. Podía matar
a un hombre con la calma del mozón
al soplar fuerte (algunos meses es igual).
Pocas veces cambiaba de gesto, tono o brío
y podía mostrarse ocupado sin esfuerzo.

40 Y por tanto, al huir lo hizo a conciencia,
sabiendo que allá atrás se encontraría
a otros también felices de deshacerse
de ociosas aprensiones, que cual viento
estragan a heroicos estómagos. Aunque
pronto se cierran sus párpados, no son ciegos
todos los héroes, mas si ven muerte rápida,
un poco se retiran solo a tomar aliento.

41 Pero Johnson solo huyó para volver
con muchos otros guerreros, como dijimos,
a esa especie de límite neblinoso,
del que Hamlet nos dice que es paso horrible.
A Jack en cambio esto le preocupaba poco.
Su alma (cual galvanismo en los muertos)
actuaba en los vivientes como en alambre
y al fuego más tremendo los devolvía.

42 Cielos, hallaron la segunda vez eso
que la primera creyeron tan horrible
como para huir, *malgré* todo lo que se dice
sobre la gloria y el rollo inmortal
que llena un escuadrón (además de la paga,
el chelín diario que da fuerza a los soldados).
Hallaron a su regreso la misma bienvenida
que a unos y otros hizo ver el infierno ya.

43 Cayeron tantos cual cosechas bajo granizo,
yerba con la guadaña o maíz con la hoz,
probando esa trillada verdad vieja de que es
tan frágil esta vida como cualquier bien.
Las baterías turcas los sacudieron cual mangual
o un buen púgil, en triste berenjenal
pusieron a los más valientes, golpeados
en la cabeza antes de que sus armas dieran.

44 Los turcos tras los flancos y transversales
del siguiente bastión abrieron fuego como diablos
y barrieron, cual el viento la espuma, tropas enteras.
De todos modos, Dios sabe cómo, el sino que nivela
ciudades, mundos, naciones en sus bromas
circulares dispuso entre estos sulfúricos rebeldes
que Johnson y otros pocos que no habían huido
llegaran al escarpe interior del terraplén.

45 Primero uno o dos, luego cinco, seis
y una docena llegaron rápido, pues era
todo o bien nada, cual si llama de brea
o de resina se viera arriba y abajo,
así que nadie sabía quién había elegido
mejor, aquellos que habían mostrado
primero sus marciales rostros en el pretil
o los que habían creído mejor esperar.

46 Mas los escaladores vieron que su avance
era favorecido por un error o accidente.
La ignorancia Cohorn de griegos y turcos
fortificó de una forma imposible
de ver ni en fuertes de Países Bajos o Francia
(aunque estos a nuestro Gibraltar hundirán).
Justo en el medio del mencionado pretil,
estas empalizadas bien puestas estaban,

47 de tal manera que a cada lado nueve o diez
pasos se abrieron, por lo que se podía
pensar en desfilar, gran ventaja para ellos,
al menos los que estaban aún con vida,
que así podían formar fila y luchar de nuevo.
Y lo que les ayudaba en su gran esfuerzo
era que bien podían tirar las empalizadas
que apenas alcanzaban la altura de la yerba.

48 Entre los primerísimos –no diré el primero,
pues esa precedencia en esas ocasiones
suscita a menudo grandes disputas
entre amigos lo mismo que entre naciones.
Será audaz el británico que ose de verdad
poner en ese brete la parcial paciencia
de John Bull al decir que Wellington fue
en Waterloo vencido, aunque coinciden los prusianos,

49 y que si Blücher, Bulow, Gneisenau
y Dios sabe quién más con «au» y «ou»
no hubieran llegado a tiempo a infundir
miedo en los que hasta entonces lucharon,
como tigres que atacan con buche vacío,
el duque de Wellington habría dejado
de dar sus órdenes y también de recibir
sus pensiones, las más altas de la historia.

50 No importa. ¡Dios salve al rey y los reyes!
Pues si no lo hace, dudo de que lo hagan
los hombres. Creo oír un pajarito que canta
al pueblo y que irá cantando más fuerte.
El más grande rocín se doblará con arnés
hincado en carne viva hasta dañarlo
más allá de las reglas del correo equino.
Y la turba se harta al fin de imitar a Job.

51 Primero se lamenta, luego insulta y un día
arroja cual David piedras contra un gigante.
Al fin lleva a las armas como las que cogen
los hombres cuando indóciles se desesperan.
Luego llega la guerra; que vendrá de nuevo
más bien lo dudo y diría «al diablo con ella»
si no hubiera intuido que solo la revolución
puede limpiar de polución infernal la tierra.

52 Pero sigamos. No diré el primero,
mas entre los primeros nuestro amiguito
don Juan anduvo sobre los muros de Izmail,
como nacido en esas escenas, aunque esta era
nueva, para él y espero que para muchos.
La sed de gloria, que tanto le pincha a uno,
lo impregnó, a pesar de ser criatura generosa,
de corazón tan cálida como femenina de rasgos.

53 Y ahí estaba él, que en pecho de mujer,
de niña incluso, se sentía niño, aunque
el hombre en lo demás se sentía aceptado.
Para él era el Elíseo estar ahí.
E incluso soportar podía esa rara prueba
que Rousseau señala al dudoso honesto:
«A tu amante observa cuando deja tus brazos»;
mas nunca las dejaba Juan si tenían encanto.

54 A menos que a ello lo obligaran el destino,
la ola, el viento o los parientes, que es lo mismo.
Pero aquí estaba, ahí donde cada lazo que puede
a los humanos atar debe ceder al acero y la llama.
Y él, cuyo mismo cuerpo era todo mente,
ahí arrojado por sino o circunstancia, que doma
a los altivos, apurados por el tiempo y el lugar,
cual pura sangre espoleado en carrera fulguraba.

55 Tanto hervía su sangre en la resistencia,
cual la del cazador en la valla de cinco barras
o en la de dos postes, ahí donde la existencia
de los ingleses jóvenes depende de su peso,
siendo los más ligeros los más seguros. De lejos,
odiaba la crueldad como odian la sangre
todos hasta encenderse, y aun así la suya
a veces se cuajaba con algún hondo gemido.

56 El general Lacy, con mucha presión,
viendo llegar ayuda tan oportuna,
como lo eran cientos de jóvenes juntos,
que llegaron como si cayeran de la luna,
se dirigió a Juan, el más cercano,
para expresar sus esperanzas de tomar
pronto la ciudad, sin creerle un «vil *bezonian*»
(como dice Pistol), mas un joven de Livonia.

57 Juan, a quien él le hablaba en alemán,
sabía tanto la lengua como el sánscrito
y se inclinó como respuesta
ante ese general que lo comandaba.
Al verlo con galones negros y azules,
estrellas, medallones y una espada
sangrienta en mano, dirigiéndose a él
con gratitud, reconoció así a un alto oficial.

58 Breves charlas ocurren entre hombres
que no hablan lo mismo; y además en tiempos
de guerra y asalto de ciudades, cuando más
de un alarido resuena en el diálogo y muchos
crímenes se cometen antes de que palabra
entre en oído y sonidos de horror repican
como campanas con anhelos, gritos, gemidos, rezos,
no puede haber demasiada conversación ahí.

59 Eso que hemos contado pues en dos largas
octavas transcurrió en un solo minuto,
mas en el mismo minutito cada pecado
lograba ahí dentro comprimirse.
El propio cañón, sordo por el estruendo,
enmudeció, pues casi se podía oír un pardillo
presto cual trueno, en medio del general
barullo de la voz humana agonizante.

60 La ciudad fue invadida. ¡Oh eternidad!
«Dios hizo el campo y el hombre la ciudad»,
eso dice Cowper, y empiezo a ser
de su opinión cuando veo derrumbarse
Roma, Cartago, Tiro, Babilonia, Nínive,
muros que conocemos y que muchos no conocerán,
y juzgando el presente como el pasado,
quizá el bosque será nuestro hogar final.

61 De entre todos los hombres, salvo Sila
el atizador, feliz en muerte como en vida,
de cuantos grandes nombres nos miran,
el general Boon, habitante de los bosques,
fue entre los mortales el más feliz doquier.
Matando solo un oso o un ciervo, pudo gozar
los días solitarios, vigorosos e inofensivos
de su vejez en la salvaje hondura del monte.

62 No venía el delito, pues no es él criatura
de soledad. La salud no lo abandonaba,
pues estaba su casa ahí donde nadie pisaba,
donde, si el hombre no la busca y la muerte
eligen más que la vida, perdonadles, cautivos
por el hábito de aquello que aborrecen
en las ciudades jaula. El presente caso
citado es que Boon cazó hasta los noventa.

63 Y lo que es más raro, dejó atrás un nombre
por el que en vano se diezma a la gente,
no tan solo famoso, mas de buena fama
(sin la cual la gloria es canción de taberna),
simple, serena, las antípodas de vergüenza,
que ni el odio ni la envidia podrían tiznar,
un eremita activo, aun en la vejez el crío
de Natura o el hombre de Ross se asilvestran.

64 Cierto que huyó aun de gente de su nación;
cuando en sus árboles amados construyeron,
se fue unas cien millas lejos a un sitio
donde hubiera menos casas y mayor solaz.
La civilización tiene el inconveniente
de que uno no gusta ni puede ser complacido;
mas allá donde hallaba al individuo
amable se mostraba como el mejor mortal.

65 No estaba solo; crecía a su alrededor
una silvana tribu de chicos de la caza,
cuyo joven, dormido mundo era nuevo.
Ni espada ni dolor habían dejado rastro
aún en su frente sin arrugas ni se veían
mohines en el rostro de Natura o del hombre.
El bosque puro los halló y libres los mantuvo,
tan frescos cual torrente o árbol.

66 Y altos y fuertes y ágiles eran ellos,
más allá de los pálidos abortos enanos
de la ciudad, pues su mente presa nunca
fue de cuidado o ganancia. Eran los bosques
sus dotes. Nada amargo vejez les anunciaba.
Ninguna moda les hacía simios de su locura.
Más que salvajes, eran simples; y sus rifles,
aunque reales, aún no servían para tonterías.

67 En sus días estaba el trajín, la paz en sus sueños,
y la jovialidad era la criada de su labor.
No eran demasiados ni pocos en número.
La corrupción no podía en sus almas arraigar.
La lujuria que hiere, el lustre que encumbra
a los silvestres no dividen ni desgastan.
Serenas y no hoscas eran las soledades
de estas calmadas gentes de los bosques.

68 De la naturaleza variada ya basta.
Civilización, vamos ahora a tus glorias,
y la dulce consecuencia de una gran sociedad:
guerra y pestilencia, la desolación del déspota,
el regio azote, las ansias de notoriedad,
soldados que a millones matan por la nación,
escenas cual de la alcoba de Catalina a los sesenta,
con la tormenta de Izmail relajándola aún más.

69 La ciudad fue invadida; primero una columna
hizo su sanguinaria entrada, luego otra.
La hedionda bayoneta y la hoja fulgurante
contra la cimitarra chocaban. Y criatura y madre
al cielo reprendían con gritos distantes.
Más cerca nubes de azufre empezaron a ahogar
el aliento de alba y hombre, ahí donde pie con pie
los turcos trastornados su ciudad aún disputan.

70 Kutúzov, él que luego batió
(con cierta ayuda del hielo y la nieve)
a Napoleón en su audaz y cruento viaje,
ocurrió que fue él mismo batido ahí.
Era un buen tipo y podía burlarse
a la cara de amigo como de rival,
aunque victoria, vida y muerte se jugara.
Pero aquí sus bromas ya no servían,

71 pues habiéndose tirado a una zanja,
de sopetón seguido por varios granaderos,
cuya sangre ese charco bien adensó,
trepó a donde se ve el parapeto,
pero ahí su proyecto alcanzó el pico alto
(entre otras, la muerte del general Ribaupierre
fue muy sentida), pues los musulmanes
a todos los echaron en la zanja de nuevo.

72 Y si no hubiera sido por unas tropas perdidas
llegadas sin saber de dónde, arrastradas
por la corriente hasta un sitio donde perdieron
el juicio y vagaron como en un sueño,
hasta alcanzar cuando el día rompía
que parecía un portal para sus ojos,
el gran y alegre Kutúzov podría haberse
echado con las tres restantes partes de su columna.

73 Y dispersas en torno al terraplén, esas tropas,
después de haber tomado al «caballero»,
justo cuando la «vana esperanza» de Kutúzov
como camaleón cogió cierto tinte de miedo,
abrieron la llamada puerta Kilia a los grupos
de héroes perplejos que ahí cerca tímidos
estaban, patinando de rodillas en barro helado,
ya derretido en un pantano de sangre humana.

74 Los Kozaks, o, si bien queréis, los cosacos
(no me ofendo yo mucho por la ortografía,
mientras no me equivoque en los hechos,
estadísticas, tácticas, política y geografía),
acostumbrados a servir a lomos de caballo
y sin ser grandes diletantes en topografía
de fortalezas, mas luchando donde sus jefes
mandaban, fueron cortados a pedazos.

75 Su tropa, aunque tronaban las baterías turcas
sobre ellos, había alcanzado el terraplén
y pensó por ello que podían saquear
la ciudad sin mayor impedimento.
Mas como suele pasarles a los bravos,
metieron la pata, los turcos fingieron huir,
tan solo para atraerlos entre dos esquinas,
desde donde asaltar a esos cristianos creídos.

76 Luego siendo cogidos por la cola –un punto
fatal para soldados y obispos– estos cosacos
fueron todos repelidos mientras amanecía
y vieron que a sus vidas les quedaba poco
arriendo, mas murieron sin temblor ni pánico,
dejando cual escalas su montón de cuerpos,
sobre los que el teniente coronel Yesouskoi
marchaba con el bravo batallón de Polouzki.

77 Este valiente mató a todos los turcos
que vio, pero no pudo comérselos, siendo a su vez
muerto por unos musulmanes, que aún no podían
sin resistencia ver su ciudad arder.
Fueron los muros ganados, mas fue apuesta
igualada que hubiera hecho llorar a los ejércitos.
Fue golpe contra golpe, peleando cada pulgada,
pues no se retraía uno ni el otro se achicaba.

78 Otra columna también sufrió mucho.
Y aquí podríamos decir con el historiador
que deberían darse pocos cartuchos a esas
tropas a las que gloria se les supone.
Cuando las cosas se dirimen a golpe
de la brillante bayoneta, apresurados todos,
a veces ellos, de existencia anhelantes,
no dejan de tirar a una distancia idiota.

79 Una cuerda de hombres del general Meknop
(sin el general ya, que había caído algún tiempo
atrás, siendo muy mal sustituido entonces)
se hizo al fin con aquellos que osaron trepar
una vez más el terraplén eyectador de muerte.
Y aunque la resistencia del turco era sublime,
tomaron el bastión, que el serasker defendió
pagando un precio muy alto por ello.

80 Juan y Johnson y algunos voluntarios
entre los principales le ofrecieron buen cuartel,
una palabra que poco se aviene con los serasker,
o al menos no con este tártaro valiente.
Murió, merecedor de las lágrimas patrias,
una especie de mártir militar salvaje.
Un oficial naval inglés, que quería
hacerlo prisionero, también fue trinchado,

81 pues por toda respuesta a su proposición
una pistola le acabó por dejar muerto,
con lo cual los demás sin pausa empezaron
a atacar con acero y plomo, los píos metales
más requeridos en ocasiones semejantes.
Ni una sola cabeza se ahorró;
unos tres mil musulmanes perecieron aquí
y dieciséis bayonetas atravesaron al serasker.

82 La ciudad se toma, solo tramo a tramo,
y ebria está la muerte de matanza. No hay calle
donde no luche corazón desesperado
por aquellos que pronto dejarán de latir.
Aquí olvidó la guerra su propio arte deletéreo
en la naturaleza más destructiva; y el calor
de la carnicería, cual el limo soleado del Nilo,
monstruosas formas criminales engendró.

83 Un oficial ruso a paso marcial
sobre un montón de cuerpos el talón
sintió agarrado, cual por boca de serpiente,
a cuyos dientes Eva enseñó a sentir germen
humano. Mas en vano pateó, juró, se retorció
sangró y gritó ayuda cual lobo por comida.
El colmillo mantuvo su grato mordisco,
como hacen las sierpes sutiles de los mitos.

84 Un musulmán agónico, que sintió el pie
de enemigo encima, lo cogió y mordió
aquel tendón que es el más fino
(ese al que cierta musa antigua o moderna
pluma le puso tu nombre, Aquiles) y a través
cerró los dientes, sin soltarlo ni siquiera
por su vida; se dice (pero mienten)
que pierna viva se aferra a cabeza cortada.

85 Sea como fuere, no hay duda de que
el oficial ruso quedó cojo de por vida,
ya que los dientes turcos hincaron más rápido
que sarta y entre inválidos le dejaron.
El cirujano militar no pudo curar
a su paciente y quizá tuvo más culpa
que la cabeza del rival inveterado,
que fue segada y aun así no se soltaba.

86 Mas un hecho es tal y es obligación
del poeta auténtico huir de la ficción
siempre que pueda, pues hay poco arte
en dejar a los versos más libres de restringir
la verdad que la prosa, a menos que sea
para atraer al mercado con poética dicción
y esa intolerable sed de mentiras
que Satán caza para las almas, cual moscas.

87 La ciudad se ha tomado, mas no se ha rendido.
Ni un solo musulmán ha cedido espada.
Puede manar la sangre, como fluye el Danubio
por la muralla urbana, pero ni hecho ni palabra
evidencian ni el miedo de muerte o de enemigo.
En vano el grito de victoria es proferido
por avanzados moscovitas; al gemido
del último rival responde el eco del propio.

88 La bayoneta hiere y el sable clava
y por doquier se derrochan vidas humanas,
como el declinante año arremolina hojas rojas
cuando el bosque desnudo se inclina ante el aire
crudo y gime; y así la poblada ciudad sufre,
de los mejores privada y por ello desolada,
mas cae aún con grandes y horribles astillas,
como robles tumbados con su millar de inviernos.

89 Es un tópico muy feo, mas no es mi deber
en ningún caso ser espectacular. Pues
cuadriculada como se ve nuestra condición
con lo bueno, lo malo y lo peor, por igual
prolífica en júbilo melancólico, contar
demasiado de eso mismo sería soporífico.
Con o bien sin ofensa a amigos y enemigos,
yo esbozo el mundo tal y como es.

90 Y una buena acción en medio de crímenes
es «asaz refrescante», en la afectada frase
de estos celestiales, farisaicos tiempos
con todas sus lácteo-acuáticas vías,
y podría servir para rociar estas rimas,
un tanto quemadas ahora con el fuego
de la conquista y todas sus consecuencias,
que hacen de la épica algo tan raro y rico.

91 Sobre un bastión tomado donde yacían
miles de hombres masacrados, un grupo aún
caliente de mujeres asesinadas, que habían
llegado a ese vano refugio, hicieron al buen
corazón decaer y temblar; mientras, bella
cual mayo, una chica de diez años trataba
de esconder su pequeño pecho palpitante
entre los cuerpos mecidos en cruento descanso.

92 Dos cosacos villanos la perseguían
con ojos brillantes y armas. Comparado
con ellos, el más bruto de la estepa siberiana
siente emociones puras cual gema pulida,
civilizado es el oso, sosegado el lobo.
¿Y a qué debemos achacarlo?
¿A su carácter? ¿O a sus soberanos,
que enseñan a sus súbditos la destrucción?

93 Refulgían sus sables sobre su cabecita,
por lo que su hermoso cabello salía de miedo
ensartado, hundida la cara entre los muertos.
Cuando Juan vislumbró esta triste escena,
no diré exactamente lo que dijo,
pues podría no dar solaz a «oídos finos»,
pero lo que hizo fue echarse a sus espaldas,
rápida forma de hablar con los cosacos.

94 La cadera de uno rajó y el hombro de otro
partió y los llevó con sus gritos a averiguar
si había cirujanos capaces de soldar
las heridas que bien ameritaban, y a aullar
su perpleja ira y dolor. Enfriándose
al volverse hacia esas caras blancas con sangre,
don Juan sacó a su pequeña cautiva
del montón, un segundo más y era su tumba.

95 Y estaba tan helada como ellos, y en su cara
un hilillo de sangre decía cuán cerca su sino
había estado de ser el de su misma estirpe.
El mismo golpe que ahí tumbó a su madre
su frente había rasgado y su rastro escarlata
había dejado cual último lazo con lo amado.
Por lo demás indemne, abrió sus grandes ojos
y a Juan miró con descomunal sorpresa.

96 Justo en ese instante en que se cruzaban
sus ojos en mirada dilatada,
en el gesto de Juan, dolor, placer, anhelo,
miedo se unían con gozo de salvar y pavor
por si algo le ocurría a su protegida, mientras
en el suyo, absorto en terrores infantiles,
fulgía como en trance una pura, clara, radiante
cara como alumbrada vasija de alabastro.

97 Y ahí llegó John Johnson (no diré Jack,
pues sería eso vulgar, frío y tópico
en grandes ocasiones como un ataque
a ciudades, como es el caso actual),
llegó Johnson con cientos a sus espaldas,
exclamando «¡Juan, Juan! Vamos, chico,
agárrate y apuesto un dólar a Moscú
que tú y yo ganaremos el collar de san Jorge.

98 »El serasker ha sido golpeado en la cabeza,
pero resiste el bastión de piedra, donde
el viejo pachá está entre cientos de muertos,
fumándose tranquilo su pipa entre el fragor
de nuestra artillería y la suya. Se dice
que nuestras víctimas, ya apiladas hasta arriba,
junto a la batería yacen; que aún dispara,
lluvia de uvas, cual viñedo, esparce.

99 »¡Arriba conmigo!». Mas Juan contestó, «Mira
esta niña, yo la salvé, no puedo dejar su vida
al azar, dime pues algún rincón seguro
donde pueda ella guarecerse y penar
y estaré contigo». Ante lo cual, Johnson
echó una ojeada, se encogió de hombros
y la manga y el cuello de seda negro se sacudió,
diciendo: «Cierto, pobrecilla, qué hacer, vaya».

100 Juan dijo: «Sea lo que sea lo que hagamos,
no la dejaré hasta que no esté más segura
en su presente vida que nosotros dos».
Repuso Johnson: «Tampoco puedo asegurarlo,
pero al menos tú debes morir con gloria».
Juan replicó: «Aguantaré como mínimo
lo que se deba, pero a la niña no renunciaré,
es ella huérfana y, por tanto, mía».

101 Johnson dijo: «Juan, no hay tiempo que perder.
Bonita es la niña, muy bonita, nunca
vi unos ojos así, mas oye, debes escoger
entre tu fama y tu sentir, orgullo y piedad.
¡Oye cómo el fragor crece! Ninguna excusa
servirá cuando hay saqueo en una ciudad.
No estoy muy dispuesto a ir sin ti, mas,
por Dios, ya llegaremos tarde al primer corte».

102 Mas Juan se mostró firme hasta que
Johnson, que bien lo quería a su manera,
entre sus seguidores hábiles eligió
a aquellos que creyó menos depredadores,
y jurando que si mal se le hacía a la niña
todos serían fusilados al día siguiente,
mas si se la dejaba sana y salva,
cincuenta rublos exactos tendrían al menos

103 y todos los subsidios además de saqueo
en proporción honesta con sus colegas. Así,
Juan consintió en marchar a través del trueno,
que a cada paso diezmaba a sus filas de hombres.
Y aun el resto partió ansioso; no es raro,
ya que se calentaron con las ganas de ganar,
algo que ocurre cada día por doquier.
No hay héroes completos de media paga.

104 Y eso es la victoria y eso es el hombre;
al menos nueve décimas de lo que así llamamos.
Pudiera Dios tener otro nombre para la mitad
de lo tenido por humano, o son raros sus caminos.
Pero a lo nuestro. Un valiente kan tártaro
o era sultán, como el autor (a cuya inclinación
en prosa ofrezco mi humilde verso) llama
al cacique, no iba de ningún modo a ceder.

105 Mas flanqueado por cinco hijos bravos
(la poligamia engendra guerreros a porrillo,
ninguno procesado por el falso delito bígamo),
nunca daría la ciudad por perdida
mientras quedara coraje colgado de ramita.
¿Describo a Príamo, a Peleo, al hijo de Jove?
No, solo a un buen, sencillo y viejo templado
que con sus cinco hijos luchaba en el frente.

106 Vencerlo era la cuestión. Los muy valientes
cuando a los bravos ven en aprietos,
deseos sienten de escudar y salvar.
Una mezcla de bestias y semidioses
son ellos, ya furiosos como la ola batiente,
ya conmovidos por piedad. Así como a veces
se dobla el fuerte árbol bajo el viento estival,
la compasión respira en la mente brutal.

107 Mas no sería él vencido ni contestaría
a todas las propuestas de rendición
de segadores cristianos a cada lado,
tan obstinados como el sueco Carlos en Bender.
Sus bravos cinco hijos también al rival
vencieron, así el pathos ruso menos tierno
se volvió, siendo virtud, cual paciencia terrenal,
apta para gastar en provocaciones nimias.

108 Y a pesar tanto de Johnson como de Juan,
que toda su retórica oriental gastaron
pidiéndole, por Dios, que demostrara
mucha menos violencia de modo que sirviera
de apología para ellos salvar a rival desolado,
él persistió, como doctores de teología
en discusión con escépticos, y con insultos
golpeó a sus amigos, cual niño muerde a su nana.

109 No, había herido, aunque con levedad,
a Juan y a Johnson, por eso se cayeron,
con suspiros aquel, con un taco este,
en esa confusión de su airado sultanato;
y todos alrededor se pusieron furiosos
ante tan pertinaz infiel,
y se vertieron en él y sus hijos cual lluvia,
que resistieron como llano de arena

110 que bebe y aún está seco. Perecieron
al fin: su hijo segundo fue abatido;
el tercero, sableado; y el cuarto, el favorito
de los cinco, halló su sino en bayoneta;
los cinco, por madre cristiana nutridos,
maltratados habían sido, descuidados
y cuanto más, por deformes, pero murieron
en pie para salvar a un padre que los repudió.

111 El mayor fue un puro e indómito tártaro,
tan grande burlador de nazarenos
como Mahoma escogiera entre mártires
que solo verdes veían a las chicas de ojos negros,
que hacen la cama a esos sin cuartel terrestre,
ahí en el paraíso, y una vez vistas,
estas hurís, como todas las criaturas bellas,
hacen, a fuerza de rasgos, lo que quieren.

112 Y eso que querían hacer con el joven kan
en el cielo no lo sé ni pretendo saberlo,
mas sin duda prefieren a un bello joven
que a brutos héroes viejos y no hay remedio.
Y eso explicaría que al examinar
la devastación tétrica de un campo de batalla,
por cada erosionado y duro cuerpo veterano
hallaríais diez mil bellos zagales sangrientos.

113 Estas hurís también hallan natural placer
en desnortar a los recién casados,
antes de que horas nupciales hayan danzado
y la triste, segunda luna se atenúe otra vez
o el sordo pesar le haya dado gris ocio
con el que desear ser solteros de vez en cuando.
Y así esta hurí (quizá) se disputa
de estas flores fugaces los frutos inmediatos.

114 Así este joven kan con hurís a la vista
no pensó en los encantos de cuatro novias
sino que de cabeza se fue a su noche celestial.
En breve, comoquiera que nuestra mejor fe
ridiculiza, estas vírgenes de ojos negros hacen
a estos musulmanes luchar, como si hubiera cielo
y nada más, cuando si es cierto lo que de él oímos
y del infierno, debe de haber seis o siete, al menos.

115 Tan pleno destelló el espectro de sus ojos
que cuando esa lanza estuvo en su corazón,
gritó «¡Alá!» y vio el paraíso de pronto,
descorrido su velo de misterio
y la vivaz eternidad sin disimulo
en su alma, cual alba sin pausa, estalló
con profetas, hurís, ángeles y santos vistos
en voluptuosa llama, y luego se murió.

116 Mas con un rapto celestial en su cara,
el bueno de ese viejo kan, tiempo sin ver
hurís u otra cosa que su raza florida,
que crecía cual cedros en gloria a su vera,
cuando contempló a su héroe postrero
honrar la tierra, que devino cual árbol
caído, se paró un instante y echó una
ojeada en el hijo muerto, primero y último.

117 Viendo cómo perdía, los soldados
se detuvieron como si quisieran volver
a conceder cuartel, caso de que les pidiera
no «escampar», como antes. No reparó
en esa pausa ni en los signos. Tenía desbocado
el corazón y temblaba (nunca lo hacía),
cual junco al observar abajo a sus hijos idos
y aunque harto de la vida, sintió la soledad.

118 Pero fue un temblor fugaz. Con un salto
hacia el acero ruso su pecho arrojó
incauto cual polilla lanza su ala
contra la luz que la mata. Más cerca
se aprestó aun que todos sus posibles mortales
a las bayonetas que a sus hijos habían
trinchado y mirándolos con tristeza,
vació su alma en una sola y vasta herida.

119 Cosa rara, estos duros y brutos soldados,
que no escatimaron sexo ni edad en su carrera
de matanzas, cuando este anciano fue hendido
y ante sí yacía con sus hijos cerca,
tocados por ese heroísmo se dieron la vuelta,
por un instante rendidos. Aunque sin lágrimas
en sus sanguinolentos ojos, rojos de esfuerzo,
rindieron homenaje a ese firme desdén de la vida.

120 Mas el bastión de piedra aún tenía fuego
y ahí el jefe pachá con calma su puesto guardaba.
Obligó a los rusos a retirarse unas veinte veces
y confundió los ataques de todas sus huestes.
Consintió finalmente en inquirir
si el resto de la ciudad se había perdido,
y al serle esto confirmado, envió a un bey
a responder a la orden de Ribas de ceder.

121 Entretanto, cruzado de piernas con gran *sang-froid*,
entre las humeantes ruinas se sentó fumando
tabaco en una alfombrita (Troya nada vio
como la escena alrededor), mas mirando
con marcial estoicismo. Nada parecía turbar
esa filosofía severa, mas mesándose suave
la barba inhaló los celestiales aires de su pipa,
como si tres vidas tuviera además de tres colas.

122 La ciudad fue tomada. Si podía rendirse
o ceder el bastión poco importaba ya;
su terco valor no era escudo futuro.
No existe Izmail. Se hundió el argénteo
cuarto creciente y la cruz carmesí fulgía
sobre los campos, roja sin carne redentora.
El fulgor de árboles ardientes, cual riel de luna,
se reflejaba en sangre, mar de la matanza.

123 Todo lo que sufre la mente por excesos,
todo el mal que el cuerpo perpetra,
todo lo que se lee, oye o sueña de la pena
humana, lo que el diablo haría si enloqueciera,
eso que desafía a lo peor por pluma dicho,
todo lo que hace poblar al infierno, o tan triste
como este, simples mortales despóticos,
ahí estaba (y desde entonces) andaba suelto.

124 Si aquí y allá algún fugaz indicio de piedad
se veía, y algún corazón más noble rompía
su vínculo de sangre y quizá salvaba
a un niño o a uno o dos ancianos indefensos,
¿qué es eso en una ciudad aniquilada,
donde hay cientos de amores, lazos y deberes?
¡Cockneys de Londres! ¡Muscadines de París!
Pensad en cuán pío es el pasatiempo bélico.

125 En cómo los placeres de leer una *Gazette*
las agonías y los crímenes los compran.
Y si esto no os conmueve, no olvidéis
que esa fatalidad puede ser la vuestra al fin.
Entretanto los impuestos, Castlereagh
y las deudas son indicios cual sermones y rimas.
Vuestras almas leed y la historia de Irlanda hoy
y alimentad su hambruna con la gloria de Wellesley.

126 Mas hay aun en patriótica nación,
que tanto ama a su país y al rey,
asunto de la más sublime exultación.
Llevadlo, musas, en vuestra ala lúcida.
Aunque la poderosa langosta, Desolación,
destroce vuestros verdes campos y cosechas,
la enjuta hambruna nunca el trono alcanza.
Irlanda tiene hambre, pesa más el gran George.

127 Pero dejad que acabe mi asunto.
Final hubo para Izmail, ciudad infeliz.
Lejos fulgieron torres de fuego en el Danubio,
y rojas fluyeron las aguas ruborizadas.
Los espantosos hurras y los chillidos
seguían, pero débiles eran ya los truenos.
De los cuarenta mil en la muralla,
unos cientos respiraban, callaban los demás.

128 En algo hay que elogiar de todos modos
al ejército ruso en esta ocasión,
una virtud de moda hoy en día
y, por tanto, muy digna de conmemoración.
Delicado es el tema, lo será mi expresión.
Quizá el frío estacional y su larga estancia
en el invierno y la falta de vitualla y sueño
los hicieron castos, pues no hubo violación.

129 Mucho mataron y más saquearon y seguro
que aquí y allá algún abuso se produjo
en la otra línea, pero no con el exceso
propio de los franceses, disipada nación,
cuando arrasan ciudades. Debió ser solo
por el frío y también la conmiseración,
pero todas las damas, salvo unas veinte,
tan vírgenes quedaron como antes.

130 Ocurrieron también raros errores en la noche,
que falta de linternas o de gusto mostraron.
El humo era tal que apenas podían distinguir
a los amigos del rival. Además de eso con prisas
ocurre, aunque rara vez, si hay una chispa
de luz, la salvación de castas venerables.
Pero seis viejas damiselas de setenta años
por varios granaderos fueron todas desfloradas.

131 Pero en general fue grande su continencia
y aun cierta decepción se siguió de ello
para aquellos que habían sentido incómodo
su estado de «soltera bendición» y creyeron
(pues no era culpa suya sino del destino
soportar estas cruces) ideal para el puritano
celebrar una especie de romana boda sabina
sin el suspense ni el gasto de las sábanas.

132 Algunas voces de tetonas maduras
se oyeron preguntarse también con fuerza
(viudas de cuarenta aves enjauladas eran)
«¿Por qué no ha empezado el estupro?»,
pero mientras había sed de sangre y saqueo,
poco tiempo quedaba para el pecado nimio,
mas si ellas lograron huir o no, mentiras
moran en lo oscuro. Solo espero que sí.

133 Suvórov era ahora conquistador, igual
a Timur o a Gengis en su oficio. Mientras
las mezquitas y calles ante sí cual paja ardían
y el fragor de cañones apenas disminuía,
con las manos sangrientas escribió su primer
despacho y aquí está lo que dijo:
«A Dios gloria y a la emperatriz» (¡Poderes
eternos, esos nombres juntos!) «Nuestro es Izmail».

134 Creo que estas son las palabras más tremendas
desde *Menè, Menè, Tekel* y *Upharsin*
que jamás manos o plumas han trazado de espadas.
El cielo me asista, tengo poco de clérigo.
Lo que Daniel leyó era clave del Señor,
severa y sublime. El profeta no hacía farsa
del sino nacional, pero este ruso ingenioso
podía rimar como Nerón ante ciudad ardiendo.

135 Escribió esta crucial melodía y la fijó
muy bien acompañada con gritos y gemidos,
que pocos cantarán, espero, pero nadie olvida.
Pues yo os enseñaré, si puedo, a lanzar
piedras contra tiranos de la tierra. Que nunca
sea dicho que ante tronos nos humillamos.
Pero vosotros, hijos de los nuestros, pensad
en cómo denunciamos el mundo antes de ser liberado.

136 No es para nosotros esa hora, sino vuestra
y puesto que en la gran luz de vuestro milenio
apenas creeréis que esas cosas fueron ciertas
y ahora pasan, pensé por eso escribíroslas.
Pero quizá también su memoria morirá.
Mas si por azar se recuerdan, desdeñadlas
aún más que a los salvajes de antaño,
que desnudos se pintaban, pero sin sangrías.

137 Y cuando oigáis hablar a historiadores
de tronos y sus dueños, dejad que sea
como cuando hoy miramos huesos de mamut
y las cosas del viejo mundo consideramos,
o los jeroglíficos en piedras egipcias,
los hermosos enigmas del futurismo,
viendo lo que feliz se puede esconder
como el propósito real de una pirámide.

138 Lector, hasta aquí he honrado mi palabra
según promesa del primer canto. Has tenido
tus escenas de amor, tormenta, viaje, guerra,
todo muy riguroso, debes admitirlo,
y épico, con verdad pura sin barreras,
pues yo he exagerado mucho menos
que mis antecesores. Sin cuidado canto,
pero Febo me tiende cuerda de vez en cuando,

139 con la que aún puedo tocar, criticar y jugar.
Lo que le ha pasado o le puede pasar
al héroe de este gran poético misterio
puedo contártelo poco a poco, si acaso.
Pero ahora quiero parar en el medio,
harto de la tenaz muralla bélica de Izmail,
mientras Juan es enviado con el despacho,
del el que todo Petersburgo está al tanto.

140 Este honor especial se le concedió porque
se había comportado con valor y humanidad,
lo que hombres postreros celebran si hacen
pausa entre fechorías de su vanidad.
Su pequeña cautiva aplausos le granjeó
por salvarla ahí en medio de la salvaje locura
de la matanza; creo que él estaba más feliz
por su seguridad que por la orden de San Vladimir.

141 Se fue la huérfana islámica con su protectora,
pues no tenía ella casa ni hogar ni nada.
Sus amigos, cual triste familia de Héctor,
habían muerto en el campo o en la muralla.
Su lugar natal era un espectro
de lo que había sido; la llamada del muecín
al rezo no se oía ya. Y Juan lloró
e hizo voto de cuidarla, y lo cumplió.

CANTO IX

1 ¡Oh Wellington! (O «Villainton», pues la Fama
hace sonar las sílabas heroicas en ambos sentidos.
Francia no pudo siquiera dominar tu gran nombre
y rebajarlo quiso a esa jocosa frase,
ya sea apaleando o apaleada se reirá lo mismo).
Has obtenido grandes pensiones y mucho elogio;
si alguien negase gloria como la tuya
la humanidad se alzaría y el trueno negaría.

2 Creo que no te portaste bien con Kinnaird
en el asunto Marinet; fue de hecho ruin
y como tantas otras cosas no se contará
en tu tumba en la vieja abadía de Westminster.
Del resto es mejor ni siquiera ocuparse,
esos cuentos son para el té de vieja cotilla,
pero aunque tus años como hombre tienden
a cero, de hecho vuestra merced es joven héroe.

3 Gran Bretaña mucho debe (y también te paga),
pero sin duda más te debe a ti Europa.
Has reparado la muleta de Legitimidad,
un apoyo no tan seguro como antes.
Los españoles y franceses, también los holandeses,
han visto con qué fuerza restauras.
Y Waterloo ha hecho del mundo tu deudor
(ojalá lo cantaran tus bardos mucho mejor).

4 Eres «de los degolladores el mejor». No te asustes:
la frase es de Shakespeare y no es impropia.
Es la guerra un arte revienta cabezas y tráqueas,
a menos que su causa sea por el bien santificada.
Si un papel generoso un día jugaste,
el mundo, no sus amos, decidirá
y así me encantará saber quién,
salvo tú y los tuyos, ha ganado con Waterloo.

5 No soy un pelota. Ya has cenado mucha coba.
Dicen que también te gusta, no es extraño.
Aquel cuya existencia ha sido asalto y batería
al fin cansarse puede de los truenos
y tragando más elogios que sátiras, podrá
gozar de ser alabado por cada azarosa burrada,
llamado salvador de naciones –no aún salvadas,
libertador de Europa– aún esclavizadas.

6 Ya está. Vete ya y cena de ese plato
regalo de ese príncipe de Brasil
y envíale al centinela ante tu puerta
una loncha o dos de tus comidas lujosas.
Ha luchado, mas tan bien no ha comido.
Algo de hambre se dice siente la gente.
No hay duda de que mereces tu ración,
mas por favor devuélvele algo a la nación.

7 No me refiero a pensar; hombre tan grande
como vos, mi lord duque, más allá de eso está.
También la alta moda de Cincinato
poca conexión tiene con la moderna historia.
Aunque como irlandés amáis las patatas,
no tenéis que tomarlas bajo vuestra dirección.
Medio millón para vuestra granja sabina
mal no está. Nada malo no creo que diga.

8 Los grandes siempre han desdeñado premios.
Epaminondas su Tebas salvó y murió,
sin dejar ni siquiera los gastos de su funeral.
A George Washington se le dio las gracias
y nada más, salvo la rara gloria inmaculada
de liberar a su país. Pitt también tuvo su ego
y como magnánimo ministro de Estado
es admirado por arruinar gratis Gran Bretaña.

9 Nunca tuvo mortal tal oportunidad,
salvo Napoleón, o tanto de ella abusó.
Bien podrías haber liberado a la Europa caída
de los tiranos y ser bendito de costa a costa.
¿Y qué es ahora tu fama? ¿La cantará la musa?
¿Ahora que ya no hay gritos de la turba?
¡Ve y óyelos en los llantos de hambre de tu país!
¡Contempla el mundo y maldice tus victorias!

10 Como estos nuevos cantos hablan de hitos
bélicos, para vos la musa sincera se digna a grabar
esas verdades que no se leen en las gacetas
pero que (es hora de enseñar a los mercenarios,
que engordan con sangre y deudas del país)
deben ser recitadas, y sin mordida.
Hiciste grandes cosas, pero al no ser gran mente
dejaste sin hacer la mayor, y la humanidad.

11 Ríe la muerte. Ve a pensar sobre los huesos
con los que se figuran los hombres el enigma
que oculta el más allá, como un sol puesto
que aún por doquier puede dar bello abril.
Se ríe la muerte de todo lo que lloras. Mira
este constante terror de todo, cuya punzada
amenazante hace miedo de la vida, aun en la vaina.
¡Mira cómo su boca sin labios sonríe sin aliento!

12 ¡Mira cómo se ríe y se burla de todo lo que eres!
Y aun así era lo que eres. De oreja a oreja
no se ríe. Ya no hay lo que barra carnosa
se podría llamar. El bufón hace tiempo no oye,
pero aún sonríe. Y si ya sea cerca o lejos
despoja al hombre de ese manto (más querido
que el del sastre), su piel encarnada,
blanca, negra o cobre, los huesos harán mueca.

13 Y así la muerte se ríe. Es triste alegría,
pero aun así lo es; y con un ejemplo tal
¿por qué no debería estar la vida igual
de feliz al sonreír con su superior y pisar
todas las naderías que a diario ocurren
como burbujas en océano menos vasto
que el eterno aluvión que devora soles
cual rayos, mundos cual átomos, años cual horas?

14 «¡Ser o no ser! De eso se trata»,
dice Shakespeare, tan de moda ahora.
No soy ni Alejandro ni Hefestión
ni nunca he tenido por la abstracta fama
mucho afecto, pero mejor digestión tendría
que el cáncer de Bonaparte. Podría correr
unas cincuenta victorias con vergüenza o fama,
mas sin estómago, ¿qué sería un buen nombre?

15 ¡Oh *dura ilia messorum*! ¡Oh rígidas
tripas de labradores! Traduzco
para gran beneficio de aquellos
que la indigestión sufren ese sino interno
que hace a todos los Estix fluir por un higadito.
El sudor de payés bien vale la heredad del señor.
Dejad ese útil para el pan, este bieldo para la renta.
Aquel que mejor duerme estará más contento.

16 «¿Ser o no ser?». Mas antes de decidir,
quisiera yo saber qué es eso de ser.
Cierto que especulamos a lo largo y ancho
y juzgamos porque vemos, omniscientes.
Por mi parte, no pienso ponerme de ningún
lado hasta ver ambas partes de acuerdo.
Yo creo a veces que vida es muerte,
más que la vida un mero asunto de aliento.

17 *«Que sais-je?»* fue el lema de Montaigne,
también de los primeros académicos.
Que todo cuanto puede obtener el hombre
es frágil fue una de sus célebres máximas.
No existe la certeza; eso es palmario
como cualquier condición de mortal.
Tan poco sabemos acerca de nuestro estar
en este mundo que dudo si la duda estará dudando.

18 Quizá sea un viaje agradable ir flotando
como Pirro en un mar de especulación.
Pero ¿y si la vela hace volcar al barco?
Esos sabios no saben mucho de navegar
y nadar largo en el abismo del pensamiento
llega a cansar. Un lugar calmo y poco hondo
bien cerca de la costa, donde bajar a recoger
conchas hermosas, es mejor para bañistas tranquilos.

19 «Pero el cielo», según dice Casio, «está por encima.
Dejemos esto, pues. ¡Oremos!». Tenemos almas
que salvar, desde el desliz de Eva y la caída de Adán,
que precipitaron a la tumba a la humanidad,
también a peces, bestias y aves. «La caída del gorrión
es providencia especial», aunque cómo pudo ofender
no lo sabemos; es probable que se posara
en el árbol que Eva buscó con tanto ahínco.

20 Oh dioses inmortales, ¿qué es teogonía?
Oh tú, hombre tan mortal, ¿qué es filantropía?
Oh mundo que fue y es, ¿qué es cosmogonía?
Alguna gente me ha acusado de misantropía
y sin embargo no sé más que la caoba
de esta misma mesa qué quieren decir con ello.
Sé de licantropía, pues sin transformación
los hombres lobos se vuelven a la menor ocasión.

21 Mas yo, el más suave y dócil de los humanos,
cual Moisés o Melanchthon, que nunca
hicieron nada demasiado malo
y (aunque no podría a veces contenerme,
siguiendo impulsos de cuerpo y mente)
siempre tuvieron tendencia a lo sobrio,
¿por qué me llaman misántropo? Porque
ellos me odian y yo a ellos no. Y aquí paramos.

22 Es hora de seguir con nuestro buen poema,
pues yo mantengo que es muy bueno,
no solo el cuerpo, también el proemio,
aunque poco se entiendan ambos
por ahora, mas poco a poco la verdad
se les revelará en su más sublime actitud,
y hasta que lo haga, debo conformarme
con compartir su belleza y exilio.

23 Nuestro héroe (y espero, lector gentil, el tuyo)
se quedó de camino a la ciudad capital
de los patanes inmortales de Pedro,
que se han mostrado aún más bravos que listos.
Sé que su poderoso imperio hoy suscita
mucha lisonja, aun de Voltaire, y es una pena.
Para mí, es un autócrata absoluto
sin ser bárbaro, sino mucho peor.

24 Y voy a luchar con palabras al menos
(y si se tercia con hechos) contra todos aquellos
que con ideas guerrean; y los más rudos rivales
del pensamiento son los tiranos y sicofantes.
No sé a quién pueden conquistar. Si yo pudiera
tener esa presciencia, no sería óbice
a mi simple, jurado, absoluto desprecio
de todo despotismo en cualquier nación.

25 No es que yo adule al pueblo.
Sin mí, hay ya suficientes demagogos
e impíos para derribar cada torre
y en su lugar instaurar algo apropiado.
Si pueden sembrar escepticismo para segar
el infierno, según el duro dogma cristiano,
yo no lo sé. Quisiera que los hombres
se libraran de hordas y reyes, de ti y de mí.

26 La consecuencia es que, sin ser de ninguno,
a todos los partidos ofenderé. Qué más da.
Son mis palabras al menos más honestas y afables
que si buscara arrimarme al sol más caliente.
Aquel que no tiene nada que ganar puede tener
un poco de arte. Aquel que no desea ni estar atado
ni atar libre puede disertar, como haré yo,
sin dar mi voz al grito chacal de la esclavitud.

27 Ese es un símil apropiado, ese chacal.
Los he oído aullar en las ruinas de Éfeso
de noche, como hacen esos mercenarios,
proveedores viles del poder, que merodean
entre migajas y olfatean la presa de sus amos.
Son sin embargo menos bobos los chacales
(al ser valientes prestadores de leones)
que los humanos insectos, de arañas servidores.

28 ¡Levantad pues un brazo! Barrerá su telaraña
y así inútiles serán su veneno y sus patas.
Pueblo llano, pensad lo que digo
(o pueblos, mejor), ¡adelante sin pausa!
La telaraña de estas tarántulas crecerá
hasta que hagáis vosotros causa común.
Nadie salvo la mosca española y la abeja ática
están picando fuerte aún para ser libres.

29 Don Juan, que había brillado en la última
matanza, se quedó de camino con el despacho,
donde de sangre se hablaba como de agua;
y los cadáveres, echados como balas de paja
en las ciudades calladas, solo servían para
entretener a la bella Catalina, que miraba
el partido entre naciones como pelea de gallos
en la que le gustaba el suyo fuerte como roca.

30 Y ahí en una *kibitka* marchaba él
(un tipo horrible de carruaje sin ballestas
que en mal camino apenas deja hueso entero),
pensando en gloria, caballería y reyes
y órdenes y en todo lo que había hecho
y deseando los caballos de posta tuvieran
alas o que las sillas al menos tuvieran
plumas cuando un viajero está de ruta.

31 Y a cada golpe, y muchos había,
echaba él una ojeada a su pequeña carga
y si deseaba que ella no viajara tan mal
como él, en estas tristes vías se confió
a surcos y pedruscos y los amables medios
de Natura, que nada sabe de pavimentos
ni admite barca en sus canales, donde Dios
toma en sus manos mar y tierra, pesca y granja.

32 No paga al menos alquiler y más derecho
tiene en ser eso que solía llamarse
«caballero rural», estirpe ya declinante,
puesto que ya no hay rentas últimamente
y se hallan los caballeros en serios aprietos
y no pueden alzar a Ceres los granjeros.
Con Bonaparte se cayó. ¡Qué raras ideas
nos vienen cuando caen emperadores con avena!

33 Mas Juan volvió los ojos a la dulce cría
que él había salvado de la muerte. ¡Qué trofeo!
¡Oh vosotros que alzáis monumentos, sucios
de sangre, cual Nader Shah, estreñido soberano,
que, tras dejar desierto el Indostán
y a los mogul apenas una taza de café
con que calmar sus penas, fue muerto, ¡pecador!,
porque ya no podía digerir la cena.

34 ¡Oh vosotros, nosotros, él o ella! Pensad
que una vida salvada, sobre todo joven
y bella, es para el recuerdo algo mucho
más dulce que los verdes laureles surgidos
del estiércol humano, aunque cubiertos
con todos los elogios jamás dichos o cantados.
Aunque con harpa celebrada, a menos
que dentro os unáis al coro, es jaleo la fama.

35 ¡Oh grandes luminosos voluminosos autores,
dos veces diez cien mil escribas diarios,
cuyos panfletos, libros y periódicos nos iluminan!
ya os soborne el Gobierno para demostrar
que no nos está consumiendo la deuda pública
o para pisar groseros «sabañones de cortesano»
con talón bufonesco, vuestra popular circulación
os nutre al imprimir la mitad del hambre del reino.

36 ¡Oh los grandes autores! *À propos de bottes*,
he olvidado lo que iba a decir,
como a veces les ha pasado a los sabios.
Era algo calculado aliviar
toda ira en barracas, palacios o catres.
Seguro se hubiera echado a perder
y es eso un consuelo para mi consejo perdido,
aunque estaba sin duda más allá de todo precio.

37 Pero dejémoslo. Se hallará un día
entre otras reliquias de un mundo pasado,
cuando este mundo sea viejo, clandestino,
puesto patas arriba, retorcido, crocante, ondulante,
cocido, frito o quemado, vuelto del revés o ahogado,
como todos los mundos antes, que primero
arrojados han sido y vuelto al caos de nuevo,
el superestrato que a todos nos cubrirá.

38 Eso dice Cuvier. Y a esa nueva creación
volverá así, alzándose de nuestra vieja caída,
alguna antigua, mística fuerza de cosas
destruidas y dejadas en la duda leve,
como la que vuelve a nuestras nociones
de titanes, gigantes y esos tipos
de unos cien pies, por no decir millas,
y mamuts y esos alados cocodrilos.

39 ¡Si Jorge cuarto tuviera que ser desenterrado!
Cómo los nuevos mundos de ese nuevo Oriente
se admirarán de cómo cenaban tales animales.
(Pues ellos mismos serán los más nimios.
Aun los mundos abortan cuando paren mucho
y cada nueva creación ha decrecido
en su tamaño, por haber explotado el material.
Los hombres no son sino larvas de un entierro vasto).

40 ¿Cómo, digo estos jóvenes, recién sacados
de cualquier fresco paraíso y puestos a arar
y cavar y sudar y darse la vuelta
y plantar y segar y rotar y moler y sembrar
hasta que al fin todas las artes se ensayen,
en especial de guerra e impuestos; cómo,
decía, se verán estas grandes reliquias,
monstruos expuestos en nuevo museo?

41 Pero siempre me paso de metafísico.
«Desquiciada está la época» y yo también.
Casi olvido lo incrédulo que es este poema
y me desvío a asuntos bastante áridos.
Nunca decido lo que voy a decir y a eso
lo llamo yo demasiado lírico. La gente
debería saber por qué escribe y con qué fin;
pero yo nunca sé qué otra palabra pondré.

42 Así divago, narrando de vez en cuando,
ahora reflexiono. Es hora de volver al relato.
Dejé a don Juan con sus caballos cebando;
ahora iremos sobre el terreno a buen ritmo.
Muy detallista no seré en describir
su viaje; mucho tour ya hemos tenido.
Imaginadle pues en Petersburgo; imaginad
esa grata capital de nieves pintadas;

43 imaginadle en vistoso uniforme,
abrigo rojo, cuello y puños negros, larga
pluma ondeando cual velas en tormenta
sobre un tricornio en sala abarrotada,
y brillantes bombachos, cual cuarzo ahumado,
del cachemir amarillo podemos presumir,
blancas medias puestas, tersas cual leche fresca,
en miembros cuya simetría la seda lucía.

44 Imaginadle espada al cinto y sombrero en mano,
hecho por juventud, fama, y un sastre marcial,
ese gran hechicero, a la orden de cuya vara
la belleza resurge y la naturaleza palidece
al ver cómo su obra engrandece el arte
(si no pincha sus miembros cual carcelero).
Miradle como si estuviera en un pedestal.
Parece Amor hecho teniente de artillería.

45 Se deslizó su venda en la corbata,
se retrajeron sus alas en hombreras,
su carcaj reducido a vaina, con las flechas
al cinto en espadín, como siempre afiladas,
su arco convertido en tricornio,
y aun así tan igual que sería Psique más lista
que algunas esposas (que hacen tantas tonterías)
si no lo hubiera tomado por Cupido.

46 Los cortesanos miraban, rumor entre damas,
y ella, la emperatriz, sonreía. Los reales favoritos
recelaban. No sé cuál de ellos mandaba
entonces, pues son muchos los que por turnos
se ocupan de esa difícil tarea
desde que fue Su Majestad coronada sola.
Pero eran tipos nerviosos de seis pies,
capaces de poner celoso a un patagónico.

47 Juan no era así, mas fino y delgado,
vergonzoso e imberbe y sin embargo
había algo en su complexión física
y más aún en su mirada, que parecía
decir que aunque seráfica su apariencia
latía un hombre bajo el disfraz espiritual.
A ella, la emperatriz, le gustaba a veces
un chico, y al bello Lanskoi acababa de enterrar.

48 No es raro pues que Yermolov o Momonov
o Sherbatov o cualquier otro «ov» o «on»
pudiera tener miedo de que Su Majestad
no albergara en su pecho (que no era muy rudo)
espacio para nueva llama, idea capaz de deprimir
el aspecto ya fuere suave o áspero
de quien, en el lenguaje de su puesto,
ostentaba entonces «alta situación oficial».

49 O gentiles damas, si quisierais saber
el importe de esta frase diplomática,
pedid que el irlandés marqués de Londonderry
partes de su discurso muestre; y en el raro
despliegue de esa bizarra cuerda de palabras,
todas en fila, que nadie intuye y todos cumplen,
quizá podáis rescatar algún extraño sinsentido,
única deducción de esa débil cosecha verbal.

50 Creo que puedo explicarme sin recurrir
a este inexplicable y triste animal de presa,
la esfinge cuya palabra sería siempre duda
si no la descifraran sus hechos cada día,
ese monstruoso jeroglífico, ese gran caño
de sangre y agua, ¡el plúmbeo Castlereagh!
Y aquí debo una anécdota relatar
mas por suerte de poca extensión y peso.

51 Preguntó una dama inglesa a un italiano
qué obligaciones reales y oficiales tenía
esa extraña cosa que algunas tanto valoran
y que en bellezas casadas se cierne a veces,
cavalier servente lo llaman, un Pigmalión
cuyas estatuas dan calor (es muy verdad, ay)
por debajo de su arte. La dama, presionada,
dijo, «Señora, yo os suplico las supongáis».

52 Y así os suplico yo vuestra suposición
y la benigna, matronal interpretación
de la función del favorito imperial.
Era alto cargo, el mayor de la nación
de hecho, si no en rango; y las sospechas
con respecto a su puesto dolían sin duda,
pues cada par de nuevos hombros anchos
a las acciones y a sus dueños daban más valor.

53 Juan, como dije, era un chico muy bello
y había conservado su aspecto aniñado
más allá del rigor de las estaciones,
que destruyen con barbas, bigotes y lo demás
el aspecto de Paris que a Troya revolvió
y que fundó el Colegio de Abogados.
He estudiado la historia de los divorcios,
aunque escabrosa, Ilión fue el pleito primero.

54 Y Catalina, que todo lo amaba (salvo
a su señor, ya en su lugar) y mucho parecía,
admiraba a esos (por finas damas odiados)
caballeros gigantes, mas tenía un toque
de sentimiento y al que ella más adoraba
era al malogrado Lanskoi, que era buen
amante y lágrimas le había costado,
aunque no fuera ni un mediocre granadero.

55 Oh tú, *taeterrima causa* de toda las *belli*,
tú, puerta de la vida y la muerte, inefable.
De ahí nuestra salida y entrada. Bien puedo
pararme a meditar cómo todas las almas
se hunden en tu eterna fuente. No sé cómo
cayó el hombre, pues vio el saber sus ramas
sin su fruto primero, mas cómo se cae él
y se levanta, tú lo has dispuesto para siempre.

56 «La peor causa de guerra» te llaman algunos,
mas yo mantengo que eres la mejor,
después de todo, a ti vamos y de ti venimos,
y ¿por qué no tumbar murallas para tenerte
o malgastar un mundo, puesto que nadie niega
que tú repueblas orbes grandes y chicos?
Contigo o sin ti todas las cosas están
o estarán en pie, oh mar de tierra firme vital.

57 Catalina, que era el gran epítome
de esa gran causa de guerra o de paz
o de lo que queráis (es causa de todo,
así que elegir podéis esto o aquello);
Catalina, decía, estaba muy contenta
de ver al guapo heraldo, en cuyo penacho
lucía la victoria; y en pausa al verlo arrodillarse
con su despacho, olvidó romper el sello.

58 Recordó luego la entera emperatriz
y sin olvidar a la mujer (que comprendía
al menos tres partes del gran todo), abrió
la carta con un aire que inquietó a la corte,
que cada gesto de su rostro escrutaba,
hasta que una real sonrisa anunció al fin
buen tiempo para el día. Aunque ancha,
era noble su cara, finos los ojos, boca graciosa.

59 Gran alegría la suya, o alegrías. Primero
una ciudad tomada, treinta mil muertos.
Gloria y triunfo en su gesto ardían,
cual amanecer de India oriental en alta mar.
Sació esto un momento su sed de ambición,
como desiertos árabes beben lluvia estival.
¡En vano! Como caen rocíos en arena caliente,
solo sirve la sangre para lavar manos de ambición.

60 Su diversión siguiente fue más caprichosa;
sonrió a las rimas del loco Suvórov, que vertió
en pareado ruso asaz burdo
la completa gaceta de sus asesinados.
Lo suficiente femenina fue su tercera
para anular el temblor que corre natural
en nuestras venas cuando esos soberanos
creen mejor matar y los generales hacen burla.

61 Los dos primeros sentimientos siguieron
bien su curso y su ojo y boca iluminaron.
La corte toda se vio de pronto muy dulce,
como flores regadas tras larga sequía.
Pero cuando al teniente a sus pies
Su Majestad, que gustaba mirar jóvenes
tanto como un nuevo despacho,
amable observó, todos se pusieron en alerta.

62 Aunque algo grande, exótica y truculenta
cuando airada, contenta era figura fina,
como quienes prefieren cosas rosadas,
maduras y jugosas quisieran ver aún con vigor.
Podía devolver cada gesto amatorio dado
con interés, y estaba por tanto avezada
a pagar el total de las facturas de Cupido
a ojo, y no aceptaba descuento alguno.

63 Con ella esto último, aunque a veces
oportuno, no era necesario; pues dicen
que era ella hermosa y, aunque dura, tolerante
y trataba muy bien siempre a los favoritos.
Si un día más allá de los precintos de su alcoba
ibais, vuestra «fortuna» era en el buen sentido
«henchir un hombre», según Giles, pues aunque
enviudó a naciones, le gustaban los individuos.

64 ¡Qué rara cosa es el hombre y más rara aún
la mujer! ¡Qué torbellino en su cabeza
y qué vorágine llena de peligro y hondura
todo el resto en ella! Ya casada o viuda,
madre o doncella, puede cambiar de parecer
como el viento. Sea lo que sea lo que diga
o haga no es nada con respecto a lo que hará.
El más viejo registro y aun gran novedad.

65 ¡Oh Catalina! (Pues de todas las interjecciones
a ti, tanto *oh* como *ah* pertenecen por derecho
al amor y la guerra). ¡Qué raras las conexiones
de las humanas ideas, que chocan en su vuelo!
Justo ahora las vuestras se cortaron en secciones:
primero la caída de Izmail cautivó vuestra mente;
luego los caballeros nuevos, fresca y gloriosa cría;
y tercero, aquel que el despacho os trajo.

66 Shakespeare habló del «heraldo Mercurio
recién posado en colina besada por el cielo»;
y visiones parecidas asaltaron a Su Majestad,
mientras su joven heraldo frente a sí se arrodilló.
Cierto que la colina parecía muy alta
para que la trepara un teniente, mas la maña
suavizaba aun la cuesta del Simplon, y por Dios,
salud y juventud hacen todos los besos celestiales.

67 Su Majestad miró abajo, el joven arriba,
y así se enamoraron. Ella de su cara,
su gracia, su Dios sabe qué; pues la copa
de Cupido al primer trago intoxica pronto,
un quintaesencial láudano o «gota negra»,
que le emborracha a uno de golpe, sin el vil
expediente de copas llenas, pues ojo enamorado
seca todas las fuentes de la vida, salvo el llanto.

68 Por otra parte, él, si no enamorado,
cayó en esa no menos imperiosa pasión
del amor propio, cuando algo por encima
de nosotros, ya sea cantante o bailarín de moda,
duquesa o princesa o emperatriz, «se digna a mostrar»
(es de Pope) un gran deseo, si bien impulsivo,
por una persona especial entre muchas,
creemos que tan buenos somos como cualquiera.

69 Además, era él de esa edad deliciosa
que iguala las edades femeninas, cuando
no nos importa con quién nos prometemos;
audaces cual Daniel en la cueva del león,
podemos aliviar nuestro sol nativo
en el próximo océano, que puede fluir justo
ahí para acoger un ocaso, así el calor de Sol
en el vientre del mar salado o en Tetis se apaga.

70 Y Catalina (mucho hay que decir de ella),
aunque audaz y sangrienta, era de esa especie
cuya pasión temporal era bastante halagüeña,
pues cada amante parecía como un rey,
hecho de un amatorio patrón,
un real marido en todo salvo el anillo,
que siendo la peor parte del matrimonio
parecía quitar el aguijón para dejar la miel.

71 Y cuando a esto se le añade su feminidad
en su apogeo, sus ojos azules o grises
(estos, si tienen alma, son tan buenos
o aun mejores que los más ejemplares;
los de Napoleón o María, reina de Escocia,
debieron prestar a ese color un rayo trascendente
y también Palas sanciona ese mismo tono,
demasiado sabio para ópticas negras o azules).

72 Su muy dulce sonrisa y su entonces regia
figura regordeta, su desdén imperial,
su preferencia de chicos más que de hombres
(tipos a los que aun Mesalina pensionaría),
su plenitud vital, entonces en vigor jugoso,
con otros extras que no hace falta decir
todo esto o algo de esto puede explicar
por qué muy vanidoso se vuelve un zagal.

73 Y eso es suficiente, pues el amor es vanidad,
egoísta en su principio y en su final,
salvo donde hay mera demencia,
un alma enloquecida luchando por fundirse
en la inanidad frágil de la belleza
de la que la pasión propia parece depender.
Y de ahí que esos filósofos paganos
conviertan el amor en motor del universo.

74 Además del amor platónico, además
de ese otro de Dios, el sentimental,
el de fidelidad (rimas necesito con paloma,
ese viejo bajel de vapor que mantiene el verso
contra la razón. Nunca fue la razón uña y carne
con la rima, mas siempre se inclinó menos
a mejorar sonido que sentido), además
de estos pretextos, está todo lo sensorial,

75 esas mociones, esos aumentos en los cuerpos
que a todos les dan ganas de escapar
de su cajón de arena para irse con una diosa,
pues eso son todas al principio sin duda.
¡Qué bello ese momento y qué rara
la fiebre que precede la lánguida debacle
de nuestras sensaciones! ¡Qué cosa curiosa
es la tarea de vestir almas con carne!

76 El tipo más noble de amor es el platónico,
para empezar o acabar. El siguiente grande
es aquel que podría llamarse canónico,
porque los clérigos toman la cosa en sus manos.
La tercera cosa que hay que notar en nuestra
crónica, floreciente en toda tierra cristiana,
es cuando castas matronas a sus otros lazos
añaden eso podría llamarse matrimonio disfrazado.

77 Pero no lo analizamos; nuestra historia
debe contarse sola. La soberana estaba
afectada, halagada por su amor o lujuria.
No puedo detenerme a alterar lo ya escrito,
y esas dos palabras están tan mezcladas
con polvo humano que al mencionar una
con las dos se da. Mas en eso la emperatriz
rusa no era mejor que una costurera vulgar.

78 La corte entera se fundió en un gran rumor
y todos los labios se pegaban a los oídos.
Las arrugas de las viejas se hacían más duras
cuando miraban. Los jóvenes se espiaban
con lujuria y encantos con ceceo
sonreían cuando ella hablaba de eso;
pero rivales lágrimas se veían en los ojos
tristes de todo el ejército que estaba en pie.

79 Los embajadores de todos los Estados
inquirían quién era este nuevo joven
que prometía ser grande en pocas horas,
lo que es muy pronto (pero fugaz es la vida).
Ya veían caer las lluvias plateadas,
ahí en su gabinete, de rublos, tan veloces
como son las monedas, además de galones
regalados y algunos miles de campesinos.

80 Catalina era generosa; las damas así lo son.
Amor, gran abridor de corazón y todas
las vías que allí llevan, cerca o lejos,
arriba o abajo, con peaje grande o nimio,
amor (aunque tenía un maldito gusto bélico
y no era la mejor de las mujeres, a menos
que lo fuera Clitemnestra; aunque quizá
sea mejor que uno muera que dos se arrastren).

81 Amor había hecho que Catalina hiciera
feliz a cada amante; a diferencia de nuestra
medio casta Isabel, cuya avaricia los gastos
hostigaban (si historia, mentirosa, dice la verdad)
y a la que su vejez el dolor quizá acortó,
porque condenó a muerte a un favorito,
su vil, ambiguo método de flirteo
y su miseria arruinan su sexo y posición.

82 Cuando la recepción acabó y todo era barullo
en el disuelto círculo, los embajadores
de las naciones se aprestaron a rodear
al joven con sus grandes congratulaciones.
También las suaves sedas se oyeron rozar
de gentiles señoras, entre cuyos recreos
se cuenta especular en rostros hermosos,
sobre todo si llevan a elevados lugares.

83 Juan, que se vio, sin saber cómo,
general objeto de atención, daba
sus respuestas con grácil reverencia
como para el oficio ministerial nacido.
Aunque modesto, en su frente impasible
había escrito Natura «caballero». Era
de pocas pero sabias palabras; y sus formas
echaban gracias flotantes sobre él cual estandarte.

84 Su Majestad dio orden de que el joven
teniente fuera confiado al cuidado amable
de sus mandados. Todos parecían amables
(como a veces ocurre con la primera mirada,
que juventud no yerra para tenerse en cuenta),
como hizo también miss Protasoff ahí,
llamada por su místico oficio *l'Éprouveuse*,
inexplicable término para la musa.

85 Con ella pues, cual en humilde deber
atado, Juan se retiró, como haré yo
hasta que mi Pegaso se canse del suelo.
Tras alumbrar en «colina besada por el cielo»,
tan en lo alto que temo mi mente de vueltas,
todas mis fantasías giran cual molino,
clara señal para mis nervios y cerebro
de que debo ir a cabalgar por verde ruta.

CANTO X

1 Cuando Newton vio caer una manzana, halló,
en ese sobresalto de su contemplación,
se dice (pues no respondo a nivel
por ningún credo o cálculo de sabio),
un modo de probar que la tierra giraba
en ese natural torbellino llamado gravedad
y ese es el único mortal que pudo pelear,
desde Adán, con caída o manzana.

2 Con manzanas cayó el hombre y con ellas
se alzó, si es verdad; pues debemos juzgar
el modo en que sir Isaac Newton reveló
a través de la astral autopista aún sin pavimentar
algo para compensar la humana congoja.
Pues desde entonces el hombre inmortal
refulge con variadas mecánicas y pronto
el motor de vapor a la luna le llevará.

3 ¿Y para qué este exordio? Justo ahora,
al coger este mísero trozo de papel
sufrió mi pecho un glorioso ardor
y mi espíritu interno dio un brinco.
Y aunque mucho menor, ya lo sé,
que esos que a golpe de cristal y vapor
descubren astros y navegan contra viento,
yo quiero hacer lo mismo en poesía.

4 He navegado y aún navego contra viento,
en cuanto a los astros, débil es mi telescopio.
Mas he evitado al menos la costa común
y perdiendo la tierra de vista, sobrevolaría
el mar de eternidad. No ha intimidado
el fragor de las olas mi ligero, modesto
pero digno esquife, que puede flotar
ahí donde barcos y barcas se hundieron.

5 A nuestro héroe, Juan, dejamos en la flor
de su favoritismo, mas no aún en el rubor;
y lejos de mis musas atreverse
(pues tengo a más de una en disputa)
a perseguirle más allá de la sala de recepción.
Basta con que Fortuna le hallara lleno
de juventud y vigor, belleza y esas cosas
que las alas del gozo pinzan por un momento.

6 Mas pronto crecen de nuevo y dejan el nido.
«¡Oh!», dijo el salmista, «¡ojalá tuviera las alas
de una torcaz para volar y descansar!».
Y ¿quién que años jóvenes y amores recuerda,
aunque canoso hoy y con pecho marchito
y mente detenida, que ya no vaga
más allá de la esfera tenue de sus ojos,
suspiros de hijo no daría más que toses de abuelo?

7 Mas se atenúan los suspiros y las lágrimas
(aun de viuda) se calman, como el Arno
que en su lecho estival humilla al invernal,
con sus presagios de grandes inundaciones.
Hay solo una diferencia de meses. Diríais
que es el dolor campo rico nunca en barbecho.
Mas no es así, cambian los arados de mozos
que surcan nuevos suelos para sembrar gozos.

8 Pero las toses vuelven si se van los suspiros
e incluso antes de eso, pues las unas
nos traen a los otros, antes de que frente lagunar
se rice con arrugas, o el sol de la vida
las diez en punto alcance. Y mientras ardor,
hético y fugaz cual día de verano casi muerto,
se extiende por mejilla, muy pura para el cuerpo,
miles se queman, aman, anhelan, mueren, ¡felices!

9 Pero Juan no iba a morirse tan pronto.
Le dejamos en el centro de esa gloria
que puede ser ganada por favor de luna
o fantasía de dama, bastante transitoria
quizá; mas ¿quién despreciaría junio
porque diciembre, con su hálito viejo,
debe llegar? Mejor sería cortejar el rayo
para acopiar calor contra el día invernal.

10 Tenía él además unas cualidades que atraen
a las maduras más que a las jóvenes.
Saben aquellas lo que es; las de pluma nueva
poco más saben del amor que lo cantado
en rimas o soñado (pues engaña la fantasía)
en visiones de esos cielos de los que amor brota.
Estiman algunos a las mujeres por sus soles
y años; creo que la luna mejor las controla.

11 ¿Por qué? Porque ella es casta y mudable,
no conozco otra razón, diga lo que diga
la gente suspicaz que halla falta en la prisa
y quiera condenarme, algo deshonesto
y humillante para «su humor y su gusto»,
como mi amigo Jeffrey escribe con aires.
De todos modos, yo le perdono y espero
que él se perdonará a sí mismo, si no, yo debo.

12 Los viejos enemigos que se hacen amigos
deberían seguir así. Es cuestión de honor
y nada sé que pudiera brindar enmiendas
para un regreso al odio. Yo lo evitaría
como al ajo, así extienda sus cien brazos
y piernas y con gusto de él huiría.
Viejas llamas, son nuevas esposas enemigas.
Conversos enemigos unirse a ellas no debieran.

13 Esa sería la peor deserción. Los renegados,
aun Southey el evasivo, esa mentira encarnada,
no querrían unirse de nuevo a los *reformados*,
a los que abandonó para llenar la pocilga laureada.
Y hombres honrados de Islandia a Barbados,
ya estén en Caledon o en Italia
no deberían rolar con cada aliento ni agarrarse
al dolor justo cuando se acaba el placer.

14 El abogado y el crítico no contemplan
sino lo más bajo de vida y literatura,
y nada queda oculto, mas sin decir mucho,
por aquellos que exploran esos dobles valles
de lucha, mientras el común ignaro envejece,
la carta del letrado y el cuchillo del cirujano
el interior diseccionan de una cuestión
y con ello el proceso de digestión entero.

15 Una escoba legal es moral deshollinador
y esa es la razón por la que él es tan sucio.
El hollín sin fin da un tinte más profundo
que puede ocultarse cambiando de camisa.
Tiene las manchas negras del oscuro trepa,
al menos unas veintinueve de treinta siguen
en todo sus hábitos. No tanto tú, lo sé;
así como su toga César, tú llevas tu bata.

16 Y todos nuestros pleitos, al menos los míos,
querido Jeffrey, viejo enemigo acérrimo
(siempre que rima y crítica se combinen
para hacer de nosotros marionetas abajo),
ya se acabaron. ¡A la salud de «Auld Lang Syne»!
No conozco y quizá nunca conozca tu cara,
pero en general has actuado con nobleza
y yo lo reconozco desde lo hondo del alma.

17 Y cuando uso la frase «Auld Lang Syne»,
no se dirige a ti, lo que es mayor pena
para mí, pues un vino antes me tomaría
contigo que otra cosa (salvo Scott) en tu ciudad.
De algún modo –llanto escolar puede parecer
pero no quiero sonar noble ni ingenioso–
nací medio escocés y fui educado
como tal y vuela mi corazón a la cabeza,

18 cuando «Auld Lang Syne» trae Escocia entera,
pasamontañas, cuadros, azules colinas y claros ríos,
el Dee y el Don, el negro muro del Balgounie
y mis pueriles sensaciones y todos mis sueños
dulces de lo que ahí soñé, amortajados,
como la prole de Banquo. Flotar más allá
de mí parece mi infancia en esta inmadurez mía;
no me importa, es visión de «Auld Lang Syne».

19 Y aunque, acordaos, en un rapto
de ira y rima, cuando juvenil y rizado,
despotriqué contra Escocia para mostrar
mi cólera e ingenio, sensitivo y hosco.
Sí, son en vano esas salidas; no pueden
saciar emociones frescas y tempranas.
«Escocí, no maté» al escocés en mi sangre,
yo amo esa tierra de «montaña y riada».

20 Don Juan, que era real o ideal,
pues es lo mismo, ya que lo que se piensa
existe cuando menos reales son
los pensadores que el pensamiento, pues
la mente nunca se hunde y contra el cuerpo gana;
pero desconcierta asomarse
a eso que eternidad se llama
y no saber más de aquí que de allá.

21 Don Juan se hizo un ruso refinado.
Cómo, no lo diremos, por qué, no es necesario.
Pocos jóvenes pueden soportar el golpe
de cualquier tentación ligera en su camino,
pero las suyas se extendían cual cojines
dispuestos para el lugar de honor de un rey.
Damas alegres, fiestas, dinero fácil
hacían del hielo paraíso, verano del invierno.

22 Agradable era el favor de la emperatriz;
y aunque el deber se hacía un poco duro,
jóvenes en esta época de su vida deberían
saber zafarse con maneras en ese sentido.
Estaba él creciendo como un árbol, capaz
de amor, guerra o ambición, recompensa
de los devotos con suerte, hasta que el tedio
de la vejez les inclina al medio circulante.

23 Por esa época, ya podía anticiparse,
por la edad y ejemplos dañinos seducido,
don Juan, me temo, se volvió disipado,
algo bastante triste que no solo afecta
a nuestro tierno sentir sino que –partícipe
de todo tipo de muestras incorregibles
de humanidad frágil– egoístas nos vuelve
y nuestras almas cierra cual conchas.

24 Lo pasamos por alto. También el progreso
de intrigas habitual entre desiguales,
tales como son, ay, un joven teniente
con una reina aún no vieja sino solo
alguien ya no tan joven como lo fuera
en todo el esplendor real de sus diecisiete.
Lo material, no la sustancia, dominan los reyes
y las arrugas (malditas demócratas) no halagan.

25 Y la muerte, monarca máxima, aunque
sea el gran Graco de toda mortalidad,
que con sus leyes agrarias nivela la heredad
suya que lucha y festeja y clama y goza
en una pequeña parcela de yerba (que aguardar
a la corrupción debe para la cosecha)
con los diablos sin nada de tierra hasta ahora;
reformista es la muerte, hay que admitir.

26 Vivió (Juan, no la muerte) en un apuro
de derroche y prisa y brillo y lustre y fulgor
en este clima feliz de pieles de oso negras,
que (aunque odio decir cosas amargas)
asoman cuando las cosas se desbordan
a través de todo ese «lino bello y púrpura»
más apto para puta real de Babilonia que rusa,
y neutralizan su externa muestra escarlata.

27 Y no describiremos ese estado. Podríamos
de oídas o quizá de memoria, pero
cerca ya de la seria «selva oscura» dantesca,
ese horrible equinoccio, esa odiosa parte
de los años humanos, casa a mitad de camino,
basto refugio del que sabios viajeros llevan graves
a los tristes caballos de posta de la vida a la linde
gris de la edad, para, recordando la juventud, llorar…

28 No lo describiré, si es que puedo evitar
la descripción; y no reflexionaré,
si es que logro esquivar la reflexión
que, cual cría a pezón, se me pega a través
del abismo de este raro laberinto,
o como alga a la roca; o cual beso de amante
su primer sorbo de labios seca. Mas, como dije,
no voy a filosofar y seré instruido.

29 Juan, en lugar de cortejar cortes, fue cortejado,
cosa que ocurre raras veces, algo que debía
tanto a su juventud como a su reconocido
valor, también a la sangre que demostró
como caballo de carreras y a sus ropas
que resaltaban la belleza de su esplendor,
cual nubes púrpuras en torno al sol, pero
sobre todo se lo debía a una vieja y su posición.

30 Escribió a España, y todos su parientes,
percibiendo que estaba en buena disposición
de convertirse en alguien y hallar puestos
para primos también, contestaron enseguida.
Se prepararon algunos para la emigración
y, comiendo helados, se les oyó decir
que con la leve adición de una pelliza,
los climas de Madrid y Moscú eran iguales.

31 Su madre, doña Inés, al descubrir también,
echando cuentas con su banco,
donde estaban sus activos menguando,
que él había llevado su gasto a un buen fondo,
dijo que se alegraba de verlo a través
de esos placeres que anhela salvaje la juventud,
pues la única señal de estar en sus cabales
es para el hombre reducir su desembolso.

32 También lo encomendó ella a Dios
y no menos a su Hijo y también a su Madre,
le advirtió contra el culto griego, a ojos católicos
muy raro, mas también le aconsejó
disimular el disgusto, impropio en el extranjero,
le informó de que tenía un hermano pequeño,
nacido de segundas nupcias y sobre todo
elogió el maternal amor de la emperatriz.

33 No podía dar su aprobación del todo
a esa emperatriz amante de jóvenes,
cuya edad y, lo que era mejor, su nación
y clima disuadían el escándalo (de vez en cuando).
Podría haberle dado en casa una lección,
mas donde los termómetros descienden
a diez o cinco o uno o cero, ella nunca podía
creer que la virtud se deshelara ante el río.

34 ¡Oh por un motor de cuarenta clérigos cantar,
hipocresía, tus excelencias! ¡Oh por un himno
cual las virtudes elevado alto alardeas,
sin ensayar! ¡Oh angelitos trompeteros!
O esa trompetilla de mi querida vieja tía,
que, aunque se atenuaron sus anteojos,
obtenía consuelo a través de sus indicios,
cuando ya no podía leer la pía prensa.

35 No era ella al menos hipócrita, pobrecilla,
y se fue al cielo de forma sincera,
como cualquiera en la rueda elegida,
que reparte en el día del juicio final
dominios celestiales en una suerte de rollos
apocalípticos, cual los que el conquistador
Guillermo dio a su escuadra, dando
tierras de otros a sesenta mil nuevos caballeros.

36 Mas no puedo quejarme, ahí están mis ancestros,
Erneis, Rudulphus. Cuarenta y ocho fincas
(si no me falla mucho la memoria)
el regalo fueron por seguir el pendón de Billy.
Y aunque creo que fue deshonesto quitarle
a los sajones sus *hydes*, cual curtidores,
puesto que fundaron iglesias con el producto,
pensaréis sin duda que le dieron buen uso.

37 El gentil Juan floreció, aunque a veces
se sintió como otras plantas sensitivas,
retraídas al tacto cual reyes a las rimas,
salvo esas que Southey se permite dar.
Añoraba quizá en duras heladas climas
en los que el hielo del Neva ya no estaría
antes del uno de mayo. A pesar de su deber
quizá en brazos reales suspiraba por belleza.

38 Quizá, mas sin quizá no necesitamos
buscar causas jóvenes o viejas. El pulgón
de la tez más bella y fresca se nutre,
así como el vaciado lo marchito forma.
El cuidado, cual ama de llaves, presenta
regulares sus cuentas y aunque protestemos
hay que pagarlas. Aunque seis días bien vayan,
traerá el séptimo demonios azules o deuda.

39 No sé cómo sería, pero se puso enfermo.
La emperatriz se alarmó y su médico
(el mismo que trató a Pedro) halló su pulso
veloz y presagió un estado que sin duda
auguraba la muerte, por muy rápido
que fuera, y febril disposición mostró,
por lo que se alarmó la corte entera,
la soberana perpleja y sus dosis dobladas.

40 Bajos susurros, variados rumores: unos
que había sido envenenado por Potemkin;
otros hablaron doctos de ciertos tumores,
extenuación, o desórdenes parecidos;
algunos de un mejunje de los humores
con el que la sangre rápido se reconoce;
otros de nuevo estaban dispuestos a creer
«que era solo fatiga de la última campaña».

41 He aquí una prescripción entre muchas:
«Sodae-sulphat. 3. vi. 3. s. mannae optim.
Aq. fervent. F. 3. ifs. tinct. sennae
Haustus». (Aquí el cirujano llegó y le sirvió).
«R. pulv.com. gr. iij. ipecacuanhae
(con más aún, si Juan no les hubiera parado)
Bolus potasse sulphuret. sumendus,
Et haustus ter in die capiendus».

42 Esta es la forma en que los médicos curan
o nos matan, *secundum artem.* Mas aunque
la salud desdeñemos, si enfermamos
sin la menor intención de burla les llamamos.
Mientras ese *hiatus maxime deflendus*
hay que llenarlo con pica o azadón cercano
en lugar de deslizarse gracioso al Leteo,
cargamos contra el parco Baillie o el suave Abernethy.

43 Juan se resistió desde el primer momento
a irse; y aunque la muerte amenazó salida,
su juventud y complexión le aguantaron
y enviaron a los médicos en otra dirección.
Mas era aún delicado su estado; el tono
de salud titilaba con débil reflejo
en su gastada tez y parecía confundir
a la ciencia, que quiso se fuera de viaje.

44 Era demasiado frío ese clima para él,
meridional, para ahí florecer. Esta opinión
hizo que Catalina la casta se pusiera seria
pues no quiso al principio perder a su secuaz,
mas cuando vio apagarse su ojo brillante
y descender cual el de águila con ala prieta
resolvió entonces enviarle a una misión,
pero de forma acorde a su condición.

45 Hubo entonces una especie de discusión,
una suerte de pacto o negociación
entre el Gobierno británico y el ruso,
con el engaño debido llevado,
propio de los Estados grandes en ese brete,
algo sobre la báltica navegación,
pieles, aceite de ballena, sebo y los derechos
de Tetis, su *uti possidetis* creen los británicos.

46 Confió así Catalina, que tenía bonita forma
de facultar a favoritos, el secreto encargo
de desplegar ya su real esplendor y premiar
sus servicios. Besó manos al día siguiente,
recibió instrucciones sobre cómo manejar
sus cartas, fue colmado con todo tipo
de honores y dádivas que demostraron
el gran criterio de quien donaba.

47 Mas era ella afortunada y eso lo es todo.
Las reinas son en general prósperas reinando
y nos desconcierta saber qué es la fortuna.
Pero sigamos. Aunque ya declinaba su edad,
su climaterio la tentaba como la pubertad;
y aunque su dignidad no toleraba quejas,
tanto le inquietaba la partida de Juan,
que no halló al principio buen sucesor.

48 Mas el consolador tiempo llegará al fin;
y veinticuatro horas y dos veces ese número
de candidatos exigiendo ser colocados
a Catalina dieron a la otra noche dulce sueño.
No es que quisiera reponerse con prisas
ni que sintiera agobiante la cantidad,
mas eligiendo siempre con deliberación
mantuvo abierto el lugar para su emulación.

49 Mientras este alto puesto estuvo vacante,
por uno o dos días, lector, rogamos
que te subas con nuestro héroe al transporte
que lo alejó de Petersburgo. La mejor calesa
que un día tuvo la gloria de exhibir
el autocrático escudo de la bella zarina
(cuando, nueva Ifigenia, se fue a Tauris),
a su querido se le dio para que luciera el suyo.

50 Un buldog, un pardillo y un armiño,
favoritos secretos de don Juan
(dejemos a los sabios la causa determinar),
pues una especie de querencia tenía
o de debilidad por lo que muchos llaman bichos,
los animales. Una vieja criada de sesenta
nunca tanta afición mostró por gatos y pájaros,
aunque no era él viejo y ni siquiera criado.

51 Los animales susodichos ocuparon
su puesto. Había ayudas, secretarios
ahí en otros vehículos, mas a su lado
se sentaba Leila, que sobrevivió a la defensa
que él opuso a los sables cosacos
de la vasta matanza de Izmail. Aunque mi musa
salvaje cambia de tono, no olvida a la niña
que él salvó, una pura perla viviente.

52 ¡Pobre cosita! Era tan bella como dócil
y con ese gentil, serio carácter,
tan raro en los seres vivos cual hombre
fósil entre esos mohosos mamuts, ¡gran Cuvier!
Su ignorancia casaba mal con el empuje
de este mundo agobiante, donde todos yerran,
pero ella aún tenía solo diez años y, por tanto,
era tranquila, aunque no sabía cómo ni por qué.

53 Mas Juan la amaba y ella lo amaba
como ningún hermano, padre, hermana
o hija aman. No sé decir qué era;
no era él aun tan mayor como para mostrar
instintos paternales, y el otro tipo,
llamado afecto fraternal, no podía aún
conmoverlo, pues nunca tuvo hermana.
¡Si la hubiera tenido, cuánto la añoraría!

54 Y sensual todavía menos, pues no era
por supuesto un viejo libertino
(que estimula sus venas con fruta amarga
como los ácidos un álcali dormido)
aunque (ocurrirá como gira el planeta)
su juventud no era lo más casta posible,
el platonismo más puro moraba al fondo
de todos sus sentires, solo que los olvidaba.

55 No había ahora peligro de tentación;
amaba a esa huérfana que había salvado
cual aman los patriotas (a veces) una nación.
Se preciaba también de que no fuera esclava
gracias a él y pudiera su salvación
encarrilarse con sus oficios y los eclesiásticos.
Pero una cosa rara hay que debe mencionarse:
la pequeña turca se negaba a convertirse.

56 Era extraño que ella retuviera la impresión
a través de esa escena de cambio, miedo y muerte.
Pero aunque tres obispos le dijeron el pecado,
ella siguió mostrando rechazo por el agua bendita.
La confesión tampoco le encantaba;
nada tal vez tenía que confesar. Daba igual,
sea cual fuere la causa, a la Iglesia no le importaba.
Ella mantenía aún que Mahoma era un profeta.

57 De hecho al único cristiano que soportaba
era a Juan, a quien parecía haber elegido
en lugar de lo que su hogar y amigos fueron.
Él amaba de forma natural lo que protegía
y así formaban ellos curiosa pareja,
un guardia verde en años, una tutelada
sin lazo de clima, tiempo o sangre con su defensa,
y aun esa falta de vínculo los hacía más tiernos.

58 Viajaron por Polonia y por Varsovia,
famosa por sus minas de sal y yugos de hierro,
por Curlandia también, que vio esa famosa farsa
que le dio a sus duques el nombre sin gracia
de Biron, el paisaje que el moderno Marte
viera en su marcha sobre Moscú, tras la sirena
Fama, para perder en un mes de hielo
veinte años de conquista y a sus granaderos.

59 Que no parezca esto un anticlímax. «¡Oh
mi guardia, vieja guardia mía!», gritó el dios de barro.
¡Pensad en el Tonante cayendo bajo
la artillería corta carótidas de Castlereagh!
¡Ay, esa gloria debería ser helada por la nieve!
Mas si quisiéramos calor de camino
a Polonia, ahí está el nombre de Kościuszko
para repartir fuego en el hielo, cual llama de Hecla.

60 Desde Polonia fueron a la Prusia verdadera
y a su capital Königsberg, cuyo orgullo,
además de algunas vetas de hierro, cuero o cobre
ha sido estos años el gran profesor Kant.
Juan, al que se le daba una higa
la filosofía, prosiguió su paseo hacia Alemania,
cuyos en cierta forma tardíos millones
príncipes tienen que espolean más que postillones.

61 Y de ahí a Berlín, Dresde y lo demás
hasta que al Rin almenado llegaron.
¡Oh gloriosas escenas góticas! Cómo arreáis
todas las fantasías, sin excluir la mía.
Un muro gris, verde ruina y oxidado pico
hacen que mi alma pase la línea equinoccial
entre mundos pasados y presentes
y vuele en su aéreo confín, borracho.

62 Mas Juan viajó a través de Mannheim, Bonn,
que Drachenfels vigila como un espectro
de los hermosos tiempos feudales acabados
sobre los que ahora no tengo tiempo de hablar.
De ahí fue arrastrado hacia Colonia,
una ciudad que presenta al inspector
once mil vírgenes todas de hueso,
el mayor número que la carne ha conocido.

63 De ahí a La Haya de Holanda y Hellevoetsluys,
la tierra de agua de holandeses y zanjas,
donde el enebro expresa su mejor jugo,
el chispeante sustituto de riquezas del pobre.
Han condenado su uso sabios y senados;
pero denegar a la turba un cordial, a menudo
toda la vestimenta, comida o combustible
que el buen Gobierno les deja, no es sino cruel.

64 Ahí se embarcó él y a toda vela
fue en busca de la isla de los libres,
hacia la que soplaba casi un vendaval.
Alto les salpicaba, la proa hundida en el mar
y el pasaje mareado se volvía pálido,
mas Juan, acostumbrado como debía
por viajes anteriores, miraba los esquifes
que ahí pasaban vislumbrando acantilados.

65 Y ahí se alzaron, cual muro blanco
en la frontera marina; y don Juan sintió
–eso que extranjeros jóvenes sienten
al ver el cinturón de yeso de Albión–
una especie de orgullo por estar ahí
entre esos altivos tenderos, que severos
trataban sus bienes y edictos de polo a polo
y hasta a las olas obligaban a pagar peaje.

66 No tengo yo gran causa para amar esa tierra,
sostén de algo que podría haber sido
la más noble nación, mas aunque poco le debo
salvo mi nacimiento, siento una mezcla
de pena y gusto por su fama declinante
y su antiguo favor. Siete años (plazo de transporte)
de ausencia el viejo rencor de uno nivelan
cuando el propio país al infierno se condena.

67 Ay si pudiera ella bien saber cómo
su gran nombre es hoy del todo aborrecido,
qué ansiosa está la tierra por el golpe
que ante la espada desnuda la dejará,
cómo las otras naciones la ven su peor rival,
peor que la peor, el falso amigo un día
querido que ofreció libertad a los humanos
y hasta la mente hoy les encadenaría,

68 ¿estaría orgullosa o a los libres alabaría
quien es primera de los esclavos? Están
en prisión las naciones, pero ¿y el carcelero?
No es menos víctima del cerrojo.
¿Es libertad el dudoso privilegio
de girar la llave del cautivo? Tan lejos
de disfrutar del aire y la tierra está aquel
que vigila la cadena como el que la lleva.

69 Don Juan vio las más tempranas bellezas
de Albión, tus riscos, Dover amado, puerto y hotel,
tu aduana de funciones delicadas,
tus camareros corriendo a cada toque,
tus barcazas, cuyos pasajeros son despojos
para aquellos que en tierra o en agua moran
y también para extraños poco instruidos,
tus largas, largas cuentas, sin deducción ninguna.

70 Juan, aunque incauto, joven y *magnifique*,
y rico en rublos, diamantes, metálico y crédito,
que además sus cuentas de la semana
no escatimaba, se quedó perplejo pero pagó
(su *maggiorduomo*, un listo, sutil griego,
ante él sumó el horrible papel y lo leyó).
Pero así como el aire, poco soleado,
es libre, respirar bien merece el dinero.

71 ¡A los caballos! ¡Hacia Canterbury!
Vuela sobre las piedras y los charcos.
¡Hurra! ¡Qué rauda corre la posta feliz!
No como en Alemania lenta, donde
por el camino enredan como si fueran a
a enterrar el pasaje y se paran a aturdirse
con *schnapps*, ¡tristes perros! a los que *Hundsfott*
o *verfluchter* no afectan más que el rayo al conductor.

72 No hay nada que dé al hombre tanta fuerza,
inflamándole cual a un curri la cayena
como la rapidez; no importa
adónde vaya mientras sea muy deprisa
y solo por mor de sus propios méritos,
pues cuanta menos causa haya para ello
mayor es el placer de la llegada
a la gran meta del viaje la conducción.

73 Vieron en Canterbury la catedral; el yelmo
del príncipe Edward y la placa de Becket
siniestra el sacristán los señaló como siempre,
en ese mismo tono insípido y singular.
Gloria de nuevo para ti, gentil lector. Todo
acaba en casco oxidado e incierto hueso,
medio disuelto en esas sodas o magnesias
que forman ese trago amargo, la humanidad.

74 El efecto en Juan fue por supuesto sublime;
respiró unas mil batallas de Crécy cuando vio
el casco al que tan solo paró el tiempo.
Aun le excitó la tumba del audaz clérigo,
él que murió en el entonces gran intento
de escalar sobre los reyes, que ahora al menos
deben cumplir las leyes antes de matar.
Y preguntaba Leila para qué se había hecho eso.

75 Y cuando se le dijo que era la «casa de Dios»,
ella observó que estaba bien alojado, mas
se preguntaba cómo aguantaba a los infieles
en su hacienda, los crueles nazarenos,
que derribaron sus sagrados templos en las tierras
propias de los creyentes verdaderos
y su gesto infantil se torció; Mahoma no tenía
una mezquita así, echada cual margaritas a los cerdos.

76 ¡Adelante! por prados, cuidados cual jardín,
un paraíso de lúpulos y gran producción;
pues después de años de viaje de un bardo
por países de más calor pero menor succión,
un campo verde es una vista que le hace
perdonar la ausencia de ese más sublime
constructo mezcla de viña, olivos, abismos,
glaciares, cráteres, naranjos y hielos.

77 Y cuando pienso en una jarra de cerveza
–pero no lloraré–, así que ¡adelante, postillones!
Mientras espoleaban los mozos en su carrera,
Juan admiraba estos caminos de millones libres,
un país muy querido en todos los sentidos
al nativo o extranjero, salvo algunos tontos,
que «coces dan contra el aguijón» en este punto
y que por sus dolores obtienen solo fresca punción.

78 ¡Qué cosa deliciosa un camino de peaje!,
tan suave y bajo, buena forma de afeitar
la tierra como apenas el águila en el amplio
aire puede lograr con sus alas desplegadas.
Si hubieran existido en tiempos de Faetón,
el dios le hubiera dicho al hijo que saciaran
su antojo con la posta de York; pero mientras
rodamos, *surgit amari aliquid*, ¡la cuota!

79 Ay, qué doloroso es todo pago. Tomad
las vidas, las esposas, todo menos monederos.
Tal y como Maquiavelo muestra a aquellos
en su púrpura atuendo, así son los atajos al odio.
Menos detestan a un asesino que al pedigüeño
de ese dulce metal que todos alimentan.
Matadle a la familia y lo soportará,
pero quitad las manos de su bolsillo trasero,

80 aseguró el florentino; monarcas, escuchad
a ese vuestro instructor. Juan fue llevado,
cuando el día menguaba y oscurecía,
a esa alta colina que mira con orgullo o sorna
hacia la gran ciudad. Aquellos que tengáis
una chispa de cockney en vuestras venas
sonreíd o llorad según os lo toméis bien o mal.
Audaces británicos, estamos en Shooter's Hill.

81 Se puso el sol, subió el humo, como desde
un volcán medio apagado, a un espacio
que bien se parecía a «la sala de estar del diablo»,
como han descrito algunos el lugar fantástico.
Mas Juan se sintió, aunque no cerca de casa,
como uno que, aun no siendo de la estirpe,
veneraba la tierra, madre de esos hijos auténticos,
que masacraron la mitad del mundo y abusaron del resto.

82 Una compacta masa de ladrillo, humo y barcos,
sucia y oscura, pero tan amplia como el ojo
llegaba a ver, aquí y allá una vela pasando
para luego perderse en el bosque de mástiles,
una extensión de torres espiando de puntillas
a través del dosel de negra marina de carbón,
una gran cúpula parda, como una caperuza
coronando a un bufón y en Londres ya estamos.

83 Mas Juan no vio esto. Cada espiral de humo
le parecía como el mágico vapor
de una caldera alquímica de la que brotara
riqueza de los mundos (papel e impuestos).
Nubes plomizas, que ahí como un yugo
se inclinaban y el sol apagaban cual pábilo,
no eran nada salvo la atmósfera natural,
de todo saludable, pero raras veces clara.

84 Se paró, también yo lo haré, cual tropa
antes de disparar su andanada. Poco a poco,
mis gentiles paisanos, renovaremos
nuestra relación vieja y al menos trataré
de contaros verdades que no os creeréis
porque lo son. Masculina Sra. Fry,
con una suave escoba barro vuestras salas
y limpio de los muros una o dos telarañas.

85 Oh Sra. Fry, ¿por qué ir a Newgate? ¿Por qué
predicar a pobres granujas? ¿Y por qué no empezar
con Carlton o con otras casas? Inténtelo
con el endurecido e imperial pecado.
Corregir a la gente no es sino un absurdo,
una contradicción, filantrópico escándalo,
a menos que mejores a los grandes. ¡Al diablo!
Creía que teníais más religión, Sra. Fry.

86 Enseñadles decencias del buen sesentón;
curadles de giras, húsares y vestidos escoceses.
La juventud ida ya no vuelve, decidles,
que falsos hurras no redimen penas nacionales.
Decidles que sir William Curtis es un pelma,
muy aburrido aun para el más pesado crápula,
Falstaff sin gracia de un canoso Hal,
un bufón cuyas campanillas no suenan más.

87 Decidles, aunque quizá sea ya muy tarde
en el confín gastado de la vida, harto, hinchado,
saciado, que abandonen los sueños de grandeza,
que no es eso ser bueno; y dicho esto,
los reyes más dignos han sido más modestos.
Y decidles, mas no lo haréis y yo ya he hablado
demasiado, pero poco a poco iré charlando
como ahí en Roncesvalles el cuerno de Rolando.

CANTO XI

1 Cuando el obispo Berkeley dijo que no había
materia y lo probó, no importa lo que dijera.
Dicen que inútil es rebatir su sistema,
demasiado sutil para cabeza liviana;
¡y aun quién podrá creerlo! Gustoso rompería
toda materia hasta reducirla a piedra o plomo
o inflexible hallaría para el mundo un espíritu
y mi cabeza llevaría negando que la llevo.

2 ¡Qué hallazgo sublime fue hacer
del universo egoísmo universal!
El ideal de todos nosotros. Me apuesto
el mundo (sea lo que sea) a que no hay división.
Oh duda (si lo eres, algunos así lo creen,
aunque yo lo dudo mucho), tu solo prisma
de la verdad con sus rayos no arruina mi ráfaga
de espíritu, el brandi del cielo, impotable para el seso.

3 Para siempre y ya llega la indigestión
(No es el más «fino Ariel») y confunde
nuestras elevaciones con otro tipo de cosa.
Y eso que después de todo a mi espíritu veja
es que no hallo sitio donde se pueda mirar
sin la perplejidad de razas y sexos,
del ser, los astros y este enigma maravilloso,
el mundo, un error glorioso, en el peor de los casos,

4 si es azaroso o si es el resultado
del viejo Texto, aun mejor. A no ser
que así sea, nada diremos contra la expresión,
pues muchos juzgan rudo ese peligro.
Tienen razón; muy breves son nuestros días
para discutir eso que nadie nunca
podría decidir y todos sabrán alguna vez
muy bien o al menos seguirán mintiendo.

5 Y por lo tanto, voy a dejar la metafísica
discusión, que no está ni aquí ni ahí.
Si admito lo que es, es; a eso lo llamo yo
ser bastante perspicuo y muy honesto.
La verdad es que he estado bastante tísico.
No sé por qué razón, quizá sea el aire,
pero al sufrir los golpes de la enfermedad,
me vuelvo mucho más ortodoxo.

6 El ataque primero probó de golpe a Dios,
mas de eso nunca dudé, tampoco del diablo;
el siguiente, la mística virginidad de la Virgen;
el tercero, la causa habitual del mal;
el cuarto estableció de pronto la Trinidad
a un nivel tan por completo irrebatible
que yo devoto deseé que fueran cuatro
los tres para así poder creer aun mucho más.

7 A lo nuestro. Aquel que ha visto la Acrópolis
o contemplado el Ática o el que ha navegado
hacia la pintoresca Constantinopla,
o ha visto Tombuctú o ha tomado el té
en la metrópoli china de porcelana y ojos rasgados
o se ha sentado entre las piedras de Nínive
quizá no le impresione Londres al llegar,
mas preguntadle al cabo de un año.

8 Don Juan había salido a Shooter's Hill,
la hora del ocaso, el lugar, esa declinación
que mira sobre el valle del bien y del mal,
donde las calles de Londres hierven,
mientras en torno todo estaba quieto y calmo,
salvo el chirrido de las ruedas oído
en su eje y ese zumbido afanoso y denso
de las ciudades que bullen con su escoria.

9 Don Juan, digo, absorto en la contemplación
caminaba detrás de su carruaje en la cima,
y encantado ante nación tan grande,
se rendía ante ella, sin poder vencerla.
«Y aquí está», gritó, «el puesto de la Libertad.
Aquí resuena la voz del pueblo, intocada
por potros, cárceles, inquisiciones.
Con cada asamblea o elección resucita.

10 »Hay aquí castas mujeres, puras vidas.
Aquí la gente paga lo que quiere y si está bien,
es solo porque les gusta tirar el dinero,
para demostrar cuánto ganan en un año.
Aquí las leyes no se violan; nadie tiende
trampas para el viajero; los caminos están limpios.
Aquí»; le interrumpió un cuchillo
con «¡Malditos tus ojos! ¡La cartera o la vida!».

11 Esos sonidos libres venían de cuatro ladrones
emboscados, que oyéndole rondar
tras su carruaje y como tipos prácticos
la hora feliz para el encuentro habían buscado
en la que el caballero omiso que vaga
por el camino, a menos que sea bandido,
puede verse metido en esa isla de riquezas
expuesto a perder vida y monedas.

12 Juan, que no sabía una palabra de inglés,
salvo su fórmula ritual «*God damn!*»
y aun eso lo había oído tan poco
que a veces creía que era solo su «*salaam*»
o «vaya usted con Dios» y no es absurdo
pensarlo, porque siendo yo medio inglés
(qué desgracia) no puedo decir
que les haya oído «id con Dios», salvo así.

13 Más Juan entendió rápido su gesto
y viéndose repentino y colérico
se sacó una pistola de bolsillo
y disparó contra la tripa del malhechor,
que cayó cual buey rueda en el pasto
y rugió, mientras se revolcaba en barro
nativo, cerca de su amigo o secuaz,
«¡Ay, Jack, me ha dado ese francés maldito!».

14 Con lo que Jack y su tropa se fueron rápido,
y la de Juan, dispersa a cierta distancia,
llegó, admirándose todos de la hazaña
y como siempre ofreciendo ayuda tardía.
Juan, que sangrar vio al ídolo de la luna
como si su existencia pudiera salir de sus venas,
ahí estaba pidiendo vendajes e hila
y deseaba no haber sido tan rápido con el arma.

15 «Quizá», pensó él, «sea costumbre del país
darnos la bienvenida de esta forma.
Recuerdo posaderos que no son distintos,
salvo en que roban con gran reverencia
en lugar de hoja afilada y cara dura.
Pero ¿qué se le va a hacer? No puedo dejar
a este tipo gimiendo en el camino.
Cogedle pues, os ayudo con la carga».

16 Antes de que llevaran a cabo este pío deber,
el hombre agonizante gritó, «¡Ya tengo mi castigo!
¡Oh por un vaso de ginebra! ¡Perdido el botín!
¡Dejad que muera donde estoy!». Y mientras
el combustible de la vida se le escapaba
y gotas gruesas y negras caían de su herida,
casi sin aliento, de su hinchado cuello deshizo
un pañuelo, gritando «Dale a Sal esto» y murió.

17 La corbata manchada de sangre se cayó
a los pies de don Juan. No podía decir
con precisión por qué se le había lanzado
ni cuál era el sentido del adiós del hombre.
El pobre Tom fue una vez un pícaro,
un canalla y un tipo de verdad elegante,
destellante y brillante, hasta que fue estafado,
primero sus bolsillos y luego el cuerpo acribillados.

18 Don Juan, habiendo hecho lo mejor que supo
en esas circunstancias del caso, tan pronto
como el «dictamen del forense» dejó,
rápido prosiguió su viaje por la capital,
pensando que era un poco duro
que en solo doce horas y poco espacio
se hubiera visto obligado a matar un nativo
libre en defensa propia; eso le hacía meditar.

19 Él había quitado a un gran hombre del mundo
que en su época había hecho heroico bullicio.
¿Quién como Tom podía guiar en la lucha,
beber en la garita o timar en el teatro?
¿Quién burlar al idiota? ¿Quién (a pesar del veto
de Bow Street) pavonearse y robar a caballo?
¿Quién de parranda con Sal de ojos negros (su furcia),
tan fino, elegante, decidido y sabiondo?

20 Pero Tom ya no está y ya basta de Tom.
Deben morir los héroes; y gracias a Dios
nunca tardan demasiado en irse a casa.
¡Va, Thamis, va! Es en tu filo
donde el carro de Juan, rodando cual tambor
tronante, sigue el rumbo imperdible
a través de Kensington y todos los demás *tons*
que a todos nos dan ganas de estar en la ciudad.

21 A través de arboledas, así llamadas por falta
de árboles (cual *lucus* de sin luz); por zonas
llamadas Monte Placer pues nada contienen
para gustar ni para trepar; por cajitas hechas
de ladrillo que dejan entrar el polvo a gusto,
con un «se alquila» en las puertas proclamado;
a través de «pasajes» con más modestia llamados
«Paraíso», que Eva dejaría sin mucho sacrificio;

22 a través de carruajes, carretas, colapsados
peajes y vorágine de ruedas y fragor de voces.
Aquí tabernas buscando una pinta de *purl*;
ahí correos volando como una ilusión;
ahí las cuadras de barbero con pelucas rizadas
en la ventana; aquí la infusión del farolero
morosamente destilada en la luz trémula
(ya que en aquella época aún no teníamos gas).

23 A través de esto y mucho más se aproximan
nuestros viajeros a la fuerte Babilonia.
Ya vengan a caballo, calesa o coche,
con pocas excepciones, uno solo es el camino.
Podría decir más, pero no quiero infringir
el privilegio de la guía. Se había puesto
el sol hacía rato y estaba la noche en la cresta
del ocaso al cruzar el puente el grupo.

24 Está muy bien, el suave rumor del Thamis,
que justifica un instante también su flujo,
aunque apenas se oye a través de tanto «joder».
El brillo más regular de las farolas de Westminster,
lo ancho del pavimento y aquel templo donde Fama
es espectral habitante, cuyo pálido rayo
flota cual luz de luna sobre la pila,
hacen sagrada esta parte de la isla de Albión.

25 Ya no existen los bosques de los druidas, por suerte,
Stonehenge no está, pero ¿qué diablos hay?
Mas Bedlam aún existe con sus doctos grilletes,
para que no te muerdan los locos en las visitas.
The Bench también alberga a muchos deudores,
The Mansion House igual (aunque algunos se burlan)
y a mí se me antoja una gran y dura erección.
Mas vale la abadía por toda la colección.

26 También la línea de luces hacia Charing Cross,
Pall Mall y lo demás despide un destello
como de oro comparado con basura,
a la iluminación del continente pareja,
cuyas noches urbanas no se dignan a brillar.
Los franceses no eran aún nación farolera
y cuando lo fueron, en sus farolas nuevas,
en vez de mechas, colgaron a malvados.

27 A lo largo de calles, una fila de caballeros
suspendida bien puede iluminar la humanidad,
igual que las hogueras hechas de mansiones.
Pero aquel viejo método es mejor para el cegato,
parece el otro como fósforo en sábanas,
una especie de *ignis fatuus* de la mente,
que aunque seguro confunde y asusta,
debe arder más suave antes de que ilumine.

28 Pero está Londres tan bien iluminada
que si volviera Diógenes a cazar a su hombre
honesto y no lo hallara en medio de las varias
progenies de esta enorme gestación urbana,
no sería por esa falta de farolas ocultando
su tesoro aún ignoto. Hice cuanto pude
para encontrar el mismo viaje total de la vida,
pero he visto que es el mundo solo un abogado.

29 Sobre las piedras aún traqueteantes Pall Mall
arriba, a través de masas y carros, pero menguando
mientras truenos de golpes rompían el encanto
ya sellado de puertas contra deudas, y a cenar
temprano se invitaba a pequeño grupo,
nuestro joven diplomático pecador, don Juan,
seguía su camino y conducía pasando hoteles,
el palacio de St. James y los infiernos de allí.

30 Llegaron al hotel. De la puerta principal,
salió una marea de camareros bien vestidos
y alrededor de la turba la usual comparsa
de esos pedestres pafianos que abundan
en el Londres decente cuando anochece.
Muy serviciales mas inmorales, son útiles,
como Malthus, para instigar el matrimonio,
pero Juan baja ahora de su carruaje

31 a uno de los hoteles más preciosos,
especialmente para foráneos y sobre todo
para esos cuyo favor y fortuna oscilan
y no ven cara la cuenta de pequeños artículos.
Ahí más de un enviado moraba o mora
(madriguera de muchas diplomáticas mentiras),
hasta que pasan por alguna plaza notoria
y blasonan en la puerta sus nombres en cobre.

32 Juan, cuyo encargo era delicado,
privado aunque públicamente importante,
no ostentaba título alguno que señalara
con exactitud cuál era en realidad su cometido.
Tan solo se sabía que en secreta misión,
un forastero de rango había honrado nuestra costa,
joven, guapo y dotado, del que se decía
(por lo bajo) que había trastornado a Su Majestad.

33 Ciertos rumores también de raras aventuras
le precedían, como sus guerras y amores;
y como cabezas románticas son buenos pintores
y las divagaciones sobre todo de inglesas
en las digresiones, rompiendo el contrato
de la razón sobria, allá donde se mueva,
se halló a sí mismo en extremo en la manera,
que sirve a nuestra gente pensante de pasión.

34 No infiero yo que sean desapasionados,
al contrario, sino que eso está en la cabeza.
Mas como el resultado es tan fuerte
como si actuaran igual con el corazón,
¿qué importará de dónde vengan
esas lucubraciones de dama? Pues llevan
seguras al lugar por el que uno se turba,
¿qué más da si la ruta es corazón o cabeza?

35 Juan se presentó ahí en el lugar preciso
para bien presentar los credenciales rusos,
y se le recibió con la mueca habitual
de aquellos que gobiernan al modo potencial,
que, viendo a un chaval barbilampiño,
pensaron (esencial en asuntos de Estado)
que ellos podrían fácil con el joven,
cual halcones que asaltan cantor de bosque.

36 Se equivocaron, cual suelen los mayores,
mas ya hablaremos de ello, y si no,
será porque no es alta nuestra noción
de los políticos y su doble frente,
que viven de mentir pero sin valentía.
En las mujeres me encanta que no puedan
o no quieran hacer más que mentir, pero
lo hacen tan bien que la verdad parece falsa.

37 ¿Qué es, después de todo, una mentira?
No es sino la verdad disfrazada, y desafío
a historiadores, héroes, abogados, curas
a dar una verdad sin levadura de mentira.
La sombra misma de verdad verdadera
cerraría anales, revelaciones, poesía
y profecías, salvo si se dataran
algunos años antes de los hechos contados.

38 ¡Loados sean pues mentiras y mentirosos!
¿Quién gravará mi dulce musa con misantropía?
Ella toca el *Te Deum* mundial y la frente
roja se le pondrá para los que no lo hagan,
mas suspirar es vano. Disfrutemos de que otros
se inclinen, besen manos, pies, cualquier parte
de su gran majestad, como la «Verde Erin»,
cuyo trébol ya no parece tan bueno para llevar.

39 Don Juan fue presentado y sus atuendos
y formas excitaron general admiración;
no sé yo lo que más o menos se admiró.
Se señaló un diamante monstruoso
que Catalina en un rapto de *ivresse*
(en ferviente fermento de amor o brandi)
le había regalado, como supo el público;
y, al decir verdad, bien se lo había ganado.

40 Además de ministros y subordinados,
que deben ser corteses ante los acreditados
diplomáticos o ante los vacilantes reyes
hasta que su real enigma sea bien leído,
aquellos empleados, sucios retoños
de la oficialidad o del ministerio, nutridos
por corrupción infame a raudales, aun ellos
eran poco muy rudos para ganarse el sueldo.

41 Y la insolencia es sin duda por lo que
se les emplea, pues es su diario trabajo
en los amados oficios de la paz y la guerra;
y si dudáis, preguntad a vuestro vecino
cuando un pasaporte u otro veto
de libertad pidió (una pena y un hastío)
si esta pandilla de ricos en nativa usura
no eran perritos falderos, inciviles hijos de puta.

42 Mas Juan fue recibido con más *empressement*.
Estas frases tan finas debo tomarlas prestadas
de la tierra vecina, donde cual pieza
de ajedrez, hay un movimiento para alegría
o tristeza no solo en el habla sino en la imprenta.
Los isleños, parece, son más directos y precisos
que ahí en el continente, como si el mar
(ved Billingsgate) hiciera más libre aún la lengua.

43 Y aun el británico jurar es bastante ático.
Vuestros continentales tacos son incontinentes
y se ocupan de cosas que ningún espíritu
aristocrático podría nombrar y no aludiré
por ello a la cita del asunto, pues sería cismático
en cortesía y tiene en sí un son insultante.
Pero «maldito» es asaz etéreo, si bien osado,
platónica blasfemia, el alma de lo soez.

44 Para la grosería total, quedaos mejor en casa.
Para falsa o mendaz cortesía (y apenas eso,
hoy) cruzad el mar azul y la blanca espuma,
emblema lo primero (rara vez pensado) de eso
que queda atrás; el segundo de lo mucho
con que os encontráis. Pero no es hora
de charla general, los poemas deben,
igual que este mío, ceñirse a la unidad.

45 En el gran mundo, cuya interpretación
significa Occidente o el peor confín de ciudad
y unas dos veces dos mil personas
criadas para no ser ni sabias ni listas,
sino para alzarse cuando otras yacen
y despreciar al universo con piedad,
Juan, cual patricio inveterado,
fue bienvenido por personas de condición.

46 Era soltero, que es un asunto importante
tanto para la virgen como para la novia:
a aquella porque excita sus anhelos nupciales
y (si no está muy tocada por amor u orgullo)
tiene también relevancia para la segunda.
Es costilla una espina en lado de galán casado
y requiere *decorum* y puede doblar
el horrible pecado, y aún peor, el problema.

47 Pero Juan era bachiller, de artes,
partes y corazones. Bailaba y cantaba
y un aire tan sentimental tenía
cual las más suaves melodías de Mozart
y triste o alegre podía ser sin «taras ni sustos»
en el momento oportuno y, aunque chaval,
había visto el mundo, que es vista curiosa
y en nada parecido a lo que la gente escribe.

48 Bellas doncellas con él se ruborizaban;
florecían igual las casadas en tonos menos
efímeros; los dos lujos moran en el Támesis,
la pintura y el pintado. Juventud, cerusa,
contra su corazón prefería sus usuales demandas,
tales como no hay caballero que rechace.
Las hijas admiraban su ropa y pías madres
por su renta inquirían, y si tenía hermanos.

49 Sombrereros que visten a «señoritas cortina»
en temporada y especulan con el pago
antes de que los últimos besos de la luna
de miel hayan menguado a cuerno creciente
creyeron aquella una gran oportunidad
para iniciar a un rico extranjero
que no debía omitirse y le dieron tal crédito
que los futuros novios maldijeron, suspiraron y pagaron.

50 Las azules, esa tierna tribu, que se mueren
con sonetos y las páginas del último *Review*
forran el interior de sus cabezas o tocados,
intensos con el tono celeste más alto.
En mal francés hablaban del español y sobre
sus difuntos autores le pedían impresiones
y cuál era más dulce, si el ruso o castellano.
Y si había visto en sus viajes Ilión.

51 Puesto que era un tanto superficial
y no un gran Drawcansir en literatura,
examinado por este sabio y especial
jurado de matronas, Juan apenas supo
qué decir. Su deber bélico, amoroso
u oficial, su firme tarea como bailarín
le habían alejado del borde de Hipocrene,
que ahora descubría era azul en vez de verde.

52 De todos modos, contestó al azar
con modesta confianza y calma seguridad,
y a sus lucubraciones dio así fuerza,
haciéndolos pasar por argumentos.
Aquel prodigio, miss Araminta Smith
(que a los dieciséis tradujo *Hercules Furens*
a un inglés furioso), con su mejor cara
registró los decires del chico en su breviario.

53 Sabía Juan varias lenguas, bien podía,
y las mostraba a tiempo con habilidad
para salvar su nombre con cada *belle*;
ellas seguían lamentando que no rimara.
Faltaba solo ese requisito para hincharle
sus cualidades (con ellas) hacia lo sublime.
Lady Fitz-Frisky y miss Maevia Mannish,
hubieran querido ambas ser cantadas en español.

54 De todos modos, lo hizo bastante bien
y fue como aspirante en todos los grupitos
admitido, y cual en el espejo de Banquo,
en grandes reuniones o pequeñas fiestas,
vio a diez mil autores vivos pasar,
siendo ese su promedio numérico;
también esos ochenta «grandes poetas de hoy»,
como cualquier revista tonta demuestra.

55 En dos veces cinco años, «el mayor poeta vivo»,
como el campeón en el ring de boxeo,
debe venir a defender o mostrar su puesto,
aunque sea algo por completo imaginario.
Incluso yo, si bien no lo sabía
ni quise ser rey de súbditos bufones,
fui durante algún tiempo considerado
el gran Napoleón de los reinos de la rima.

56 Mas fue Juan mi Moscú, y Faliero
mi Leipzig y mi Mont-Saint parece Caín.
«La Belle Alliance» de zoquetes al cero,
con el león caído, puede alzarse de nuevo.
Pero yo al menos caeré como mi héroe
y nunca reinaré, a no ser como monarca,
o tal vez me iré a una isla de carceleros
con Southey el chaquetero y Lowe de alcaide.

57 Sir Walter reinó antes que yo, Moore y Campbell
después y también antes; más sagradas hoy,
las musas en el monte Sión deben vagar
con poetas que son casi clérigos, o del todo,
y Pegaso se daba un paseo salmódico
por debajo del muy reverendo Rowley Powley,
que hierra al glorioso animal con zancos,
un moderno alférez Pistol, ¡por el mango!

58 Mas él destaca en ese duro artificio,
labrador de esa mismo viñedo, aunque la viña
no le dé más que vinagre como fruto,
ese neutralizado pelma, Dorus de las Nueve,
ese moreno Esporo, ni hombre ni bardo,
ese buey lírico, que ara cada verso.
Los gritones romanos de Cambises tumban
a los aullantes hebreos del sacerdote de Cibeles.

59 Luego está mi gentil Euphues, quien, dicen,
pasa por ser una especie de mí moral.
Bastante difícil le será algún día
representar a los dos, o quizá a cualquiera.
Dicen que Coleridge tiene influencia
y Wordsworth sus acólitos, dos o tres,
y ese bocazas beocio, Savage Landor,
ha tomado por cisne canalla al ganso de Southey.

60 John Keats, al que mató una crítica,
justo cuando algo grande, si no inteligible,
nos prometía, sin saber griego
bien se las apañó para hablar de dioses
según el habla que muchos les suponían.
¡Qué pobre tipo! Tuvo un destino impropio.
Es raro que la mente, esa partícula ardiente,
se deje apagar por un simple artículo.

61 Larga es la lista de vivos y muertos
pretendientes de eso que nadie ganará
o de lo que nadie sabrá el conquistador,
quien, antes de que premie el Tiempo, verá
como crece la yerba sobre su seso quemado
y cenizas sin savia. Si augurar puedo, escasas
serán sus esperanzas; son muchos, cual los treinta
ridículos tiranos cuando Roma se volvió sucia.

62 Este es el bajo imperio literario,
donde las bandas pretorianas mandan,
«peligrosa tarea», como esa del «hinojo marino»,
soldadesca insolente que aliviar y adular
como quien a vampiros convence.
Si a casa regresara un día con buena sátira,
llegaría a acuerdos con esos jenízaros
y les enseñaría qué es una guerra intelectual.

63 Creo que sé un truco o dos para doblar
sus flancos, mas no me vale mucho la pena
preocuparme por equipo tan nimio.
De hecho no tengo la bilis necesaria;
mi natural carácter es de todo menos adusto
y aun el peor reproche de mi musa sonríe
y luego ofrece una breve y moderna reverencia
y se retira, segura de no haber ofendido.

64 Mi Juan, al que dejé en peligro mortal
en medio de poetas vivos y damas azules,
pasó con poco provecho por esa tierra baldía.
Cansado al poco y ni último ni menor,
la dejó antes de que fuera tratado mal
y desde entonces se halló mejor adoptado
entre los altos espíritus de la época,
el hijo del sol no es vapor sino rayo.

65 Se le iban las mañanas en negocios,
que como todos no eran sino nada laboriosa
que a lasitud conduce, el más infectado
traje centauro Neso de ropa mortal,
y alicaídos en nuestros sofás nos tumba
para que con tierno horror hablemos del odio
por cualquier labor, salvo si es por el país,
que no mejora, aunque ya es hora.

66 Se pasaba las tardes con visitas, comidas,
salones y boxeo; y a la hora del ocaso
cabalgando por esos toneles vegetales
llamados parques, donde no hay frutas ni flores
para saciar del todo las mordidas de abeja.
Pero después de todo es la única «alcoba»
(al decir de Moore), donde la bella de moda
puede tener ligero contacto con el aire.

67 ¡Luego a vestirse, cena y despierta el mundo!
Fulgor en las farolas, giran las ruedas, fragor
de calles y en la plaza carros destellantes,
rápidos cual meteoros con arneses. Y en el suelo
miméticos dibujos de yeso, guirnaldas revuelan,
suenan los truenos de latón de la puerta
que se abre para mil privilegiados
a un terrenal paraíso de ormolú.

68 Ahí está la anfitriona noble, sin caerse
con las tres mil reverencias. Ahí el vals,
única danza que enseña a pensar a las chicas,
le enamora a uno con sus defectos incluso.
Salón, estancia y sala rebosan sus límites
y a lo largo de las últimas llegadas para,
entre duques reales y damas que trepan
y un ápice de escalera de golpe ganan.

69 Tres veces feliz quien tras sondeo
de buena compañía se gana una esquina,
una puerta adentro o alcoba fuera de ruta,
donde puede quedarse cual pequeño Jack Horner
y dejar que entorno corra Babel como guste
y mirar como deudo o blasfemo
o como quien aprueba o solo contempla,
bostezando un poco mientras la noche envejece.

70 Pero no ocurrirá salvo poco a poco
y aquel que cual don Juan tome activa parte
deberá dirigirse con cuidado a través de ese
brillante mar de gemas y plumas y perlas y sedas
ahí hacia donde crea que está su lugar,
disolviéndose en el vals al suave son
u orgulloso saltar con talento mercurial
donde los mariscales científicos forman cuadrilla.

71 O si no baila pero tiene altas inclinaciones
hacia una heredera o la novia de su vecino,
dejad que se cuide de que aquello que busca
no sea pronto demasiado perceptible y obvio.
Muchos ansiosos caballeros a menudo su prisa
lamentan; es la impaciencia mala consejera
para la gente célebre por la reflexión
que gusta hacerse el tonto con circunspección.

72 Mas si te las arreglas, vete luego a cenar;
y si te frustras, contraríate y mira mal.
¡Oh momentos divinos!, siempre allá
en la mente, cual duende sentimental
sentado eterno en la grupa de la memoria,
el fantasma de idos placeres antiguos. El dolor
puede suavizar almas con el auge y la caída
de esperanzas y miedos que sacuden una bola.

73 Pero estas pistas precautorias solo afectan
a una mayoría, que debe proseguir
y vigilar y protegerse, cuyos planes palabra
de más o de menos arruinan; y no a los pocos
o muchos (pues a veces es tal el número),
a quien el buen aspecto, sobre todo si nuevo,
o la fama o el renombre de ingenio, guerra, sentido
o sinsentido todo se lo permiten, o ya no desde tiempos.

74 Nuestro héroe, como tal, joven y guapo,
noble, rico, celebrado y un extraño,
como los otros esclavos debe pagar rescate
antes de que se pueda escapar del peligro
que suele rodear a los notorios. Algunos
hablan de poesía y de «ruina y devastación»
y de fealdad, dolencia, como de labor y pena;
ojalá conocieran la vida de un joven noble.

75 Jóvenes son, mas no conocen la juventud
(se prevé), guapos y estropeados, ricos sin blanca.
Su vigor en mil brazos se disipa.
Su metálico procede, va su riqueza a un judío.
Ambos senados ven sus votos nocturnos
entre las tropas del tirano y del tribuno.
Y después de votar, cenar, beber, jugar y putear,
la cripta familiar recibe a otro lord.

76 «¿Dónde está el mundo?», grita a los ochenta
el joven. «¿Dónde el mundo en que se nació?
¡Ay! ¿Dónde el mundo de hace ochenta años?».
Ahí, lo busco, se ha ido, un globo de cristal,
resquebrajado, trémulo, esfumado, apenas visto
antes de que callada muda deshaga la masa de luz.
Estadistas, jefes, oradores, reinas, patriotas, reyes
y dandis, todos se van con las alas del viento.

77 ¿Dónde está Napoleón el grande? Dios sabe.
¿Dónde el pequeño Castlereagh? El diablo sabrá.
¿Dónde Grattan, Curran, Sheridan, todos esos
que rodean la corte o el Senado con su hechizo?
¿Dónde está la infeliz reina con sus congojas?
¿Y dónde la hija, a quien las islas bien amaban?
¿Dónde están esos santos mártires, los cinco por ciento?
¿Y dónde, dónde diablos están las rentas?

78 ¿Dónde está Brummel? Maldito. ¿Dónde Long
Pole Wellesley? Timado. ¿Dónde Whitbread? ¿Romilly?
¿Dónde Jorge Tercero? ¿Y su testamento? Un misterio.
¿Y dónde está «Fum» el Cuarto, nuestro real pájaro?
Se ha ido parece a Escocia para ser tocado
por el violín de Sawney, según hemos oído.
«Dame y te doy». Seis meses ha incubado
esta escena de real picor y rascar leal.

79 ¿Dónde están lord esto y lady tal?
¿Las honorables señoritas y señoras?
Algunas ya dejadas como viejas chisteras,
casadas y solteras y vueltas a casar
(evolución corriente estos días).
¿Dónde los gritos de Dublín y los pitos de Londres?
¿Dónde están los Grenvilles? Girados, seguro.
¿Dónde mis amigos los whigs? Donde siempre.

80 ¿Dónde están las lady Caroline y Frances?
Divorciándose o cerca de eso. Oh anales
tan brillantes, lista de fiestas y bailes,
tú, *Morning Post*, solo registro de los paneles
rotos en carruajes y de todas las fantasías
de la moda, di, ¿qué corrientes hay en esos canales?
Algunos mueren, otros vuelan, languidecen otros
en el continente porque inquilinos ya no tienen.

81 Los que pusieron sus gorras en duques cautos
se las tuvieron con jóvenes hermanos.
Han mordido herederas el anzuelo de embusteros;
doncellas se han hecho esposas, unas solo madres;
han perdido otras sus frescas pintas de hada.
Abruma, en fin, esa lista de alteraciones.
No hay nada raro en ello, pero extraña es
la insólita rapidez de esos vulgares cambios.

82 No digáis que setenta son muchos. En siete
años he visto más cambios, desde monarcas
hasta el tipo más modesto bajo el cielo,
que bien podrían llenar un siglo modesto.
Ya sabía que nada dura, mas aun así
se vuelve el cambio muy mudable sin ser nuevo.
Nada es perdurable en la raza humana
salvo los whigs estando fuera de lugar.

83 A Napoleón he visto, que un Júpiter parecía,
encogerse en un Saturno. He visto a un duque
(no importa cuál) volverse político más estúpido,
y ya es decir, que su aspecto rígido.
Pero ya es hora de que ice mi pendón de adiós
y a por un nuevo tema zarpe. He visto, turbado
por todo ello, silbar al rey y luego salvarlo,
pero no pretendo decidir qué es mejor.

84 A los terratenientes he visto sin condena,
he visto a Joanna Southcott. He visto
a los Comunes volverse trampa de impuestos.
He visto el triste afer de la difunta reina.
He visto usar coronas cual gorros de bufón.
He visto a un congreso hacer todo lo ruin.
He visto a algunas naciones cual burros
sobrecargados quitarse peso, las altas clases.

85 A pequeños poetas he visto y a prosistas
grandes, y a oradores interminables, no eternos.
He visto las reservas en guerra con casa y tierra.
A señores rurales he visto volverse quejicas.
He visto a gente cargada cual sacos de arena
por los esclavos a caballo. Licores de malta
he visto yo cambiar por «suaves brebajes» a John Bull.
He visto a John medio saberse un tonto.

86 ¡Mas *carpe diem*, Juan, *carpe, carpe*!
Mañana ve otra estirpe tan alegre y efímera
y por la misma harpía devorada.
«La vida es un mal actor». Pues «haced
esa obra, bribones». Y sobre todo vigilad
menos lo que hacéis que eso que decís.
Sed hipócritas, cautos, no seáis
eso que parecéis, sino todo lo que veis.

87 Mas ¿cómo contaré en otros cantos
lo que le ocurrió a nuestro héroe en la tierra
que es tópico y mentira querer mostrar
como un país moral? Pero me reprimo,
pues no quiero escribir una *Atalantis*.
Pero está bien que se entienda rápido:
no sois un pueblo moral, y lo sabéis,
sin la ayuda de un poeta tan sincero.

88 Lo que Juan vio y vivió será mi asunto
con la medida que requiere
toda cortesía verdadera, por supuesto.
Y recordad que la obra es solo ficción
y que yo no canto de mi ni sobre mí,
aunque ciertos escribas en leve giro
de dicción vean espurias alusiones. No dudéis:
cuando yo hablo, no insinúo, me expreso.

89 Si se casó con la tercera o cuarta cría
de alguna lista condesa caza maridos
o si con cierta virgen de mayor mérito
(a profusión de fortuna conyugal me refiero)
a poblar esta tierra se puso con regularidad,
de lo que esa letal boda legal es fuente,
o si fue requerido por los perjuicios
de sus excesos digresivos en sus homenajes

90 es algo que aún no ha sido leído.
Así que ve adelante, lai, yo te secundaré
con ese mismo número de rimas
por ser objeto de tantos ataques
como jamás lo fue obra sublime
por parte de esos que aman decir blanco es negro.
Pues mejor aún. Quizá me quede solo,
pero no cambio mis libres ideas por un trono.

CANTO XII

1 De entre todas las bárbaras Edades Medias,
es la más bárbara la edad media del hombre.
Se trata, no sabría muy bien decir de qué;
pero cuando oscilamos entre el bufón y el sabio
y no sabemos en verdad qué nos espera,
un periodo algo parecido a página impresa,
letra gótica en folio, mientras el cabello
se nos vuelve canoso y no somos ya lo que éramos,

2 para la juventud muy viejos, demasiado jóvenes
aún a los treinta y cinco para andar con chicos
o reservarse ya con sesentones. No sé si la gente
debería seguir viviendo, pero como lo hace,
esa época es un aburrimiento. El amor
perdura aún, mas ya es tarde para casarse,
en cuanto al otro amor, se fue el hechizo;
y el dinero, la más pura imaginación,
reluce solo a través del alba de su creación.

3 ¡Oro! ¿Por qué llamar avaros a los miserables?
Suyo es el placer que nunca caduca.
Suya es la mejor ancla de leva, la cadena
que fuerte ata otros placeres grandes y chicos.
Aquellos que en la mesa veis al ahorrador
y os burláis de su consejo moderado cual ninguno
y os admiráis de cómo el rico puede guardar
no sabéis qué visiones de tacaños surgirán.

4 Amor o lujuria enferman y el vino aún más.
La ambición desgarra y el juego da pérdidas.
Pero hacer dinero, lento y luego rápido,
y sumando un poquito con cada cruz
(que vendrá con las cosas) tumba el amor
o el licor, la ficha del jugador, la escoria política.
¡Oro! Aún te prefiero más que al papel,
que hace del crédito bancario barco de vapor.

5 ¿Quién equilibra el mundo? ¿Quién reina
en el Congreso, ya sea monárquico o liberal?
¿Quién sublevó a los españoles descamisados
que hacen a los diarios europeos gemir y farfullar?
¿Quién mantiene el mundo, viejo y nuevo,
con dolor o placer? ¿Quién hace frívola la política?
¿Audaz la sombra del noble Bonaparte?
El judío Rothschild y su colega Christian Baring.

6 Esos y el verdadero liberal Lafitte
son los auténticos amos de Europa.
Los préstamos no son solo especulación
sino que fijan naciones o molestan tronos.
También las repúblicas se implican:
tenían en Colombia las acciones titulares
conocidos al cambio y aun tu tierra de plata,
Perú, debe obtener descuento de un judío.

7 ¿Por qué llamar al avaro miserable?
Como dije antes, suya es la vida frugal
que en un santo o cínico siempre fue
motivo de halago. No dejaría un ermitaño
de ser canonizado por la misma causa,
¿por qué culpar pues las entecas austeridades
de la Riqueza? Porque, diréis, nadie lo pedía;
pues más mérito tiene aún el sacrificio.

8 Aquí está tu único poeta. La pasión, pura
y destellante de cúmulo en cúmulo, despliega
el metal poseído del que meras ilusiones
atraen a naciones a lo hondo. Rayos dorados
refulgen en lingotes desde la mina oscura.
En él vierte el diamante su brillante llama,
mientras el aura suave de la esmeralda eclipsa
los tonos de otras piedras para aliviar al avaro.

9 A cada lado las tierras son suyas; el barco
de Ceilán, Indo o la lejana Catay descargan
para él el fragante producto de cada viaje.
Bajo sus carros de Ceres gimen los caminos
y cual labio de Aurora se ruboriza la vid.
Sus bodegas podrían ser alcobas regias,
mientras él, despreciando toda seducción,
gobierna, pues es señor intelectual de todo.

10 Quizá tenía grandes proyectos en mente
de construir facultades o fundar una estirpe,
un hospital, una iglesia, y dejar atrás
una mansión vencida por su magra cara.
Quizá liberaría a gusto a la humanidad
aun con el mismo metal que los hace viles.
Quizá sería el más rico de su nación
o gozaría de los júbilos del cálculo.

11 Pero si todos o alguno o ninguno de estos
pudieran ser el principio de acción
del que acapara, trastorno lo llamaría el tonto.
¿Cuál es el suyo? Mirad cada transacción,
guerras, fiestas, amores. ¿Da esto más consuelo
que la mera labor a través de cada «vulgar fracción»?
¿O es que a la humanidad benefician? Flaco avaro,
que manirrotos herederos te examinen, ¿quién es mejor?

12 ¡Qué bellos esos rulos de doblones! ¡Qué encanto
las arcas de lingotes, bolsas de dólares, monedas
(no de viejos invictos, cuyas cabezas y crestas
no pesan ni el fino metal donde brilla su rostro
sino) de buen oro limpio, donde débil perdura
alguna semejanza, que el circo rutilante confina,
de la moderna, reinante, esterlina, idiota estampa.
¡Sí! El dinero fácil es la lámpara de Aladino.

13 «Domina amor el campo, la corte, el bosque»,
«pues amor es el cielo y el cielo amor», canta el bardo,
algo bastante difícil de demostrar
(ya en sí bastante duro en poesía).
Quizá haya algo en el bosque
(al menos rima con «amores»); mas me atrevo
a dudar (tanto cual terratenientes de sus rentas)
de que cortes y campos tengan sentimiento.

14 Pero si el amor no, sí el metálico y él tan solo,
domina el bosque el metálico y además lo tala.
Sin el metálico, los campos serían magros y corte
no habría. Sin él, dice Malthus, «no te esposes».
Así que él gobierna a amor soberano,
con su alto propósito, virgen Cintia de las mareas.
En cuanto a que sea el cielo amor, ¿por qué no
miel la cera? Matrimonio es el cielo, no amor.

15 ¿No es en verdad todo amor prohibido
salvo el conyugal?, que es amor sin duda,
en alguna medida, pero la gente no acaba
de asociar esa idea con las dos palabras.
Puede y debe haber amor en el matrimonio
y también este puede existir sin el otro
pero amor sin promesa es pecado y deshonra
y bien merecería otro nombre la cosa.

16 Si en la corte, el campo y el bosque
no se alistaran siempre los casados
que nunca codiciaron la suerte del vecino,
entonces ese verso es un lapsus mental.
Es muy raro en mi *buon camerado* Scott,
tan celebrado por su moral, cuando
a My Jeffrey me lo puso como ejemplo,
del que estas costumbres son buena muestra.

17 Bien, si no acierto ya he acertado,
y eso ya basta; acerté en mi juventud,
la única época en que es el éxito necesario.
Y mi éxito produjo eso que en verdad
más me importaba. Ya no hay que suplicarlo;
fuera eso lo que fuese, era mío. He pagado
con creces la sanción de tal éxito,
pero no he aprendido a desearlo menos.

18 En la cancillería ese pleito, que algunos
suplican en demanda a los no natos,
a los que ellos, en la fe de su fértil credo,
a la posteridad o futura carne bautizan,
a mí un dudoso junco me parece
en el que sostenerse a la desesperada,
pues bien raro es que sabrá posteridad
tan poco de ellos como ellos de ella, creo.

19 Bien, tan posteridad soy como vosotros;
¿y a quién recordamos? Ni a ciento.
Si fuera cada memoria anotada con detalle,
el décimo o vigésimo nombre se iría al traste.
En sus *Vidas* incluso Plutarco escogió a pocos
y contra esos dispararon los historiadores;
y Mitford en el siglo diecinueve da
con la verdad griega mentira a los griegos.

20 Buena gente de toda laya, lectores
gentiles y autores deshonestos,
en este canto duodécimo quisiera ser
tan serio como si los que me dictaran
fueran Malthus y Wilberforce. Este último
a los negros liberó y vale un millón de guerreros,
mientras que Wellington a los blancos esclavizó
y Malthus hace lo contrario de lo que escribe.

21 Hablo en serio, cual todos sobre el papel.
¿Y por qué no debería especular yo
y sostener al sol mi pequeña candela?
La humanidad se ve hoy envuelta en meditar
constituciones y esos barcos de vapor,
mientras escriben sabios contra la natalidad,
a menos que uno pueda calcular sus medios
de nutrir a sus críos cuando desteta su mujer.

22 ¡Eso es noble! ¡Romántico! Por mi parte
creo que es la filoprocreación
(he aquí una palabra muy de mi gusto,
aunque hay una más corta que esta,
si nuestra educación no la prohibiera,
pero no quiero decir nada impropio).
La filoprocreación, decía, debería
gozar por parte de todos mayor perdón.

23 Y ahora, a lo nuestro. ¡Oh mi dulce Juan!
Estás en Londres, en ese lugar agradable
donde todas las diabluras diarias ocurren
que cualquier joven salvaje puede esperar.
Es verdad que no es nueva tu carrera;
no eres novicio en la caza vertiginosa
de la primera vida, pero es nueva la tierra
y hay muy pocos extraños que la entiendan.

24 Considerando la escasa variedad de clima,
de frío y calor, voluble o sedado,
podría enviar mi orden cual primado
al resto del estado social europeo.
Mas tú eres la más difícil de rimar,
Gran Bretaña, que musa podría penetrar.
Tienen todos los países sus leones, mas en ti
no hay sino soberbia casa de fieras.

25 Pero estoy harto de política. Empecemos
paulo majora. Juan, indeciso
entre las sendas de ser asimilado,
cual patinador sobre el hielo se deslizaba.
Cansado de jugar, flirteaba sin pecado
con algunas de las bellas criaturas
que se enorgullecían de inocente tentación
y que odiaban el vicio salvo su reputación.

26 Mas estas son pocas y al final tienen
algún tipo de aventura traviesa o revuelo,
que muestra cómo aun la gente más pura
se extravía en las sendas de nieve de la virtud.
Y entonces miran los hombres, cual si nueva
asna hablara a Balaam y de boca a oreja
se desbordara la charla, acabando (si lo notáis)
con el dulce amén del mundo: ¿quién lo diría?

27 La niña Leila con sus ojos orientales
y esa taciturna actitud asiática
(poco admirada de las cosas occidentales,
para pasmo de gente respetable
que cree mariposas las novedades,
perseguidas cual alimento para el hambre),
su espléndida figura e historia romántica
en misterio de moda se convirtieron.

28 Las mujeres estaban divididas, como es
en ellas habitual en cosas grandes o chicas.
No creáis, bellas, que quiero maltrataros;
siempre me habéis gustado más de lo que digo.
Como me he vuelto moral, debo aun acusaros
de ser capaces de hablar a gran altura;
y ahora había general sensación
entre vosotras por Leila y su educación.

29 Solo en un punto estabais de acuerdo
y teníais razón; que una criatura en gracia,
tan bella cual su propia tierra nativa
y muy lejos, el último capullo de su raza,
aunque nuestro don Juan se controlara
a sí mismo durante cinco, tres o dos años,
estaría mejor educada bajo la vigilancia
de unas paresas cuyas locuras ya estaban secas.

30 Al principio hubo generosa emulación
y luego general competición
para ocuparse de educar a la huérfana.
Como era Juan persona de condición
había sido una afrenta esta vez
hablar de suscripciones o peticiones;
mas dieciséis viudas, diez sabias solteras,
cuyo relato pertenece a la *Edad Media* de Hallam,

31 y una o dos tristes esposas separadas,
sin flor de fruto en su marchita rama,
rogaron levantar a la cría y luego sacarla,
pues esa es la frase que hoy todo lo resuelve,
infiriendo el primer rubor de la virgen
en una fiesta y toda su bien exhibida clase.
Y os aseguro que a miel virgen sabe
su temporada primera (si dinero tienen).

32 Cómo todos los pobres señores honorables,
cada par desarrapado o dandi desesperado,
las madres vigilantes y las hermanas atentas
(quienes, por cierto, si listas, son más hábiles
para emparejar ahí donde «es oro lo que reluce»
que sus parientes varones) cual moscas en azúcar
zumban en torno a «la Fortuna» con su trasiego
para tratar de atraerla con valses y lisonjas.

33 Cada tía, cada prima tenía su teoría.
Es más, damas casadas descubren a veces
un desinterés puro por la pasión,
las he visto buscar amante para heredera.
«*Tantaene!*». Esas son las virtudes de élite
aun en la isla esperanzada cuya salida es Dover,
y la infeliz pobre y rica, objeto de estas atenciones,
quisiera que su padre tuviera hijos varones.

34 Unas son capturadas, otras rechazan tres docenas.
Está bien verlas repartiendo rechazos
y gran consternación en cada primo enojado
(amigos de la fiesta) que empiezan a acusar
diciendo: «A menos que la Sra. Blank quisiera
elegir a ese pobre Frederick, ¿por qué acordó
revisar sus cartas? ¿Por qué bailar con él?
¿Por qué anoche sí parecía y hoy ha dicho no?

35 »¿Por qué? Fredy estaba de verdad apegado.
No era por su fortuna, él ya tiene bastante.
Llegará el día en que ella querrá haber cazado
una oportunidad así, no hay duda.
Pero la vieja marquesa algún plan incuba
como le diré a Áurea en la fiesta de mañana.
Y en fin el pobre Frederick lo hará mejor.
¿Ya visteis la respuesta de ella a su carta?».

36 Vistosos uniformes y brillantes coronitas
se desdeñan por turnos hasta llegar el suyo,
tras la varonil pérdida de tiempo y corazones
y las jugadas del sorteo de esposas importantes.
Y cuando al fin la bella criatura obtiene
un caballero que lucha, escribe o conduce
alivia a la pandilla mohína del rechazado
descubrir qué mal ha terminado eligiendo.

37 Pues a veces aceptan a viejo pretendiente
cansado de insistencia, o caen
(mas aquí quizá son menores los ejemplos)
en la suerte de aquel que nunca las pretendió.
Un vago viudo con ya más de cuarenta
(si no es vano ejemplo que recordar)
ganará seguro. Comoquiera que la obtenga,
nada veo aquí más raro que en la otra lotería.

38 Yo por mi parte (un «ejemplo moderno» más,
«verdad qué pena, una pena es, verdad»)
de entre el amatorio montón fui elegido,
si bien mis años eran menos que pocos;
pero aunque yo también me había reformado,
se hicieron uno quienes pronto fueron dos,
no voy a negar la generosa opinión pública
de que hizo la joven monstruosa elección.

39 Oh perdonad la digresión o al menos
el escrutinio. Siempre es con fin moral
que yo divago, bendición antes del festín.
Pues como tía anciana o amigo pesado,
un rígido guardián o ferviente capellán,
mi musa, exhortando, pretende enmendar
a todos en toda época y en cada lugar,
algo que a mi Pegaso pone a este grave ritmo.

40 Pero ahora voy a ser inmoral, me refiero
a mostrar las cosas tal y como son
y no como ser debieran, pues yo declaro
que hasta que no veamos lo que hay, lejos
de mejorar estaremos con el arado virtuoso
que roza la superficie, dejando apenas señal
en esa negra marga abonada por el vicio,
solo para tener su maíz al precio antiguo.

41 Primero dispongamos de la pequeña Leila;
pues ella como el alba era joven y pura,
o cual el viejo símil de las nieves,
que son más puras que agradables, seguro.
Como muchos que todo el mundo conoce,
Don Juan estaba encantado de asegurar
buena custodia para la niña a su cargo,
que no podía aprovecharse de estar lejos.

42 Él sabía además que no era tutor
(ojalá lo supieran también los otros)
y prefería en esos asuntos ser neutral,
pues los custodios tontos a sus guardias
culpan, así que al ver a cada vieja dama
aspirar a la doma de su pequeña asiática
salvaje, consultó a la sociedad antivicio
y resultó ser lady Pinchbeck su elección.

43 Era anciana, mas había sido muy joven,
virtuosa era y lo había sido, me parece.
Aunque el mundo es tan mal pensado
que... mas mi casto oído no recibirá
ni un eco de una sílaba malsonante.
No hay nada de hecho que me irrite tanto
como ese abominable chismorreo
que es rumia masticada del humano ganado.

44 He notado además (y fui un día
un poco observador, de los modestos),
igual que todos salvo un zopenco,
que señoras de jóvenes un tanto alegres,
además de tener mundo y conciencia
de los tristes efectos del extravío,
más sabias son en sus alertas contra el mal
que el desapasionado nunca conocerá.

45 Mientras el puritano severo indemniza
su virtud maldiciendo la pasión ignota
y envidiada, más para herir que salvar,
o lo que es aún peor, para ahuesarte,
el veterano amable te irá a buscar
para rogarte que pienses antes de correr,
exponiendo e ilustrando el enigma
del inicio, del medio y del final del amor épico.

46 Mas si es así o asá que son más estrictas,
como sabiendo mejor por qué deben serlo,
por más de un cuadro familiar sabréis
que hijas de tales madres que puedan
saber del mundo más por experiencia
que por los libros salen mejores para la muestra
Smithfield de vestales del mercado conyugal
que otras criadas por gazmoñas sin entrañas.

47 Mucho dio que hablar lady Pinchbeck, ya lo dije.
¿Y quién no, si mujer, joven y guapa?
Pero el espectro Escándalo ya no hablaba.
Solo se la juzgaba amable e ingeniosa
y por ahí corrían sus mejores *bons mots.*
Luego a la caridad y la piedad se dedicó
y pasó (en sus últimos años al menos)
por ser una esposa del todo ejemplar.

48 Alta en altos círculos, gentil a su manera,
era ella el suave azote de los jóvenes
siempre que –cada día– mostraran
una tendencia incómoda a portarse mal.
La cantidad de bien que hizo es ignota
o sería al menos más larga que mi canción.
La huerfanita, en fin, de Oriente
le había despertado un interés creciente.

49 También Juan era una especie de favorito
porque ella lo veía con buen corazón de fondo,
un poquito mimado, pero no del todo,
cosa admirable si se piensa quién lo tuvo
y cómo fue expulsado sin saber a dónde.
Eso podría arruinar a otros, pero no a él,
al menos por completo, pues había visto
en la juventud tantos cambios que no era raro.

50 Y estas vicisitudes van mejor de jóvenes;
pues cuando pasan en edad más madura,
la gente tiende a culpar al Fatum de hecho
y no es más sabio admirar a Providencia.
La adversidad es la primera vía a la verdad.
Aquel que vive guerra, tormenta o ira femenina,
ya sean sus inviernos dieciocho u ochenta
la experiencia ha ganado que se cree densa.

51 Cuánto aproveche es ya otra cuestión.
Nuestro héroe feliz vio a su linda carga
a salvo con la dama, cuya última hija mayor,
desde hace tiempo casada y, por tanto, libre,
había dejado los logros que ella le enseñara
para ser transmitidos, cual barca del lord Mayor,
a quien viniera o –más al gusto
de la musa– cual concha de Citerea.

52 Llamo a eso transmisión, pues hay
un flotante equilibrio de logros
que forman un pedigrí de miss a miss,
según su inclinación de mentes o espaldas.
Algunas bailan, otras dibujan o sondean
el metafísico abismo, otras se contentan
con la música, brillan las moderadas cual risa,
mientras tienen algunas genio para el rapto.

53 Pero ya sean raptos, risas o clavicémbalos,
teología, bellas artes o más bellos corsés,
pueden ser cebo para lords o señores,
con regular descenso en estos nuestros días
el viejo año al nuevo transfiere provisiones.
Nuevas vestales buscan ojos varones con igual
ansia de «elegante» etcétera en fresca tanda,
criaturas son sin par, mas a pareja abocadas.

54 Pero ahora empiezo mi poema. Quizá
sea un poco raro, si no bastante nuevo,
que desde los primeros cantos hasta este
no haya empezado aún lo que debe pasar.
Estos primeros doce libros son florituras,
preludios, para ir probando una cuerda o dos
de mi lira o ajustar las clavijas;
y cuando esté, ya tenéis la obertura.

55 No les importa a mis musas pizca de resina
eso que se llama éxito o falta del mismo.
Tales ideas están por debajo de su tensión;
es una «gran lección moral» lo que leen.
Al principio pensé que una docena de cantos
sería suficiente; pero a petición de Apolo,
si no se agota mi Pegaso al fin,
muy a gusto podré galopar unos cien.

56 Don Juan vio ese microcosmos en zancos
llamado el gran mundo; pues es el menor,
aunque el más alto. Pero como tienen puños
las espadas que agrandan su poder de dañar,
cuando hombre en guerra o lucha se tambalea,
así el bajo mundo, al norte, sur, este u oeste
debe aún al alto obedecer, pues es su mango,
y es su luna, su sol, su gas, su pobre candela.

57 Tenía muchos amigos con muchas esposas
y estaba bien considerado por todos
hasta el extremo de amistad aceptable.
No hace ni bien ni mal ser solo requerido
para que giren las ruedas de las clases altas
y sacarlos de noche cuando se envía tique.
Y entre mascaradas y fiestas y bailes,
en la primera temporada esa vida no cansa.

58 Un muchacho soltero con buen nombre
y fortuna juega un papel muy extraño;
pues la alta sociedad no es sino juego,
el real juego del ganso, podría decir,
donde todos tendrán objetos distintos,
un fin que contestar o un plan que hacer:
las señoras solteras deseando ser dobles;
las casadas, curar a las vírgenes sus dolores.

59 No quiero decir que sea general, mas casos
concretos se pueden hallar de esas ansias,
aunque muchas también mantienen su recta
como los álamos, raíces sus principios;
mas muchas tienen método más reticular,
«pescadores de hombres», sirenas de flautas dulces.
Hablad seis veces con la misma soltera
y ya podéis preparar el atuendo de boda.

60 Quizá recibiréis carta de la madre
denunciando la estafa cordial de su hija;
quizá tengáis una visita del hermano,
pavoneo, corsé y bigotes, preguntando
«dime tus intenciones». De alguna forma
el corazón virgen aguarda tu mano;
y entra la pena por su caso y el tuyo
engrosarás la lista de remedios conyugales.

61 He conocido una docena de bodas hechas así,
y algunas de muy gran nombre. También
a jóvenes que aunque odiaban hablar
de pretensiones que nunca tuvieron,
sin asustarse por la rabia femenina
ni emocionarse con mostachos, en paz
se les dejó y vivieron, cual bellas desoladas,
en más feliz estado que si se hubieran casado.

62 También hay cada noche, para el novato,
un peligro, otro que el amor o el matrimonio,
mas no por ello hay que despreciarlo.
Tan solo –no quise ni quiero rebajar
la muestra de virtud aun al viciado,
añade una rara gracia a su carruaje–
quisiera denunciar el tipo anfibio de zorra,
couleur de rose, ni blanca ni escarlata.

63 Así es vuestra fría *coquette*; no dice no
pero tampoco sí y os tiene en un ir y venir
en una costa al socaire hasta que sopla,
vuestro corazón roto ve luego con interna mofa.
Esto alumbra un mundo de dolor sentimental
y cada año envía nuevos Werters a su tumba;
pero es tan solo inocente flirteo,
es adulteración, más que adulterio.

64 «¡Oh, dioses, cómo hablo!». Charlemos.
El siguiente peligro, aunque severo,
ocurre cuando, sin mirar Iglesia o Estado,
una esposa se toma o hace el amor en serio.
Afuera, esas cosas marcan el sino de pocas
(esa verdad, precoz viajero, has descubierto),
mas en la vieja Inglaterra si una novia yerra,
pobrecita, el caso de Eva fue minucia a su lado.

65 Pues es un país bajo, de periódicos, monótono,
litigante, aquí joven pareja de la misma edad
no puede hacer amistad sin que el mundo intimide.
Luego está el truco vulgar de los malditos daños.
Un veredicto, enemigo de los causantes,
es triste clímax a románticos homenajes,
junto a esos discursos de alivio de defensores
y pruebas que agasajan a los lectores.

66 Pero los que así yerran son principiantes.
Un poquito de afable hipocresía
ha salvado la fama de mil espléndidas
pecadoras, simpáticas oligarcas de nuestra
ginecocracia. Las podéis ver en bailes y cenas
entre las más altivas de nuestra aristocracia,
tan gentiles, divinas, benévolas, castas
y todas teniendo tacto además de gusto.

67 Juan, que no se quedó en el lance
de ser mero novicio, tenía otro amparo,
pues se encontraba mal; no es «mal» la palabra,
sino que había visto antes tanto amor bueno
que de corazón no era tan débil. Quise decir eso
y no un desdén por la costa de blancos riscos,
blancos cuellos, ojos azules y más azules medias,
diezmos, impuestos, cobradores y puertas de dos golpes.

68 Mas llegar joven de tierras y sitios románticos,
donde vidas y no litigios se arriesgan por pasión
y la propia pasión debe sazonarse con vértigo,
a un país donde eso es parte de la moda
le parecía a él medio comercial y caprichoso,
por mucho que apreciara él esta nación moral.
Además (perdonad, ay, su gusto, tened piedad)
no vio a esas mujeres bellas al principio.

69 Digo *al principio*, pues al final sí lo vio,
pero por grados, que eran más bellas
que las más fulgurantes damas cuya suerte
se echa bajo el influjo del astro oriental.
Otras pruebas con prisas no veremos;
mas la inexperiencia no podía ser su veto
al gusto. La verdad es, si la confesáramos,
que impactan más que gustan las novedades.

70 Aunque viajado, nunca he tenido la suerte
de rastrear a esos evasivos negros, el Nilo o Níger,
hasta llegar a ese lugar imposible Tombuctú,
donde Geografía no halla ayuda de nadie
para insertarse segura en una carta así,
pues Europa ara en África cual *bos piger*;
pero si hubiera estado en Tombuctú, ahí
que el negro es bello sin duda hubiera sabido.

71 Y lo es. No juraré que el negro es blanco,
mas sospecho que el blanco es negro
y toda la cuestión depende de la vista.
Preguntadle al ciego, el mejor juez.
Quizá a esto os enfrentéis, pero tengo razón.
O si no, pues no pienso echarme atrás.
No tenía él ni alba ni noche, todo es oscuro
adentro; ¿y qué ves? Dudosa chispa.

72 Pero estoy recayendo en la metafísica,
un laberinto cuya pista es de la misma
construcción que la cura para la hética tísica,
esas brillantes falenas en torno a llama agónica.
Y esta reflexión me lleva a la pura física
y a las bellezas de una dama foránea
con las de nuestras perlas preciosas comparadas,
esos veranos polares, todo sol y algo de hielo.

73 O decid que son cual sirenas virtuosas,
bellas facciones sus inicios, pescados los finales.
No es que haya muchas que no tengan
el debido respeto por sus sentimientos.
Cual rusos yendo de baños calientes a nieves
así son ellas, virtuosas al fondo del vicio.
Arañar las calienta, pero guardan, claro,
un chapuzón en el pesar, como reserva.

74 Pero esto nada tiene que ver con el exterior.
Ya dije que Juan no las vio guapas
con el primer rubor, una bella británica
oculta a medias por pena su atractivo
y en calma al corazón se desliza
más que asediarlo como en asalto de ciudad,
pero una vez ahí (si lo dudáis, probad)
se lo queda para uno cual buen aliado.

75 No puede andar como corcel árabe
o una chica andaluza al regreso de misa
ni llevar como gala su vestido con gracia
ni en su mirada arde el ojo de Ausonia.
Su voz, aunque dulce, no es apta para trinar
esas bravuras (que aún aprendo a querer,
aunque he estado siete años en Italia
y tengo o tuve un oído que me funcionaba).

76 No puede hacer estas cosas ni otras
en ese estilo casual y elegante
que absorbe tanto (para darle al diablo su cuota)
ni será ella tan rápida con su sonrisa
ni lo arregla todo en un solo encuentro
(cosa adecuada para ganar tiempo y sudor),
pero igual que la tierra requiere esfuerzo,
rendirá el doble, bien cultivada.

77 Y si de hecho ella se da a una *grande passion*,
se trata de una cosa en verdad muy seria.
Nueve de cada diez veces es capricho o veleta,
coquetería o ganas de tener la iniciativa,
mero orgullo de niño con nueva faja
o el deseo de hacer sangrar al pecho rival;
mas la décima instancia será un tornado,
pues no se sabe qué pueden hacer o harán.

78 Es obvia la razón; si hay un *éclat*
pierden de golpe su casta, como los parias.
Y cuando las minucias de la ley
sus papeles ya han llenado de comentarios,
la sociedad, porcelana sin tara
(hipócrita), cual Mario las destierra
en medio de las ruinas de su culpa.
Pues Fama es un Cartago difícil de rehacer.

79 Quizá sea esto como debiera ser. Se trata
de un comentario a los Evangelios «No peques
y perdonado seas por tus pecados», mas en esto
dejo a los santos poner su música.
Afuera, aunque sin duda se equivocan,
una mujer errada halla puerta más abierta
para volver a la virtud, como llaman
a la dama que debería estar siempre en casa.

80 En cuanto a mí, dejo el asunto donde lo hallo,
sabiendo que esa virtud incómoda lleva
a alguna gente diez veces menos a ocuparse
y cuidarse de hallazgos y no de hechos.
Sobre la castidad, nunca la fijaréis
con todas esas leyes de abogados severos,
sino que agravaréis el delito imprevisto,
para gran desespero de aquellos arrepentidos.

81 Mas Juan no era sofista ni había ponderado
las lecciones morales de la humanidad.
No había visto además de varias centenas
ni tan solo una dama de su gusto.
Un tanto apático, no es de extrañar
que echara dura coraza su alma.
Y aunque de su pasado no se envanecía,
su sensibilidad sin duda decrecía.

82 También había estado viendo cosas,
el Parlamento y las otras cámaras,
se había sentado bajo la galería de noche
para escuchar debates cuyo trueno alzaba (ya no)
al mundo a observar esas luces nórdicas
cuyos destellos llegan a donde pasta el toro
almizclero. También estuvo detrás del trono,
pero sin Grey aún y con Chatham muerto.

83 Vio sin embargo en la sesión de clausura
ese noble espectáculo, cuando es libre la nación,
un rey en posesión constitucional
de ese trono cual rango más honorable,
aunque los déspotas lo ignoren hasta ver
cómo la libertad completa su educación.
No es solo el esplendor que hace el acto excelso
al ojo y al corazón, es la confianza del pueblo.

84 Allí también vio (sea lo que fuere hoy)
un príncipe de príncipes en la época
con gran fascinación en su reverencia
y lleno de promesa cual fuente de plenitud.
Aunque la realeza estaba escrita en su frente,
también tenía la gracia entonces, rara siempre,
de ser, sin mezcla de dandi o petulante,
un perfecto caballero de pies a cabeza.

85 Y Juan fue recibido, como se ha dicho,
en la mejor sociedad, y allí ocurrió
lo que a menudo pasa, me temo.
Aunque disciplinado y gallardo,
lleno de buen humor y talento,
amén de la obvia distinción de su aire,
se expuso, como es natural, a la tentación,
aunque él mismo evitara la ocasión.

86 Mas qué y dónde, con quién y cuándo
y por qué no es algo que se diga rápido.
Y como es mi objeto la moral
(digan lo que digan) no sé si dejaré
un solo párpado seco de lector,
mas sus emociones torturo hasta matarlas
y un gran monumento de pathos levanto,
como hizo con Athos el hijo de Filipo.

87 Aquí el canto duodécimo del preludio
acaba. Cuando el cuerpo del libro empiece,
lo hallaréis compuesto de forma distinta
a lo que algunos dicen será cuando acabe.
El plan está ahora solo en ebullición.
No te obligo, lector, a seguir leyendo;
es ese tu problema, no el mío. Un gran espíritu
no debería evitar el tribunal ni temerlo.

88 Y si mi trueno no siempre retumba,
recuerda que has tenido antes, lector,
la más horrible tormenta y la mejor batalla
que jamás se nutrieron de aire o víscera.
Además de las más sublime de… Dios sabe qué.
Qué más podría esperar un usurero,
pero mi mejor canto, salvo uno de astronomía,
se ocupará de economía política.

89 Ese es el tema actual para lo popular.
Cuando no quedan ya cartuchos por quemar,
se impone como acto patriótico
mostrar a la gente la mejor forma de romper.
Mi plan (mas yo, aunque sea por singularidad,
me lo reservo) será seguro tomar.
Entretanto leed a todos los antideudores
y decidme qué pensáis de vuestros pensadores.

CANTO XIII

1 Me propongo ya hablar en serio, es hora,
pues la risa hoy en día se juzga muy grave.
Una broma del vicio es llamada por virtud
delito y tenida por deletérea crítica.
Tristeza es además la fuente de lo sublime,
aunque si larga un tanto apta para cansarnos
y por ello mi canto se elevará alto y solemne
cual viejo templo reducido a columna.

2 Esa lady Adeline Amundeville
(viejo nombre normando hallado
en pedigrís por aquellos que vagan aún
por los últimos campos del suelo gótico)
era de clase alta, rica por el legado paterno,
y bella, incluso donde más abundan:
en Gran Bretaña, vista por los patriotas
como la más excelsa tierra de cuerpo y mente.

3 No les contradiré; no es mi estilo.
Lo dejo a su criterio, sin duda el mejor.
Un ojo es un ojo y si es negro o azul
no importa mucho, si se nos pide
discutir del color no tiene sentido;
los más cálidos pueden ser la prueba.
El bello sexo debería serlo siempre y nadie
hasta los treinta debería ver a simple mujer.

4 Y tras esa serena y de algún modo lúgubre
época, ese rincón angustioso hecho para días
más tranquilos, sin nuestro plenilunio ya,
nos atrevemos a elogiar o criticar
porque la indiferencia empieza a arrullar
nuestras pasiones y por vías sabias vamos;
también porque figura y faz
dicen que es hora ya de dar a los jóvenes lugar.

5 Ya sé que algunos quisieran aplazar esta era,
como los funcionarios reacios a dejar
su puesto, mas eso es tan solo quimera,
pues ya han pasado la línea equinoccial.
Pero tienen luego su clarete y madeira
para irrigar el secarrón del declive
y fiestas en el campo y el Parlamento
y las deudas y cuánto más para su solaz.

6 ¿Y no están la reforma y la religión,
la paz, la guerra, impuestos y la llamada «nación»?
¿La gran lucha por ser pilotos en la tormenta?
¿La especulación rica sobre el suelo?
¿Los placeres del odio mutuo para calentarse
en lugar del amor, esa mera alucinación?
Hoy es el odio de largo el placer más fuerte;
se ama muy aprisa, mas se detesta con calma.

7 El duro Johnson, el gran moralista, prefería
con gran honestidad «al odiador sincero»,
la única verdad que se ha confesado
en estos últimos mil años o más.
Quizá el buen viejo hablara en broma;
por mi parte no soy sino espectador
y miro allá donde palacio o choza estén,
muy al modo del Mefistófeles de Goethe.

8 Pero ni amor ni odio en exceso,
aunque no fue así un día. Si desdeño a veces
es porque yo no puedo hacer menos
y sienta bien de vez en cuando a mis rimas.
Y ya me gustaría poder enderezar
el humano error en lugar de castigarlo,
si Cervantes, en ese cuento demasiado veraz,
no hubiera demostrado lo inútil del intento.

9 Es el más triste de todos los cuentos,
más triste aún porque nos hace sonreír.
Su héroe está en lo cierto y aún lo busca:
doblar al mal es su único objeto, y contra todo,
ganarse el premio. La virtud es su locura.
Mas son sus aventuras triste espectáculo,
y más triste aún es la enseñanza moral
de esa épica real para los que pensamos.

10 Desagraviar la injuria y vengar el mal,
ayudar a damisela y destruir al bellaco,
oponiendo tan solo la fuerza unida,
liberar al nativo indefenso del yugo foráneo.
Ay, ¿deben ser las nobles ideas cual vieja
canción tema creativo por capricho fantástico,
un chiste, acertijo, fama a las buenas y a las malas?
¿Y el propio Sócrates el juicio del Quijote?

11 Burló Cervantes la caballería española;
con una sola risa destruyó el brazo derecho
de su propio país. Rara vez desde entonces
ha tenido España héroes. Pese a que el romance
encantaba, el mundo se retiró ante su brillante
despliegue y por ello sus volúmenes dañaron
tanto que toda su gloria como obra
fue comprada muy cara por la ruina de su tierra.

12 Estoy «bastante lunático» –digresión–
y olvido a esa lady Adeline Amundeville,
la bella más fatal que Juan conoció,
aunque ella no era mala ni quería dañar,
pero el sino y la pasión echaron la red
(es el destino buena excusa para el deseo)
y los cogió. ¿Por qué no cazan ellos, digo?
Pero no soy Edipo y la vida es una esfinge.

13 Cuento la historia como es y no oso
aventurar solución –*Davus sum*–
y me ocuparé ahora de la pareja.
La dulce Adeline era en el zumbido mundano
la abeja reina, espejo de toda hermosura,
locuacidad para ellos, mudez para ellas,
un milagro reconocido esto último
y desde entonces no se ha visto un segundo.

14 Casta era ella para horror del ultraje
y casada con uno que bien había amado,
un hombre célebre en consejos nacionales,
frío y bastante inglés, impasible,
aunque presto a actuar con fuego a veces,
orgulloso de él mismo y de ella. Nada
se podía decir contra ellos, muy seguros,
ella de su virtud, él de su altivez.

15 Pasó que algunos asuntos diplomáticos,
por razón de negocios, a menudo hizo
coincidir a Juan y a él mismo en sus puestos
y en estrecho contacto. Aunque reservado
y sin semblante falso, la juventud de Juan
y la paciencia y el talento en su alma altiva
una base de estima moldearon que acabó
por convertirles en eso que el cortés llama amigos.

16 Y así lord Henry, que era tan cauto
como reserva y orgullo permitían, y lento
en juzgar, una vez su juicio se fijaba,
bueno o malo, en amigo o enemigo,
la pertinacia soberbia tenía
que no conoce mengua en su reflujo
y odia o ama, desdeñando ser guiado,
porque su propio gusto había hablado.

17 Sus amistades, por tanto, y no menos
sus aversiones, aunque bien fundadas,
prueba de sus prejuicios, cual las leyes persas
y medas, no revocarían lo ya establecido.
Sus emociones no tenían esos prontos,
cual tercianas o gustos vulgares, que hacen
deplorar a algunos lo que risa debiera dar,
mera tiritera aún de la estima, febril o helada.

18 «No es de mortales dominar el éxito,
pero haz más, Sempronio, no lo mereces»,
y toma mi palabra, no tendrás nada menos.
Ve con cuidado, vigila la hora y sirve siempre,
cede con suavidad cuando haya presión,
en cuanto a la conciencia, aprende a enervarla,
pues como corredor o entrenador de boxeo
hará, si aguanta, grandes esfuerzos sin dolor.

19 Disfrutaba lord Henry de ser superior,
cual tantos, grandes o pequeños.
Aun los más bajos hallan un inferior,
al menos eso creen, para ejercer su grado,
pues hay muy pocas cosas tan fatigosas
cual el peso opresivo del orgullo solitario
que los mortales generosos dividirían
dando a otros la carga mientras ellos cabalgan.

20 En clase, rango y fortuna por igual,
sobre Juan no podía pretender distinción.
De la secuela del tiempo tenía en edad
ventaja y, creía, en país lo mismo,
pues los audaces británicos tienen lengua
y pluma libres, vana aspiración de naciones
modernas. Y lord Henry era gran polemista,
así que pocos miembros le seguían el ritmo.

21 Eran estas ventajas y luego él pensó
–era manía suya, pero no siniestra–
que pocos o ninguno habían captado
misterios de la corte, habiendo sido ministro.
Le gustaba enseñar lo que había aprendido
y mucho destacaba si había revuelo
y reunía todas las gracias del hombre,
siempre patriota y a veces funcionario.

22 Le gustaba el gentil español por serio,
por su docilidad casi lo honraba,
porque, aunque era joven, asentía suave
o con altiva humildad discutía.
Conocía bien el mundo y no vería abyección
en faltas que demuestran a veces qué fértil
es la tierra si las semillas no sobreviven
la primera cosecha, pues así ya nadie las para.

23 Y luego habló con él de Madrid,
Constantinopla y esos lugares distantes,
donde la gente hacía lo que se le pedía
o lo que no debía con gracia foránea.
También hablaban de carreras. Henry
montaba bien cual muchos ingleses
y amaba ese deporte, y como buen andaluz,
Juan andaba a caballo cual déspota en ruso.

24 Y así la relación creció en nobles fiestas
y cenas diplomáticas o en otras,
pues Juan quedaba bien dentro y afuera,
como en la masonería un alto miembro.
De su talento Henry no dudaba.
Sus formas le mostraban fruto de gran madre
y a todos les gusta ofrecer hospitalidad
a aquel cuya cría va con su calidad.

25 En la plaza Blank Blank, pues no vamos
a romper filas para nombrar calles. Pues son
todos tan críticos y siembran cizaña en el trigo
de un autor, segando alusiones privadas y ruines
ahí donde nunca se soñaron, en amoríos,
que eran o son o van a ser notorios,
y, por tanto, declaro con antelación,
estaba la mansión de lord Henry en esa plaza.

26 Y había también otra pía razón
para hacer plazas y calles anónimas,
y es que apenas hay temporada
que no sacuda alguna casa espléndida
con leve terremoto de traición doméstica,
tema de escándalo gusta estallar.
Y con esos puedo toparme de golpe,
a menos que muy castas plazas conociera.

27 Podría haber escogido Piccadilly, cierto,
un lugar donde no hay pecadillos,
pero tengo motivos, sensatos o estúpidos,
para dejar en paz ese santuario puro.
No nombraré plaza, calle, lugar
hasta hallar uno donde nada malo ocurra,
un refugio vestal de inocencia cordial.
Tales como… Pero de Londres perdí el mapa.

28 En la mansión de Henry en Blank Blank
Juan era un invitado buscado y habitual,
como lo eran muchos otros vástagos
y esos que tenían talento para su escudo,
o mucha riqueza, pasaporte por doquier,
o incluso solo moda, que es sin duda
la recomendación mejor, e ir bien vestido
eclipsará a menudo el resto.

29 Y puesto que hay «seguridad en multitud
de consejeros», como ha dicho Salomón,
o alguien por él en tono grave y sabio;
de hecho vemos prueba diaria desplegada
en los senados, o en la corte en disputa verbal,
allí donde desfila sabiduría colectiva,
que es la única causa que imaginamos
de la actual riqueza y felicidad de Gran Bretaña.

30 Pero si «hay seguridad injertada en la cifra
de consejeros» para hombres, así para el sexo
largo conocimiento no deja a la virtud dormirse,
o si se sacudiera, más confundiría la apuesta.
La propia variedad abrumaría.
De los naufragios nos guardamos entre rocas
y así con las mujeres; si se daña el amor propio,
siempre habrá refugio en multitud de tontos.

31 Mas Adeline no tenía mínima ocasión
de tal escudo, que no deja sino poco mérito
a la virtud auténtica o la buena educación.
Su fuente principal era su propio espíritu,
que a los humanos juzgaba por su valía;
y la coquetería desdeñaba ejercerla.
De admiración segura, su impresión
era muy débil, cual de diaria posesión.

32 Ante todo era ella educada sin afectación;
mostraba a algunos atención de ese tipo
que halaga, mas es lisonja expresada
de tal modo que no puede dejar atrás
un rastro indigno ni esposa ni doncella,
una dulce, jovial cortesía de la mente
para los que eran o pasaban por meritorios,
para consolar triste gloria por ser gloriosos,

33 lo que es en todos los aspectos, salvo a veces,
un gris y desolado apéndice. Mirad
las sombras de esos hombres distinguidos
que fueron o son aún marionetas del elogio,
elogio del acoso. Mirad de nuevo
a los favorecidos y entre la llama
de halos crepusculares sobre los laureles,
¿qué podéis distinguir? Una nube dorada.

34 Por supuesto también había en Adeline
esa patricia calma pulida en el habla,
que no traspasará nunca la linde equinoccial
de nada que Natura expresaría,
igual que un mandarín nada bueno ve,
al menos sus formas no sufren al suponer
que cualquier cosa vista puede agradar.
Quizá lo hemos aprendido de los chinos.

35 Quizá de Horacio. Su *nil admirari*
fue lo que él llamaba el «arte de la felicidad»,
un arte en que mucho varían los artistas
y en el que no han tenido aún éxito.
De todos modos, hay que ser cauto.
La indiferencia sin duda no aflige
y el entusiasmo brusco en alta sociedad
solo podría ser moral ebriedad.

36 Mas Adeline no era indiferente, pues
–vamos al tópico–, bajo la nieve,
cual volcán tiene la lava más adentro,
etcétera. ¿Tengo que seguir? No.
Detesto perseguir una cansada metáfora,
así que dejad ir al volcán sobado.
Cuántas veces ha sido el pobre, por mí
y otros, sacudido hasta casi extinguirlo.

37 Conseguiré otra figura en un tris.
Qué decís de una botella de champán,
helada en un hielo muy vinoso,
que deja pocas gotas de esa lluvia inmortal.
Mas en el mismo centro, impagable,
un vaso lleno de líquido quedará
y eso es más fuerte de lo que la mejor uva
jamás podrá expresar en su forma ampliada.

38 Es el espíritu entero en su quintaesencia,
y así los más fríos aspectos pueden concentrar
néctar oculto bajo una helada presencia.
Y esas son muchas, aunque me refiero a ella,
de la que ahora deduzco estas lecciones morales,
en las que siempre ha querido entrar la musa.
Y esas personas frías son impagables,
una vez que se ha roto su confuso hielo.

39 Pero son un pasaje del noroeste, en fin,
a la India fulgurante del alma
y como los barcos enviados a ese destino
no han verificado del todo el polo
(aunque esos esfuerzos de Parry animan),
así los caballeros pueden dar con bajíos,
pues si el polo no está abierto sino helado
(puede pasar) es viaje o bajel perdido.

40 Y los novatos deben también empezar
a navegar con calma por el mar femenino,
y los que no lo son deberían ser sensatos
y volver a puerto, antes de que el tiempo
llame con su bandera gris, y el pretérito,
el ominoso *fuimus* de todo lo humano,
tenga que declinarse, y el fino hilo de la vida
se estire entre hueco heredero y gota roedora.

41 Mas debe divertirse el cielo; su diversión
es truculenta a veces, pero no importa.
El mundo entero es digno del aserto
(por consuelo al menos) de que todo es amable.
Y la misma doctrina ingeniosa de los persas,
aquella de los dos principios, deja
tras de sí tantas dudas como cualquiera
que haya aun confundido o enyugado a la fe.

42 El invierno inglés, que acaba en julio
para recomenzar en agosto, ya había terminado.
Es ya el paraíso del postillón: vuelan las ruedas;
en caminos del este, sur, norte, oeste hay carrera.
Pero ¿quién tiene simpatía por los caballos de posta?
El hombre solo se apiada de sí y de su hijo,
siempre que dicho hijo en la facultad
no haya contraído más deudas que saberes.

43 El invierno de Londres terminaba en julio,
a veces un poco más tarde. No yerro en esto,
a pesar de que ignorantes mienten
a mis espaldas, aquí debo brindar
a mi musa una copa de meteorología,
pues es el Parlamento nuestro barómetro.
Que esos radicales sus otros actos ataquen,
sus sesiones conforman nuestro único almanaque.

44 Cuando el termómetro está bajo cero, ¡ved!,
¡coche, carruaje, equipaje, maletas, carga!
giran las ruedas del palacio de Carlton al Soho
y felices aquellos que caballos enganchan;
los caminos estallan de polvo. Y Rotten Row
de la caballería de esta edad brillante duerme;
y tenderos con largas cuentas y más largas caras
suspiran y los mozos de posta siguen las huellas.

45 Tanto ellos como sus cuentas, arcadios,
a las calendas griegas de otra sesión se dejan.
Ay, de dinero contante privados,
¿qué esperanza tienen? De plena posesión
o generoso esbozo, concedido cual dádiva,
a fecha distante hasta que tengan refresco,
en descuento atrapados, grande o pequeño;
también en el solaz de un sobrecargo.

46 Mas esto son nimiedades. Allá vuela mi lord
en su carruaje con mi lady, saludando.
¡Arre, arre! «Frescos caballos» es la palabra,
con tanta rapidez cambiados cual alma casada.
El servil hacendado ha restituido el cambio.
No perdonarán los mozos su paga,
pero antes de que las ruedas húmedas chiflen,
el de cuadras exige un pequeño recuerdo.

47 Se concede y el valet sube al asiento,
el caballero de lord y señores;
también la gentil dama de mi lady, difícil,
engalanada, pero más modesta de lo que
pluma poética puede decir. *Cosi viaggino i ricchi.*
Excusad estos deslices foráneos a veces,
solo para mostrar que he viajado, ¿y qué es
un viaje si no enseña a citar y puntualizar?

48 El invierno de Londres y el verano campestre
habían casi acabado. Es quizá una pena,
cuando Naturaleza lleva la túnica perfecta,
malgastar esos meses en ciudad sudorosa
y esperar a que calle el ruiseñor,
escuchando debates no muy sabios o vivos;
antes de que patriotas su buen país recuerden;
mas no hay caza (salvo el urogallo) hasta septiembre.

49 Mi invectiva termina. El mundo se acabó,
los dos veces dos mil por los que se hizo la tierra
se fueron para estar eso que llaman solos,
con unos treinta criados por parada,
y tantos invitados o más ante los cuales
crujen los cobertores cada día bien puestos.
A la vieja Inglaterra hospitalaria nadie acuse,
su cantidad se resume solo en su calidad.

50 Partieron lord Henry y lady Adeline,
con todos sus iguales, la nobleza,
a una mansión espléndida, gótica Babel de mil años.
Nadie como ellos podía mostrar estirpe
más antigua en la que guía el tiempo
a través de sus héroes y bellezas;
y los robles, tan viejos cual su pedigrí,
hablaban de sus padres, tumbas en cada árbol.

51 En los periódicos párrafos hablaban
de su partida. Así es la moderna fama.
Es una pena que no tome mayor forma
que un simple anuncio, o algo parecido,
no se ha secado la tinta y el sonido ya se enfría.
El *Morning Post* fue rápido en proclamar:
«A su mansión de campo parten
lord H. Amundeville y lady A.».

52 «Se sabe que el espléndido anfitrión
quiere recibir este otoño un selecto
y numeroso grupo de sus nobles amigos,
entre los que hemos oído de fuentes fiables
el duque de D. pasará la temporada de caza,
con muchos más de igual rango y condición;
también un extranjero de alto nivel,
enviado de un secreta misión rusa».

53 Y así vemos (quién pone en duda al *Morning Post*,
cuyos artículos son como los treinta y nueve,
malditos por aquellos que más creen).
Nuestro alegre hispano ruso fue instado a brillar,
aureolado por los rayos de su anfitrión,
con esos que según Pope «con riesgo cenan».
Es raro pero cierto, en la guerra última
más noticias había de cenas que de muertos.

54 Y así: «El jueves hubo una gran cena.
Presentes: lords A. B. C.». Condes, duques,
anunciados con pompa de vencedores.
Luego abajo y en la misma columna:
Fecha, «Falmouth. Acaba de estar aquí
el Regimiento Chapuzas, tan célebre,
cuya pérdida en servicio lamentamos.
Las vacantes están llenas; véase la *Gazette*».

55 A Norman Abbey fue el noble dúo,
antes un monasterio muy antiguo y hoy
una mansión aún más vieja de rico y raro
gótico híbrido, del que artistas han dejado
pocos ejemplos que podamos comparar,
con todo, queda quizá un poco bajo,
pues preferían los monjes una colina atrás,
para cuidar su devoción del vendaval.

56 Estaba hundida en un feliz valle,
coronado por bosques donde el roble druida
se erguía cual Carataco en acto de animar
a su hueste con grandes brazos contra el trueno.
Y por debajo de sus ramas salir se veía
a los pintos silvanos; al romper el alba
se deslizaba el ciervo con su manada
a beber de un arroyo, murmurante cual ave.

57 Ante esa mansión había un lago luminoso,
amplio y translúcido, hondo y bien nutrido
por fresco río, cuyo curso suave se adentraba
en corrientes por agua más calma extendida
alrededor. El ave salvaje anidaba en la espesura
y la juncia, empollando en su lecho líquido.
Los bosques descendían hasta su linde y ahí
el caudal contemplaban con sus rostros verdes.

58 Su salida daba a honda cascada,
salpicada de espuma, hasta ceder de nuevo,
sus ecos tan chillones, cual de niño acunado,
se hundían en suaves ondas, planeando
en un riachuelo, y así aliviado,
proseguía su curso, ora brillando, ora oculto,
serpeando entre los bosques, blanco o azul,
según los cielos sus sombras proyectaban.

59 Un glorioso retazo del gótico edificio
(de cuando era aún romana la Iglesia) se veía
apartado con gran arco, cubierta un día
de las naves ausentes, pérdida para el arte.
Adusto sin embargo se alzaba aquel
y encendía aún al más duro corazón
que lloraba el poder del tiempo o la tormenta
al contemplar la venerable arcada.

60 Dentro de un nicho, cerca del pináculo,
hubo antes doce santos en piedra sacralizados,
mas habían caído, no cuando los frailes suelen,
sino en la guerra que a Carlos destronó,
cuando era fortaleza cada casa, según
los anales de muchas estirpes deshechas,
los gentilhombres que luchaban en vano
por aquellos que no sabían abdicar ni reinar.

61 Pero en nicho más alto, sola, mas coronada,
la virgen madre del hijo de Dios
con su hijo en esos brazos benditos miraba,
salvada por algún azar entre tanta perdición.
Ella hacía que abajo la tierra fuera sagrada.
Puede que esto sea superchería, bruta o barata,
pero aun las más borrosas reliquias de un templo
de cualquier fe divinas sensaciones despiertan.

62 Una ventana vigorosa, vacía en el centro,
sin su vitral de miles de colores,
a través del que hondas glorias entraban,
fluyendo del sol cual alas de serafines,
bosteza hoy desolada. Ya fuerte, ya débil,
el viento pasa por sus grecas, y el búho canta
a menudo su himno, donde el coro silenciado
yace, cual fuego apagado, con sus aleluyas.

63 Pero en el culmen de la luna y cuando
el viento vuela desde un punto del cielo,
resuena ahí un extraño son de otro mundo,
de pronto musical, un agónico acento
condensado en el arco, que planea y se hunde
otra vez. Es para algunos el eco distante
devuelto al viento nocturno por la cascada
y armonizado por el viejo muro coral;

64 para otros, es alguna forma peculiar
hecha por el azar de la ruina la que permite
(no tanto como la estatua de Memnón, cálida
bajo los rayos de Egipto) cantar a una hora
a este despojo gris, con voz encantadora.
Triste pero serena, barre árboles y torres.
La causa no la sé ni puedo saberla, pero
así es; lo he oído, una vez quizá demasiado.

65 En medio del jardín gótico una fuente sonaba,
hermosa mas ornada con tallas bizarras,
extrañas caras como de hombres disfrazados,
aquí quizá un monstruo, ahí un santo.
En lúgubres bocas de granito brotaba el agua
y hervía en pozas, donde gastaba
su pequeño torrente en miles de burbujas,
como la vana gloria humana y sus penas.

66 La propia mansión era vasta y venerable
con mayor parte monástica de lo conservado
en otros sitios. Los claustros aún firmes,
igual que celdas y refectorio, supongo.
Una exquisita capillita servía,
aún intacta, para decorar la escena.
El resto, reformado, rehecho o derribado,
hablaba más del barón que del monje.

67 Grandes salas, largas galerías, cuartos grandes,
en maridaje artístico no demasiado legítimo,
podían sorprender al experto, pero combinados
formaban un conjunto que, en parte irregular,
dejaba sin embargo gran impresión en el alma,
de quienes ojos tienen en el corazón, al menos.
Miramos a un gigante por su estatura,
no juzgamos primero si es de verdad natura.

68 Los barones de acero, la siguiente generación
fundidos en sedosas filas de alegres condes
con jarretera miraban en los muros espléndidos.
Y el florecer de lady Marys en niñas
con largos bucles bellos estaban en su sitio,
y condesas maduras con túnica y perlas
y también las bellezas de sir Peter Lely,
cuyos retazos de paño bien podemos admirar.

69 Jueces con formidable armiño
se veían ahí con ceños que no invitaban
al acusado a creer que sus señorías
resolverían su causa con ecuanimidad;
obispos que ni un solo sermón dejaron;
fiscales generales, horribles a la vista,
como insinuando más (si el juicio no yerra)
de la estrellada cámara que del *habeas corpus*.

70 Generales, algunos en armaduras de viejos
tiempos de hierro antes de que llegara el plomo,
otros con las pelucas marciales de Marlborough,
más grandes aún que doce de nuestros depravados;
lordcillos con sus varas blancas o llaves de oro;
Nemrods en cuyos óleos casi no cabe el corcel;
y aquí y ahí algún alto patriota se erguía
que no podía obtener el puesto que buscaba.

71 Pero de vez en cuando, para calmar
la vista fatigada con estas glorias pasadas,
aparecía un Carlo Dolce o un Tiziano
o un grupo más bestial del brutal Salvatore,
ahí danzaban los chicos de Albano y aquí
brillaba el mar de Vernet con luces oceánicas, y ahí
las historias de mártires, manchado el pincel
del Spagnoletto con la sangre de los santos.

72 Aquí dulce se abría un paisaje de Lorraine;
ahí Rembrandt hacía de su oscuridad luz
o la mancha más lúgubre del turbio Caravaggio
doraba algún flaco y estoico eremita.
¡Pero mira! Un Teniers atrae, y no en vano,
tus ojos para goce de vista más alegre.
Su cáliz en campana me hace sentir danés
u holandés sediento. ¡Eh! Una botella del Rin.

73 ¡Oh lector, si no puedes leer y saber...!
Con descifrar no basta, ni aun con leer,
para constituir un lector; debe haber
virtudes de las que ambos precisamos.
Primero, empezar por el principio
(aunque es dura la cláusula), y segundo,
proceder, y tercero, no empezar al final,
o si es el caso, acaba al menos por el principio.

74 Pero, lector, has sido muy paciente,
mientras yo sin vergüenza de rima o miedo
he sentado las bases a ese ritmo,
Dan Phoebus me toma por subastador.
Que los poetas lo fueron desde tiempos
lo demuestra el catálogo homérico de naves,
pero un pobre moderno debe ser moderado,
te ahorro pues la vajilla y el mobiliario.

75 El suave otoño llegó y con él vino
la prometida partida para gozar sus encantos.
El maíz se ha segado y la casa llena de caza,
el perdiguero merodea y el jinete ronda
con su chaqueta rojiza. De lince es su ánimo,
llena crece su bolsa, maravillosos sus hitos.
¡Ah, la perdiz avellana! ¡Ah, brillantes faisanes!
¡Ah, furtivos! No es deporte para campesinos.

76 Un otoño inglés, aunque no tiene viñas,
ruborizadas con bacantes coronas
en los caminos, sobre los que el lejano festón
la roja uva enreda en las cálidas tierras del canto,
tenía la variedad adquirida de vinos múltiples:
el tan ligero clarete y el madeira fuerte.
Si Gran Bretaña llora su desolación, podemos
decir que no hay mejor viñedo que la bodega.

77 Si no conoce ella ese sereno declinar
que hace al día otoñal sureño aparecerse
como si a una segunda primavera fuera
a rendir la estación, más que al invierno cruel,
en bienestar interior es ella una mina,
y en fuegos de carbón, los más tempranos.
También afuera compite ella en suavidad,
y lo que en verde se pierde se gana en azafrán.

78 Y sobre la delicada *villeggiatura*,
más plagada de cuernos que de sabuesos,
tiene la caza, tan animada que podría atraer
a un santo del rosario a la festiva carrera.
El propio Nemrod podría dejar los llanos
de Dura y llevar un rato la chaqueta de Melton.
Y si salvajes jabalís no tuviera, tendría
una domada reserva de pesados, para su burla.

79 Los nobles huéspedes reunidos en la abadía
consistían –daremos al bello sexo el *pas*–
la duquesa de Fitz-Fulke, la condesa Crabby,
las damas Scilly, Busey, miss Eclat,
miss Bombazeen, miss Mackstay, miss O'Tabby,
y Mrs. Rabbi, la rica esposa del banquero,
también la muy honorable Mrs. Sleep,
que parecía cordero blanco y era negra oveja.

80 Con otras condesas de Blank, pero de rango,
a la vez los restos y la élite de masas,
que pasa como agua filtrada en un tanque,
todas purgadas y pías de sus nubes nativas;
o papel convertido en dinero por el banco.
No importa cómo ni por qué, el pasaporte
amortaja al *passé* y al pasado, pues la buena
sociedad tiene fama por tolerancia y piedad.

81 Eso es hasta cierto punto, el cual
constituye el más difícil en puntuación.
Las apariencias resultan formar el quicio
que servirá de gozne para puesto más alto.
Así que ningún grito explosivo de «fuera
vete, bruja», o cada Medea tiene su Jasón
o (por decirlo con Horacio y con Pulci)
Omne tulit punctum, quae miscuit utile dulci.

82 No puedo rastrear su norma de corrección,
que tiene leve tendencia a la lotería.
He visto a virtuosa mujer rebajarse
por la combinación simple de camarilla;
y a una tal matrona luchar con fiereza
por su regreso al mundo, conspirando,
y destellar la misma Siria de las esferas,
huyendo con escasas, leves muecas indemnes.

83 He visto más de lo que diré; mas veremos
cómo nuestra *villeggiatura* continúa.
La partida podría consistir en treinta y tres
de la casta más alta, los brahmanes del *ton.*
He mencionado a unos pocos, no tan principales,
sino elegidos al azar al ritmo de la rima.
Esparcidos y bien mezclados entre estos
también había irlandeses rentistas.

84 También estaba Parolles, el legal matón,
que ciñe todas sus batallas al juzgado
y al Senado. Si a otro sitio se le invita,
muestra más ganas de hablar que de guerra.
Estaba el joven bardo Rackrhyme, que había
surgido hacía poco y brillaba cual estrella fugaz.
También estaba lord Pyrrho, el gran librepensador,
y sir John Pottledeep, el tremendo bebedor.

85 Estaba el duque de Dash, que era… un duque,
«sí, de pies a cabeza». Había doce pares
cual los de Carlomagno, y tales en semblante
e intelecto que ningún ojo u oído
los tomó nunca por plebeyos.
Estaban esas seis miss Rawbolds, qué bonitas,
todo canto y sentir, con sus corazones
más para coronita que convento.

86 Había cuatro honorables señores, cuyo
honor iba antes más que después de su nombre.
Estaba el *preux* Chevalier de la Ruse,
a quien Francia y Fortuna le dejaban volar por aquí,
y cuyo talento inocuo consistía en divertir;
pero era para los clubs más bien risa seria,
porque –tal era su mágico poder para agradar–
los dados parecían hechizados con su charla.

87 Estaba Dick Dubious, el metafísico,
que la filosofía y una buena cena amaba;
Angle, el *soi-disant* matemático;
sir Henry Silvercup, el gran corredor.
Estaba el reverendo Rodomont Precisian,
que no odiaba tanto la falta como al pecador;
y lord Augustus Fitz-Plantagenet,
bueno en todo, pero mejor en apuestas.

88 Estaba Jack Jargon, el gigante centinela;
y el general Fireface, famoso en el campo,
gran estratega y no menor espadachín,
que se zampó, en la última guerra, más yanquis
de los que mató. Y Jefferies Hardsman, el juez galés,
tan ducho en su solemne oficio
que cuando un condenado aparecía
tenía el chiste de su juez como consuelo.

89 Un tablero de ajedrez es buena compañía:
reyes, reinas, obispos, caballeros, torres, peones.
El mundo es juego, salvo si las marionetas
sus propios hilos manejan. Igual el alegre Punch.
Mi musa, mariposa, solo tiene alas,
no aguijones, y vuela por el éter al azar,
posándose muy rara vez. Si fuera avispón,
quizá habría vicios que lo llorarían.

90 Había olvidado, pero no debo hacerlo,
un orador, el último de la sesión,
que había dado un buen y fino discurso,
su transgresión primera e inaugural
en el debate. La prensa aún se hacía eco
con su debut, que causó gran impresión
y se iba pregonando a diario como
«el más brillante primer discurso jamás dado».

91 Orgulloso de sus «¡eso, eso!», de su voto igual,
y de la perdida virginidad oratoria,
también de su aprender (suficiente para citar),
gozaba de su gloria ciceroniana.
Con memoria excelente para el estudio,
con labia para albur o cuento,
agraciado con algún mérito y más descaro,
«orgullo de su país», se tiró a su patria.

92 También estaban dos genios por aclamación,
Longbow de Irlanda, Strongbow del Tweed,
ambos letrados y hombres de cultura.
Pero el de Strongbow era ingenio más fino.
En imaginación era Longbow rico,
saltarina y bella cual corcel,
aunque a veces se diera con una patata,
lo mejor de Strongbow parecía de Catón.

93 Strongbow era cual clave recién afinado,
y Longbow brusco cual harpa eólica
con la que vientos celestes pueden acordarse
y hacer música, ya sea plana o aguda.
Del habla de Strongbow no cambiaríais una coma;
de las frases de Longbow quizá os quejarais:
ambos brillantes, uno nacido, otro educado,
por su corazón este, por su cabeza el rival.

94 Si todo esto parece masa heterogénea
para reunirse en finca campestre,
pensad que espécimen de cada clase
es mejor que un monótono *tête à tête*.
Se acabó, ay, la época cómica, cuando
el bufón de Congreve con la *bête* de Molière
competía. Tan plana es hoy la sociedad
que las maneras ya no difieren de la moda.

95 Nuestras ridiculeces se dejan al fondo,
bastante absurdas, mas también plúmbeas.
Las profesiones ya no se consideran
profesionales; y no hay nada que coger
del fruto de locura, pues aunque hay muchos
locos, son todos estériles y no valen la pena.
La sociedad es hoy una horda pulida
hecha dos tribus, los muermos y sus víctimas.

96 Pero siendo granjeros espigadores devenimos,
espigando los bien trillados oídos de la verdad.
Ah, amable lector, cuando reúnes sentido,
tú puedes ser Booz, y yo, la modesta Rut.
Más citaría, pero las Escrituras prohíben
intervenir. De joven me impresionó mucho
Mrs. Adams, cuando grita de pronto
que fuera de la iglesia la Biblia es blasfemia.

97 Pero qué podemos cosechar en esta era
vil de basura, aunque no sea combustible.
No debería omitir al sabio locuaz,
Kit Cat, el charlador célebre,
que en su libro de citas tenía una página
dispuesta cada mañana para las tardes. «Oye, oh,
escucha, pobre espectro». ¡Qué males inesperados
aguardan a aquellos que han estudiado sus *bons mots*!

98 Primero, deben atraer la conversación
con muchos giros hasta su brillante final;
y segundo, no deben dejar pasar ni una
ni a sus oyentes calmar una pulgada,
sino tomar un *ell* y causar sensación
si es posible; y tercero, nunca arrugarse
cuando algún buen orador les pone a prueba,
sino tener la última palabra, siempre la mejor.

99 Lord Henry y su lady los anfitriones eran;
la susodicha partida eran los huéspedes.
Su mesa era tabla para tentar, aun a fantasmas,
a traspasar el Estix para festines abundantes.
No me ocuparé de ragús o asados,
aunque la historia atestigüe
que la felicidad del hombre, pecador voraz,
desde la fruta de Eva, depende de la cena.

100 Mirad las tierras que «fluían con leche y miel»
a los hambrientos israelitas mostradas.
Le añadimos a esto luego el amor por el dinero,
el único tipo de placer que retribuye.
La juventud se va y deja sin sol nuestros días;
no cansamos de amantes y parásitos;
mas ¡oh metal de ambrosía!, ¿quién te dejaría
cuando ya no podemos usarte o abusar de ti?

101 Los señores salían pronto a tirar
o cazar; por deporte los jóvenes
(eso que más les gusta, tras el juego o la fruta);
para hacerse el día más corto los maduros,
pues el *ennui* es planta de raíz inglesa,
aunque sin nombre en nuestra lengua.
En su lugar tenemos la prueba y la traducción
francesa del bostezo que no calma el sueño.

102 Los mayores se iban a la biblioteca
y se bajaban libros o criticaban cuadros,
o paseaban dramáticos por los jardines
o censuras le hacían al invernadero
o montaban un jaco, que no trotaba mucho,
o leían los periódicos de la mañana
o vistazos ansiosos echaban al reloj,
añorando con sesenta la hora del seis.

103 Mas nadie era *gêné*. La gran hora unida
sonaba con el toque de cena; hasta entonces
eran todos los amos de su tiempo,
en compañía o solitarios, como quisieran
pasar las horas, algo que pocos saben hacer.
Se levantaban todos cuando querían
y pasaban su tiempo vistiéndose y rompían
el ayuno cuando, donde y como elegían.

104 Las damas, coloradas unas, pálidas otras,
pasaban la mañana a su gusto. Si buena,
andaban o montaban, si mala, leían o contaban
cuentos, cantaban o ensayaban baile de fuera,
discutían la moda que podría venir
y se ponían tocados según el nuevo código
o remetían doce hojas en pequeña carta
para hacer nuevo deudor de cada corresponsal.

105 Unas tenían amantes ausentes, amigos todas.
Nada hay en la tierra como carta de ellas,
ni en el cielo casi, pues nunca se acaba.
Amo el misterio de un misal femenino,
pues como el credo nunca lo dice todo,
mas está lleno de ingenio cual el silbido
de Ulises cuando llama al pobre Dolon.
Cuidado con vuestra respuesta a esa carta.

106 Había luego billar, cartas, mas no dados
(no juega hombre de honor, salvo en clubs),
barcas si había agua, patines si había nieve
y el duro hielo destruía los días perfumados,
y pesca con la caña, ese vicio solitario,
diga o cante cuanto quiera Izaak Walton.
El raro, viejo, cruel bufón en su gola
debería tener anzuelo y truchita.

107 Con la tarde llegaron el banquete y el vino,
la *conversazione*, el dueto,
en armonía con voces más o menos divinas
(corazón y cabeza me duelen aún con el recuerdo).
Las cuatro miss Rawbolds de júbilo brillaban,
pero las dos más jóvenes preferían
tocar el harpa, pues al hechizo musical
añadían graciosos cuellos, brazos y manos blancas.

108 A veces una danza (aunque rara vez en días
de campo, pues ellos estaban muy cansados)
exhibía figuras sílfide en su laberinto.
Luego un rato de charla si se terciaba,
flirteo, mas decoroso, simple elogio
de los encantos que podían admirarse.
Los cazadores perseguían a su zorro
y luego se retiraban en paz a las diez.

109 En un rincón aparte, los políticos
discutían el mundo y arreglaban las esferas.
Los ingenios buscaban hueco para su arte
y colarles bien a todos sus *bons mots*,
pocos quedaban que fueran listos;
lo feliz del instante les podría haber
costado años antes de hallar hora para meterlo
y aun entonces algún pelma lo hubiera arruinado.

110 Mas todo era gentil y aristocrático
en este nuestro grupo, pulido, suave y frío
como formas de Fidias talladas en mármol ático.
Ya no hay señores de Occidente como antes
y no son tan enfáticas nuestras Sofías,
pero tan bellas como antes o aún más.
Ya no tenemos tan buenos guardas como Tom Jones,
mas caballeros con corsés, duros como piedras.

111 Se separaron a un hora temprana,
antes de medianoche, mediodía en Londres,
mas en el campo las damas buscan alcoba
un poco antes de la luna menguante.
¡Paz a los sueños de cada flor cerrada!
¡Que la rosa devuelva pronto sus colores!
Buenas horas de bella tez son el mejor tinte
y rebajan el precio del carmín, algunos inviernos.

CANTO XIV

1 Si de la gran Natura o de nuestro propio abismo
del pensamiento se pudiera sacar certeza,
quizá la humanidad hallaría el camino perdido,
pero así se echaría a perder mucha filosofía.
Un sistema se come a otro, y tanto
como el viejo Saturno se comió su progenie,
pues cuando su devota consorte le dio piedras
en lugar de hijos, de estos no hizo huesos.

2 Pero el sistema revierte el desayuno del Titán
y se come a sus padres, aunque sea difícil
la digestión. Pues decidme, ¿podéis apresurar,
tras buena búsqueda, vuestra fe a la duda?
Mirad hacia las eras pasadas antes de que podáis
aferraros a algo y llamar a un método el mejor.
Nada más cierto que no confiar en los sentidos
y entonces ¿cuáles son las otras pruebas?

3 Yo no conozco ninguna. Nada deniego,
digo, rechazo, desprecio; ¿y qué sabéis vosotros
salvo quizá que nacisteis para morir?
E incluso eso puede acabar siendo falso.
Quizá llegue la era, fuente de eternidad,
cuando nada será ni viejo ni nuevo.
La llamada muerte hace a los hombres llorar
pero un tercio de vida estamos durmiendo.

4 Dormir sin sueños, tras un duro día
de trabajo es lo que más ansiamos, y aun
¡cómo recula la carne de la más quiescente!
Ese mismo suicidio que paga su deuda
de golpe sin las cuotas (una vieja forma
de pagar deudas, que acreedores lamentan)
suelta impaciente su recio aliento,
menos por asco de vida que por temor a morir.

5 Está a su lado, cerca, aquí, ahí, por doquier,
y hay un coraje que brota del miedo,
quizá el más desesperado, que lo peor
arriesgará para verlo. Cuando las montañas
dejan sus picos bajo el pie humano, y ahí
abajo miráis en el abismo, y teméis
la hondura de bostezos rocosos, no hay minuto
sin horrible deseo de zambullirse en él.

6 Cierto, no osas, mas, pálido y aterrorizado,
te vuelves. Pero mira en la pasada emoción
y hallarás, aunque trémulo en el espejo
de tu propio pensar confesado y honesto,
el sesgo latente, ya sea verdad o error,
a lo desconocido, un secreto prejuicio
a nadar en tus miedos, ¿dónde? No lo sabes
y esa es la razón por la que sí, o tal vez no.

7 Pero qué tiene que ver esto, dirás.
Gentil lector, nada, mera especulación,
de la que solo puedo decir, es mi manera.
A veces con motivo y otras sin él
escribo lo importante sin demora.
Este relato no está hecho para narrar,
sino que es mero fundamento
para alzar lo común con lo vulgar.

8 Ya sabes, o quizá no, que el gran Bacon dijo
«tira una paja y te diré el sentido del viento».
Y esa paja, surgida del humano aliento,
es poesía, según refulge el espíritu,
un azor de papel, volando entre vida y muerte,
una sombra que el alma delantera arroja.
Y no se sopla mi pompa para el halago
sino para jugar solo, como lo hace un niño.

9 El mundo está ante mí o detrás,
pues yo he visto una porción del mismo,
lo suficiente para no olvidarlo.
De unas cuantas pasiones también me arrepiento
para solaz de los amigos, la humanidad,
que gusta de mezclar metal leve con fama,
pues fui bastante famoso en mi época
hasta que bien la empreñé con la rima.

10 Me he puesto este mundo por montera, y el otro
lo he soportado, quiero decir al clero,
que en mi cabeza ha lanzado sus rayos
en sus píos libelos de ningún modo escasos.
Mas no puedo evitar mis garabatos semanales,
cansando a viejos lectores sin ganar nuevos.
De joven escribí porque mi mente estaba llena
y ahora porque siento que se vuelve pelma.

11 «¿Por qué publicar entonces?». No hay premio
de fama o beneficio cuando el mundo se agota.
Pregunto yo, ¿por qué jugar a cartas?
¿Por qué beber? ¿Por qué leer? Para pasar el rato;
me entretengo volviendo sobre aquello
que he visto o pensado, triste o divertido,
y lo que escribo lo echo a la corriente
para nadar o hundirme. Al menos he soñado.

12 Creo que si estuviera seguro del éxito,
ya no podría componer otro verso.
Hasta hoy he luchado más o menos
y ninguna derrota me apartará de las Nueve.
Este sentimiento no es fácil de expresar
mas no es fingido, me parece.
En el juego hay dos placeres a elegir:
uno es ganar y el otro es perder.

13 Mi musa además no se ocupa de ficciones.
Recoge un repertorio de hechos,
con reservas y alguna restricción, por supuesto,
pero suele cantar cosas y actos humanos,
y eso es algo que causa contradicción,
porque mucha verdad a primera vista no gusta
y si su objeto fuera eso que se llama gloria,
con más facilidad contaría otra historia.

14 Amor, guerra, tormenta, cierto, hay variedad,
también un aderezo de elucubración,
vista aérea de esa selva, la sociedad,
una mirada a todo aquel en su puesto.
Si no hay nada más, aquí tienes al menos
saciedad en el acto y preparación
y aunque estos versos solo deberían portar
valijas, el comercio le irá bien a estos cantos.

15 La porción de este mundo que ahora
para llenar este sermón he elegido
es uno del que no hay descripción reciente.
La razón de ello es fácil de determinar:
aunque parece agradable y prominente,
hay una semejanza en sus gemas y armiños,
un triste y familiar parecido a través de los siglos
que en cuanto a poesía poco promete.

16 Si hay mucho que excita, hay poco que exaltar,
nada que a todos los hombres y épocas hable,
como una especie de barniz en la culpa,
una suerte de tópico aun en sus crímenes,
artificiosas pasiones, ingenio sin sal,
una falta de ese auténtico estado que sublima
con la verdad lo que muestra, monotonía
de carácter, al menos para quien lo tiene.

17 A veces, sí, cual soldados tras el desfile,
rompen filas y dejan felices el puesto,
mas luego la llamada les devuelve el miedo
y deben ser o parecer lo que fueron. Y
sin duda es una brillante mascarada,
mas cuando a primera vista has tenido bastante,
cansa; al menos eso me hizo a mí,
el paraíso este de placer y *ennui*.

18 Cuando hemos hecho nuestro amor y juego,
habiéndonos vestido, votado, brillado y lo demás;
con los dandis cenado, oído a senadores declamando,
visto a bellezas traídas al mercado a porrillo,
a tristes libertinas maridos más tristes domar,
mucho que aborrecer ya no hay, ni que aburra.
Mirad a esos *ci-devant jeunes hommes*, que paran
el flujo y no dejan el mundo que les ha dejado.

19 Se dice (y se trata de queja general)
que nadie ha conseguido describir
el *monde* exactamente como se debería.
Algunos dicen que los autores roban,
sobornando al portero, escándalos raros
para sacar materia para su burla moral
y que tienen sus libros un solo estilo común,
el cotorreo de mi lady, filtrado por su mujer.

20 Mas eso no puede ser del todo verdad hoy,
pues los escritores ya forman parte del *beau monde.*
La escala les he visto equilibrar con los dedos,
sobre todo de jóvenes, pues eso es esencial.
¿Por qué les frustran sus esbozos como cronistas
o por qué se verán a sí mismos relevantes,
el verdadero retrato de la más alta tribu?
Es eso, de hecho, hay poco que describir.

21 *Haud ignara loquor*; son estos *nugae, quarum*
pars parva fui; mas aun arte y parte.
Podría esbozar mucho mejor un harén,
una batalla, naufragio o historia del corazón
que estas cosas, que además escatimo,
por razones que elijo reservarme.
Vetabo Cereris sacrum qui volgarit,
no deberían compartirlo los vulgares.

22 Y lo que lanzo es por tanto ideal,
rebajado, aligerado cual cuento de masones,
que soporta la misma relación con lo real
como el viaje de Parry con el de Jason.
El gran arcano no es para todos los ojos.
Tiene mi música místicos diapasones
y hay mucho que no podría ser apreciado
de ninguna manera por los no iniciados.

23 *Hélas*, se caen mundos, y la mujer, pues falló
al mundo (según esa historia, menos correcta
que verdadera, cual credo se ha sostenido),
no ha abandonado aún la práctica del todo.
¡Pobres usadas! Forzadas, obligadas,
víctimas cuando erradas y mártires si acertadas,
condenadas al parto, como los hombres
por sus pecados a afeitarse la barbilla tanto.

24 Es una plaga diaria, que en su total
puede en conjunto competir con dar a luz.
Mas sobre las mujeres, ¿quién puede penetrar
los verdaderos sufrimientos de su condición?
La simpatía varonil por su estado
tiene mucho de egoísmo y más de sospecha.
Su amor, su virtud, belleza, educación
buenas amas de llave forman para criar nación.

25 Todo esto está muy bien y no puede ser mejor,
pero aun esto es difícil, vive Dios.
Tantos problemas la atacan desde que nace,
tan poca distinción entre amigos y rivales,
el dorado se cae tan pronto de su grillete
que… pero preguntad a cualquiera si querría
(a una de treinta, digo) haber sido
hembra o varón, un escolar o una reina.

26 «La influencia de enagua» es un gran reproche,
del que ni aún los que obedecen podrían
escapar, cual hambriento lucio del rutilo;
mas como bajo él a la tierra somos traídos
con varias sacudidas del carro de la vida,
por mi parte yo adoro la enagua,
una prenda de mística sublimidad,
no importa si es roja, de seda o de fustán.

27 Mucho respeto y mucho he adorado
en mis días más tiernos ese casto velo
magnífico que guarda tesoro cual avaro,
que más atrae cuanto más oculta,
una funda dorada en espada de damasco,
una carta de amor con sello místico,
cura para la pena, pues ¿qué puede doler
ante enagua y tobillo vislumbrado?

28 Y cuando en un callado, lúgubre día,
con el siroco, por ejemplo, soplando,
cuando aun el mar se ve tenue en su rociada
y bruscas fluyen las olas del río
y el cielo muestra ese gris ancestral,
la sobria, triste antítesis al resplandor,
es agradable, si es que algo lo es,
entrever algo aun de campesina.

29 Dejamos a nuestros héroes y heroínas
en ese bello clima que no es del ambiente,
independiente de los signos zodiacales,
aunque sin duda más difícil de rimar,
porque el sol y los astros y todo lo que brilla,
montañas y todo eso que puede ser sublime
son a menudo aburridos y tristes cual rucio,
y lo del cielo y el tendero son lo mismo.

30 La vida de interior es menos poética
y la exterior da lluvias y nieblas y granizo,
con los que no podría hacer una pastoral,
pero sea como fuere, un bardo debe encarar
toda dificultad, sea grande o pequeña,
para arruinar su proyecto o acabarlo,
y trabajar cual espíritu en materia,
cohibido de algún modo con fuego y agua.

31 Juan, en este aspecto al menos cual santo,
era todas las cosas en gente de todo tipo
y vivía contento sin quejarse
en campos, barcos, villas o cortes,
nacido con esa feliz alma que nunca cede
y mezclándose un poco en tareas y deportes.
Igual podía hacer mucho para ellas,
sin esa afectación de ciertas locas.

32 Al foráneo la caza del zorro le es extraña;
está también sujeto al doble peligro
de caerse primero y recibir a cambio
alguna burla simpática como extranjero.
Mas Juan había sido entrenado para calmar
a las bestias, cual árabe vengativo,
por ello su caballo, cazador o jaco,
sabía que llevaba un jinete al lomo.

33 Y ahora en este campo, con aplausos,
saltaba seto, zanja, doble poste y raíl
y nunca se vencía y pocos *faux pas* daba
y se preocupaba solo si el rastro se perdía.
Rompió, cierto, algunos estatutos de leyes
de la caza, pues frágil es juventud sabia,
cabalgó tras los perros, de vez en cuando,
y una vez aun con varios señores rurales.

34 En general, sin embargo, todos admiraron
su dominio de sí y del caballo. Los señores
se maravillaron del mérito de otra nación.
Los patanes gritaron, «¿Quién lo hubiera dicho?».
Caballeros, los Néstor de la edad deportiva,
cantaron alabanzas y recordaron su viejo fuego.
El propio cazador se permitió sonreír
y lo consideró cuidador de perros.

35 Tales fueron sus trofeos, no de lanza y escudo,
mas saltos y estallidos y a veces colas de zorro.
Mas reconozco, aunque en esto concedo
por simpatía patriótica británico rubor,
que en el fondo pensaba como el fino Chesterfield,
quien tras larga caza en colinas, valles y matas
y cuanto más, aunque montaba a toda costa,
preguntó al otro día, «¿Se caza más de una vez?».

36 También tenía una virtud insólita
en mañaneros tras larga caza,
–que se levantan en invierno antes
de que el gallo llame al día muermo
a su rutina de diciembre, virtud agradable
para mujer cuando sus suaves palabras líquidas
corren y ella necesita escucha, de santo o pecador–,
no se dormía justo después de la cena.

37 Sino que leve y aéreo estaba alerta
y brillaba en la mejor parte del diálogo,
poniendo siempre humor en lo que afirmaran
y escuchando los temas más de moda;
serio o alegre, nunca pesado o duro,
y sonriendo en secreto, el muy artero.
Nunca pretendió él aclarar un error,
ni hubo nunca en fin mejor escuchador.

38 Y bailaba –superan los extranjeros
a los severos anglos en la elocuencia
de pantomima–, bailaba, digo, muy bien,
con énfasis y aun con buen sentido,
indispensable con los pies.
Sin teatral pretensión bailaba,
no cual maestro de ballet al frente
de su redil de ninfas, cual caballero.

39 Sobrios eran sus pasos, cada uno en su linde,
una elegancia chispeaba en su figura.
Raudo como Camila, apenas tocaba el suelo
y mas se reprimía que soltaba su vigor
y luego tenía oído para el son de la música
que desafiar podía un cuarto de crítico rigor.
Ese clásico *pas*, sin falta, llevaba al héroe,
miraba él cual bolero personificado;

40 o como una hora volante ante Aurora
en el famoso fresco de Guido, que de por sí
ya merece su viaje a Roma, aunque ya no quede
ni un resto ahí del viejo trono único del mundo.
El *tout ensemble* de sus gestos tenía
una gracia de suave ideal, poco visto
y nunca bien descrito, pues para el dolor
de bardos y prosistas no tienen palabras color.

41 No es raro pues que fuera favorito,
un Cupido mayor, muy admirado,
un poco mimadito, pero no demasiado;
al menos mantenía a raya su vanidad.
Su tacto era tal que podía deleitar
tanto a las castas cual a las no tan inspiradas.
La duquesa de Fitz-Fulke, que amaba la *tracasserie*,
quiso tratarle con un poco de *agacerie*.

42 Era una fina y de algún modo plena rubia,
apetecible, distinguida, celebrada
por sus inviernos en el gran, *grand monde*.
Nada diré de lo que podría decirse
de sus abusos, pues sería asunto sensible.
Podría haber además mentiras en lo dicho.
Su última actuación había sido un pavoneo
en casa de lord Augustus Fitz-Plantagenet.

43 El noble personaje empezó a verse
un poco negro con este nuevo flirteo,
pero esas licencias deben tolerarlas
los amantes, pues son meras libertades
de la corporación femenina. Ay de aquel
que a rechazar se atreva, provocará situación
desagradable, pero común
entre calculadores que mujer calculan.

44 El circulo sonrió, luego susurró y al fin
desdeñó, las damas frenaron y las matronas
miraron mal, esperando algunas que las cosas
no fueran como temían y no hubiera mujeres así;
otras no se creían ni la mitad de lo que oían;
algunas parecían perplejas y otras profundas;
y muchas de verdad compadecían
al pobre lord Augustus Fitz-Plantagenet.

45 Pero lo raro es que nadie hablaba del duque,
quien era de esperar estaba un poco en el afer.
Cierto, estaba ausente, y se decía, poco
se preocupaba del cuándo o el dónde
o el qué hacía su cónyuge. Si podía aguantar
sus alegrías, nadie tenía derecho a mirar.
La suya era la mejor de las uniones, sin duda,
como no se veían nunca reñían.

46 Pero ¡oh que deba escribir verso tan triste!
Con un amor abstracto de virtud encendida,
ella, mi Diana de los Efesios, lady Adeline,
empezó a creer libre la conducta de la duquesa,
lamentando haber elegido tan mala estirpe
y volviéndose más fría en su cortesía,
se la veía seria y pálida al ver a su amigo frágil,
eso por lo que muchos se vuelven sensibles.

47 No hay nada cual la simpatía en este mundo
malvado; sienta bien al alma y la cara,
pone una suave música en el armónico suspiro
y viste a dulce amistad con encaje de Bruselas.
Sin un amigo, ¿cómo haría la humanidad
para captar nuestras faltas con bella gracia?
Nos consolamos con «¡Si lo hubieras pensado!
¡Ah, si me hubieras hecho caso!».

48 ¡Oh Job! Tuviste dos amigos, uno basta,
sobre todo cuando estamos a disgusto.
Son muy malos pilotos cuando hay mal tiempo,
son los médicos menos famosos por sus curas
que por sus honorarios. Que nadie se queje
cuando se caigan sus amigos, como ellos lo harán
cual hojas con el viento. Si las cosas van mal,
podéis ir a buscar a otro a la cafetería.

49 Pero no es esta mi máxima; si lo fuera,
ciertos disgustos me hubiera ahorrado. Da igual,
no quiero ser una tortuga protegida,
de caparazón terco, a salvo de las olas y el clima.
Es mejor en general haber sentido y visto
eso que los humanos pueden o no sufrir.
Enseñará discernimiento a los sensibles
y a no verter su océano en un tamiz.

50 De todas las horribles notas de congoja,
más tristes aun que el canto del búho
o ráfaga nocturna, es la frase portentosa
«Ya te lo dije», dicha por amigos, profetas
del pasado. En vez de decirte qué hacer,
reconocen que ellos ya vieron que caerías
y gozan de tu leve lapso contra *bonos mores*
con largo memorando de viejos sermones.

51 La gravedad serena de lady Adeline
no se limitaba a sentir por su amigo,
cuya fama dudaba llegara a la posteridad,
a menos que sus hábitos se corrigieran;
mas Juan también compartía su austeridad,
pero mezclada con piedad, pura como ninguna.
Excitaba su pena gentil su inexperiencia
y (tenía él seis semanas menos) su juventud.

52 Estos cuarenta días de ventaja de ella
–y su edad podía arrostrar el cálculo,
refiriéndose audaz a la lista de pares
y nobles nacimientos, sin temer el número–
le dio el derecho a tener miedos maternales
por la educación apta de joven señor,
aunque estuviera lejos del año bisiesto, cuyo salto
en fechas femeninas da al Tiempo golpetazo.

53 Esto puede fijarse antes de los treinta,
veintisiete digamos, pues nunca supe
ir más allá de lo más estricto en virtud
y cronología, mientras ellas pasan por nuevas.
Oh tiempo, ¿por qué no paras? Tu guadaña,
sucia de óxido, debería dejar de cortar y segar.
Renuévala, afeita más suave, más lento,
para mantener solo tu crédito podador.

54 Mas Adeline estaba lejos de la madurez,
que no es como mucho sino amargura.
Era más bien su experiencia su sabiduría,
pues ella había visto el mundo y pasado
su prueba, como dije en… olvidé la página.
Las referencias desprecia mi musa –ya lo sabréis
a estas alturas–, mas quitad seis de veintisiete
y su suma de años tendréis en un periquete.

55 A los dieciséis salió; presentada, preciada,
conmovió a todas las coronitas.
Con diecisiete también estaba el mundo
feliz con esa nueva Venus de su mar brillante.
A los dieciocho, aunque a sus pies jadeaba
una hecatombe de devotos pretendientes,
había consentido crear de nuevo
a ese Adán llamado «el más feliz de los hombres».

56 Desde entonces había destellado en tres inviernos
gloriosos, admirada, adorada, mas tan correcta
que había confundido a todos los más finos
insinuadores sin la prenda de la seriedad.
No podían ni hallar aun ni la más leve astilla
en ese mármol sin defecto alguno.
También había tenido tiempo en su matrimonio
de dar un hijo y heredero y un aborto.

57 A su alrededor flotaban las luciérnagas,
esas pequeñas luces de la noche londinense,
mas ninguna tenía aguijón para herirla.
Era un punto muy lejos del vuelo del petimetre.
Quizá deseaba un aspirante más hondo,
mas fuera como fuese, ella se comportaba.
Y si frialdad, orgullo o virtud dignifican
a una mujer y así es buena, ¿qué significa?

58 Odio un motivo, cual botella pospuesta,
con la que el posadero tarda demasiado,
dejando sin clarete a todos secos ahogarse,
sobre todo con la política en mano.
Lo odio, como odio un rebaño de ganado,
que levanta el polvo cual el simún la arena.
Lo odio como odio una discusión,
oda de laureado, o el servil «Content» del lord.

59 Es tan triste cortar las raíces de las cosas;
están muy entreveradas con la tierra.
Para que una rama gran verdor eche,
nada me importa si nació de bellota.
Rastrear toda acción hasta su fuente secreta
produciría una alegría melancólica,
pero esto no me preocupa ahora
y os remito al sabio Oxenstierna.

60 Con el amable propósito de evitar un *éclat*,
a la duquesa tanto como al diplomático,
lady Adeline, tan pronto como supo
que Juan no iba a ser capaz de resistir
(pues los foráneos no saben que un *faux pas*
en Inglaterra cuenta en una lista diferente
que aquellos de otras tierras sin jurados,
cuyo veredicto es cura para tal pecado)

61 lady Adeline decidió tomar medidas
que pudieran según ella mejor impedir
el creciente progreso de este triste error.
Pensó con cierta ingenuidad sin duda,
mas la inocencia es audaz aun en la hoguera
y muy simple en el mundo y no necesita
usar empalizadas erigidas por damas,
cuya virtud estriba en no ser detectadas.

62 No es que se temiera lo peor.
Su Excelencia era un marido resistente
y no iba a estallar de pronto
en una escena y engrosar la clientela
del cuerpo de abogados, mas temía
ese talismán mágico de Su Excelencia
y luego una pelea –como él advertía–
con lord Augustus Fitz-Plantagenet.

63 Su Excelencia pasó también por intrigante
y de algún modo *méchante* en su amorosa esfera,
una de esas bonitas, preciosas plagas,
que turban a un amante con simples caprichos,
que originan disputa cuando no pueden
encontrar uno cada día del año maravilloso,
cautivan, torturan, mientras se hielan o brillan
y, lo que es peor, no te dejarán marchar,

64 eso que tanto enloquece al joven
o hará de él un Werther al final.
No es raro que un alma más pura tema
este tipo de casta *liaison* para un amigo.
Sería mucho mejor estar casado o muerto
que ir con corazón rasgado por mujer.
Es mejor parar y pensar antes de correr
si esa *bonne fortune* es realmente *bonne*.

65 Y en la abundancia de su corazón,
que de verdad creía no conocía argucia,
habló con su marido algunas veces
para pedirle que aconsejara a Juan.
Sonriendo, lord Henry oyó sus toscos planes
de destetar a don Juan de la treta de la sirena,
y contestó cual estadista o profeta
de tal guisa que ella no entendió nada.

66 Primero dijo que él nunca interfería
en los negocios de nadie salvo los del rey;
luego que nunca juzgaba apariencias,
sin sólidas razones, de ese tipo de cosas;
tercero, Juan tenía más cabeza que barba
y no iba a ser llevado con cuerdas delanteras;
y cuarto, lo que no hay que decir dos veces,
que el bien rara vez sale de un buen consejo.

67 Y para probar, por tanto, la verdad absoluta
de este último axioma, aconsejó a la esposa
dejar en paz a las partidas, siempre
y cuando la *bienséance* lo permitiera,
que el tiempo calmaría los defectos de Juan,
que los jóvenes pocas veces hacen votos,
que oponerse solo agrava las cosas;
y aquí un mensajero trajo despachos.

68 Y siendo del consejo llamado «Alivio»,
lord Henry se fue hacia su gabinete,
para proveer material a un futuro Livio
y contar cómo redujo la deuda nacional;
y si no doy aquí todos los detalles
es porque no los conozco todavía,
pero los añadiré en breve apéndice
para que vaya entre mi épica y su índice.

69 Mas antes de irse, añadió alguna ligereza,
otro dulce lugar común, o dos,
tales como se acuñan en una charla
y pasan por falta de algo mejor, pero no nuevo,
luego rompió el sobre para ver qué había,
y habiéndole echado una mirada,
se retiró, y al irse, la besó con calma,
menos cual joven esposa que hermana mayor.

70 Era un hombre bueno, frío, honorable,
orgulloso de su casta y de todo,
un espíritu espléndido para diván estatal,
una figura hecha para andar ante el rey,
majestuosa, alta, ideal para guiar la corte
en cumpleaños, gloriosa con estrella y banda,
el perfecto modelo de chambelán,
y eso le nombraré cuando yo reine.

71 Pero había algo defectuoso en conjunto
–no sé qué era y, por tanto, no puedo decirlo–
que las bellas mujeres, dulces almas, llaman alma.
Sin duda no era el cuerpo; estaba bien
proporcionado, cual álamo o poste,
un hombre guapo, humano milagro,
y en toda circunstancia de amor o guerra
consiguió preservar la perpendicular.

72 Mas había algo que faltaba, como he dicho,
ese indefinible *je ne sais quoi*
que, por lo que sé, pudo antaño haber llevado
a la *Ilíada* de Homero pues a Troya
llevó a la Eva griega, Helena, del lecho espartano,
aunque sin duda el chico dárdano era
en general muy inferior al rey Menelao,
pero así ciertas mujeres nos traicionarán.

73 Hay una cosa rara que mucho sorprende,
si cual Tiresias no hemos probado
la diferencia por turnos de los distintos sexos:
ninguno sabe mostrar cómo deberían amarse.
Nos une lo sensual por breve tiempo,
lo sentimental quiere ser inamovible,
mas los dos juntos forman un centauro,
en cuyo lomo mejor no aventurarse.

74 Algo del todo suficiente para el corazón
es lo que el sexo siempre anda buscando,
mas ¿cómo llenar esa misma vacante?
Ahí está el quid y en eso son ellas débiles.
Frágiles marineros sin carta a la deriva,
van con el viento a través de mares violentos,
y cuando han hecho a golpes la costa
se extrañarán de ver que era una roca.

75 Hay una flor llamada «amor ocioso»,
ved el jardín siempre en flor de Shakespeare.
No haré su gran descripción menor
y pido humilde perdón al dios británico
si en el extremo de mi aflicción en verso
toco una sola hoja donde él custodia,
pero aunque la flor es diferente, con el suizo
o francés Rousseau grito, *Voilà de la pervenche!*

76 ¡Eureka! ¡Lo encontré! Lo que quiero
decir no es que el amor sea ocio,
sino que en el amor ese ocio ha sido
accesorio, según tengo motivo para creer.
La dura labor es indiferente mediador;
esos hombres de negocios no son aptos
para expresar pasión, pues el mercante, el Argo,
transportaba a Medea como sobrecargo.

77 *Beatus ille procul* de los *negotiis*,
dijo Horacio; el error del gran poeta.
Su otra máxima *Noscitur a sociis*
es mucho más apta para su canción,
aunque aun eso era a veces muy violento,
a menos que tuviera muy buena compañía;
pero, aunque difícil, da igual su puesto o estado,
¡felices tres veces esos que tienen trabajo!

78 Adán cambió su paraíso por el arado,
Eva hizo sombreros con hojas de higuera,
el saber más temprano del árbol tan sabio,
hasta donde yo sé, que la Iglesia recibe;
y desde esa época no costó mucho ver
que muchos de los males de los hombres
y aun más de ellas, vienen de no emplear
algunas horas en hacer el resto disfrutable.

79 Y de ahí que la vida de lujo sea un vacío
triste, un potro de placeres, donde debemos
inventarnos recursos para irritarnos.
Los bardos pueden cantar lo que quieran
del contento, pero eso se traduce por asco.
Y de ahí vienen los males del sentimiento;
diablos azules y medias azules y romances,
reducidos a práctica y hechos como danzas.

80 Hago declaración jurada de que nunca
leí romances como los que he visto,
si no me hubiera ocurrido en el mundo,
nadie creyera que un cuento así ha pasado.
Pero no tengo ni nunca tuve esa intención;
ciertas verdades están mejor ocultas,
en especial cuando parecen mentiras.
De generalidades, por tanto, me ocupo.

81 «Una ostra puede ser desgraciada en amor»,
¿por?, porque se deprime en su concha
y lanza un solitario suspiro subterráneo,
como haría también un monje en su celda.
Y a propósito de monjes, su piedad
con la pereza ha sido difícil de casar.
Los vegetales esos de la fe católica
son sumamente aptos para ir a sembrar.

82 ¡Oh Wilberforce! Hombre de negra fama,
cuyo mérito nadie puede cantar lo suficiente,
has derribado a un inmenso coloso,
¡tú, Washington moral de Asia!
Pero hay otra cosita, reconozco,
que deberías hacer algún día de verano
para arreglar a la otra mitad de la tierra:
liberaste a los negros, encierra ya a los blancos.

83 Encierra al viejo matón calvo de Alejandro,
embarca al sagrado trío para Senegal,
diles que «salsa para ganso es para ánsar»
y pregúntales cómo les gustaría ser esclavos.
Encierra a toda heroica salamandra,
que come fuego gratis (pues es pobre la paga).
Encierra, no, no al rey, mas al Pavilion,
o nos costará a todos otro millón.

84 Encierra el mundo entero y deja Bedlam salir
y te sorprenderás tal vez al descubrir
que todo sigue el mismo rumbo
que ahora con los *soi-disant* sensatos.
Eso lo puedo probar sin duda alguna,
si hubiera una pizca de sensatez humana,
pero hasta hallar ese *point d'appui*, ay,
cual Arquímedes, dejo la tierra como estaba.

85 Nuestra dulce Adeline tenía un defecto;
aunque era espléndida mansión, su corazón vacaba.
Su conducta había sido muy correcta,
pero nada había reclamado su expansión.
Un alma vacilante se rompe más fácil,
porque sin duda es más frágil que uno firme,
mas cuando este obra su propia ruina,
su explosión interna es como un terremoto.

86 Amaba ella a su lord o eso creía, mas
ese amor le costaba, triste esfuerzo,
la piedra de Sísifo, si un día movemos
nuestro sentir contra el ser del suelo.
No tenía ninguna queja o reproche,
ninguna disputa ni lío matrimonial;
su unión era un ejemplo modélico,
serena y noble, conyugal mas fría.

87 No había gran disparidad de años,
pero sí en carácter, mas nunca chocaban.
Se movían cual astros en sus esferas
o cual Ródano en aguas del Lemán bañado,
donde fundido mas separado aparece
el río de su lago, todo en azul mezclado
a través de la plácida y serena hondura,
que bien acunaría a su niño río en sueños.

88 Una vez que ella había conseguido
interesarse por todo, aunque se envaneciera
de que eran las mejores sus intenciones...
Las intenciones fuertes son algo peligroso.
Las impresiones eran más duras de lo que creía
y se agolpaban mientras corrían cual agua
creciente en su cabeza, más aún si su pecho
no estaba muy impresionado al principio.

89 Pero si lo estaba, tenía ese latente demon
de doble condición, y por ello con dos nombres:
se llama en héroes, reyes y marinos firmeza,
cuando triunfan, pero se mal considera
obstinación en hombres y mujeres
cuando su triunfo palidece o el astro decae;
y dejará perplejos a los sofistas morales
fijar los límites esta peligrosa cualidad.

90 Si Bonaparte hubiera ganado en Waterloo,
habría sido firmeza; mas es pertinacia.
¿Debe el hecho decidir entre los dos?
Dejaré a esa gente sagaz vuestra
trazar la línea entre lo falso y lo cierto,
si es que puede trazarse por mente humana.
Yo tengo que ocuparme de lady Adeline,
que a su manera era también heroína.

91 No conocía ella su corazón, ¿cómo podría yo?
No creo que estuviera enamorada de Juan.
Si lo hubiera estado, habría podido volar
con la salvaje emoción, nueva para ella.
Simplemente sentía una común simpatía
(no diré si era falsa o verdadera)
por él, porque sabía que él corría peligro,
amigo de su marido, suyo, joven, extraño.

92 Ella era, o así lo creía, su amiga y esto
sin esa farsa de amistad o romance
platónicos, que lleva por mal camino
a damas que aprendieron a ser amigas
en Francia o Alemania, donde se besan.
Hasta esto Adeline no llegaría,
pero de la amistad de hombre con hombre
tan capaz se veía como cualquier mujer.

93 Sin duda la secreta influencia del sexo
conseguirá ahí, igual en lazos de sangre,
un predominio inocente anexar
y afinar el acuerdo con mejor ánimo.
Si libre de pasión, que toda amistad revisa,
y están bien claros todos tus sentimientos,
no hay mejor amigo aquí que una mujer,
si amantes no habéis sido ni seréis.

94 El amor lleva en su seno el germen
del cambio; ¿y cómo iba a ser de otro modo?
Que las cosas violentas encuentran
un término se ve en las analogías naturales.
¿Y cómo podrían ser firmes las feroces?
¿Podría haber relámpagos sin fin en el cielo?
Creo que el propio título del amor dice mucho;
¿cómo podría ser la tierna pasión dura siempre?

95 Ay, según la experiencia, pocas veces
(solo hablo de lo que oigo a muchos decir)
tuvieron los amantes razones para lamentar
la pasión que hizo a Salomón chiflado.
También he visto a esposas (sin olvidar
el estado marital, mejor o peor que ninguno)
que eran los vivos ejemplos de esposas,
mas desgraciadas hacían dos vidas al menos.

96 También he visto algunas amigas (raro,
pero cierto, si hace falta, lo pruebo)
que eran fieles a las duras y maduras, fuera,
en casa, mucho más que el amor nunca,
que no me dejaron cuando el oprobio
me hundió, a quienes ningún escándalo imponía,
que dieron y dan en ausencia mis batallas,
a pesar del cascabel de la serpiente social.

97 Si don Juan y la casta Adeline se hicieron
amigos de esta u otra manera
se comentará en adelante opino yo.
De momento me basta con la pretensión
de dejarlos volar, ya que el efecto es bueno
y mantiene al lector cruel en suspenso,
la forma más segura para damas y libros
de pescar a su presa o mantener en vilo.

98 Si estuvieron montando, caminando
o estudiando español para leer el *Quijote*
en el original, placer que a todos supera,
si fue su charla eso que se llama «informal»
o seria, son los temas que destierro
al canto próximo, donde quizá diré
algo a ese propósito y desplegaré
un talento apreciable a mi manera.

99 Sobre todo, les ruego a todos prohibir
anticipar nada acerca de la materia.
Solo cometen errores sobre la bella
y sobre Juan también, sobre todo este.
Y voy a adoptar un aire más serio
de lo que he hecho en esta épica sátira.
No está muy claro que Adeline y Juan
caigan, pero si lo hacen, será su ruina.

100 Mas grandes cosas salen de las pequeñas.
¿Quién creyera que en nuestra juventud
la más temible pasión que casi arruina
a hombre y mujer surgió de esa nimia vez
de la que pocos pudieron soñar el vínculo
que formaba esa situación sentimental?
Nunca lo imaginarais, apuesto millones, millardos,
todo surgió de un juego inofensivo de billares.

101 Es raro pero cierto, la verdad siempre es rara,
más aún que la ficción. Si se pudiera decir,
¡cómo mejorarían las novelas con el cambio!
¡De qué manera distinta veríamos el mundo!
¡Cuán a menudo vicio y virtud se cambiarían!
El nuevo mundo nada sería para el viejo,
si algún Colón de los océanos morales
mostrara a los humanos las antípodas del alma.

102 ¡Qué «cuevas vastas y desiertos vagos»
se verían de pronto en el alma humana!
¡Qué icebergs en corazones de poderosos
con amor propio en el centro cual polo!
¡Qué antropófagos en nueve de diez
de aquellos que mantienen reinos bajo control!
Si se llamaran las cosas por su nombre,
al propio César la fama le daría vergüenza.

CANTO XV

1 ¡Ah! Lo que siga saldrá de mi reflexión.
Sea lo que sea, de todos modos será
tan a propósito de esperanza o recuerdo
cual si el pensar oculto hubiera seguido al libre.
Toda vida presente no es sino interjección,
un «¡oh!» o «¡ah!» de gozo o miseria
o un «¡ja, ja!», o «¡bah!» un bostezo, o «¡buf!»
de los que quizá el último es el más cierto.

2 Pero más o menos el conjunto es un *syncope*
o un *singultus*, emblemas de la emoción,
la gran antítesis al mayor *ennui*,
con el que reventamos burbujas en el océano,
ese contorno acuático de la eternidad
o de la miniatura al menos, según mi idea,
que sirve a los placeres del alma
viendo cosas que no están a la vista.

3 Mas son mejores que la vista suprimida,
en la caverna del corazón corroen,
convirtiendo el semblante en máscara
de reposo y haciendo un arte de la humana
condición. Pocos osan mostrar sus ideas
buenas o malas, aparta siempre el disimulo
un rincón para sí, y por tanto la ficción
es lo que hay con menos contradicción.

4 Ah, ¿quién puede decirlo? O mejor, ¿quién no
recuerda, sin contarlos, los errores pasionales?
La escurridera del olvido, aun el borrachín,
tienen los diablos azules para su espejo matinal.
Y qué si aunque parezca flotar en aguas del Leteo,
no puede sus temblores o terrores hundir.
El cristal de rubí que tiembla en su mano
dejará triste poso en la peor arena del tiempo.

5 Y en cuanto al amor, ¡oh amor! Sigamos.
Esta lady Adeline Amundeville,
hermoso nombre donde los haya,
debe colgar armónica de mi pluma afinada.
El suspiro de un junco tiene música,
el gorgoteo de riachuelo tiene música,
hay música en todo, si uno tiene oído,
la tierra no es sino un eco de las esferas.

6 Lady Adeline, muy honorable
y honorada, corría el riesgo de serlo menos,
pues muy pocas del sexo débil son estables
en sus resoluciones. Ay, ¡que lo diga yo!
Difieren como el vino de su etiqueta
cuando se decanta. Es una intuición,
no me atrevo a jurarlo, pero ambos pueden,
hasta llegar a la vejez, sufrir adulteración.

7 Pero Adeline era un gran reserva,
la inalterada esencia de la uva, mas
brillante cual napoleón de cuño nuevo,
gloriosa como un diamante bien engastado,
hoja donde la edad no imprimiría el tiempo
y por la que Natura su deuda condonaría,
solo acreedor cuyo proceso implica
la suerte de juzgar a todos solventes.

8 Oh muerte, gran cobradora, cada día
llamas tú a las puertas, con parco golpe
primero, como dócil comerciante
acercándose tímido a deudor con prudencia;
mas rechazado a menudo, agotada la paciencia,
persiste con crispado golpeteo
y (si entra) insiste en términos feos
en dinero contante o cheque de Ransom.

9 De cuanto tomes, déjanos la pobre belleza.
Es ella tan rara y tú tienes tantas presas...
Aunque de vez en cuando abdique de su deber,
mas razón aún para que deba quedarse.
Flaca glotona, con enteras naciones por botín,
cívica deberías ser de forma modesta.
Suprime pues algunos males femeninos
y toma cuantos héroes quiera el cielo.

10 La bella Adeline, aún más ingenua
donde le interesaba (se decía)
porque no era propensa como algunos
a agradar fácilmente o por su alta alcurnia
a demostrarlo (puntos que no se discuten),
cedería sincera tanto cabeza cual corazón
en emociones que parecieran inocentes,
por objetos dignos del sentimiento.

11 Algunas partes de la historia de Juan,
que el rumor, esa gaceta viva, tergiversó,
había oído, mas escuchan las mujeres
aberraciones con más humor que nosotros,
hombres de gran rigor. Además, su conducta
se volvió por inglesa más estricta y asumió
un vigor varonil al tener, cual Alcibíades,
el arte de vivir a gusto en todos los climas.

12 Su estilo fue tal vez aún más seductor
porque no parecía ansioso por seducir,
nada afectado, estudiado, o constitutivo
de vanidad o conquista. Ningún abuso
de sus encantos arruinaba la bella perspectiva
de indicar que un *Cupidon* volaba solo
y parecía decir, «Resistidnos si podéis»,
lo que hace al dandi y al hombre destruye.

13 Se equivocan, no es forma de abordarlo,
como, si dicen la verdad, puede mostrarse.
Pero cierto o no, don Juan no lo tenía.
De hecho, sus maneras eran solo suyas;
era sincero, al menos nadie lo dudaba
con el mero escuchar su timbre fonético.
No tiene el diablo ahí en su aljaba
ninguna flecha como una voz dulce.

14 Blando de suyo, su porte levantaba
sospechas. Aunque no era tímido, su mirar
era tal que más bien parecía distante
para escudarse que para desafiarle a uno.
Quizá era algo apenas aposentado,
pero modestia es a veces su recompensa,
cual la virtud, y la ausencia de pretensión
irá mucho más lejos de lo que se pueda decir.

15 Sereno, satisfecho, alegre sin ruido,
insinuante sin evidenciarlo,
observador de las manías de la masa,
pero sin denunciarlo nunca hablando,
con los altivos orgulloso, mas cortés
para hacerles saber que conocía su sitio
y el suyo; sin afán de prioridad,
nunca buscaba ni clamaba superioridad.

16 Esto con los hombres. Con las mujeres
era lo que ellas quisieran, y ya bastaba
de sobra para ello su imaginación.
Si el marco es pasablemente bello,
ya llenan ellas el óleo; y *verbum sat.*
Una vez proyectadas sus fantasías
en un objeto, ya sea triste o lúdico,
pueden transformar mejor que un Rafael.

17 Adeline, sin ser gran juez de carácter,
sabía añadir coloración de su cosecha.
Es así como el bueno yerra amable
y sobrevive el sabio, como ya se ha visto.
La experiencia es el filósofo jefe,
pero más triste si su ciencia es célebre.
Y perseguidos sabios enseñan en escuelas
su locura olvidando que fueron locos.

18 ¿No fue así, gran Locke y Bacon mayor?
¿Gran Sócrates? ¿Y tú, más divino aún,
cuya suerte es por el hombre confundida
y convertido tu credo en sanción de todo mal?
Redimir mundos para ser turbados por fanáticos,
qué recompensa a tu esfuerzo. Podríamos
llenar volúmenes con esas tristes imágenes,
mas las dejamos a la conciencia nacional.

19 Me aposento en humilde promontorio
en medio de la infinita variedad de la vida
sin importarme eso que llaman gloria,
especulando mientras echo un ojo
en lo que puede o no puede adecuarse
a mi cuento, sin gran esfuerzo en el verso,
voy recitando tal y como hablaría
con cualquiera a caballo o andando.

20 No sé yo si habrá mucha habilidad
en esta especie de rima casual,
mas hay facilidad conversacional
que rematar puede una hora a veces.
De esto estoy seguro al menos, no hay
servilismo en mi canto irregular,
en el que suena lo más nuevo o viejo,
mientras me siento *improvisatore.*

21 *Omnia vult belle Matho dicere dic aliquando*
Et bene; dic neutrum; dic aliquando male.
Lo primero supera el poder del mortal;
lo segundo se podrá hacer triste o alegre;
lo tercero es aún más difícil de aguantar;
lo cuarto lo oímos y vemos y decimos a diario.
La suma de todo es lo que yo desearía
servir en este enigma en forma de plato.

22 Una esperanza modesta, mas la modestia
es mi fuerte, y el orgullo, mi debilidad. Sigamos.
Quería que este poema fuera muy corto,
pero ya no sé a dónde nos llevará.
Sin duda, si yo hubiera querido cortejar
a críticos o bien cantar el crepúsculo
de toda tiranía, mi concisión sería
mayor, pero nací para la oposición.

23 Pero se trata del lado más débil
tanto que en verdad creo que si ellos
que hoy están disfrutando de su orgullo pleno
fueran chantajeados «y han tenido los perros
su día», aunque al principio ridiculizara
su caída, me volvería lo contrario
y me haría leal ultramonárquico,
la realeza democrática también la odio.

24 Creo que hubiera sido esposo decente
si nunca hubiera probado la dulce condición.
Tendría que haber hecho votos monásticos
mas por mi propia peculiar superstición.
Contra la rima nunca debería haberme matado
ni roto mi cabeza ni la de Prisciano
ni haber gastado el manto abigarrado de poeta
si alguien no me hubiera dicho que no lo hiciera.

25 Mas *laissez aller*; damas y caballeros canto,
tales como la época ofrece. Es un vuelo
que no parece precisar de ala noble
acicalada por Longino o el Estagirita.
Lo difícil estriba en colorear
(dejando proporciones a la vista)
con Natura maneras artificiosas,
y volver general aquello especial.

26 La diferencia es que antaño hacían
los hombres las maneras y hoy es al revés,
metidos en rebaño y esquilados en redil,
al menos nueve y un noveno de diez.
Debería volver esto sea como sea fríos
a esos escritores, que o bien representan
días mejor hechos antes o asumen si no
nuestro presente con su traje vulgar.

27 Se hará lo que se pueda. ¡Cabalga,
cabalga, musa mía! Si no sabes volar,
aletea, y cuando no seas sublime, sé pícara
o valiente, cual edictos de estadistas.
Sin duda hallaremos algo que vale la pena,
Colón encontró nuevo mundo en velero,
bergantín o barquito de no gran tonelaje,
mientras América estaba en pañales.

28 Cuando Adeline, con creciente conciencia
del mérito de Juan y de su situación,
sintió en general interés intenso
quizá en parte por fresca sensación
o por ese aire de inocencia suyo,
que es para la inocencia triste tentación
(pues odian las mujeres mitades del todo)
empezó a pensar ella en cómo salvar su alma.

29 Tenía una buena opinión del consejo,
cual todos los que lo dan y lo reciben gratis,
por lo que gracias pequeñas son aún precio
de mercado, aun donde el artículo es muy caro.
Pensó en la cuestión dos o tres veces
y moralmente decidió que el mejor estado
para la moral es el casado; y planteado el asunto,
le aconsejó muy seria que se desposara.

30 Juan replicó con deferencia apropiada
que tenía él preferencia por ese vínculo
pero que de momento en referencia inmediata
a esas sus circunstancias podría haber
ciertas dificultades, tanto en sus gustos
como en los de la dama a la que acudiera,
que él se casaría con tal o cual señora
si es que no estaban ya todas casadas.

31 Además de buscar partidos para ellas
o sus hijas, hermanos, hermanas, amigos,
parientes, puestos como libros en estante,
no hay nada que les guste más a las mujeres
(cual inversor en crecientes riquezas)
que ser casamenteras. No es ningún desdoro,
cierto, mas precaución, y por tanto,
no hay duda que la única razón de por qué.

32 Pero nunca aún (salvo, por supuesto, dama
soltera o damisela que nunca se casa
o ya casada, que a esto objeta)
ha habido casta señora que no tuviera
en mente algún dramón conyugal,
estudiado con tanto rigor en cuerpo y bienes
como los de Aristóteles, aunque a veces
se vuelvan melodramas o pantomimas.

33 Tienen a veces un hijo único,
heredero de gran propiedad, un amigo
de una vieja familia, un alegre sir John
o un serio lord George, con el que quizá
acabe la estirpe y deje huérfana la posteridad,
a menos que una boda viniera a arreglar
tanto el futuro como la moral; y además
tienen a mano un florido exceso de novias.

34 De estas elegirán con sumo cuidado
para este heredera, para aquel belleza,
para uno una cantante sin mácula,
para el otro una que promete trabajo,
para ese una dama imposible de rechazar,
cuyos propios aciertos ya serían tesoro,
una segunda por sus grandes contactos,
una tercera porque no puede haber objeción.

35 Cuando el Armonista Rapp vetó el matrimonio
en su armónico campamento (que florece
harto extrañamente y sin aborto
porque no cría más bocas de las que nutre,
sin esos tristes gastos que denigran
aquello que Natura más estimula),
¿por qué llamó «Armonía» a un estado sin bodas?
Tengo al predicador en un punto muerto,

36 porque él no quería desdeñar la armonía
ni el matrimonio divorciándolos así.
Pero si el reverendo Rapp lo aprendió
en Alemania o no, se dice que es su secta
rica y espléndida, pía y pura, más todavía
que otras nuestras, aunque propaguen más.
Yo critico su título, pero no su ritual,
tan solo me pregunto cómo se hizo habitual.

37 Mas Rapp es el reverso de matronas fanáticas
que favorecen, *malgré* Malthus, la procreación.
Profesores de ese arte genial y patrones
de la modesta parte de la propagación,
que va después de todo a ritmo tan frenético
que la mitad de su fruto tiende a emigrar,
ese triste resultado de pasiones y patatas;
dos semillas que plantan los económicos Catones.

38 ¿Había leído Adeline a Malthus? No lo sé.
Ojalá que sí; es su libro el onceno mandamiento,
«No te casarás», reza, a menos que sea bien.
Eso (hasta donde entiendo) es lo que dijo.
No es mi intención meditar sus opiniones
ni sondear qué significa «mano tan eminente»,
pero sin duda conduce a vidas ascéticas
o a convertir el matrimonio en aritmética.

39 Pero Adeline, que quizá intuía
que Juan tenía suficiente sustento,
o separado, caso de que se condenara,
como es posible en general
que el novio, cuando bien se ajunta,
pueda retroceder un poco en la danza
matrimonial (origen de la fama de pintor,
igual que la *Danza de la muerte*, de Holbein);

40 mas Adeline decidió la boda de Juan
en su cabeza y eso basta a una mujer.
Mas ¿con quién? Estaba la sabia miss Reading,
miss Raw, miss Flaw, miss Showman, miss Knowman,
y las dos bellas coherederas Giltbedding.
Juzgaba algo más que comunes sus méritos.
Todas eran partidos impecables
y funcionaban, dándoles cuerda, cual relojes.

41 Estaba miss Millpond, suave cual mar estival,
ese símil habitual, hija única,
que parecía la crema de la ecuanimidad,
hasta que desnatada, y entonces había leche
y agua con un ligero toque de azul quizá
bajo la superficie, mas ¿qué importaba?
El amor es disoluto, calmo el matrimonio,
y siendo consuntivo, vive de dieta láctea.

42 Y luego estaba esa miss Audacia Shoestring,
una bella damisela de gran alcurnia,
con el corazón fijo en astro o cuerda azul,
pero ya fuera porque había pocos duques
o por no haber tocado la cuerda adecuada,
por la que las sirenas atraen a los grandes,
aceptó algún hermano extranjero menor,
un ruso o un turco, uno es tan bueno como el otro.

43 Y luego estaba –mas por qué seguir,
a menos que las damas salgan–, estaba
cierta hermosa y con aire de hada
de mejor clase y mejor que la suya,
Aurora Raby, joven astro que brillaba
sobre la vida, imagen demasiado dulce
para ese espejo, un ser encantador, apenas
formado, rosa con tiernas hojas aún sin brotar,

44 rica, noble, mas huérfana, dejó un solo
hijo al cuidado de guardas buenos y amables,
¡mas su aspecto tenía un aire tan solitario!
La sangre no es agua; y ¿dónde hallaremos
sentimientos de jóvenes cual los que derrocados
yacen junto a la muerte, cuando nos dejan
atrás para sentir en palacios extraños
la falta de un hogar y nuestros lazos enterrados?

45 Tierna en años y aun más infantil
en su figura, algo tenía de sublime
en unos ojos seráficos que tristes brillaban.
Joven mas con aspecto más allá del tiempo,
radiante y grave, viva pena del declive
humano, afligida, mas de la falta de otros,
parecía estar sentada en la puerta del Edén,
y penaba por aquellos que ya no regresaban.

46 Era católica también, sincera, austera,
tanto como su alma gentil lo permitía
y sentían ese culto caído más querido
quizá por su desgracia. Sus padres estaban
orgullosos de días y hazañas que habían
dado mucho que hablar y nunca se doblegaron
ante el nuevo poder; y como era la última,
se aferraba a su vieja fe y su viejo sentir.

47 Miraba un mundo que apenas conocía,
como si no quisiera conocerlo. Silente, callada,
como crece una flor, así quieta creció
y sereno el corazón mantuvo en su zona.
Hubo estupor en el tributo que rendía;
parecía su espíritu tan sentado en trono
apartado del mundo circundante, y fuerte
de su propio vigor, muy raro en una joven.

48 Pero ocurrió que en el catálogo
de Adeline, Aurora no se mencionaba,
aunque su cuna y riqueza la lanzaron
más allá de esos seductores citados.
Su belleza tampoco parecía impedimento
para ser mencionada y adecuada
por las muchas virtudes dignas del esfuerzo
de caballeros solteros que querían ser dobles.

49 Y esta omisión, cual la del busto
de Bruto en el desfile de Tiberio,
hizo que Juan, es claro, se preguntara.
Lo expresó medio serio y sonriendo;
cuando Adeline replicó con disgusto
y con aire imperioso, por decirlo suave,
se maravilló de lo que él viera en cría
tan lamida, callada y fría como Aurora Raby.

50 Juan replicó, «ella era católica
y por tanto perfecta para su persuasión,
pues estaba seguro de que su madre enfermaría
y lo fulminaría el papa con la excomunión
si…». Pero aquí Adeline, que parecía
ofenderse en extremo por la vacuna
de otros con sus propias opiniones, esgrimió
como siempre razones que ya diera.

51 ¿Y por qué no? Una razón razonable
si es buena no es peor por repetida;
si mala, la mejor manera es burlarse
y magnificar. Uno pierde resumiendo,
mientras que insistir dentro o fuera
de temporada convence a todos, incluso
a un político, o –es lo mismo– aburre.
El fin se obtiene, ¿qué significa la ruta?

52 Por qué Adeline tenía este leve prejuicio,
pues de eso se trataba, contra una criatura
tan pura cual santidad frente al vicio,
con el encanto añadido de forma y rasgo,
se me antoja cuestión demasiado buena,
puesto que Adeline era liberal por naturaleza;
pero Natura es lo que es y tiene más caprichos
de los que tengo o tendré tiempo de enumerar.

53 Quizá no le gustaba la forma tranquila
con la que Aurora miraba esas fruslerías
que fascinan a tantos en sus días tiernos,
pues hay muy pocas cosas menos toleradas
por hombres –y por mujeres, admitamos–,
que ver cómo su genio queda reprendido,
cual «el de Antonio por César», por los pocos
que los miran como es su deber hacerlo.

54 No era envidia; Adeline no la conocía.
Estaba su lugar por encima, y su espíritu.
No era desdén, imposible en alguien
cuyo mayor pecado era usarlo poco.
No eran celos, creo, sino evasión
siguiendo el *ignes fatui* de los humanos.
No era… mas es mucho más fácil, ay,
expresar lo que no que lo que sí era.

55 La pequeña Aurora creía que ella era
tema de discusión. Era allí huésped,
hermosa onda del brillante flujo
de rango y juventud, aunque más pura,
que flotaba un instante en el rayo
que el tiempo proyecta sobre cimas
esplendorosas. De saberlo, hubiera sonreído,
ya que tenía mucho, o poco, de niña.

56 El destellante y altivo aire de Adeline
no le imponía. Veía su resplandor
como si viera brillar una luciérnaga,
mirando luego los altos rayos de los astros.
Juan era algo que ella no adivinaba,
lejos de ser sibila de las nuevas formas,
mas no se deslumbraba por el meteoro
pues no basaba su fe en las facciones.

57 Su fama también, pues tenía él esa fama
que a veces juega al diablo con el mujerío,
una heterogénea masa de gloriosa culpa,
medias virtudes y vicios completos unidos:
faltas que atraen porque no se doman,
locuras tan ornadas que ciegan.
Pero esos sellos en su cera no se imprimían;
tanta era su frialdad o su autocontrol.

58 Nada sabía Juan de un carácter así,
fuerte pero distinto a la perdida Haidée;
aunque ambas eran radiantes en su esfera.
La chica isleña, criada por el mar solitario,
más cálida, igual de dulce, y no menos sincera,
era muy natural. Aurora no podía
ni llegaría a ser así. La diferencia entre ellas
era cual la que media entre flor y gema.

59 Concluida esta sublime comparación,
creo que ya podemos seguir con el relato,
y como dice mi Scott, «Toco mi clarín de guerra».
Scott, superlativo de mi comparativo,
Scott, que puede pintar caballero cristiano
o sarraceno, siervo, lord, hombre de talento
cual ninguno si no fuera por Shakespeare o Voltaire;
de uno o de ambos parece el heredero.

60 Digo que a mi manera ligera puedo seguir
jugando en la humana superficie.
Escribo el mundo pero no me importa si lee;
en esto al menos no puedo restar su vanidad.
Mi musa ha nutrido y quizá aún nutra
más enemigos con este volumen. Cuando empecé,
pensé que podría ser así; ahora lo sé,
mas aún soy, o era, un poeta genial.

61 La conferencia o congreso (pues acabó
como esos últimos congresos) de lady
Adeline y de don Juan bien mezcló
algunos ácidos con dulces, pues estaba
ella excitada, mas antes de que se arruinara,
la campana de plata sonó, no para la cena,
sino para esa «media-hora» del vestirse,
aunque batas de dama parecen poco por menos.

62 Grandes cosas se iban a conseguir en la mesa
con armadura de platos llenos y cuchillos
y tenedores por armas; mas ¿qué musa desde Homero
(sus festines no son lo peor de su obra)
es capaz de cantar la cuenta diaria
de las cenas modernas, donde más misterio
acecha en sopas o salas o un solo ragú
que el que brujas, zorras o médicos preparan?

63 Había una excelente *soupe à la bonne femme*,
aunque Dios sabe de dónde vino; también
un rodaballo para solaz de los que se embuten,
aliviados con *dindon à la Périgueux*;
también había (¡qué pecador soy!,
¿cómo voy a superar esta estrofa *gourmand*?)
soupe à la Beauveau, cuyo alivio era gallopedro,
aliviado a su vez por el glorioso cerdo.

64 Pero lo debo meter todo en un gran caos
o masa, pues si entrara en detalles,
cometería mi musa muchos más excesos
que cuando quisquillosos la juzgan débil.
Mas aunque *bonne-vivante*, debo yo confesar
que no es su estómago vicioso. Este cuento
requiere sin embargo de ligera refección
para aliviar tan solo su ánimo de la deyección.

65 Aves *à la Condé*, tajadas de salmón
con salsas *genevoises* y pierna de venado;
vinos que hubieran matado al joven Amón,
un hombre como él espero no se verá.
Glasearon también un jamón de Westfalia,
al que Apicio daría sin duda su bendición;
y luego había champán con remolinos de espuma,
tan blanca como perlas fundidas de Cleopatra.

66 Y luego había Dios sabe qué *à l'allemande*,
à l'espagnole, timbal y *salpicón*,
con cosas que no puedo resistir o entender,
aunque zampadas con gran placer al fin,
y entremeses con que entretenerse,
para calmar dulce al alma declinante
mientras el triunfal manto de Lúculo envuelve
(es fama) filetes de perdiz, servidas con trufas.

67 ¿Qué son esos filetes en cabeza victoriosa
junto a todo eso? Trapos o polvo. ¿Dónde está
el arco que afirma los tesoros de la nación?
¿Dónde la altiva marcha de carros triunfales?
Idas, ahí donde deben las victorias, cual las cenas.
Con la búsqueda ya no quiero proseguir.
Pero oh modernos héroes con vuestros cartuchos,
¿cuándo darán vuestros nombres a las perdices lustre?

68 Esas trufas tampoco son mala guarnición,
seguidas por *petits puits d'amour*, un plato
del que tal vez varía mucho la preparación,
de modo que cada uno lo aliña a su manera,
de acuerdo y según los mejores recetarios,
enciclopedias tanto de carne como de pescado.
Pero, aun sin confituras, no es menos verdad
que hay mucho que escoger en esos *petits puits.*

69 Se extravía la mente en la gran contemplación
del intelecto gastado en dos platos;
y multiplicar la indigestión
requiere una aritmética que se me escapa.
¿Quién hubiera inferido de la ración de Adán
que la cocina llegaría a tener recursos
para formar una ciencia y nomenclatura
con las comunes exigencias naturales?

70 Las copas resonaban y los paladares fruían.
Los comensales célebres bien cenaban;
las damas con mayor moderación se unían
a la fiesta, picando menos lo que puedo decir,
también los jóvenes, pues un zagal no puede
como los maduros excederse en glotonería,
sino que piensa menos en buen comer
que en susurro (si a su vera) de la que cecea.

71 Ay, debo dejar sin describir el *gibier*,
el *salmi*, el *consommé*, el *purée*,
que uso para hacer mis rimas más frívolas
de lo que el *roast beef* a la John Bull podría.
No debo meter aquí ni una costilla de sobra;
arruinaría el rancho mi líquido canto.
Pero he cenado y debo vetar, ay,
aun la casta descripción de una *bécasse*,

72 y las frutas y el hielo y todo lo que el arte
saca del natural para servir al *goût*,
gusto o *goût*, pronúnciese como quiera
el estómago. Antes de cenar, los franceses dirán,
pero después, hay a veces ciertos signos
que demuestran que el simple inglés es mejor.
¿Se ha tenido el gusto? Yo no lo he tenido,
pero quizá, también tú, lector, lo haya temido.

73 Las sencillas olivas, ideales aliadas del vino,
¿debo ignorarlas en mi menú?
Sí, aunque sea plato favorito mío
en España, Lucca, Atenas y por doquier.
A menudo he cenado pan y aceitunas,
sobre la yerba el mantel al aire libre,
en Sunión o el Himeto, cual Diógenes,
del que procede la mitad de mi filosofía.

74 Entre este tumulto de pescado, carne, aves
y verde, todo junto en mascarada,
los invitados fueron dispuestos por lista,
pero varios cual las varias carnes expuestas.
Don Juan se sentó, junto *à l'espagnole*,
no una dama, sino un plato, como se dijo,
mas como un dandi iba vestido,
soberbiamente y lleno de un mundo de placer.

75 Por un extraño azar se sentó
entre Aurora y lady Adeline,
difícil situación, infiero,
para cena de hombre con ojos y corazón.
La conversación que hemos visto, además,
no parecía animarle a brillar,
pues Adeline, dirigiéndole unas palabras,
con dos trascendentes ojos lo atravesaba.

76 A veces creo que tienen orejas los ojos;
pero seguro que fuera del alcance del oído
las cosas hacen eco en las hermosas,
aunque no sé de dónde sale su saber,
como la propia música mística de las esferas,
que nadie oye muy fuerte aunque suene.
¡Es una maravilla cómo el bello sexo oye
a veces largas charlas sin una sola palabra!

77 Aurora se sentó con esa indiferencia
que irrita, como debe, a un *preux* caballero;
de todas las ofensas esa es la peor,
que parece decir que no vales nada.
Y a Juan, aunque no era vanidoso,
no le gustaba mucho verse así,
cual buen bajel atrapado en hielo,
después de tanto excelente consejo.

78 A su cortés nada, nada se contestó
o algo que solo era nada, como requiere
la educación. Aurora casi no miraba al lado
y ni siquiera sonreía un poco por vanidad.
¡Qué demonio de chica! ¿Sería orgullo
o modestia o carencia o inanidad?
¡Dios sabrá! Mas los ojos maliciosos
de Adeline con éxito profético brillaban.

79 Y ella miraba como diciendo, «Lo sabía»,
una clase de triunfo que no recomiendo,
porque a menudo, cuando lo he visto o leído,
en el caso de amante como de amigo
ofenderá a caballero por su propio crédito
al llevar algo que era broma a final serio;
pues todos profetizan lo que es o era
y odian a aquellos que pasar no les dejan.

80 Juan profesó así ciertas atenciones,
ligeras mas selectas y las justas
para decirles a esas hembras lúcidas
que él quisiera hacerles más que menos.
Aurora al fin (eso cuenta la historia,
aunque más que hecho será conjetura)
sus pensamientos liberó de su dulce prisión
y sonrió una o dos veces, si no escuchó.

81 De contestar, pasó a preguntar. Era
eso muy raro en ella; y Adeline, que pensaba
sus predicciones no estaban muy erradas
temió haber distendido a una coqueta.
Es tan difícil, según dicen, mantener
a los extremos sin tocarse una vez en marcha
mas aquí ella también perfeccionaba.
El alma de Aurora no era de esa forma.

82 Mas Juan tenía una manera de ganar,
una orgullosa humildad, si eso hay,
tan deferente con el decir de la mujer,
como si fuera decreto cada palabra dulce.
Su tacto le templaba de grave a alegre
y le enseñaba cuándo ser cauto o libre.
Tenía el arte de sonsacar a la gente
sin que se enterasen qué estaba pasando.

83 Aurora, que en su gran indiferencia
lo confundía con la masa de los comunes
moscones, aunque más sensato lo veía
que a esos mujeriegos cotillas o zoquetes,
empezó (de lo nimio a lo grande se va)
a sentir el halago que atrae el orgullo
aun más por deferencia que cumplido
y por disenso delicado gana incluso.

84 Y luego él era guapo; eso era llevado
nem. con. entre ellas, cosa que siento decir
conduce a veces a *crim. con.* con casados,
un caso que a las furias podemos dejar,
puesto que demasiado ya hemos divagado.
Y aunque sabemos que belleza engaña
y siempre lo hará, de algún modo esta
causó más impresión que la mejor novela.

85 Aurora, que miraba más libros que caras,
era muy joven, aunque muy sabia,
y veneraba más a Minerva que a las Gracias,
sobre todo en la página impresa.
Pero aun la propia virtud con sus lazos
tensos no tiene el corsé de la vejez
y Sócrates, ejemplo del deber,
tenía su querer, discreto, por la belleza.

86 Y socráticas son pues las de dieciséis,
pero de forma inocente, como Sócrates.
Si de verdad el sabio sublime y ático
a los setenta tenía fantasías como estas,
que Platón en sus diálogos dramáticos
ha mostrado, no sé por qué debería
desagradar a vírgenes; siempre con mesura,
observad, pues conmigo eso es un *sine qua.*

87 Mirad también que cual el gran lord Coke
(ved Littleton) siempre que he expresado
dos opiniones, que al principio parecen
opuestas y gemelas, la segunda es la mejor.
Y quizá tenga una tercera en un rincón
o ya ninguna, cual una disculpa en broma.
Pero si un escritor fuera bastante consistente,
¿cómo podría mostrar las cosas existentes?

88 Si la gente se contradice, ¿puedo evitar
contradecirles a ellos y a todos
y aun a mi yo veraz? Pero eso es mentira;
nunca lo hice ni lo haré. ¿Cómo podría?
Aquel que duda de todo nada puede negar.
Clara la fuente de la verdad, sus flujos
van por el barro y en canales tan antagónicos
que a menudo fluir debe sobre la ficción.

89 Apólogos, fábulas, poesía y parábola
son falsas, pero pueden hacerse verdad
por quienes las propagan en tierra arable.
¡Maravilloso lo que fábula no hará!
Se dice que hace lo real más soportable.
¿Y qué es lo real? ¿Quién tiene la pista?
¿Filosofía? No, rechaza demasiado.
¿Religión? Sí, pero ¿cuál de sus sectas?

90 Millones deben estar equivocados,
seguro, quizá se demuestre que no.
¡Dios nos ampare! Pues en nuestra carrera
necesitamos los sacros faros encendidos,
ya es hora de que nuevo profeta venga
o que uno viejo nos calme con otra visión.
Las opiniones se agotan en unos mil años
sin ligero refresco de las esferas.

91 Mas ¿por qué debo de nuevo mezclarme
con metafísicas? Nadie odia más que yo
cualquier especie de disputa,
pero aun así ese es mi destino o desatino,
siempre me doy contra algún ángulo
del presente, pasado o futuro estado.
Mas mucho bien les deseo a tirios y troyanos
pues fui educado prudente presbiteriano.

92 Pero aunque soy teólogo moderado
y también dócil como metafísico,
imparcial entre Tiro y Troya
como Eldon en lunática comisión,
mi deber es en política mostrar a John
Bull la condición del bajo mundo.
Me hierve la sangre cual las fuentes de Hecla
ver a estos reyes canallas saltarse la ley.

93 Mas la política, reglas y piedad
son asuntos que a veces introduzco,
no tan solo por mor de su variedad,
sino como servil al uso moral,
pues mi trabajo es ornar la sociedad
y rellenar con salvia ese verde ganso.
Y ahora que podemos dar materia
a todo gusto, probemos lo sobrenatural.

94 Y ahora voy a renunciar a todo argumento
y por ello de aquí en adelante no habrá
tentación que me «engañe cuanto sepa».
Sí, empiezo una reforma absoluta.
De hecho nunca supe qué querían decir
cuando calificaban de peligrosa la charla
de mi musa. Es ella tan inofensiva
como el que más trabaja y encanta menos.

95 Severo lector, ¿viste alguna vez un fantasma?
No, pero los oíste, entiendo, ¡calla!
Y no lamentes el tiempo perdido,
pues tienes aún mucho placer por delante.
Y no creas que yo pretendo desdeñar
muchas de estas cosas o entumecer ridículo
la fuente de lo que es sublime y misterioso.
Por alguna razón, mi creencia es seria.

96 ¿Seria? Puedes; yo no,
mis sonrisas serán serias o no serán.
Digo que creo que un lugar encantado
existe, pero ¿dónde? Eso no lo recordaré,
porque es mejor que sea olvidado.
«Sombras el alma de Ricardo» consternan.
En fin, sobre ese asunto tengo mis recelos
como esos del filósofo de Malmesbury.

97 La noche (canto de noche, a veces un búho
y de vez en cuando un ruiseñor) es tenue
y el fuerte grito de la sabia ave de Minerva
canturrea a mi lado su himno discordante.
Viejos retratos en viejos muros mal me miran;
quisiera por los santos que no fueran siniestros.
Las agónicas ascuas menguan en el hogar.
Creo también que me senté muy tarde,

98 y, por tanto, aunque no es mi estilo
rimar a mediodía, cuando tengo otras
cosas en que pensar, si es que pienso,
digo que siento gélidos temblores nocturnos
y con prudencia pospongo hasta mañana
abordar un asunto que, ay, no atrae
sino sombras; mas solo en mi estado
se aprende a llamar a esto superstición.

99 Entre mundos la vida ronda cual astro
entre noche y alba en el confín del horizonte.
¡Qué poco conocemos lo que somos!
¡Menos lo que seremos! La eterna onda
de tiempo con marea fluye y crea lejos
nuestras burbujas. Viejas estallan y nuevas salen,
restallan en la espuma de los siglos, mientras
tumbas de imperios jadean como olas.

CANTO XVI

1 Los viejos persas enseñaron tres cosas útiles:
tensar el arco, cabalgar y decir la verdad.
Esa era la forma de Ciro, el mejor de los reyes,
modo adoptado luego por jóvenes modernos.
Tienen sus arcos, de dos cuerdas en general;
montan caballos sin pena o remordimiento;
en decir la verdad quizá no sean tan duchos,
mas tensan el gran arco hoy mejor que nunca.

2 La causa de este efecto o de este defecto,
«pues este defectuoso efecto tiene su causa»,
es lo que yo no tengo tiempo de explorar,
pero esto debo decirlo bien a mi favor:
de entre todas las musas que recuerdo,
sean cuales fueren sus faltas o descuidos
en algunas cosas, la mía no se contradice,
la más sincera que jamás hubo en ficción.

3 Y pues todo lo trata y nunca se retrae
ante nada, esta épica contendrá
una jungla de los más raros conceptos,
imposible de hallar en otros pagos.
Cierto que habrá ácido con lo dulce,
pero tan bien mezclado que no importará,
mas sorprende que sea poco, mi cuento es
De rebus cunctis et quibusdam aliis.

4 Pero de todas las verdades que ha dicho,
la más verdadera es la que va a contar.
Dije que era la historia de un fantasma.
¿Qué pues? Solo yo sé que ocurrió.
¿Explorasteis alguna vez los lindes de la costa
donde todos los seres de la tierra moran?
Es tiempo de callar a esos pobres incrédulos
como a los que a Colón no se creyeron.

5 Algunos impondrían ahora la autoridad
de Turpin o de Monmouth y su *Crónica*,
hombres cuya histórica superioridad
es siempre más grande en milagros.
Mas san Agustín tiene la gran prioridad,
él, que nos pide a todos creer lo imposible,
porque así es. Quien pica, raya, incide
de golpe se relaja con un *quia impossibile*.

6 Y por tanto, mortales, no caviléis nunca.
Creed. Si es improbable, debéis,
y si resulta imposible, lo haréis.
Siempre es mejor confiar en las cosas.
No hablo como profano para evocar
esos sagrados misterios, que el sabio y el justo
aceptan como evangelio y que más se fundan,
como toda verdad, cuanto más se disputan.

7 Tan solo quiero decir lo que Johnson dijo,
que en el curso de unos seis mil años
toda nación ha creído que de entre los muertos
un visitante a ratos se aparece.
Y lo que es más raro en esa extraña cabeza
es que por mucha resistencia que la razón
halle contra la fe, hay algo aún más fuerte
en su lugar, por mucho que algunos lo nieguen.

8 La cena y también la *soirée* habían acabado,
comentado el menú, admiradas las damas,
se habían retirado los invitados uno a uno,
la canción en silencio y la danza expirada.
Las últimas enaguas finas esfumadas, idas
cual borreguitos en el cielo apartadas,
y nada con vida brillaba en el salón
salvo las velas agónicas y la luna mirona.

9 Es la evaporación de día jubiloso
como la última copa de champán
sin esa espuma que alegraba su rebosante
virginidad, o cual sistema con duda,
o como una botella de soda cuando
la mitad de su gas se ha soltado,
o cual una ola dejada por la tormenta
atrás sin la energía de los vientos.

10 O cual opiáceo que da calma turbulenta
o no da ninguna, o como… nada que sepa
salvo eso mismo. Tal es el pecho humano,
algo de lo que símiles no pueden mostrar
un parecido real. Cual el viejo tinte púrpura
tirio, del que no hay nadie que pueda decir
aún si procede de concha o de cochinilla.
Así terminan las togas de tiranos a pedazos.

11 Además de vestirse para fiesta o baile,
es un horror desvestirse. Nuestra *robe de chambre*
puede sentar como aquella de Neso y evocar
ideas amarillas, pero menos claras que el ámbar.
Tito exclamó, «¡He perdido un día!». De todos
los días y las noches que mucha gente recuerda
(he tenido de ambos, algunos no sin importancia)
quisiera que dijeran cuántos han ganado.

12 Y retirándose a pasar la noche, Juan
se sintió inquieto, perplejo y debilitado.
Los ojos de Aurora Raby eran más vivos
de lo que Adeline (suele pasar) advirtió.
Si hubiera conocido bien su propio apuro,
probablemente hubiese filosofado,
un gran recurso para todos y nunca denegado
hasta que falta; por eso Juan solo suspiró.

13 Suspiró; lo siguiente es la luna llena,
a donde los suspiros suelen ir, y así
por suerte sucedió, el casto orbe brilló
tanto como se puede en clima como ese
y estaba el alma de Juan en condiciones
de saludarla con el apóstrofe «¡Oh tú!»
del amatorio egoísmo el *tuismo*,
que explicarlo no sería sino un truismo.

14 Mas amante, poeta o astrónomo,
pastor o cerdo, quien sea que contempla,
siente cierta abstracción cuando la mira.
Grandes ideas sacamos de ahí (y un resfriado
también, a menos que yerre mi sentir);
hondos secretos a su luz rodante se cuentan.
Mareas oceánicas y mentes mortales acuna
y corazones además, si son verdad los lais.

15 Juan se sintió de algún modo pensativo
y más dado a mirar que a echarse en la cama.
La gótica estancia, donde se confinaba,
recibía el acuoso sonido de las olas del lago
con todo el misterio propio de la medianoche.
En su ventana ondeaba (claro) un sauce
y ahí estaba mirando afuera la cascada
que se encendía y luego en sombra se apagaba.

16 En su mesa o en su lavabo, cuál
de estos no está del todo claro
(digo esto porque soy cuidadoso
hasta el detalle, por el bien de los hechos),
una lámpara ardía, y supo por un nicho,
lleno de restos de góticos ornamentos
en piedra tallada y vitrales y todo eso,
de ese tiempo dejado por nuestros padres.

17 Luego, estando clara aunque fría la noche,
abrió de par en par la puerta de su estancia
hacia una galería de sombrío tono,
larga, repleta de viejos cuadros valiosos,
de caballeros y damas heroicos y castos,
como debieran ser las gentes de alta cuna.
Mas con luz tenue los retratos de difuntos
tienen algo siniestro, desolado y horrible.

18 Las formas del señor ceñudo y del santo al óleo
parecían vivir en la luna, y cuando vas
arriba y abajo oyendo el débil eco
de tus propias pisadas, voces de la urna
parecen despertar, y sombras turbias y raras
saltan de marcos que encierran su gesto adusto,
como si preguntaran cómo osas velar
en donde todo salvo la muerte debe dormir.

19 Y la pálida sonrisa de bellezas en la tumba,
los encantos pasados, bajo los astros fulge,
atisbo de lo alto. Sus bucles sepultos ondean
aún en el óleo, nos miran sus ojos cual sueños
o como minerales en la cueva oscura,
pero la muerte se ve en sus rayos sombríos.
Una pintura es pasado aun antes de dorar
su marco; quien posó ya no es nunca el mismo.

20 Mientras Juan meditaba en lo mutable
o en su amante, términos sinónimos,
nada se oía, salvo el eco de sus suspiros
o de sus pasos, correr triste en la vieja casa,
cuando de pronto oyó, o eso creyó, cerca
un sobrenatural agente o un ratón,
cuyo mordisquear rumoroso inquietaría
a mucha gente al notarlo en el tapiz.

21 Mas no era un ratón, ah, sino un monje
encapuchado, con rosario y hábito oscuro,
ora a la luz de la luna, ora en la sombra,
con pasos que sonaban pesados e inauditos;
sus ropajes no hacían sino leve susurro.
Se deslizaba lúgubre cual las tres brujas
pero lento, y al pasar junto a Juan,
echaba, sin pararse, en él mirada viva.

22 Juan se quedó de piedra; había oído algo
de un espíritu así en estancias tan viejas,
pero creyó cual muchos que no era más
que un rumor que esos sitios despiertan,
por la superstición supérstite acuñado,
que hace espectros en moneda cual oro,
aunque poco vistos, cual oro frente al papel.
¿Y lo vio de verdad? ¿O era solo un vapor?

23 Una vez, dos, tres pasó, repasó las cosas
del aire y de la tierra o del cielo y del más allá,
y Juan lo contempló con gran fijación,
mas sin poder hablar o moverse, fijo
como estatua en su base. Notaba su pelo
enroscarse cual nudo de sierpes en su cara;
buscaba las palabras que no encontraba
para preguntarle al reverendo qué deseaba.

24 La tercera vez, tras pausa aún más larga,
la sombra se esfumó, mas ¿adónde? La sala
era grande y, por lo tanto, no había razón
para pensar que su fuga no fuera natural.
Muchas puertas había por las que según
leyes físicas cuerpos grandes o chicos
ir y venir podían; mas Juan no sabía decir
por cuál se habría evaporado el espectro.

25 Se quedó ahí sin saber cuánto tiempo,
mas pareció un siglo, a la espera, impotente,
con los ojos clavados donde se apareció,
luego por grados recobró su energía
y lo hubiera creído todo un sueño,
mas despertar no podía. Lo estaba, suponía,
ya despierto y volviendo de regreso
sin la mitad de sus fuerzas, a su estancia.

26 Todo estaba en su sitio; la vela aún
ardía, y no azul cual modestas candelas,
recibiendo espíritus con vapor compasivo.
Los ojos se frotó y no renunciaron
a su oficio. Cogió un viejo periódico;
el papel era bastante fácil de leer.
Leyó un artículo que al rey atacaba
y un largo encomio del «betún para charol».

27 Eso sabía a este mundo, pero aún temblaba.
Cerró la puerta y tras haber leído
un párrafo, diría que sobre Horne Tooke,
se desnudó y con calma se metió en la cama.
Ahí se acurrucó a gusto en su almohada,
con lo que había visto su fantasía nutrió
y aunque no era opio, el sueño reptó
hacia él por capas y así al fin se durmió.

28 Se despertó a ratos y como se supondrá
meditó sobre la visita o visión
y si debía no o no debía explicarse
aun a riesgo de ser tomado por superstición.
Cuanto más lo pensaba, más se calmaba.
Entretanto, su criado, cuya precisión
era muy grande, menos no toleraba el amo,
llamó para informarle que era hora de vestirse.

29 Se vistió, y cual joven, tenía costumbre
de tomarse su tiempo en el aseo,
pero no estuvo tanto rato esa mañana.
Rápido se apartó del espejo,
se le caían los rizos sueltos en la frente,
no estaban tensas sus ropas como siempre
y su mismísimo nudo gordiano del cuello
estaba un pelín escorado hacia un lado.

30 Y cuando bajó al salón, se sentó
muy pensativo frente a un platillo de té,
que no hubiera notado rápido
de no ser porque ardía tanto
que a coger la cuchara se obligó.
Tan distraído estaba que todos veían
que algo pasaba, Adeline la primera,
pero qué no podía adivinarlo del todo.

31 Ella lo miró y lo vio pálido y más pálida
se volvió, luego rápido bajó los ojos y algo
murmuró, mas el qué no aparece en mi cuento.
Lord Henry dijo que su bollo tenía poca
manteca, la duquesa de Fitz-Fulke jugaba
con su velo y miraba mucho a Juan, callada.
Aurora Raby con sus grandes ojos negros
lo examinó con una suerte de calma sorpresa.

32 Pero viéndolo frío, callado y quieto,
y todo el mundo curioso más o menos,
le preguntó la buena Adeline si estaba bien.
Él se sobresaltó y dijo, «Sí, no, en fin, sí».
Era muy eficaz el médico familiar
y estando ahí presente empezó a expresar
su disposición a tomarle el pulso y saber
la causa, pero Juan dijo que estaba bien.

33 «Bastante bien, sí, no». Misteriosas respuestas
que su expresión parecía sancionar,
por mucho que supiera a delirante.
Algo cual malestar de súbita fuerza
pesaba en su alma, aunque nada serio.
Por lo demás, como él mismo no quería
aclarar la cuestión, podía darse por sentado
que en absoluto precisaba un médico.

34 Lord Henry, que ahora discutía el chocolate,
también el bollo aquel del que se quejara,
dijo que Juan no tenía su usual gesto alegre,
de lo que se extrañó puesto que no había llovido,
y luego a Su Excelencia preguntó sobre el duque.
Y la excelencia replicó que estaba dolorido
con suaves, leves punzadas hereditarias
de gota que afectan a las nobles articulaciones.

35 Entonces Henry se volvió a Juan y dirigió
unas pocas palabras de pesar por su estado.
«Parece», dijo él, «como si hubiera tu sueño
interrumpido el fraile negro hace poco».
«¿Qué fraile?», dijo Juan, esforzándose
en preguntar con aire tranquilo o casual,
pero el intento de nada sirvió
para evitar que se volviera aún más pálido.

36 «Ah, ¿no has oído hablar nunca del fraile negro,
el espíritu de estos muros?». «Pues la verdad, no».
«La leyenda, pero ya sabes que es mentirosa,
cuenta una extraña historia episódica.
Ya sea porque el espectro se ha vuelto
más tímido con el tiempo o porque tenían
nuestros ancestros mejor ojo para las visiones,
lo cierto es que el fraile ya no aparece mucho.

37 »La última vez fue…». «Por favor», dijo Adeline
(que observaba los cambios en la frente
de don Juan y dedujo de ello que había
más fuertes conexiones de lo que él decía
con esa misma leyenda), «si quieres hacer
broma, mejor elegir otro tema ahora,
porque este cuento se ha contado mucho
y volviéndose viejo no ha mejorado».

38 «¡Broma!», dijo milor, «pues, Adeline,
ya sabes que nosotros, en la luna de miel,
vimos…». «Bien, no importa, fue hace tanto…
Vamos, voy a poner música a la historia».
Graciosa como Diana cuando tensa el arco,
agarró el harpa, cuyas cuerdas se encendieron
al tocarse y lamentosa empezó a tocar
la canción «Era un fraile de la orden gris».

39 «Mas pon la letra», gritó Henry, «que hiciste;
pues Adeline es medio poetisa»,
dijo sonriendo y volviéndose a los demás.
Por supuesto, los otros no podían sino expresar
con educación su deseo de ver exhibido
por una sola tres talentos, pues no eran menos.
La voz, la letra, tocar el harpa a la vez
nunca podría hacerlo cualquier zoquete.

40 Tras cierta fascinante vacilación
–el encanto de esos magos que parecen
unidos, yo no sé por qué, a este disimulo–,
la bella Adeline con ojos fijos en el suelo
al principio, luego ya más animada,
añadió su voz dulce al son lírico
y con gran sencillez cantó, un mérito
no poco precioso, pues poco lo oímos.

1 *¡Cuidaos, cuidaos del fraile negro!*
que en la piedra normanda se sienta,
pues musita su rezo en el aire nocturno
y de los días idos su misa.
Cuando el lord de Colina, Amundeville,
hizo de la Iglesia normanda su presa
y expulsó a los frailes, uno de ellos
no pudo ser echado.

2 *Aunque llegó poderoso con el rey Enrique*
para expropiar las tierras de la Iglesia,
con espada en la mano y antorcha para dar luz
a sus muros si decían no,
un fraile se quedó, sin ataduras, libre,
y no parecía hecho de carne,
pues se le ve en el porche, en el templo,
aunque de día nunca aparece.

3 *Y ya sea para bien o para mal,*
no soy yo quién para decir,
mas aun en la casa de Amundeville
mora noche y día.
En el lecho nupcial de sus lords, se dice,
aparece en las vísperas,
y se tiene por fe, a su lecho de muerte
él también va, pero no para llorar.

4 *Cuando nace heredero, se le oye penar*
y cuando algo le va a ocurrir
a esa vieja estirpe, a la luz de la luna
él vaga de sala en sala.
Su forma podéis ver, mas no su cara,
oculta por capucha.
Sus ojos entre pliegues podréis distinguir
y parecen de un alma rota.

5 *¡Cuidaos, cuidaos del fraile negro!*
Aún conserva su poder,
pues él es hijo de la Iglesia,
no importa la ley laica.
Amundeville es lord de día
mas el monje lo es de la noche.
Ni el vino ni la fiesta hará que vasallo
cuestione el derecho del fraile.

6 *Nada le digáis mientras anda*
y nada os dirá él.
Avanza con su humor sombrío
cual sobre la yerba el rocío.
¡Así que albricias por el fraile negro!
El cielo lo bendiga, santo o diablo,
y rece él lo que esté rezando,
que sea nuestra plegaria por su alma.

41 Calló la voz de dama y los cables excitantes
murieron de ese tacto que encendía su son.
Y esa pausa siguió que al acabar canción
un instante impregna a los que escuchan.
Y luego por supuesto el círculo admira
y no menos aplaude por cortesía unido
los tonos, el sentir y la ejecución
ante la confusión tímida del intérprete.

42 La bella Adeline, aunque sin darse
importancia, cual si viera el logro
como el pasatiempo de un día ocioso,
buscó un instante para su propio contento,
lo haría de vez en cuando sin alarde
y de hecho con él, a veces cediendo
a esas actuaciones con altiva sonrisa
para mostrar que podía, si la pena le valía.

43 Pero esto (musitado en un aparte)
era (excusen la pedante ilustración)
pisar en el orgullo de Platón con más soberbia,
como hiciera el Cínico en ocasión similar,
creyendo que el sabio se retorcería
o sería a pasión filosófica arrojado
por una alfombra rota, mas la abeja ática
pudo bien consolarse con su propia plática.

44 Así arrojaría Adeline a la sombra
(haciendo fácil lo que hacer quería
y que los diletantes en cambio exhiben)
esa forma de casi profesión; pues eso es
cuando de ello se alardea demasiado,
y así ocurre, lo sabe todo el mundo
que ha oído a miss Eso o Cual o a lady Aquello
pavonearse ante sus amigos o su madre.

45 ¡Oh, las largas veladas de duetos y tríos,
esas admiraciones y especulaciones!
Los «*mamma mia's*» y los «*amor mio's*»,
los «*tanti palpiti's*» en esa ocasión,
los «*lasciami's*» y trémulos «*addio's*»
entre la más musical de nuestras naciones
con «*tu mi chama's*» de Portingale
para aliviar nuestros oídos y salvar Italia.

46 En las bravuras de Babilonia –como las baladas
cordiales de la verde Erin o la gris Escocia,
que devuelve a Lochaber a ojos que rondan
en continentes atlánticos lejanos o islas,
las calenturas de la música que embargan
a montañeros que sueñan estar cerca de casa,
que ya nunca verán salvo en esas visiones–
estaba bien versada Adeline, y en composiciones.

47 También tenía ella un vago matiz azul,
podía escribir rimas y componer más,
hacía a veces epigramas también
sobre tantos amigos, como todos deberían.
Mas de aquel tono azul más sublime,
de donde el actual tinte, estaba ella lejos,
era lo bastante floja para juzgar a Pope grande
y lo que era peor, no se avergonzaba de mostrarlo.

48 Aurora –ya que hablamos de gusto,
que hoy en día es el termómetro
por cuyos grados se clasifica al personal–
era más shakesperiana, si no yerro.
Los mundos más allá de este confuso erial
tenían más de su existencia, pues en ella
había un profundo sentir abarcador
de infinitas ideas hondas, calladas cual cosmos.

49 No tanto su graciosa llena de gracia excelencia,
la crecida Hebe de Fitz-Fulke, cuya mente,
si es que la tenía, estaba en su cara,
que era de un tipo fascinante.
Un ligero deje travieso se podía intuir
también ahí, pero no es mucho. Vemos
pocas hembras sin esa ligera masa,
por miedo a suponernos allá en el cielo.

50 No he oído que fuera nada poética,
aunque una vez fue vista leyendo el *Bath Guide*
o los *Triunfos* de Hayley, patéticos, según ella,
porque, decía, su temple se ponía mucho
a prueba. Ese bardo había sido profético
sobre su propia experiencia de casada.
Pero de poesía, lo que más le gustaba
eran los sonetos a ella misma o *bouts-rimés.*

51 Resultaba difícil decir con qué objeto
había Adeline traído esa canción
para abundar en eso que le parecía
la razón de los nervios de Juan ese día.
Quizá solo tenía intención de hacerlc reír
con eso que quizá le provocaba desmayo;
quizá quería confirmarlo así con él,
aunque por qué no sé decirlo ahora mismo.

52 Pero al menos el efecto inmediato
fue la devolución de su propio dominio,
algo muy necesario al interfecto
que desea coger el tono de su sociedad
en la que no se puede ser muy serio
ya sea en modo de mofa o de piedad,
sino llevar el más nuevo manto hipócrita
bajo amenaza de disgustar a la ginecocracia.

53 Y empezó Juan por tanto a recabar
ánimos y sin más explicación
y a reírse de eso con muchas salidas.
Su Excelencia también tuvo ocasión
con comentarios similares para contar,
pero pedía un relato más detallado
de los hechos de este curioso fraile místico
sobre las muertes y cortejos de la familia.

54 De estos, poco se podía añadir a lo dicho;
pasaban, como suelen, por superchería
para unos, mientras otros, más temerosos,
pues medio acreditaban la rara tradición.
Y mucho se habló a ambos lados de eso,
mas Juan, interrogado sobre la visión,
que algunos suponían (aunque nada dijo él)
le había perturbado, contestó con evasión.

55 Y al declinar el mediodía hasta la una,
el grupo se dispuso a separarse:
algunos a sus muchos pasatiempos, o a ninguno,
unos pensando que era pronto, tarde otros.
También había una buena partida
entre algunos galgos en la finca de milord,
y una carrera de jóvenes caballos de estirpe,
preparada para salir, que varios querían ver.

56 Había un marchante que había traído
un Tiziano especial, autentificado,
tan precioso que no iba a comprarse
aunque príncipes cercaban al dueño.
Lo abarató el propio rey, mas creyó
la Civil Lista (se digna a aceptar, obligando
con su graciosa decisión a todos sus súbditos)
muy escasa en estos tiempos de baja tributación.

57 Pero como lord Henry era un *connoisseur*,
gran amigo de artistas, si no del arte, el dueño,
con motivos muy clásicos y puros,
de forma que podría haber sido donante
más que vendedor si hubiera tenido más,
tan grande honor juzgaba su patronazgo
que había traído el *capo d'opera*, no para venta,
sino por su criterio, que nunca fallaba.

58 Hubo un moderno Goth, quiero decir gótico
albañil de Babel, llamado arquitecto,
llamado a revisar estos grises muros, gruesos
mas con el tiempo quizá algo defectuosos,
que tras hurgar en la abadía por todas partes,
diseñó un plan para erigir nuevos edificios
de conformación más adecuada
y derribar los viejos, que llamó restauración.

59 Nimio sería el coste, «una vieja canción»
para unos cuantos miles (es la carga usual
de esa misma tonada cuando se silba mucho).
El precio pronto repondría su valor
en edificio no menos sublime que fuerte,
por el que el buen gusto de lord Henry llegaría
a su gloria a través de los siglos soleados,
pues es osado el gótico con dinero británico.

60 Había dos abogados para una hipoteca
que lord Henry quería para nueva compra,
y un pleito por feudales propiedades
y otro por diezmos, hachones de la discordia,
prendiendo a la fe hasta que tira su guante,
«desatando» señores «para luchar contra iglesias».
Había un buey y un cerdo premiados y un labrador,
pues Henry era una especie de artista sabino.

61 Había dos cazadores furtivos cogidos
en una trampa de acero, listos para curarse
en la cárcel. Había una chica de pueblo
con caperuza y manto escarlata (odio la imagen
desde que, desde... de joven tuve un percance,
mas pocas tasas parroquiales más he pagado).
El manto escarlata, ay, abierto con rigor,
el problema presenta de una doble figura.

62 Un rollo dentro de botella es un misterio,
uno no sabe cómo entró o salió:
por tanto, la presente pieza de historia natural
la dejo para quienes aman resolver dudas
y tan solo declaro, no para el consistorio,
que lord Henry era un juez y que Scout
el guardia bajo orden judicial
a ese furtivo había cazado en la casa natural.

63 Y bien los jueces de paz deben juzgar
todas las travesuras y preservar la caza
y la moral del país de los caprichos
de aquellos que no tienen licencia para ello.
Y de todas las cosas, salvo diezmos y rentas,
quizá estas sean las más difíciles de domar.
Preservar las perdices y las bellas mozas
son problemas para el juez más precavido.

64 Esta presente víctima era muy pálida,
como pintada, siendo su tez roja de natural,
como en las damas altas menos fuertes
será blanca, al menos cuando salen de la cama.
Quizá tenía vergüenza de parecer frágil,
pobrecilla, pues era nacida y criada en campo
y no sabía hacer nada mejor en su inmoralidad
que volverse blanca, pues el rubor es para calidad.

65 Sus ojos vivos y negros, abatidos, mas
traviesos, una lágrima arrinconaron
que la pobre trató a veces de secar,
pues no era una llorona plañidera,
de sensibilidad a flor de piel,
ni era tan insolente para burlar al burlón,
sino que ahí estaba en paciente, trémula
tribulación, dispuesta a ser examinada.

66 Por supuesto había grupos dispersos por ahí
no cerca del alegre salón de las damas.
Los abogados en el estudio; y en el aire
aquel cerdo premiado, el labriego, los furtivos.
Los dos de la ciudad, arquitecto y marchante,
estaban ocupados (cual general en su tienda
escribiendo despachos) en sus muchos encargos,
tan exultantes en estudios brillantes.

67 Pero esa pobre chica se quedó en la gran sala,
mientras Scout, el guardián parroquial de los débiles,
discutía (odiaba la cerveza llamada «pequeña»)
una gran taza de doble ale moral.
Ella aguardó hasta que el juez pudiera reunir
las atenciones amables en su justa dimensión
para nombrar algo que en términos precisos
es para las doncellas incómodo, el padre de la cría.

68 Ya veis que aquí había ocupación de sobra
para lord Henry, unido a perros y caballos.
Había mucho trajín y preparación
abajo con el tema de los segundos platos,
pues, gracias a su rango y condición,
aquellos que en condados poseen tierras
tienen sus «días públicos», juerga para todos,
aunque llamar no se pueda «casa abierta».

69 Pero una vez por semana o quince días,
sin una invitación (traducción de convite),
todos esos señores rurales, nobles o hidalgos,
pueden venir sin tarjeta y tomar sitio
en la gran mesa y sentarse encantados
con buenos vinos y charla animada
y como el istmo de la gran conexión
hablar de sí y de la última y próxima elección.

70 Lord Henry era muy bueno en campaña,
rascando en los distritos cual rata o conejo.
Mas las competiciones condales eran duras,
porque el vecino escocés conde de Giftgabbit
tenía influencia inglesa en esa misma esfera.
Su hijo, el honorable Dick Dicedrabbit,
era parte de ese «otro interés» (infiriendo
el mismo interés propio con otra inclinación).

71 Cortés y cauto, por tanto, en su condado,
lo era todo para todos y dispensaba
a algunos civismo, abundancia a otros
y promesas a todos, estas ya empezaban
a acumularse en gran medida, sin que él
supiera cuánto se llegaban a condensar,
mas manteniendo algunas y rompiendo otras,
su palabra tenía tanto valor como cualquiera.

72 De la libertad era amigo y de propietarios,
aunque no menos del Gobierno, y sostenía
que él ocupaba el punto medio
entre lugar y patriotismo, aunque forzado,
tal era del soberano el gusto (aunque inútil
modesto se sumaba cuando rebeldes maldecían),
mantener sinecuras que él quería abolir,
pero con ellas toda ley se acabaría por destruir.

73 «Libre de confesar» era él (¿de dónde viene la frase?
¿Es inglesa? No, solo parlamentaria).
Hoy en día el espíritu de innovación
ha hecho más progreso que en el último siglo.
Él no se atrevería a pisar camino disidente,
aunque por interés general estaba dispuesto a mucho.
Sobre su puesto, bien podía decir esto,
que la fatiga era mayor que el provecho.

74 El cielo y sus amigos sabían que una vida
privada había sido su única ambición,
mas ¿podía dejar a su rey en tiempos de discordia,
que al país entero amenazaba con perdición?
Cuando los demagogos iban a cortar con cuchillo
de carnicero de arriba abajo (¡oh maldita incisión!)
el gordiano o georgiano nudo, cuyas cuerdas
habían conseguido unir a comunes, lores y reyes.

75 Pronto «halla lugar en la Lista Civil
y desafíale al máximo». Lo mantendría
hasta la decepción o el despido.
No le importaba el beneficio, para otros eso.
Pero llegara el día en que el puesto no existiera,
tendría el país más causa para llorarlo,
¿cómo podría seguir? ¡Lo diga quien pueda!
Él se enorgullecía en nombre del inglés.

76 Tan independiente era él, sí, mucho más
que aquellos a los que no se pagaba por eso,
como los soldados vulgares o la común *shore*
tienen en sus distintas artes o partes de influjo
sobre esos anómalos en lujuria o sangre
que no dan profesional atención.
Así en la horda tantos estadistas desean
probar su orgullo, cual criados a un mendigo.

77 Todo esto (salvo la última estrofa) Henry
lo dijo o lo pensó. No diré más, tanto ya dije.
Muchos ya hemos oído o leído
acerca de campañas cosas parecidas
de la mente o del alma independiente
del candidato oficial. No me referiré
más a ello. Habían tocado a cenar
y la gracia se dijo, esa que yo debería cantar,

78 pero me he retrasado y debo abrir juego.
Era un gran banquete, de esos que Albión
acostumbraba a exhibir, cual si bandeja glotona
fuera algo muy glorioso de contemplar.
Pero era un público festín y un día público,
concurrido, pesado, gente caliente y fríos platos,
gran abundancia, etiqueta y alegría leve,
y todo el mundo fuera de su propia esfera.

79 Los señores formales de forma familiar
y los lords y ladys condescendientes;
los sirvientes agobiados sobre cómo llevar
los platos, pues habría sin ello inclinación
de sus altos puestos desde el aparador,
mas cual sus amos temerosos de ofensa,
pues cualquier desvío de las gracias
podría costarles a ellos y a sus amos los puestos.

80 Había algunos monteros y cazadores buenos,
cuyos perros no erraban ni sus galgos vacilaban.
Certeros tiradores, septembrinos, habían sido
los primeros al alba y los últimos en dejar la caza
de la pobre perdiz a través del rastrojo verde.
Había algunos píos miembros de la Iglesia,
diezmeros y buenos casamenteros
y varios que cantaban menos salmos que cánones.

81 Había también algunos graciosos campestres
y algunos exiliados, ay, de la ciudad,
que habían venido a ver yerba y no adoquín
y a levantarse a las nueve y no a las once largas.
¡Y vedlo!, ese día resultó que vino,
me senté al lado del inmenso hijo del cielo,
el poderoso párroco Peter Pith,
el gritón más gracioso que jamás me ensordeció.

82 Le conocí en sus buenos tiempos de Londres,
brillante comensal, aunque fuera cura;
y no había chiste que no mereciera risa,
hasta que ese ascenso, a buen precio
(¡Oh providencia!, qué maravillosos tus caminos;
¿quién supondría tercos tus dones?),
le dio, para ir con el diablo que mira a Lincoln,
una cenagosa vicaría y nada en que pensar.

83 Sus chistes eran sermones y al revés,
pues ambos se echaban a perder en el lodo,
ya que el ingenio no casa con gente febril.
Ya no había oídos ni plumas a mano
que captaran el *bon mot* o la feliz broma.
El pobre clérigo fue reducido al sentido
común o a groseros esfuerzos altos y largos
para sacar una risa bruta de la gruesa masa.

84 Hay diferencia, dice la canción, «entre
mendigo y reina», o había (ya hemos visto
que esta es la peor tratada de los dos,
pero nada diremos de asuntos de Estado),
diferencia «entre obispo y deán»
entre vajilla de loza y plata,
entre ternera inglesa y caldo espartano
y aun así grandes héroes se criaron con ambos.

85 Mas de las naturales discrepancias, ninguna
en conjunto es mayor que la diferencia
que hay entre el campo y la ciudad,
de entre los que esta amerita el favor
de esos que tienen pocos recursos propios
y solo piensan o actúan o sienten en referencia
a algún pequeño plan de interés o ambición,
sin límite ninguno de cualquier condición.

86 ¡Mas *en avant*! Ama la luz agonizar sobre
largos banquetes y muchos huéspedes, aunque
un ligero ágape hace al hombre amar más,
Baco y Ceres siendo, como sabemos,
aun de gramática arriba, viejos amigos
con la vivificante Venus, que debe a estos
la invención del champán y las trufas.
La moderación ama, mas le aturde el ayuno.

87 Aburrida llegó la cena de aquel día,
y Juan tomó asiento sin saber dónde,
en esa confusión confuso y distraído
y como si estuviera clavado en la silla.
Tenedores y cuchillos en torno cual refriega
resonaban, mas él parecía inconsciente,
hasta que alguien chilló que quería
(ignorado por dos veces) aleta de pescado.

88 Ante lo cual, a la tercera amonestación,
dio un respingo, y viendo las sonrisas
volverse muecas, se puso rojo varias veces,
y con celeridad –pues nada confunde más
a un sabio que la risa de un idiota–
infligió en ese plato herida mortal
y con tanta prisa que antes de frenarlo,
concedió el ruego del vecino con medio rodaballo.

89 No era un gran error, teniendo en cuenta
que el suplicado era un principiante,
mas otros que se quedaron con un tercio
estaban enfadados, como bien tenían derecho.
Se preguntaron cómo un joven tan absurdo
había sido invitado por lord Henry a su mesa,
y esto y su ignorancia de cuánto la avena
había descendido le costó al anfitrión tres votos.

90 Poco sabían ellos, o podrían haber simpatizado,
que él la noche antes había visto un fantasma,
prólogo que de forma leve armonizó
con esa sustancial compañía ampliada
de materia, y con tanta de esta
que uno apenas sabía de qué admirarse más
de esas dos cosas: cómo (rara es la cuestión)
los cuerpos tenían almas o las almas cuerpo.

91 Lo que le extrañaba más que las sonrisas
y miraditas de señores y señoras alrededor,
que su aire abstracto inquirían,
especialmente por haber sido admirado
por cierta vivacidad entre las bellas,
incluso en el estrecho círculo del condado
(pues pocas cosas en la finca de milord
se podían comentar para otros menos grandes),

92 fue que él captó el ojo de Aurora en el suyo
y algo como sonrisa en su mejilla.
Esto sí que le pareció extraño.
En aquellos que poco sonríen, las suyas
expresan fuerte motivo externo, y en esta
de Aurora no había nada que sacar
o esperar o amar con respecto a las tretas
que se pretende ver en las sonrisas de ellas.

93 Era una mera sonrisa calma de contemplación,
indicativa de cierta sorpresa y pena.
Y Juan se puso morado de vejación,
algo que no era sabio ni inteligente,
pues al menos se había ganado su atención,
uno de los más importantes fuertes de la ciudad,
como Juan debería haber sabido si el fantasma
no hubiera despojado a sus sentidos de sus defensas.

94 Mas por desgracia ella no se ruborizó
ni parecía incómoda. Al contrario;
su aspecto era normal, calmo, no adusto,
y apartó mas no bajó la mirada.
Empalideció un poco. ¿Por? ¿Angustia?
No lo sé, su color nunca era fuerte,
aunque a veces subía débil y siempre claro,
cual mares hondos en atmósferas de sol.

95 Mas Adeline estaba ocupada con la fama
ese día, y mirando, hechizando, condescendiendo
a los consumidores de pescado, ave y caza,
y se mezclaba dignidad tanto con la cortesía
como debe mezclarse ahí donde se apunta
(sobre todo si el sexto año se acaba)
a la segura conducta del lord, los hijos u otras
relaciones a través de las rocas de la reelección.

96 Aunque esto fue oportuno en general
y habitual, Juan, cuando echó una mirada
a Adeline mientras jugaba su gran papel,
que desempeñó cual si fuera una danza
(evidenciando solo de vez en cuando su alma
con una mirada apenas perceptible de reojo
de fatiga o desdén), empezó a sentir
alguna duda sobre cuán real era Aurora,

97 tan bien actuaba en todo y en cada papel
por turnos con vivaz versatilidad,
esa que muchos ven como falta de corazón.
Se equivocan; es tan solo movilidad,
algo más relativo al carácter que al arte,
aunque así lo parezca por su presunta facilidad,
y falsa, aunque cierta, pues son más sinceras
las que más reaccionan por lo que está cerca.

98 Esto hace de esos actores, artistas y novelistas
héroes a veces, aunque raras, sabios nunca,
mas oradores, bardos, diplomáticos y danzantes,
poco que sea grande, pero mucho inteligente,
la mayoría de oradores, pero pocos banqueros,
aunque todos los ministros de Hacienda
intentan distribuir con los rigores de Cocker
y metafóricos se vuelven con sus cifras.

99 Poetas de aritmética son aquellos
que, aunque no demuestran que dos y dos
sean cinco, como podrían de forma honesta,
han conseguido fácil que cuatro sean tres,
juzgando lo que toman y pagan.
El insondable mar del fondo de amortización,
el más inliquidable líquido, deja
sin amortizar esa deuda, mas hunde lo demás.

100 Dispensaba Adeline sus aires y gracias
y la bella Fitz-Fulke parecía muy a gusto.
Aunque muy fina para inquirir a la cara,
esos burlones ojos azules podían captar
la ridiculez de la gente en todas partes,
esa miel de unas abejas de moda,
y almacenarla para goce malicioso,
y ese era ahora mismo su amable menester.

101 De todos modos, el día terminaba, como
debe, la tarde también, y llegó el café.
Se anunció cada carruaje y se alzaron las damas
e inclinándose como se hace en el campo,
se retiraron. Con muy antiguas reverencias,
sus dóciles señores hicieron lo mismo,
felices con la cena y el anfitrión,
pero con lady Adeline sobre todo.

102 Algunas elogiaron su belleza; otras, su gracia,
el calor de sus formas, cuya honestidad
era obvia en cada rasgo de su cara,
cuyos trazos estaban radiantes de verdad.
Sí, era digna de su alto rango;
nadie podía envidiar su merecida fortuna.
¡Y luego su vestido, qué bella simplicidad
su figura arropaba con curiosa felicidad!

103 Mientras la dulce Adeline merecía sus elogios
por un imparcial desagravio
por todo su pasado esfuerzo y suaves frases
en la conversación más edificante
en torno a caras y gestos de sus huéspedes,
y sus familias, aun hasta el último pariente,
sus horribles esposas, sus hórridos egos y trajes,
y esa truculenta distorsión de sus mechones.

104 Cierto, poco decía; eran los demás
quienes se desataban en epigrama universal.
Mas luego hablaba a propósito;
cual el «débil elogio» de Addison, hecho
para insultar, el suyo disparaba los chistes,
como la música suena con el melodrama.
¡Qué dulce la tarea de proteger a amigo ausente!
Esto les pido a los míos, que no defiendan.

105 Había dos excepciones a esta fanática
refriega de ingenios sobre la ausencia: una,
Aurora, con su puro y plácido aspecto,
y Juan también en general detrás de nadie
en feliz comentario de lo que había oído o visto,
se sentaba callado, sus ánimos marchitos.
En vano oía a los demás maldecir o charlar,
no iba a acompañarles en ninguna salida.

106 Cierto que vio a Aurora como si aprobara
en silencio. Ella tal vez confundió
su motivo con esa caridad que debemos
mas rara vez pagamos al ausente, y no iría
mucho más allá. Podría o no podría ser.
Mas Juan, sentado callado en su rincón,
observando muy poco en sus sueños,
vio esto claro y se alegró mucho de verlo.

107 Al menos el fantasma le había hecho
este bien, al callarlo como un espectro,
si en esas circunstancias que siguieron
él se ganaba estima donde más importaba.
Y ciertamente Aurora había renovado
en él algunos sentimientos perdidos
o endurecidos que quizá de forma ideal
son tan divinos que debo juzgarlos reales.

108 Amor de cosas altas y mejores días,
la infinita esperanza y la celestial ignorancia
de eso que se llama mundo, y de sus métodos,
esos momentos en los que obtenemos
de una mirada más gozo que del futuro elogio,
que la virilidad enciende, mas nunca hechiza
el corazón en la existencia de sí mismo,
de la que el pecho de otro es la zona.

109 ¿Quién no suspiraría, Αι Αι ταν Κυθερειαν
que tuviera memoria y corazón?
Ay, su estrella debe menguar como la de Diana;
rayo en rayo se apaga, como año tras año se va.
Anacreonte solo tenía el alma para atar
un mirto inmarcesible en torno al dardo sin punta
de Eros; mas aunque nos has jugado muchas,
te respetamos aún, *alma Venus genetrix.*

110 Lleno de sentimientos, sublimes cual olas
arrojadas entre este mundo y el de más allá,
don Juan, cuando la hora nocturna de cama
llegó, se retiró a su cuarto, más para sufrir
que para descansar. En lugar de amapolas,
había sauces en su cama. Meditaba, encantado
con esas agridulces ideas que quitan el sueño
y hacen rabiar al mundano, llorar al muchacho.

111 La noche era como antes. Estaba desnudo,
salvo por su batín, que es un desvestido,
por completo *sans-culotte* y sin chaleco;
en resumen, apenas podía llevar menos.
Pero con miedo de su huésped espectral,
se sentó con sentimientos difíciles de decir
(por aquellos que no han sufrido esas visitas),
esperando los frescos movimientos del fantasma.

112 Y no en vano escuchó. Calla, ¿qué es eso?
Ya veo, ya veo, ah, no, lo es, no lo es,
¡oh poderes, es el, el… bah, es el gato!
¡Al diablo con su paso furtivo!
Como un espiritual golpeteo
o andar de puntillas amoroso de chica,
por vez primera deslizándose a un encuentro
y temiendo los cautos ecos de su zapato.

113 De nuevo, ¿qué es? ¿Viento? No, no, esta vez
es ese negro fraile como antes
con espantosos pasos regulares cual rima
o (cual las rimas pueden ser hoy) mucho más.
De nuevo a través de sombras de noche sublime,
cuando hondo sueño cayó en hombres, y el mundo
se puso la negrura estrellada cual faja
llena de gemas, el monje le cuajó la sangre.

114 Un ruido de dedos húmedos sobre cristal
que nos pone los pelos de punta, y un leve ruido
como de ducha que pasa en la ráfaga nocturna,
sonando como agua muy sobrenatural,
llegó al oído de Juan, que empezó a latir, ay,
pues lo inmaterial es cosa muy seria,
de modo que aquellos cuya fe es grande
en almas inmortales las evitan *tête-à-tête.*

115 ¿Tenía los ojos abiertos? Sí, y la boca también.
Tiene la sorpresa ese efecto, volverle a uno tonto,
pero deja la puerta que elocuencia cuela
tan abierta cual si un gran discurso viniera.
Cerca y más cerca los horribles ecos llegaban,
tremendos para tímpano mortal.
Bien abiertos los ojos y (como ya se dijo
antes) la boca. ¿Qué se abrió luego? La puerta.

116 Se abrió con infernal crujido
cual del infierno. *Lasciate ogni speranza*
voi che entrate! El gozne parecía hablar,
horrible como rima de Dante o esta estrofa
o… pero toda palabra sobre eso es débil.
Una única sombra basta para inquietar
a un héroe, ¿qué es la sustancia para un espíritu?
¿O por qué tiembla la materia al acercársele?

117 La puerta voló ancha, no veloz, mas como
vuelan las gaviotas con vuelo firme y sobrio,
y luego volvió sin cerrarse, torcida,
medio dejando entrar sombras en la luz,
que aún en las velas de Juan ardía alta,
pues tenía dos, bastante brillantes,
y en la puerta de entrada, oscureciendo
la noche, estaba el fraile negro con su capucha.

118 Don Juan se estremeció como la noche anterior,
pero estando harto de esos escalofríos,
quiso creer al principio que se había equivocado
y luego se avergonzó de ese error.
Su propio espectro interior se levantó
en sí y aquietó su temblor corporal,
intuyendo que alma y cuerpo en conjunto
eran raros contra un alma desencarnada.

119 Y luego su temor se hizo ira, y la ira, feroz,
y se alzó desafiante. La sombra retrocedió,
pero Juan, deseoso de pinchar la verdad,
siguió, sus venas ya no frías sino calientes,
decidió afrontar el misterio con cuarta y tercera,
a riesgo aun de salir derrotado.
El fantasma paró, amenazó, se retiró
hasta alcanzar el viejo muro y se petrificó.

120 Juan estiró un brazo. ¡Poderes eternos!
No tocó ni alma ni cuerpo sino el muro
en el que caían cual ducha de plata rayos
de luna ajedrezados con la tracería de la sala.
Se estremeció, cual sin duda hacen los valientes
cuando no pueden decir qué les consterna.
Qué raro, una simple minucia de trasgo
causando más miedo que toda una horda real.

121 Pero la sombra seguía, ojos azules brillantes,
y bastante variantes para la muerte de piedra.
Mas una buena cosa había traído la tumba;
el fantasma tenía un ostensible buen aliento.
Un rizo rezagado mostraba que había tenido
buen cabello, un labio rojo con perlas abajo
brillaba, cual la luna que espiaba por la mortaja
de yedra en la ventana, recién huida de nube gris.

122 Y Juan, perplejo pero aún curioso, estiró
su otro brazo. ¡Maravilla de maravillas!
Tocaba contra un duro pero fulgurante busto,
que latía cual si hubiera corazón vivo ahí.
Descubrió, como hace la gente en muchos
procesos, que había cometido tonto error
y que en su confusión solo había tocado
el muro en vez de lo que había buscado.

123 El fantasma, si lo era, parecía el alma
más dulce que jamás acechara bajo capucha
santa, hoyuelo en barbilla, cuello de marfil
se perdía en algo semejante a carne y hueso.
Se abrieron el negro hábito y la capucha siniestra
y revelaron, ay, eso que antes debieron,
en plena, voluptuosa, mas no cubierta forma,
el fantasma de Su alegre Excelencia… ¡Fitz-Fulke!

CANTO XVII

1 El mundo está lleno de huérfanos: primero
esos que lo son en el sentido estricto del término
(mas cuántos árboles solitarios crecen mejor
que otros apelotonados en el laberinto del bosque);
luego están esos que no están condenados
a perder a sus dulces padres en sus tiernos días,
sino tan solo su ternura parental,
que los convierte en huérfanos de corazón.

2 Luego están los «hijos únicos», como se los llama,
que crecen siendo niños solo, pues los mayores
saben que esos «únicos» suelen ser malcriados.
Pero para no ir tan lejos, creo lícito
que donde su educación, severa o ligera,
rompe los grandes lazos del amor o del miedo,
los pacientes, sea en alma o en intelecto,
sin importar la causa, son huérfanos de hecho.

3 Pero volviendo a la regla más estricta
(en tanto hacen reglas las palabras), nuestra noción
común de huérfanos ve una parroquia escolar,
un bebé medio muerto de hambre, un naufragio
en el océano de la vida, un humano, según los italianos,
mulo, motivo de pena o de peor emoción;
pero, si se examina, se admitirá
que los huérfanos más ricos dan más pena.

4 Demasiado temprano son padres de sí mismos; pues
qué son tutores, guardianes y demás, comparados
con genitores naturales, de modo
que un tutelado judicial, de la Cámara Estrellada
(tomaré el parecido que primero me venga)
es como un patito cuidado por Dame Partlett
y que da miedo, sobre todo si es niña,
a la vieja gallina corriendo de cabeza al agua.

5 Hay un argumento bastante tópico
que sin pensar se pone en toda boca vulgar
cuando alguien osa presentar nueva luz:
«Si tú tienes razón, todos están equivocados».
Suponed esa misma charla de lo precedente
tantas veces oído, así de fuerte y larga:
«Si estás tú equivocado, todos tienen razón».
¿La tuvo alguna vez todo el mundo?

6 Por tanto, solicito discusión libre
en todos los asuntos, no importa qué o de quién,
porque como los siglos siguen a los siglos,
el último puede acusar al primero
de descansar su cabeza en un alfiletero,
omiso de los pinchos porque era obtuso.
Lo que era paradoja se vuelve verdad
o algo parecido a ello, como atestigua Lutero.

7 Los sacramentos se han reducido a dos
y las brujas a ninguna, aunque un poco tarde
puesto que quemar viejas (aunque unas pocas,
no brujas sino solo zorras, que crean
discordia en las familias, como sabrán algunos,
deberían ser aún chamuscadas, mas solo un poco),
ha sido declarado un acto de incivismo,
malgré la humanidad de sir Matthew Hale.

8 A nuestro gran Galileo se le negó el sol,
por arreglarlo, y para detener su dicción
de cómo esta tierra recorría la órbita del astro,
se vio con el embargo de sus piernas.
Estaba el hombre casi muerto antes
de que se diera a su cráneo calafateo,
pero ahora parece que tenía razón, justa
su idea, gran consuelo para su ceniza sin duda.

9 Pitágoras, Locke, Sócrates, muchas páginas
podrían rellenarse, tan en vano como antes,
con el triste uso de todo tipo de sabios
que en su tiempo ya fueron tachados de pesados.
Las mentes más altas superan sus siglos tardíos;
eso es algo que deben soportar y quizá más.
El sabio está seguro cuando ya no puede compartirlo,
que tendrá un bono póstumo en la posteridad.

10 Si ese es el sino del gigante intelectual,
los pequeños, a nuestra modesta manera,
deberíamos ser más dóciles con los roces de la vida,
y, por tanto, eso haré por una vez, porque debo.
Si fuera menos bilioso, ¡al diablo con ello!
Así como intento ser cada día
un *totus teres* estoico, sabio,
el viento gira y vuelo hacia la ira.

11 Moderado soy, nunca monto en cólera;
modesto, mas con cierta suficiencia,
mudable, pero de alguna manera *idem semper*;
paciente, sin amar la resistencia;
alegre, pero a veces dado a la queja;
suave, aunque a ratos un Hércules *furens*;
por lo que creo que una misma piel
más que uno puede albergar dos o tres.

12 Nuestro héroe en el canto dieciséis
se quedó en tierna escena de luz de luna,
de esas que permiten mostrar la fuerza
moral o física. Si en esta ocasión
prevaleció su virtud o al fin su vicio
–pertenecía a nación caliente–
es más de lo que yo osaría describir,
a menos que una belleza con beso soborne.

13 Dejo la cosa en problema, como todas.
Se hizo la mañana, desayuno, té y tostada,
que muchos sí comparten, pero nadie canta.
La partida cuyo origen, riqueza y valor
ya le ha costado a mi trémula lira varias cuerdas,
con nuestros anfitriona y anfitrión se reunió.
Los invitados llegaron, última Su Excelencia,
y más tarde aún Juan con su virgen cara.

14 Si es mejor encontrarse fantasma o nada
es difícil de decir, mas Juan parecía
como si hubiera combatido con más de uno,
estando pálido y cansado, con ojos que apenas
toleraban la luz de las góticas ventanas.
Su Excelencia también tenía aire obtuso,
parecía muy pálida y temblaba, como
si hubiera velado o soñado más que dormido.

NOTAS

Prefacio a los cantos I y II

El prefacio fue probablemente escrito por Byron en Venecia en el otoño de 1818. En el primer párrafo se hace referencia a una nota explicativa de William Wordsworth de su poema «The Thorn» («La espina»). Para la relación de Wordsworth y los demás lakistas, véanse la «Dedicatoria» y las notas a ella.

Joanna Southcott (1750-1814) fue una especie de visionaria, charlatana y autora de profecías que acabó rompiendo con el metodismo para fundar su propia secta en 1801. Con más de sesenta años, declaró ser la mujer embarazada del *Apocalipsis* y que pronto daría a luz a Shiloh, el Mesías del Génesis. Tuvo bastantes seguidores. Byron se refiere a ella en varias ocasiones a lo largo del poema, siempre burlonamente.

Richard Brothers (1757-1824) fue un maestro del israelismo británico, convencido de que los ingleses y otros europeos eran un «Israel oculto», ignorantes de su ascendencia hebrea.

El reverendo Tozer fue uno de los seguidores de Joanna Southcott, que predijo desde el púlpito el nacimiento de Shiloh.

El conde Alessandro de Cagliostro (1743-1795), pseudónimo de Giuseppe Balsamo, fue un impostor italiano, inventor de un «elixir de juventud inmortal».

La baronesa Barbara von Krüdener (1768-1824) fue una ocultista rusa.

Thraso, el soldado fanfarrón, y Gnatho, el parásito, son personajes de *El eunuco*, obra del comediógrafo latino Terencio.

Artesanos de maletas. En la época se decía que los fabricantes de equipaje llenaban sus arcones con la mala poesía que los libreros no conseguían vender. Byron también se refiere a ello en el canto II (16, 8).

Lord Lonsdale. Fue gracias a William Lowther, primer conde de Lonsdale (1757-1844) como Wordsworth obtuvo el puesto de Distribuidor de Sellos en el condado de Westmorland en 1813.

Robert Southey, el poeta laureado, escribió su drama revolucionario *Walter Tyler* a los diecinueve años, y en 1817 la obra fue pirateada y se vendió mucho, para su consternación. Para la relación de Southey con Byron, véanse la «Dedicatoria» y las notas a ella.

Pantisocrático apóstol. La «pantisocracia» fue una utopía ideada en 1794 por Samuel Taylor Coleridge y Robert Southey con el fin de crear una comunidad igualitaria. En principio quisieron establecer tal comunidad en las orillas del río de Susquehanna en Pensilvania, luego en Gales, hasta que abandonaron el proyecto.

DEDICATORIA

Difficile est proprie communia dicere. La cita latina que Byron eligió como epígrafe al *Don Juan* y que inicialmente se escribió en la «Dedicatoria» procede de la *Ars Poetica* (1, 128). El propio Byron había hecho varias traducciones de la sentencia: «'Tis hard to sketch with skill from vulgar life» («Es difícil bosquejar con habilidad de la vida corriente»), «Of common things 'tis difficult to write», («Es difícil escribir de las cosas comunes») y «'Tis no slight task to write on common things» («No es tarea fácil escribir de cosas comunes»). La frase resume el propósito estético de Byron de abarcar en el poema lo más vulgar y corriente del mundo, en contra de la sublimación propia de muchos otros poetas románticos.

Byron escribió esta dedicatoria en Venecia, a finales de 1818, pero cuando los dos primeros cantos de *Don Juan* se publicaron anónimamente en 1819, el poeta y su editor, John Murray, decidieron no incluirla. El poema se publicó por primera vez póstumamente en la edición de sus obras completas de 1832.

1, 1. Robert Southey (1774-1843) fue uno de los llamados poetas lakistas, junto con William Wordsworth y S. T. Coleridge. Admirador, como todos los de su generación, de la Revolución francesa, pronto se desengañó y se convirtió en un moderado tory, es decir, en un conservador, como también le ocurriría a Wordsworth. En 1813, Southey aceptó ser nombrado «poeta laureado», cargo aún existente en el Reino Unido y que obliga al elegido a cantar las grandes ocasiones reales, aunque poco a poco se ha convertido en un título honorífico. En 1821, Southey había publicado un poema titulado «Una visión del juicio» en el que se imaginaba la llegada del alma del recién fallecido Jorge III al cielo para recibir su gloria. Byron reaccionó ante lo que le pareció una impúdica exhibición de adulación tory con su propia sátira, *La visión del juicio* (1822), escrita en *ottava rima*, la misma estrofa del *Don Juan*, y en la que se describe la disputa en el cielo por la suerte del alma del difunto monarca. Byron, además, se había sentido aludido por los ataques que Southey había dedicado en su poema a la «escuela satánica» de la poesía, que a su vez contestó sin piedad en su obra. Southey, al parecer, también había hecho comentarios maliciosos acerca de la vida privada de Byron, algo que este nunca le perdonó. Southey fue una de las bestias negras de Byron y un motivo de sorna recurrente en *Don Juan*.

1, 8. *como «veinticuatro mirlos en un* pye». Juego de palabras con el apellido de Henry James Pye (1745-1813), poeta laureado anterior a Southey.

2, 5. Samuel Taylor Coleridge (1772-1834) fue el único de los tres lakistas con quien Byron tuvo amistad, aunque también lamentó su deriva excesivamente metafísica.

3, 8. *y te caes, por falta de humedad, seco, Bob.* Hay aquí un sarcasmo propio del *slang*. En la época de la Regencia, *a dry bob* («un bob seco») era un coito sin eyaculación.

4, 1. *Y Wordsworth en muy larga* Excursión. Wordsworth había publicado su poema «La excursión» en 1814, dejando perplejos a muchos críticos y lectores, entre ellos a Byron.

5, 3. Keswick es una ciudad del condado de Cumbria, en la región de los lagos, donde vivía Southey. Wordsworth vivía en Rydal Mount.

6, 6. *Y Wordsworth tiene puesto en el Excise*. Referencia al puesto que Wordsworth ocupaba como Distribuidor de Sellos. Véase al respecto la nota al prefacio a los cantos I y II.

7, 7. *Scott, Rogers, Campbell, Moore y Crabbe*. Walter Scott, Samuel Rogers, Thomas Campbell, Thomas Moore y George Crabbe eran los poetas contemporáneos que más admiraba y que aquí contrapone a los lakistas. Walter Scott, en particular, fue algo así como su gran héroe literario.

10, 2. El poeta, ensayista y político John Milton (1608-1674) fue uno de los grandes referentes de Byron, tanto en materia poética como cívica. En esta estrofa, Byron recuerda cómo Milton defendió siempre la república contra los Estuardo y, en general, contra cualquier forma de tiranía.

11, 8. *a un eunuco mental como Castlereagh*. Robert Stewart, vizconde de Castlereagh y marqués de Londonberry (1769-1822), fue ministro de Exteriores británico y jugó un papel fundamental en la coalición que derrotó a Napoleón, así como luego en la acción diplomática del Congreso de Viena, que decidiría el mapa político posterior a las guerras napoleónicas. Para Byron, Castlereagh (pronúnciese «Caselray») encarnaba la destrucción de todos los sueños juveniles que había despertado la Revolución francesa. Napoleón había sido su gran ídolo, y por tanto, una personalidad como la del marqués no podía sino indignarle. Castlereagh es otra de las bestias negras recurrentes de Byron y aparece a menudo a lo largo de *Don Juan*. El poeta tampoco le perdonaba su papel en la represión de la rebelión irlandesa de 1798. Los modernos historiadores han emitido un juicio mucho más favorable sobre su persona y su labor política. Castlereagh se suicidó cortándose el cuello con una navaja de afeitar en 1822, cuando Byron estaba aún en plena redacción de *Don Juan*, tras sufrir un periodo de depresión y locura. Byron le dedicó a su muerte este epigrama: «Posterity will ne'er survey / A noble grave than this: / Here lie the bones of Castlereagh: / Stop, traveller, and piss» («La posteridad no verá nunca / más noble tumba que esta: / aquí yacen los huesos de Castlereagh: / Detente, viajero, y mea»).

12, 2. *metes las suaves manos en la sangre de Erin*. Referencia a la represión de Irlanda mencionada en la nota anterior.

15, 5. Eutropio era un eunuco del palacio de Constantinopla.

17, 4. *es porque aún retengo mi beis y azul*. Se refiere a los colores del partido Whig, los liberales británicos, por los que Byron siempre mostró simpatía. Los colores se tomaron de las tropas de Washington durante la Revolución americana.

17, 8. *¿verdad, mi tory ultrajuliano?* Referencia al emperador romano Juliano el Apóstata, que fue educado en el cristianismo, del que luego renegó para declararse pagano y neoplatónico.

CANTO I

Byron escribió este primer canto en Venecia, en septiembre de 1818. John Murray lo publicó anónimamente con el canto II en julio de 1819.

1, 7. *Todos le hemos visto en la pantomima*. En época de Byron, había en Inglaterra muchas versiones escénicas del mito de don Juan, algunas con arlequines y marionetas. Solo en 1817 se habían estrenado cuatro en las tablas londinenses: *Don Giovanni* en el King's, *The Libertine* en Covent Garden, *Don Giovanni, or a Spectre on Horseback* en el Surrey, y *Don Juan; or The Libertine Destroyed* en el Lyceum. A principios de 1818 también se representaron *Giovanni in London* en el Olympic y *Harlequin's Vision* en Drury Lane. Byron, por tanto, da por sentado que el lector conoce muy bien el mito, aunque él vaya a apartarse casi por completo de las fuentes originales españolas. Véase la Introducción en las pp. 9-44 de este volumen.

2, 1. *Vernon, Cumberland el carnicero, Wolfe, Hawke*. Byron enumera a los héroes que ha rechazado, todos procedentes de la historia inglesa, en concreto de la guerra de los Siete Años, la rebelión jacobita de 1745 o las guerras napoleónicas.

2, 7. Dumourier es en realidad Charles François Dumouriez (1739-1823), general francés de las guerras revolucionarias de Francia.

2, 8. *estampados en el* Moniteur *y el* Courier. Periódicos revolucionarios franceses.

3, 1. *Barnave, Brissot, Condorcet, Mirabeau.* Byron enumera a idealistas franceses derrotados. El fracaso de la Revolución francesa y de Napoleón va a constituir el trasfondo político del poema.

4, 8. *y olvida a Duncan, Nelson, Howe y Jervis.* Igual que Horatio Nelson, son famosos almirantes ingleses de la época.

10, 1. *Su madre era una culta dama.* Retrato apenas disimulado de Annabella, lady Byron (1792-1860), esposa del poeta.

14, 8. *es el que los ingleses usan contra el Gobierno.* Juego de palabras entre el nombre de Dios («yo soy el que soy», *I am*, en el original) y *Goddamm* («maldita sea», o «por Dios»).

15, 4. Sir Samuel Romilly (1757-1818) fue un abogado y político inglés, al que Byron detestaba por haberse negado a representarle en el litigio de separación con su mujer y haber defendido en cambio a lady Byron. Romilly se suicidó tras la muerte de su mujer; solo pudo recibir cristiana sepultura tras haberlo declarado un jurado enajenado.

16, 2. *las novelas de miss Edgeworth.* Las autoras citadas en esta estrofa eran todas novelistas y apologetas conservadoras y didácticas.

17, 8. *salvo vuestro «aceite sin igual», Maccasar.* El propio Byron utilizaba el aceite de Maccasar como acondicionador de cabello.

21, 5. *darles con el abanico...* Cita de Shakespeare en *Enrique IV*, I, II, III, 25-26.

35, 7. *cual las de Numa (también Pompilio).* Numa Pompilio fue el segundo rey mítico de Roma.

42, 8. *aquel horror que empieza* Formosum pastor Corydon. Verso inicial de la segunda égloga de Virgilio, que cuenta el amor del pastor Coridón por otro, Alexis.

53, 4. *verbum sat.* Significa «Una palabra basta».

75, 6. *y podrían haber causado un temblor tarquinio.* Tarquinio, rey etrusco de Roma, violó a Lucrecia. Shakespeare le dedicó a la historia su poema narrativo *La violación de Lucrecia.*

88, 1-4. *¡Oh Amor! En un desierto como este.* Cita del poeta Thomas Campbell (1777-1844); de su poema *Gertrude of Wyoming* (1809, canto III, 1-4).

118, 1. *Se dice que ofreció Jerjes recompensa.* Jerjes, rey de Persia, derrotado por los atenienses en Salamina, ofreció recompensa a quien fuera capaz de inventarle un nuevo placer.

129, 3. *Uno nuevas narices hace...* Referencia a un curandero americano, Benjamin Charles Perkins, que aseguraba poder rehacer narices destrozadas o defectuosas.

129, 6. *una especie de antítesis a los cohetes de Congreve.* Sir William Congreve (1772-1828) inventó en 1808 el llamado «cohete Congreve», usado en la batalla de Leipzig en 1813. Aunque no causaba muchos destrozos, el ruido era intimidante.

129, 7. *con la que amortizó el Doctor vieja plaga.* Edward Jenner (1749-1823) fue el primero en vacunar contra la viruela en 1796, pero sus experimentos levantaron cierta controversia en época de Byron.

131, 3. *La población aumenta ahí tanto...* Referencia a las teorías del economista Thomas Robert Malthus (1766-1834), entonces muy en boga, acerca de la superpoblación. Byron hará múltiples comentarios sobre Malthus a lo largo del poema.

132, 4. *La linterna de sir Humphry Davy...* Sir Humphry Davy (1778-1829) inventó en 1815 una linterna para mineros.

159, 6. *Él, como Acates fiel hasta la tumba.* Acates, fiel compañero de Eneas en la *Eneida* de Virgilio.

164, 1. *Con él se fue también su* posse comitatus. «El poder del condado», refiriéndose a un grupo de gente reunida para ayudarle.

166, 8. *con el llorón Clarence en su barrica de malmsey.* Referencia a *Ricardo III*, I, IV, cuando el duque de Clarence es ahogado en una tinaja de vino después de ser acuchillado.

168, 2. *Según se lee en la crónica hebrea.* Reyes, 1, I, 1-3.

189, 7. *La mejor es la taquigráfica de Gurney.* William Brodie Gurney (1777-1855), cronista oficial del Parlamento, había informado acerca de procesos y juicios en todo el Reino Unido.

198, 3. *A la candela no llegaban sus deditos blancos.* A fin de deshacer la cera para el sello.

198, 6. Elle vous suit partout. «Ella os sigue por todas partes» era la leyenda del propio sello de Byron, que le había regalado John Edleston, el cantante de coro del Trinity College, del que había estado enamorado.

206, 3. *No levantarás falso testimonio cual las Blues.* Referencia a un grupo de señoras que hacia 1750 quisieron sustituir el habitual juego de cartas y cotilleo por la conversación intelectual y empezaron a organizar fiestas con aristócratas y hombres de letras. En inglés se llama a ese tipo de persona *bluestocking* («marisabidilla», «intelectualoide») por aquel primer grupo de damas, que al parecer llevaban medias (*stockings*) azules, aunque también se ha propuesto otras etimologías. A lo largo del poema, Byron hace varias referencias a las *bluestockings* de su propia época, por muchas de las cuales sentía una mezcla de desdén y atracción.

209, 8. *tengo ya en el* British *reseña de mi abuela. The British Review* era una publicación muy conservadora que fue muy crítica con *Don Juan*. El editor de la revista se vio obligado a escribir una carta desmintiendo que el poeta hubiera amañado una reseña con ellos. A lo que Byron contestó con una carta sarcástica: «Letter to the Editor of My Grandmother's Review» («Carta al editor de la reseña de mi abuela») por Wortley Clutterbuck, publicada en el *Liberal* en 1822.

212, 1. Non ego hoc ferrem calida juventa. Cita de Horacio en *Odas*, III, 14, último verso: «Debería haber soportado estas cosas en el calor de mi juventud cuando Planco era cónsul».

212, 5. (*antes de que yo soñara ser del Brenta).* Se refiere a antes de llegar a Italia. En noviembre de 1816, Byron se estableció en Venecia y el verano siguiente alquiló una villa en La Mira, junto al río Brenta.

217, 5. *Ya he dicho, cual la testa de latón de fray Bacon.* Referencia a una obra de Robert Greene, dramaturgo isabelino, *Fray Bacon y fray Bungay*, en la que una cabeza de latón hace revelaciones intrascendentes y estúpidas sobre el tiempo.

222, 7. *De Southey son las cuatro primeras rimas.* La cita es de un poema de Robert Southey escrito en 1816 para celebrar la boda de Charlotte, hija de Jorge IV.

CANTO II

Byron escribió este canto en Venecia, entre diciembre de 1818 y enero de 1819. Fue publicado anónimamente por John Murray en julio de 1819.

17, 3. *Dulces para la dulce.* Cita de *Hamlet*, V, I, 237.

29, 8. *el señor Mann.* Byron sacó casi todos los detalles técnicos de esta narración de los siguientes libros: *Shipwrecks and Disasters at Sea,* de sir John Dalyell (1812); *A Narrative of the Mutiny on board His Majesty's Ship Bounty,* de William Bligh (1790); *The Narrative of the Honourable John Byron,* el abuelo del poeta (1768). En el libro de Dalyell, Byron había leído que las bombas de achique las había hecho un tal señor Mann de Londres.

38, 8. *los débiles, con la vela.* En el original dice «the weaker thrummed a sail», que significa reforzar una vela con cuerdas, grasa y alquitrán, que luego pasan por la quilla para tratar de detener las vías de agua.

56, 7. *Battista, sin embargo (Tita será pronto).* Se trata del gondolero real que tuvo Byron en Venecia, Giovanni Battista Falcieri, apodado Tita, que permaneció con el poeta hasta la muerte de este en Mesolongi. Era al parecer un hombre muy alto y fuerte que también le servía como guardaespaldas.

56, 8. *estaba perdido dándole al* aqua vita. Se refiere al brandi.

64, 6. *la guadaña de Atropos ante sus visiones.* Atropos es una de las tres parcas del destino en Grecia, junto a Cloto y Láquesis.

83, 2. *recordad que Ugolino acepta.* Referencia a Dante, *Infierno,* cantos XXXII y XXXIII.

112, 8. *una preciosa cara femenina adolescente.* En el original dice exactamente «a lovely female face of seventeen», es decir, de diecisiete. Aunque traduzco «adolescente» por cuestiones métricas.

128, 1. *Una única hija tenía, llamada Haidée.* Haidée significa en griego (*Χαηδη*), «caricia» o la «acariciada». Byron sacó el nombre de una canción romaica que tradujo en 1811.

129, 7-8. *para acogerlo...* Cita evangélica, Mateo 25, 35.

130, 5. νοῦς. En griego significa «entendimiento», «inteligencia».

155, 1. Byron reinterpreta con burla el mito del Minotauro, la bestia mitad hombre mitad toro, nacido del emparejamiento de Pasifae y de un toro que le había dado Zeus al marido de ella, Minos, rey de Creta. Cuando Minos se negó a sacrificar al toro al dios, Zeus hizo que el animal se enamorara de Pasifae, convirtiéndola en una vaca. Byron se inventa esa escena de zoofilia, con la que pretende mostrar a los cretenses más poderosos en el orden militar, razón por la que los británicos también deberían copular con ganado.

165, 5. *Barrow, South, Tillotson...* Predicadores de los siglos XVII y XVIII.

166, 3. *perros, tuve mi hora. Hamlet,* V, I, 286.

174, 7. *no como antaño para llevar a Io.* Para librar a Io de las iras por celos de su esposa Hera, Zeus la convirtió en una vaquilla. El uso del nombre aquí, de todos modos, parece obedecer solo a exigencias de la rima con «Chios».

193, 6. *sin duda había oído hablar del río Estix.* En la mitología clásica, el Estix es uno de los ríos del inframundo donde Caronte con su barca transporta las almas de los difuntos.

201, 8. *Jugando al diablo, algunas escriben novelas.* Referencia a lady Caroline Lamb, amante de Byron, que tras su relación publicó una novela al respecto titulada *Glenarvon.*

207, 2. *y Aristipo, una tropa material.* Además de al célebre filósofo Epicuro, Byron cita a Aristipo, discípulo de Sócrates, fundador de la escuela cirenaica, de corte escéptico.

207, 8. *eso dijo el sabio real Sardanápalo.* Sardanápalo fue el último rey de Asiria, recordado como figura decadente entregado al placer y la lujuria. Byron le dedicó una tragedia homónima, basada en la información del personaje de la *Biblioteca histórica* de Diodoro Sículo, publicada en 1821.

CANTO III

Byron escribió los cantos III y IV como uno solo, en Venecia, entre septiembre y noviembre de 1819. Luego los dividió y John Murray los publicó con el canto V en agosto de 1821.

6, 8. *mas en el marido es señal de sumisión devota.* Byron utiliza aquí la palabra *uxorious* de difícil traducción, ya que significa algo así como «marido servil con la propia esposa».

7, 5. «*designado en el vínculo*». Shakespeare, *El mercader de Venecia*, IV, I, 254.

10, 8. *no se basaron, ya sabéis, en sus esposas.* Tanto Dante como Milton tuvieron matrimonios difíciles. Dante hace una referencia despectiva a su mujer en el canto XVI (44-45) del *Infierno* y la primera mujer de Milton lo abandonó a las seis semanas por razones nunca del todo esclarecidas.

55, 3. *cual los que al vellocino de oro iluminaron*. Referencia al mítico viaje de Jasón y los Argonautas a la Cólquida en busca del vellocino de oro.

65, 5. *las frases que a Belsasar en su sala turbaron*. Referencia al episodio bíblico narrado en el Libro de Daniel (v. 1-16) en el que el príncipe babilonio, tras profanar los vasos robados del templo de Jerusalén, vio cómo una mano misteriosa escribía unas frases en la pared que nadie entendió salvo el profeta Daniel. La soberbia del príncipe sería castigada con la muerte y la caída de su reino.

76, 7-8. *mas Shakespeare también dice*. En *Rey Juan*, IV, II.

78, 8. *como en el salmo, «rebosando palabra buena»*. Salmo 45, 1.

79, 8. *con verdad de Southey y versos a lo Crashaw*. Richard Crashaw (1613-1649) fue un poeta barroco inglés, perteneciente a la escuela de los metafísicos.

81, 2. *lo tiene, el* vates irritabilis *se preocupa*. La irritabilidad propia de los poetas. La fuente es Horacio, *Epístolas*, II, II, 102-105.

85, 4. *o el* «Ça ira»... Violenta canción revolucionaria francesa, opuesta al himno inglés.

86, 6. *habría sido el viejo Goethe (a De Staël leed)*. Madame de Staël, novelista y ensayista del romanticismo, amiga de Byron, dejó escrito en su obra *De Alemania* que Goethe encarnaba toda la literatura alemana. Goethe fue un gran admirador de Byron, al que sin embargo nunca conoció.

86, 7. *en Italia, habría imitado a los* Trecentisti. Los poetas italianos del siglo XIV.

¡Islas griegas, islas griegas! Esta canción laudatoria de la belleza y la historia de Grecia se ha antologado muchas veces fuera de la edición del *Don Juan*. Cuando Byron la escribió, faltaba muy poco para que estallara la guerra de independencia contra los turcos en la que él mismo moriría.

90, 5. *Debe Troya a Homero lo que el whist a Hoyle.* Edmund Hoyle (1672-1769) escribió un tratado sobre el whist, un juego de cartas.

90, 7-8. *del gran Malborough para golpear / hasta su nueva* Vida *por el archidiácono Coxe.* William Coxe (1747-1828) publicó unas *Memorias de John, duque de Marlborough* (1817-1818). John Churchill, antepasado del que sería primer ministro en el siglo xx, fue el primer duque de Marlborough, exitoso general en la guerra de Sucesión española.

91, 5. *pero al caer su vida en manos de Johnson.* El crítico Samuel Johnson (1709-1784) escribió una colección de biografías de grandes poetas ingleses, entre ellos la de John Milton.

92, 1-8. *Son estos hechos todos divertidos...* Referencias a distintas leyendas sobre grandes personajes de la literatura y la historia inglesas. Se decía que Shakespeare había sido acusado de robar ciervos. El filósofo y político sir Francis Bacon (1561-1626) fue acusado de aceptar sobornos y encarcelado por ello. De Oliver Cromwell (1599-1658), el artífice de la breve república inglesa, se contaba que de niño había robado fruta en huertos. De los emperadores romanos César y Tito, Suetonio, en su *Vida de los Césares,* relató su crueldad juvenil. Y el doctor James Currie (1757-1805), en su edición de las obras completas del poeta escocés Robert Burns, acusó a este de alcoholismo.

93, 2. *la Pantisocracia.* Véase el Prefacio a los cantos I y II.

93, 5. *o Coleridge...* Coleridge escribió para el *Morning Post* entre 1797 y 1803.

93, 8. *desposaron dos colegas (de Bath sombrereras).* En 1795, Coleridge y Southey se casaron con las hermanas Sarah y Edith Fricker, respectivamente, aunque no eran sombrereras.

94, 2. *una Bahía de Botany de la geografía moral.* La Bahía de Botany era una colonia penitenciaria de Australia, establecida en 1787.

94, 7. *un espeso, confuso poema llamado «La excursión».* Wordsworth publicó el extenso poema «La excursión» en 1814. Más adelante hay también referencias a *The Waggoner* (*El carretero*), publicado en 1819.

95, 4. *cual el Shiloh de Joanna Southcott...* Véase al respecto el Prefacio a los cantos I y II.

96, 8. *no tan grande como Ariosto.* Uno de los poetas italianos favoritos de Byron, nacido en 1474 y muerto en 1533.

100, 4. *el desdén, mas desde lo hondo del* bathos. «Bathos» es una palabra inventada en el siglo XVIII por Alexander Pope para describir el paso de lo sublime a lo ridículo en su obra *Peri Bathous, Or the Art of Sinking in Poetry* (*Sobre Bathous, o el arte de hundirse en poesía*), a su vez una parodia de *Peri Hypsous* (*De lo sublime*) de Longino.

100, 5. *estos Jack Cades.* Jack Cades fue líder de una rebelión contra Enrique VI en 1450.

100, 7-8. *El «pequeño barquero» y su «Peter Bell» osan...* Personajes de Wordsworth, que en 1819 publicó el largo poema narrativo «Peter Bell». *Absalón y Ajitófel* es un largo poema de John Dryden, poeta muy admirado por Byron, de 1681.

105, 6-7. *Bosque perenne, que los cuentos de Boccaccio...* Byron hace referencia a una de las leyendas del *Decamerón*, de Giovanni Boccaccio, «La historia de Nastagio degli Onesti», un joven de Ravena, rechazado por su amada. Nastagio le hace ver a la muchacha una visión que ha tenido de una mujer perseguida y asesinada por un jinete y sus perros, lo que la obliga a desistir de su orgullo y a ceder con él. John Dryden adaptó la historia en su poema *Theodore and Honoria*. Byron, por cierto, estaba en Ravena mientras terminaba los cantos III y IV.

111, 8. *en Aristóteles passim. Ved* Ποιητικῆς. Se trata de la *Poética* de Aristóteles.

CANTO IV

Para los detalles de la fecha de composición, véase la nota introductoria del Canto III.

4, 5. *los corazones en la fuente del Leteo...* En la mitología griega, el Leteo era el río del olvido.

6, 3. *Fue Pulci el padre del poema semicómico.* Luigi Pulci (1432-84) fue un poeta cómico italiano muy admirado por Byron, que en 1819 tradujo el primer canto de su poema *Il Morgante Maggiore*, escrito en *ottava rima*, la estrofa que el poeta adaptaría al inglés, primero en *Beppo* y luego en *Don Juan*.

12, 1. «*Los amados por dioses mueren jóvenes*». Aunque con el tiempo se convirtió en un dicho, la frase se refiere al mito de los gemelos Cleobis y Bitón, tal y como lo narra Heródoto en su *Historia*, poniéndolo en boca de Solón, que se lo cuenta al rey Creso. Los dos jóvenes eran hijos de Cídipe, sacerdotisa de Hera. Un día en que la madre tenía que ir a un festival consagrado a la diosa, los bueyes del carro se mostraron fatigados. Entonces los dos hermanos desengancharon el yugo y tiraron ellos mismos del vehículo. Impresionada, la madre le pidió a la diosa que les concediera a sus hijos el mejor regalo, que fue el de morir jóvenes, durmiendo, sin conocer la decadencia.

52, 3. *el té verde, no más profética que Casandra.* Casandra, hija de los reyes de Troya, cautivó con su belleza a Apolo, que, a cambio de que le prometiera entregársele, le concedió el don de la profecía. Cuando más adelante Casandra no cumplió su promesa, el dios hizo que nadie creyera en sus profecías. Antes de 1839, todo el té que se bebía en Europa era mayormente de China y no de la India.

52, 6. *que recurrir debo al té negro de Bohea.* Era un té chino bastante barato y malo.

53, 2. *¡tú, dulce náyade del río Flegetonte!* Río del inframundo. Aparece en el *Paraíso perdido*, de Milton.

53, 5-6. *Acudiría al débil ponche, pero el rack / (en su doble sentido)...* Por «rack» se entendía cualquier tipo de licor fuerte destilado en los países orientales, pero también significaba «resaca», de ahí lo de «doble sentido».

61, 1-6. *La pasión dominante, tal la piedra muestra...* Byron cita aquí varias esculturas que conocía: la *Venus de Medici* en Florencia; el gladiador es en realidad el *Gálata moribundo*, copia romana de una obra helenística, y el Lacoonte es *Lacoonte y sus hijos*. Las dos últimas estaban entonces en Roma. Byron ya había citado las tres en el *Childe Harold*.

75, 1. *Encadenado y herido, «confinado, cautivo, cazado»*. Palabras de *Macbeth*, III, IV.

76, 4. *eso dicen (aunque Bryant dice lo contrario).* En 1796, el mitólogo inglés Jacob Bryant había publicado una *Disertación sobre la guerra de Troya* que negaba la veracidad del mito.

86, 2. *El* Musico *no es sino una pieza arruinada.* Por «músico» –en italiano en el original–, Byron entiende aquí a un eunuco castrado. Los *castrati* fueron muy populares en los siglos XVII y XVIII, cuando a las mujeres no se les permitía cantar en los coros de las iglesias. De ahí que Byron, al final de la estrofa, hable de un «tercer sexo».

91, 2. *aguardando el* firman *de Su Excelencia.* El «firman» era el permiso del sultán para entrar en Constantinopla.

93, 8. Arcades ambo, id est *tunantes los dos.* Cita de la séptima égloga de Virgilio (v. 4), cuando se describe a Coridón y Tirsis: «Ambo florentes aetatibus, Arcades ambo» («Los dos en la flor de la vida, arcadios ambos»).

96, 5. *Se dice que en la mano nadie «sostiene fuego...* Cita de Shakespeare, *Ricardo II*, I, III.

97, 8. *que entrar esos dos cantos en familias.* Byron utiliza y parodia la clásica cita evangélica (Mateo 19, 24) para recordar el escándalo que supuso para el público de la época la publicación de los dos primeros cantos de *Don Juan*, considerados obscenos y de moral reprobable.

98, 3. *de Smollet, Prior, Ariosto, Fielding...* Byron cita aquí, en defensa propia, a varios autores favoritos suyos de épocas anteriores que habían sido tan obscenos como él. Tobias Smollet (1721-1771) fue un novelista, traductor, médico y cervantista, autor de una conocida novela titulada *La expedición de Humphry Clinker.* Matthew Prior (1621-1721) fue un poeta inglés de la época de la Restauración. Y Henry Fielding (1707-1754), autor de *Tom Jones*, era otro de los novelistas preferidos de Byron.

103, 4. *El joven De Foix.* Byron escribió la siguiente nota al respecto: «El pilar que recuerda la batalla de Ravena está a unas dos millas de la ciudad en el lado opuesto del río hacia Forli. Gaston de Foix, que ganó la batalla, fue muerto en ella. Cayeron en ambos lados veinte mil hombres. El actual estado del pilar y su sitio se describen en el texto». Gaston de Foix era un general francés.

104, 1. *Todos los días voy donde los huesos de Dante.* Dante está enterrado en Ravena y Byron visitó varias veces su tumba.

108, 6. *saqueadores de Cornwall de naufragios parnasianos.* En Cornwall solía haber bastantes naufragios, y un naufragio parnasiano es un poema fallido.

108, 8. *excluido de probar vuestro té castalio?* Castalia era en Grecia la fuente de la inspiración poética.

109, 4. *y suspirar, «No puedo salir», como el estornino de Yorick.* Referencia a un episodio de *Un viaje sentimental*, de Laurence Sterne, otro de los escritores predilectos de Byron.

109, 5. *Para qué pues jurar, como hizo el poeta Wordy.* Se refiere a Wordsworth.

112, 1. *Humboldt, «primer viajero»...* Alexander von Humboldt (1769-1859), geógrafo polímata, utilizó en sus viajes el cianómetro, un invento de Horace Bénédict de Saussure (1740-1799) para medir la intensidad del azul del cielo.

115, 3. *aunque al fin Wilberforce ha doblado.* William Wilberforce (1759-1833) fue como parlamentario pionero en la causa de la abolición de la esclavitud.

117, 8. *hasta lo que Ossian llama el quinto* duan. James Macpherson (1736-1796) publicó dos épicas, *Fingal* y *Temora*, como antiguos poemas gaélicos que luego se descubrieron de su invención.

CANTO V

Byron empezó este canto en Ravena en octubre de 1820 y lo terminó en noviembre de ese año. Fue publicado por John Murray en un mismo volumen con los cantos III y IV en agosto de 1821.

3, 3. *aquí y ahí tachonado con un setenta y cuatro.* Un setenta y cuatro era un barco con ese número de cañones.

5, 2. *rompían espumantes sobre las azules Simplégades.* En la mitología griega, las Simplégades eran dos islas cerca de la entrada al mar Negro –«Euxino» en griego– que se cerraban y destruían así a los barcos.

31, 7-8. *Acerca del comer pienso...* Plutarco, en su vida de Alejandro Magno, recoge la leyenda de que el rey, además de ser hijo reconocido de Filipo de Macedonia, también pudo haber sido engendrado por el dios Amón en forma de serpiente. Plutarco asimismo comenta la moderación de Alejandro en la dieta.

33, 1-8. *La otra noche (fue el último viernes)...* El episodio relatado ocurrió realmente, el 8 de diciembre de 1820, en las calles de Ravena, a cien pasos del lugar de residencia del poeta.

42, 8. *y todo porque un poeta viajó a Turquía).* Alusión a los propios viajes de Byron a Oriente y a los poemas que ambientó allí.

51, 2. *avanzaron muy cerca de su sable guía.* «Sable» en el sentido arcaico de «oscuro».

60, 1. *Babel fue el pabellón de caza de Nemrod.* Byron reúne aquí varios episodios bíblicos: Génesis 10, 10; Daniel 4, 33; Daniel 6 16, 22.

60, 7. *Fue famosa también por Píramo y Tisbe.* La leyenda de los amantes babilonios Píramo y Tisbe, que vivieron durante el reinado de Semíramis, fue relatada por Ovidio en el libro IV de las *Metamorfosis.*

61, 3. *de amistad impropia con su caballo.* Plinio, en su *Historia natural,* recoge el rumor de que la reina Semíramis copulaba con su caballo.

62, 5. *(aunque el señor Claudius Rich ha hallado...).* Claudius Rich (1787-1820) fue un orientalista y empleado de la compañía East India en Bagdad y autor de dos libros sobre las ruinas de Babilonia, *Memoir on the Ruins of Babylon* (1815) y *Second Memoir on Babylon* (1818).

63, 7. y *et sepulcri immemor struis domos.* Significa «y olvidando las tumbas, construyes casas», Horacio, *Odas,* II, 18, ll.15-22.

77, 4. *que ceñía ligera camisa blanco* milk. Dejo *milk* («leche»), palabra lo suficientemente extendida para que se entienda el juego de palabras que Byron hace con *whilk,* relativo en el dialecto escocés –que el poeta conoció de niño– equivalente a *which* («que»).

89, 4. *(eran los goznes tan leves cual las rimas de Rogers).* El poeta Samuel Rogers (1763-1855) fue uno de los favoritos de Byron.

96, 4. *de Pafos...* Ciudad de Chipre donde había un célebre templo dedicado a Afrodita.

98, 5. *como en María, la reina escocesa...* María Estuardo, María I de Escocia (1542-1587), descrita por sus contemporáneos como bella y delicada, además de majestuosa.

98, 8. *por ejemplo, Ninon de l'Enclos.* Anne de l'Enclos (1620-1705), personaje célebre de la Francia literaria del siglo XVII, que preservó su belleza hasta muy entrada la vejez, teniendo amantes a los ochenta. Fue admirada por escritores como Molière y La Rochefoucauld.

100, 8. *vi la grandeza del* nil admirari. Cita de Horacio, *Epístolas*, I, VI, vv., 1-2. La cita completa es «Nil admirari prope res est una, Numici, / solaque quae possit facere et servare beatum» («No admirar nada es la única cosa, Numicio, que puede hacer y mantener a los hombres felices»).

101, 4. *(eso dicen las justas palabras de Creech)*. Byron hace aquí un juego con varias referencias, citando un poema de Alexander Pope titulado «To Mr. Murray», en el que el propio Pope había incorporado la traducción que en el siglo XVII había hecho Thomas Creech de la anterior cita sobre el estoico «no admirar nada».

131, 1-3. *Figuraos, mas ya lo habéis hecho...* En Génesis 39, 7-18, José es acusado de inmoralidad tras haberse resistido a la seducción de la esposa de Potifar. Lady Booby es la que va a seducir a Joseph Andrews en la novela homónima de Henry Fielding. Y Fedra, en la tragedia clásica, es la esposa de Teseo, fatalmente enamorada de su hijo Hipólito.

136, 4. *cual el modesto Hotspur en la página eterna*. Hotspur es un personaje de *Enrique IV* de Shakespeare.

136, 7. *Su deseo era el de Lear «matar, matar, matar»*. Shakespeare, *El rey Lear*, IV, VI.

147, 7. *de Cantemir o Knolles...* Son autores de dos historias clásicas de los turcos que Byron había leído de niño: Richard Knolles, *The Generall Historie of the Turkes* (1621), y Demetrius Cantemir, *The History of the Growth and Decline of the Othman Empire* (1734).

Byron, tras un lapso de seis meses, volvió a la composición de *Don Juan* en Pisa, en abril de 1822. En junio de aquel año, terminó los cantos VI y VII. Mary Shelley los pasó a limpio y fueron publicados por John Hunt, junto con el canto VIII, en julio de 1823. John Murray había desistido de seguir publicando el poema por el nivel de inmoralidad que para aquella época había alcanzado.

Epígrafe: La cita de *Noche de Reyes* (II, III), de Shakespeare, contiene un juego de palabras intraducible. El original dice «Think'st thou? that because thou art virtuous, there shall be no more Cakes and Ale?». «Aye! and Ginger shall be hot in the Mouth too!». *No more cakes and ale* significa que ya no habrá diversión, aunque literalmente se dice que no habrá «más pastel y *ginger ale*» (refresco de jengibre). De ahí que la respuesta aluda al «jengibre que nos quemará la boca». Con la cita, Byron estaba contestando a todos los críticos que le habían acusado de inmoralidad.

Prefacio a los cantos VI, VII y VIII

Histoire de la nouvelle Russie. El título completo es *Essai sur l'histoire ancienne et moderne de la nouvelle Russie* (1820), en tres volúmenes, del marqués Gabriel de Castelnau.

Duque de Richelieu. Armand Emmanuel du Plessis, duque de Richelieu, luchó para los rusos en Izmail, y entre 1803 y 1814 fue gobernador de Odesa, ciudad que prosperó considerablemente bajo su mandato.

el fallecido marqués de Londonderry. Castlereagh se había suicidado, cortándose el pescuezo, el 12 de agosto de 1822.

de la señora Malaprop. Se trata de uno de los personajes de la obra teatral *Los rivales*, escrita por Richard Brinsley Sheridan en 1775. Es una mujer que utiliza mal el lenguaje, usando palabras que no entiende, pero cuyo sonido le parece cercano a lo que quiere decir. De ahí se derivó el término «malapropismo».

Waddington o Watson. Samuel Ferrand Waddington y James Watson eran dos célebres radicales.

y «las sílabas del dolor vociferaron». Shakespeare, *Macbeth*, IV, III.

los sejanos de Europa. Lucio Elio Sejano fue un político y militar amigo del emperador Tiberio y conocido por su crueldad.

saque las cenizas de su Grattan. Henry Grattan fue un patriota irlandés. Murió en 1820.

dos citas de Voltaire. «El pudor ha huido de los corazones; y se ha refugiado en los labios» y «Cuanto más depravadas son las costumbres, más se miden las expresiones; se cree recuperar con el lenguaje aquello que se ha perdido en la virtud». *Lettre de M. Eratou à M. Clocpitre, aûmonier de S. A. S. M. le Landgrave* (1759).

la alianza impía. La Santa Alianza fue un pacto instigado por Alejandro I de Rusia, entre Austria, Rusia y Prusia, el 26 de septiembre de 1815 en París, después de la batalla de Waterloo.

CANTO VI

1, 1-2. «*Hay en los asuntos masculinos una marea…*» Shakespeare, *Julio César*, IV, III.

2, 5. *Jacob Behemn.* Se refiere a Jacob Böhme (1575-1624), místico alemán, con muchos seguidores en Inglaterra.

4, 7. *pues Accio se perdió…* Se trata de la batalla de Accio en la que se derrotó a Marco Antonio.

7, 7. *el heroico, estoico Catón…* Catón el Joven, estoico y enemigo de Julio César, se separó de su mujer Marcia para que su amigo Hortensio pudiera casarse con ella. Cuando su amigo murió, él volvió a casarse con Marcia.

9, 1-2. *Yo no soy, como Casio, «un aritmético»…* Shakespeare, *Otelo*, I, I.

12, 8. *una «cama de Ware».* La conocida como Gran Cama de Ware se construyó en 1590 como atracción turística para una posada en Ware (Hertfordshire). Shakespeare hizo referencia al mueble en *Noche de Reyes.* Hoy está en el Victoria and Albert Museum.

13, 8. *«Recepción de las Highland» por todo lo alto.* Referencia a la novela *Waverley*, de Walter Scott, que Byron leyó por aquella época.

17, 8. *es horaciana:* medio tu tutissimus ibis. En realidad es una cita de Ovidio en las *Metamorfosis* (II, 136), «medio tutissimus ibis» («el camino del medio es el más seguro»).

23, 2. *como al leer la maldición de Atanasio.* El credo de Atanasio lleva el nombre de Atanasio, un obispo del siglo IV y destacado defensor del trinitarismo. El credo declara creencias clave sobre la Trinidad, la naturaleza igualitaria de las tres personas y maldice a aquel que no profese la fe católica. Aparece en *The Book of Common Prayer*, el libro que reúne oraciones en la Iglesia anglicana y otras.

27, 2. *el sueño del tirano...* Cita que Suetonio le atribuye a Calígula.

28, 1. *¡Oh envidiable Briareo con tus manos...!* Briareo es un monstruo homérico de cien manos y cincuenta cabezas.

28, 6. *Así que volvamos a Lilliput...* Tierra de gente diminuta en *Los viajes de Gulliver*, de Jonathan Swift, otro de los escritores favoritos de Byron.

31, 5. *Cantemir lo sabrá, o si no De Tott.* Demetrius Cantemir, hospodar de Moldavia, escribió *The History of the Growth and Decay of the Othman Empire* (traducido al inglés en 1734-1735), un libro que Byron había leído de niño. Y las *Memorias* del barón De Tott (1785) es otro de los libros en los que se basó el poeta para detalles locales.

55, 5. *Lucus a non lucendo...* Alusión a Quintiliano, que puso en duda que *lucus* («bosque») viniera de *non lucendo* («que no admite luz»), *Institut0 Oratoria*, I, 6.

68, 5. *o la mujer de Lot hecha sal...* Referencia al episodio del Génesis (19, 13-17) en el que la mujer de Lot desobedece la orden de Dios de no mirar hacia atrás cuando la ciudad de Sodoma sea destruida y se convierte en estatua de sal.

74, 7. *pero no siendo «orador como Bruto»*. Eco de Shakespeare, *Julio César*, III, II.

94, 2. *o proclamar a sus madres antípodas de Timón*. Timón de Atenas fue el epítome de la misantropía. Shakespeare le dedicó una obra: *Timón de Atenas*.

111, 6. *Salustio sobre Catilina...* Referencia a la obra del historiador romano Salustio *Conjuración de Catilina*.

CANTO VII

Véanse los detalles de la composición en el Prefacio del canto VI.

3, 7 y ss. De todos los escritores enumerados, damos noticia de los menos conocidos: François Fénelon (1651-1715) fue un teólogo, poeta y escritor francés; John Tillotson (1630-1694) fue arzobispo de Canterbury; y John Wesley (1703-1791) fue un teólogo y evangelista, cabecilla del metodismo dentro de la Iglesia de Inglaterra.

4, 6. *no quiero ser Catón*. Catón el Joven, estadista estoico, y Diógenes, filósofo cínico, fueron dos rigurosos moralistas.

8, 1. *«Amores fieros y guerras desleales»...* Cita de Edmund Spenser en *The Faerie Queene*, efectivamente tergiversada. Spenser dice: «Fieras, guerras y amores leales moralizarán mi canción».

8, 7. Alexander Suvórov (1729-1800) atacó Izmail el 30 de noviembre de 1790 con veinte mil hombres. Es uno de los principales personajes de todo el episodio bélico. Para las fuentes que utilizó Byron, véase el Prefacio a los cantos VI, VII y VIII y las notas.

11, 2. *de los grandes talentos de este nuevo Vauban*. El marqués de Vauban (1633-1707) fue el ingeniero militar de Luis XIV.

13, 8. *y «¡Bismillah!»*. Palabras árabes que significan «En nombre de Dios misericordioso». Encabezan cada capítulo del Corán salvo uno.

19, 2. *habían sido llamados Jemmy, por el gran bardo.* Se refiere a James Thomson (1700-1748), autor de *The Seasons.*

19, 7. *era él, tan famoso «en áreas campestres...* Cita de la farsa de George Colman el Joven (1762-1836) *Love Laughs at Locksmiths.*

21, 6. *creo que un tal Shakespeare pone la misma.* Probablemente una referencia al discurso sobre el honor de Falstaff en *Enrique IV,* I, V, I.

22, 8. *para mostrar cómo hace la paz John Bull...* John Bull fue desde el siglo XVIII una personificación burlesca de Inglaterra.

26, 5. *Longman y John Murray cuando la venta.* Longman era el editor de Robert Southey, y John Murray, el de Byron, aunque ya no publicaba estos nuevos cantos del *Don Juan.*

32, 7. *el príncipe de Ligne...* Charles Joseph, príncipe de Ligne (1735-1814), fue mariscal de campo en el ejército ruso. En 1795 publicó unas memorias tituladas *Mélanges Militaires.* En 1809, Madame de Staël publicó sus *Cartas y pensamientos.*

35, 3. Joseph de Ribas (1737-1797), napolitano de nacimiento y español de origen, capitaneó la flotilla rusa que atacó Izmail.

37, 1. *Ese era Potemkin...* Grigori Alexandrovich Potemkin (1736-1791) fue un militar, estadista y noble ruso, amante secreto de la emperatriz Catalina. Bajo su mando, Rusia se anexionó Ucrania y Crimea.

55, 7. *luego momo...* Momo era en Grecia el dios de la burla y la censura.

62, 2. *Sé que te gusta ser de la vana esperanza.* «Vana esperanza» es un término militar para designar a los hombres elegidos para ir en cabeza de vanguardia.

82, 3. *¡Espectro de Leónidas...!* Leónidas fue un rey de Esparta, héroe en la defensa de las Termópilas contras los persas.

84, 8. *preguntad al cerdo que ve el viento.* Se creía que los cerdos tenían la capacidad de prever las tormentas.

CANTO VIII

Byron compuso este canto en Pisa en julio de 1822 y lo terminó a principios de agosto. Mary Shelley lo pasó a limpio y fue publicado por John Hunt con los cantos VI y VII en julio de 1823.

1, 8. *Belona, lo que queráis, solo serán guerra.* En la mitología romana, Belona era la diosa de la guerra, hija de Júpiter y Juno.

2, 5. *una Hidra humana…* En la mitología griega, una hidra era una serpiente de agua con nueve cabezas. La que estaba en medio era inmortal.

9, 6. «*La carnicería (eso dice Wordsworth) "es hija de Dios"*». En «Oda de Acción de Gracias». Tras la crítica de Byron, Wordsworth corrigió el verso en las siguientes ediciones de sus obras reunidas.

22, 4. *Federico el Grande de* Mollwitz *se dignó.* Federico II de Prusia (1712-1786). En abril de 1741, en la batalla de Mollwitz, en la primera guerra silesia entre austriacos y prusianos, sus tropas se impusieron.

23, 2. *o quizá púnico.* Byron, en una nota, mencionó al general Charles Vallancey, quien en un *Ensayo sobre el lenguaje celta* (1782) escribió que el irlandés antiguo tenía afinidad con el púnico.

26, 8. *Pall Mall.* Centro de la vida nocturna y de juego en Londres.

33, 8. *con tu descubrimiento humano, fray Bacon.* En una nota, el propio Byron indicó la leyenda de que la pólvora había sido inventada por Roger Bacon (1214-1294).

36, 8. *en «sombras del valle de la muerte».* Salmo 23, 4.

38, 4. *dice Hotspur…* Shakespeare, *Enrique IV*, I, III.

46, 3. *La ignorancia Cohorn de griegos y turcos.* El barón Menno van Coehoorn (1641-1704), ingeniero militar holandés, inventó el mortero para lanzar granadas.

49, 1. *y que si Blücher, Bulow, Gneisenau.* El general Gebhard Leberecht, príncipe Von Blücher (1742-1819), el general Friedrich Wilhelm, barón Bülow von Dennewitsz (1755-1816) y August Wilhelm Anton, conde Neithardt von Gneisenau (1760-1839) asistieron a Wellington en la batalla de Waterloo.

53, 7. *«A tu amante observa cuando deja tus brazos».* Rousseau, *Julia o la nueva Heloísa*, I, carta LV.

56, 7. *pronto la ciudad, sin creerle un «vil* bezonian». Byron saca la palabra de *Enrique IV* de Shakespeare. Significa «granuja».

60, 3. *eso dice Cowper...* El poeta William Cowper (1731-1800) en *The Task*, I, 749.

61, 4. *el general Boon, habitante de los bosques.* Daniel Boone (1734-1820) fue un colonizador pionero de Estados Unidos, fundador de Boonesborough en Kentucky, uno de los principales asentamientos de habla inglesa en la región.

63, 8. *de Natura o el hombre de Ross se asilvestran.* John Kyrle (1637-1724) heredó un considerable patrimonio en Ross, Herefordshire, donde se retiró de joven, dedicándose a la caridad y a mejorar la ciudad. Fue elogiado por Pope en la tercera epístola de sus *Moral Essays* (1732).

107, 4. *tan obstinados como el sueco Carlos en Bender.* Tras la batalla de Poltava (julio de 1709), en la que fue derrotado por Pedro el Grande, Carlos XII de Suecia cruzó el río Dniéper y acampó en las afueras de Bender, entonces en manos de los turcos. Agobiado por problemas económicos, luchó con gran coraje antes de ser capturado.

124, 7. *¡Muscadines de París! Muscadin,* durante la Revolución francesa, era un término despectivo para referirse a los jóvenes de las clases altas.

126, 8. *Irlanda tiene hambre, pesa más el gran George.* Jorge IV, el nuevo rey de Inglaterra, sucesor del hacía poco fallecido Jorge III, era obeso.

131, 7. *celebrar una especie de romana boda sabina*. Evocación del episodio mitológico del rapto y violación de las mujeres de la tribu de los sabinos por parte de los fundadores de Roma.

133, 2. *a Timur o a Gengis...* Referencia a los conquistadores asiáticos Genghis Khan (1162-1227) y a su descendiente Timur o Tamerlán (1336-1405).

134, 2. *desde* Menè, Menè, Tekel *y* Upharsin. Es la «escritura en la pared» de Daniel 5, 25-28, que le anuncia a Belsasar, rey de Babilonia, la inminente división de su reino y su propia caída.

CANTO IX

Byron empezó a escribir este canto en Pisa en agosto de 1822 y lo terminó en septiembre. Mary Shelley lo pasó a limpio. Fue publicado por John Hunt con los cantos X y el XI en agosto de 1823.

1, 1. *¡Oh Wellington! (o «Villainton», pues la Fama.* Como ya se ha visto en anteriores cantos, Arthur Wellesley, duque de Wellington, era otra de las bestias negras de Byron desde su campaña en España, en 1809. La derrota que infligió a Napoleón en Waterloo le hizo a sus ojos digno aún de mayor desprecio. Byron realiza un juego de palabras con su nombre y un cancioncilla francesa: «Faut qu'lord Villainton ait tout pris, / N'y a plus d'argent dans c'gueux de Paris» («Lord Villainton debe de habérselo quedado todo / pues no queda dinero en este lugar miserable de París»). *Vilain ton* podría traducirse por «estilo pesado».

2, 1. *Creo que no te portaste bien con Kinnaird.* Lord Charles Kinnaird (1780-1826), hermano de Douglas Kinnaird, hermano de Byron, tuvo noticia de un plan para asesinar a Wellington, pero no se le hizo caso. Mas, cuando el duque sufrió un atentado, se le pidió que revelara su fuente y, creyendo que el interfecto gozaría de inmunidad, dio el nombre de Marinet, un malversador, que fue arrestado, y entonces Kinnaird escribió un panfleto contra Wellington.

3, 3. *Has reparado la muleta de Legitimidad.* Alusión a la restauración monárquica en España, Francia y los Países Bajos tras el Congreso de Viena en el que el Reino Unido estuvo representado por Castlereagh y por Wellington.

4, 1. *Eres «de los degolladores, el mejor»...* Shakespeare, *Macbeth*, III, IV.

6, 2. *regalo de ese príncipe de Brasil.* Juan VI de Portugal (conocido como el «príncipe de Brasil» por haber establecido allí su residencia cuando Napoleón invadió la península ibérica) le regaló a Wellington en 1815 una vajilla de plata, recordada hoy como la *Baixela da Victoria*.

7, 3. *También la alta moda de Cincinato.* Lucio Quincio Cincinato fue un patricio y dictador romano, modelo de rectitud y austeridad.

8, 2. *Epaminondas su Tebas salvó y murió.* Según Plutarco, el político griego Epaminondas tuvo que ser enterrado por suscripción popular, ya que a su muerte no se encontró ningún dinero en su casa.

8, 6. *Pitt también tuvo su ego.* William Pitt (1759-1806), primer ministro en dos ocasiones del Reino Unido, rechazó la oferta del rey Jorge III de hacerse cargo este de sus deudas.

14, 3. *No soy ni Alejandro ni Hefestión.* Hefestión era el mejor amigo de Alejandro Magno.

15, 1. *¡Oh* dura ilia messorum*!* Horacio, *Epodos*, III, 4. En realidad, «o dura messorum ilia!» («¡qué duras las tripas de los labradores!»).

19, 1. *«Pero el cielo», según dice Casio, «está por encima...* Byron cita de memoria unos versos de Shakespeare en *Otelo*, II, III, pero en realidad Casio dice: «Well, God's above all; and there be souls must be saved. [...] Let's have no more of this; let's to our affairs. God forgive us sour sins...». («Bueno, Dios está por encima de todo y las almas deben salvarse. Ya basta de esto. Que Dios nos perdone los pecados»).

19, 5. *«La caída del gorrión...* Shakespeare, *Hamlet*, V, II. Ligeramente modificado.

21, 2. *o Melanchthon...* Nombre helenizado de Philip Schwarzerd (1497-1560). En alemán el nombre significa «negra tierra», como en la helenización.

33, 4. *de sangre, cual Nader Shah, estreñido soberano.* Nader Shah (1688-1747) fue un sah de Persia, conocido como el «Napoleón persa». Sufrió numerosas enfermedades, entre ellas problemas intestinales, que aumentaron su proverbial crueldad.

35, 6. *o para pisar groseros «sabañones de cortesano».* Shakespeare, *Hamlet*, V, I.

36, 1. *À propos de bottes.* Significa «A propósito de nada».

38, 1. *Eso dice Cuvier...* Léopold Chrétien Frédéric Dagobert (1769-1832), que firmó con el nombre de Georges Cuvier, fue un paleontólogo francés, uno de los primeros en investigar la historia del mundo a través de los fósiles. Su libro más importante al respecto fue *Les ossements fossiles de quadrupèdes* (1812), que especulaba sobre la extinción de los dinosaurios. Byron, como comentó en el prefacio a su obra de teatro *Caín* (1821), estaba muy impresionado por la teoría de que el mundo ya se había extinguido varias veces antes de los humanos.

41, 2. *«Desquiciada está la época» y yo también.* Shakespeare, *Hamlet*, I, V.

47, 8. *y al bello Lanskoi acababa de enterrar.* Alexander Lanskoi (1760-1784) fue un joven amante de la emperatriz Catalina. Murió de difteria, lo que hundió a la soberana en una severa depresión. Hay aquí cierta incongruencia cronológica, pues se supone que don Juan visita Rusia en 1791.

55, 1. *Oh tú,* taeterrima *causa de toda las* belli. Byron cita en realidad a Horacio, *Sátiras*, I, III, 106-107: «Nam fuit ante Helenam cunnus taeterrima belli causa...»; literalmente: «Ya antes de Helena fue el coño terrible causa de guerra».

63, 7. *«henchir un hombre», según Giles...* Cita del dramaturgo jacobino Philip Massinger en *A New Way to Pay Old Debts* (c. 1625). Sir Giles Overreach es el nombre del personaje que dice esas palabras.

66, 1. *Shakespeare habló del «heraldo Mercurio...». Hamlet,* III, IV.

72, 4. *(tipos a los que aun Mesalina pensionaría).* Mesalina era la promiscua esposa del emperador Claudio.

74, 3. *«rimas necesito con paloma...).* En el original, *dove* rima con *love* en el primer verso.

81, 6. *porque condenó a muerte a un favorito.* Isabel I Tudor, llamada la Reina Virgen porque nunca se casó, envió a su amante Essex a la horca en 1601.

84, 7. *llamada por su místico oficio* l'Éprouveuse. Anna Protasova (1745-1826) fue una dama de compañía, noble y confidente de la emperatriz Catalina. *L'Éprouveuse* significa «la probadora». Byron infiere con ello que la Protasova probaba a los amantes antes de que pasaran a Catalina.

85, 4. *Tras alumbrar en «colina besada por el cielo».* Shakespeare, *Hamlet,* III, IV.

CANTO X

Byron empezó este canto en Pisa en septiembre de 1822 y lo terminó en Génova en octubre. Mary Shelley lo pasó a limpio y fue publicado por John Hunt con los cantos IX y el XI en agosto de 1823.

3, 8. *yo quiero hacer lo mismo en poesía.* En el original, Byron por «poesía» escribe la forma arcaica *poesy.* En otras obras suyas, había utilizado la palabra como sinónimo de *poetry,* la forma moderna. Pero en el *Don Juan,* sintomáticamente, *poesy* tiene un cariz peyorativo, sobre todo por la apropiación del término que había hecho John Keats en alguna de sus obras, como *Sleep and Poetry,* donde se atacaba a Alexander Pope, uno de sus ídolos byronianos. Por ello, Byron quiso dejar constancia de su desprecio a esa diferencia que quería establecerse entre alta y baja poesía.

6, 2. *«¡Oh!», dijo el salmista, «¡ojalá tuviera las alas…».* Salmo 55, 7.

11, 6. *como mi amigo Jeffrey escribe con aires.* Francis Jeffrey (1773-1858) había publicado un artículo en el que censuraba los constantes ataques de Byron a Robert Southey.

15, 1. *Una escoba legal es moral deshollinador.* Byron hace aquí un juego de palabras con el nombre de un enemigo suyo, Henry Brougham (1778-1869), abogado whig, con el que quiso batirse en duelo por haberle difamado. El verso reza en el original «A legal broom's a moral chimney-sweeper», y Brougham se pronuncia, cosas del inglés, *broom*, que significa «escoba».

16, 5. ¡A la salud de «Auld Lang *Syne»!* Vieja canción escocesa.

19, 7. *«Escocí, no maté» al escocés en mi sangre.* Cita de Shakespeare, *Macbeth*, III, II, irónica, pues el original dice *scotched* («tumbé») con homofonía con «Escocia». De ahí que traduzca «escocí».

25, 2. *sea el gran Graco de toda mortalidad.* Tiberio Sempronio Graco, como tribuno de la plebe, quiso implantar una ley para repartir tierras sobrantes de ricos entre pobres.

36, 2. *Erneis, Rudulphus…* Byron se jacta aquí de su linaje, que se remontaba a los caballeros llegados en 1066 con Guillermo el Conquistador. Uno de ellos habría sido Ralph de Burun, de donde se originó el apellido Byron.

36, 6. *sus* hydes, *cual curtidores.* Un *hyde* era una medida de ciento veinte acres de tierra. La mención a los curtidores también implica la idea de despellejarlos.

41, 1. *He aquí una prescripción entre muchas.* Byron mantuvo el patrón métrico con esta receta farmacológica que algunos se han entretenido en desvelar, pues parece basada en criterios científicos.

42, 5. *Mientras ese* hiatus maxime deflendus. La frase latina significa «vacío lamentable» y se refiere a la tumba.

42, 8. *el parco Baillie o el suave Abernethy*. Matthew Baillie (1761-1823) era un anatomista que diseñó una prótesis para el pie deforme del joven Byron, quien se negó a llevarla. John Abernethy (1746-1831) era un prestigioso cirujano en el Christ's Hospital y profesor de anatomía en el Colegio de Cirujanos. Era conocido por sus opiniones contundentes y la rudeza en el habla.

45, 8. *su* uti possidetis *creen los británicos*. Referencia al poderío marítimo del Reino Unido después de la batalla de Trafalgar. La figura de *uti possidetis* («como poseéis») se utiliza en derecho romano para reconocer la apropiación de tierras obtenidas durante la guerra.

58, 5. *de Biron, el paisaje que el moderno Marte*. Byron se refiere a un tal Ernest Johann Bühren, favorito de la emperatriz rusa Ana, quien lo nombró duque de Courland. Byron lo relacionaba sin pruebas con la familia Biron de Francia. El «moderno Marte» es, por supuesto, Napoleón.

59, 7. *ahí está el nombre de Kościuszko*. Tadeusz Kościuszko (1746-1817) fue un patriota polaco muy apreciado entre los románticos.

59, 8. *cual llama de Hecla*. Hecla es un volcán de Islandia.

63, 3. *donde el enebro expresa su mejor jugo*. Se refiere a la ginebra.

71, 7-8. *Hundsfott* / o *verfluchter*. En alemán, «miserable» o «maldito».

74, 2. *respiró unas mil batallas de Crécy*... En 1346, en la batalla de Crécy, el rey inglés Eduardo III derrotó al francés Felipe VI.

78, 8. *surgit amari aliquid*. Cita de Lucrecio en *De rerum natura*, IV, 1133: «Nequiquam, quoniam medio de fonte leporum / Surgit amari aliquid quod in ipseis floribus angat» («Pero todo es vano, pues del mismo corazón de la fuente del gozo surge un chorro de amargura que envenena la fragancia de las flores»).

80, 8. *estamos en Shooter's Hill*. Era una parte remota del camino entre Dover y Londres, muy frecuentada por atracadores.

84, 6. *Masculina Sra. Fry.* Elizabeth Fry (1780-1845) era una cuáquera filántropa que se preocupó por la mejora de las condiciones de las presas en las cárceles y que alcanzó gran notoriedad en la época.

85, 3. *con Carlton...* Carlton House en Pall Mall había sido la residencia del príncipe regente, entonces ya Jorge IV.

86, 5. *Decidles que sir William Curtis es un pelma.* Sir William Curtis (1752-1829) era un político, amigo y frecuente anfitrión de Jorge IV.

CANTO XI

Byron empezó este canto en Génova el 6 de octubre de 1822 y lo terminó el 17 de ese mismo mes. Mary Shelley lo pasó a limpio. Fue publicado por John Hunt con los cantos IX y X en agosto de 1823.

1, 1. *Cuando el obispo Berkeley dijo que no había.* George Berkeley (1685-1753) fue un obispo anglicano irlandés, autor de *A Treatise Concerning the Principles of Human Knowledge* (1710), donde se afirma la primacía del espíritu sobre la materia.

4, 2. *del viejo Texto...* Se refiere a la Biblia.

19, 6. *Bow Street...* En la época, ahí estaba una de las más antiguas comisarías.

21, 2. *(cual* lucus *de sin luz).* Véase la nota al canto VI, 55, 5.

22, 3. *una pinta de* purl. Se trata de un licor de malta con ajenjo.

24, 5. *y aquel templo donde Fama.* Se refiere al «rincón de los poetas» en la abadía de Westminster.

25, 3. *Mas Bedlam aún existe...* Antiguo hospital para locos.

25, 5. *The Bench también alberga a muchos deudores.* Era una prisión, especialmente para deudores.

25, 6. *The Mansion House igual...* Residencia del lord Mayor (alcalde mayor).

29, 8. *el palacio de St. James y los infiernos de allí.* Los «infiernos» eran casas de juego.

38, 7. *como la «Verde Erin».* En septiembre de 1821, Jorge IV había hecho una triunfante visita a Dublín que Byron entendió como una humillación a los irlandeses.

42, 1. *con más* empressement. «Con más atención» en francés.

42, 8. *(ved Billingsgate)...* Mercado de pescado, conocido por el lenguaje soez que ahí se oía.

47, 1. *Pero Juan era bachiller...* En inglés, *bachelor* significa tanto «soltero» como «bachiller» o «licenciado».

47, 5. *o alegre podía ser sin «taras ni sustos».* Shakespeare, *Macbeth*, III, IV.

49, 1. *Sombrereros que visten a «señoritas cortina».* En el original, *drapery misses.* El propio Byron nos informa en una nota que se trata de un término misterioso que designa a jovencitas de alta alcurnia bien vestidas.

51, 2. *y no un gran Drawcansir en literatura.* Se refiere a un personaje de George Villiers (1628-1687), segundo duque de Buckingham, en su farsa *The Rehearsal* (1671).

51, 7. *del borde de Hipocrene.* Fuente del monte Helicón, sagrado para las musas.

52, 6. *(que a los dieciséis tradujo* Hercules Furens...). Se trata de una tragedia de Séneca, pero nadie ha podido identificar a la traductora a la que se refiere Byron.

56, 1-2. *Mas fue Juan mi Moscú, y Faliero / mi Leipzig y mi Mont-Saint-Jean parece Caín.* Referencias a su propia obra. En 1821, la tragedia de

Byron *Marino Faliero* había sido un fracaso en la escena londinense. El poeta lo compara con la derrota de Napoleón en la batalla de Leipzig. Publicada en 1821, *Caín* también había sido muy mal recibida. Mont-Saint-Jean era una granja en el campo de Waterloo donde se refugió el ejército de Napoleón.

56, 8. *Lowe de alcaide*. Sir Hudson Lowe era el gobernador de Santa Helena cuando Napoleón estaba allí confinado.

57, 6. *por debajo del muy reverendo Rowley Powley*. Se trata de George Croly (1780-1860), sacerdote, poeta, novelista e historiador irlandés, autor de obras pomposas.

59, 2. *una especie de mí moral*. Se refiere a Bryan Waller Procter, un irlandés que firmaba con el pseudónimo de Barry Cornwall y que en 1819 había publicado *Diego de Montilla* en *ottava rima*, imitación de *Don Juan*.

59, 7. *y ese bocazas beocio, Savage Landor*. El poeta Walter Savage Landor (1775-1864) había expresado públicamente su gusto por Southey.

60, 1. *John Keats, al que mató una crítica*. John Keats había muerto en Roma en febrero de 1821. Tanto Byron como Shelley creyeron erróneamente que una crítica negativa sobre su *Endimión*, publicada en la *Quarterly Review* en abril de 1818, le había hundido. Incluso la atribuyeron a Southey.

62, 3. *«peligrosa tarea», como esa del «hinojo marino»*. Evocación de una escena de *El rey Lear* (IV, VI) en la que Edgar le describe a Gloster un acantilado imaginario donde alguien recoge a media altura hinojo marino, «peligrosa tarea».

65, 4. *traje centauro Neso de ropa mortal*. En la mitología griega, Deianira, la esposa de Heracles, cuando se entera de que su marido le es infiel, se acuerda del regalo del centauro Neso, una camisa que tenía la capacidad de recuperar el amor perdido. Deianira le da la prenda a Heracles, pero resulta que está envenenada y quema.

77, 3. *¿Dónde Grattan, Curran, Sheridan…?* Henry Grattan (1746-1820) fue un patriota y estadista irlandés, admirado por Byron, lo mismo que John Philpot Curran (1750-1817), famoso abogado y partidario de Grattan. Richard Brinsley Sheridan (1751-1816) era un dramaturgo y estadista irlandés, a menudo citado por Byron.

78, 1 y ss. ¿Dónde está *Brummel…?* George «Beau» Brummell (1778-1840), príncipe de los dandis, había huido a Francia en 1816 para escapar de sus acreedores. William Wellesley-Pole (1788-1857) era un sobrino de Wellington que había sido secretario de la embajada inglesa en Constantinopla, donde Byron había oído hablar mal de él. Samuel Whitbread (1758-1815) fue un fabricante de cerveza, político liberal y patrón del Drury Lane Theatre. Se cortó el cuello en julio de 1815. Sir Samuel Romilly, ya citado en el poema (canto I, 15, 4-8), fue un reformador legal que había intervenido en la separación de Byron. Se cortó el cuello tras la muerte de su esposa en noviembre. Jorge III había muerto loco y ciego el 20 de enero de 1820, dejando dos testamentos, uno firmado y otro sin firmar. Fum el Cuarto es Jorge IV. Byron recuerda una sátira de Thomas Moore sobre él titulada *Fum and Hum, Two Birds of Royalty*, donde en realidad el rey es Hum. El rey Jorge había estado de visita en Escocia en agosto de 1822. Los Sawneys habían sido una familia de escoceses de mediados del XVIII arrestados por canibalismo. De ahí que fuera una manera despectiva de referirse a los escoceses.

79, 7. *¿Dónde están los Grenvilles? Girados, seguro.* Se refiere a George Grenville (1712-1770) y a su hijo William, barón Grenville (1759-1834), conocidos por ser unos veletas en política.

80, 1. *¿Dónde están las lady Caroline y Frances?* Dos mujeres con las que Byron había tenido relaciones sentimentales, lady Caroline Lamb y lady Frances Wedderburn-Webster.

84, 4. *He visto el triste afer de la difunta reina.* Se refiere a la reina Carolina (esposa repudiada por Jorge IV), quien murió en 1821.

86, 4-5. «*La vida es un mal actor*». *Pues* «*haced / esa obra, bribones*». Dos citas de Shakespeare: *Macbeth*, V, v, y Falstaff en *Enrique IV*, I, II, IV.

87, 5. *pues no quiero escribir una* Atalantis. Byron se refiere a la obra escandalosa *Secret Memoirs and Manners of Several Persons of Quality, of Both Sexes. From the New Atalantis* (1709), de Mary de la Rivière Manley (1663-1724), amiga de Swift.

CANTO XII

Byron terminó este canto en Génova en diciembre de 1822. Mary Shelley lo pasó a limpio. Fue publicado por John Hunt con los cantos XIII y el XIV en diciembre de 1823.

5, 8. *El judío Rothschild y su colega Christian Baring.* Dos banqueros de larga tradición en Inglaterra: Nathan Mayer Rothschild (1777-1836) y Alexander Baring (1774-1848).

6, 1. *Esos y el verdadero liberal Lafitte.* Jacques Lafitte (1767-1844), gobernador del Banco de Francia y parlamentario liberal.

13, 1-2. «*Domina amor el campo, la corte, el bosque*», / «*pues amor es el cielo y el cielo amor*», *canta el bardo.* Walter Scott, *The Lay of the Last Minstrel* (1805).

14, 6. *virgen Cintia de las mareas.* Se refiere a la luna.

16, 7. Véase la nota al canto X, 11, 6.

19, 7. *y Mitford en el siglo diecinueve da.* Una de las lecturas juveniles de Byron, la *History of Greece* en cinco volúmenes, de William Mitford (1744-1827), de cariz antidemocrático, llena de invenciones.

25, 2. paulo majora… Principio de la égloga IV de Virgilio: «Sicelides Musae, paulo maiora canamus» («Musas de Sicilia, cantemos cosas más altas»).

26, 6. *asna hablara a Balaam…* Proverbialmente, la burra de Balaam tiene más juicio que su amo. Véase en la Biblia, Números 22, 22-35.

30, 8. *cuyo relato pertenece a la* Edad Media *de Hallam*. Henry Hallam, *View of the State of Europe during the Middle Ages* (1818).

33, 5. «Tantaene!». *Esas son las virtudes de élite*. Virgilio, *Eneida*, I, 11: «Tantaene animis caelestibus irae» («¿Puede esa ira anidar en el ánimo del cielo?»).

46, 7. *Smithfield de vestales*... Smithfield había sido un viejo mercado de ganado.

64, 1. «¡Oh, dioses, cómo hablo!»... Shakespeare, *El mercader de Venecia*, I, I.

70, 6. *pues Europa ara en África cual* bos piger. Referencia a Horacio, *Epístolas*, I, 14: «Optat ephippia bos, piger optat arare caballus» («El buey holgazán anhela llevar la silla, el caballo anhela arar»). Byron infiere con ello que el conocimiento europeo de África avanzaba tan lentamente como el buey holgazán.

75, 4. *ni en su mirada arde el ojo de Ausonia*. Nombre romano de Italia.

78, 6. *cual Mario las destierra*. Cuenta Plutarco, en su *Vida de Cayo Mario*, que cuando este se fue exiliado de Roma a África el gobernador le envió un mensaje prohibiéndole refugiarse ahí, a lo que Mario contestó: «Dile que has visto a Cayo Mario sentado entre las ruinas de Cartago».

86, 8. *como hizo con Athos el hijo de Filipo*. El escultor Stasicrates quiso hacer del monte Athos una escultura de Alejandro Magno.

CANTO XIII

Byron empezó este canto en Génova el 12 de febrero de 1823 y lo terminó el 19 de ese mismo mes. Mary Shelley lo pasó a limpio. John Hunt lo publicó junto con los cantos XII y XIV en diciembre de 1823.

7, 1. *El duro Johnson*... Se refiere al gran crítico y lexicógrafo del siglo XVIII Samuel Johnson (1709-1784).

13, 2. *–Davus sum–*. Según Terencio en su obra *La dama de Andros* (I, II), en respuesta a una pregunta, el esclavo Davo contestó: «Soy Davo, no Edipo», infiriendo que solo Edipo podía resolver el enigma de la Esfinge.

18, 1. *«No es de mortales dominar el éxito...»*. Parodia de una cita de *Catón*, una tragedia de Joseph Addison (1672-1719).

29, 1-2. *Y puesto que hay «seguridad en multitud...»*. Vago eco de Proverbios 11, 14.

39, 5. *(aunque esos esfuerzos de Parry animan)*. Sir William Parry (1790-1855) capitaneó varias expediciones en busca de pasos por el norte.

47, 5. Cosi viaggino i ricchi. Significa «Así viajan los ricos» en italiano.

53, 6. *con esos que según Pope «con riesgo cenan»*. Alexander Pope, *La dunciada*, IV, 318.

55, 1. *A Norman Abbey fue el noble dúo*. Byron adoptó para la descripción de la mansión su propia casa solariega, la abadía de Newstead, que antes, en el siglo XII, había sido un monasterio. Tras la «disolución de los monasterios» dictada por Enrique VIII, en 1540 pasó a la familia Byron, que la tuvo hasta que el poeta la vendió en 1818. Hoy en día se puede visitar, convertida en un gran museo.

56, 3. *se erguía cual Carataco*... Carataco fue un antiguo rey de los británicos que resistió nueve años al asedio de los romanos antes de ser derrotado.

60, 4. *sino en la guerra que a Carlos destronó*. Se refiere a Carlos I, que terminó siendo ejecutado tras la guerra civil inglesa.

64, 3. *(no tanto como la estatua de Memnón...)*. En los *Anales* (II, 61), Tácito cuenta que en Tebas había una estatua de Memnón que producía un sonido siniestro al tocarla los rayos del sol.

68, 7. *y también las bellezas de sir Peter Lely.* Sir Peter Lely (1618-1680) fue un pintor holandés que trabajó para Carlos I, Cromwell y Carlos II. En la abadía de Newstead hay cuatro de sus retratos.

69, 8. habeas corpus. El *habeas corpus*, medida jurídica que obliga a presentar en un plazo determinado a un detenido ante un juzgado, fue suprimida en Inglaterra entre 1817 y 1818.

70, 6. *Nemrods en cuyos óleos casi no cabe el corcel.* Se refiere a nobles retratados como cazadores.

71, 1-8. *Pero de vez en cuando para calmar...* Byron cita mal a algunos pintores: Carlos Dolci (1618-1686), pintor italiano del barroco; Salvatore Rosa (1617-1673), poeta satírico además de pintor; Francesco Albani (1578-1660), pintor italiano del clasicismo romano; Joseph Vernet (1712-1789), pintor francés de marinas, y José de Ribera, apodado el Spagnoletto (1588-1652).

72, 1. *Aquí dulce se abría un paisaje de Lorraine.* Claude Lorraine (1600-1682), pintor francés, muy de moda durante el romanticismo.

72, 5. ¡Pero mira! un Teniers atrae... Hay dos Teniers posibles: David Teniers (1582-1649) y su hijo David (1610-1690), ambos autores de escenas campestres.

78, 1. *Y sobre la delicada* villeggiatura. En italiano, «una estancia en el campo».

78, 5. *El propio Nemrod podría dejar los llanos.* Byron mezcla aquí dos episodios bíblico sin ton ni son: el poderoso cazador Nemrod (Génesis 10, 9) y la imagen de oro de Nabucodonosor en la llanura de Dura (Daniel 3, 1).

81, 8. Omne tulit punctum, quae miscuit utile dulci. Horacio, *Arte poética*, 1. 343. «Ha ganado todos los votos aquel que ha mezclado placer con provecho». Pulci parece aquí un mero recurso para la rima.

85, 2. *«sí, de pies a cabeza»...* Eco de *El rey Lear*, IV, VI.

94, 6. *el bufón de Congreve...* Se refiere al dramaturgo y poeta de la Restauración William Congreve (1670-1729).

96, 4. *tú puedes ser Booz, y yo, la modesta Rut.* Personajes bíblicos; Booz se casa con Rut en el Libro de Rut.

96, 7. *Mrs. Adams, cuando grita de pronto.* Referencias a *Joseph Andrews*, de Henry Fielding.

97, 4. *Kit Cat, el charlador célebre.* Se refiere a Richard Sharp (1759-1835), conocido como «Conversación Aguda», amigo de Byron; a Thomas Moore y a Samuel Rogers, célebre en la sociedad de entonces.

100, 1. *Mirad las tierras que «fluían con leche y miel»*. Éxodo 3, 8.

103, 1. *Mas nadie era* gêné... «A nadie se le forzaba a hacer nada» en francés.

105, 7. *de Ulises cuando llama al pobre Dolon.* Cita de la *Ilíada* X, 13.

106, 6. *diga o cante cuanto quiera Izaak Walton.* Referencia a *The Compleat Angler*, de Izaak Walton (1593-1683).

CANTO XIV

Byron empezó este canto a finales de febrero de 1823 y lo terminó a principios de marzo. Mary Shelley lo pasó a limpio y fue publicado por John Hunt con los cantos XII y XIII en diciembre de 1823.

1, 6. *como el viejo Saturno se comió su progenie.* En la mitología griega, Saturno, que había depuesto a su padre, Urano, para evitar conflictos generacionales, se comió a todos sus hijos, salvo a Júpiter, Neptuno y Plutón, a quien su mujer Rea había escondido, dándole en su lugar piedras cuando nacieron.

8, 2. *«Tira una paja y te diré el sentido del viento».* Francis Bacon, *Sylva Sylvarum; or, a Natural History in Ten Centuries* (1627).

21, 1-2. Haud ignara loquor; *son estos* nugae, quarum / pars parva fui; *mas aun arte y parte.* Cita adulterada de Virgilo, *Eneida*, II, 91 y 6. Aunque el original latino dice «haud ignota loquor» y «ipse miserrima vidi / et quorum pars magna fui», que significa «la historia no es desconocida» y «Fui testigo de los más míseros actos y formé parte de ellos», en latín, Byron dice: «No hablo sin conocimiento de causa, son estas cosas nimias de las que fui pequeña parte».

21, 7. Vetabo Cereris sacrum qui volgarit. Horacio, *Odas*, III, II, 26. «Proscribiré al hombre que ha divulgado los sagrados ritos de la mística Ceres».

35, 8. *preguntó al otro día: «¿Se caza más de una vez?»*. Philip Dormer Stanhope, cuarto conde de Chesterfield (1694-1773), fue un político y hombre de letras, recordado sobre todo por unas didácticas *Cartas a su hijo*. La cita parece inventada.

39, 3. *Raudo como Camila...* Camila era la ayudante de la diosa Diana.

40, 2. *en el famoso fresco de Guido...* Se trata del fresco en el Palazzo Rospigliosi en Roma, obra de Guido Reni (1575-1642), que muestra a Apolo como el dios sol, con Aurora y las horas.

41, 7-8. *La duquesa de Fitz-Fulke, que amaba la* tracasserie, */ quiso tratarle con un poco de* agacerie. Significa: «La duquesa amaba meterse en líos y empezó a insinuársele».

58, 8. *o el servil «Content» del lord. Content* es el término que se utiliza en la Cámara de los Lores cuando se aprueba una moción. Todas las que presentó Byron como miembro de la institución fueron rechazadas.

59, 8. *y os remito al sabio Oxenstierna.* Axel Oxenstierna (1583-1654) fue un noble y político sueco, uno de los más estrechos colaboradores del rey Gustavo Adolfo y de su hija la reina Cristina. Su papel fue determinante en la guerra de los Treinta Años, así como en el diseño del sistema administrativo sueco.

63, 2. *y de algún modo* méchante... En francés, «traviesa».

67, 4. *y cuando la* bienséance *lo permitiera*. En francés, «el decoro».

75, 1. *Hay una flor llamada «amor ocioso»*. Se trata de la flor de la que se exprime el jugo que desata el caos en *Sueño de una noche de verano*.

75, 8. *o francés Rousseau grito:* Voilà la pervenche! En el libro VI de sus *Confesiones*, Rousseau cuenta dos momentos en que vio una vincapervinca –otra flor que la mencionada en esta estrofa– y que le recordaron momentos de felicidad perdida.

77, 1. Beatus ille procul *de los* negotiis. Horacio, *Epodos*, I, I: «Beatus ille qui procul negotiis» («Feliz aquel que lejos de los negocios...»).

77, 3. *Su otra máxima* Noscitur a sociis. No es de Horacio, sino proverbial: «Por sus compañías los conoceréis».

81, 1. *«Una ostra puede ser desgraciada en amor»*. Thomas Sheridan, *The Critic*, III, I.

83, 1. *Encierra al viejo matón calvo de Alejandro*. Se refiere al zar Alejandro I.

83, 2. *embarca al sagrado trío para Senegal*. Se refiere a la Sagrada Alianza.

83, 4. *diles que «salsa para ganso es para ánsar»*. Significa «salsa buena para algo lo es para otra cosa».

83, 7. *Encierra, no, no al rey, mas al Pavilion*. Se refiere al ostentoso palacio de Jorge IV en Brighton.

102, 1. *¡Qué «cuevas vastas y desiertos vagos»...!* Shakespeare, *Otelo*, I, III.

CANTO XV

Byron empezó este canto en Génova el 8 de marzo de 1823 y lo terminó el 25 de ese mes. Mary Shelley lo pasó a limpio y fue publicado por John Hunt con el canto XVI en marzo de 1824.

2, 1. *o un* singultus... Significa en latín «hipo» o «sobresalto».

8, 8. *en dinero contante o cheque de Ransom.* Se refiere a un banco, el Ransom and Morley de Pall Mal.

12, 6. *de indicar que un* Cupidon *volaba solo.* Cupidon es un diminutivo francés que significa un Adonis, un joven bello.

18, 2. *¿Y tú, más divino aún...?* Se refiere, por supuesto, a Jesucristo.

21, 1-2. *Omnia vult belle Matho dicere dic aliquando / Et bene; dic neutrum; dic aliquando male.* Marcial, *Epigramas*, X, 46. Significa: «Si quieres, Mato, expresarlo todo bellamente, habla bien a veces, otras de forma neutral y mal en otras ocasiones».

23, 4-5. *«y han tenido los perros / su día...».* Shakespeare, *Hamlet*, V, I.

24, 6. *ni roto mi cabeza ni la de Prisciano.* Gramático latino, muy reverenciado en la Edad Media.

35, 1. *Cuando el Armonista Rapp vetó el matrimonio.* George Rapp (1770-1847) nació en Württemberg y emigró a Pennsylvania en 1803, donde estableció la colonia Harmonie. Lector de Swedenborg y de Jacob Böhme, él y sus seguidores compartían la propiedad y ejercían el celibato, dedicados a la pintura y la poesía.

38, 6. *ni sondear qué significa «mano tan eminente».* Jacob Tonson (1656-1736), editor de Dryden y Pope, solía llamar a sus autores «manos eminentes».

39, 8. *igual que la* Danza de la muerte *de Holbein.* Hans Holbein el Joven (1497-1543), retratista de Enrique VIII, creó su serie de xilografías titulada *Danza de la muerte* en 1538.

49, 1-2. *Y esta omisión, cual la del busto / de Bruto en el desfile de Tiberio.* Cuenta Tácito en los *Anales* (III, 76) que durante el reinado de Tiberio, en el funeral de Junia Tertulia, sobrina de Catón, esposa de Gaio Casio y hermana de Bruto, las efigies de las más importantes familias encabezaron la procesión, pero Casio y Bruto fueron las ausencias más clamorosas.

59, 3. *y como dice mi Scott: «Toco mi clarín de guerra».* Walter Scott en *The Lay of the Last Minstrel* (1810), IV, 24.

65, 3. *vinos que hubieran matado al joven Amón.* Otro de los nombres de Alejandro Magno. Véase al respecto la nota del canto V, 31, 7-8.

65, 6. *al que Apicio daría sin duda su bendición.* Marco Gavio Apicio fue un gastrónomo del siglo I, al que se atribuye el libro de cocina *De re coquinaria.*

66, 7. *mientras el triunfal manto de Lúculo envuelve.* Lucio Licinio Lúculo fue un político y militar romano del siglo I a. C., quien venció a Mitrídes VI de Ponto en la tercera guerra mitridática, en Asia Menor. Según la leyenda, fue Lúculo quien trajo a Europa las cerezas. De ahí el manto que envuelve los filetes de perdiz.

68, 2. *seguidas por* petits puits d'amour... Se trata de hojaldres rellenos de mermelada de frutos rojos.

73, 7-8. *cual Diógenes, / del que procede la mitad de mi filosofía.* Ya citado de pasada en alguna ocasión a lo largo del poema, Diógenes de Sinope fue un filósofo griego del siglo I a. C., perteneciente a la escuela cínica. Vivía como un vagabundo y despotricaba contra todos, asegurando al mismo tiempo que era muy feliz.

84, 2-3. nem. con. *entre ellas, cosa que siento decir / conduce a veces a* crim. con. *con casados.* Las abreviaturas *nem. con.* significan *nemine contradicenti* («sin que nadie disienta») y *crim. con. criminal conversation* («adulterio»).

87, 1-2. *Mirad también que cual el gran lord Coke / (ved Littleton)...* El comentario de sir Edward Coke (1552-1634), famoso jurista del siglo XVIII, sobre *Institutes of the Laws of England* de sir Thomas Littleton (1402-1481), célebre jurista del siglo XVI, fue durante mucho tiempo la principal autoridad en derecho inmobiliario.

92, 4. *como Eldon en lunática comisión.* John Scott, conde de Eldon, lord canciller de Inglaterra (1801-1827), atendió en 1822 un pleito interpuesto contra lord Portsmouth, acusado de no estar en sus cabales.

94, 3. *tentación que me «engañe cuanto sepa».* Shakespeare, *Hamlet*, III, II.

96, 6. *«Sombras el alma de Ricardo» consternan.* Shakespeare, *Ricardo III*, V, III.

96, 8. *como esos del filósofo de Malmesbury.* Se refiere al filósofo Thomas Hobbes (1588-1679). En una nota, Byron aclaró: «Hobbes quien, dudando de su propia alma, rindió homenaje al alma de los demás rechazando sus visitas, por las que sentía aprensión». Se decía que Hobbes, un materialista, era en el fondo supersticioso.

CANTO XVI

Byron empezó este canto en Génova el 29 de marzo de 1823 y lo terminó el 6 de mayo. Mary Shelley lo pasó a limpio y fue publicado por John Hunt con el canto XV en marzo de 1824.

1, 3. *Esa era la forma de Ciro, el mejor de los reyes.* Ciro el Grande, fundador del Imperio persa.

2, 2. *«pues este defectuoso efecto tiene su causa».* Parodia de Polonio en *Hamlet*, II, II.

3, 8. *De rebus cunctis et quibusdam aliis.* Significa en latín: «Sobre todas las cosas y algunas extra». No parece ser una cita concreta, sino un eco de santo Tomás, de quien se decía que había compuesto dos tratados con ambición universal, *De omnibus rebus* y *De Quibusdam Aliis.*

5, 1-2. *Algunos impondrían ahora la autoridad / de Turpin o de Monmouth y su* Crónica. Turpin, arzobispo de Reims (hacia 753), fue el supuesto autor de *Historia Karoli Magni et Rotholandi*, y Geoffrey de Monmouth (1100-1154) escribió una *Historia Regum Britanniae* que sirvió de base a Shakespeare para muchos de sus dramas históricos.

5, 8. *de golpe se relaja con un* quia impossibile. No fue san Agustín sino Tertuliano quien dijo, en *De Carne Christi*, V: «Crucifixus est Dei filius: non pudet, quia pudendum est: et mortuus est Dei filius: prorsus credibile est, quia ineptum est: et sepultus resurrexit: certum est quia impossibile est» («El hijo de Dios fue crucificado: no es vergonzoso porque es digno de vergüenza; y el hijo de Dios está muerto, esto es absolutamente creíble porque es estúpido; y se levantó de la tumba, que es verdad porque es imposible»).

7, 1. *Tan solo quiero decir lo que Johnson dijo.* Según lo recoge James Boswell, en su *Vida de Samuel Johnson* (1791).

11, 5. *Tito exclamó,* «¡He perdido un día!»... Según cuenta Suetonio en su *Vida de Tito*, el emperador romano, cenando una noche, al darse cuenta de que ese día no había hecho un favor a nadie, exclamó: «Amici, diem perdidi» («Amigos, un día perdido»).

27, 3. *un párrafo, diría que sobre Horne Tooke.* Se refiere al escritor radical John Horne Tooke (1736-1812).

43, 4. *como hiciera el Cínico en ocasión similar.* Se refiere al filósofo Diógenes, ya citado.

45, 7. *con* «tu mi chama's» *de Portingale.* Byron hizo dos traducciones de esta canción: «*From the portuguese, Tu mi chamas*».

46, 3. *que devuelve a Lochaber a ojos que rondan.* Referencia a la balada «The Road to the Isles».

50, 3. *o los* Triunfos *de Hayley... The Triumphs of Temper* es una novela sentimental en verso de William Hayley (1745-1820), publicada en 1781.

50, 8. *eran lo sonetos a ella misma o* bouts-rimés. Esto último consiste en un juego poético en que uno inventa un verso cuya rima debe mantener otro en el verso siguiente y así sucesivamente. Byron solía practicarlo a menudo.

56, 6. *la Civil Lista...* Se refiere al presupuesto que el Parlamento asigna al monarca.

60, 6. *«desatando» señores «para luchar contra iglesias».* Shakespeare, *Macbeth*, IV, I.

61, 5. *de joven tuve un percance.* Byron tuvo al menos dos hijos ilegítimos de muchachas del servicio en la abadía de Newstead.

81, 7. *el poderoso párroco Peter Pith.* Se lo ha identificado con Sydney Smith (1771-1845), fundador de la *Edinburgh Review*.

82, 7. *le dio, para ir con el diablo que mira a Lincoln.* Así se llama una de las gárgolas de la catedral de Lincoln, en Inglaterra.

104, 4. *cual el «débil elogio» de Addison...* Descripción de Pope de la doblez de Joseph Addison en *Epistle to Dr. Arbuthnot*: «Damn with faint praise, assent with civil leer, / And without sneering, teach the rest to sneer» («Maldice con débil elogio, consiente con civil lujuria / y sin desdén enseña a los demás a desdeñar»).

109, 1. *¿Quién no suspiraría, Αι Αι ταν Κυθερειαν...?* Byron cita al poeta griego Bión de Esmirna, *Lamento por Adonis*. Adonis era el amante de Afrodita, también llamada Citerea. La cita («Ay, ay, Citerea») recuerda la escena de la muerte de Adonis por un jabalí.

109, 8. *te respetamos aún,* alma Venus genetrix. Eco de la evocación inicial de *De rerum natura* (I, 1): «Aeneadum genetrix, hominum divomque voluptas, / Alma Venus!» («Madre de Eneas, amada de los hombres y los dioses, / ¡Alma Venus!»).

116, 2-3. *Lasciate ogni speranza / voi che entrate!...* Dante, *Infierno*, III, 9.

CANTO XVII

Byron empezó este canto en Génova el 8 de mayo de 1823, del cual solo llegó a terminar catorce estrofas, más otra descartada. Se llevó el manuscrito a Grecia, pero allí ya no escribió más. El fragmento, hallado por su amigo Edward Trelawny tras la muerte del poeta, fue entregado a John Cam Hobhouse. La editorial Murray lo publicó en 1903 en unas obras reunidas de Byron, *The Works of Lord Byron: A New, Revised and Enlarged Edition with illustrations*, edición de E. H. Coleridge.

3, 5-6. *según los italianos, /* mulo... Según apunta el propio Byron en una nota, en algunas partes de Italia se llama a los huérfanos o expósitos *i muli*, «los mulos».

4, 6. *es como un patito cuidado por Dame Partlett.* Nombre clásico en Inglaterra para referirse a las gallinas.

7, 8. malgré *la humanidad de sir Matthew Hale.* Sir Matthew Hale (1609-1676) fue un juez que creía en la brujería.

10, 7. *un* totus teres *estoico, sabio.* Horacio, *Sátiras*, II, VII: «Et in se ipse totus, teres atque rotundus» («Entero en sí mismo, suave y rotundo»).

11, 3. *de alguna manera* idem semper. En latín, significa «siempre el mismo».

Índice

Introducción 9
Nota de edición 45
Nota de traducción 46
Cronología de la vida de lord Byron 49
Don Juan
Prefacio a los cantos I y II 59
Dedicatoria 63
Canto I 69
Canto II 125
Canto III 181
Canto IV 213
Canto V 243
Prefacio a los cantos VI, VII y VIII 285
Canto VI 289
Canto VII 321
Canto VIII 343
Canto IX 379
Canto X 401
Canto XI 423
Canto XII 447
Canto XIII 471
Canto XIV 499
Canto XV 525
Canto XVI 551
Canto XVII 585
Notas 589